MARIE LAMBALLE

Mode-Atelier Rosen

Träume einer neuen Zeit

Weitere Titel der Autorin:

Das tiefe Blau des Meeres
Der Leuchtturm auf den Klippen
Der Hortensiengarten

Café Engel. Eine neue Zeit
Café Engel. Schicksalhafte Jahre
Café Engel. Töchter der Hoffnung

Atelier Rosen. Die Frauen aus der Marktgasse

Titel auch als Hörbuch erhältlich

Marie Lamballe

Mode-Atelier Rosen

Träume einer neuen Zeit

Roman

lübbe

Dieser Titel ist auch als Hörbuch und E-Book erschienen

Die Bastei Lübbe AG verfolgt eine nachhaltige Buchproduktion.
Wir verwenden Papiere aus nachhaltiger Forstwirtschaft und verzichten darauf, Bücher einzeln in Folie zu verpacken. Wir stellen unsere Bücher in Deutschland und Europa (EU) her und arbeiten mit den Druckereien kontinuierlich an einer positiven Ökobilanz.

MIX
Papier | Fördert gute Waldnutzung
FSC® C014496
www.fsc.org

Originalausgabe

Textredaktion: Ulrike Strerath-Bolz, Friedberg
Umschlaggestaltung: www.buerosued.de unter Verwendung von Illustrationen von © arcangel.com: Ildiko Neer,
© mauritius-images.com: Stephan Schulz, © www.buerosued.de
Satz: two-up, Düsseldorf
Gesetzt aus der Bembo
Druck und Verarbeitung: GGP Media GmbH, Pößneck
Printed in Germany
ISBN 978-3-404-18796-6

1 3 5 4 2

Sie finden uns im Internet unter luebbe.de
Bitte beachten Sie auch: lesejury.de

Kapitel 1

März 1834

Der Frühling liess auf sich warten. Gestern hatte es in Kassel geschneit, in der Nacht sorgte der Frost für glatte Straßen, und das Wasser der städtischen Brunnen bedeckte sich mit einer dünnen Eisschicht. Schon früh war Lärm in der Marktgasse gewesen, weil eine Dienstmagd, die am Brunnen in der Wildemannsgasse Wasser geholt hatte, auf dem vereisten Pflaster ausgeglitten und gestürzt war. Die Knie hatte sie sich aufgeschlagen, der Rock war nass geworden und der Inhalt der beiden hölzernen Eimer in die Rinne gelaufen. Hämisches Gelächter und lautes Schelten hatten den Sturz begleitet, Hunde kläfften, und die Goldschmiedin war in der Nachthaube am Fenster erschienen, um nachzuschauen, was geschehen war. Aber da die Straßenlaternen schon ausgebrannt waren, hatte sie in der frühen Morgendämmerung kaum etwas erkennen können.

Im Atelier Rosen hatte sich Charlotte nach einigem Zögern entschlossen, den Ofen anzuheizen. Das Holz war teuer, aber mit klammen Fingern konnten die Frauen nicht nähen, und die Kundinnen waren auch kauffreudiger, wenn es angenehm warm im Atelier war.

»Ich verstehe das nicht«, regte sich die Chefin des Ateliers auf. »Seit einigen Wochen hat unser Holzstapel die Schwindsucht, man könnte meinen, die Scheite flögen durch die Luft davon.«

»Mir scheint eher, sie hätten Beine bekommen und liefen

einer nach dem anderen hinüber in den Weinladen«, versetzte Babette und rückte sich das Talglicht näher.

»Was willst du damit sagen?«, forschte Charlotte.

Sie wusste, dass ihre langjährige Näherin Babette immer für einen bösen Spruch gut war. Allerdings hatten Babettes Aussprüche meist einen wahren Kern.

»Oh, nichts …«, meinte Babette in harmlosem Ton. »Nur dass drüben in Liebermanns Weingeschäft den ganzen Tag über der Ofen geheizt wird.«

Elise, die Tochter von Charlotte Rosen, hatte sich eine der rüschenbesetzten Hauben vorgenommen, um noch einige Stoffblüten daranzunähen, die momentan groß in Mode waren. Jetzt beugte sie sich vor, um aus dem Fenster zu schauen, aber im Weingeschäft, das schräg gegenüber neben der Werkstatt von Schneidermeister Holzapfel lag, war noch kein Licht zu entdecken. Vor drei Wochen hatte ihr Ziehbruder Moritz seinen lange gehegten Traum wahr gemacht und ein Geschäft gemietet, in dem er Weine und Liköre verkaufte. Das Geld dazu hatte er sich von Elises adeliger Freundin Sybilla von Haynau geliehen. Elise hatte kein gutes Gefühl dabei gehabt und ihrer Freundin abgeraten, aber Sybilla hatte Moritz dennoch eine nicht geringe Summe anvertraut, denn sie war der Meinung, Elises Ziehbruder habe viel zu ihrem Eheglück beigetragen und sie schulde ihm Dank.

»Soweit ich weiß, hat Moritz eigenes Holz gekauft«, sagte Elise zu ihrer Mutter. »Er lebt momentan auf großem Fuß und hat es gewiss nicht nötig, unser Holz zu stehlen.«

Charlotte sagte nichts dazu, aber Babette zuckte die Schultern und meinte, dass man bei dem lieben Moritz immer auf eine Überraschung gefasst sein müsse. Womit sie nicht unrecht hatte.

Großmutter Anna öffnete die Küchentür und schaute aufgebracht ins Atelier.

»Schon wieder!«, rief sie. »Das Stückchen Speck ist fort und die Falle ist leer. Aber den Schinken haben sie angeknabbert und ein Loch in den Mehlsack genagt. So eine gerissene Mäusebrut hatten wir noch nie. Die Haare werden sie uns vom Kopf fressen!«

»Bitte, Mutter!«, sagte Charlotte mit gedämpfter Stimme. »Schrei nicht von Mäusen und angenagten Mehlsäcken durch das Atelier. Was macht das denn für einen Eindruck, wenn Kundschaft kommt!«

»Wir brauchen eine Katze!«, stellte Elise fest.

»Das Mädchen hat recht«, sagte die Großmutter. »Drüben die Krämerin hat junge Katzen zu vergeben. Vier Stück hat die grau Getigerte in ihrem Kleiderschrank geboren.«

»Wie niedlich!«, rief Elise begeistert. »Ein getigertes Kätzchen wäre genau richtig für uns.«

»Eine Katze kommt mir nicht ins Haus!«, sagte Charlotte mit Entschiedenheit.

»Dann kannst du dich heute Nacht höchstpersönlich in die Vorratskammer setzen und das diebische Gesindel einfangen«, schimpfte Großmutter Anna und schlug die Küchentür wieder zu.

Inzwischen war es draußen hell geworden, sodass man die stinkenden Talglichter löschen konnte. Elise stand auf, um die Tür für eine kurze Weile zu öffnen, damit frische Luft in den Laden zog.

Sie war ärgerlich. Seit Wochen lag sie der Mutter in den Ohren, sie solle eine kleine Katze anschaffen. Aber nein, Charlotte mochte keine Katzen, in ihren Augen waren das hinterhältige und beutegierige Gassenschleicher, die in der Küche die Würste stahlen und überall ihre Haare hinterließen.

In der Marktgasse waren jetzt allerlei Leute unterwegs. Jungen und Mädchen strebten mehr oder weniger freudig der Schule zu, Hausdiener führten die Hunde ihrer Herrschaft aus,

Dienstmägde eilten mit ihren Körben zum Markt auf dem Königsplatz, und Beamte in dunklen Mänteln begaben sich gemessenen Schrittes zu ihrer Dienststelle. Zwei junge Offiziere des kurfürstlichen Regiments schlenderten vorbei und schauten wohlwollend zu der hübschen Putzmacherin Elise hinüber, die auf die Gasse hinausgetreten war, um das Schaufenster des Ateliers in Augenschein zu nehmen. Ach herrje, die Glasscheiben waren schon wieder blind vom Straßenschmutz, da würde sie putzen müssen. Und die Dekoration musste auch erneuert werden; diese nette Haube aus fliederfarbener Seide schien keiner Kundin zu gefallen. Sie würde mehrere Reihen von Rüschen daran nähen, obgleich sie selbst das scheußlich fand. Aber momentan waren die Kasseler Damen wie verrückt nach Schleifen, Blüten und Rüschen, sie konnten gar nicht genug davon bekommen.

»Wo bleibt nur Therese?«, hörte sie die unwillige Stimme der Mutter im Atelier. »Es geht auf zehn Uhr. Der Vormittag ist fast vorüber!«

Therese war als Näherin im Atelier Rosen angestellt, aber da ihr heiß geliebter einziger Sohn Moritz nun ein Weingeschäft eröffnet hatte, ging sie häufig zu ihm hinüber, um dort auszuhelfen.

»Wo wird sie sein?«, sagte Babette hämisch. »Im Keller des Weingeschäfts sitzt sie und klebt Etiketten auf die Flaschen. Weil ihr lieber Moritz keine Lust zu solch eintönigen Arbeiten hat.«

»So geht das nicht weiter«, schimpfte Charlotte aufgebracht. »Ich bezahle meine Näherin nicht dafür, dass sie drüben im Weingeschäft arbeitet. Thereses Affenliebe zu ihrem Söhnchen muss einmal ein Ende …«

»Leise, Mutter«, sagte Elise, die rasch in den Laden getreten war. »Drüben an der Sonnenapotheke steht die Hofrätin von Ochs mit ihrem Mädchen, gewiss werden sie gleich ins Atelier kommen.«

»Die Hofrätin?«, rief Charlotte erschrocken. »Hat Therese die Haube fertiggenäht?«

»Wann hätte sie das wohl tun sollen?«, bemerkte Babette. »Wo sie gestern stundenlang Flaschen geschrubbt hat?«

Charlotte kam nicht mehr dazu, ihrem Zorn Luft zu machen, denn schon war die Hofrätin durch das Fenster zu sehen, und man musste sie mit freundlichem Gesichte empfangen.

»Einen wunderschönen guten Morgen, Frau Hofrätin!«

»Meine liebe Frau Rosen«, stöhnte die Hofrätin und ließ sich auf dem rasch herbeigetragenen Stuhl nieder. »Ich bin ja nur ein Halm im Winde, seitdem mich diese böse Erkältung letzte Woche aufs Krankenlager geworfen hat. Kaum zehn Schritte, und ich kann mich kaum noch auf den Beinen halten. Der Apotheker Wild hat mir einen Hustentee gemischt und Brustwickel empfohlen. Ach, dieser Winter will aber auch gar nicht weichen …«

Elise fragte sich, warum die Dame in der Stadt herumlief, wenn sie so krank war. Aber nun gut, die Hofrätin neigte zu Übertreibungen. Gleich würde sie nach der bestellten Haube fragen; Charlotte warf der Tochter einen Hilfe suchenden Blick zu.

»Haben Sie es schon mit einem heißen gewürzten Wein versucht, gnädige Frau?«, fragte Elise in mitfühlendem Ton. »Besonders der rote Wein soll in solchen Fällen Wunder wirken.«

Die Hofrätin zeigte sich interessiert. Sie sei ja keine Trinkerin, nur hie und da ein Gläschen Branntwein, das fördere die Verdauung, und an Feiertagen käme selbstverständlich Wein auf den Tisch, zumal wenn Gäste geladen seien.

»Aber Sie haben recht, Mamsell Rosen«, meinte sie lächelnd. »Der gewürzte Wein ist ein altes Hausmittel. Ich werde gleich drüben im Weingeschäft eine Flasche Roten besorgen. Schließlich muss ich an meine Gesundheit denken, nicht wahr?«

»Das vor allem, gnädige Frau«, bemerkte Elise und freute sich, dass sie Moritz eine Kundin verschafft hatte.

»Ihr Gatte befindet sich hoffentlich wohl?«, erkundigte sich Charlotte rasch, da sie sah, dass die Blicke der Kundin auf die ausgestellten Hauben gerichtet waren.

»Mein lieber Ehemann ist zum Glück vollständig gesund«, schwatzte die Hofrätin. »Er stöhnt jedoch oft über die langen Streitereien in der Ständevertretung, die völlig nutzlos sind und zu keinem Ergebnis führen. Es ist doch unsinnig, sagte er neulich, dass sich Bürger und Handwerker in das Geschäft des Regierens einmischen wollen. Schließlich ist seit Oktober unser hochverehrter Kurprinz Friedrich Wilhelm als Regent in Kassel eingezogen – wozu brauchen wir da noch eine Ständevertretung? Unser geliebter Fürst wird Kurhessen regieren, wie es sich gehört, und dabei das Wohl seiner Untertanen beständig im Auge haben …«

Elise musste sich auf die Lippe beißen, um keine unbedachte Antwort zu geben. Um die Verfassung und die Ständevertretung hatte die Kasseler Bürgerschaft hart mit dem Kurfürsten, dem Vater des jetzigen Regenten, gerungen und ihm beides vor vier Jahren glücklich abgetrotzt. Der junge Regent, Kurprinz Friedrich Wilhelm, der inzwischen die Herrschaft in Kurhessen übernommen hatte, schien jedoch ebenso wenig Sympathie für die Vertretung der Bürgerschaft aufzubringen wie sein Vater. Was man in den fortschrittlichen Kreisen der Stadt sehr bedauerte, da man große Hoffnungen in den Kurprinzen gesetzt hatte. Noch ärgerlicher war es, dass auch etliche Kasseler Hofbeamte die Ständevertretung für überflüssig hielten und gern zu einer absoluten Fürstenherrschaft zurückgekehrt wären.

»Gewiss, gnädige Frau«, bestätigte Charlotte die Hofrätin kopfnickend. »Ich weiß auch nicht, ob diese Ständevertretung ein Glück oder vielmehr ein Unglück für uns ist. Man hört ja, dass sogar ein Ständehaus erbaut werden soll, in dem die Versammlungen stattfinden werden.«

Das war ins rechte Horn geblasen, denn nun echauffierte

sich die Hofrätin und fragte schnaufend vor Empörung, wozu für solch unnütze Bauten städtische Gelder fließen sollten.

»Damit sie dort Tag und Nacht sitzen und sich herumstreiten können, anstatt ihrem Tagwerk nachzugehen, wie es sich für anständige Bürger gehört? Ach, diese neumodischen Dummheiten, die über unser schönes Kassel hereinbrechen! Haben Sie gehört, liebe Frau Rosen, dass man eine Eisenbahngesellschaft gründen will? Stellen Sie sich nur vor: Sie wollen eine Eisenbahnstrecke von Thüringen über Kassel nach Westphalen bauen. Aber gottlob ist unser guter Staatsrat Scheffer strikt dagegen, denn Kurhessen ist ein ackerbauendes Land und benötigt keine Eisenbahn …«

Nun ereiferte sich auch Charlotte über diese schreckliche Erfindung der dampfbetriebenen Lokomotive, die doch nur Lärm und Dreck verbreite und die Lungen schädige. »Es ist längst bekannt, dass das Reisen in dieser Geschwindigkeit höchst ungesund ist«, behauptete sie. »Man bekommt Herzrasen davon, die Augen werden beeinträchtigt, und es hat Anfälle von Ohnmacht und Drehschwindel gegeben.«

»So ist es, liebe Frau Rosen. Die Gesundheit ist ein kostbares Gut, das ein vernünftiger Mensch nicht aufs Spiel setzen sollte. Ach ja, Ihr Rat mit dem gewürzten Wein gefällt mir. Dörte, hilf mir vom Stuhl auf, wir gehen hinüber ins Weingeschäft … Was wollte ich doch noch fragen? Ach ja – die bestellte Haube müsste fertig sein, nicht wahr?«

»Nächste Woche gewiss, gnädige Frau«, sagte Charlotte beklommen, da sie nun doch daraufgekommen war. »Leider habe ich die Seidenbänder in der passenden Farbe erst gestern erwerben können.«

Eine Notlüge war erlaubt und außerdem besaß die Hofrätin einen ganzen Schrank voller Hauben, sie würde nicht barhäuptig herumlaufen müssen.

»Erst nächste Woche?«, mäkelte die Kundin. »Wie ärgerlich,

ich bekomme heute lieben Besuch von meinem Neffen mit Frau und Tochter. Da hätte ich gern die neue Haube aufgesetzt und das Atelier Rosen empfohlen, wo man solch kleidsamen Kopfschmuck anfertigen lassen kann. Nun ja … dann eben nicht. Gehaben Sie sich wohl, Frau Rosen. Ach Gott, da schlägt es schon elf von der Martinskirche, wie doch die Zeit verrinnt …«

Elise sprang auf, um der Hofrätin die Tür aufzuhalten, das Mädchen Dörte, das stumm neben dem Ofen gewartet hatte, folgte der Herrin mit einem Korb voller Einkäufe. Der Wind griff den Frauen unter die Mäntel und riss an ihren Hüten, doch wenigstens war jetzt die Sonne herausgekommen. Das Eis auf dem Straßenpflaster war geschmolzen, von den Dächern tropfte das Tauwasser auf die Hüte und Mäntel der Vorübergehenden. Drüben im Weingeschäft war Kundschaft; Elise konnte sehen, wie Moritz einem Dienstjungen den Korb mit Weinflaschen füllte. Sie freute sich darüber, denn sie hoffte sehr, dass Moritz mit seinem Geschäft Erfolg hatte und den Kredit zurückzahlen konnte. Jetzt betrat auch die Hofrätin mit ihrem Mädchen das Weingeschäft, und Moritz, der den beiden die Tür aufhielt, nahm die Gelegenheit wahr, Elise über die Gasse hinweg eine Kusshand zuzuwerfen.

»Was ist mit Therese?«, rief sie hinüber. »Die Mutter ist schon ärgerlich.«

Moritz machte eine Geste, die bedeutete, dass sich Charlotte nicht so anstellen solle, und verschwand in seinem Geschäft, um die Hofrätin zu bedienen. Gleich darauf erschien Therese, ein warmes Tuch um die Schultern gelegt, und eilte mit flatterndem Rock über die Gasse ins Atelier Rosen.

»Hab ich doch die Zeit vergessen«, seufzte sie. »Dreißig Flaschen Burgunderwein etikettieren, das war harte Arbeit. Weil der Kleister unten im feuchten Keller so gar nicht kleben will …«

Im Atelier überschüttete Charlotte ihre Näherin mit zornigen Vorwürfen. Besonders die Tatsache, dass die Hofrätin ihnen eine neue Kundin vermittelt hätte, wäre die Haube rechtzeitig fertig geworden, hatte die Mutter aufgebracht.

»So geht es nicht weiter, Therese! Niemand kann zwei Herren dienen – wenn du deine Anstellung bei mir behalten willst, dann will ich dich hier im Atelier an der Arbeit sehen!«

Zerknirscht schlich Therese auf ihren Platz am Fenster, machte sich mit der Sticknadel über eine Schärpe her, und ihre Miene, die ohnehin stets grämlich war, wurde noch um einige Nuancen trauriger.

»Recht hat sie«, meinte Babette, nachdem Charlotte ihre Predigt beendet hatte und hinüber in die Küche gegangen war.

»Fall du auch noch über mich her!«, jammerte Therese.

»Weil ich es nicht mitansehen mag, wie du dich von dem Faulpelz ausnutzen lässt.«

»Mein Moritz ist kein Faulpelz, Babette!«, regte sich Therese auf und wühlte in dem Kästchen, in dem sie das Stickgarn aufbewahrten. »Mein Moritz ist vom frühen Morgen bis zum späten Abend auf den Füßen … Hast du das fliederfarbene Stickgarn gesehen, Elise? Ich finde es nicht mehr.«

»Das brauche ich selbst, Therese«, gab Elise zurück. »Außerdem sollst du unbedingt die Haube der Hofrätin fertigstellen; du weißt, sie war vorhin hier und hat danach gefragt.«

»Aber dazu benötige ich hellblaues Seidenband«, jammerte Therese. »Und davon ist kaum noch etwas da …«

Tatsächlich hatte Elise fast die ganze Rolle zu Schleifen und kleinen Röschen genäht.

»Da werde ich zum Krämer gehen müssen«, meinte sie und legte ihre Arbeit beiseite. »Die Spitzenborten gehen auch zur Neige.«

Die Mutter hatte indessen den Mäuseschaden in der Vorratskammer begutachtet, was ihre Laune nicht verbessert hatte. Sie tat einen ärgerlichen Seufzer, als Elise sie um Geld für den Einkauf bat, und schimpfte auf die neue Mode.

»Früher haben wir höchstens drei Schleifchen auf die Haube genäht und vielleicht noch einen kleinen Spitzenvolant. Heutzutage sehen die Hauben aus, als hätte jemand einen Korb voller Rüschen und Schleifen darüber ausgeschüttet. Und je hässlicher die Trägerin ist, desto üppiger muss die Haube sein …«

»Ich könnte bei dieser Gelegenheit Sybilla einen kurzen Besuch abstatten, Mutter. Sie wollte einen Spitzenkragen für das blaue Kleid und dazu eine passende Haube.«

Die Aussicht auf einen neuen Auftrag versöhnte Charlotte auf der Stelle. Sybilla von Haynau war eine gute Kundin, und vor allem zahlte sie prompt. Was man leider nicht von allen Kundinnen des Ateliers Rosen sagen konnte.

»Na schön … Aber halte dich nicht zu lange bei ihr auf, wir brauchen die Bänder und das Garn dringend.«

»Das weiß ich, Mutter.«

Elise setzte einen Hut auf und nahm ein warmes Tuch um die Schultern, griff einen Korb und lief auf die Marktgasse hinaus. Sie war nicht böse darüber, einen Gang durch die Stadt unternehmen zu können, statt im Atelier über einer langweiligen Näherei zu sitzen. Beim Krämer Weiß ging sie vorüber – die Bänder, die es dort zu kaufen gab, waren uralt und hatten schon die Farbe verloren, die sollte sich die Krämerin selber an die Haube nähen. Aber gleich bei der Martinskirche lag der Krämerladen von Frau Hartwig, die führte eine hervorragende Auswahl an Bändern und Spitzen – die allerdings ihren Preis hatten. Elise kaufte drei Rollen Seidenband in Blau, Grün und Gelb, dazu passendes Stickgarn, Seidenfäden und mehrere Ellen einer wunderhübschen Spitzenborte, die die Krämerin erst in der vergangenen Woche auf der Messe erworben hatte.

Mit gefülltem Korb und erleichterter Geldbörse trat Elise wieder auf die Gasse und beschloss, auf dem Weg zu Sybilla bei der Poststation auf dem Königsplatz vorbeizugehen und nachzufragen, ob vielleicht ein Brief für sie angekommen sei.

Der junge Postbeamte hatte glattes, fettiges Haar und einen roten Pickel auf der Stirn.

»Ach, die hübsche Mamsell Rosen«, sagte er mit anzüglichem Lächeln. »Der Brief aus Frankfurt liegt schon zwei Tage für Sie bereit.«

Die Putzmacherin Elise Rosen aus der Marktgasse war in Kassel keine Unbekannte. Vor nicht allzu langer Zeit war sie vom Kurfürsten unter der Anschuldigung der Hurerei aus der Stadt verbannt worden – zu Unrecht, wie sich später herausgestellt hatte. Aber die Sache gab immer noch Anlass zu Gerede, und so mancher Kasselaner dachte insgeheim, die hübsche Putzmacherin sei leicht zu haben. Elise war sich darüber im Klaren, dass sie vorsichtig sein musste. Sie bedankte sich höflich, legte den Brief in den Korb und ging mit kurzem Abschiedsgruß davon.

Der Brief war von ihrem Vater – sie würde ihn bei Sybilla lesen, das war einfacher, als das Schreiben zu Hause zu öffnen, denn ihre Mutter würde gleich wieder die Augen verdrehen, wenn sie die Handschrift erkannte. Es stand leider immer noch nicht gut zwischen ihren Eltern, denn die Mutter hatte es Charles François de LaTour nicht verzeihen können, dass er sie seinerzeit nach einer kurzen Liebschaft schnöde verlassen hatte. Es war Elise gewesen, die den verschwundenen Vater in Frankfurt aufspürte und ihn schließlich trotz allem lieb gewann. Nun war sie beständig bemüht, die Eltern miteinander zu versöhnen. Was keine einfache Aufgabe war, denn weder Charlotte Rosen noch Charles François de LaTour war an einer Annäherung interessiert.

Sie hatte es nun eilig, das Wohnhaus der adeligen Familie von Schönhoff zu erreichen, in dem Sybilla mit ihrem Ehemann und den Eltern lebte. Wie schüchtern hatte sie sich doch seinerzeit diesem herrschaftlichen Anwesen genähert, als man sie bestellt hatte, um die junge Sybilla von Schönhoff für einen Abend auszustatten! Heute empfing man sie mit offenen Armen als lieben Gast und Schwägerin der Tochter des Hauses, denn Sybilla hatte Elises Halbbruder Johann Georg von Haynau geheiratet. Im Sommer des vergangenen Jahres war die Hochzeit gewesen, und seit einigen Monaten wusste Sybilla, dass sie ein Kind erwartete.

»Seien Sie gegrüßt, liebe Mamsell Rosen«, rief der weißhaarige Hausdiener Baptiste, als sie eintrat. »Meine junge Herrin hat sich schon beklagt, dass Sie so selten zu Besuch kommen. Sie wissen ja – sie ist hin und wieder ein wenig unpässlich und braucht die Aufmunterung ihrer liebsten Freundin …«

Baptiste war lange Jahre in den Diensten derer von Schönhoff und hatte Sybilla aufwachsen sehen – er liebte seine junge Herrin mit großer Anhänglichkeit und hatte diese Zuneigung auch auf Elise übertragen.

»Es gibt viel zu tun im Atelier«, entschuldigte sich Elise, während Baptiste sie die Stiegen hinauf in die herrschaftlichen Räume führte.

Baptiste schüttelte bekümmert den Kopf. »Es ist bedauerlich, dass eine so liebenswerte junge Person wie Sie ihren Lebensunterhalt mit ihrer Hände Arbeit verdienen muss«, meinte er. »Aber ich bin sicher, dass Sie eines Tages durch eine adelige Heirat in den Stand versetzt werden, ein Leben zu führen, das Ihnen gemäß ist.«

Elise wusste, dass er es gut mit ihr meinte. Sie selbst war sehr zufrieden mit dem Beruf der Putzmacherin und wünschte sich keinesfalls, als adelige Dame in Abhängigkeit und konventionellen Schranken zu leben.

Sybilla befand sich wie meist in dem Kabinett mit den vielen Bücherschränken, das vor Zeiten ihr verstorbener Bruder bewohnt hatte. Man hatte den Sessel mit einem weichen Federkissen ausgepolstert, da sie in den letzten Wochen von Rückenschmerzen geplagt worden war. Elise fand die Freundin sehr blass und fast noch schmäler als früher, was kein Wunder war, denn während der ersten Monate ihrer Schwangerschaft hatte Sybilla kaum Nahrung zu sich nehmen können.

»Elise!«, rief sie und streckte ihr beide Arme entgegen. »Wie sehr hast du mir gefehlt, liebe Freundin. Ich wollte heute Baptiste zum Atelier schicken und um einen Besuch bitten! Aber setz dich zu mir und erzähle …«

Elise ließ sich nicht lange bitten und plauderte fröhlich drauflos, wobei sie sich bemühte, alles in harmlosem, heiterem Licht zu schildern, denn Sybilla neigte zur Melancholie. Tatsächlich erhellten sich die Züge der Freundin, während sie ihr zuhörte, ihre Augen gewannen an Glanz, und schließlich war ein zarter rötlicher Schein auf ihren Wangen zu erkennen.

»Eine Katze wäre gewiss eine gute Hilfe gegen die frechen Mäuslein in eurer Vorratskammer«, meinte sie lächelnd. »Wie schade, dass deine Mutter keine Katzen mag. Johann Georg liebt jegliches Getier, er denkt daran, zwei Jagdhunde anzuschaffen, und wird bei diesem Plan von meinem Vater unterstützt …«

Elise erfuhr nun, dass Johann Georg seit einiger Zeit häufig mit zwei Kameraden auf die Jagd ritt. Es gefiel ihr nicht. Als Leutnant im Garde du Corps des Kurprinzen hatte Johann Georg regelmäßig seinen Dienst zu tun; wenn er seine freie Zeit mit Jagdausflügen verbrachte, wann kümmerte er sich dann um seine junge Ehefrau?

Doch Sybilla erwähnte mit keinem Wort, dass sie sich vernachlässigt fühlte, sie erklärte im Gegenteil, wie froh sie darüber sei, dass ihr Ehemann solch eine neue Leidenschaft für sich entdeckt habe.

»Es tut ihm gut, Elise«, meinte sie. »Zumal ich momentan wenig an seinem Leben Anteil nehmen kann und auch keine besonders heitere Begleiterin bin. Ich habe mir die Schwangerschaft nicht ganz so anstrengend vorgestellt.«

Sie verbrachte ihre Zeit vor allem mit Lesen, wie sie es immer schon gern getan hatte. Manchmal versuchte sie sich an kleinen Handarbeiten, die jedoch so schlecht gelungen waren, dass sie sie Elise nicht zeigen wollte. Ihre Mutter wachte streng über sie, bestimmte ihren Speiseplan wie auch die Zeiten der Bettruhe und begleitete sie an den Sonntagen zur Kirche.

»Jetzt, da der Frühling bald einkehren wird, solltest du an die frische Luft gehen«, fand Elise. »Johann Georg kann mit dir hinunter zur Karlsaue fahren oder nach Wilhelmshöhe. Ein kleiner Spaziergang in der Natur wird dir guttun.«

»Wenn sein Dienst es zulässt – gewiss.«

Elise nahm sich vor, ihrem Halbbruder ins Gewissen zu reden. Sybilla war viel zu selbstlos und dachte nur an das Wohl ihres geliebten Ehemannes. Dabei brauchte sie gerade jetzt seine Zuneigung und seinen Beistand.

»Wenn es ein wenig wärmer wird, gehen wir beide am Sonntag nach dem Kirchgang in der Stadt spazieren«, schlug sie vor. »Am Fuldaufer ist es im Frühling wunderschön.«

Sie sah der Freundin an, dass ihr dieser Vorschlag sehr gefiel. Doch gleich schlug Sybilla wieder die Augen nieder und flüsterte: »Ich fürchte, die Mutter wird es nicht erlauben. Sie ist der Ansicht, eine Schwangere sollte sich so wenig wie möglich in der Öffentlichkeit zeigen.«

»Ich sage es nicht zum ersten Mal, Sybilla: Deine Mutter ist mindestens so schwierig wie meine«, versetzte Elise ärgerlich. »Und das will etwas heißen!«

Sybilla musste lachen. Es tat der einsamen Adeligen gut, solche Dinge mit ihrer Freundin zu bereden. Sybillas Eltern lebten zurückgezogen, da Oberst von Schönhoff kränklich war, und auch ihre Heirat mit Johann Georg von Haynau hatte keine neuen Freundschaften gebracht.

»Überlass das mir«, meinte Elise entschlossen. »Ich werde mit deinem Vater sprechen – er wird mir zustimmen.«

»Oh, das ist ein guter Plan«, freute sich Sybilla. »Der könnte gelingen.«

Oberst von Schönhoff war ein kauziger Mensch, der manchem Gast schroff gegenübertrat. Aber die hübsche Putzmacherin Elise hatte von Anfang an sein Herz gewonnen, zumal sie bewiesen hatte, dass sie seiner Tochter eine treue und aufrichtige Freundin war.

»Wenn du erlaubst, würde ich gern ein Schreiben öffnen«, ging Elise nun zu ihrem Anliegen über. »Es ist von meinem Vater aus Frankfurt.«

Sybilla verstand sofort. »Aber natürlich, Elise. Soll ich hinübergehen, damit du ungestört bist?«

»Aber nein! Du weißt, dass ich keine Geheimnisse vor dir habe, liebste Sybilla.«

Während Elise nun den Brief hervorzog und das Siegel erbrach, wandte sich Sybilla wieder ihrem Buch zu und wartete geduldig ab, um der Freundin später mit Rat und beruhigenden Worten beizustehen.

Meine liebe, dickköpfige und ungetreue Tochter,
auch diesen Brief muss ich leider mit einer väterlichen Ermahnung beginnen, was mich umso härter ankommt, da ich dich nicht zum ersten Mal zur Ordnung rufe. Seit Monaten steht dein versprochener Besuch in Frankfurt aus, mehrfach habe ich ihn angemahnt, jedoch stets mit einer fadenscheinigen Ausrede vorliebnehmen müssen. Die viele Arbeit, der harte Winter, die teure Reise, die schwangere Freundin – die Liste dehnt sich ins Unendliche! Aber da ich dich, mein Kind, so sehr in mein altes Herz geschlossen habe, versuche ich es mit diesem Schreiben aufs Neue: Steig in die Postkutsche nach Frankfurt, das Haus meines Freundes Christian Daniel van Leuwen steht dir offen, und auch seine Frau Annette lässt dir ausrichten, dass sie große Sehnsucht nach dir hat.

Unglaublich, dachte Elise und hielt mit dem Lesen inne. Habe ich ihm nicht immer wieder geschrieben, dass ich hier in Kassel auf seinen Besuch warte? Und ist er auch nur ein einziges Mal auf meinen Wunsch in seinen Briefen eingegangen? Nein! Oh, ich weiß recht gut, warum er nicht nach Kassel reisen will. Weil er zu feige ist, meiner Mutter gegenüberzutreten.

Sie las weiter.

Gerade während der vergangenen Tage hättest du in Frankfurt allerlei Aufregendes und Lehrreiches erleben können. Wir hatten einen äußerst interessanten jungen Gast, einen Studenten aus Göttingen, der auf dem Anwesen meines Freundes Christian Daniel ein physikalisches Experiment durchgeführt hat, bei dem wir beide, Daniel und meine Wenigkeit, ihm hilfreich zur Seite standen.

Ein Student aus Göttingen? Wie kam Papa denn zu solch einer Bekanntschaft? Ach, da stand es ja:

Hans Christian Thiedemann ist der Sohn eines alten Freundes, bei dem ich in Göttingen logierte, als ich unsere Rieke im Januar zu einer Augenoperation bei dem berühmten Doktor Langenbeck begleitete …

In Göttingen war er also gewesen. Elise ärgerte sich. Da hätte er ohne Weiteres in Kassel Station machen können. Dass das Hausmädchen Rieke nun endlich operiert worden war, war eine gute Nachricht. Leider schrieb er nicht, ob die Operation erfolgreich verlaufen war. Stattdessen schilderte er ausführlich, wie sie im Park des Frankfurter Anwesens zu dritt lange Kupferdrähte zwischen den Gebäuden bis hinüber zum Pavillon gespannt hatten und mithilfe eines Magnetstabs und einer beweglichen Kupferspule Strom hindurchschickten, der schließlich auch am anderen Ende des Drahts angekommen war. Was für eine alberne Kinderei! Zwei erwachsene Männer in reifen Jahren und ein Student kletterten auf Dächer und Bäume, um eine Schnur zu befestigen. Christian Daniels Ehefrau Annette musste geglaubt haben, alle drei hätten den Verstand verloren.

Dieses Experiment hat der junge Thiedemann seinem Professor, dem Doktor Gauss, nachgemacht, der selbigen Versuch in Göttingen mit erstaunlichem Erfolg durchgeführt und wissenschaftlich beschrieben hat. Thiedemann ist der Ansicht, dass es möglich ist, auf diese Weise Nachrichten über eine größere Entfernung hinweg zu vermitteln, indem man ein Alphabet aus kurzen und langen Stromstößen entwickelt.

Was für eine Idee!, dachte Elise. Solange sie keinen Draht von Frankfurt bis Kassel spannen konnten, schien ihr die ganze Sache eher eine Spinnerei zu sein.

Unterdessen verblieb mir genügend Zeit, die Niederschrift meiner Lebenserinnerungen weiter voranzutreiben, die nun kurz vor der Vollendung steht. Thiedemann, der im Übrigen plant, einen Verlag zu gründen, zeigte sich an meinem Werk sehr interessiert und bat mich, es ihm zur Veröffentlichung zu überlassen. Was ich aus verschiedenen Gründen, die ich hier nicht aufzählen möchte, ablehnen musste.
Da ich vorhabe, den jungen Mann auf seiner Rückreise nach Göttingen zu begleiten, um daselbst einige Bücher zu erwerben, wäre es möglich, dir in Kassel einen Besuch abzustatten. Dies allerdings nur unter der Voraussetzung, dass es meine Zeit gestattet.
Einstweilen verbleibe ich mit großer Zuneigung und Affektion
Dein zärtlicher Vater
Charles François de LaTour

Elise musste den letzten Absatz zweimal lesen, weil sie es kaum glauben konnte.

»Er kommt nach Kassel!«, rief sie so laut, dass Sybilla erschrocken das Buch sinken ließ.

»Wie schön!«, meinte Sybilla erfreut. »Das hast du dir doch immer gewünscht, nicht wahr?«

»Aber ja! Ich glaubte schon, er würde niemals hierherkommen, weil er meiner Mutter nicht gegenübertreten will.«

»Weißt du, Elise«, meinte Sybilla und zögerte einen Moment, bevor sie weitersprach. »Ich könnte mir vorstellen, dass dein Vater auch andere Gründe hat, unser schönes Kassel zu meiden. Gründe, die in der Vergangenheit liegen, aber nichts mit deiner Mutter zu tun haben.«

Verblüfft sah Elise zu ihr hinüber. Daran hatte sie noch gar nicht gedacht. Kassel war damals die Hauptstadt des Königreichs Westphalen gewesen, das der französische Kaiser Napoléon im Zuge seiner Neuordnung der besiegten Länder geschaffen hatte. Sieben Jahre lang hatte der jüngste Bruder Napoléons, Jérôme, in Kassel die Herrschaft geführt, dann war das Kriegsglück des großen Franzosenkaisers gesunken, und infolge der Verhandlungen des Wiener Kongresses wurde Kassel wieder zur Residenz des Kurfürstentums Hessen-Kassel. Während dieser siebenjährigen Herrschaft des jungen König Jérôme war es bei Hofe lebhaft zugegangen, und Elises Vater hatte als Günstling des Königs Einblick in die Intrigen der Höflinge gehabt. Was ihm schließlich zum Verhängnis geworden war, denn wegen einer solchen Intrige hatte er über Nacht aus Kassel fliehen müssen.

»Aber das ist über zwanzig Jahre her«, meinte sie unsicher. »Und außerdem hat es sich am Hof des Franzosenkönigs abgespielt, der Kassel schon im Jahr 1813 verlassen musste.«

»Dennoch befinden sich etliche Kasselaner, die diese Zeit miterlebt haben, noch unter uns«, wandte Sybilla ein.

»Ach, Unsinn«, rief Elise aus. »Was auch immer damals gewesen ist – es ist vorbei, vergangen und vergessen!«

»Du wirst sicher recht haben, Elise«, meinte Sybilla mit schuldbewusstem Lächeln. »Ich bin nun einmal eine Kassandra, die überall nur Gefahren und Unheil sieht. Und das völlig ohne Grund.«

Kapitel 2

Elise hatte sich entschlossen, ihrer Mutter den bevorstehenden Besuch anzukündigen. Es war besser, wenn Charlotte vorbereitet war, sonst war es gut möglich, dass sie in Ohnmacht fiel, wenn Charles François de LaTour plötzlich im Atelier stand und sie mit »Bonjour, Madame« begrüßte. Also klopfte sie am frühen Morgen, noch bevor die Mutter aufgestanden war, an ihre Schlafkammertür.

»Bist du schon wach, Mutter? Ich würde gern einige Worte mit dir sprechen …«

Charlotte gelang es ausgezeichnet, ihren Schrecken über die Nachricht zu verbergen. In ihrem Bett sitzend blickte sie die Tochter mit starrer Miene an, schluckte zweimal und meinte: »Nun ja – wenn es sich nicht vermeiden lässt. Du kannst dich ja im Haus deiner Freundin Sybilla von Haynau mit ihm treffen.«

Das war kein guter Vorschlag, und die Mutter wusste es.

»Ich glaube kaum, dass er dort vorsprechen wird, Mutter. Du weißt ja, dass ihr Ehemann Johann Georg nichts mit seinem leiblichen Vater zu tun haben will.«

»Aus gutem Grund«, bemerkte Charlotte spitz.

»Das finde ich nicht. Immerhin ist er sein Vater, sein eigen Fleisch und Blut.«

Charlotte stieß ein künstliches Lachen aus. »Wenn ich recht verstanden habe, hat de LaTour seine Vaterschaft seinerzeit für eine ansehnliche Summe verkauft. War es nicht so?«

»Das geschah nur aus Rücksicht auf Johann Georgs Mutter,

und es hat ihr eine glückliche Ehe mit Ernst Theodor von Haynau ermöglicht.«

Charlotte machte eine abschätzige Handbewegung. »Wie auch immer – dein Vater hat ein wildes Leben hinter sich und nun, da er alt ist, muss er die Folgen tragen. Mir kommt er nicht ins Haus!«

Damit hatte Elise gerechnet. Aber sie war entschlossen, sich in diesem Fall durchzusetzen.

»Du wohnst nicht allein hier, Mutter. Und außerdem gehört das Haus nicht dir, sondern der Großmutter.«

Das war ein gutes Argument, denn Großmutter Anna hatte sich schon mehrfach auf Elises Seite geschlagen.

»Warum bist du so unversöhnlich?«, hatte sie neulich erst zu Charlotte gesagt. »Schließlich hat er viel für Elise getan, das kannst du nicht abstreiten. Und wenn ich schon dabei bin, dir die Wahrheit zu sagen: Du selbst warst an der Geschichte damals nicht ganz unschuldig. Hast du auf meine Warnungen gehört? Nein, du musstest dich unbedingt mit dem schönen ›Chevalier du Croix Blanc‹ einlassen, und prompt …«

An dieser Stelle hatte die Mutter zornig mit der Hand auf den Tisch geschlagen, und die Großmutter war verstummt.

»Gut, ich will keine alten Geschichten aufwärmen«, murmelte sie.

Elise hatte dieses Gespräch noch in frischer Erinnerung, und daher wusste sie, dass das Verbot der Mutter auf wackeligen Füßen stand.

»Ich habe jetzt keine Zeit für solche Lappalien«, sagte Charlotte, da sie einsah, dass sie so nicht weiterkam. Hastig warf sie die Bettdecke zurück und stand auf, nestelte an den Bändern der Nachthaube und nahm ein frisches Hemd und lange Strümpfe aus dem Schrank.

»Spute dich«, rief sie der Tochter zu. »Nach dem Frühstück habe ich euch etwas zu verkünden.«

Zufrieden ging Elise hinüber in ihr Zimmer, das einmal das »schöne Zimmer« ihrer Mutter gewesen war und das sie seit über zwei Jahren allein bewohnte. Die Mutter würde nun über die Sache nachdenken und ihre starre Haltung hoffentlich aufgeben. Natürlich konnte man nicht erwarten, dass die beiden sich schon bei der ersten Wiederbegegnung miteinander aussprachen und versöhnten. Aber ein höfliches »Guten Morgen« musste doch möglich sein!

Unten in der warmen Küche hatten Babette und Therese am Tisch Platz genommen; auch Moritz war wie jeden Morgen erschienen, und Großmutter Anna goss den Kaffee in die Tassen. Das Brot war frisch und duftete verführerisch – Moritz war ausnahmsweise früh auf den Füßen gewesen und hatte beim Bäckermeister Wirt eingekauft.

»Guten Morgen, Lieschen«, grüßte ihr Ziehbruder sie fröhlich. »Du schaust blass aus der Wäsche – hast du wieder die halbe Nacht gelesen?«

Elises Leidenschaft für die schöne Literatur war allen bekannt, und Moritz, der nie in seinem Leben ein Buch in die Hand genommen hatte, zog sie gern damit auf. Da jetzt aber Charlotte mit Unheil verkündender Miene in die Küche trat, sparte sich Elise die Antwort.

Charlotte wünschte kurz angebunden einen guten Morgen, setzte sich dann auf ihren Platz und trank einen großen Schluck Kaffee. Das frische Brot und Moritz' triumphierende Miene ignorierte sie.

»So geht es nicht weiter«, sagte sie, stellte die Tasse ab und blickte zuerst Therese und dann Moritz drohend an. »Die Arbeit im Atelier bleibt liegen, und die Kundinnen beschweren sich, Therese. Ich erwarte, dass du dich entscheidest, ob du bei Moritz oder bei mir angestellt sein willst.«

Therese fiel die angebissene Brotscheibe vor Entsetzen aus der Hand. Anstatt eine Antwort zu geben, fing sie bitterlich an zu schluchzen und zog schließlich die Schürze hoch, um damit die Tränen abzuwischen.

»Was ist denn heute in dich gefahren, Charlotte?«, fragte die Großmutter verwundert.

»Misch dich da nicht ein, Mutter«, gab Charlotte barsch zurück und wandte sich Moritz zu, der das Geschehen mit beklommener Miene verfolgte. »Und nun zu dir«, fuhr sie in ihrem Strafgericht fort. »Du hast ein Geschäft eröffnet, bedienst Kunden und nimmst Geld ein. Dessen ungeachtet nötigst du deine arme Mutter, ihre Arbeit zu vernachlässigen, um dir kostenlose Dienste zu erweisen. Und zu allem Überfluss sitzt du dreimal täglich zu den Mahlzeiten hier am Tisch und isst auf unsere Kosten …«

»Das ist nicht wahr!«, wehrte sich Moritz. »Ich habe das Brot zum Frühstück gekauft!«

»Das erste Mal seit Wochen«, bemerkte Charlotte ungerührt. »Und für die Kammer, die du oben bewohnst, hast du bisher auch noch keinen müden Pfennig gezahlt!«

Elise kämpfte mit ihrem schlechten Gewissen. Ganz sicher war die Mutter so streng mit den beiden, weil sie sich über das Gespräch vorhin geärgert hatte.

»Moritz hat das Geschäft erst vor ein paar Wochen eröffnet«, wandte sie vorsichtig ein. »Aller Anfang ist schwer, Mutter. In Zukunft wird er sicher einen kleinen Betrag für die Kammer zahlen können, und was das Essen anbelangt …«

»Genau das wollte ich gerade sagen«, fiel Moritz ihr ins Wort. »Mein Handel läuft inzwischen hervorragend, und da nun der Frühling naht, brauche ich auch kein Holz mehr …«

»Holz?«, unterbrach Charlotte und sah Babette scharf an, die schnell verlegen zur Seite blickte. »Ich dachte, du hast selbst Holz gekauft, Moritz!«

»Natürlich …«, sagte Moritz verlegen. »Aber dieser elende Ofen in meinem Laden frisst das Holz klafterweise, und da ich dich als eine großzügige und christlich gesinnte Frau kenne …«

»… hast du dich an unserem Holzstapel bedient«, vervollständigte Großmutter Anna den Satz. »Ich hätte es wissen müssen, so schnell konnte das Holz doch nicht schwinden.«

»Er war es nicht!«, schluchzte Therese. »Ich habe ab und zu ein paar Scheite unter der Schürze hinübergetragen. Weil sich mein Moritz doch nicht erkälten darf, wenn er den lieben langen Tag im Geschäft steht.«

»Schluss jetzt!«, rief Charlotte und schlug mit der Hand auf den Tisch, dass die Kaffeetassen erzitterten. »Wir haben keine Zeit zu langen Reden, das Atelier muss geöffnet werden, und die Näharbeiten erledigen sich nicht von selbst. Hört also zu, was ich beschlossen habe.«

Sie eröffnete Therese, dass sie ihr den Lohn kürzen würde, sie aber behalten wollte und ihr gestattete, einige Stunden am Tag für Moritz zu arbeiten. Dieser hatte für seine Kammer und drei Mahlzeiten am Tag zwei Albus in der Woche zu zahlen.

»Das ist zu viel«, wandte Moritz bedenklich ein. »Lieber stelle ich jede Woche eine Flasche guten Wein auf euren Tisch.«

»Gut. Dann ein Albus. Aber nur, wenn es ein anständiger Wein ist, der keine Kopfschmerzen macht.«

»Ich führe nur Weine von ausgezeichneter Qualität!«, rühmte sich Moritz, der jetzt mit den Bedingungen einverstanden war. Auch Therese schien sehr erleichtert, es tat ihr nur leid um das Geld, das sie ohnehin nicht für sich selbst verwendete, sondern ihrem Moritz gab.

»Im Übrigen habe ich vor, eine junge Person ins Atelier aufzunehmen, die das Handwerk erlernen will«, verkündete Charlotte zum Abschluss und nahm sich eine Brotscheibe, um noch rasch etwas in den Magen zu bekommen, bevor das Atelier für die Kundinnen geöffnet wurde.

»Du kannst gleich einen Zettel schreiben, den wir an die Tür hängen, Elise. Fleißig und anständig soll sie sein und keine Widerworte geben. Gute Augen muss sie haben und geschickte Finger.«

»Gern, Mutter«, beeilte sich Elise zu versichern. »Das ist eine gute Entscheidung. Ein junges Ding kann viel bei uns lernen und schon bald eine große Hilfe sein.«

»Manieren muss sie haben, und ein nettes Gesicht schadet auch nicht. Allzu hübsch sollte sie jedoch nicht sein, das bringt sie nur in Versuchung, mit jungen Männern anzubandeln. Mit den Kundinnen soll sie freundlich umgehen …«

»Das passt gar nicht alles auf den Zettel, Mutter.«

»Vor allem soll sie klug und gehorsam sein, der Rest ergibt sich von selbst«, fasste Charlotte ihre Bedingungen zusammen.

Bald hing an der Eingangstür des Ateliers ein Papier, in dem angekündigt wurde, dass man ein Lehrmädchen suche. Der Erfolg des Aushangs ließ denn auch nicht lange auf sich warten. Noch am selben Vormittag betraten zwei Frauen das Geschäft, um nach der Stellung zu fragen. Die eine war eine junge Witwe, die zwei Kinder zu ernähren hatte, die andere eine ältere alleinstehende Person, die schon mehrere Jahre bei Schneidermeister Poppe genäht hatte und mit dem Lohn unzufrieden war.

»Bedaure«, sagte Charlotte. »Wir suchen eine junge Person, die wir anlernen. Ein Lehrgeld muss sie nicht zahlen, im ersten Jahr bekommt sie Kost und Logis, im zweiten Jahr erhält sie einen Lohn – allerdings nur bei guter Leistung.«

Das war nicht im Sinne der Anfragerinnen. Die Witwe ging enttäuscht davon, die andere versuchte hartnäckig, ihre Dienste als erfahrene Näherin anzubieten. Aber Charlotte blieb hart.

»Der Schneidermeister Poppe wird sie entlassen haben«, meinte sie, als die Frau endlich gegangen war. »Und ganz sicher nicht ohne Grund. Der steht die Unehrlichkeit doch ins Gesicht geschrieben!«

Da die Putzmacherinnen als reines Frauengewerbe keine Zunft bilden durften, bestand auch kein Regelwerk über die Arbeitsbedingungen der Lehrlinge. Jedes Atelier stellte eigene Regeln auf. Am Nachmittag fragten mehrere junge Mädchen nach der Lehrstelle, aber keine von ihnen fand Gnade vor den strengen Augen der Atelierchefin.

»Der sehe ich den Widerspruchsgeist doch an ihrer spitzen Nase an«, erklärte sie. »Und die andere hat Dreck unter den Fingernägeln. Pfui! Die dritte gar scheint mir eine ganz durchtriebene Person zu sein, das sieht man schon an ihrem lüsternen Blick und den aufgeworfenen Lippen. So eine hätte uns gerade noch gefehlt.«

Elise war zwar der Ansicht, dass mindestens zwei der Mädchen sehr nett und anstellig erschienen waren – aber sie ließ die Mutter gewähren. Babette war mit ihrem Urteil stets auf Charlottes Seite, und Therese sorgte sich, dass eines dieser jungen Dinger ihren armen Moritz verführen und ihm mit einem unehelichen Kind zur Last fallen könnte.

»So etwas ist schneller geschehen, als man denkt«, versicherte sie eifrig.

»Du musst es ja wissen«, bemerkte Babette bissig.

Womit sie darauf anspielte, dass auch Moritz unehelich zur Welt gekommen war.

Am Abend, als sie alle nach getaner Arbeit in der Küche saßen, wollte Großmutter Anna wissen, ob sich denn ein passendes Lehrmädchen gefunden hätte.

»Keine einzige«, erklärte Charlotte unzufrieden. »Entweder wollen sie Lohn haben, oder sie sind verlogen und faul, haben ein freches Mundwerk und Finger so dick wie Brühwürste.«

Großmutter Anna wendete den Blick ärgerlich zur Küchendecke und wetterte los: »Ja was für eine suchst du denn? Eine fromme Klosterschülerin, sanft wie eine Taube, stumm wie ein Fisch, und dazu soll sie feine Fingerchen haben, die Stroh zu Gold spinnen können? Nach so einer kannst du ein Leben lang suchen, die wirst du nirgendwo finden!«

»Ich hätte da einen Vorschlag«, meldete sich Babette zu Wort.

»Lass hören.«

»Ich habe eine junge Verwandte, die vielleicht …«

»Eine Verwandte?«, fiel ihr Charlotte ins Wort. »Sagst du nicht immer, du wärst ganz allein auf der Welt?«

»Nun ja«, meinte Babette und schob die leer gegessene Breischale von sich. »Sie ist das Kind einer Cousine der ersten Frau meines verstorbenen Bruders.«

»Ja so …«, äußerte Charlotte stirnrunzelnd.

»Ein recht kluges und braves Mädelchen.«

»Etwa noch ein Kind?«

»Als ich sie zuletzt sah, ging sie zur Schule. Das arme Wesen hat die Eltern früh verloren, eine Bauernfamilie hat sie angenommen und großgezogen.«

Charlotte schüttelte ablehnend den Kopf und meinte, ein Bauernmädel könne sie im Atelier nicht gebrauchen.

»Sie ist kein Bauernmädel, Frau Rosen«, widersprach Babette. »In der Dorfschule war sie allen anderen weit voraus. Die Lehrerin hat mir damals gesagt, das Gretchen sei zu schade für den Acker. Zumal sie eine schiefe Hüfte hat und zu keiner harten Arbeit taugt.«

»Eine schiefe Hüfte hat sie also. Vielleicht ist sie auch halb blind und hat steife Finger?«

»O nein, Frau Rosen! Sie hat gute Augen und ist in allen Dingen außerordentlich geschickt.«

»So so … und wie alt ist sie inzwischen?«

Babette zuckte die Schultern und dachte kurz nach. »Sie könnte um die zwanzig Jahre sein …«

»Das ist viel zu alt!«

»Aber sie ist klug, fleißig und stellt gewiss keine Ansprüche. Sie wird froh sein, von dem geizigen Bauern fortzukommen. Wir könnten ihr einen Boten ins Dorf schicken …«

»Einen Boten!«, rief Charlotte entsetzt. »Soll ich den etwa bezahlen, wenn ich das Mädel ohnehin nicht brauchen kann?«

Babette erklärte, den Boten aus eigener Tasche zahlen zu wollen und ihm auch Reisegeld für das Gretchen mitzugeben.

»Übernachten kann sie bei mir in der Kammer. Und wenn Sie das Mädelchen partout nicht einstellen wollen, schicken wir sie halt in ihr Dorf zurück.«

Charlotte hielt nichts davon, aber da Babette beharrlich an ihrem Vorhaben festhielt und sogar die Kosten tragen wollte, erklärte sie sich schließlich einverstanden.

Während der folgenden Tage saß Elise wie auf glühenden Kohlen, denn sie hoffte inständig, ihr Vater würde seinen angekündigten Besuch in Kassel wahr machen. Was leider keineswegs sicher war – aber sie wollte vorbereitet sein. In harten Redegefechten hatte sie der Mutter die Erlaubnis abgerungen, Charles François de LaTour oben in ihrem Zimmer empfangen zu dürfen; Charlotte selbst wollte allerdings dem Herrn nicht begegnen, sie würde sich im Fall seiner Ankunft in die Küche begeben und erst nach seinem Fortgehen ins Atelier zurückkehren. Logieren sollte er keinesfalls im Hause Rosen – er konnte sich ja in einem Gasthof einmieten. Elise beließ es vorerst dabei und dachte, dass erwachsene Menschen sich doch mitunter furchtbar lächerlich benehmen konnten.

»Was hast du erwartet, Lieschen?«, meinte Moritz, als sie ihn bei der Rückkehr von einer Kundin vor seinem Laden stehend antraf. »Schließlich hat er sich noch vor deiner Geburt ohne Abschied davongemacht. So etwas nimmt eine Frau nun einmal übel.«

»Er ist ja nicht freiwillig aus Kassel fortgegangen«, widersprach sie. »Wäre diese unglückliche Giftaffäre nicht gewesen – er hätte meine Mutter bestimmt nicht so schnöde verlassen.«

»Kann sein – kann nicht sein«, meinte er und wiegte den Kopf. »Auf jeden Fall ist er all die Jahre über nicht mehr in Kassel aufgetaucht.«

Das konnte Elise nicht leugnen. Trotzdem hoffte sie auf eine späte Versöhnung ihrer Eltern, denn sie liebte sie alle beide sehr.

Der Winter wollte auch Ende März nicht dem Frühling das Feld überlassen. Schnee fiel in dichten Flocken vom grauen Himmel, aus den Schornsteinen der Häuser stiegen die Rauchsäulen empor, und auf dem Königsplatz war die Equipage des Obergerichtsdirektors Wiederhold in einen Schneehaufen gefahren und umgestürzt. Man hatte mit Mühe die verschreckten Pferde festhalten und zur Ruhe bringen können; danach half man den unglückseligen Insassen aus der beschädigten Kutsche. Die Obergerichtsdirektorin hatte eine Platzwunde an der Schläfe davongetragen und ihr Mädchen den Arm gebrochen, Hofrat Völkel, der sich ebenfalls in der Equipage befunden hatte, war mit ein paar blauen Flecken davongekommen.

Um die Mittagszeit eines kalten Tages zeigte sich eine vermummte Gestalt vor dem Atelier Rosen, die eine verblichene Reisetasche in der Hand hielt. Sie stand ein Weilchen vor dem Schaufenster und schien die ausgestellten Hüte und Hauben zu betrachten, dann trat sie zurück, schaute am Haus empor und musterte den schmalen Ausschnitt des verhangenen, schneeträchtigen Himmels. Schließlich bewegte sie sich auf den Eingang zu und öffnete die Ladentüre.

»Sie wünschen?«, fragte Charlotte mit hochgezogenen Brauen, da die Eintretende kaum eine Kundin sein konnte.

»Einen schönen guten Tag, Frau Rosen«, sagte die vermummte Person und zog das wollene Tuch vom Kopf. »Ich komme wegen einer Anstellung. Man hat mir mitgeteilt, dass Sie ein Mädchen suchen, die das Handwerk der Putzmacherin erlernen will.«

»Bist du es, Gretchen?«, rief Babette und legte die Stickerei beiseite. »Das ist recht, dass du nach Kassel gekommen bist. Kennst du mich denn nicht mehr? Ich bin deine Tante Babette.«

Sie war also tatsächlich aus ihrem Dörfchen hierher nach Kassel gereist. Charlotte blickte abschätzig auf das wenig hübsche Gesicht der jungen Person, die mit einer knolligen Nase, schmalen Lippen und kleinen, hellen Augen alles andere als eine Schönheit war. Auch das dünne rötliche Haar und der kurze Hals konnten nicht gefallen, aber immerhin hatte sie eine angenehme Stimme und konnte sich mit Worten ausdrücken.

»Tante Babette!«, sagte sie jetzt und lächelte die Näherin erfreut an, die aufstand, um sie zu begrüßen. »Ich kann mich entsinnen, dass du einmal bei uns im Dorf gewesen bist. Im Sommer ist es gewesen, und du hast mir eine Münze geschenkt. Die habe ich aufgehoben und besitze sie heute noch.«

»Aufgehoben hast du den Reichstaler?«, staunte Babette. »Das ist klug, denn ich hatte ihn für deine Aussteuer gedacht. Da sehen Sie, Frau Rosen, wie sorgsam das Mädchen mit dem Geld umgeht.«

Auch Elise musterte Babettes Nichte aufmerksam und fand, dass ihre Züge sehr gewannen, wenn sie lächelte.

»Kannst du denn mit Nadel und Faden umgehen, Grete?«, wollte Charlotte nun mit kritischer Miene wissen.

»Ich bin keine gelernte Näherin«, sagte Babettes Nichte freimütig. »Aber ich habe Kleider und Schürzen genäht, auch wollene Blusen und Strümpfe gestrickt. Ich kann Wolle und Flachs spinnen, und manchmal habe ich eine einfache Stickerei zustande gebracht. Solch feine Arbeiten wie die hübschen Hauben oder die zarten Spitzenkragen, die in Ihrem Schaufenster zu sehen sind, habe ich freilich noch nie angefertigt.«

Die Antwort gefiel Charlotte, denn sie klang ehrlich. Das Mädchen brüstete sich nicht mit angeblichen Fähigkeiten und Talenten, die sich später als Schall und Rauch erwiesen. Dennoch war die Chefin des Ateliers wenig begeistert von Babettes Schützling, vor allem, als sie nun das wollene Tuch von den Schultern nahm und man die ärmliche Kleidung sah, die aus grobem Tuch genäht war, wie es die Bauersleute gebrauchten.

»Da du die weite Reise getan hast, will ich dich nicht wieder fortschicken«, meinte sie. »Meinetwegen kannst du einige Tage bleiben und zur Probe arbeiten, dann werden wir sehen, ob du als Lehrmädchen für mein Atelier geeignet bist. Allerdings nicht in diesem Kleid und schon gar nicht in Holzschuhen. Hast du nichts Besseres anzuziehen?«

»Leider nicht, Frau Rosen«, gab Grete beklommen zu. »Ich habe für die Reise meine besten Sachen angelegt.«

Charlotte tat einen ärgerlichen Seufzer und blickte Babette vorwurfsvoll an. Da sprang Elise ein, der das arme Mädchen leidtat, die nicht einmal ein anständiges Kleid besaß.

»Vielleicht passt ihr eines von meinen Kleidern, Mutter«, schlug sie vor. »Komm mit mir hinauf, Grete, wir probieren, ob wir etwas Hübsches für dich finden.«

Es polterte ordentlich, als Grete hinter ihr die Stiege hinaufging, was nicht nur an ihren Holzschuhen lag, sondern auch an ihrem mühsamen, unregelmäßigen Gang. Wegen ihrer schief gewachsenen Hüfte setzte sie den linken Fuß fester auf als den rechten und wiegte den Körper dabei auf seltsame Weise hin und her.

»Heilige Maria!«, sagte sie staunend, als Elise die Tür zu ihrem Zimmer öffnete. »Wie schön! Wie kostbar! Das ist ja gerade wie in einem Schloss!«

Elise freute sich über diese kindliche Begeisterung. Nachdem der Franzosenkönig Jérôme Kassel verlassen hatte und niemand mehr etwas von der französischen Herrschaft wissen wollte, hatte ihre Mutter die altmodischen, aber schönen Möbel günstig erworben. Vor drei Jahren hatte sie der Tochter das Mobiliar zum Geschenk gemacht. Auch ein großes, mit Stoffvorhängen versehenes Bett gehörte dazu, in dem Elise nun schlafen durfte.

»Tritt ein und zier dich nicht, Grete«, ermunterte sie das

Mädchen. »Lass dich einmal anschauen – ich glaube, du bist recht schmal um die Taille.«

Sie öffnete ihren Kleiderschrank und wählte ein Kleid, das am Saum geflickt war, da der Stoff dort mit der Zeit brüchig geworden war. Sie hatte die Flickarbeit zwar so geschickt ausgeführt, dass man es kaum sehen konnte, aber da Sybilla ihr später mehrere ihrer abgelegten Kleider geschenkt hatte, war dieses im Schrank geblieben.

»Versuch es einmal«, meinte sie. »Und hier ist ein Paar Schuhe, die ich nicht mehr benötige.«

Mit dem Kleid ging es recht gut, es war nur ein Stück zu lang, aber diesem Übel konnte leicht abgeholfen werden. Über Gretes Unterröcke, die aus grobem Leinen genäht und so gar nicht städtisch waren, konnte Elise freilich nur den Kopf schütteln. Die Schuhe waren leider viel zu eng. Grete hatte breite, kurze Füße, wobei der linke Fuß um einiges dicker als der rechte war. Sie würde also vorerst in ihren Holzpantinen gehen müssen.

»Schon viel besser«, lobte Elise trotzdem. »Jetzt noch eine nette Haube – und schon siehst du aus wie eine Kasselanerin.«

Grete besah sich lange und mit großem Staunen in dem gerahmten Spiegel, der über der Kommode an der Wand angebracht war. »Auf dem Bauernhof gab es so etwas nicht«, gestand sie verlegen. »Wer sein eigenes Gesicht sehen wollte, der musste bei Sonnenschein in den Brunnen schauen. Oder in den Bach, aber da schwankte das Bild.«

»Wenn eine zu oft in den Spiegel schaut, dann wird sie eitel und hochmütig«, meinte Elise heiter. »Zumindest hat mir das die Mutter immer gesagt.«

»Da ist bei mir gewiss keine Gefahr«, gab Grete traurig zurück und trat einen Schritt näher zum Spiegel, um ihre Nase genau zu besehen. »Ich bin wohl recht hässlich.«

Sie tat Elise leid, denn auch mit der spitzenbesetzten Haube wirkte ihr Gesicht grob und wenig anziehend.

»Jede von uns hat ihre Licht- und Schattenseiten«, tröstete sie. »Die eine ist hübsch, die andere hat geschickte Finger, eine dritte ist klug im Kopf, und die vierte hat ein sonniges Gemüt. Außerdem muss ich dir sagen, dass es nicht immer praktisch ist, ein hübsches Gesicht zu haben. Vor allem nicht für eine Putzmacherin.«

»Wieso gerade nicht für eine Putzmacherin?«, wunderte sich Grete.

»Weil es in unserem Beruf besser ist, ledig zu bleiben«, belehrte Elise sie. »Als Ehefrau darfst du kein Geschäft führen, weil du in allem deinem Ehemann untertan bist. Eine ledige Frau aber, vor allem wenn sie hübsch ist, steht leicht in dem Ruf, eine liederliche Person zu sein. Vor allem hier in der Stadt, wo die Soldaten und Offiziere des kurfürstlichen Regiments stationiert sind.«

Grete nahm die Belehrung mit Aufmerksamkeit zur Kenntnis und fragte dann, ob sie das Kleid und die Haube behalten dürfe, sie wolle auch dafür bezahlen.

»Ich habe noch einen Reichstaler …«

»Den spare dir für wichtigere Dinge auf«, meinte Elise gerührt. »Wenn dir die Sachen gefallen, schenke ich sie dir. Und nun komm mit hinunter, die Mutter wird schon ungeduldig sein.«

Grete ging mit Eifer, aber bedächtig zu Werke. Brav saß sie neben Babette am Fenster über die Nähprobe gebeugt, die Charlotte ihr auferlegt hatte. Sie hatte ein gebrauchtes Stück Stoff erhalten und sollte verschiedene Nähte in unterschiedlicher Stichweise ausführen. Alles musste in kleinen Stichen und gleichmäßig gearbeitet werden, die Fäden sauber verwahrt, auch durfte sich der Stoff nicht verziehen. Grete begriff rasch und stellte die Probearbeit zwar nicht glänzend, aber zufriedenstellend fertig. Auffallend war nur, dass sie häufig bei der Arbeit innehielt und seltsame Vorschläge machte.

»Es ginge doch rascher, wenn ich die Naht zuerst von der einen Seite in einfachen Stichen nähte, sie dann umwendete und in ebensolchen Stichen zurücknähte …«

»Versuche um Himmels willen nicht, uns das Nähen beizubringen, Gretchen«, versetzte Babette ärgerlich.

»Aber es geht so schneller und hält genauso gut …«

»Tu, was dir gesagt wird!«

Charlotte besah sich die Probearbeit sehr gründlich auf beiden Seiten und war fürs Erste zufrieden. Ein Vorteil war, dass Babette sich große Mühe gab, ihre Nichte anzulernen, und ihre Arbeit beständig überwachte. Grete machte keine Fehler, nur fiel es ihr schwer, die Stiche klein und gleichmäßig zu setzen, aber das würde mit der Zeit besser werden, wie Babette eifrig versicherte. Beim Zuschneiden der neuen Hauben erwies sich sogar, dass Grete einen guten Blick hatte und kaum ein Stückchen des teuren Stoffes abfiel.

»Daran kannst du dir ein Beispiel nehmen, Therese«, meinte Charlotte. »Wir haben fast eine halbe Elle eingespart.«

Therese war über das neue Lehrmädchen wenig froh; sie sprach kein Wort mit Grete und war beleidigt, weil sie ihren Stuhl zur Seite rücken musste, da man nun zu viert beim Fenster saß. Wenn sie die Gelegenheit hatte, legte sie Schere und Garnrollen so, dass Grete sie nicht erreichen konnte. Da sie dabei jedoch häufig von Babette erwischt wurde, handelte sie sich Ärger ein, denn Babette ließ in solchen Dingen nicht mit sich spaßen.

»Wenn du die Schere für dich allein haben willst, dann kauf dir selber eine!«, knurrte sie Therese an.

»Ich war in Gedanken …«

»Bei deinem Moritz und seinen Weinfässern, wie?«

»Ganz recht«, wehrte sich Therese, die sich in Gretes Gegenwart gern mit ihrem tüchtigen Sohn spreizte. »Der Franzosenwein, den mein Moritz gestern geliefert bekam, ist ganz ausgezeichnet, sogar der Küfermeister des Kurprinzen hat zehn Flaschen davon bestellt.«

»Wohl bekomm's«, meinte Babette unverdrossen. »Von dem kurhessischen Gewächs haben wir neulich alle den flotten August bekommen. Da bleibt zu hoffen, dass der Franzose von besserer Qualität ist.«

Therese würdigte sie keiner Antwort und schaute stattdessen zum Fenster auf die Gasse hinaus. Dort konnte man sehen, wie Moritz mit dem erhobenen Besen mehrere Lausbuben verscheuchte, die vor dem Weingeschäft eine Schlitterbahn im frisch gefallenen Schnee angelegt hatten. Der Winter hielt das Land immer noch in hartem, eisigem Griff.

Der Vater wird sicher warten, bis sich das Wetter gebessert hat, dachte Elise bekümmert. Bei dieser Kälte zu reisen ist wirklich kein Vergnügen.

Doch insgeheim fürchtete sie, dass Charles François de La-Tour wohl gar nicht nach Kassel kommen würde. *Wenn es meine Zeit erlaubt*, hatte er geschrieben. Damit hatte er sich eine prächtige Hintertür offen gelassen.

Kapitel 3

Auch am folgenden Tag stellten sich mehrere Mädchen im Atelier vor, die das Handwerk der Putzmacherin erlernen wollten, und Babette verfolgte die Verhandlungen mit besorgtem Blick. Doch Charlotte war ebenso mäkelig wie zuvor, nur zwei davon bat sie, in ein paar Tagen noch einmal vorzusprechen, alle anderen schickte sie gleich wieder fort.

»Da siehst du, welches Glück du gehabt hast«, flüsterte Babette ihrem Schützling zu, die mit gesenktem Kopf über ihrer Näharbeit saß. »Streng dich also an und mach mir keine Schande.«

»Ja, Tante Babette«, sagte Grete und rieb sich die klammen Finger.

Inzwischen war der Holzstapel bis auf einen Rest geschwunden, der für die Küche gebraucht wurde, und da Charlotte nicht bereit war, das zurzeit überteuerte Brennmaterial einzukaufen, war es empfindlich kalt im Atelier.

»Das Osterfest naht«, meinte sie hoffnungsvoll. »Und wenn wir erst die Auferstehung des Herrn gefeiert haben, wird auch der Frühling einkehren.«

»Dein Wort in Gottes Ohr«, sagte Elise, die ein wollenes Tuch um die Schultern gelegt hatte. »Aber die Hofrätin von Ochs, die vorhin den neuen Hut probierte, hat dreimal niesen müssen, während sie bei uns saß.«

»Wenn die Dame endlich die ausstehenden Rechnungen bezahlen würde, könnte ich auch Holz für den Ofen kaufen«, versetzte Charlotte ärgerlich.

Die Zahlungsmoral einiger Kundinnen hatte sich in letzter Zeit sehr zum Schlechteren gewendet. Durch den Anschluss Kurhessens an das preußische Zollsystem waren viele Waren wohlfeiler und in größerer Menge als früher zu haben, die Krämerläden boten allerlei welschen Tand an, und auf dem Markt wurden Seefische, südländisches Obst, Gemüse und englische Tuche gehandelt. Da kaufte so manche Bürgerin mehr ein, als ihr Geldbeutel vertrug, und die Folge war, dass man im Atelier Rosen anschreiben ließ.

Die Unterhaltung stockte, weil jetzt die Ladentür geöffnet wurde und das Mädchen des Fräuleins von Eschen eintrat.

»Einen schönen Gruß von meiner Herrin soll ich ausrichten«, sagte sie und knickste vor Charlotte. »Sie bittet um einen Besuch gegen drei Uhr, um einen Hut neu dekorieren zu lassen. Auch benötigt sie einen Kragen und Handschuhe aus feiner Spitze.«

Sie sagte ihren Spruch auf wie eine Schülerin, die ihn auswendig gelernt hatte. Vermutlich hatte Frau von Eschen sie den Auftrag mehrfach wiederholen lassen, bevor sie sie losschickte.

»Sag deiner Herrin, dass meine Tochter um drei Uhr mit dem Gewünschten bei ihr sein wird«, gab Charlotte erfreut zurück.

Das Mädchen hatte die ausgestellten Rüschenhauben, Spitzenhandschuhe und frühlingshaft dekorierten Hüte mit begehrlichen Augen angestarrt, jetzt knickste sie aufs Neue, warf noch einen verwunderten Blick auf Grete, die sie hier noch nie gesehen hatte, und trat auf die Gasse hinaus.

»Sieh zu, dass sie gleich bezahlt«, riet Charlotte ihrer Tochter. »Und nimm die teuren Kragen und Handschuhe mit. Fräulein von Eschen muss man die beste Qualität anbieten, sie ist anspruchsvoll.«

Elise liebte es zwar, die Kundinnen in den Häusern zu beraten, wo sie Kleider und Hüte durch geschickt eingesetzte Accessoires nach der neuesten Mode veränderte. Seitdem sie jedoch wusste, welche Intrigen das Fräulein von Eschen seinerzeit am Hof des Franzosenkönigs Jérôme gesponnen hatte, ging sie nur noch ungern zu dieser Dame ins Haus. Aber Geschäft war Geschäft – als Putzmacherin konnte sie sich ihre Kundschaft nicht aussuchen, und Fräulein von Eschen war eine jener Kundinnen, die prompt und ohne Abzüge die Rechnungen zahlte.

Ein lauer Frühlingswind wehte durch die Marktgasse, als sie sich zu ihrem Kundenbesuch aufmachte. Tatsächlich hatte sich heute die graue Wolkendecke geöffnet, und die Sonne ließ sich blicken. Noch stand sie nicht hoch genug, dass ihre Strahlen in die engen Gassen der Altstadt dringen konnten, aber in den oberen Stockwerken der Häuser blitzten die Fensterscheiben. Auf der Königstraße promenierten Bürgerinnen mit ihren Töchtern, zwei Knaben trieben einen Reifen mit ihren Peitschen über das Pflaster, und eine Gruppe kurfürstlicher Soldaten in schmucken blau-weißen Uniformen marschierte zur Kaserne am Hohentor hinüber.

Es sieht doch alles gleich viel fröhlicher aus, wenn das Sonnenlicht die Farben leuchten lässt, dachte Elise vergnügt. Auf dem Königsplatz blieb sie am Schaufenster der Appel'schen Buch- und Kunsthandlung stehen, weil sie eine Ausgabe der *Kinder- und Hausmärchen* entdeckt hatte, die Jacob und Wilhelm Grimm gesammelt und vor einigen Jahren veröffentlicht hatten. Bisher war nur der erste Band erschienen, aber die Brüder Grimm, die inzwischen leider nicht mehr in Kassel, sondern in Göttingen wirkten, wollten diese Sammlung des deutschen Volksgutes weiterführen. Das ausgestellte Exemplar wies Gebrauchsspuren auf, dafür war der Preis jedoch annehmbar – nur zwölf Kreuzer. Elise überlegte, ob sie in den Laden gehen sollte, um sich das Buch zurücklegen zu lassen. Falls Fräulein von Eschen einen Kragen und ein Paar Handschuhe kaufte, würde sie auf dem Rückweg noch einmal in der Buchhandlung vorbeigehen und das Buch erwerben. Sie wollte es Sybilla zum Geschenk machen, die schon mehrfach bedauert hatte, dass ihr Vater nicht bereit war, die Grimm'schen Märchen für die Hausbibliothek anzuschaffen. Er war der Ansicht, diese Sammlung sei liederlich und ohne Verstand zusammengestellt, auch sei viel Französisches darin, denn die Erzählerin vieler dieser Mären sei die Tochter einer Hugenottenfamilie gewesen.

Während Elise noch überlegte, wie sie der Mutter den Kauf erklären sollte, erschien plötzlich eine Hand im Schaufenster, fasste das Objekt ihrer Wünsche und nahm es fort.

Enttäuscht versuchte sie, durch die Glasscheiben in die Buchhandlung hineinzuschauen. Da stand der dürre Herr Appel, der immer wie ein grauer Marabu daherkam, und überreichte das Buch einem Kunden. Elise strengte ihre Augen an und besah sich den Menschen, der im Begriff war, ihr dieses schöne Geschenk vor der Nase wegzuschnappen. Er schien noch jung zu sein, denn unter seiner Mütze quoll dichtes blondes Lockenhaar hervor. Jetzt blätterte er in dem Buch herum, prüfte den Druck und hielt dem Buchhändler das aufgeschlagene Buch vorwurfsvoll entgegen. Aha – ein Tintenfleck. Der Buchhandler hob bekümmert die Schultern und sagte etwas, was von draußen nicht zu verstehen war. Vermutlich erklärte er, dass es sich um ein gebrauchtes Buch handele, da könnten kleine Beschädigungen schon einmal vorkommen. Hoffnungsvoll drückte Elise die Nase gegen die Schaufensterscheiben: Würde der Kunde nun von dem Kauf Abstand nehmen? Jetzt konnte sie für einen Moment sein Gesicht sehen – es war bartlos, die Augen dunkel, die Stirn im Eifer der Kaufverhandlung gefurcht.

Er handelt den Preis herunter, der Geizknochen, dachte sie bekümmert. Und wie ich Appel kenne, wird er etwas nachlassen und ihm das Buch verkaufen. Wie ärgerlich! Wäre ich nur ein paar Minuten früher hier gewesen, dann gehörten die Grimm'schen Märchen jetzt mir. Tatsächlich waren sich die beiden nun handelseinig geworden, der Kunde zog seine Geldbörse aus der Tasche seines dunkelgrünen Gehrocks und zählte die Kreuzer auf den Ladentisch. Acht waren es. Er hatte das Buch um ganze vier Kreuzer heruntergehandelt! Seufzend trat sie vom Schaufenster zurück, da öffnete sich die Ladentür und der junge Mann lief so eilig hinaus, dass sie beinahe mit ihm zusammengestoßen wäre.

»Oh, Verzeihung, Mamsell«, sagte er und sprang hastig zurück. »Ich war so tief in Gedanken, dass ich meine Augen nicht gebraucht habe. Ich hoffe, ich habe Sie nicht erschreckt.«

»Keineswegs, mein Herr«, gab sie kühl zurück. »Ich bin nicht schreckhaft.«

Er lächelte sie an, denn sie schien ihm zu gefallen. Elise hatte jedoch wenig Lust auf eine Plauderei und wollte mit einem kurzen Gruß davongehen.

»Warten Sie doch bitte einen Moment, Mamsell«, sagte er rasch und nahm seine Mütze ab. »Ich möchte nicht aufdringlich erscheinen, aber ich bin fremd in Kassel, und man sagte mir, es befände sich hier eine Sternwarte.«

Sie war schon ein paar Schritte entfernt, aber da die Frage höflich und ernsthaft gestellt war, blieb sie stehen, um eine Antwort zu geben.

»Da hat man Ihnen richtig berichtet, mein Herr. Gehen Sie links die Straße hinunter, dann sehen Sie schon die Kuppel der Sternwarte. Sie ist allerdings nicht für jedermann zugänglich; um sie zu besichtigen, benötigen Sie eine behördliche Genehmigung.«

»Und wo erhalte ich die?«

»Fragen Sie im Museum nach, dort wird man Ihnen Auskunft erteilen. Mich entschuldigen Sie jetzt bitte, ich werde erwartet. Einen angenehmen Tag, mein Herr.«

»Haben Sie herzlichen Dank, Mamsell. Auch Ihnen einen schönen, sonnigen Tag!«

Da geht er hin mit meinem Buch, dachte Elise missgünstig,

während sie ihren Weg fortsetzte. Aber vielleicht wäre es auch kein guter Kauf gewesen, wenn darin Tintenkleckse waren. Am Ende fehlten auch Seiten und der Buchrücken war gebrochen. Nein, solch ein Geschenk hätte sie Sybilla ohnehin nicht anbieten können.

Vor dem Haus des Fräuleins von Eschen rückte sie noch einmal den Hut zurecht und klopfte den Straßenstaub von ihrem Rock, bevor sie die Türglocke zog.

»Fräulein von Eschen erwartet Sie schon«, sagte das Mädchen, das ihr öffnete. »Sie ist sehr ungeduldig.«

Auch das noch. Dabei war sie höchstens zehn Minuten zu spät.

»Da sind Sie ja endlich«, sagte ihre Kundin, als sie in das Wohnzimmer eintrat. Sie schien heute tatsächlich schlechter Laune zu sein, denn sie hatte nicht wie üblich in ihrem Sessel gesessen, sondern am Fenster gestanden und auf die Straße hinuntergesehen.

»Stellen Sie die Schachtel hier auf den Stuhl. Marie wird gleich das Kleid herbeitragen, das geändert werden soll. Ebenso die beiden Hüte. Aber ich sage Ihnen gleich, dass ich diese lächerliche neue Mode nicht leiden kann. Also keine Rüschen, Blümchen oder Schleifchen, mit denen manche Frauen sich jetzt derart überhäufen, dass sie aussehen wie eine Hochzeitstorte vom Zuckerbäcker.«

Fräulein von Eschen kleidete sich stets in schlichtes Schwarz, auch die Haube war schmucklos, allerdings von bestem Stoff und ausgezeichnetem Schnitt.

»Sie sprechen mir aus der Seele, Fräulein von Eschen«, sagte Elise, während sie die Hutschachtel wie gewünscht postierte und aufklappte. »Meine Mutter und ich sind von dieser übertriebenen Rüschen- und Schleifchensucht ebenso wenig erbaut. Wir finden sie nicht kleidsam, oft sogar ungeschickt. Aber leider hören die meisten Kundinnen nicht auf unseren Rat …«

Fräulein von Eschen achtete kaum auf ihre Rede. Mit kritischer Miene ließ sie sich Kragen und Handschuhe zeigen, verwarf vieles, schüttelte den Kopf und kam zu keiner Entscheidung. Auch die Vorschläge, die Elise bezüglich des dunklen Kleids machte, das das Mädchen hereintrug, waren ihr alle nicht recht, und erst als Elise zwei Entwürfe für neue Hutdekorationen auf ein Blatt Papier zeichnete, gab sie ihre ablehnende Haltung auf.

»Das da ist nicht übel«, sagte sie, auf eine der Zeichnungen weisend. »Die Bänder nicht zu lang, aber der kleine Schleier und die dunkle Feder machen sich gut.«

Elise war erleichtert, dass die schwierige Kundin endlich zufrieden war, und schlug vor, das Kleid passend zum Hut ebenfalls mit violettfarbenen Bändern und einem breiten schwarzen Taftkragen umzugestalten. Ein Vorschlag, dem Fräulein von Eschen nach einigem Zögern schließlich zustimmte.

Zwei Paar Handschuhe fanden ebenfalls Gnade vor den gestrengen Augen des Fräuleins, dazu der Auftrag, Hut und Kleid umzudekorieren – der Gang hierher hatte sich gelohnt. Fräulein von Eschen zahlte die Handschuhe, das Übrige würde sie erst bezahlen, wenn die Fertigstellung zu ihrer Zufriedenheit ausgefallen war.

»Ich denke, in der kommenden Woche wird alles bereit sein, gnädige Frau«, sagte Elise mit freundlichem Lächeln. »Ist Ihnen der Freitag angenehm? Zur gleichen Stunde?«

»Meinetwegen. Warten Sie, ich habe noch etwas für Sie, Mamsell Rosen.«

Fräulein von Eschen erhob sich aus ihrem Sessel und ging zu der Kommode, um die oberste Schublade zu öffnen. Sie entnahm daraus ein kleines Brieflein, dessen Siegel bereits geöffnet war.

»Dieser Brief wurde heute bei mir abgegeben.«

Erstaunt nahm Elise das Schreiben entgegen, bedankte sich und steckte es in ihren weiten Ärmel.

»Ich erwarte Sie nächste Woche Freitag gegen drei Uhr!«, sagte Fräulein von Eschen kurz angebunden und wandte sich ab, um anzudeuten, dass sie jetzt das Haus verlassen sollte. Elise klappte die Hutschachtel zu und empfahl sich.

Sie war zu neugierig, um das ominöse Schreiben ungelesen nach Hause zu tragen. Auf dem Königsplatz angekommen, blieb sie stehen und zog es aus dem Ärmel, entfaltete es und erkannte verblüfft die Handschrift ihres Vaters.

Sehr verehrte, liebe Freundin,
der Zufall führte mich gestern nach Kassel, wo ich in Begleitung eines jungen Freundes im »König von Preußen« abgestiegen bin. In Erinnerung an vergangene glückliche Zeiten gestatte ich mir, Sie unvermittelt mit einer Bitte zu belästigen. Es wäre mir sehr angenehm, wenn Sie, gnädige Frau, eine Möglichkeit fänden, meine Tochter Elise Rosen auf diskrete Weise von meiner Ankunft in Kenntnis zu setzen. Da ich Ihre Erfindungsgabe kenne, weiß ich, dass Sie wenig Mühe haben werden, mir diesen Wunsch zu erfüllen.
In der Hoffnung, Ihre Güte nicht allzu sehr missbraucht zu haben, empfehle ich mich als
Ihr sehr geneigter
Charles François de LaTour

Er war in Kassel! Sie fasste es nicht. Wieso war er nicht in die Marktgasse gekommen und trieb stattdessen dieses alberne Versteckspiel? Nun – wie es schien, fürchtete er das Wiedersehen ebenso wie Charlotte. War das nun ein gutes oder ein schlechtes Zeichen für die Gefühle, die die Eltern füreinander hegten? Auf jeden Fall war er der ehemaligen Hofdame und Intrigantin Sophie Wilhelmine von Eschen gegenüber weniger zurückhaltend gewesen, denn er hatte sie recht unbefangen um einen Gefallen gebeten. Und sie hatte seinen Wunsch erfüllt.

Da kenne sich eine nun aus, dachte Elise verwirrt.

Der Gasthof »König von Preußen« befand sich gleich gegenüber auf dem Königsplatz, vielleicht stand er jetzt sogar am Fenster seines Zimmers und beobachtete sie. Das sähe ihm ähnlich. Ärgerlich steckte sie den Brief wieder in den Ärmel, nahm die Hutschachtel und ging quer über den Platz zum Gasthof.

Bescheiden reiste er nicht. Wer im »König von Preußen« abstieg, der verfügte über Geld und Ansehen. Wer wohl diese aufwendige Reise finanzierte? Sein Freund Christian Daniel van Leuwen? Ihr Vater selbst war arm wie eine Kirchenmaus und lebte als Bibliothekar und Freund der Familie van Leuwen in Frankfurt.

Sie hatte den »König von Preußen« noch nie zuvor betreten, deshalb ging sie eher zögernd die Stufen hinauf. Dort kam ihr sogleich ein livrierter Diener entgegen, der sie abschätzig musterte und fragte, ob sie zu einer der Damen bestellt sei, die hier im Gasthof abgestiegen seien. Natürlich hatte er sie an der großen Hutschachtel gleich als Putzmacherin erkannt.

»Ich möchte zu Herrn de LaTour«, sagte sie freundlich, aber mit Bestimmtheit. »Er ist gestern aus Frankfurt angereist und erwartet mich.«

Der livrierte Diener war jung und hatte ein glattes Gesicht. Sein Grinsen zeigte unmissverständlich, was er von ihr hielt.

»Bedaure. Ein Herr de LaTour ist hier nicht abgestiegen«, erklärte er und wendete sich ab, um die Stufen wieder hinaufzugehen.

Er log sie an, das konnte sie deutlich an seiner hochnäsigen Miene erkennen.

»Denke genau nach«, riet sie ihm. »Herr de LaTour könnte sehr ärgerlich werden, wenn man mich nicht zu ihm lässt.«

»Hör mal zu, Mädchen«, sagte er über die Schulter hinweg, »du kannst dich mit diesem Herrn gern treffen, wann und wo du willst. Aber nicht hier im Gasthof, wir sind ein angesehenes

Haus und haben strenge Vorschriften. Hast du das verstanden, Putzmacherin?«

Noch stand sie fassungslos da und wusste nicht, wie sie auf diese Unverschämtheit antworten sollte, da wurde oben die Eingangstür des Gasthofs geöffnet, und die hochgewachsene Gestalt ihres Vaters erschien auf der Schwelle.

»Meine kleine Elise!«, rief er theatralisch aus und öffnete die Arme. »Wie freue ich mich, dich wiederzusehen, mein Kind. Komm an mein Vaterherz!«

Was für eine Szene er machte! Dem Livrierten quollen die Augen hervor, als ihm nun die Hutschachtel in die Hand gedrückt wurde und de LaTour in aller Öffentlichkeit die Putzmacherin zärtlich umarmte.

»Ich warte schon eine geschlagene Stunde in größter Ungeduld«, sagte ihr Vater und führte sie in den fürstlich eingerichteten Gastraum. »Ich hatte zwar ein Billet an Sophie Wilhelmine geschickt, aber ich wusste nicht, wie sie dieses Ansinnen aufgenommen hat. Nun – sie hat trotz allem ein gutes Herz, meine alte Freundin. Du sagtest ja, sie sei sehr fromm geworden …«

In der Gaststube saßen drei ältere Damen bei Wein und Gebäck, die die höfliche Verbeugung des weißhaarigen Herrn mit ausgesuchter Freundlichkeit entgegennahmen. Die Wirtin eilte auf ihn zu und fragte schmeichlerisch, ob er mit der Unterkunft zufrieden sei und ob der Herr de LaTour weitere Wünsche habe.

»Einen kräftigen Imbiss für drei Personen aufs Zimmer und einen Wein, wenn möglich einen Burgunder, gute Frau«, bestellte er in beiläufigem Tonfall. »Und wenn Herr Thiedemann sich zeigen sollte, bitte ich, ihn zu mir zu schicken.«

»Mit dem größten Vergnügen, Herr de LaTour. Wären kalter Braten und geräucherter Fisch wohl recht? Wir haben auch eingelegte Früchte und gekochtes Huhn …«

»Von allem etwas …«

Der livrierte Diener folgte ihnen mit der Hutschachtel, während sie die Treppe hinaufstiegen. Oben angekommen beeilte er sich, den Gästen die Zimmertür zu öffnen, und stellte die Schachtel mit größter Behutsamkeit unter dem Fenster ab. Weder Elise noch de LaTour beachteten sein Tun, und er zog sich mit einer untertänigen Verbeugung zurück, ohne um ein Trinkgeld zu bitten.

»Es tut mir sehr leid«, sagte ihr Vater. »Aber solche Peinlichkeiten geschehen nur, weil du mit dieser Hutschachtel durch die Stadt läufst, Elise!«

Er ließ sich auf einem Stuhl nieder und betrachtete sie unzufrieden mit gesenkten Brauen. Auch ihr Kleid und das wollene Umhängetuch schienen ihm nicht zu gefallen.

»Ich gehe meinem Beruf nach, Papa«, entgegnete sie. »Ich bin nun einmal eine Putzmacherin wie meine Mutter.«

»Ohne dir nahetreten zu wollen«, fuhr er unbeeindruckt fort. »Aber es gefällt mir nicht, dass meine Tochter ein solches Handwerk ausübt. Wenn du bei mir in Frankfurt leben würdest, hättest du solche Sorgen nicht und könntest stattdessen unter meiner Anleitung die Literatur und die Wissenschaften erforschen. Obgleich du ein Mädchen bist, weiß ich doch, dass du einen klugen Verstand und eine Neigung zu den schönen Künsten besitzt.«

»Eine hübsche Haube zu nähen oder einen Hut anmutig zu dekorieren ist auch eine Kunst, Papa«, versetzte sie und nahm neben ihm Platz. »Mit diesem Handwerk hat meine liebe Mutter ihren Lebensunterhalt verdient und mich großgezogen. Ach Papa, ich freue mich so sehr darauf, dir endlich unser schönes Atelier in der Marktgasse …«

Gerade jetzt, da sie auf ihr Ziel zusteuerte, wurde sie ärgerlicherweise durch ein Klopfen an der Zimmertür unterbrochen.

»Komm herein!«, rief ihr Vater. »Wir haben Damenbesuch, mein Freund, meine Tochter ist angekommen!«

Der Eintretende war ein blonder junger Mann, der ein Buch unter den Arm geklemmt hielt und Elise voller Überraschung anstarrte.

»Darf ich vorstellen?«, sagte de LaTour mit einer schwungvollen Armbewegung zur Tür hin. »Mein junger Freund Hans Christian Thiedemann, Studiosus an der Georgia Augusta zu Göttingen und zukünftiger Doktor der Physik daselbst.«

Thiedemann war diese aufwendige Vorstellung peinlich, er lächelte Elise unsicher an, nahm die Studentenmütze ab und verneigte sich.

»Welch angenehmes Wiedersehen«, sagte Elise heiter. »Haben Sie die Sternwarte besichtigen können, Herr Studiosus?«

»Allerdings habe ich das«, berichtete er ernsthaft. »Ich habe eine Empfehlung meines Vaters mit mir geführt, die mir dort Eintritt verschaffte. Wenn ich allerdings geahnt hätte, dass ich meine freundliche Wegweiserin so bald wiedersehen würde …«

»Ihr beide kennt euch schon?«, wunderte sich de LaTour. »Da schau an – die Jugend ist doch rascher, als ich bisher glaubte.«

»Ein Zufall, Papa. Er hat mir bei Appel ein Buch vor der Nase weggekauft und mich danach beinahe umgerannt, da er es so eilig hatte, die Sterne zu besehen.«

De LaTour amüsierte sich königlich über die Verlegenheit, die Elises Bericht bei Hans Christian Thiedemann auslöste. Er entschuldigte sich tausendmal, erklärte, ein ungeschickter Tölpel zu sein, und bat Elise schließlich, ihr die Grimm'schen Märchen zum Geschenk machen zu dürfen.

»Ich bitte Sie herzlich, dieses Bändchen als Wiedergutmachung für mein unschickliches Benehmen zu akzeptieren, Mamsell Rosen. Ich wünschte, ich könnte Ihnen etwas Besseres bieten, leider sind etliche Tintenflecke darin, und zudem hat der Vorbesitzer überall seine Kommentare hineingeschrieben.«

»Ach herrje«, meinte sie und lachte. »Dann dürfen Sie dieses Büchlein gern behalten, denn in diesem Zustand kann ich es auf keinen Fall meiner Freundin schenken.«

»Ich bin untröstlich«, sagte er und sah so bekümmert drein, dass er Elise nun plötzlich weitaus besser gefiel als bei ihrem ersten Zusammentreffen. Er schien wirklich ein liebenswerter Mensch zu sein, auch wenn er sich ein wenig ungeschickt benahm.

»Nun, junger Freund«, mischte sich de LaTour ein. »Ich denke, du wirst in den kommenden Tagen noch Gelegenheit haben, deinen Fauxpas wiedergutzumachen. Wir werden uns die schöne Residenz Kassel und ihre Umgebung ansehen, wobei meine Tochter uns als Wegweiserin begleiten und führen wird. Nicht wahr, mein Kind?«

So dachte er sich das also. Ein paar nette Ausflüge zu den Sehenswürdigkeiten der Stadt, eine Ausfahrt nach Wilhelmshöhe, und ansonsten würde man sich im Gasthof treffen, miteinander speisen und angenehm plaudern.

»Soweit es meine Zeit erlaubt, stehe ich euch beiden gern zur Verfügung«, gab sie zurück. »Gleich morgen gegen zehn Uhr erwarte ich die Herren im Atelier Rosen in der Marktgasse. Nach einem kurzen Aufenthalt dort werden wir zu einem Rundgang durch die Kasseler Altstadt und zum Fuldaufer aufbrechen.«

Ihrem Vater war deutlich anzusehen, dass ihm dieser Vorschlag wenig gefiel, Hans Christian Thiedemann jedoch strahlte sie voller Vorfreude an und äußerte, dass er glücklich sei, die Stadt in solch kompetenter und charmanter Begleitung kennenlernen zu dürfen.

Den frugalen Imbiss, der nun von zwei Dienern ins Zimmer gebracht wurde, lehnte Elise ab. »Nimm es mir nicht übel, Papa, aber meine Mutter wartet auf mich und wird sich sorgen, wenn ich so lange fortbleibe. Auf morgen dann. Ich freue mich!«

Ohne sich um die säuerliche Miene ihres Vaters zu kümmern, umarmte und küsste sie ihn stürmisch zum Abschied. Hans Christian Thiedemann reichte sie höflich die Hand und schenkte ihm ein Lächeln, das er herzlich erwiderte.

Kapitel 4

Morgen also«, sagte Charlotte.

Weiter äußerte sie nichts zu diesem Thema. Elise hatte ihr die Ankunft ihres Vaters so schonend wie möglich beigebracht und angekündigt, dass er und sein junger Begleiter gegen zehn Uhr im Atelier vorsprechen würden.

Beim gemeinsamen Abendessen in der Küche vermied man das Thema; nicht einmal Therese machte eine Bemerkung dazu. Stattdessen redeten sie über den französischen Wein, der in mehreren Fässern angeliefert worden war und den Therese nun in Flaschen abfüllte, auf die sie ein Etikett klebte. Moritz hatte sich nicht lumpen lassen, die Etiketten hatte der Maler und Bildhauer Henschel für ihn entworfen, und die Druckerei Lederer hatte sie hergestellt.

»Das war gewiss recht teuer«, meinte Charlotte.

»So etwas muss man sich schon leisten, wenn man anspruchsvolle Kunden bedient«, brüstete sich Moritz.

»Die Druckerei hat nur fünf Reichstaler für hundert Etiketten genommen«, berichtete Therese, die wie üblich in allem ihrem Sohn beistimmte. »Und der Herr Henschel hat es zu einem Freundschaftspreis von zehn Reichstalern gemacht.«

»Und wie viel hast du für den Wein bezahlt?«, wollte Elise wissen.

Moritz erzählte, dass er den Wein über einen guten Freund ganz besonders günstig eingekauft hätte.

»Zehn Reichstaler das Fässchen – so gut wie geschenkt. Ein Fässchen gibt zwanzig Flaschen. An jeder Flasche verdiene ich gut und gerne einen halben Reichstaler, das macht fünfzig Reichstaler Reingewinn.«

»Und die Flaschen?«, mischte sich jetzt Grete ein. »Die musst du doch kaufen, oder?«

»Die kosten nur ein paar Groschen …«

»Dazu muss man auch die Ladenmiete anteilig rechnen, vier Albus im Monat für Kost und Logis, Holz für den Ofen, und dann bringst du jede Woche eine Flasche Wein zu uns, das geht von dem Verkauf ab. Außerdem lässt du viele Kunden den Wein verkosten, da fallen auch noch ein paar Flaschen weg …«

Verblüfft schauten alle Grete an, die sich plötzlich für Moritz' Einkommen interessierte und solch eine genaue Liste seiner Ausgaben aufstellte.

»Und wenn wir die Ladeneinrichtung, die du auch bezahlt hast, und die Steuer an die Stadt einmal dazurechnen, dann verdienst du nach meiner Rechnung an jeder Flasche nur sieben Albus.«

Moritz starrte sie entgeistert an, dann brach er in lautes Gelächter aus. »Du machst mir Spaß, Gretchen! Kümmere dich besser um deine Näharbeit und überlass die Geschäfte einem, der etwas davon versteht.«

»Ganz unrecht hat sie aber nicht«, fand Charlotte. »Nach Abzug der Kosten verbleiben dir keine fünfzig Reichstaler Gewinn.«

»So kann man das nicht rechnen«, regte sich Moritz auf. »Sie bringt ja alles durcheinander! Die Ladenmiete, Einrichtung, Steuern und der andere Kram haben nichts damit zu tun.«

»Dann rechne ich einmal anders«, meinte Grete unverdrossen. »Für hundert leere Flaschen hast du – sagen wir einmal – zehn Albus bezahlt. Dazu die Etiketten fünf Reichstaler, dazu der Künstler mit zehn Reichstalern. Statt hundert Flaschen Wein verkaufst du aber nur neunzig, dann hast du vierundzwanzig Reichstaler und neunzig Albus verdient.«

»Das ist richtig«, sagte Charlotte. »Wie es scheint, haben wir uns eine Näherin eingehandelt, die rechnen kann. Von Grete kannst du etwas lernen, Moritz.«

Moritz gefiel dieses Gespräch überhaupt nicht. Er trank den Becher leer und stellte ihn mit einem festen Ruck wieder auf den Tisch.

»Lass dir etwas sagen, Tante Charlotte«, meinte er dann ärgerlich. »Wenn man ein kleinkarierter Pfennigfuchser ist und mit jedem Kreuzer rechnet – da kommt man zu nichts. In meinem Geschäft muss man groß denken. Gute Weine ziehen gute Kunden. Und wer gute Kunden hat, der macht einen guten Gewinn. Da darf man nicht knausern, sondern man muss klotzen.«

»Das hast du schön gesagt, Moritz«, beeilte sich Therese ihrem Sohn beizuspringen. »Wir haben schon mehrere adelige Kunden im Laden gehabt, und auch der Kurprinz trinkt unseren Wein.«

»Der muss etwas davon verstehen«, bemerkte Babette. »Wo er sich doch mit der Tochter eines Weinhändlers verheiratet hat.«

Leider hatte sich Kurprinz Friedrich Wilhelm genau wie sein Vater zu einer Mésalliance hinreißen lassen, was seine Mutter, die in Kassel so hochverehrte Kurfürstin Auguste, sehr bekümmerte. Schon vor einigen Jahren hatte er in Bonn die geschiedene Ehefrau eines preußischen Ulanenoffiziers in morganatischer Ehe geheiratet. Die Dame durfte sich nun Gertrude von Falckenstein nennen, aber in Wahrheit war sie eben die Tochter eines Bonner Weinhändlers.

»So geht es mit den hohen Herrschaften«, sagte Großmutter Anna und lachte. »Wie schade, dass du keine Tochter hast, Moritz. Dann könntest du bald Schwiegervater eines Prinzen oder Fürsten werden.«

»Wenn Lieschen sich endlich entschließen könnte, meine Frau zu werden«, gab Moritz zurück und sah Elise dabei eindringlich an. »Wir würden schon für eine hübsche Tochter sorgen, was, Lieschen?«

»Schlag dir das aus dem Kopf, Moritz«, warnte sie ihn. »Ich habe nicht vor zu heiraten. Ich bin eine selbstständige Geschäftsfrau, und das will ich auch bleiben.«

»Wir werden ja sehen, wer in dieser Angelegenheit das letzte Wort behält«, gab Moritz fröhlich grinsend zurück.

Dann empfahl er sich, weil er vom harten Tagwerk müde sei, und stieg hinauf in seine Schlafkammer. Auch Therese war redlich erschöpft und ging zu Bett. Ungewöhnlich war nur, dass Charlotte, die sonst am Abend noch munter war, erklärte, heute ebenfalls früh schlafen gehen zu wollen.

Sie will darüber nachdenken, wie sie sich morgen früh verhalten soll, dachte Elise. Ich werde sie schon dazu bringen, aus der Küche ins Atelier zu kommen und Papa zu begrüßen. Wenn die beiden einander erst einmal gesehen haben, dann wird es auch irgendwann zu einer Versöhnung kommen.

Weil Babette und Grete sie so sehr baten, spielten sie gemeinsam mit der Großmutter das beliebte Gänsespiel, das Grete bisher nicht gekannt hatte. Sie lernte an diesem Abend auch das Mühlespiel, das ihr ganz besonders gefiel, und sie besiegte Babette und die Großmutter gleich beim ersten Mal. Nur mit Elise hatte sie Mühe, denn die war eine erfahrene Spielerin und merkte schnell, was Grete im Sinn hatte.

»Du bist ja eine ganz Gewitzte!«, lachte Elise.

»Das scheint nur so«, sagte Grete bescheiden. »Ich schiebe einfach nur die Mühlesteine herum.«

»Heute Nachmittag hat Frau Rosen den Zettel von der Tür genommen«, verkündete Babette voller Stolz. »Die Grete ist nun unser Lehrmädchen!«

In der Nacht stürmte es, man hörte den Wind um die Hausecken pfeifen und die Fensterläden klappern. Elise sorgte sich, dass es morgen vielleicht den ganzen Tag über solch scheußliches Wetter sein könnte, doch als sie am Morgen aufstand und die Läden zurückklappte, schien die Märzensonne in ihre Fenster. Gut gelaunt zog sie sich an und lief hinunter in die Küche, freute sich, dass Moritz einen Korb voller Brötchen eingekauft hatte, und wünschte Charlotte, die stumm vor ihrem Kaffeebecher saß, einen »schönen, guten Morgen«.

»Damit du dich nicht wunderst«, sagte Charlotte mit strengem Blick. »Ich bin um zehn Uhr zur Baurätin Günste bestellt, sie will den neuen Hut anprobieren.«

Dieser Kundenbesuch war ganz sicher eine Erfindung; Elise wusste nichts von einem Hut für die Baurätin. Babette und Therese wechselten Blicke, aber sie mischten sich nicht ein. Auch Grete schwieg klug. Nur Großmutter Anna furchte die Stirn, weil sie ahnte, dass es ein Vorwand war, um dem »Chevalier du Croix Blanc« nicht begegnen zu müssen.

»Du weißt, dass Papa um zehn Uhr ins Atelier kommen will«, sagte Elise ärgerlich.

»Sehr schade«, gab Charlotte unbeeindruckt zur Antwort. »Aber Geschäft ist nun einmal Geschäft.«

»Du könntest ein wenig später dorthin gehen«, versuchte es Elise. »Dann würdest du den netten jungen Studenten aus Göttingen kennenlernen.«

»Ich möchte die Baurätin auf keinen Fall warten lassen. Du weißt, dass sie heikel ist und Verspätungen übel nimmt.«

Da war nichts zu machen, der Plan ging nicht auf. Schon bald nachdem die Uhr der Martinskirche neun geschlagen hatte, nahm Charlotte den Umhang um die Schultern und setzte den Hut auf. In der Hutschachtel, die sie mitnahm, waren jedoch nur Handschuhe, Bänder und Spitzenkragen, das wusste Elise sehr genau. Die Baurätin hatte mitnichten einen Hut bestellt.

»Ich habe noch Einkäufe zu erledigen«, verkündete Charlotte. »Aber ich hoffe, kurz vor Mittag wieder zurück zu sein.«

Damit verließ sie das Atelier und ging so eilig die Marktgasse hinauf, dass man glauben konnte, sie würde verfolgt.

»So geht es mit der Liebe«, murmelte Großmutter Anna, die in ihrem Sessel im Atelier Platz genommen hatte. »Früher konnte sie es kaum abwarten, bis der schöne Chevalier zur Hintertür herein war, und heute läuft sie wie eine Häsin vor dem Jäger davon. Ich bin nicht so schreckhaft, ich werde mir den Herrn genau besehen.«

Kurz nach zehn Uhr, als Elise schon drei Kundinnen bedient und mehrere Bestellungen aufgenommen hatte, wurde die Tür des Ateliers schwungvoll aufgerissen, dass die Ladenglocke Sturm läutete. Es war Hans Christian Thiedemann, der, ein schmales Paket unter dem Arm tragend, ins Atelier trat.

»Einen angenehmen Morgen, die Damen«, sagte er mit höflicher Verbeugung. »Mamsell Rosen, ich freue mich außerordentlich, den Tag in Ihrer Gesellschaft verbringen zu dürfen. Ich habe mir erlaubt, ein kleines Geschenk mitzubringen, da ich Ihnen noch eine Wiedergutmachung schuldig bin.«

»Sie kommen allein?«, fragte Elise stirnrunzelnd, ohne das Paket zu beachten, das er ihr entgegenhielt. »Wo ist mein Vater?«

»Ihr Herr Vater erwartet uns in der Buchhandlung Appel, wo er im Auftrag seines Freundes van Leuwen nach einigen Werken fragen möchte, die in dessen Bibliothek fehlen.«

Elise hörte die Großmutter leise kichern, aber ihr selbst war nicht zum Lachen zumute. Papa hatte sich also genauso feige vor dem Wiedersehen gedrückt wie ihre Mutter. Es war doch ein Kreuz mit den beiden, man konnte sich noch so bemühen, sie zusammenzubringen – sie wollten einfach nicht.

»Nun, dann wollen wir uns auf den Weg machen«, meinte sie resigniert und nahm ihm das dargebotene Paket aus den Händen. »Ich danke herzlich für dieses Geschenk. Darf ich es gleich hier öffnen?«

»Ich bitte darum, Mamsell Rosen!«

Es war eine nagelneue Ausgabe der Grimm'schen Märchen, die ihn gewiss einiges Geld gekostet hatte. Elise war gerührt.

»Ich bin gleich heute früh auf den Rat Ihres Vaters hin zur Buchhandlung gelaufen und war sehr glücklich, dieses schöne Exemplar für Sie erstehen zu können.«

Er schien sehr zufrieden, dass Elise sein Geschenk gefiel, und während sie die Marktgasse hinauf in Richtung Königsplatz spazierten, erzählte er voller Begeisterung, dass Jacob Grimm ihm bekannt sei, da er Bibliothekar und Professor der Philologie in Göttingen sei.

»Er ist ein wenig trocken und kein großer Redner«, sagte er lächelnd. »Aber seine Forschungen das altdeutsche Sprachgut betreffend halte ich für außerordentlich wichtig. Momentan arbeitet er an einem deutschen Wörterbuch, das er zusammen mit seinem Bruder Wilhelm abfasst. Die beiden sind unzertrennlich, sie wohnen und arbeiten gemeinsam …«

»Wie kommt es, dass Sie sich für die Grimm'schen Sprachforschungen interessieren, Herr Thiedemann?«, wollte sie wissen. »Mein Vater berichtete mir, Sie seien Student der Physik.«

»Oh, meine Interessen sind weit gestreut, Mamsell Rosen«, sagte er und vollführte eine ausholende Geste, bei der er um ein Haar einer vorübergehenden Bürgersfrau den Hut vom Kopf riss. »Ich liebe alle Wissenschaften und habe Vorlesungen in Chemie, Anatomie, Rechtswissenschaft und Botanik gehört. Zudem besuche ich häufig das Archäologische Institut und unterhalte mich mit den Doktoren über die antiken Stätten der Griechen. Die Welt ist voller Wunder, Mamsell Rosen. Man würde mehrere Leben brauchen, um sie alle zu erforschen und zu dokumentieren.«

Was für ein Wirrkopf, dachte Elise. Wie es scheint, springt er von einer Sache zur anderen, wie er gerade Lust hat. Ob er wenigstens seine physikalischen Studien mit Ernst betreibt und zu einem Abschluss bringen wird?

»Ich glaubte bisher, ein Student dürfe sich nur in einem einzigen Fach einschreiben und müsse dieses Fach mit einem Examen abschließen«, warf sie ein.

»Das ist gewöhnlich auch so«, gestand er. »Aber ich habe das zweifelhafte Glück, der Sohn eines emeritierten Professors der Mathematik zu sein, was mir die Möglichkeit eröffnet, auch an anderen Fakultäten als Gast Vorlesungen zu hören. Man duldet meine Anwesenheit, da mein Vater an der Universität sehr geachtet ist.«

»Und wieso ist dieses Glück zweifelhaft?«, wollte sie wissen.

Sie hatten jetzt die alte Martinskirche erreicht, und Elise blieb stehen, um ihrem Begleiter Gelegenheit zu geben, den eindrucksvollen Bau aus dem 14. Jahrhundert zu betrachten.

»Es mag Ihnen undankbar erscheinen, wenn ich das so ausdrücke«, sagte er und seufzte. »Aber es bedrückt mich, dass mein Vater in mir ausschließlich den zukünftigen Doktor der Physik sieht und alle anderen Neigungen als überflüssige Zerstreuung abtut.«

Er breitete die Arme aus, um den Zwiespalt deutlich zu machen, in dem er leben musste und der ihm offensichtlich schwer auf der Seele lag. Elise musste sich ein Lächeln verkneifen. Der junge Mann wusste offensichtlich noch nicht so recht, was er wollte und wohin es mit ihm gehen sollte. Aber es gefiel ihr, dass er so offen und ernsthaft mit ihr sprach, statt wie die meisten jungen Herren albernes Zeug zu reden, um mit ihr zu kokettieren.

»Ich hörte, Sie beabsichtigen, einen Verlag zu gründen?«, forschte sie nach.

Gleich verfiel er wieder in schwärmerische Begeisterung. Ja, ein eigener Verlag, in dem wissenschaftliche Werke aus unterschiedlichen Fachgebieten veröffentlicht würden – das sei sein größter, schönster Traum.

»Wobei ich auch die Historie und die schöne Literatur nicht

vernachlässigen möchte«, fügte er hinzu. »Vor allem die Literatur liegt mir am Herzen, worin mich Ihr Herr Vater und auch Herr van Leuwen sehr bestärkt haben. Auch aus diesem Grund ist die Bekanntschaft mit Ihrem Herrn Vater für mich von großer Wichtigkeit. Er ist ein hochgelehrter, welterfahrener Mann, der mich sehr beeindruckt hat.«

Elise freute sich über dieses Lob; da sie momentan jedoch nicht gut auf ihren Vater zu sprechen war, schwieg sie dazu und lud Hans Christian Thiedemann ein, die Marktkirche von innen zu besehen.

»Das würde ich sehr gern tun«, meinte er zögernd. »Aber wir sollten Ihren Herrn Vater nicht zu lange warten lassen.«

»Da er nicht bereit war, Sie zum Atelier Rosen zu begleiten, soll er ruhig warten.«

»Sind Sie vielleicht gar ärgerlich auf Ihren Herrn Vater?«, erkundigte er sich erstaunt.

»Durchaus!«

Da sie nun in den hohen Kirchenraum eintraten, stockte das Gespräch. Hier vernahm man das geschäftige Treiben der Altstadt nur gedämpft, Dämmerlicht umgab sie, ihre Schritte hallten auf dem steinernen Boden. Flüsternd erklärte Elise die Grabepitaphen der hessischen Fürsten, die mit frommen, marmorstarren Gesichtern ihrer Auferstehung entgegenblickten. Sie wusste auch zu berichten, dass vor genau einhundert Jahren ein großer Meister der Tonkunst, Herr Johann Sebastian Bach aus Leipzig, hier an der Orgel eines seiner Werke gespielt hatte. Doch dieser Name war dem Studenten aus Göttingen nicht bekannt, auch von dem berühmten Meister Hans Scherer, dem Erbauer der Orgel in der Marktkirche, hatte er noch nie etwas gehört. Er erklärte jedoch, ein großer Freund der Frau Musica und der Tonkunst zu sein.

»Ihr Herr Vater spricht sehr oft von Ihnen«, sagte Hans Christian Thiedemann, als sie wieder auf die Straße traten. »Er liebt Sie zärtlich und wäre wohl sehr glücklich, wenn Sie nicht in Kassel, sondern in Frankfurt bei ihm leben würden.«

Sie zögerte, beschloss dann aber, offen mit ihm zu sprechen.

»Ja, das würde ihm gefallen. Dann käme er auch nicht in Gefahr, meiner Mutter zu begegnen.«

»Oh!«, sagte er beklommen. »Ihre Eltern stehen in keinem guten Verhältnis zueinander?«

»Genau genommen in gar keinem Verhältnis. Mein Vater verließ meine Mutter noch vor meiner Geburt.«

Sie erzählte ihm, wie es kam, dass sie den verschollenen Vater in Frankfurt aufspürte, und er hörte ihr mit großer Anteilnahme zu.

»Ich verstehe gut, dass Sie Ihre Eltern miteinander versöhnen möchten, Mamsell Rosen«, meinte er dann nachdenklich. »Aber ich fürchte, dass man so etwas nicht erzwingen kann.«

»Mag sein, doch ich gebe nicht so schnell auf!«

Er blickte sie lächelnd von der Seite an, und plötzlich spürte sie, dass etwas in diesem Lächeln und in der Art, wie er mit ihr sprach, sie berührte. Ich werde mich doch nicht verlieben?, dachte sie besorgt. Doch nicht in einen haltlosen Studenten, der außer einer großen Begeisterung für alles Mögliche nichts Rechtes vorzuweisen hat!

»Ich bewundere Sie sehr für Ihre Zielstrebigkeit, Mamsell Rosen«, sagte er zu ihr. »Dies ist eine Eigenschaft, die mir leider fehlt.«

Ihr Vater wartete bereits vor der Appel'schen Kunst- und Buchhandlung, den Hut in die Stirn gezogen, die Miene verfinstert.

»Ich bat dich, meine Tochter abzuholen, nicht stundenlang mit ihr spazieren zu gehen«, bemerkte er verdrossen zu Thiedemann.

»Meine Schuld, Papa«, sagte Elise. »Da du darauf verzichtet hast, an unserem Treffpunkt zu erscheinen, nahm ich die Gelegenheit wahr, Herrn Thiedemann die Marktkirche zu zeigen, was dich ohne Zweifel gelangweilt hätte.«

Er nahm ihre Bemerkung schweigend auf und meinte nur, man solle sich in Bewegung setzen, der Wind sei kühl und auf die Sonne kein Verlass. So spazierten sie zu dritt die Königstraße entlang, besahen im Vorübergehen das Hotel Fürstenhof und erreichten den weitläufigen Friedrichsplatz. Hier lobte ihr Vater das Museum Fridericianum, dem eine ausgezeichnete Bibliothek angeschlossen sei, und Hans Christian Thiedemann bemerkte, Kassel sei eine höchst eindrucksvolle Residenz voller schöner Plätze und ehrwürdiger Gebäude.

»Tatsächlich hat sich, seit König Jérôme hier residierte, nicht allzu viel verändert«, befand de LaTour. »Nur die Straßenbeleuchtung ist besser geworden, dafür sind die Damen weniger hübsch und recht geschmacklos gekleidet. Anwesende natürlich ausgenommen.«

»Das will ich meinen!«, rief Thiedemann aus. »Mamsell Rosen hat mich vom ersten Augenblick an mit ihrer Anmut und Eleganz bezaubert.«

De LaTour warf dem Studenten Thiedemann einen heiteren Blick zu und wies dann auf eine Gruppe Damen, die neben einem Verkaufsstand miteinander plauderten.

»Meine Bemerkung galt eher solchen Frauenzimmern, die entweder übertrieben bunt oder in trister altdeutscher Weise gekleidet umhergehen. Daran erkennt man doch, dass Kassel bei all seinem kurfürstlichen Gehabe letztlich Provinz geblieben ist.«

Elise blickte in die Richtung, in die er gewiesen hatte. Dort stand die Hofrätin von Ochs mit der Frau Baudirektorin Ruhl in vertrautem Gespräch, auch die Frau Obergerichtsdirektorin Wiederhold befand sich bei den Damen und – täuschten sie ihre Augen? Das war doch ihre Mutter, die sich mit der Frau Baudirektorin unterhielt und dabei angestrengt zu ihnen hinüberstarrte. War das ein Zufall? Oder war Charlotte doch von Neugier geplagt gewesen und hatte beschlossen, den »Chevalier du Croix Blanc« heimlich aus der Ferne zu betrachten? Auf jeden Fall wandte Charlotte den Blick rasch ab, als sie bemerkte, dass die Tochter sie entdeckt hatte, und führte das Gespräch mit der Frau Baudirektorin in lebhafter Weise weiter.

Da es nun leider zu regnen begann, kürzte man den Besichtigungsspaziergang ab und begab sich im Schutz der Hauseingänge zurück zum »König von Preußen«, wo de LaTour sie zu einem ausgiebigen Mittagessen einlud. Es entwickelte sich zu einem sehr angenehmen Beisammensein. Elise erfuhr, dass Hans Christian Thiedemann in Kürze seine Examensarbeit über das physikalische Experiment, das er in Frankfurt durchgeführt hatte, verfassen wollte und dass ihr Vater ihm dazu Anregungen und Hinweise gegeben hatte. Vor allem aber sprach man über den zu gründenden Verlag, an dem auch de LaTour großes Interesse zeigte.

»Wie ich dir bereits sagte, junger Freund«, meinte er und nahm einen Schluck aus dem Weinglas, »du solltest mit einem Werk beginnen, das allgemein große Aufmerksamkeit erregt, damit du gleich zu Anfang einen Kreis von Freunden und Käufern auftust. Auch solltest du eine Zeitschrift herausgeben, in der namhafte Wissenschaftler und Literaten Artikel veröffentlichen. Um dir den Anfang leicht zu machen, wäre auch meine Wenigkeit bereit, einige kurze Schriften zu unterschiedlichen Themen zu verfassen, und meine Tochter könnte nette Zeichnungen und Karikaturen beisteuern.«

»Ich?«, wunderte sich Elise.

»In deinen Briefen fanden sich häufig sehr gelungene zeichnerische Darstellungen«, sagte er. »Auch dies ist ein Talent, das du nicht verkümmern lassen solltest.«

»Der Meinung bin ich ebenfalls, Mamsell Rosen«, rief Thiedemann aufgeregt. »Es ist schade, dass Ihr Herr Vater und ich

Kassel schon morgen verlassen werden. Darum würde ich mich außerordentlich freuen, wenn wir auf solche Weise in enger Verbindung bleiben könnten. Sie und Ihre Frau Mutter finden in unserem Haus in Göttingen jederzeit Quartier, und ich stehe Ihnen als Fremdenführer und Gastgeber mit großer Freude zur Verfügung.«

Bei diesen Worten blickte er sie eindringlich an – es schien ihm mehr an einem Wiedersehen zu liegen, als er hier vor ihrem Vater eingestehen wollte. Elise spürte, dass ihr Herz rascher klopfte, aber sie hütete sich, ihm entgegenzukommen.

»Ich danke Ihnen«, meinte sie höflich. »Aber unser Geschäft lässt uns leider wenig Zeit für Reisen und Besuche. Dennoch finde ich Ihr Vorhaben, einen Verlag zu gründen, sehr schön und mutig – wenn ich Sie dabei unterstützen kann, will ich es gern tun.«

Es war schon Nachmittag, als sie in angeregter Stimmung, den Kopf voller neuer, beunruhigender Dinge, ins Atelier zurückkehrte. Die Mutter beachtete ihren Eintritt kaum, da sie zwei Bürgerinnen bediente, die ihre Hüte zum Osterfest neu dekorieren lassen wollten. Therese stickte an einer Goldbörse und sah nicht von ihrer Arbeit auf, Babette fädelte mit angestrengter Miene den Faden in die Nadel – nur Grete empfing Elise mit einem Lächeln.

Später, als die Kundinnen den Laden verlassen hatten, hob die Mutter den Kopf und zog vernehmlich die Luft ein.

»Es riecht nach Gasthaus«, behauptete sie vorwurfsvoll, ohne Elise anzusehen. »Mach einmal das Fenster auf, Babette. Es macht keinen guten Eindruck, wenn es bei uns nach Wein, Tabak und gebackenen Zwiebeln stinkt!«

Elise, die längst wieder an ihrem Platz saß und an einer Stoffblüte für einen Hut nähte, stand wortlos auf und lief in ihr Zimmer, um sich umzukleiden. Zwar hatte die Mutter recht, ihr Kleid hatte den Geruch der Gaststube angenommen, die schlecht belüftet gewesen war. Aber darauf hätte sie sie diskreter und freundlicher hinweisen können.

In der Küche saß die Großmutter und rührte gesalzenen Quark für das Abendessen. Als Elise an ihr vorbei ins Atelier laufen wollte, meinte sie: »Mach dir nichts daraus, Mädchen. Sie ist schlecht gelaunt. Kam heute Mittag nass geregnet und echauffiert aus der Stadt zurück. Die arme Therese war die Erste, die ihren Unmut zu spüren bekam, aber auch die anderen hatten keinen angenehmen Nachmittag.«

»Sie hat ihn gesehen, Großmutter. Auf dem Friedrichsplatz hat sie gestanden und uns aus der Ferne beobachtet.«

»Das dachte ich mir schon«, murmelte Großmutter Anna und hielt mit dem Rühren inne, um einen tiefen Seufzer zu tun. »Ist nicht leicht für sie, Elise. Zuerst erschien er ihr wie ein göttlicher Engel, dann wurde er zum teuflischen Verführer, und nun soll sie erkennen, dass er einfach nur ein Mensch ist.«

»Er ist ein ungewöhnlicher und sehr liebenswerter Mensch, Großmutter!«

»Dafür, dass er ein guter Vater ist, wird ihm der Herr vielleicht ein paar Tage Fegefeuer erlassen«, meinte die alte Frau skeptisch. »Geh jetzt hinüber und sei freundlich zu deiner Mutter.«

Elise hatte sich eigentlich vorgenommen, die Mutter boshaft nach ihrem Besuch bei der Baurätin Günste zu fragen. Ob der neue Hut ihr gefallen habe. Und ob die Anprobe vielleicht gar auf dem Friedrichsplatz stattgefunden hätte. Doch nun dachte sie über die Worte der Großmutter nach und beschloss, den Mund zu halten und ein freundliches Gesicht zu machen.

KAPITEL 5

DER RAT DER GROSSMUTTER erwies sich als klug, denn Charlotte beruhigte sich im Laufe des Nachmittags, und am Abend saß man in gewohnter fröhlicher Runde in der Küche. Besonders Moritz zeigte sich gut aufgelegt und schwatzte von den adeligen Kunden, die heute ihre Diener geschickt hätten, um den französischen Wein zu kaufen. Auch hätte er bereits neue Ware geordert, die in den kommenden Tagen geliefert würde, die er dann jedoch nicht so wohlfeil wie den Rotwein abgeben, sondern zu einem guten Preis verkaufen würde.

»Wenn man die Kunden erst einmal im Geschirr hat, dann laufen sie brav vor dem Karren«, meinte er zuversichtlich und wandte sich gönnerhaft an Elise. »Wenn du morgen deinem hochverehrten Herrn Papa an der Poststation Lebewohl sagst, darfst du ihm eine Flasche zum Geschenk mitgeben. Sage ihm einen lieben Gruß unbekannterweise von Moritz Liebermann, dem das exquisite Weingeschäft in der Marktgasse gehört.«

»Wenn du unbedingt willst …«

»Es ist mir ein herzliches Bedürfnis«, sagte er und verneigte sich im Sitzen, als grüße er einen adeligen Kunden.

Anschließend ließ er sich dazu herab, mit Grete »Mühle« zu spielen, was ihm drei Niederlagen hintereinander einbrachte.

»Das kann doch gar nicht sein!«, wunderte er sich. »Du schummelst doch, Grete!«

Aber da alle bei den Partien zugesehen hatten, erntete er nur höhnisches Gelächter.

»Es tut mir sehr leid, Herr Moritz«, sagte Grete schuldbewusst. »Ich wollte Sie das letzte Mal ja auch gewinnen lassen, aber sosehr ich mich bemüht habe, es hat nicht geklappt.«

Inzwischen hatte Grete auch das Damespiel erlernt, das sie ebenso rasch begriff und sicher beherrschte wie »Mühle«.

»Sie ist eine schnelle Denkerin, mein Gretchen«, verkündete Babette mit Stolz. »Nur beim Gänsespiel, da fehlt ihr das Würfelglück. Weil das Glück halt immer mit den Dummen ist.«

Es wurde viel gescherzt und gelacht an diesem Abend, Moritz ließ sich nicht die Laune verderben, und auch Charlotte schien sich wieder gefangen zu haben. Nur Therese war ungewöhnlich still, sodass Elise schon fürchtete, sie sei über der anstrengenden Arbeit im Weingeschäft vielleicht gar krank geworden. Aber da sie ihren Moritz so häufig mit kummervoller Miene betrachtete, schien sie wohl eher von mütterlichen Sorgen geplagt.

Als sich Elise zu Bett legte, erwartete sie, nach dem ereignisreichen Tag rasch einzuschlafen, doch dies erwies sich als Irrtum. Anstatt ins Reich der Träume zu sinken, erschien beständig die Gestalt des jungen Thiedemann vor ihren Augen: seine lebhaften, ungestümen Gesten, sein blondes lockiges Haar, das er sich ungeduldig aus der Stirn strich, seine dunkelbraunen Augen. Ja, er hatte ihr gefallen. Er trat bescheiden und höflich auf, doch wenn er von einer Sache sprach, die ihn begeisterte, war er feurig und riss seine Zuhörer mit. Wie lange und häufig er sie doch angesehen hatte, respektvoll, bewundernd, aber auch voller Neugier und – darin täuschte sie sich niemals – es war auch Begehren in diesen Blicken gewesen. Hatte er sich in sie verliebt? Das wäre möglich, denn beim Abschied hatte er ihre Hand so lange festgehalten, dass ihr Vater spöttisch bemerkte: »Um sich das Wohlwollen einer Dame zu erhalten, ist es nicht nötig, ihr die Hand zu zerquetschen, junger Mann!«

Sie hatte lachen müssen, aber Thiedemann war sehr verlegen gewesen und hatte sich damit entschuldigt, dass er kein Weltmann, sondern nur ein Göttinger Gewächs sei, ein ungehobelter Klotz und wenig erfahren im Umgang mit der schönen Weiblichkeit. Letzteres allerdings hielt Elise für unwahrscheinlich. Man wusste schließlich, dass die Studenten keineswegs ein klösterliches Leben führten, sie tranken und rauchten ausgiebig, und Gastwirtstöchter, Hausmädchen oder sonstige liederliche Frauenzimmer sorgten ebenfalls für Abwechslung im studentischen Alltag.

Erst spät schlief sie ein, doch trotz der kurzen Nachtruhe war sie am Morgen früh munter, wählte sorgfältig das Kleid aus, das sie heute tragen wollte, und ging hinunter in die Küche.

»Hast du dich fein gemacht, weil du deinen Vater und den Herrn Studenten nach Göttingen verabschieden willst?«, bemerkte Charlotte beiläufig.

Der Vater hatte sie gestern wissen lassen, dass man gegen zehn Uhr die Postkutsche besteigen würde und dass er seine Tochter vor seiner Abreise gern noch einmal in die Arme schließen wollte.

»Natürlich«, gab sie freundlich zurück. »Schließlich sollen sie nicht denken, wir seien arme Leute, die sommers wie winters im gleichen Kleid herumlaufen.«

Es war ein nebliger, kühler Morgen, der wenig zu einem Gang durch die Stadt einlud. Dennoch erschien, kaum dass man das Atelier geöffnet hatte, das Mädchen der Finanzrätin Engelbrecht, um ein Paar Spitzenhandschuhe zurückzubringen, die – so hatte ihre Herrin behauptet – schon gleich nach dem Kauf einen Riss bekommen hätten.

Charlotte war ärgerlich darüber, denn sie hatte der Finanzrätin mehrfach empfohlen, die größeren Handschuhe zu wählen, doch das Muster dieses Handschuhpaares hatte der Kundin nicht gefallen, und so hatte sie nun ihre dicken Finger in die zu engen Handschuhe gezwungen, was zu dem Riss geführt hatte.

»Ich kann diesen Riss flicken, aber die Ware nicht zurücknehmen«, sagte sie mit Entschiedenheit. »Richte das deiner Herrin aus.«

Das Mädchen hatte jedoch den Auftrag, die Handschuhe gegen ein anderes Paar umzutauschen, und sie jammerte, dass ihre Herrin sie ohrfeigen würde, wenn sie ohne neue Handschuhe zurückkäme. Elise verfolgte das Gespräch nur mit halbem Ohr, da sie in Gedanken schon auf dem Königsplatz war, wo die Postkutsche abfahren würde. Dann jedoch wurde ihre Aufmerksamkeit von einer Gestalt abgelenkt, die im nebligen Morgenlicht nur undeutlich vor dem Schaufenster zu erkennen war. Ein hochgewachsener Mann stand dort; den dunklen Hut tief in die Stirn gezogen, schien er mit großer Neugier die ausgestellten Hüte und Spitzenhauben zu betrachten. Ein freudiger Schreck durchfuhr sie – ihr Vater hatte sich besonnen und war gekommen, um Charlotte zu begrüßen. Sollte sie ihm entgegenlaufen? Die Tür öffnen, um ihn ins Atelier zu geleiten? Nein, es war besser, ihn allein agieren zu lassen. Vermutlich wartete er ab, bis das Mädchen den Laden verlassen hatte, denn er sah aufmerksam durch die Ladenscheibe ins Innere des Ateliers hinein, wo noch die Talglichter brannten.

»Es tut mir leid, aber deine Herrin muss einsehen, dass ich beschädigte Ware nicht zurücknehme«, sagte Charlotte energisch, und das arme Mädchen verließ schluchzend das Atelier.

Gespannt sah Elise zur Tür hin. Aber dort war niemand mehr zu sehen, auch vor dem Schaufenster waberte nur der Morgennebel. Sie legte ihre Näharbeit zur Seite und lief zur Tür. In der Gasse sah man nur ein paar Meter weit, das Haus des Schneidermeisters Holzapfel gegenüber war noch zu erkennen, das »Weingeschäft Liebermann« daneben verschwand beinahe ganz im nebligen Dunst. Ein Dienstbote eilte an ihr vorüber; zwei Frauen, die eine Karre voller Säcke in Richtung Marktplatz schoben, waren nur noch als graue Schemen wahrzunehmen.

Er hatte gar nicht die Absicht gehabt, ins Atelier zu gehen. Er wollte Charlotte heimlich durch die Schaufensterscheiben betrachten, um sich dann unerkannt davonzumachen. Was hatte sie nur für Eltern? Warum stellten sie sich alle beide so lächerlich an?

Als sie kurz darauf zum Königsplatz ging, begann sich der Nebel zu heben, und die ersten warmen Sonnenstrahlen drangen durch die Wolkendecke. De LaTour und Hans Christian Thiedemann standen schon an der Abfahrstelle bereit, der livrierte Diener des Gasthauses brachte soeben das Gepäck der Herrschaften herbei und erhielt von Thiedemann ein Trinkgeld. Bei Elises Erscheinen verbeugte er sich tief vor ihr und zog sich dann eilig zurück.

»Ich hoffe, wir sehen uns bald in Frankfurt wieder«, sagte ihr Vater und umarmte sie mit großer Herzlichkeit. »Mach mir altem Mann die Freude, mein Kind. Du weißt nicht, wie lange ich diese Welt noch mit meiner Gegenwart bereichere.«

Sie versprach, darüber nachzudenken, und überreichte ihm Moritz' Geschenk. Dass sie ihn gesehen hatte, als er vorhin heimlich ins Atelier hineinspähte, erwähnte sie nicht. Er hätte es ohnehin abgestritten und behauptet, sie habe ihn verwechselt. Thiedemann wagte dieses Mal nicht, ihr die Hand zu reichen, aber er wiederholte seine Einladung nach Göttingen und kündigte sogar an, nach Ostern vielleicht in Kassel vorbeizuschauen, da er an seiner Examensarbeit schreibe und möglicherweise die hervorragende Bibliothek im Museum Fridericianum zu diesem Zweck aufsuchen müsse.

»Zum Thema deiner physikalischen Untersuchung wirst du in der hiesigen Bibliothek nicht viel Neues finden«, bemerkte de LaTour skeptisch, da er den wahren Grund dieser Reise sehr wohl verstanden hatte.

Die Postkutsche verließ Kassel pünktlich und rollte die Untere Königstraße entlang zum Wesertor hinaus gen Göttingen. Elise fühlte sich seltsam traurig, als sie zurück zum Atelier ging, und der Empfang, den ihr die Mutter machte, trug wenig dazu bei, ihre Stimmung zu heben.

»Wie spät du zurückkommst!«, meinte sie unwillig. »Wie sollen wir die Arbeit bewältigen, wenn du ständig in der Stadt herumläufst und auch Therese nicht an ihrem Platz ist?«

Therese hatte sie wissen lassen, dass sie heute und morgen im Weingeschäft zu tun habe, denn die neuen Fässer waren geliefert worden, und der Wein musste noch vor dem Osterfest zum Verkauf in Flaschen abgefüllt werden.

Elise setzte sich schweigend auf ihren Platz und nähte mit fliegender Nadel zwei Hauben für Sybilla fertig, da sie vorhatte, die Freundin am Nachmittag zu besuchen. Nachdem Sybilla ihre Bestellungen stets sofort bezahlte, würde die Mutter nichts gegen diesen Gang einzuwenden haben. Und tatsächlich hatte sich Charlotte bis zum Nachmittag wieder beruhigt. Sie lobte Grete, die schon eine gute Hilfe im Atelier sei, und gab Elise herzliche Grüße an die adelige Freundin mit auf den Weg.

Das warme, frühlingshafte Wetter schien heute halten zu wollen, also beschloss Elise, alles daranzusetzen, um Sybilla einen kurzen Spaziergang zum Fuldaufer zu ermöglichen. Es gestaltete sich leichter als befürchtet, da Sybillas Mutter zu einem Besuch unterwegs war und ihr Vater den Ausflug ohne Weiteres gestattete.

»Höchste Zeit, dass das Mädel ein wenig Bewegung hat«, meinte er brummig. »Wenn sie den lieben langen Tag im gepolsterten Sessel sitzt und Bücher liest, wird mein Enkel am Ende ein Stubenhocker.«

Der Oberst selbst war kränklich und ging nur selten aus. Der frühe Tod des geliebten Sohnes, Sybillas jüngerem Bruder, hatte ihn seinerzeit schwer erschüttert, und die unehrenhafte Versetzung in den Ruhestand durch den Kurfürsten hatte ihm den Rest gegeben. Nun ruhte seine ganze Hoffnung auf dem zu erwartenden Enkelkind, das selbstverständlich ein Knabe werden musste.

Sybilla zeigte sich hocherfreut über die Erlaubnis, auf die sie nicht ernsthaft gehofft hatte. Nein, Johann Georg hatte bisher noch keine Zeit gefunden, sie zu einem Ausflug in die Karlsaue zu kutschieren, ihr Ehemann war eifrig in seinem Dienst beim »Garde du Corps« des Kurprinzen und erwartete in Kürze seine Ernennung zum Rittmeister.

»Ach Elise, du machst mir heute eine dreifache Freude«, sagte sie mit glücklichem Lachen. »Einmal dieser Spaziergang, dann das wunderschöne Buch der Brüder Grimm, und zu allem Überfluss werde ich nun all die aufregenden Neuigkeiten erzählt bekommen, die dir inzwischen widerfahren sind.«

»Oh, die sind halb so wild«, meinte Elise und winkte ab.

»Nun, wie es scheint, hast du eine Eroberung gemacht«, bemerkte Sybilla lächelnd. »Sagtest du nicht, jener Student habe dir dieses Buch zum Geschenk gemacht?«

Sie ließen sich von Baptiste mit der Equipage bis zum Friedrichsplatz kutschieren; dort stiegen sie aus, und Sybilla bat den treuen Angestellten, hier auf ihre Rückkehr zu warten. Durch das Auetor gingen sie gemächlich hinunter zur Karlsaue, spazierten an der kleinen Fulda entlang und freuten sich an den gelben Winterlingen und violetten Krokussen, die als erste Frühlingsblüten in den Wiesen leuchteten. Noch waren die Bäume kahl, doch ihr Gezweig zeigte schon den rötlich braunen Schimmer, der ankündigte, dass bald die ersten Knospen aufspringen würden.

»Wie schön, diese prächtige Anlage wieder einmal zu sehen«, sagte Sybilla und wies auf die säulengeschmückte Orangerie und die umliegenden hellen Gebäude der Karlsaue. »Ich glaube, ich war zuletzt vor mehr als vier Jahren hier, als ich gemeinsam mit meinen Eltern die Kurfürstin auf einem Ausflug begleitete. Nun aber bin ich begierig zu hören, auf welche Weise du zu meinem Geschenk gekommen bist.«

Elise schilderte ihre Erlebnisse in leuchtenden Farben. Besonders ihr erstes Zusammentreffen mit Hans Christian Thiedemann vor der Buchhandlung fand Sybilla ganz erstaunlich und im Nachhinein erheiternd. Über das seltsame Verhalten von Elises Eltern, die beide zwar nicht aufeinandertreffen wollten, einander jedoch neugierig aus der Ferne betrachtet hatten, musste Sybilla sogar lachen.

»Du kannst hoffen, Elise«, meinte sie dann in ernsthaftem Ton. »Wie es scheint, sind sie einander keineswegs gleichgültig. Gerade diese übergroße Zurückhaltung zeigt doch, dass es noch Gefühle zwischen ihnen gibt.«

»Gewiss«, meinte Elise resigniert. »Papa hat ein schlechtes Gewissen, und Mama ist nach wie vor zornig auf ihn. Da haben wir die Gefühle, die sie füreinander hegen.«

»Aber nein, Elise«, widersprach Sybilla. »Von einer großen Liebe bleibt immer etwas zurück, das Jahre und Zeiten überdauert.«

Der Spaziergang hatte Sybilla zuversichtlich gestimmt, sodass sie der Freundin Mut zusprach und sie darin bestärkte, die Versöhnung ihrer Eltern weiter voranzutreiben. Elise freute sich, denn auch äußerlich sah man Sybilla nun an, wie gut ihr dieser Ausflug tat. Die blassen Wangen waren rosig überhaucht, ihre Augen leuchteten sehnsüchtig, wenn sie hinüber zu den Wäldern und Hügeln schaute, und auch ihr Gang, der zu Anfang langsam und vorsichtig gewesen war, hatte sich gefestigt.

»Zu Hause bewege ich mich kaum mehr als vom Nachtlager zu meinem Sessel«, gestand sie. »Und wenn ich die Treppe hinunter in den Speiseraum zum Mittagessen gehe, stützt mich die Mutter, als sei ich eine Kranke, die jederzeit vor Schwäche zusammenbrechen könnte.«

Sie blieben am Fuldaufer stehen, um die vorübergleitenden Fischerboote und Lastkähne zu betrachten. Die Frühlingssonne ließ die Wellen im Fluss fröhlich aufblitzen, am Ufer zeigte sich das erste frische Gras und im kahlen Gebüsch hockten braune Enten auf ihrer Brut. Bald würde es flauschige Entenküken geben.

»Alles ist voll freudiger Erwartung«, meinte Sybilla und fasste Elises Hand. »Du solltest reisen, Elise. Nach Frankfurt vor allem. Aber auch nach Göttingen. Wie gern würde ich dich begleiten, wie wir es uns einmal so schön gedacht haben. Aber bis zum Frühsommer, wenn mein Kind zur Welt kommt, und wohl auch noch eine Weile danach werde ich Kassel nicht verlassen können. Du aber, Elise, bist frei und ungebunden. Das solltest du nutzen, solange es möglich ist!«

Elise widersprach nicht, aber sie dachte sich ihr Teil. Ja, eine adelige Dame, die konnte nach Herzenslust reisen, Verwandte und Freunde aufsuchen oder in ein Bad zu einem Kuraufenthalt fahren. Sie setzte sich einfach in ihre Equipage und ließ sich kutschieren. Eine Putzmacherin jedoch musste ihren Lebensunterhalt verdienen, da blieb nur wenig Zeit für teure Reisen. Sogar dieser Spaziergang würde ihr vermutlich wieder eine ärgerliche Predigt der Mutter eintragen. Und letztlich hatte Charlotte ja recht, das Atelier war ihre Lebensgrundlage, und nur ihre tägliche, fleißige Arbeit sicherte ihnen ein Auskommen.

Sie verließen das malerische Fuldaufer und gingen am kurfürstlichen Schloss vorbei zurück in Richtung Friedrichsplatz, wo Baptiste vermutlich schon mit Ungeduld auf seine junge Herrin wartete. Auf dem Marställer Platz blieben sie ein Weilchen stehen, um den kurfürstlichen Soldaten beim Exerzieren zuzuschauen, und zu Sybillas großer Freude erblickten sie dort auch Johann Georg von Haynau, der hoch zu Ross von einer Gruppe Kürassiere gefolgt zum Palast hinüberritt. Er hielt sein Pferd an, um die Damen zu grüßen, bemerkte jedoch stirnrunzelnd zu Sybilla, ob es nicht zu kühl für einen Spaziergang sei.

»In deinem Zustand solltest du besser zu Hause bleiben«, meinte er besorgt und blickte Elise vorwurfsvoll an, da er genau wusste, wer seine Frau zu dieser Unvorsichtigkeit verleitet hatte.

»Du kannst sie natürlich auch in Watte packen und in einer Truhe verschließen«, meinte Elise. »Eine werdende Mutter sollte aber schöne Dinge sehen und sich an der Natur erfreuen. Sonst wird ihr Kind eine grämliche Stubenhockerin.«

»Mein Sohn wird ganz sicher kein Stubenhocker«, lachte Johann Georg. »Empfehle mich den Damen!«

Damit trieb er sein Pferd an und ritt mit seinen Kameraden davon. Sybillas glückliche Stimmung war nach dieser Begegnung vergangen; sie hatte es eilig, zurück zur Equipage zu gelangen, und behauptete, nun doch ein wenig erschöpft zu sein.

»Sei herzlich bedankt, liebste Elise«, sagte sie, bevor sie mit Baptistes Hilfe in die Kutsche stieg. »Heute waren wir ein wenig zu lange unterwegs, aber dennoch hat mir der Spaziergang mit dir große Freude gemacht. Ach, da fällt mir noch eine Kleinigkeit ein, sie betrifft deinen Ziehbruder Moritz.«

»Moritz?«, wunderte sich Elise. »Was hat er angestellt?«

»Oh, nichts …«, meinte Sybilla, die bereits in der Kutsche saß und sich eine wollene Decke über die Knie legte. »Es kann ein Zufall sein, Elise. Mein Vater öffnete neulich eine Flasche Rotwein, die das Mädchen im Weingeschäft Liebermann gekauft hatte.«

»Lass mich raten«, unterbrach Elise. »Der Wein hat ihm nicht gemundet, wie?«

»Leider war es so«, gestand Sybilla. »Mein Vater behauptete, der Wein sei gewässert. Es ist also möglich, dass Moritz beim Einkauf betrogen wurde, und deshalb bitte ich dich, ihn in aller Stille zu warnen.«

Nachdenklich stand Elise auf dem Platz und blickte der abfahrenden Equipage hinterher. Moritz sollte gewässerten Wein eingekauft haben? Durchaus möglich, er hatte ja behauptet, den Wein besonders günstig erworben zu haben. Aber es gab eine zweite Möglichkeit, die Elise für wahrscheinlicher hielt, vor allem, wenn sie an Thereses mütterlich besorgte Miene dachte. Wenn es so war, wie sie leider vermuten musste, dann würde der überschlaue Moritz bald in großen Schwierigkeiten stecken.

Tags darauf war das schöne Vorfrühlingswetter vorbei, ein kalter Nordwind fegte durch die Gassen der Altstadt und trieb kleine feuchte Schneeflöckchen vor sich her, die zu Wasser wurden, kaum dass sie den Boden erreicht hatten. Die teuren Hüte der Kasseler Damen blieben in den Schränken, man trug einfache Kappen, und wer einen Umhang mit Kapuze besaß, der war froh darum. Hie und da sah man einen Passanten mit einem Regenschirm gegen den Wind ankämpfen, und nicht selten stülpte sich das teure Stück dabei um oder wurde seinem Besitzer gar aus den Händen gerissen.

Elise band das Umhängetuch fest um Kopf und Oberkörper, nahm statt der Hutschachtel, die empfindlich gegen Nässe war, eine feste Stofftasche und machte sich auf den Weg zu Fräulein von Eschen, um Hut und Kragen abzuliefern. Die Gassen der Altstadt waren leer, nur zwei Mägde eilten mit flatternden Röcken zum Brunnen, und ein Bauer schob seinen halb geleerten Marktkarren gleichmütig über das Pflaster, ohne sich um Wind und Regen zu scheren.

Das Mädchen des Fräuleins von Eschen empfing sie mit verkniffenem Gesicht; wie es schien hatte ihre Herrin sie gescholten.

»Sie ist bei trüber Stimmung«, flüsterte sie Elise zu. »Es wird der Wetterumschwung sein, der ihr zu schaffen macht.«

Nun ja – irgendeinen Vorwand musste die Dame ja haben, wenn sie schlecht gelaunt war. Dieses Mädchen war schon die dritte Angestellte, die Elise bei Fräulein von Eschen antraf; wie es schien, hielt es kein Hausmädchen lange bei dieser Herrin aus.

»Ist es die Putzmacherin?«, hörte man ihre Stimme aus dem Salon. »Sie soll die nassen Schuhe ausziehen und Hausschuhe anlegen. Nimm ein Tuch und trockne ihr den Rocksaum, damit sie mir nicht den Teppich mit Straßenkot verdirbt.«

Elise fügte sich der Prozedur und betrat den Salon in übergroßen Hausschuhen aus grauem Filz, die vermutlich der Köchin gehörten.

»Ein scheußliches Wetter bringen Sie mit, Mamsell Rosen«, empfing sie Fräulein von Eschen. »Wenn es so weitergeht, werde ich den Hut an Ostern nicht zum Kirchgang tragen können. Nun ja – zeigen Sie einmal her …«

Natürlich hatte sie an dem Hut herumzumäkeln: Die Bänder seien zu lang, der Schleier zu üppig, die Feder hatte nicht den seidigen Glanz, den sie erhofft hatte.

»Vermutlich fehlte Ihnen die Zeit zu einer ordentlichen Arbeit«, bemerkte sie und zog die Hutnadel heraus, um den Hut wieder abzusetzen. »Der Besuch Ihres Vaters hat Sie natürlich in Anspruch genommen.«

»Ich habe mich sehr gefreut, ihn wiederzusehen«, erwiderte Elise. »Dennoch hat meine Arbeit darunter nicht gelitten, denn ich hatte Hut und Kragen noch vor seiner Ankunft fertiggestellt.«

»Soso …«

Fräulein von Eschen besah sich den Kragen aus dunklem Taft mit großer Aufmerksamkeit.

»Leider hielt er es nicht für nötig, mir seine Aufwartung zu machen«, sagte sie in spitzem Ton. »Sehr bedauerlich. Auch hätte ich seinen jungen Begleiter gern näher kennengelernt. Herr Appel, der die Buchhandlung führt, war ja voll des Lobes. Der junge Mann sei ein Kunde mit Sachverstand und einer großen Liebe zu den Büchern.«

Kassel war nun einmal ein Dorf – nichts blieb verborgen. Vor allem die Geschäftsleute in ihren Läden trugen viel dazu bei, dass sich Gerüchte rasch verbreiteten. Da war Hans Christian Thiedemann nur eben rasch zu Appel gelaufen, um die Grimm'schen Märchen zu erwerben – und schon wusste halb Kassel davon.

»Ja, er liebt die Bücher und will sogar einen Verlag gründen«, meinte Elise. »Doch zunächst muss er sein Studium der Physik mit dem Examen abschließen.«

»Wie schade«, seufzte das Fräulein theatralisch. »Ein so hübscher junger Mensch gibt sich diesem langweiligen Studium hin und vergräbt sich in trockenen Büchern. Stattdessen sollte er das Leben in seiner Vielfalt und Schönheit studieren, denn die Blüte der Jugend ist rasch dahin.«

Schau an, dachte Elise amüsiert. Sie hat eine Schwäche für junge, hübsche Studenten. Ich wusste doch, dass ihr frommes Gehabe nur eine Maske ist. Wo sie Hans Christian wohl gesehen hat? Auf dem Friedrichsplatz? Stand sie vielleicht auch bei den Damen, mit denen sich meine Mutter unterhielt?

»Falls Sie an Ihren Vater schreiben sollten, richten Sie ihm bitte aus, dass ich unbedingt seinen Besuch erwarte, wenn er sich wieder einmal in Kassel aufhält.«

»Das will ich gern tun, Fräulein von Eschen. Wünschen Sie, dass ich die Bänder noch etwas kürze und den Schleier zurücksetze? Ansonsten habe ich die Rechnung schon einmal mitgebracht …«

Die Kundin hob den Hut noch einmal vom Tisch, besah ihn kritisch und ließ die Bänder durch die Finger gleiten.

»Meinetwegen lassen wir es so. Zeigen Sie einmal die Rechnung … das ist schon wieder teurer als beim letzten Mal.«

Sie nahm die Geldkassette aus der Kommode und zählte die Münzen auf den Tisch. Drei Kreuzer zog sie ab, aber darum wollte Elise nicht feilschen, sie legte das Geld in ihren Beutel und bedankte sich mit gewohnter Höflichkeit.

»Einen angenehmen Tag wünsche ich, gnädige Frau. Hoffen wir auf besseres Wetter zu Ostern.«

»Ade!«

Im Flur stieg Elise in ihre nassen Schuhe, wickelte sich in den feuchten Umhang und eilte so schnell sie konnte durch Sturm und Schneeregen ins warme Atelier zurück.

Die Osterwoche brach an, und da sich wenigstens ab und zu ein wenig Sonnenschein zeigte, war der Laden in der Marktgasse voller Kundinnen. Neue Hüte wurden erworben, alte ließ man umdekorieren, Spitzenkragen, Schärpen und Handschuhe gingen gut, auch kleine, bestickte Beutel und Täschchen. Charlotte war hochzufrieden, zumal auch Therese wieder im Atelier auftauchte und eifrig stickte und Grete ihre erste Haube genäht hatte. Den Entwurf hatte Elise zwar gemacht, aber das Zuschneiden und alle Näharbeiten hatte Grete ganz ohne Hilfe erledigt.

»Zur Belohnung für euch alle werden wir an Ostern die Arbeit ruhen lassen, ein schönes Ostermahl halten und, wenn es das Wetter erlaubt, eine Kutsche mieten und hinauf nach Wilhelmshöhe fahren«, kündigte Charlotte fröhlich an.

Am Gründonnerstag erschien um die Mittagszeit ein berittener Kurier vor dem Atelier und überbrachte ein Schreiben aus Frankfurt.

»Du liebe Güte«, sagte Charlotte. »Einen Kurier zu mieten, das ist nicht gerade billig. Dein Vater scheint die Gelder seines großzügigen Freundes mit vollen Händen zum Fenster hinauszuwerfen!«

Elise war erstaunt, da ihr Vater seine Briefe üblicherweise mit der Post befördern ließ, und sie bat die Mutter, in ihr Zimmer gehen zu dürfen, um die Nachricht zu lesen.

»Aber säume nicht zu lange, die Frau Hofkapellmeisterin lässt ihren Hut noch heute abholen!«

Mein geliebtes Kind,
soeben von Göttingen zurückkehrend muss ich dich in einer dringenden Sache von außerordentlicher Wichtigkeit um deine Hilfe bitten. Als ich soeben das Pult öffnete, in dem ich mein Manuskript verschlossen hatte, fand ich es leer. Meine Lebenserinnerungen, die ich in jahrelanger, mühevoller Arbeit niederschrieb, wurden von boshafter Diebeshand entwendet!!!

Da Schloss und Pult unversehrt sind, muss der Dieb das Versteck des Schlüssels gekannt haben, den ich stets hinter den Essais des Michel de Montaigne aufbewahre. Leider richtet sich mein Hauptverdacht nun gegen jenen jungen Mann, den ich als Freund und Schützling in Frankfurt aufnahm, dem ich das Manuskript zeigte und dem ich in unverzeihlicher Naivität sogar das Versteck des Schlüssels verriet. Es ist bitter, dass ich alter Mann keine besseren Lehren aus früheren Enttäuschungen gezogen habe und mich von einem jungen Spund hinters Licht führen ließ.

Thiedemann muss das Manuskript noch vor unserer Abreise aus Frankfurt entwendet und in seinem Reisekoffer aufbewahrt haben. Was er damit tun wird, ist leicht zu erraten, denn ich selbst riet ihm, seinen Verlag mit einem wichtigen Werk von allgemeinem Interesse zu eröffnen.

Da ich die Sache aus Gründen der Diskretion nicht der Polizei melden kann und auch fürchte, selbst nicht viel ausrichten zu können, bitte ich dich, mein Kind, nach Göttingen zu reisen und der Sache nachzugehen. Es ist mir nicht entgangen, dass der junge Mann eine Schwäche für dich hat – hier ist die Achillesferse, an der wir ihn packen können.

Zur Begleichung der Reisekosten schicke ich eine Bankanweisung meines Freundes Christian Daniel, der über diesen dreisten Diebstahl ebenso empört ist wie ich selbst.

Meine einzige Hoffnung, jemals dieses kostbare Manuskript wieder in meinen Händen zu halten, liegt auf dir, meine geliebte Tochter!

Dein verzweifelter Vater
Charles François de LaTour

Kapitel 6

Was war das nun wieder? Elise las den Brief ein zweites Mal und schüttelte den Kopf. Angeblich hatte jemand sein Manuskript gestohlen. Seine Lebenserinnerungen, die er in seinem Pult in der Bibliothek aufbewahrte und in denen sie damals heimlich gelesen hatte. Zumindest während ihres Aufenthalts in Frankfurt vor über einem Jahr hatte er dieses Pult niemals verschlossen. Aber nun ja – er war zu einer Reise aufgebrochen, da war es ihm wichtig gewesen, sein kostbares Werk in Sicherheit zu wissen. Was sich dann wohl als ein Irrtum erwies.

Unten im Atelier war schon wieder eine Kundin, die aufgeregt schnatternd irgendeinen Klatsch verbreitete; gleich würde die Mutter nach ihr rufen. Nervös überflog sie das Schreiben ein drittes Mal und wusste immer noch nichts Rechtes damit anzufangen. Wieso verdächtigte er ausgerechnet Hans Christian Thiedemann? Nur weil er Interesse gezeigt hatte, dieses Manuskript zu veröffentlichen? Das war doch absurd! Thiedemann war ein anständiger Mensch, warum sollte er ein Manuskript auf solche Weise an sich bringen? Und überhaupt – Elise war der Ansicht, dass ihr Vater den Öffentlichkeitswert seiner Schriften weit überschätzte. Na schön, er hatte an verschiedenen Königs- und Fürstenhöfen verkehrt – aber das alles war doch lange vorbei. Und die pikanten Histörchen und Liebesabenteuer, die er mit so viel Details erzählte, fand Elise eher peinlich. Wer wollte so etwas lesen?

»Eliiiise!«, tönte es auch schon von unten. »Wo bleibst du? Frau Finanzrätin Engelbrecht wünscht eine frühlingshafte Dekoration auf ihrem blauen Hut.«

Elise schnaubte ärgerlich und faltete die Blätter zusammen, um sie in der Schublade ihres Schreibtischs zu deponieren. Die Finanzrätin brachte diesen blauen Deckel nun schon das vierte Mal, um ihn umdekorieren zu lassen. Dabei hatte sie genügend Geld, um sich einen neuen Hut machen zu lassen, aber sie knauserte, wo sie konnte, diese geizige Person. Ungehalten lief Elise in die Küche hinunter, wo die Großmutter Zwiebeln für die Suppe schälte, und erschien freundlich lächelnd im Atelier.

»Ach, der schöne blaue Hut. Man wundert sich doch, wie langlebig solch ein Filzkorpus ist … Hatten Sie an roséfarbene Blüten gedacht, Frau Finanzrätin? Die zarten Röschen kann ich sehr empfehlen …«

Es dauerte eine geschlagene Stunde, bis sich die Kundin endlich für eine Dekoration entschlossen hatte und der Preis ausgehandelt war. Danach setzte Elise sich aufatmend an ihre Näharbeit und nähte eilig die letzten Stiche, damit die Frau Hofkapellmeisterin ihren neuen Hut rechtzeitig erhielt.

»Was schreibt er denn so?«, fragte Charlotte scheinbar gleichmütig. Sie lief im Atelier hin und her, um die vielen Schachteln mit Blüten, Bändern und Schleifen, die man für die Kundin herausgenommen hatte, wieder in die Regale zu ordnen.

»Du meinst Papa?«

»Wen sonst?«, gab die Mutter spitz zurück.

Dass Charlotte sich für Papas Post interessierte, war neu, und Elise hielt es für ein gutes Zeichen. Nur leider war diese Nachricht nicht geeignet, ihre Meinung von Charles François de LaTour zu verbessern.

»Oh … er ist aus Göttingen abgereist und wieder in Frankfurt angekommen …«

»Und deshalb schickt er dir gleich einen Kurier?«, fragte die Mutter ungläubig.

»Aber nein, nicht deshalb«, gab Elise zu. »Er ist in Sorge, weil sein Manuskript verschwunden ist.«

»Was für ein Manuskript?«

Heute war die Mutter wirklich beharrlich. Warum konnte nicht eine Kundin ins Atelier treten? Den ganzen Tag über hatten sie sich die Klinke in die Hand gegeben, aber jetzt, wo sie Kundschaft gebraucht hätte, um die Mutter abzulenken, kam natürlich niemand.

»Erzählte ich nicht, dass er seine Lebenserinnerungen schreibt?«

Charlotte schob eine Schachtel mit Seidenbändern an ihren Platz und zuckte mit den Schultern. »Kann mich nicht entsinnen …«

Eine Weile war es still. Grete fiel die Schere zu Boden, was Therese zu der Bemerkung veranlasste, dass dieses Lehrmädchen doch schrecklich ungeschickt sei. Babette knurrte zurück: »Leg die Schere an den Platz, wo sie hingehört, dann fällt sie auch nicht hinunter!«

Charlotte setzte sich zu den Näherinnen und nahm sich eine Haube vor, die mit Spitzenborten verziert werden musste. Aber Elise sah der Mutter an, dass es in deren Kopf arbeitete, und sie wartete bang auf die Frage, die nun fällig war.

»Lebenserinnerungen sagst du?«, fragte Charlotte, von der Arbeit aufsehend. »Etwa auch solche aus Kassel?«

»Durchaus möglich … ich kenne sie nur in Auszügen«, antwortete Elise vorsichtig. »Ach, ich glaube, er hat die Blätter nur verlegt und wird sie wiederfinden.«

»Er wird schusselig mit dem Alter«, stellte Charlotte fest und nähte weiter. Nach einer Weile schüttelte sie den Kopf und meinte: »Lebenserinnerungen! Was für eine Idee, so etwas aufzuschreiben. Wer ist er denn? Der König von Frankreich? Nun – er litt schon immer an hochgradiger Selbstüberschätzung.«

»Mag sein, Mutter …«, versetzte Elise freundlich und hielt den dekorierten Hut hoch, um zu prüfen, ob die Bänder an der richtigen Stelle gefällig herabhingen.

»Da hat er gewiss auch aufgeschrieben, was damals der Chevalier du Croix Blanc in Kassel getrieben hat«, bemerkte Babette, die ihren Mund nicht mehr halten konnte.

Charlottes Augen richteten sich groß und voller Entsetzen auf Elise. »Wenn er das getan hat, dann drehe ich ihm den Hals um. So wahr ich hier sitze!«, sagte sie mit leichtem Beben in der Stimme.

Da hatte sie es. Hätte sie nur geschwiegen. Jetzt war die Mutter wütend auf de LaTour.

»Wenn überhaupt, dann hat er ganz sicher nichts Indiskretes geschrieben, Mutter«, versicherte sie wider besseres Wissen und fuhr fort: »Außerdem will er mir das Manuskript nach seinem Tod vermachen.«

»Gut«, sagte Charlotte zufrieden. »Dann verbrennen wir es im Küchenherd.«

Dazu äußerte sich Elise mit keiner Silbe. Warum sollte sie streiten? Wenn ihr Vater sich nicht getäuscht hatte, war das Manuskript sowieso verschwunden, und es war fraglich, ob es je wieder auftauchte.

Charlotte schlug nun rasch ein anderes Thema an, das schon in aller Frühe für Aufregung gesorgt hatte: Die Maus war wieder in der Speisekammer gewesen, und dieses Mal nicht allein, die Großmutter hatte zwei Mäuse gesehen, die eilig davonhuschten, als sie in die Speisekammer trat.

»Wo zwei Mäuse sind, da sind bald auch vier oder fünf, und dann werden es Hunderte«, jammerte Therese. »Eine ganze Mäusebrut. Die Pest werden sie uns anschleppen. Die Cholera und die rote Ruhr …«

»Nun übertreib nicht gleich, Therese«, schalt die Mutter. »Wir müssen eben Mausefallen aufstellen, das ist es. Und du, Elise, fang bitte nicht wieder von der Katze an.«

Aber Elise hatte gar nicht zugehört, sie war in Gedanken vertieft. Die Reise nach Göttingen, die der Vater von ihr forderte, war natürlich ein vollkommen unsinniger Einfall, denn dass Hans Christian Thiedemann sich des Manuskripts bemächtigt haben könnte, hielt sie für ausgeschlossen. Dennoch hätte sie den jungen Mann gern wiedergesehen, und die großzügige Bankanweisung, die dem Schreiben beigelegen hatte, hätte ihr eine kostenlose Reise und einen bequemen Aufenthalt in Göttingen ermöglicht. Vielleicht sollte sie die Sache nach dem Osterfest in Angriff nehmen, dann würde weniger Arbeit im Atelier anfallen, denn die meisten Damen ließen die neuen Hüte für den Kirchgang an Ostern anfertigen. Sie würde der Mutter erklären, der Vater habe sie nach Göttingen eingeladen, um ihr die Stadt und die Universität zu zeigen. Das würde die Mutter zwar ungern hören, aber letztlich akzeptieren. Was de LaTour tatsächlich veranlasst hatte, sie nach Göttingen zu schicken, würde sie auf jeden Fall verheimlichen. Sonst glaubte Charlotte am Ende, de LaTour sei komplett irrsinnig geworden.

Ein Zustand, von dem er momentan wohl gar nicht so weit entfernt war. Elise war etwas besorgt um ihren Vater, den der Verlust seines Lebenswerks ganz offensichtlich schwer getroffen hatte. Aber vermutlich gab es für dieses Verschwinden eine ganz einfache Lösung. Wer stahl denn einen Haufen beschriebener Blätter? Niemand, der bei klarem Verstand war.

»… und deshalb kommt mir keine Katze ins Haus!«, beschloss Charlotte mit Entschiedenheit die Diskussion, die an Elise vollkommen vorbeigegangen war.

»Ja, Mutter«, sagte Elise freundlich, bemüht, keinen Streit aufkommen zu lassen.

»Schön, dass du es endlich einsiehst!«

Der Nachmittag brachte neue Aufregung. Gerade hatte das Mädchen der Frau Hofkapellmeisterin den fertigen Hut abgeholt und – o Wunder! – auch das Geld dafür dagelassen, da ließ Therese plötzlich ihre Stickerei fallen und sprang mit einem entsetzten Aufschrei von ihrem Stuhl. Ein prasselndes Geräusch begleitete ihre Bewegung – sie hatte die Blechdose mit den winzigen Perlen vom Tisch gerissen, und der Inhalt breitete sich wie ein bunter Platzregen auf dem Fußboden aus.

»Bist du denn von allen guten Geistern verlassen, Therese?«, rief Charlotte zornig. »Nun können wir auf dem Boden herumkriechen und die Perlen wieder einsammeln!«

Aber Therese war in heller Verzweiflung zum Schaufenster gelaufen und starrte über die ausgestellten Hauben hinweg zu Liebermanns Weingeschäft.

»Heilige Maria!«, murmelte sie mit bebenden Lippen. »Ich hab's ja geahnt. Tausendmal habe ich ihm gesagt, wir sollten das nicht …«

»Was ist denn nur los«, schimpfte Charlotte.

»Zwei Polizisten sind in Moritz' Laden gegangen«, meldete Babette, die aus dem Fenster schaute.

»Vielleicht wollen sie eine Flasche Wein kaufen«, überlegte Elise hoffnungsvoll. »Der wird doch überall so gelobt.«

Aber alle ahnten, dass die beiden Männer in dunkelblauer Uniform nicht als Kunden, sondern in dienstlicher Mission in den Laden gekommen waren.

»Was hat er denn nun wieder angestellt?«, forschte Charlotte und sah Therese scharf an.

»Nichts … nichts …«, flüsterte Therese. »Gar nichts … er ist brav und fleißig, mein Moritz … ach, so fleißig ist mein Junge …«

Man sah zwei Bürgerinnen, die Wein hatten kaufen wollen, eilig aus dem Laden hinauslaufen, mehrere Gassenjungen versammelten sich neugierig vor dem Eingang, nebenan trat Goldschmied Weigel vor seine Werkstatt, um nachzuschauen, was passiert war. Therese stand hinter dem Schaufenster, starrte zitternd hinüber zum Weingeschäft und brabbelte unsinniges Zeug vor sich hin.

»Heilige Maria, du Mutter Gottes, hilf meinem unschuldigen Kind, bewahre ihn vor dem Unglück, rette ihn vor der Not und der Schande …«

Sie stockte, denn in diesem Moment sah man die beiden Polizisten wieder auf die Gasse treten, Moritz in ihrer Mitte. Er redete eifrig auf seine Begleiter ein, was jedoch wenig Beachtung fand. Schließlich bedeutete ihm einer der Polizisten mit eindeutiger Geste, er solle den Laden abschließen. Moritz gehorchte, den Schlüssel musste er seinem uniformierten Begleiter aushändigen, dann setzte sich die Dreiergruppe in Richtung Fürstenstraße in Bewegung, wo sich das Polizeigebäude befand.

»Nun schau einer an«, sagte Babette, die ihr böses Maul auch jetzt nicht halten konnte. »Nie hätte ich geglaubt, dass einer wegen allzu großem Fleiß von der Polizei verhaftet werden könnte.«

Darauf brach Therese in Tränen aus, und Charlotte musste sie vom Schaufenster wegziehen, sonst hätte sie die hübschen Seidenhauben nass geweint, die dort auf Holzstützen ausgestellt waren.

»Ich habe es ja geahnt, dass es so kommen würde«, schimpfte Charlotte. »In dunkle Geschäfte ist er schon wieder verwickelt, dein missratener Sohn. Hat nichts daraus gelernt, dass er damals, als er mit den Schmugglern im Bunde war, nur um Haaresbreite dem Galgen entkommen ist …«

»Gar so schlimm ist es nicht, Mutter«, fiel Elise ein. »Er wird den Wein mit Wasser gestreckt haben. Das ist zwar verboten, aber kein Verbrechen.«

»Den Wein mit Wasser gestreckt?«, rief Charlotte erbost. »Wie kann er nur so dumm sein? Verkauft seinen Wein an adelige Kundschaft, sogar dem Kurprinzen hat er welchen geliefert, und glaubt, diese Leute, die nur die besten Weine trinken, merken nicht, wenn er Wasser hineinkippt? Ich fasse es nicht,

Therese. Und du hast das mitgemacht? Dann sitzt du demnächst mit deinem Moritz in der gleichen Gefängniszelle …«

Dieser Zornesausbruch führte dazu, dass Therese endgültig zusammenbrach und schluchzend auf den Boden sank.

»Lass es gut sein, Mutter«, sagte Elise. »Es ist nun einmal geschehen, wir können es nicht mehr ändern.«

»Wenn es nur dem Atelier nicht schadet«, jammerte Charlotte. »Am Ende verdächtigt man auch uns!«

Inzwischen war Großmutter Anna aus der Küche herbeigelaufen, und da sie eine praktisch denkende Frau war, die schon manche Stürme erlebt hatte, behielt sie den Kopf oben.

»Es hilft ja nichts«, sagte sie. »Steh auf, Therese, und hör auf zu jammern. Und du, Charlotte, schließ besser die Tür ab, wir brauchen jetzt keine neugierigen Besucher.«

Das war kluge Rede zur rechten Zeit, denn schon standen in der Gasse mehrere Leute, die das Geschehen eifrig beschwatzten und Miene machten, ins Atelier Rosen zu gehen, da man wusste, dass Moritz Liebermann der Sohn der Näherin Therese war. Eilig hängte Charlotte das Schild »Vorübergehend geschlossen« an die Tür und drehte den Schlüssel von innen herum.

Alle begaben sich in die Küche, und da ohnehin Mittagszeit war, stellte die Großmutter den Suppentopf auf den Tisch. Therese schluchzte immer noch, wischte sich die verquollenen Augen mit dem Taschentuch und erklärte, keinen einzigen Löffel Suppe herunterbringen zu können.

»Iss!«, befahl die Großmutter ärgerlich. »Wirst deine Kräfte noch brauchen, Therese!«

Man hörte, dass von draußen an die Ladentür geklopft wurde, aber niemand stand auf, um nachzusehen, wer Einlass begehrte.

»Wenn es nun die Polizei ist …«, flüsterte Charlotte, worauf Therese den gerade eingetauchten Löffel wieder fallen ließ.

»Ach was«, meinte Elise. »Das sind nur ein paar neugierige Nachbarn. Die gehen gleich wieder.«

»An allem ist nur Grete schuld«, sagte Therese mit erstickter Stimme.

»Ich?«, rief Grete erschrocken. »Was hab ich denn damit zu tun?«

»Weil du meinem armen Jungen mit deiner Rechnerei den Kopf verwirrt hast«, behauptete Therese und schniefte. »Den ganzen Abend hat er gesessen und mit dem Bleistift Zahlen auf ein Papier geschrieben. Und dann hat er … hat er … in das halbe Fass, das noch abgefüllt werden musste, einen Krug Wasser gegossen …«

»Und daran soll Grete schuld sein?«, regte sich Babette auf. »Bist du noch recht gescheit, Therese? Schau lieber auf deinen Moritz, dem die Dummheit aus den Ohren heraushängt!«

»Ich hab ihn ja zurückhalten wollen«, seufzte Therese. »Aber er hat gesagt, das merkt keiner. Bei so einem guten Wein, da fallen ein paar Tröpfchen Wasser nicht auf …«

»Ich will jetzt nichts mehr davon hören«, schimpfte Charlotte und stellte den Brotkorb so fest auf den Tisch, dass die Brotscheiben hochsprangen. »Wenn sich der Aufruhr in der Gasse beruhigt hat, sammelst du alle Perlen wieder ein, Therese. Und dann tun wir unsere Arbeit wie immer.«

Moritz klopfte am Abend an die Küchentür. Er hatte die belebte Marktgasse gemieden und war über schmale Durchgänge zwischen den Häusern in den Garten gelangt. Therese fiel ihm glücklich um den Hals, denn sie hatte gefürchtet, er sei bereits in strenger Kerkerhaft.

»Reg dich nicht auf, Mutter«, meinte er und bemühte sich, gelassen zu wirken. »Ist nur ein Missverständnis gewesen. Nach Ostern darf ich den Laden wieder öffnen.«

»Ist das wahr? Ach Moritz, wie bin ich erleichtert!«

»Kein Grund zur Sorge«, meinte er grinsend. »Gibt's noch etwas zu essen?«

Er verzehrte hungrig einen Rest Suppe, aß drei Scheiben Brot dazu und erklärte, nach dem aufregenden Tag rechtschaffen müde zu sein.

»Schlaf dich aus, mein Junge!«

Die anderen hörten sich Thereses Geschnatter an, sie habe es ja gleich gewusst, die Sache sei ein Irrtum, nicht der Rede wert, alles sei nun wieder gut. Man schwieg dazu. Nicht einmal Babette brachte es übers Herz zu erwähnen, dass sich das Gerücht, in Liebermanns Weingeschäft erhalte man gewässerten Wein, längst in Kassel verbreitet hatte und kaum noch ein Kunde bei ihm einkaufen würde. Falls das Geschäft überhaupt nach Ostern wieder geöffnet würde, was vor allem Charlotte für unwahrscheinlich hielt.

Inzwischen zog sich weiteres Ungemach über Moritz' Haupt zusammen. Am Karfreitag, als man nach dem Kirchgang auf dem Martinsplatz noch ein wenig beieinanderstand, nahm Johann Georg von Haynau seine Schwester Elise zur Seite.

»Nun ist es so gekommen, wie ich es vorausgesehen habe«, sagte er zornig. »Ich hatte Sybilla gewarnt, diesem Hallodri Geld zu leihen, aber sie ließ sich ja nicht davon abbringen!«

»Ich bitte dich sehr, Johann Georg«, sagte Elise. »Mach Sybilla keine Vorwürfe. Sie wird selbst darüber bekümmert sein, und in ihrem Zustand sollte sie sich nicht aufregen.«

Sie blickte besorgt zu Sybilla hinüber, die soeben zu ihrem Vater in die Equipage stieg und ihr zum Abschied zuwinkte.

»Was denkst du nur, Elise!«, meinte Johann Georg rasch besänftigt. »Natürlich habe ich die Angelegenheit ihr gegenüber mit keinem Wort erwähnt. Ich kenne ihr gutes Herz und mag sie nicht betrüben. Aber deinen Ziehbruder Moritz, den würde ich mir gern vornehmen und das Geld von ihm zurückfordern.«

Elise musste über seine Naivität fast lachen. »Woher sollte er es wohl nehmen? Einem nackten Mann kannst du nicht in die Taschen greifen.«

»Du meinst – er hat schon alles ausgegeben?«, fragte Georg entsetzt.

»Viel wird nicht übrig sein, fürchte ich. Es ist besser, ihn seinen Laden weiterführen zu lassen, dann wird er irgendwann auch zahlen können.«

Er sah sie düster an und nickte schließlich. »Am Sankt Nimmerleinstag vermutlich«, meinte er grimmig. »Es ist ärgerlich, weil wir gerade jetzt das Geld gebraucht hätten. Als Rittmeister muss ich mir mehrere Uniformen schneidern lassen, dazu Tschako, Schärpen, betresste Schulterklappen und Schuhe – das schlägt finanziell kräftig zu Buche.«

»Du wirst es auch so bezahlen können«, fand sie, denn sie wusste, dass Sybilla eine nicht geringe Mitgift in die Ehe eingebracht hatte. »Und im Notfall könntest du immer noch deine Eltern in Wetzlar darum bitten.«

»Das möchte ich auf keinen Fall tun«, sagte er. »Wie sieht das denn aus, wenn ich meine Eltern um Geld bitte? Nun ja, wir werden es schon irgendwie regeln. Aber ärgerlich ist die Sache doch!«

Elise hatte kein Mitleid, zumal sie wusste, dass seine Jagdleidenschaft einen guten Teil der Mitgift verschlungen hatte.

»Lass den Kopf nicht hängen, lieber Bruder«, meinte sie lächelnd. »Es gibt wichtigere Dinge im Leben als Geld und Gut.«

»Du hast recht«, sagte er und konnte nun auch wieder lächeln. »Ich habe eine wunderbare Ehefrau, und bald wird unser Glück durch die Geburt des Stammhalters gekrönt.«

Wieso glaubten eigentlich alle, das Kind würde ein Knabe sein? Sybilla konnte ebenso gut ein Mädchen zur Welt bringen.

Das Osterfest wurde im Atelier Rosen wie geplant auf fröhliche Weise gefeiert. Das Ostermahl mundete großartig, der Ausflug nach Wilhelmshöhe wurde zwar durch einen kräftigen Regenguss verwässert, aber das tat der heiteren Stimmung keinen Abbruch, zumal sie nicht die Einzigen waren, die vom Regen durchnässt wurden.

»Es sind mindestens zwanzig Hüte ruiniert worden«, freute sich Charlotte. »Ich denke, wir werden etliche neue Aufträge erhalten.«

»Des einen Leid, des andern Freud'«, scherzte Babette, die für Grete ein neues Tuch gekauft hatte, damit sie sich für den Feiertag ein wenig herausputzen konnte.

Moritz hatte sich an dem österlichen Ausflug nicht beteiligt, er ließ verlauten, dass er eine gründliche Kalkulation aufstellen wolle, um sein Geschäft nach Ostern neu zu beleben. Gretes Angebot, ihm bei den Berechnungen zu helfen, lehnte er ab. Tatsächlich erhielt er schon einen Tag nach Ostern den Ladenschlüssel zurück, und man sah ihn den Vormittag über fleißig im Geschäft wirken. Kunden konnte Elise nicht entdecken, nur ein dünner Knabe betrat den Laden und verließ ihn erst um die Mittagszeit.

»Von nun an brauchst du nicht mehr bei mir zu arbeiten, Mutter«, erklärte Moritz großspurig beim Mittagessen. »Ich habe einen Lehrling eingestellt.«

Therese war ein wenig beleidigt, aber Moritz behauptete, ein Lehrling mache einen guten Eindruck auf die Kundschaft, und er koste keinen Lohn, da der Junge bei seinen Eltern wohne und dort auch verköstigt würde.

»Dann könnte ich wieder die ganze Woche über als Näherin arbeiten«, meinte Therese zögernd und schaute Charlotte fragend an.

Die Mutter ließ sich ein wenig bitten, denn sie hatte sich über Thereses Fortbleiben geärgert. Nun führte sie ins Feld, dass Grete schon recht brauchbare Hauben nähe, den Stoff ganz ausgezeichnet zuschneiden könne und unter Elises Anleitung auch schon sehr hübsche Blüten genäht habe. »Aber ich will dich nach all den Jahren nicht auf die Straße setzen, Therese«, schloss sie ihre Vorhaltungen ab. »Wenn du mir versprichst, von nun an fleißig für das Atelier zu arbeiten und nicht etwa drüben im Weingeschäft auszuhelfen – dann will ich nicht so sein und dich wieder zu den alten Bedingungen einstellen.«

Therese bedankte sich, alle waren erleichtert, und Grete erklärte, die Stickereien, die Therese anfertigte, seien so fein und künstlerisch, dass sie selbst wohl zehn Jahre üben müsse, um sie nur halb so schön hinzubekommen.

Da nun alle zufrieden waren und Therese wieder vom frühen Morgen bis zum späten Abend an ihrem Platz saß, sah Elise ihre Chance gekommen. Am Abend klopfte sie an die Schlafkammer ihrer Mutter und trug ihr Anliegen vor.

»Nach Göttingen?«, rief Charlotte unwillig. »Wozu? Um den hübschen Studenten wiederzusehen? Ist es das? Ich ahnte ja schon lange, dass dein Vater dich mit diesem Burschen verkuppeln will!«

»Aber nein, Mutter! Papa möchte mir die Stadt und die Universität zeigen …«

»Was willst du an der Universität? Dort sind aufrührerische Studenten, die in den Gastwirtschaften lärmen und sich mit Degen blutige Köpfe schlagen. Vor zwei Jahren hat es in Göttingen gar einen Aufstand gegeben …«

Tatsächlich hatte sich damals ein Revolutionsrat aus Dozenten und Studenten zusammengefunden, der den Magistrat der Stadt Göttingen für einige Wochen abgelöst hatte. Der Aufstand war schließlich von den königlich-hannoverschen Soldaten niedergeschlagen und die Rädelsführer bestraft worden.

»Das ist vorbei, Mutter. Jetzt ist es in Göttingen still und friedlich geworden, alle Studentenverbindungen sind verboten.«

»Ich sehe trotzdem nicht ein, warum du dorthin reisen solltest, statt hier deine Arbeit zu tun!«

»Nun, da Therese wieder die ganze Woche über für uns näht, könnte das Atelier wohl auch ein paar Tage ohne mich auskommen. In Göttingen wird Papa mich verschiedenen wichtigen Leuten vorstellen, das sind Verbindungen, die auch für das Atelier nützlich sein können.«

»Was sollen wir mit wichtigen Verbindungen nach Göttingen?«, meinte Charlotte verdrossen. »Für das Atelier genügt es vollkommen, in Kassel gute Kundinnen zu haben.«

Dennoch bröckelte ihr Widerstand. Nein, sie wollte der Tochter diese Reise nicht verbieten, obgleich sie ihr unsinnig und überflüssig erschien. Immerhin war es eine Gelegenheit, die Welt kennenzulernen, das wollte sie ihr gönnen, zumal es nichts kostete.

Elise atmete auf. Der erste Teil der Sache war gewonnen. Jetzt kam der zweite Teil, der der Mutter noch weniger schmecken würde.

»Da ist noch etwas, Mutter«, sagte sie in harmlosem Ton. »Ich kann natürlich nicht allein reisen.«

Natürlich nicht. Das wäre unschicklich. Eine unverheiratete junge Frau aus besseren Kreisen reiste niemals ohne Begleitung, das taten nur die Dienstmägde und andere Personen niedrigen Standes.

»Ich dachte mir, dass es klug wäre, Grete mitzunehmen.«

»Grete?!«

Nun war es heraus, und die Mutter regte sich auf, wie Elise vorausgesehen hatte. Sie solle außer Elise auch Grete im Atelier entbehren? Da könne sie ja gleich schließen und die Kundinnen zur Konkurrenz hinüberschicken. Ob Elise vorhabe, das Atelier zu ruinieren?

»Nur ein paar Tage, Mutter … Ich bitte dich herzlich …«

Charlotte schimpfte in hellem Zorn, erklärte, sie habe nichts als Verdruss, seitdem Elise diesen »Menschen« in Frankfurt aufgespürt habe, und ob Elise nicht selbst sähe, dass er nur darauf hinarbeite, ihr die Tochter zu entfremden? Aber schließlich gab sie nach, da sie zu dieser Reise nun einmal ihre Zustimmung gegeben hatte.

»Lass es dir aber nicht zur Gewohnheit werden, mit deinem Vater in der Welt umherzugondeln, während ich vor Arbeit nicht weiß, wo mir der Kopf steht!«

Elise umarmte ihre Mutter zärtlich und versicherte ihr, dass sie nicht lange ausbleiben würde. Danach ging sie mit schlechtem Gewissen hinüber in ihr Zimmer und fand, dass sie eine selbstsüchtige Person war, da sie mit dieser Reise weder ihrem Vater noch ihrer Mutter einen Gefallen erweisen würde. Schlimmer noch war, dass sie den Zorn der Mutter auf de LaTour neu entfacht hatte. Lohnte es sich wirklich, unter diesen Umständen nach Göttingen zu fahren, nur um Hans Christian Thiedemann wiederzusehen?

Ach, vielleicht sollte sie der Mutter morgen früh erzählen, sie habe es sich anders überlegt und wollte zu Hause bleiben?

Am folgenden Morgen stand wieder ein Kurier vor dem Atelier. Das Schreiben, das er für Mamsell Elise Rosen abgab, war nicht von ihrem Vater, es trug die Handschrift des Christian Daniel van Leuwen.

Sehr verehrte Mamsell Elise,
auch wenn ich fürchte, Sie zu einer vielleicht nutzlosen Reise zu drängen, so bitte ich Sie dennoch, umgehend die Postkutsche nach Göttingen zu nehmen und Ihrem Vater davon Mitteilung zu machen. Leider hat der Verlust seiner Schriften ihn auf das Krankenlager gestreckt, wir sorgen uns sehr um ihn und glauben, er könnte leichter genesen, wenn er Sie in geheimer Mission in Göttingen wüsste.
In herzlicher Verbundenheit
Christian Daniel van Leuwen

Elise erschrak. Hatte sie es doch geahnt – er war krank geworden vor Kummer. Nun gab es kein Zurück mehr. Sie gab dem Kurier die Nachricht mit, dass sie umgehend aus Kassel abreisen würde.

Kapitel 7

Zwei Tage später standen Grete und Elise reisefertig und mit den nötigen Papieren versehen an der Poststelle auf dem Königsplatz. Es war früher Morgen, die aufgehende Sonne durchbrach soeben die Wolken mit gleißendem Licht, die ersten Läden öffneten ihre Türen, und vor dem »König von Preußen« fegte ein Diener das Straßenpflaster, sodass der Staub hoch aufwirbelte. Elise hatte zwei Plätze in einer der üblichen gelben Postkutschen gemietet, die über Witzenhausen und Friedland nach Göttingen fuhren.

Angenehm würde die Reise nicht werden in dem ungefederten, engen Kasten, der die Reisenden kräftig durchschüttelte und besonders jetzt im Frühjahr häufig im Schlamm stecken blieb. Während sie an der Abfahrstelle vor dem Fachwerkbau des Posthauses wartete, bestaunte sie neidisch die rosafarbenen Eilwagen, auch »Diligence« genannt, die mit Stahlfedern ausgerüstet waren und den zwölf Reisenden in ihrem Inneren höchsten Komfort boten. Leider verkehrten sie nur auf der Frankfurter Strecke, zudem waren die Plätze darin sündhaft teuer, und sie war entschlossen, mit dem Geld, das sie gestern im neu gegründeten Kasselaner Bankhaus erhalten hatte, so sparsam wie möglich umzugehen.

»Werden wir den ganzen Tag unterwegs sein?«, fragte Grete beklommen. »Ich vertrage das Reisen in der Kutsche nicht gut.«

»Wir werden Göttingen wohl erst gegen Abend erreichen«, erklärte Elise ungeduldig, da Grete diese Frage nun schon zum dritten Mal stellte. »Aber wir halten unterwegs an mehreren

Poststellen, da können wir aussteigen und uns die Füße vertreten.«

»Wenn ich ehrlich bin, dann muss ich sagen, dass ich lieber in Kassel geblieben wäre«, versetzte Grete und seufzte.

»Göttingen wird dir gewiss gefallen, Grete! Da! Das ist unsere Kutsche, die dritte in der Reihe. Vergiss die Reisetasche nicht, Grete. Und spute dich, sonst fahren sie ohne uns ab.«

»Das wäre nicht das Schlechteste …«, murmelte Grete, fasste ihre Reisetasche und humpelte hinter Elise her.

Zu Elises Überraschung war es nicht einfach gewesen, Grete zu dieser Reise zu bewegen. Zunächst hatte sie sich wohl geschmeichelt gefühlt, dass Elise gerade sie zu ihrer Begleitung gewählt hatte, dann aber gestand sie, dass sie das Reisen nicht gewohnt sei und sich in der fremden Stadt Göttingen gewiss verloren vorkommen würde.

»Ich bin nun mal eine Landpomeranze, Mamsell Rosen, und bis zu meinem zwanzigsten Lebensjahr nicht über mein Dörfchen hinausgekommen. Die Reise nach Kassel war schon aufregend genug, sodass ich bei meiner Ankunft hier ganz erschöpft und verwirrt gewesen bin.«

»Das vergeht, Grete«, meinte Elise. »Je öfter du eine Reise tust, desto mehr gewöhnst du dich daran. Frischen Wind um die Nase zu spüren und ein Stück von der schönen, weiten Welt zu sehen – das ist eine großartige Sache.«

»Wenn Sie meinen, Mamsell Rosen …«

Elise war froh gewesen, dass sie sich schließlich fügte, sonst hätte die Mutter die Reise am Ende doch noch verboten. Die Postkutsche nach Göttingen war voll besetzt. Neben Elise saß ein geistlicher Herr, dessen dunkler Mantel am Saum zerfetzt war, ihr gegenüber ein beleibter Geschäftsmann mit Ehefrau und Diener.

Man begrüßte einander, gab der Hoffnung Ausdruck, die Fahrt möge angenehm und ohne lästige Unterbrechungen sein, und rückte sich auf dem jeweiligen Platz zurecht. Der arme Diener, ein junger Mensch mit platter Nase und rotem Haar, musste sich eng in die Ecke drücken, da sein Herr mehr als einen Sitzplatz für seine Körpermasse benötigte. Die Ehefrau streckte ungeniert ihre Beine aus, sodass Grete kaum Platz hatte, ihre Füße auf den Boden zu stellen. Der Geistliche nickte wohlwollend in die Runde und zog ein schwarz eingebundenes Büchlein aus dem Mantel, um sich der Lektüre hinzugeben.

Die frühen Sonnenstrahlen erwiesen sich als trügerisch; bald war der Himmel von schwarzen Wolkengebilden überzogen, und kaum hatten sie das Wesertor passiert, fielen die ersten Regentropfen. Die kleinen Glaseinsätze in den beiden Türen der Kutsche waren in kürzester Zeit blind von dem herabrinnenden Regen, man vernahm das Trommeln und Rauschen auf dem Kutschendach, wo das Gepäck verstaut war, und die Stimmung der Reisegesellschaft sank in die Tiefe. Der Geistliche steckte resigniert sein Büchlein in die Manteltasche, da das Licht zum Lesen kaum noch ausreichte.

»Nur ein kurzer Guss«, meinte der beleibte Geschäftsmann zu seiner Gattin. »Ist ganz sicher gleich vorüber, meine Liebe.«

»Hättest du auf mich gehört und meine gestickte Reisetasche mit in die Kutsche genommen, dann würden meine Hauben und Tücher jetzt nicht vom Regen ruiniert«, schimpfte sie und stieß mit dem Fuß gegen Gretes Knie.

»Ich sagte ja, der Regen hört gleich wieder auf, mein Herz!«

»Das glaubst auch nur du«, gab sie bissig zurück. »Meine Reisetasche musste ich zum Gepäck auf dem Dach geben, aber deine Aktentasche hast du mit in die Kutsche genommen!«

»Sie enthält wichtige Papiere, meine Taube.«

Die Taube lehnte sich mit eisiger Miene gegen die harte Rückwand und kreuzte die Arme vor der Brust. Der Diener tauschte verständnisinnige Blicke mit Grete, die sich das Knie rieb. Der Geistliche tat einen tiefen, gottergebenen Seufzer und schloss die Augen, um ein Schläfchen zu versuchen. Schon bald begann die Kutsche zu holpern und zu schlingern, denn nur wenige Kilometer nach dem Wesertor hörte die Straßenpflasterung auf, und der Weg war voller Steine und Schlaglöcher. Unversehens geriet die Kutsche in Schräglage, der Diener wurde gegen seinen Brotgeber geschleudert, und beide rutschten auf die Ehefrau, die dabei gegen die hölzerne Wand gedrückt wurde und sich den Kopf anschlug. Der Geistliche prallte gegen Elise, die wiederum die arme Grete fast zerquetschte. Man rückte sich wieder zurecht und versuchte, höflich zu bleiben.

»Entschuldigen Sie vielmals, Mamsell.«

»Keine Ursache, mein Herr.«

»Du bist schwer wie ein Mehlsack. Ich werde Kopfschmerzen bekommen!«

»Um Vergebung, mein Goldstück. Anton ist schuld, er ist auf mich gefallen.«

»Mir ist übel«, ließ Grete verlauten.

Die Augen der Ehefrau, die Grete gegenübersaß, wurden starr. Sie zog rasch die Beine zurück und raffte den langen Rock zusammen.

»Ich hoffe nicht, dass Sie speien müssen!«

»Garantieren kann ich nicht dafür, gnädige Frau.«

»Ernst August!«, sagte die Ehefrau. »Ich wünsche, dass wir die Plätze tauschen.«

»Aber doch nicht während der Fahrt, mein Engel!«, wehrte er sich.

»Auf der Stelle. Oder ich rufe den Kutscher und lasse anhalten!«

Was für ein Theater, dachte Elise, als der dicke Geschäftsmann nun schwankend von seinem Sitz aufstand, hilflos mit den Armen ruderte und an der gegenüberliegenden Wand Halt suchte, während seine Ehefrau hinüber auf seinen Platz rutschte. Natürlich wurde er beim nächsten Schlagloch nach vorn gegen

Elise geworfen, was ihm sehr peinlich war, dann plumpste er rückwärts auf den Schoß seiner Ehefrau.

»So pass doch auf!«, schimpfte sie. »Du zerdrückst mir den Rock!«

»Lassen Sie um Gottes willen das Herumklettern«, beschwerte sich der Geistliche. »Sonst schlägt am Ende noch die Kutsche um.«

Wie schrecklich, dachte Elise. Vielleicht ist es doch besser, dass meine Eltern nicht miteinander leben. Eine Ehe, in der beständig gestritten wird, ist wie der Vorhof zur Hölle. Gleichzeitig betrachtete sie sorgenvoll Gretes Gesicht, das eine ungesunde bleiche Farbe angenommen hatte.

»Unter dem Sitz steht ein Kübel«, sagte sie leise zu ihr. »Sag mir Bescheid, wenn du ihn brauchst.«

»Es geht schon …«, flüsterte Grete. »Wo soll's denn herkommen? Hab ja gar nichts essen können heute Morgen …«

Die Fahrt bis Witzenhausen war grauenhaft. Trotz des schlechten Weges und des andauernden Regens hatte der Kutscher nicht die Absicht, das Tempo zu drosseln; beharrlich trieb er die Pferde an, man hörte sie schnauben, ihr Geschirr rasselte, die Räder des Gefährts knackten und stöhnten. Die Luft in der engen Kutsche war zum Schneiden, man konnte kaum atmen. Braune Dreckfluten schlugen von außen gegen die Fenster, zweimal dachten die Reisenden, der Wagen würde umschlagen, man klammerte sich aneinander und fürchtete das Schlimmste – doch die Kutsche fand nach bedenklichem Schwanken in die Spurrillen des Weges zurück.

Gretes Gesicht hatte inzwischen einen beinahe wächsernen Ausdruck angenommen, doch sie hielt sich tapfer, und erst als man an der Poststation in Witzenhausen aus der Kutsche gestiegen war, gab sie in einer Ecke neben dem Posthof ihren Mageninhalt von sich.

»Das Schlimmste haben wir hinter uns«, behauptete Elise

kühn. »Komm, Grete, wir gehen hinüber ins Gasthaus und bestellen dir einen Kamillentee.«

»Keinen Tee bitte«, hauchte Grete. »Lieber einen guten Kaffee.«

»Wie du willst …«

Witzenhausen im strömenden Regen schien nur eine Ansammlung niedriger Bauernhäuser zu sein, die Poststation allerdings war ein ansehnliches Fachwerkgebäude, von dessen Dach das Wasser in dichten Fäden auf die Reisenden herabrann. Die Pferde waren rascher als gedacht gewechselt, Elise und Grete hatten kaum ihren Kaffee getrunken, da rief auch schon das Posthorn zur Weiterreise. Grete folgte Elise zur Abfahrstelle mit einer Miene, als ginge es aufs Schafott.

»Nur Mut, Grete! Von nun an wird es dir besser gehen.«

Tatsächlich hatte sich einiges zum Guten gewendet. Der Geschäftsmann mit Ehefrau und Diener befand sich nicht mehr in der Kutsche, stattdessen war eine feiste Bürgerin mit übergroßen Reiherfedern am Hut begleitet von ihren beiden Töchtern eingestiegen.

Man begrüßte einander, klagte über das schlechte Wetter, der Geistliche schilderte die Unbilden, die man seit Kassel hatte ertragen müssen, und fügte hinzu: »Aber nun, da wir in flacheres Gelände eintreten, hoffe ich auf eine weniger strapaziöse Fahrt, gnädige Frau.«

»Das hoffen wir auch, Herr Pfarrer«, sagte die Bürgerin und nickte dazu, dass die Federn hin und her wehten. »Meine Töchter leiden sehr bei solchen Kutschfahrten, besonders Luise.«

Luise schien die Ältere der beiden zu sein, sie war sehr dünn und besaß ein längliches Gesicht von blasser Hautfarbe, dem auch die seitlich herabhängenden blonden Ringellocken kaum Liebreiz verleihen konnten. Elise schätzte sie auf Ende zwanzig. Die andere Tochter war hübscher, hatte jedoch die Angewohnheit, beim Sprechen die Hand vor den Mund zu halten.

Vermutlich sollte niemand bemerken, dass sie schlechte Zähne hatte. Mutter und Töchter hatten graue Reisemäntel über die Kleidung gezogen; um Schuhwerk und Strümpfe vor Nässe und Schmutz zu schützen, trugen sie Gamaschen.

»Sehen Sie, gute Frau«, sagte der Geistliche, als die Kutsche die Brücke über die Werra passierte. »Der Himmel hat unser Gebet erhört.«

Der Regen hatte aufgehört, man konnte sogar ein paar blaue Flecken zwischen den Wolken entdecken, die zwar immer wieder verschwanden, aber nach Ansicht des geistlichen Herrn die Vorboten für einen sonnigen Tag waren. Nun war es auch möglich, während der Reise die Landschaft zu besehen. Bewaldete Hügel, Äcker und Wiesen dehnten sich rechts und links des Weges, und nachdem man den verfallenen Bau von Schloss Arnstein gesichtet hatte, bog die Kutsche auf die Göttinger Straße ein.

»Jetzt ist es nicht mehr weit, oder?«, fragte Grete hoffnungsvoll.

»Überhaupt nicht«, versicherte Elise, obgleich sie wusste, dass man den längeren Teil der Strecke noch vor sich hatte.

Die Bürgerin mit dem Federhut war redselig. Sie stellte sich als Frau Gerichtsdirektorin Sanftleben aus Göttingen vor, berichtete, dass sie auf Verwandtenbesuch in Witzenhausen gewesen sei und nun zu ihrem Gatten zurückkehre, der sie und die Töchter schon sehnsüchtig erwarte. Dann wollte sie wissen, ob der Herr Pfarrer nach Göttingen unterwegs sei oder vielleicht weiter nach Hannover reisen wolle.

»Nur bis Göttingen, gnädige Frau. Ich habe dort einen lieben Amtsbruder, dem ich meinen Besuch abstatten möchte.«

»Etwa Pastor Müller von der Universitätskirche?«, forschte sie.

»Bedaure, nein. Mein Bekannter ist bereits im Ruhestand und jüngst verwitwet.«

Da sich der geistliche Herr nun wieder seiner Lektüre zuwandte, richtete Frau Sanftleben ihren Blick auf Elise. Doch bevor sie den Mund auftun konnte, um die hübsche Mitreisende auszuforschen, hörte man, wie der Kutscher die Pferde mit einem Zuruf anhielt. Die Kutsche verlangsamte die Fahrt, schlingerte und ruckelte, bis sie endlich zum Stehen kam.

»Ach herrje!«, seufzte die Gerichtdirektorin. »Diese lästigen Grenzformalitäten haben uns schon auf der Hinreise eine Menge Geduld abverlangt.«

Der Kutscher war von seinem Sitz gestiegen und riss eine der beiden Türen des Postwagens auf.

»Aussteigen, die Herrschaften. Halten Sie Pässe und Dokumente bereit, dann geht es schneller. Und immer schön höflich bleiben, wenn's auch schwerfällt.«

Was für ein Glück, dass es nicht mehr regnete! Ein weißgelb angestrichener Schlagbaum war quer über den Weg gelegt, daneben befand sich ein kleines Gebäude mit Pferdestall – das war die ganze Grenzstation. Über dem Eingang des Zollhäuschens hing ein hölzernes Schild, auf dem das Wappen des hannoverschen Königs prangte, der auch König von England war: Ein Löwe und ein Einhorn hielten Krone und Mantel der Majestät.

Zwei Zöllner in leicht angeschmutzten Uniformhosen versahen ihren Dienst mit besonderer Gründlichkeit. Reisepässe wurden in Augenschein genommen, die Angaben geprüft, die dort enthaltenen Personenbeschreibungen mit den Besitzern der Reisepässe verglichen.

»Hier steht, Sie hätten blaue Augen, Mamsell«, sagte der Zollbeamte und starrte Elise durchdringend an. »Ich stelle jedoch fest, dass Ihre Augen braun sind.«

»Natürlich sind sie braun, Herr Zollinspektor. Ich hatte schon immer braune Augen. Der Beamte in Kassel muss nicht gründlich hingeschaut haben, als er diesen Pass ausstellte.«

Ihr unbefangen fröhliches Lächeln milderte die strenge Miene ihres Betrachters, er faltete das Dokument zusammen und meinte: »Ich will es ausnahmsweise durchgehen lassen, Mamsell. Das nächste Mal überprüfen Sie Ihren Pass bitte nach Erhalt und machen den Beamten auf etwaige Fehler aufmerksam.«

Er streckte ihr die Hand mit dem Papier entgegen und fügte schmunzelnd hinzu: »Das kann nur einem Kasselaner Schwellkopp passieren, dass er bei einer so hübschen jungen Mamsell nicht genau hinschaut.«

Elise nahm ihren Pass mit dankbarem Lächeln entgegen, es entging ihr jedoch nicht, dass Frau Gerichtsdirektorin Sanftleben sie mit abfälliger Miene beobachtete.

»Einer echten Dame gegenüber hätte er sich diese respektlose Bemerkung nicht erlaubt«, flüsterte sie ihrer Tochter Luise zu.

Die Zeremonie an der Zollstation war mit der Kontrolle der Pässe keineswegs beendet. Nun ging es um Waren, die mitgeführt und verzollt werden mussten. Elise und Grete gaben wahrheitsgemäß an, dass sich nichts dergleichen in ihrem Gepäck befände, auch die Frau Gerichtsdirektorin verneinte die Frage. Trotzdem musste der Kutscher die Koffer vom Verdeck und aus der Gepäckklappe nehmen, und die Zöllner untersuchten Reisetaschen und Koffer. In der Tasche des geistlichen Herrn fanden sich zwei Flaschen französischen Rotweins, die nicht deklariert worden waren.

»Abendmahlswein, den ich meinem lieben Amtsbruder in Göttingen für seine Gemeinde stiften möchte«, versuchte sich der Pfarrer herauszureden.

»Drei Albus die Flasche plus ein Reichstaler Strafe wegen versuchter Schmuggelei!«

»Das ist Raub an kirchlichem Gut!«

»Wenn Sie nicht zahlen, bleiben die Flaschen hier!«

Im Koffer der Gerichtsdirektorin entdeckten die kundigen

Finger des Zollbeamten einen kleinen Gegenstand, der in ein spitzenbesetztes Hemdchen eingewickelt war: eine Gipsbüste des großen Napoléon Bonaparte, als Schmuck für Bücherregal, Kommode oder Schreibtisch bestimmt.

»Eine Schamlosigkeit, die Unterwäsche meiner Tochter öffentlich auszubreiten!«, schimpfte die Gerichtsdirektorin. »Ich habe diese Statuette bereits auf der Hinreise bei mir gehabt. Sie stammt aus Göttingen.«

Man glaubte ihr nicht, da auf dem Sockel noch der Preis geschrieben stand. Da weder der Pfarrer noch Frau Sanftleben auf ihre Reisemitbringsel verzichten wollten, mussten sie zahlen. Schließlich warfen die eifrigen Zollbeamten noch einen Blick in das Innere der Kutsche, fanden jedoch nichts weiter zu beanstanden und genehmigten die Einreise in das Königliche Hannover.

»Siehst du, Mama«, bemerkte ihre Tochter vorwurfsvoll, als das Gepäck wieder verstaut war und man im Wagen saß. »Ich hatte dir gesagt, dass es schiefgehen würde.«

»Schweig, Henriette!«, zischte die Mutter wütend, und ihr Federhut zitterte.

Luise schluchzte stumm vor sich hin, sie hatte sich schrecklich vor der gesamten Reisegesellschaft und den Zöllnern geschämt, als ihr Unterhemd aus dem Koffer gezogen wurde.

»Lassen wir uns die Freude der Reise nicht verderben«, sagte der Geistliche. »Jesus hat dem Zöllner vergeben – und so sollten auch wir seinem Beispiel folgen.«

Die Fahrt über aufgeweichte Wege ging nun langsamer voran, die Pferde hatten Mühe, die Kutsche zu ziehen, man hörte die Peitsche knallen und die anfeuernden Rufe des Kutschers. Auf den Äckern waren Bauern mit ihren Gespannen beim Pflügen, braune Kühe, Schafe und Ziegen belebten die Weiden, und in den Bachläufen sah man Enten mit winzigen braunen Küken im Wasser paddeln.

»Ach, wie hübsch«, meinte Grete. »Ich würde wohl gern aussteigen und zum Bach hinunterlaufen.«

War es der Kaffee oder das schöne Sonnenwetter? Grete schien ihre Reisekrankheit überwunden zu haben, sie schaute voll Interesse aus dem Kutschenfenster und freute sich an dem, was sie zu sehen bekam. Auch die Gerichtsdirektorin hatte sich nach einer Weile wieder gefangen, und leider richtete sie nun ihre Aufmerksamkeit auf Elise.

»Fahren Sie auch zu einem Besuch nach Göttingen, Mamsell?«

»Ja, gnädige Frau«, gab Elise einsilbig zurück, denn sie hatte keine Lust, sich ausfragen zu lassen.

»Dann haben Sie wohl Bekannte oder Verwandte in Göttingen?«

Diese Person war wirklich aufdringlich.

»Nein, gnädige Frau. Ich treffe mich dort mit meinem Vater, der mir die Stadt zeigen möchte.«

Frau Sanftleben dachte kurz über die Antwort nach, dann forschte sie weiter. »Also kennt Ihr Vater das schöne Göttingen. Hat er vielleicht einmal dort studiert?«

»Nein, gnädige Frau.«

War sie jetzt endlich still? Frau Sanftleben drehte die Augen nachdenklich zum Dach der Kutsche und spitzte den Mund, um die nächste Frage zu stellen. Elise kam ihr jedoch mit einer Gegenfrage zuvor. »Sie leben schon lange in Göttingen, gnädige Frau?«

Da hatte sie die Schleusen geöffnet. Die Gerichtsdirektorin erging sich in Schilderungen des Göttinger Gesellschaftslebens, nannte eine Anzahl von Namen »bedeutender Familien«, mit denen sie verkehrte, und wies darauf hin, dass sie selbst einen literarischen Salon ins Leben gerufen habe, wo man sich jeden ersten Donnerstag im Monat zum zwanglosen Beisammensein mit Literaten, Musikern und anderen Künstlern träfe.

»Auch Studenten verschiedener Fakultäten finden sich dort

ein«, schwatzte sie. »Natürlich nur die anständig gesinnten jungen Männer, nicht diese Schreihälse, die gegen die Obrigkeit rebellieren. Solche kommen mir nicht ins Haus – schließlich habe ich zwei unmündige Töchter, für deren Erziehung und Moral ich Verantwortung trage.«

Arme Mädchen, dachte Elise mitleidig. Vermutlich hofft die Frau Mama, auf diese Weise passende Ehemänner für ihre Töchter zu finden, und sie werden bei diesen Zusammenkünften präsentiert wie auf einem Heiratsmarkt.

Am späten Nachmittag, als man Friedland passiert hatte und Göttingen nicht mehr fern war, setzte der Regen wieder ein. Die Unterhaltung war inzwischen verstummt, man fühlte sich erschöpft und hoffte auf das Ende der Reise. Grete lehnte in ihrer Ecke und war eingeschlafen. Als die Kutsche hielt, weil der Kutscher die Laternen anzündete, fuhr sie hoch und wollte wissen, ob man jetzt in Göttingen sei.

»Es dauert nicht mehr lange …«

Auch der geistliche Herr war eingeschlummert, aber Elise musste ihn immer wieder mit dem Ellbogen anstoßen, da sein Kopf im Schlaf auf ihre Schulter sank. Es war schon nach neun Uhr, als die Postkutsche das Göttinger Stadttor erreichte. Auch hier gab es einen Aufenthalt, die Pässe wurden ein letztes Mal kontrolliert, doch zur allgemeinen Erleichterung nahmen es die Stadtwächter nicht so genau, sie leuchteten nur mit einer Laterne ins Innere der Kutsche, um zu sehen, wie viele Personen darin saßen, dann forderten sie den Kutscher auf weiterzufahren. Neugierig schaute Elise durch das Kutschenfenster und stellte fest, dass die Straßenbeleuchtung in Göttingen im Vergleich zu Kassel doch recht lückenhaft und schwach war. Schemenhaft glitten Fachwerkhäuser, Toreinfahrten und beleuchtete Fenster vorüber, ein Gasthaus war zu sehen, aus dem eine Gruppe junger Herren auf die Straße trat, dann bog die Kutsche auf einen düsteren Platz ein und hielt vor dem Posthaus.

Man stieg zögernd aus, denn der Regen fiel dicht auf das Pflaster. Die Knochen und Gelenke schmerzten, der Frau Gerichtsdirektorin waren beide Beine eingeschlafen, sodass ihre Tochter sie im Verein mit dem Kutscher aus dem Wagen ziehen mussten. Dann galt es zu warten, bis das Gepäck abgeladen und vollzählig beisammen war, der Kutscher hielt die Hand für ein Trinkgeld auf und begann dann gleichmütig, die Pferde auszuspannen.

»Können Sie uns ein Gasthaus in der Nähe empfehlen, gnädige Frau?«, fragte Elise die Gerichtsdirektorin.

»Ach Gott – Sie haben sich nirgendwo angekündigt?«, meinte die Dame, die immer noch auf schwankenden Füßen stand und den stützenden Arm ihrer älteren Tochter benötigte. »Nun – versuchen Sie es in der ›Sonne‹, hier gleich um die Ecke in der Burgstraße. Ich wünsche viel Glück und eine geruhsame Nacht, Mamsell. Was stehst du da, Henriette! Klapp den Regenschirm auf. Willst du, dass wir bis auf die Haut durchnässt zu Hause ankommen?«

Der geistliche Herr lupfte den Hut und verabschiedete sich mit einem »Gott befohlen, die Damen«, dann verschwand er im Dunkel der Gassen.

Elise und Grete suchten sich mit Taschen und Koffern einen Weg über das regennasse Pflaster, wobei ihr Schuhwerk unbarmherzig von Wasser durchtränkt wurde.

»Viel ist nicht gerade zu sehen von der schönen weiten Welt«, bemerkte Grete, die wie ein nasses Häuflein Unglück wirkte. »Ich meine nur, weil es zu dunkel ist.«

»Geh dicht hinter mir«, riet ihr Elise. »Und pass auf, dass du nicht in die Rinne trittst.«

Die Rinne befand sich in der Straßenmitte, bei Regen füllte sie sich mit Wasser und wurde zum reißenden Bach, der allerlei hässliche Dinge wie Pferdeäpfel, tote Mäuse, Abfälle jeglicher Art und menschliche Exkremente mit sich führte. Als sie die

Burgstraße erreicht hatten, erblickten sie zwei Laternen und einige beleuchtete Fenster – das musste der Gasthof sein. Kein Mensch war weit und breit zu sehen – ganz Göttingen schien sich vor dem Regenwetter in die warmen, trockenen Stuben geflüchtet zu haben.

Der Gasthof war nicht mit dem »König von Preußen« in Kassel zu vergleichen, seine Gäste schienen eher einfache Leute und fahrende Händler zu sein. Vor dem Eingang blieben die beiden Frauen stehen, denn drinnen schien es hoch herzugehen, man hörte Gelächter und das Klappern von Bierkrügen, auch stimmte jemand ein Lied an, in das andere für kurze Zeit grölend einfielen.

Unter anderen Umständen wäre Elise hier nicht eingekehrt, aber sie waren beide durchnässt, es war kalt und dunkel, und die Stadt war ihnen unbekannt.

»Versuchen wir es«, sagte Elise. »Alles ist besser, als im Regen auf der Straße zu stehen.«

»Ich bin ganz Ihrer Ansicht«, meinte Grete und nieste. »Für heute hatte ich genug frischen Wind um die Nase.«

Bei ihrem Eintritt minderte sich der Lärm der fröhlichen Trinker ein wenig, Wolken von Tabakrauch quollen ihnen entgegen, die Männer starrten die beiden Frauen neugierig an, es wurde gemurmelt und geflüstert. Ein Schankmädchen, das zwei Krüge in den Händen hielt, drehte sich zu ihnen um und kicherte.

Der Wirt stand am Schanktisch und hatte mehrere Humpen vor sich, in die er Bier aus einem Krug goss. Er war lang und dürr, auf dem Kopf trug er eine dunkelrote Mütze, die mit einer gestickten Borte verziert war.

»Ist nur noch ein Zimmer frei«, meinte er auf Elises Frage hin. »Aber Ihr Mädchen kann ja auf dem Flur schlafen.«

Elise erklärte erleichtert, das Zimmer mieten zu wollen. Ob es möglich sei, noch ein Nachtmahl aufs Zimmer gebracht zu bekommen.

»Käs, Wurst und Brot wären noch da. Ein Humpen Bier dazu?«

»Gern.«

Er drehte sich um und rief etwas in die Küche hinein, die hinter dem Schanktisch lag. Als sich die Tür öffnete, konnte man den gemauerten Herd und den verrußten Rauchfang sehen, an einem Tisch saß eine Dienstmagd und löffelte etwas von einem Teller. Vermutlich war es ihr Abendbrot, das sie nach getaner Arbeit einnehmen durfte.

Die Wirtin war im Gegensatz zu ihrem Ehemann klein und rundlich, ihr blondes Haar quoll in Löckchen aus der Haube hervor, und wenn sie redete, bewegte sich ihre Nase auf und ab.

»Das Zimmer ist gut belüftet und bequem eingerichtet, Mamsell. Wir haben erst vor fünf Jahren neue Matratzen angeschafft. Wenn Sie heizen wollen, kostet das extra. Aus den Fenstern hat man einen ganz ausgezeichneten Blick über die Stadt, sie sehen die Kirche St. Jacobi, den Turm der Paulanerkirche und auch das Rathaus …«

Das Zimmer, das sie schließlich nach vielen Treppen und Durchgängen erreichten, war winzig klein und lag unter dem Dach. Es gab ein Bett, dessen Vorhänge keinen guten Eindruck machten, einen Schrank ohne Tür, zwei Stühle und einen kleinen Tisch. Das Waschgeschirr stand auf einem Schemel neben dem Ofen, ganze drei Holzscheite lagen zum Heizen bereit.

»Die Mahlzeit bringe ich gleich hinauf«, verkündete die Wirtin eifrig. »Öffnen Sie die Fenster nicht, sonst läuft das Wasser hinein.«

Es war das hässlichste Zimmer, das sie je gesehen hatte, aber Elise war jetzt alles gleich. Sie wollte nur noch in ein Bett kriechen und die Glieder ausstrecken.

»Darf ich eine Decke mitnehmen, wenn ich auf dem Flur schlafe?«, wollte Grete wissen, als die Wirtin gegangen war.

»Unsinn! Wir teilen uns das Bett«, erwiderte Elise.

Sie zogen die nassen Sachen aus, suchten die Nachtgewänder aus dem Gepäck und freuten sich, dass einiges in den Koffern doch trocken geblieben war. Die Mahlzeit, die die Wirtin pünktlich ins Zimmer trug, nahmen sie im Bett ein, dazu tranken sie jede einen ganzen Humpen Bier.

»So eine gute Wurst habe ich noch nie gegessen«, seufzte Grete, die sich genussvoll den Magen füllte und ihren Humpen mit großer Geschwindigkeit leerte.

»Göttinger Würste sind berühmt, Grete.«

»Tatsächlich? Nun sehe ich doch, dass es Vorteile hat, die weite Welt zu kennen.«

»Morgen wirst du mehr zu sehen bekommen. Magst du noch diesen Wurstzipfel – ich bin satt, ich bringe nichts mehr herunter.«

»Nur her damit. Trinken Sie das Bier noch, Mamsell Rosen?«

»Du kannst den Rest austrinken, Grete.«

Sie waren zu müde, um länger zu schwatzen. Elise löschte das Talglicht, und sie lauschten auf den wilden Tanz der Regentropfen, die gegen das Dach schlugen. Dann tat der ungewohnte Abendtrunk seine Wirkung – er zog sie hinab in einen tiefen, schweren Schlaf.

Kapitel 8

Elise erwachte von einem klatschenden Geräusch, fuhr im Bett hoch und riss die Augen auf. Sonnenschein durchflutete das Dachzimmer, neben ihr im Bett saß Grete und betrachtete etwas, das auf ihrer flachen Hand lag.

»Habe ich's doch geahnt!«, murmelte sie. »Wir hatten Gesellschaft heute Nacht.«

»Ein Floh? Wie ekelhaft!«

»Einer? Eine ganze Horde, ich bin überall zerstochen und zerbissen.«

Elise stieg eilig aus dem Bett, zog das Nachthemd aus und schüttelte es. Nichts. Kein Floh, kein einziger Stich.

»Ich fürchte, ich habe ihnen nicht geschmeckt«, meinte sie erfreut.

»Ich leider umso mehr!«, knurrte Grete ärgerlich. »Hier im Zimmer bleibe ich keine einzige Nacht mehr. Lieber schlafe ich auf dem Flur.«

»Wir finden etwas anderes, Grete. Aber erst nach dem Frühstück.«

»Frühstück ist mir recht, Mamsell Rosen!«

Sie wuschen sich, zogen sich an, und während Grete Koffer und Taschen gründlich nach weiteren ungebetenen Gästen inspizierte, stand Elise auf dem Schemel, um den Ausblick über Stadt und Umgebung zu genießen. Tatsächlich – wenigstens in diesem Punkt hatte die Wirtin nicht gelogen: Man sah über Dächer und Gassen hinweg bis hinter den Stadtwall, wo Gärten und vereinzelte Gebäude lagen. Ebenso wie in Kassel hatte man auch in Göttingen die Stadtmauern längst niedergerissen, man erkannte ihren ehemaligen Verlauf jedoch noch an den Alleen, die man auf die Fundamente der Mauer, den Wall, gepflanzt hatte. Jetzt, im hellen Sonnenlicht sah Göttingen sehr hübsch und einladend aus, Kirchtürme grüßten von allen Seiten, unten in den Gassen war geschäftiges Leben, Kutschen rollten über das Pflaster, auch ein Ochsengespann war zu sehen, das einen Wagen voller Bierfässer zog.

»Wir sollten das Frühstück besser unten im Gastraum einnehmen«, schlug Grete vor und kratzte sich.

Elise war einverstanden. Sie schleppten ihr Gepäck hinunter und betraten den leeren Gastraum, der nach abgestandenem Bier und kaltem Tabaksrauch roch. Der Wirt war nicht zu sehen, in der Küche keifte die Wirtin mit der Küchenmagd, als sie jedoch bemerkte, dass Gäste anwesend waren, erschien sie mit zuvorkommendem Lächeln im Gastraum.

»Sie wollen schon abreisen?«, rief sie, als sie die Koffer und Taschen sah. »Hat den Damen das Zimmer nicht gefallen?«

»Wir hatten zu viele Mitbewohner!«

Die Wirtin schlug die Hände vor Entsetzen zusammen und erklärte, in ihrem Hause hätte es noch niemals Ungeziefer gegeben, das müsse von dem welschen Fuhrmann stammen, der zuvor dort oben genächtigt hätte.

»Ich beziehe das Bett frisch und streue Puder aus! Dann sind die Tierchen in wenigen Minuten mausetot.«

»Danke, nein. Ein gutes Frühstück hätten wir gern.«

Sie brachte Milchkaffee, Brot, Butter und einen Rest Wurst, den Elise großmütig Grete überließ. Während sie sich die Mägen füllten, dachte sie darüber nach, wie sie weiter vorgehen sollte. Zunächst war es nötig, ein anderes Quartier zu suchen, dann wollte sie einen Eilbrief an ihren Vater schicken, in dem sie mitteilte, sie sei gut in Göttingen angekommen und nähme sich hier seiner Sache an. Das würde ihn hoffentlich beruhigen, sie würde die Adresse des Gasthofs angeben und auf Antwort warten.

Ansonsten hatte sie vor, diese Reise zu genießen, sich in der Stadt umzuschauen, die berühmten Universitätsgebäude zu bestaunen und natürlich Hans Christian Thiedemann einen Besuch abzustatten. Dabei musste sie allerdings auf die gebotene Zurückhaltung achten. Auf keinen Fall wollte sie aufdringlich erscheinen, sonst glaubte er noch, sie liefe ihm nach, habe es auf eine Liebschaft oder gar eine Heirat abgesehen. Es sollte wie ein Zufall aussehen, deshalb würde sie ihm erzählen, sie sei im Auftrag ihres Vaters in Göttingen – was ja auch der Wahrheit entsprach. Er habe eine Liste von Büchern erstellt, die sie hier für die Bibliothek seines Freundes van Leuwen erwerben solle. Da sie keine Ahnung hatte, welche Werke das sein könnten, hatte sie sich – schlau, wie sie war – vorgenommen, zuvor einige Buchhandlungen in Göttingen aufzusuchen und aus den dort vorhandenen Werken eine Liste zusammenzustellen. Die würde sie dann Hans Christian Thiedemann vorweisen, und vielleicht ergab es sich ja, dass er sie bei ihren Einkäufen begleitete?

Sie trank ihre Tasse leer, blickte Grete aufmunternd an und wollte gerade die Wirtin bitten, die Rechnung fertig zu machen – da wurde die Eingangstür des Gastraums so heftig aufgerissen, dass sie in den Angeln knirschte, und ein junger Mann trat ein.

»Verzeihen Sie meine Ungeduld, Mamsell Rosen!«, rief Hans Christian Thiedemann aus. »Ich erfuhr soeben, dass Sie sich hier in Göttingen in der ›Sonne‹ befinden, und musste sogleich aufbrechen, um Sie zu begrüßen!«

Er ging auf sie zu, verneigte sich wohlerzogen und strahlte dabei eine solch ehrliche Wiedersehensfreude aus, dass Elise nicht recht wusste, wie sie reagieren sollte. Einerseits gefielen ihr seine ungestüme Art und sein offenes, ein wenig ungeschicktes Wesen – auf der anderen Seite brachte er mit diesem plötzlichen

Auftauchen ihren ganzen klug ausgedachten Plan durcheinander.

»Wie schön, von einem lieben Bekannten gleich an meinem ersten Tag in Göttingen begrüßt zu werden«, sagte sie und lächelte ihn an. »Wir sind zwar gerade im Aufbruch – aber setzen Sie sich ruhig nieder, es wird noch ein Weilchen dauern, bis ich mit der Wirtin einig bin …«

»Ich hoffe sehr, dass ich Sie mit meinem unbedachten Erscheinen nicht in Verlegenheit bringe«, meinte er, da ihm ihre anfängliche Verwirrung nicht entgangen war.

»Ganz und gar nicht«, sagte sie mit gedämpfter Stimme, weil sie nicht wollte, dass die Wirtin zuhörte. »Sie kommen gerade rechtzeitig, um uns Hilfe zu leisten. Sie können uns sicher einen Gasthof empfehlen, in dem wir besser aufgehoben sind als hier.«

Seine Miene hellte sich auf – dass er als Helfer benötigt wurde, gefiel ihm sehr.

»Aber liebe Mamsell Rosen – hätten Sie nur eine Nachricht geschickt, dann hätten Sie sich solche Unbequemlichkeiten leicht ersparen können. Im Wohnhaus meines Vaters stehen mehrere Zimmer frei, ich bitte Sie herzlich, meine Einladung anzunehmen und bei uns Quartier zu beziehen!«

Ein verlockendes Angebot, fand Elise. Aber natürlich verbat die gute Erziehung, es anzunehmen. Wenn sie in Begleitung ihrer Mutter hier gewesen wäre, hätte sie es vielleicht tun können, aber da sie nur mit ihrem Mädchen reiste, musste sie auf ihren Ruf achten.

»Bitte, verstehen Sie mich nicht falsch«, sagte er rasch, bevor sie antworten konnte. »Die Zimmer befinden sich im Dachgeschoss unseres Hauses, wir vermieten sie an Studenten, die über eine Seitentreppe hinaufgelangen, ohne unsere Privaträume zu betreten. Da momentan Ferien sind, wohnt dort aktuell niemand. Zudem haben zwei unserer Mieter jüngst ihr Examen abgelegt und das Zimmer gekündigt. Es ist beinahe so wie in einem Gasthof, Mamsell Rosen. Niemand wird schlecht von Ihnen denken, wenn Sie mein Angebot annehmen.«

Elise zögerte. Ganz so unbefangen sah sie die Angelegenheit nicht. Ihre Mutter hätte ihr vermutlich dringend abgeraten – ihr Vater jedoch wäre vermutlich begeistert, wenn sie ihm diese Adresse per Eilbrief mitteilte. Die beste Ausgangsbasis, um seinen – bei klarem Verstand betrachtet völlig sinnlosen – Auftrag auszuführen.

»Nun ja – eigentlich haben Sie recht«, meinte sie gedehnt und sah Grete an, die eifrig nickte. »Es wäre ja auch nur für ein paar Tage.«

»So lange Sie wollen«, rief er erleichtert über ihre Zustimmung aus. »Mein Vater freut sich darauf, die Tochter seines alten Freundes de LaTour kennenzulernen. Wir waren sehr überrascht, als wir heute früh von Ihrer Ankunft in Göttingen erfuhren …«

»Tatsächlich dachte ich bisher, dass sich Neuigkeiten nirgendwo rascher verbreiten als in Kassel«, meinte Elise verwundert. »Aber in Göttingen scheint es noch um einiges schneller zu gehen.«

»Oh – es war Kaiser Napoléon Bonaparte, der es meinem Vater heute früh ankundigte …«

»Wie bitte?«

»Nun«, sagte er schmunzelnd. »Nicht persönlich, es war seine Büste aus Gips.«

»Eine … Gipsbüste?«, fragte Elise, der ein Licht aufging. »Etwa aus Kassel? Ein Geschenk einer lieben Bekannten? Lassen Sie mich raten: Frau Gerichtsdirektorin Sanftleben.«

»Falsch«, sagte er. »Es waren ihre Töchter, die meinem Vater ihre Aufwartung machten und dieses Geschenk ihrer Frau Mutter überreichten. Und bei dieser Gelegenheit erzählten sie …«

»Von der anstrengenden Reise und den lästigen Mitreisenden, auf die man in einer Postkutsche nun einmal angewiesen ist …«

»Henriette hatte nur lobende Worte für Sie, Mamsell Rosen«, versicherte er und geriet in leichte Verlegenheit. Hatte die andere Schwester, Luise, vielleicht nicht so freundlich von ihr gesprochen? Wieso schickte die Gerichtsdirektorin eigentlich ihre Töchter, anstatt selbst den Besuch zu machen? Steckte da am Ende eine Absicht dahinter?

»Da habe ich ja Glück gehabt!«, lachte sie. »Ich kümmere mich jetzt um die Rechnung und hoffe darauf, dass Sie sich unseres Gepäcks annehmen, lieber Herr Thiedemann.«

»Selbstverständlich, Mamsell Rosen. Es wird mir ein Vergnügen sein.«

Zur Buchstraße Nummer siebzehn war es nicht weit – durch eine Gasse hindurch und an Sankt Jacobi vorbei, von dort waren es – so behauptete ihr Weggefährte – nur ein paar Schritte bis zu dem Wohnhaus des emeritierten Professors Jacob Friederich Thiedemann. Hans Christian ging voraus, einen Koffer unter den Arm geklemmt, den anderen am Griff tragend, bewegte er sich leichtfüßig voran – die Last schien ihn wenig zu beschweren. Er schien in Göttingen recht bekannt zu sein, denn es blieben immer wieder Leute stehen, um ihm einen guten Morgen zu wünschen und Grüße an den Herrn Vater auszurichten. Er antwortete freundlich, hielt sich doch niemals auf und meinte entschuldigend zu Elise:

»So geht es hier nun einmal – mein Vater ist überall bekannt, und so fällt etwas von seinem Glanz auch auf mich.«

Vor einem hohen, steinernen Gebäude blieb er stehen, stellte die Koffer ab und erklärte, man sei nun an Ort und Stelle. Elise war beeindruckt. Das Haus überragte die rechts und links angebauten Fachwerkgebäude um ein ganzes Stockwerk, auch war es recht breit und besaß im Gegensatz zu den übrigen Häusern zwei Eingänge, zu denen mehrere Stufen hinaufführten. Der

Dachstuhl war mit vier Giebelfenstern versehen, dort befanden sich wohl die Studentenzimmer, und darüber schien noch ein Dachboden zu liegen.

»Dies ist der Haupteingang«, erklärte Hans Christian und wies auf die rechte Tür, die von zwei schmalen Säulen gerahmt war. »Unsere Mieter benutzen den linken Eingang, der über mehrere Treppen direkt in das oberste Stockwerk führt. Wenn Sie erlauben, Mamsell Rosen, so möchte ich Sie zunächst mit meinem Vater bekannt machen. Währenddessen kann das Hausmädchen das Gepäck schon hinauf in Ihre Zimmer tragen.«

»Ich habe nichts dagegen …«

Er betätigte den Klopfer, trat ungeduldig von einem Fuß auf den anderen, dann endlich wurde die Tür geöffnet und das Hausmädchen erschien auf der Schwelle. Sie war weder jung noch hübsch, hatte ein rundes, gutmütiges Gesicht und glänzende Wangen.

»Verzeihung, gnädiger Herr. Ich war in der Küche, und weil es im Topf so brodelte, habe ich das Klopfen gar nicht gehört …«

»Ich habe Gäste mitgebracht, Trude«, sagte Hans Christian, während sie in die Diele eintraten. »Geh hinauf zu meinem Vater und melde ihm, dass Mamsell Rosen mit ihrer Zofe angekommen sei.«

»Verzeihung«, mischte sich Elise ein. »Grete ist nicht meine Zofe, sie ist eine Angestellte in unserem Atelier und meine Reisebegleiterin.«

»Entschuldigen Sie vielmals«, rief er und lächelte Grete dabei an. »Ich wollte Sie nicht herabsetzen oder beleidigen, Mamsell Grete. Also melde Mamsell Rosen mit Begleiterin an, Trude. Kannst du dir das merken?«

»Gewiss, gnädiger Herr. Ich will's ausrichten.«

Während Trude die steinerne Treppe hinaufging, öffnete sich neben ihnen die Küchentür, und eine weitere Angestellte erschien. Sie war kräftig und hatte eine Schürze umgebunden, der man ansah, dass ihre Trägerin in der Küche zugange war. Als sie Elise und Grete sah, schlug sie die Hände zusammen und rief vorwurfsvoll: »Wie oft habe ich Ihnen gesagt, gnädiger Herr, dass Sie mir die Gäste, die zum Essen bleiben, ankündigen sollen. Nun weiß ich wieder nicht, wie ich das Mittagsessen zusammenbringe!«

Hans Christian war dieser Auftritt unangenehm, er machte eine beschwichtigende Geste und erklärte der aufgebrachten Wirtschafterin, dass sich alles finden würde.

»Seien Sie so gut, Frau Knüll, und nehmen Sie den Damen die Mäntel und Tücher ab. Wegen des Essens vertraue ich voll und ganz auf Ihre Fähigkeiten, die uns noch nie im Stich gelassen haben.«

Frau Knüll tat einen tiefen Seufzer und bequemte sich, Elises Reisemantel und Gretes Umhängetuch entgegenzunehmen, dann warf sie einen kritischen Blick auf das Schuhwerk der Gäste, sagte jedoch nichts.

»Erlauben Sie, dass ich vorgehe«, sagte Hans Christian zu Elise und stieg die Treppe zum ersten Stockwerk hinauf. Dort betrat man einen Flur, von dem zu drei Seiten Türen in die Wohnräume führten, während eine schmalere Treppe in den zweiten Stock hinaufging.

»Nehmen Sie es Frau Knüll bitte nicht übel, Mamsell Rosen«, meinte er mit gedämpfter Stimme, als sie im Flur standen. »Sie ist schon lange bei uns beschäftigt und hat mich aufwachsen sehen. Sie hat auch meine arme Mutter liebevoll auf ihrem Krankenlager betreut.«

Elise versuchte sich zu erinnern, ob ihr Vater Hans Christians Mutter je erwähnt hatte, doch es wollte ihr nicht einfallen.

»Ihre Mutter lebt nicht mehr?«, fragte sie beklommen.

»Sie starb vor fünf Jahren.«

»Das tut mir sehr leid«, meinte sie mitfühlend. »Es muss schwer für Sie gewesen sein, die Mutter zu verlieren. Ich muss gestehen, dass ich nicht immer einig mit meiner Mutter bin, aber ich wüsste nicht, was ich ohne sie anfangen sollte.«

Ihre Anteilnahme schien ihm wohlzutun, denn seine Miene, die ernst geworden war, entspannte sich.

»Sie haben recht, Mamsell Rosen, es war hart für mich und auch für meinen Vater. Aber zum Glück bemüht er sich nach Kräften, mir sowohl Vater als auch Mutter zu sein, wofür ich ihm großen Dank schulde.«

Er klopfte an eine der Türen, öffnete sie einen Spalt und schaute in den Raum hinein.

»Vater? Ich bringe dir Mamsell Rosen aus Kassel und ihre Begleiterin. Du weißt doch, sie ist die Tochter deines Freundes de LaTour, der uns vor Ostern besucht hat.«

»Mamsell Rosen? Die Tochter von Charles François? Das macht Sinn«, hörte man eine knarrende Stimme. »Mir wurde eine Mamsell Grete mit einer Rose aus irgendeinem Atelier angekündigt.«

Großer Gott, dachte Elise. Dieses Mädchen hat nicht mehr Verstand, als auf ein Salzlöffelchen geht.

»Ach herrje«, sagte Hans Christian lachend. »Da muss Trude wohl einiges durcheinandergebracht haben.«

Der Raum, in den sie eintraten, war wohl einmal ein Wohnzimmer gewesen, jetzt waren beinahe alle Möbelstücke mit Büchern und Papieren bedeckt, auch auf dem Tisch stapelten sich Folianten, dazwischen Schreibgerät und Tinte, dazu verschiedene Messgeräte, deren Zweck Elise nicht kannte. An den Wänden hatte man Karten und Zeichnungen angenagelt, die Fensterbretter standen voller Zettelkästen, und in einer Ecke befand sich eine große Weltkugel, die von vier geschnitzten, hölzernen Trägern gehalten wurde.

Professor Thiedemann hatte am Fenster gestanden und in einem Zettelkasten gewühlt. Er hielt noch eines der Blätter in den Händen, als er ihnen nun entgegentrat. Er war ein ganzes

Stück kleiner als sein Sohn, trug einen abgegriffenen Hausrock von grauer Farbe und ging ein wenig gebückt. Seine Züge waren eingefallen und faltig, die Nase hing etwas herab, die Lippen waren schmal. Elise musste bei seinem Anblick an eine alte Krähe denken.

»Willkommen in meinem bescheidenen Hause, Mamsell«, sagte der Professor und machte eine einladende Geste mit der Hand, in der er noch das Papier hielt. »Hans Christian – nimm doch die Bücher von den Sesseln, damit sich die Damen niederlassen können. Welche von beiden ist Charles François' Tochter?«

»Das bin ich«, sagte Elise. »Elise Rosen aus Kassel, und dies ist meine Begleiterin Grete. Wir danken sehr herzlich für die freundliche Aufnahme, Professor Thiedemann …«

»Schau an«, sagte er, hob den Kopf und musterte sie aufmerksam. »Eine hübsche Tochter hat er in die Welt gesetzt. Sie müssen verzeihen, Mamsell Rosen – seitdem ich Witwer bin, sind wir wenig auf Gäste eingestellt. Ich selbst gehe selten aus und bin vor allem mit meinen Studien beschäftigt …«

»Ja, das sieht man …«, entfuhr es Elise. »Wir möchten Sie auf keinen Fall von Ihren Arbeiten abhalten, Herr Professor. Ich bin im Auftrag meines Vaters hier, um einige Bücher …«

Sie wollte nun endlich ihren ausgedachten Vorwand für diese Reise anbringen, aber sie kam nicht weit, denn nun ergriff wieder Professor Thiedemann das Wort und sprach von ihrem Vater, den er vor vielen Jahren in der preußischen Hauptstadt Berlin kennengelernt hatte.

»Das waren köstliche Momente«, sagte er und nickte traurig vor sich hin. »Nie wieder habe ich mich in späteren Jahren in solcher Weise dem prallen Leben und dem Abenteuer des Zufalls hingegeben. Ihr Herr Vater war ein Meister der Lebenskunst, sein Geist war stets wach und hell, er liebte die Wissenschaft, die Literatur, das Reisen und alles, was uns dieses Leben vergoldet, nicht zuletzt auch die Damen, bei denen er außergewöhnlich erfolgreich war …«

»Tatsächlich?«, meinte Elise mit Ironie.

Die Lobeshymne auf ihren Vater kam ihr übertrieben vor – sie war nicht ganz sicher, ob der Professor im Ernst sprach oder ob vielleicht ein spöttischer Geist hinter diesen Worten lauerte. Aber nun ja – die beiden schienen schöne Jugenderinnerungen zu teilen. Unfassbar, dass ihr Vater auf die Idee gekommen war, der Sohn seines alten Freundes könne ihn bestohlen haben!

Hans Christian beschloss nun, den Monolog seines Vaters zu unterbrechen, und erklärte, den Gästen die Unterkunft zeigen zu wollen, damit die Damen sich ein wenig einrichten konnten, bevor man zu einem ersten Gang durch die Stadt aufbrach.

»Ja, ich sehe ein, dass mein Vortrag wieder einmal zu ausführlich ausfiel«, meinte Professor Thiedemann ein wenig gekränkt. »Aber geh nur, Hans Christian, kümmere dich um unsere Gäste. Vergiss darüber aber nicht, täglich einige Stunden deiner Examensarbeit zu widmen!«

»Natürlich nicht, Vater!«

Elise musste Grete förmlich aus dem Sessel reißen, denn sie hatte die ganze Zeit über wie erstarrt dagesessen und die vielen Bücher und Papiere angestarrt. Vor allem der große Globus schien es ihr angetan zu haben, denn ihre Blicke kehrten immer wieder dorthin zurück.

Hans Christian öffnete im Flur eine schmale Verbindungstür, die in das Treppenhaus zum Dachgeschoss führte. Ganz so abgetrennt war der Zugang zu den Dachzimmern also nicht, man konnte durchaus vom Haupthaus in den Treppenaufgang gelangen. Vermutlich handelte es sich ursprünglich um eine Gesindetreppe, die den Angestellten vorbehalten war, die oben unterm Dach ihre Kammern hatten.

Die beiden Zimmer, in denen sie untergebracht wurden, waren einfach, aber praktisch eingerichtet, es gab Bett und

Schrank, Sofa und Tisch, einen Schreibtisch und Wandregale. Der Boden war gescheuert, die Betten frisch bezogen, und neben dem Ofen lag ein Stapel Holz, damit man nicht frieren musste. Mäntel und Gepäck hatte man bereits dort für sie abgestellt.

»In einer halben Stunde?«, fragte Hans Christian hoffnungsvoll. »Ich freue mich unendlich über Ihren Besuch, Mamsell Rosen, und kann es kaum erwarten, Ihnen mein geliebtes Göttingen zu zeigen.«

»Einverstanden. In einer halben Stunde stehen wir bereit!«

Als er gegangen war, hatte Elise das seltsame Gefühl, ihre Füße lösten sich vom Boden und sie ginge auf Wolken dahin. Das ist gefährlich, dachte sie und schaute verträumt aus dem Dachfenster. Wiesen und Äcker umgaben die Stadt wie ein frühlingshaft gewürfeltes Tuch und in der Ferne schmiegten sich sanfte Hügel aneinander. Dicht vor ihr aber schwebten ein Augenpaar und ein lächelnder Mund und sie glaubte, noch seine Stimme zu vernehmen. *»Ich kann es kaum erwarten ...«*

»Das war eine Weltkugel, nicht wahr, Mamsell Rosen?«, sagte Grete, die in ihr Zimmer getreten war.

»Wie meinst du?«

»Das da bei dem Professor ... die große Kugel.«

»Ach so ... ja, das war ein Globus.«

Sie wandte sich vom Fenster ab und begann ihr Haar zu ordnen.

»Aber warum hatten sie darauf solch merkwürdige Sachen gemalt? Tiere und Gesichter und Punkte und Linien ...«

»Keine Ahnung«, meinte Elise. »Es ist sicher ein alter Globus, da haben sie solche Fabeltiere gemalt.«

»Ich dachte mir ...«, ließ Grete zögernd verlauten. »... dass es vielleicht der Sternenhimmel sein könnte.«

»Das wäre auch möglich«, gab Elise ungeduldig zurück. »Mach dich jetzt fertig, Grete. Er wird uns gleich abholen.«

»Mit Verlaub, Mamsell Rosen, ich würde lieber hierbleiben. Das viele Laufen bekommt meiner Hüfte nicht, und die Stadt kann ich auch sehen, wenn ich aus dem Fenster schaue …«

Elise war enttäuscht. Hatte sie nicht Grete ein Stück von der Welt zeigen wollen? Aber als Grete ihr gestand, noch Hüftschmerzen von der gestrigen Postkutschenfahrt zu haben, sah sie ein, dass ihr ein wenig Ruhe sicher guttun würde. Morgen war auch noch ein Tag.

Hans Christian klopfte pünktlich an ihre Zimmertür und schien nicht übermäßig traurig, als sie erklärte, er müsse mit ihr allein vorliebnehmen.

»Sie haben ein Bündnis mit dem Wettergott, Mamsell Rosen«, sagte er heiter, als sie unten auf der Straße standen. »Noch gestern regnete es, dass man glauben mochte, die Welt wolle untergehen. Aber seitdem Sie in Göttingen sind, lacht der Himmel in den schönsten Farben …«

Er ähnelt seinem Vater doch ein wenig, dachte Elise. Beide neigen zu Übertreibungen. Dennoch nahm sie den dargebotenen Arm an und ließ sich von ihm behutsam um die breiten Pfützen führen, die auf den Straßen zurückgeblieben waren. Schon nach wenigen Minuten erreichten sie einen Platz, auf dem sich mehrere imposante Gebäude befanden, die im Winkel aneinandergesetzt waren. Das mittlere besaß hohe Fenster und war wohl einmal eine Kirche gewesen.

»Dies ist nun der Ort, an den ich Ihren Herrn Vater so häufig geführt habe«, erklärte Hans Christian und wies auf das Kirchengebäude. »Die Universitätsbibliothek, die nicht nur uns Studenten zugänglich ist, sondern jedermann, der ein Interesse hat …«

»Auch den Damen?«, fragte Elise.

Die Frage verwirrte ihn, doch er bemühte sich redlich, eine Antwort zu finden.

»Gewiss … wenn wir auch nur selten Damen dort sehen. Es

gab einige Studentinnen, Töchter von Professoren. Auch haben etliche Damen von adeliger Geburt die Bibliothek in Augenschein genommen …«

»Und wenn ich nun hineingehen wollte, um eines der Bücher auszuleihen?«

Er lachte, denn er hatte bemerkt, dass sie ihn provozieren wollte.

»In meiner Begleitung, Mamsell Rosen, wäre das kein Problem«, meinte er amüsiert. »Wollen wir es versuchen?«

»Danke. Ein anderes Mal …«

Während sie langsam weitergingen, überlegte sie, wie sie es anstellen sollte, eine Liste mit Büchern zusammenzustellen, um ihre Anwesenheit in Göttingen zu erklären. Doch da die Titel, die man in den Schaufenstern der Buchhandlungen und auf den Tischen vor den Läden sah, sehr langwierig und schwer zu merken waren, verschob sie die Sache auf später. Indessen schilderte ihr Hans Christian das studentische Leben in Göttingen so lebhaft, dass sie seine Erzählgabe bewundern musste.

Nein, sie dürfe nicht glauben, dass die Studenten der Universität ihre Zeit vor allem an den Biertischen und in den Fechtsälen verbrachten. Im Allgemeinen saß man fleißig in den Vorlesungen oder repetierte für die anstehenden Examina.

»Ich gebe zu, dass auch ich bis vor einem Jahr Mitglied der Corps Hannovera gewesen bin, und das sogar auf Wunsch meines Vaters, der noch heute mit den ›alten Herren‹ seiner Studentenverbindung in enger Verbindung steht …«

»Sie haben gefochten?«

»Gewiss!«, gestand er freimütig. »Es ist eine großartige Sache, einen Burschen, der sich unanständig benimmt, zu einem Gefecht fordern zu können. Es ist ritterlich, erfordert Mut und Geschick, und wenn es tatsächlich einmal hart auf hart gehen sollte, ist stets ein Wundarzt zur Stelle.«

Elise schwieg. Sie hatte trübe Erfahrungen mit der Duell-

Leidenschaft junger Herren gemacht, aber das musste sie Hans Christian nicht auf die Nase binden.

»Da inzwischen alle Studentenverbindungen verboten wurden, brauchen Sie nicht um mich zu fürchten«, sagte Hans Christian mit lächelndem Seitenblick.

»Oh, ich habe volles Vertrauen in Ihren geschickten Umgang mit dem Degen und hätte höchstens um Ihren Gegner gefürchtet!«

Er hatte vielleicht eine andere Antwort erhofft, aber so lachten sie gemeinsam, und er bedankte sich für dieses Lob.

»Es freut mich, dass Sie Vertrauen in mich setzen, Mamsell Rosen«, meinte er im Weitergehen. »Vor allem, weil ich im Begriff bin, meinen großen Traum nun endlich wahr zu machen. Ich habe einen Freund und Gönner gefunden – nicht zuletzt durch die Vermittlung meines Vaters –, der bereit ist, mich bei der Gründung eines Verlags finanziell zu unterstützen.«

Er strahlte sie voller Stolz an, und Elise konnte nicht anders, als sich mit ihm zu freuen.

»Sie werden also tatsächlich einen Verlag gründen. Und wann?«

»Recht bald, Mamsell Rosen.«

Sie hatten inzwischen den Eingang des Botanischen Gartens erreicht, der neben dem Gebäude des »Anatomischen Theaters« lag und von einem Zaun umgeben war. Der Garten war erst gegen Abend für das allgemeine Publikum zugänglich, Hans Christian öffnete jedoch ohne Bedenken die vergitterte Pforte, und sie schritten hindurch. Hohe Bäume empfingen sie, die meisten noch unbelaubt, gleich zur Rechten befand sich ein kleines Gewächshaus, das an der Südseite mit zahlreichen Glaseinsätzen versehen war. Da man es nicht betreten konnte, blickten sie durch die Scheiben ins Innere hinein, wo man ganz ungewöhnliche, exotische Pflanzen erkennen konnte.

»Das sind Exemplare, deren Samen aus fernen Ländern hierher gebracht wurden und die nur in Wärme und großer Feuchtigkeit gedeihen können«, erklärte Hans Christian.

Dann kam er wieder auf seinen Verlag zu sprechen und bedauerte, dass er durch die lästige Examensarbeit vorerst daran gehindert war, das Projekt mit ganzer Kraft voranzutreiben.

»Aber ich plane, die erste Publikation der Öffentlichkeit schon im Sommer präsentieren zu können.«

»Sie haben also ein Werk gefunden, das allgemeines Interesse erregen wird?«, fragte sie neugierig.

»O ja«, rief er. »Das habe ich. Ein ganz ungewöhnliches Werk, das es wert ist, veröffentlicht zu werden, und das ganz sicher großes Aufsehen erregen wird. Sie werden überrascht sein, Mamsell Rosen.«

Ein wenig misstrauisch betrachtete sie seine begeisterten Züge, dann fragte sie, welches Werk das denn sei.

»Darüber kann ich noch nicht sprechen«, gab er zur Antwort. »Leider sind noch einige Klippen zu umfahren, bis ich zur Bearbeitung und letztlich zum Druck dieses wundervollen Textes schreiten kann. Aber ich verspreche Ihnen, dass Sie die Erste sein werden, die ein fertiges Exemplar in Händen hält.«

Sehr seltsam. Gerade eben hatte er noch von Vertrauen gesprochen. Er selbst ließ es leider sehr daran mangeln.

»Herzlichen Dank dafür«, gab sie zur Antwort. »Nur verstehe ich nicht, weshalb Sie daraus solch ein Geheimnis machen. Haben Sie Sorge, ich würde es überall herumerzählen?«

Er blieb stehen und blickte ihr so tief und eindringlich in die Augen, dass ihr Herz unter anderen Umständen in Gefahr gewesen wäre. Doch nach allem, was sie gerade erfahren hatte, war ihr Kopf plötzlich kühl und klar. Hatte sie sich am Ende ganz fürchterlich in diesem jungen Menschen getäuscht?

»Man kann nicht vorsichtig genug sein, Mamsell Rosen«, sagte er mit sanfter, warmer Stimme.

Kapitel 9

Die weitere Besichtigung des Botanischen Gartens rauschte an ihr vorüber, ohne dass sie wirklich wahrnahm, was sie sah. Das prächtige neue Gewächshaus, durch das sie schritten, erschien ihr wie ein Wirrwarr eingetopfter Pflanzen und Bäume, und die feuchte, warme Luft nahm ihr den Atem. Was erzählte er ihr da von Herbarien afrikanischer, mexikanischer und südamerikanischer Pflanzen und Samen? Sie hörte kaum zu, besah gleichgültig die vielen Gärtner, die die Beete im Garten lockerten, die Pflanzen beschnitten und die Strohhüllen, die sie vor der Winterkälte geschützt hatten, wieder entfernten.

Es kann nicht sein, dachte sie unentwegt. Ich muss mich getäuscht haben. Sie betrachtete seine unbefangenen Gesten, sah die Begeisterung in seinen Augen aufleuchten, wenn er über den Duft und die Schönheit exotischer Blüten sprach. War er ihr bisher nicht stets offen und ehrlich entgegengetreten? Hatte nicht gerade das ihr so an ihm gefallen?

Woher weiß ich, dass er es wirklich ehrlich gemeint hat, sagte ihr die Stimme des Misstrauens. Vielleicht ist er nur ein guter Schauspieler? Mein Vater ist kein Dummkopf, er wird ihn nicht ohne Grund verdächtigen. Warum verheimlicht er mir so beharrlich, welches Werk er veröffentlichen will, während er sich ansonsten mir gegenüber so herzlich und entgegenkommend zeigt? Habe ich ihm nicht von Anfang an zugeraten und ihn ermutigt, diese Verlagsgründung in Angriff zu nehmen? Er könnte mir doch leicht unter dem Siegel der Verschwiegenheit mitteilen, welches grandiose Werk er herausbringen will, und mich bitten, nicht darüber zu sprechen. Unter guten Freunden eine Selbstverständlichkeit.

Nein, da war etwas faul an der Sache. Vielleicht – der Gedanke war schmerzhaft, aber er musste gedacht werden – vielleicht hatte er das Manuskript ihres Vaters tatsächlich schon in Kassel in seinem Koffer getragen? Hatte er sich deshalb so freundlich gezeigt? Sie und den Vater eingelullt, damit man nicht auf die Idee kam, ein solch liebenswerter junger Mann könne ein hinterhältiger Dieb sein? Ach, möglicherweise hatte ihr Vater ja recht und Hans Christian Thiedemann spielte ein doppeltes Spiel.

Nun – wenn dem so war, dann würde sie sich ihm gewachsen zeigen! So gab sie sich während des Spaziergangs scheinbar heiter und zu Scherzen aufgelegt und tat, als lausche sie seinen Erklärungen voller Interesse, während sie in Wirklichkeit finsteren Gedanken nachhing. Als sie gegen Mittag in die Buchstraße zurückkehrten, bedankte sie sich herzlich für diesen schönen und lehrreichen Spaziergang, und da Hans Christian sie und ihre Begleiterin bat, das Mittagessen mit ihnen gemeinsam einzunehmen, stieg sie hinauf in ihr Zimmer, um den Hut abzusetzen und das Haar in Ordnung zu bringen.

Ich muss überlegen, was zu tun ist, dachte sie, während sie die Treppen hinaufstieg. Sollte ich Grete in die Sache einweihen? Sie ist ein verständiges Mädchen und könnte mir vielleicht sogar behilflich sein …

Weiter kam sie nicht mit ihren Überlegungen, denn als sie den oberen Flur erreichte, erblickte sie vor ihrer Zimmertür ein braun gestromtes dürres Wesen, das sie mit bernsteinfarbenen Augen anstarrte.

Ein Hund! Gehörte er dem Professor? Dann sollte das Tier aber unten im Wohnzimmer oder in der Küche liegen und nicht direkt vor ihrer Zimmertür. Vorsichtig näherte sie sich dem großen Kerl, der sie immer noch anblickte, dann aber den dicken

Kopf auf die ausgestreckten Vorderbeine legte und müde die Augen schloss. Wie seltsam. Hatte er vor, ihr Zimmer zu bewachen?

»He!«, sagte sie auffordernd. »Hund! Steh auf. Ich will hinein!«

Der Hund öffnete ein Auge und schloss es wieder. Sonst bewegte er sich um keinen Millimeter.

Die Tür des Nebenzimmers öffnete sich und Grete erschien. Sie besah die Bescherung und zuckte die Schultern.

»Der hat dem Studenten gehört, der hier gewohnt hat. Fidibus heißt er.«

»Der Student?«

»Nein. Der Hund.«

Ein Fidibus war ein Holzspan oder ein zusammengedrehtes Papierröllchen, das man ins Herdfeuer hielt, um damit eine Pfeife oder ein Licht anzuzünden. Ein seltsamer Name für einen Hund.

»Und warum liegt er hier?«, wollte Elise wissen.

»Er wartet auf seinen Herrn«, seufzte Grete. »Der Bursche hat sein Examen gemacht und ist abgereist, hat aber seinen armen Hund nicht mitgenommen.«

»Ach herrje! Was für ein herzloser Kerl!«

Mitleidig besahen sie das abgemagerte Tier, dann polterte es auf der Treppe, und das Hausmädchen Trude erschien rotwangig, außer Atem und mit verrutschter Haube.

»Frau Knüll schickt mich. Die Mamsell und die Grete sollen bitte schön herunterkommen, weil sonst die Suppe kalt wird …«

»Vielen Dank. Wir kommen sofort«, sagte Elise. »Ich muss nur vorher rasch in mein Zimmer …«

Ratlos sah Trude zu Grete hinüber, und Elise begriff, dass sich die beiden wohl schon miteinander angefreundet hatten.

»Den muss man mit dem Besen wegjagen«, erklärte Trude. »Sonst geht er nicht von der Stelle. Fressen will er auch nichts. Da wird er wohl bald verhungert sein.«

Sie wollte davongehen, um einen Besen zu besorgen, aber Elise hielt sie zurück. Es gefiel ihr nicht, dass der arme Kerl geschlagen werden sollte. Die Prügel hatte viel eher jener Student verdient, der seinen treuen Hund gleichgültig zurückließ.

»Fidibus!«, lockte sie sanft. »Guter Hund. Steh auf und lass mich durch.«

Fidibus schnaufte leise, bewegte sich aber nicht.

»Sie müssen energischer sein, Mamsell Rosen«, sagte Grete. »Bei uns im Dorf, da gab's viele Hunde. Da kam man mit freundlichem Zureden nicht weit.«

Elise dachte an Luzifer und Zerberus, die beiden großen Jagdhunde des Christian Daniel van Leuwen. Die hatten ihr aufs Wort gehorcht.

»Sitz, Fidibus!«, kommandierte sie. »Wird es bald?«

Niemand sollte behaupteten, sie könne nicht energisch werden.

Fidibus zuckte mit den Ohren, warf ihr einen schrägen Blick aus bernsteinfarbenen Augen zu, dann hob er mühsam den schweren Kopf, ächzte, schnaufte, zog die Vorderbeine an und setzte sich auf die Hinterbeine.

»Braver Hund!«

»Na also«, meinte Grete zufrieden. »Wenn er will, kann er gehorchen.«

Elise schlüpfte in ihr Zimmer und machte sich eilig für das Mittagessen zurecht. Nach dem Erlebnis mit diesem armen Hundetier spürte sie einen gerechten Zorn auf die eingebildeten, herzlosen Göttinger Studenten und ganz besonders auf Hans Christian Thiedemann, diesen hinterlistigen Schmeichler.

Als sie fertig war, lag der Hund wieder ausgestreckt vor ihrer Tür, und sie stieg über ihn hinweg. Er hob kurz den Kopf und blickte sie an. Als sie dann mit Grete gemeinsam zur Treppe lief, sank sein Kopf wieder zurück auf die ausgestreckten Pfoten.

Das Hausmädchen führte sie in einen kleinen Raum, der als

Speisezimmer diente und mit altertümlichen Vitrinenschränken und einem langen Tisch ausgestattet war. Das Silberzeug in den Vitrinen war dunkel angelaufen und schien lange nicht in Benutzung gewesen zu sein. Die Mahlzeit bestand aus einer Suppe, einem wohlschmeckenden Fleischgericht und einem süßen Nachtisch aus Sahne und eingelegtem Obst – die Wirtschafterin war eine ausgezeichnete Köchin. Dennoch konnte Elise das Essen nicht recht genießen, denn alles, was bei Tisch geredet wurde, schien ihr plötzlich einen doppelten Sinn zu haben. Warum sprach der Professor so eifrig über seine Freundschaft mit ihrem Vater? Wieso erkundigte er sich nach dessen Gesundheit? War er über den Diebstahl im Bilde und wollte herausfinden, ob de La-Tour sie geschickt hatte, um nach dem Manuskript zu forschen?

»Mein Vater ist momentan nicht ganz wohl«, meinte sie vorsichtig. »Das Rheuma macht ihm zu schaffen.«

»Das tut mir leid«, meinte der Professor. »Solche Zipperlein befallen uns alte Herren nun einmal von Zeit zu Zeit. Aber wie ich ihn kenne, wird er bald wieder auf dem Damm sein.«

»Das hoffe ich auch. Er wäre sonst gewiss selbst nach Göttingen gereist, um die Bücher für seinen Freund van Leuwen zu erwerben …«

Endlich gelang es ihr, die ausgedachte Geschichte anzubringen. Sie bat den Professor, ihr einige Buchhandlungen zu nennen, die sie aufsuchen könne.

»Welche Fachrichtung?«, wollte er wissen.

»Oh, keine bestimmte. Herr van Leuwen ist an vielem interessiert.«

Natürlich bot sich Hans Christian sogleich als Wegweiser und Begleiter an, doch sie lehnte freundlich ab.

»Ich denke, ich komme recht gut allein zurecht. Da Sie mir schon den Vormittag geopfert haben, möchte ich Sie heute auf keinen Fall weiter von der Arbeit an Ihrer Examensschrift abhalten.«

»Sehr vernünftig, Mamsell«, rief der Professor anerkennend. »Endlich einmal eine junge Dame, die das Wesentliche im Auge hat und nicht nur an Vergnügungen, Tanzereien, literarische Salons und dergleichen Überflüssigkeiten denkt. Von dieser Sorte gibt es leider viel zu viele. Und sie haben nur ein einziges Anliegen: einen Ehemann an Land zu ziehen und sein Geld auszugeben.«

Aha, dachte Elise amüsiert. Da ist der Gipskopf des Kaisers Napoléon wohl nicht so gut aufgenommen worden.

»Ich bin ganz der Ansicht meines Vaters«, meldete sich Hans Christian zu Wort. »Darum hoffe ich, dass Sie Ihren Aufenthalt in Göttingen so lange wie möglich ausdehnen werden, damit ich Gelegenheit habe, Ihnen auch die Umgebung zu zeigen.«

Warum sagte er das? Wollte er wissen, wann sie endlich abreiste, damit er das Manuskript ihres Vaters in Ruhe bearbeiten und in Druck geben konnte?

»Ich möchte Ihnen nicht zur Last fallen«, sagte sie höflich.

»Zur Last fallen? Wie können Sie das nur glauben?«, rief Hans Christian empört aus. »Gut – ich werde mich, da mein Vater es wünscht, den Nachmittag über in physikalische Berechnungen stürzen. Aber morgen stehe ich Ihnen mit Freuden zur Verfügung. Ich werde Ihnen die Reitbahn und die Sternwarte zeigen, in der Professor Gauss seine Studien betreibt.«

»Sehr gern. Hoffen wir, dass das Wetter es zulässt.«

Wie reizvoll hatte sie sich doch solche Ausflüge mit dem liebenswerten Herrn Studiosus Hans Christian Thiedemann vorgestellt, als sie nach Göttingen aufbrach. Nun sah sie die Dinge anders. Hinter allem, was er ihr erzählte, witterte sie einen Hintergedanken oder gar eine Falle. Ganz sicher ahnte er, weshalb sie nach Göttingen gekommen war, und bemühte sich, ihren Verdacht zu entkräften, indem er ihr den Verliebten vorspielte. Aber sie war nicht so dumm, wie er glaubte. Sie würde das Spiel mitspielen, und dann würde sich zeigen, wer am Ende gewann.

Um weiteren Fragen aus dem Weg zu gehen, lenkte sie das Gespräch auf den Hund Fidibus.

»Ach, das Hundevieh«, knurrte der Professor. »Der Julius Krähfuß hat immer nur Ärger mit dem Köter gehabt, weil er ihm nicht von der Seite gewichen ist und alle seine Freunde angeknurrt hat. Ich habe ihm gesagt, er soll ihn erschießen, so ein Hund taugt nichts. Und was macht der Kerl? Reist ab und lässt uns den Hund da!«

Julius Krähfuß hieß dieser herzlose Bursche also. Wobei der Professor um keinen Deut besser war. Hans Christian sagte wenigstens, der Hund täte ihm leid, aber wie es schien, hatte auch er sich nicht um das Tier gekümmert.

»Wenn er Sie stört, soll Trude ihn an die Leine nehmen und im Garten anbinden«, erklärte der Professor freundlich.

»Er stört mich nicht«, gab Elise kühl zurück. »Ich mag Hunde.«

»Ein sympathischer Zug an Ihnen, Mamsell Rosen«, beeilte sich Hans Christian zu bemerken. »Ich liebe diese Tiere ebenfalls.«

Da haben wir den Heuchler, dachte Elise. Ich hatte doch recht mit meiner Vermutung. Sie schenkte ihm ein gut gespieltes herzliches Lächeln und wandte sich ihrem Nachtisch zu.

Nun wagte auch Grete, die bisher stumm vor ihrem Teller gesessen hatte, sich an der Unterhaltung zu beteiligen.

»Ist das eine Himmelskugel?«, fragte sie den Professor.

»Nein«, sagte er und wies auf die Schüssel, die in der Mitte des Tisches stand. »Das ist ein Sahnepudding mit Obst, Mamsell Grete.«

Er schien den Scherz großartig zu finden und stieß ein meckerndes Gelächter aus. Grete wurde rot vor Verlegenheit, doch als sie Elises aufmunternden Blick spürte, fasste sie neuen Mut.

»Ich meinte den großen Globus, der nebenan im Zimmer steht …«

Nun ließ sich der Professor großmütig zu einigen Erklärungen herab. Ja, das sei eine Himmelskugel, allerdings stamme sie noch aus dem vergangenen Jahrhundert und sei deshalb überholt. Er habe das Gerät dennoch stehen lassen, weil es ein Erbstück aus der Familie seiner verstorbenen Frau sei.

»Aber wie kann der Himmel eine Kugel sein?«, wollte Grete wissen.

»Man stellte sich den Himmel als eine gedachte hohle Kugel vor, die die Erde umgibt«, sagte der Professor und trank die Neige aus seinem Weinglas in der Annahme, dass er der jungen Person damit erschöpfend Antwort gegeben hätte. Doch da hatte er sich getäuscht.

»Dann stehen wir sozusagen auf der anderen Seite der Himmelskugel und schauen von dort aus die Sterne an, nicht wahr?«, stellte Grete fest.

»Richtig bemerkt, Mamsell!«, sagte der Professor, hob die Karaffe auf und blickte fragend in die Runde, ob jemand noch Wein wünschte. Man lehnte dankend ab.

»Und was bedeuten die Bilder darauf?«, fragte Grete unverdrossen weiter.

Der Professor füllte sein eigenes Glas, nahm einen langen Zug, schmatzte und blickte die Fragerin an wie einen Studenten, der sich durch ganz besondere Begriffsstutzigkeit auszeichnet.

»Es sind die Symbole der Sternbilder, Mamsell. Die Astronomie ist eine uralte Wissenschaft, die sich lange Zeit mit der Astrologie, der Sterndeuterei, vermischte. Schon die Ägypter kannten die Bedeutung des wechselnden Sternenhimmels, da sie die jährliche Wiederkehr des Nilhochwassers damit berechnen konnten. Natürlich beobachteten auch die Griechen und die Römer den Sternenhimmel. Man gab den Sternbildern Namen, verband sie mit Sagengestalten und Gottheiten, glaubte, die Zukunft darin lesen zu können, und so entstanden heidnische Fabelgestalten, die man aus dekorativen Gründen auf solche Himmelskugeln malte. Das alles ist natürlich Humbug.«

»Aber was sind Sterne nun wirklich?«, wollte Grete wissen. »Sind es Lichter? Brennt dort ein Feuer?«

Elise fürchtete schon, der Professor würde das Gespräch nun abbrechen. Doch weit gefehlt. Angeregt durch den Weingenuss schien die Leidenschaft für das Dozieren in ihm wieder erwacht zu sein, denn er begann nun umständlich von Planeten und Sternen zu sprechen, erklärte, dass Sterne deshalb leuchten, weil sie brennen – wie Mamsell Grete richtig vermutet hatte –, während Planeten kalt seien und nur sichtbar würden, wenn die Sonne sie anleuchtete. Auch die Erde sei ein solcher Planet, der die Sonne auf einer festen Bahn umkreise, die einem Kegelschnitt folge und die Form einer Ellipse habe …

Grete lauschte dem Vortrag mit faszinierten Augen und vergaß darüber sogar, den Nachtisch zu essen. Auch Elise fand es interessant, auch wenn sie nicht alles begreifen konnte, vor allem die Sache mit dem Kegelschnitt war ihr unverständlich. Hans Christian verfolgte die Rede seines Vaters jedoch mit Unruhe und warf Elise hin und wieder besorgte Blicke zu.

»Vater, ich bitte dich« unterbrach er schließlich. »Wir befinden uns nicht im Hörsaal des astronomischen Instituts, sondern zu Hause am Mittagstisch. Und wir haben Damen zu Gast!«

»Verzeihung«, sagte der Professor ärgerlich und warf die Serviette auf den Tisch. »Ich wollte die Damen nicht langweilen.«

»Sie haben uns kein bisschen gelangweilt«, gab Grete zurück, die über die Unterbrechung bekümmert war. »Ich habe noch nie in meinem Leben etwas so Aufregendes zu hören bekommen.«

Er nickte ihr höflich zu, es war jedoch deutlich, dass er ihr kein Wort glaubte. Hans Christian verkündete nun, dass er sich zu seinem großen Leidwesen zurückziehen und seine Gäste ihrem Schicksal überlassen müsse.

»Wir sehen uns beim Abendbrot wieder«, sagte er lächelnd

zu Elise. »Dann werden wir Zeit für eine angenehme Plauderei haben.«

Der Professor sagte nichts, er stand einfach auf und ging hinüber in sein Arbeitskabinett.

Grete hörte nicht auf zu schwatzen, während sie die Treppe zu ihren Zimmern hinaufstiegen. Ob Elise geahnt hätte, dass die Sonne von acht Planeten umkreist würde, und dass es doch ein Glück sei, dass sich diese Himmelskörper auf festen Bahnen bewegten, sodass sie nicht aneinanderstoßen konnten. Was mit den Sternen geschehen würde, wenn sie ausgebrannt seien, ob sie dann erlöschen müssten, und was es mit den Überflutungen in Ägypten auf sich habe …

Elise musste an Rieke denken, Hausmädchen bei Christian Daniel van Leuwen, die seinerzeit ihre Leidenschaft für das Lesen entdeckt hatte. So ähnlich schien es nun Grete mit den Sternen und Planeten zu gehen. Es gefiel ihr, denn auf diese Weise hatte Grete nun doch ihre Freude an dieser Reise, auch wenn sie wegen der kranken Hüfte keine längeren Spaziergänge unternehmen konnte. Als sie in den oberen Flur gelangten, lag der Hund immer noch vor ihrer Zimmertür, allerdings erschien er ihr ein wenig lebhafter als zuvor, denn er setzte sich auf, als sie erschienen.

»Magst du hinunter in die Küche gehen und Trude bitten, eine Schale Wasser und etwas zu fressen für ihn zu bringen?«, fragte sie Grete.

»Wenn Sie meinen, Mamsell Rosen … Ich denke allerdings, dass es vergeblich sein wird …«

Während Grete seufzend die Treppe wieder hinunterstieg, näherte sich Elise dem Hund und streckte ihm vorsichtig die Hand entgegen. Er beschnüffelte sie, schnaufte, schnüffelte noch einmal, dann leckte er ihr die Fingerspitzen.

»Braver Hund, Fidibus …«

Sie wagte es, über seinen Kopf zu streichen, kraulte die Ohren, klopfte ihm sanft auf den Rücken. Er ließ es sich gefallen und beschnupperte ausgiebig ihren Rock. Dann ging sie an ihm vorbei in ihr Zimmer, ließ die Tür jedoch offen. Er blieb sitzen und beobachtete sie. Als Grete im Verein mit dem Hausmädchen Trude die Treppe hinaufgepoltert kam, wandte er den Kopf und knurrte leise.

»Pfui, Fidibus!«

Trude brachte einen Topf mit Wasser und eine blecherne Schüssel, in der sich Reste des Mittagessens befanden, vor allem Kartoffeln, die mit einem Löffel Suppe übergossen worden waren.

»Die reine Verschwendung ist das, hat Frau Knüll gesagt«, meldete Trude, während sie ihre Last vor dem Hund auf den Boden stellte.

»Sag Frau Knüll meinen herzlichen Dank!«, meinte Elise freundlich.

Der Hund machte sich durstig über das Wasser her, das Futter ließ er unberührt. Aber nachdem er sich satt getrunken hatte, stand er auf, schüttelte sich und ging in Elises Zimmer. Dort legte er sich auf den Bettvorleger und verfolgte das Geschehen mit aufmerksamem Hundeblick.

»Jetzt haben Sie einen Zimmergenossen, Mamsell Elise«, lachte Grete. »Und wenn Sie nicht aufpassen, wird am Ende ein Bettgenosse daraus.«

Elise war nicht zu Scherzen aufgelegt. Sie stellte den Futternapf in den Raum und schloss die Tür.

»Ich muss etwas mit dir bereden, Grete«, kündigte sie an und rückte den Stuhl zurecht. »Setzen wir uns.«

»Wenn es um den jungen Thiedemann geht«, meinte Grete mit verhaltenem Schmunzeln. »Da müssen Sie keine langen Reden führen, Mamsell Rosen. Ich weiß wohl, dass Sie gern mit ihm allein sind, und werde auch morgen hierbleiben, damit Sie ganz ungestört…«

»Aber nein!«, fiel ihr Elise ins Wort. »Was denkst du denn von mir? Es geht um etwas anderes.«

Sie erklärte so einfach und klar wie möglich, was der eigentliche Grund für diese Reise gewesen sei: die Suche nach dem gestohlenen Manuskript ihres Vaters.

Grete hörte ihr schweigend zu und meinte, als sie geendet hatte: »Hab mich auch gewundert, dass Sie es plötzlich so eilig hatten, nach Göttingen zu fahren. Hab's halt der Liebe zugerechnet, aber da war ich wohl gründlich auf dem Holzweg. Trotzdem kann ich nicht so recht glauben, dass der junge Thiedemann ein Dieb sein soll.«

»Das ist auch schwer zu glauben, Grete. Aber mittlerweile bin ich fast sicher, dass es so ist. Leider.«

Ein Geräusch lenkte sie von ihrem Gespräch ab. Fidibus war aufgestanden, um den Futternapf zu beschnüffeln. Elise und Grete sahen ihm dabei zu und hielten gespannt die Luft an. Er schnoberte an den Kartoffeln, hob den Kopf und zuckte angewidert mit der Nase, dann legte er sich wieder auf den Bettvorleger und schaute traurig vor sich hin.

»Glauben Sie, dass der Professor von dem Diebstahl weiß, Mamsell Rosen?«, fragte Grete beklommen.

»Das wäre möglich«, meinte Elise. »Es kann aber auch sein, dass er keine Ahnung von den Machenschaften seines Sohnes hat.«

»Das hoffe ich sehr«, gestand Grete. »Der Professor ist solch ein kluger, gebildeter Mensch, warum sollte er sich in ein Verbrechen hineinziehen lassen?«

»Auch gebildete Menschen können Bösewichte sein, Grete.«

Grete tat einen tiefen Seufzer. Dass der von ihr so hochverehrte Professor, der so viel über die Sterne und Planeten wusste, ein Bösewicht sein sollte, schmeckte ihr überhaupt nicht.

»Aber wie wollen Sie das gestohlene Ding wiederbeschaffen, Mamsell Elise?«

»Es wird uns nichts anderes übrig bleiben, als danach zu suchen. Ganz sicher ist es irgendwo in diesem Haus versteckt.«

»Da könnten Sie recht haben, Mamsell Rosen. Das Haus verliert nichts.«

»Eben. Deshalb müssen wir zu zweit zu Werke gehen. Während ich mich mit Hans Christian Thiedemann beschäftige, musst du versuchen, in sein Zimmer zu gelangen. Es könnte unter seinem Bett sein, vielleicht unter der Matratze. Im Schrank. Zwischen der Wäsche versteckt. Oder im Bücherbord hinter den Folianten …«

Grete nickte verständig, der Vorschlag schien ihr sogar zu gefallen. Elise sah ihre Vermutung bestätigt, dass Grete eine große Hilfe sein würde.

»Was ist das überhaupt, ein Manuskript?«, wollte sie wissen. »Woran erkenne ich es?«

Ach herrje! Sie wusste nicht einmal, wonach sie suchen sollte. Da hatte sie die kluge Grete doch überschätzt.

»Ein Manuskript ist ein dicker Stapel beschriebener Blätter.«

»Blätter aus Papier!«, staunte Grete. »Und ich glaubte schon, es sei etwas Kostbares, eine Schatulle oder ein geschnitzter Kasten. Aber Papier wird bei einem Studenten gewiss überall herumliegen.«

Da hatte sie nicht unrecht.

»Er hat die Blätter ganz sicher mit einem Bindfaden zusammengebunden und etwas darumgewickelt. Ein Tuch vielleicht. Und dann kannst du es an der Schrift erkennen. Sie ist sehr klein und regelmäßig. Auf dem ersten Blatt steht: Lebenserinnerungen des Charles François de LaTour …«

»Er frisst!«

»Wie?«

»Der Hund, Mamsell Elise. Er frisst das Futter!«

Tatsächlich hatte sich Fidibus an den Futternapf begeben, und man hörte ihn wohlig schmatzen. Er hatte schlechte Essmanieren – die großen Bissen nahm er ins Maul und trug sie auf den Bettvorleger, um sie dort zu verzehren.

»Na also!«, meinte Elise erfreut. »Er brauchte nur ein wenig Zuwendung.«

»Ich weiß nicht, ob das eine gute Sache ist, Mamsell Rosen«, meinte Grete und wiegte den Kopf.

»Warum sagst du das?«

»Nur so …«, wehrte Grete rasch ab. »Und weil es ein besonderer Hund zu sein scheint.«

Elise schüttelte verständnislos den Kopf und ging zu ihrem Anliegen über.

»Es wäre gut, wenn du schon heute anfangen könntest, Grete. Es wird nicht allzu schwer sein, denn ich nehme an, dass sich das Zimmer, das Hans Christian bewohnt, im zweiten Stockwerk befindet. Er ist die Treppe hinaufgestiegen, nachdem er sich verabschiedet hatte.«

»Das habe ich auch bemerkt, Mamsell Elise. Wenn Sie mir heute Abend die beiden Herren vom Halse halten, kann ich in Ruhe suchen.«

»Sehr gut. Ich werde mich bemühen, die ›Plauderei‹ mit Hans Christian so lange wie möglich auszudehnen. Und denke daran: Er darf auf keinen Fall etwas merken. Du musst alles wieder genauso zurückstellen, wie du es vorgefunden hast.«

»Versteht sich, Mamsell Rosen. Ich bin zwar vom Dorf, aber nicht aus Dummsdorf. Was mache ich, wenn ich das Manuskript finde?«

»Du lässt es, wo es ist, und merkst dir den Ort. Morgen, wenn ich mit Hans Christian unterwegs bin, gehst du hinauf und nimmst es an dich. Dann packst du unsere Sachen zusammen, und wenn ich zurückkomme, machen wir uns gemeinsam davon.«

Sie hatte genügend Geld, um einen Eilwagen zu mieten, der würde sie in einem halben Tag nach Kassel bringen. Ein waghalsiger Plan, bei dem sie viel riskierte, denn es war möglich, dass Hans Christian sie zu Pferd verfolgte, nachdem er das Verschwinden seines Beutestückes bemerkt hatte. Sie spürte, wie ihr Herz vor Aufregung rascher klopfte. Wie stolz würde ihr Vater auf sie sein, wenn sie ihm melden konnte, dass die verloren geglaubten Lebenserinnerungen in ihren Händen waren! Dann würde er sicher rasch gesund werden.

Nach dem gemeinsamen Abendessen, das aus schlichtem Butterbrot mit Hartwurst und einem Krug Bier bestand, saß man im Speisezimmer zu viert beisammen, doch die Stimmung schien lange nicht so angeregt wie am Mittag. Der Professor war wortkarg und ließ sich zu Gretes Leidwesen auf keine weiteren Gespräche über Sterne und Planeten ein. Stattdessen beklagte er sich über die jungen Kollegen, die alles anders, aber nichts besser machten.

»Da ereifern sie sich über die Verfassung des Königreichs Hannover, die ihnen nicht freiheitlich genug erscheint, laufen herum und wollen gar die Regierung der Stadt absetzen. Keiner dieser Herren Professoren hat in seinem Fachgebiet Großes geleistet, wie sollte er auch, wenn er sich beständig mit Dingen abgibt, die ihn nichts angehen und für die er nicht bezahlt wird …«

Hans Christian, der – wie Elise wusste – ganz anderer Meinung war, hielt sich dem Vater gegenüber vorsichtig zurück. Er war recht froh, dass die Unterhaltung unterbrochen wurde, da sich Grete nun verabschiedete, um zu Bett zu gehen.

»Verzeihen Sie, aber das Bier hat mich müde gemacht. Ich bin es nicht gewohnt.«

»Aber bitte – Sie brauchen sich nicht zu entschuldigen! Schlafen Sie wohl, Mamsell Grete.«

Als sie gegangen war, kam Hans Christian auf die Verfassung von Kurhessen zu sprechen.

»Sie können stolz sein, Mamsell Elise, denn die Ständeversammlung in Kassel hat sich außerordentliche Rechte erkämpft. Die Abgeordneten können Gesetze einbringen, den Staatshaushalt kontrollieren und vor allem: Die Offiziere der kurfürstlichen Truppen leisten ihren Eid auch auf die Verfassung des Landes und nicht allein auf den Fürsten. Das ist neu und führt dazu, dass der Kurfürst nicht mehr selbstherrlich über die Armee verfügen kann …«

»Das widerspricht dem Prinzip der Monarchie und gehört abgeschafft«, widersprach der Professor. »Wie soll ein Fürst sein Land verteidigen, wenn er sich den Einsatz seiner Truppen zuerst vom Parlament genehmigen lassen muss? Nur ein Dummkopf kann sich so etwas ausdenken!«

Da er nun ohnehin aufgebracht war, fragte er den Sohn nach dem Fortgang seiner Examensschrift und erinnerte ihn daran, dass die Frist für die Abgabe in wenigen Wochen ablaufen werde.

»Wann wirst du mir die Arbeit vorlegen, damit ich sie lesen und etwaige Fehler korrigieren kann?«

»Es wird alles zur rechten Zeit fertig sein, Vater.«

»Das hoffe ich sehr!«

Elise begriff, dass es nun an ihr war, die Stimmung zu retten, damit das abendliche Gespräch nicht frühzeitig abgebrochen wurde. So erzählte sie auf lebhafte Art von den Vorgängen im Kasseler Fürstenhaus. Neulich habe es beinahe wieder einen Aufstand in Kassel gegeben, da die von allen hochverehrte Kurfürstin Auguste ihre Loge im Theater verschlossen vorfand und jedermann wusste, dass dies eine Bosheit war, die die Geliebte ihres Sohnes gegen sie ausgeheckt hatte. Die hinterhältige Person hatte jedoch nicht mit den Kasseler Bürgern gerechnet, die treu zu ihrer Kurfürstin hielten. Vor dem Theater hatten sich die Anhänger der betagten Kurfürstin zusammengefunden, und es sei zu Prügeleien gekommen, worüber sich die arme Kurfürstin derart entsetzte, dass sie in Ohnmacht fiel.

»Eine eindrucksvolle Dame, die Kurfürstin Auguste«, bemerkte der Professor. »Eine Tochter des preußischen Königs Friedrich Wilhelm II. Ich sah sie vor Jahren in Berlin, als sie noch unverheiratet war – sie war eine anmutige Erscheinung. Ein Jammer, dass man sie mit diesem groben Klotz, dem Kurfürsten Wilhelm II. von Hessen-Kassel, verheiratet hat.«

Der Professor verbreitete sich nun über die Verhältnisse im Königreich Hannover, dessen Herrscher aufgrund ihrer Verwandtschaft mit Maria Stuart auch Könige von England waren. Man war hierzulande denkbar unzufrieden, denn das Schloss in Herrenhausen stand leer, der Monarch regierte in London. Nach dem Tod von Georg VI. vor zwei Jahren hatte nun dessen Bruder Wilhelm IV. den Thron bestiegen. Auch dieser König glänzte in der Herrschaft Hannover vor allem durch Abwesenheit.

»Ein seltsamer Vogel soll er sein, der keinen höfischen Prunk liebt und wie ein einfacher Bürger durch London läuft«, berichtete Hans Christian. »*Sailor Bill* nennen ihn die Leute. In England soll er sich großer Beliebtheit bei der Bevölkerung erfreuen. Leider sind ihm Hannover und unser Göttingen völlig gleichgültig, er lässt sich hier durch einen Regenten vertreten.«

»Es sei denn, die Göttinger Studenten proben den Aufstand«, warf Elise lächelnd ein.

»O ja«, seufzte Hans Christian mit Bitterkeit. »Da hat man fünftausend Soldaten aufmarschieren lassen und mit Kanonen auf Spatzen geschossen.«

Gegen elf Uhr war Elise der Meinung, dass Grete nun genügend Zeit für ihre Aufgabe gehabt hatte, und so wünschte sie den Herren eine gute Nacht.

Grete saß in Elises Zimmer auf einem Stuhl, die Hände vor dem Bauch gefaltet und in tiefem Schlaf. Fidibus hatte sich entschlossen, Elises Bett zu seinem Nachtlager zu wählen.

»Raus da, aber schnell!«, schimpfte Elise.

Beide, Hund und Grete, erwachten auf der Stelle. Grete

zeigte sich erschrocken, Fidibus blickte Elise nur vorwurfsvoll an, bevor er langsam und höchst unwillig von dem bequemen Lager stieg, um sich auf dem Bettvorleger niederzulassen.

»Und?«, fragte Elise atemlos.

»Nichts«, gab Grete zurück und zuckte bedauernd die Schultern. »Ich habe überall geschaut und sogar die Dielen vorsichtig abgetastet, ob darunter eine hohle Stelle ist.«

Elise verbarg ihre Enttäuschung. Sie dankte Grete, lobte sie für ihren Mut und schickte sie hinüber in ihr Zimmer, damit sie sich endlich zu Bett legen konnte.

Morgen ist auch noch ein Tag, dachte sie, während sie sich an den Schreibtisch setzte und die Feder eintauchte. So schnell gebe ich nicht auf.

Kapitel 10

Göttingen, 7. April, kurz vor Mitternacht

Mein lieber Papa,
über die Nachricht, die Christian Daniel van Leuwen nach Kassel schickte, bin ich sehr erschrocken und hoffe, dass du inzwischen auf dem Weg der Besserung bist. Dieser Brief wird, so hoffe ich, zu deiner Genesung beitragen.
Inzwischen bin ich gut in Göttingen angekommen und habe gemeinsam mit Grete (einer Näherin aus dem Atelier, ein kluges und geschicktes Mädchen) Aufnahme im Haus des Professor Thiedemann gefunden. Dein Verdacht, der mir – zugegebenermaßen – zunächst sehr unwahrscheinlich erschien, hat sich mittlerweile zu trauriger Gewissheit verhärtet. Ich bin beinahe sicher, dass Hans Christian Thiedemann der Dieb ist. Ob sein Vater mit ihm im Bunde steht, weiß ich nicht, es ist aber möglich.
Sei ohne Sorge, lieber Papa, ich bin vorsichtig und lasse mir nichts anmerken. Doch ich verfolge unser Ziel – die Wiederbeschaffung deiner Lebenserinnerungen – mit großer Beharrlichkeit, und ich bin sicher, dass meine Unternehmungen früher oder später zum Erfolg führen werden.
Ich versiegele diese Nachricht und schicke sie morgen per Eilpost nach Frankfurt. Weitere Nachrichten werden folgen.
Für deine Genesung alle guten Wünsche.
Deine dich herzlich liebende Tochter
Elise

PS. Wenn du das nächste Mal nach Kassel kommst, bitte ich dich sehr, ins Atelier Rosen einzutreten, anstatt auf der Gasse vor dem Schaufenster stehen zu bleiben!

Ohrenbetäubendes Hundegebell riss Elise am folgenden Morgen aus dem Schlummer. Entsetzt fuhr sie im Bett hoch.

»Fidibus! Still! Bist du verrückt geworden?«

Der Hund stand an der Tür, alle Nackenhaare aufgestellt, und bellte sich die Seele aus dem Leib. Elise blieb nichts anderes übrig, als aufzustehen, um den aufgeregten Kerl zur Ruhe zu bringen.

»Sitz! Und still!«

Er gehorchte widerwillig, setzte sich und reduzierte das Gebell auf ein drohendes Knurren. Jemand war an der Tür.

»Mamsell Elise? Ich bin's, Grete.«

»Komm herein.«

»Nur wenn Sie den Hund in Schach halten …«

Fidibus ließ Grete eintreten, beschnüffelte sie misstrauisch und entschied, dass sie ungefährlich war. Er nutzte die Gelegenheit, ins Treppenhaus zu entwischen – vermutlich hatte er eine dringende Angelegenheit zu verrichten.

»Da haben Sie sich was an Land gezogen«, meinte Grete schmunzelnd. »Den werden Sie nicht wieder los.«

»Unsinn. Ich päppele ihn ein wenig auf, das ist alles.«

»Das sieht er anders, fürchte ich.«

Elise begann nervös mit ihrer Morgentoilette, sie hatte jetzt andere Sorgen, als sich um einen herrenlosen Hund Gedanken zu machen.

»Wir lassen mit unserer Suche nicht nach, Grete«, verkündete sie. »Nach dem Frühstück bringst du zunächst dieses Schreiben zur Post, hier ist das Geld dafür. Danach bin ich mit Hans Christian unterwegs und du hast Gelegenheit, im zweiten Stock weitere Zimmer zu durchsuchen. Schwatz auch ein wenig mit den Angestellten, das kann wichtige Hinweise zutage fördern. Natürlich dürfen sie nicht merken, dass du sie ausfragst …«

Grete nickte verständig und meinte, dass bei Trude in dieser Hinsicht keine Gefahr sei. Die Wirtschafterin sei allerdings aus anderem Holz geschnitzt, da müsse sie aufpassen, was sie redete.

»Natürlich könnte er es auch im Kabinett seines Vaters oder in der dahinterliegenden Bibliothek versteckt haben«, überlegte Elise. »Da müssen wir wohl abwarten, bis sich der Professor aus dem Haus begibt.«

Der Professor war gestern Abend in seinem Kabinett verschwunden, vermutlich schlief er dort in einer Seitenkammer. Es würde nicht einfach werden, ihn aus seinem Bau zu treiben.

»Wenn die Blätter dort versteckt sind, dann hat sein Sohn es heimlich getan«, bemerkte Grete, die nach wie vor den Professor anhimmelte. »Der junge Thiedemann, der ist eine ganz andere Sorte als sein Vater. Mir scheint, dass er einer ist, der viel redet und den Damen schöntut. Aber mit der Arbeit, an der er schreibt, steht es schlecht. Sie ist voller Fehler.«

Entgeistert starrte Elise sie an, dann musste sie lachen.

»Voller Fehler? Woher willst du das denn wissen, Grete? Hast du sie etwa gelesen?«

»Das nicht«, gestand Grete verlegen. »Aber er hat einige Berechnungen auf das Papier geschrieben, die fehlerhaft sind.«

»Anstatt Berechnungen nachzuprüfen, hättest du besser nach dem Manuskript suchen sollen!«, meinte sie ärgerlich.

»Ich wollte sicher sein, dass es sich nicht etwa um die besagten Blätter handelt«, redete sich Grete heraus.

»Lass mich lachen!«

Vielleicht ist sie ein wenig zu eifrig bei der Sache, dachte Elise besorgt. Wenn sie nur keinen Unsinn anstellt und unsere Suche auffliegen lässt!

Sie war nun fertig angekleidet, kämmte das Haar und steckte es auf, dann stieg sie mit Grete die Treppe hinunter und betrat durch die Verbindungstür den ersten Stock, wo das Speisezimmer lag. Hans Christian Thiedemann hatte auf die Damen gewartet; er erhob sich, als sie eintraten, und wünschte einen guten Morgen.

»Ich hoffe, Sie hatten eine angenehme Nacht«, meinte er und rückte ihnen die Stühle zurecht. »Mein Vater lässt sich entschuldigen, er pflegt in der Nacht lange zu arbeiten und nimmt das Frühstück nicht vor zehn Uhr ein.«

Aha, der Professor schlief erst in den Morgenstunden ein. Ob der alte Herr einen festen Schlaf hatte? Dann könnte Grete sich am frühen Morgen mit seinem Arbeitskabinett beschäftigen.

Hans Christian war bemüht, Kaffee einzugießen, er schob ihnen den Korb mit dem frischen Gebäck zu, lobte das Pflaumenmus, das die Wirtschafterin im Herbst eingekocht hatte, und schaute immer wieder aus dem Fenster, denn der Himmel hatte sich bezogen.

»Ich hoffe nicht, dass es regnen wird, Mamsell Rosen. Das wäre ewig schade. In diesem Fall schlage ich vor, eine geschlossene Kutsche zu mieten, damit ich Ihnen wenigstens die Sternwarte zeigen kann …«

Auch Elise schaute nun bedenklich nach draußen. Tatsächlich, es sah düster aus. So ein Pech! Wenn es regnete, würde der Ausflug nicht lange währen. Grete kündigte an, sie sei leider unpässlich und könne an diesem Ausflug nicht teilnehmen. Hans Christian bedauerte dies, schien jedoch nicht übermäßig traurig darüber zu sein.

»Sorgen Sie sich nicht, Mamsell Rosen«, tröstete er Elise. »Ich habe mir einen Plan für diesen Vormittag gemacht, der Ihnen gefallen wird.«

Elise lächelte ihn dankbar an und dachte bei sich, dass auch sie einen guten Plan erdacht hatte, der dem diebischen Burschen allerdings ganz und gar nicht gefallen würde. Da es nun tatsächlich zu regnen begann, erbot sich Hans Christian, den Wagen zu beschaffen, damit Elise trockenen Fußes vor der Haustür einsteigen konnte.

Alles schien sich ausgezeichnet zu entwickeln, nur der Hund Fidibus erwies sich als Ärgernis, denn als Elise hinaufging, um ihren Umhang und Hut zu holen, lag er erwartungsvoll vor ihrer Zimmertür.

»Denke nicht, dass du dich in meinem Bett breitmachen kannst«, sagte sie, machte sich ausgehbereit und schloss die Tür. Fidibus hatte jedoch keineswegs die Absicht, den Vormittag in ihrem Bett zu verbringen, stattdessen folgte er ihr die Treppe hinunter bis vor die Haustür und blieb neben ihr stehen, als sie dort auf die Kutsche wartete.

»Ich glaube, jetzt weiß ich, was Grete gemeint hat«, murmelte sie und überlegte, was sie mit dem anhänglichen Tier anstellen sollte. Als gleich darauf ein geschlossener Wagen vor ihr hielt und Hans Christian ausstieg, um ihr den Schlag zu öffnen, löste sich diese Frage von selbst, denn Fidibus sprang mit einem Satz ins Innere der Kutsche.

»He, das war nicht ausgemacht!«, beschwerte sich der Kutscher. »Wenn der Hund mir die Polster verdreckt, zahlen Sie das extra!«

Es war müßig, Fidibus dazu zu bringen, die Kutsche wieder zu verlassen. Kein Befehl, kein Zureden fand Gehör; wenn Hans Christian gar versuchte, ihn am Fell zu packen, wurde er so zornig angeknurrt, dass er seine Absicht rasch aufgab.

»So ist er nun einmal«, meinte Hans Christian resigniert. »Der Julius Krähfuß hatte es satt, er war froh, das Tier los zu sein.«

»Dann müssen wir ihn eben mitnehmen«, sagte Elise ärgerlich, denn sie sorgte sich, der Ausflug könne an dem Hund scheitern.

Man zwängte sich zu dritt in den Wagen, der schon zu zweit

recht eng gewesen wäre. Fidibus hatte den Sitz gehorsam seiner neuen Herrin überlassen und lag zusammengerollt auf dem Boden. Auch dort machte er sich unbeliebt, denn sobald sich Hans Christian während der Kutschfahrt vorbeugte, um Elise auf ein Bauwerk aufmerksam zu machen, knurrte Fidibus verhalten.

»Sie sind die bestbewachte Person in ganz Göttingen«, stellte Hans Christian resigniert fest.

»Tatsächlich«, gab sie fröhlich zurück. »Jeder, der auch nur meine Hand nehmen wollte, würde Bekanntschaft mit diesen scharfen Zähnen machen.«

»Ich würde es dennoch gern riskieren«, meinte er und lächelte sie an. »Der knurrende Hund kann mich nicht davon abhalten, wohl aber die Furcht, durch ungebührliches Verhalten Ihren Unwillen zu erregen.«

Was für ein Schmeichler er doch ist, dachte sie verbittert, während sie ihm ein reizendes, gespielt verlegenes Lächeln schenkte. Wie gut, dass mir rechtzeitig die Augen aufgingen, sonst wäre ich am Ende auf diesen Lügner hereingefallen.

Die Kutsche rumpelte die breite Weender Straße entlang, wo das Pflaster bereits nass geregnet war und sich die ersten Pfützen bildeten. Ein junger Mann lief so dicht vor der Kutsche über den Weg, dass der Kutscher die Pferde zügeln musste und einen bösen Fluch ausstieß. Fidibus bellte, Elise wurde vom Sitz geworfen und fand sich in Hans Christians Armen wieder.

»Oh, Verzeihung!«

»Ich hoffe, Sie haben sich nicht verletzt, Mamsell Rosen.«

»Nein, alles in Ordnung.«

»Dann ist es noch einmal gut gegangen.«

Er hielt sie länger fest, als nötig gewesen wäre, und obgleich sie wusste, dass er ein Lügner und Betrüger war, erschien es ihr doch angenehm, von ihm so behutsam umfasst zu werden.

Als sie sich wieder auf ihrem Platz zurechtgesetzt hatte,

schwiegen sie beide verlegen, und Elise sah durch das schmale Fensterchen auf die vorübereilenden Passanten. Einige von ihnen schienen Studenten zu sein, das erkannte man an ihren Mützen und auch an der Art, wie die jungen Männer selbstbewusst einherstolzierten, miteinander schwatzten und sich nur wenig um den strömenden Regen kümmerten.

»Als Erstes möchte ich Ihnen einen guten Freund meines Vaters vorstellen, der auch Ihren Herrn Vater noch aus früheren Zeiten kennt«, ergriff Hans Christian nun wieder das Wort. »Professor Kreuzer hat als Professor der Medizin am Anatomischen Theater gelehrt, nun aber ist er ebenfalls im Ruhestand und hat die Muße, sich mit höchst spannenden Forschungen zu beschäftigen.«

Noch ein alter Professor! Eigentlich hatte sie sich diese Ausfahrt mit Hans Christian Thiedemann anregender vorgestellt. Nun ja – sie tat es für ihren Vater. Grete sollte alle Zeit der Welt für ihre Suche haben.

»Was wird Ihr Bekannter sagen, wenn wir einen Hund mitbringen?«, fragte sie lächelnd.

»Er hat gewiss nichts dagegen. Es sei denn, Fidibus knabbert seine alten Knochen an …«

Was für eine seltsame Antwort. An der Pforte eines hohen, schmalen Fachwerkhauses zog Hans Christian die Türglocke, und gleich darauf öffnete eine ältere Bedienstete, die ihn mit großer Herzlichkeit begrüßte. Er schien hier also öfter ein und aus zu gehen.

»Da wird sich der Professor aber freuen. Geben Sie mir Ihren Umhang, Mamsell. Was für ein Wetter! Ist das der Hund von Julius Krähfuß? Wusste ich's doch, er kam mir gleich so bekannt vor. Ein lieber Kerl, ich nehme ihn mit in die Küche …«

Tatsächlich folgte Fidibus der weißhaarigen Angestellten ohne Bedenken und verschwand mit ihr in den Wirtschaftsräumen. So also sah es mit seiner Treue aus! Wenn ihn Küchendüfte lockten, dann war es vorbei damit. Auch wenn der Hund ihr den ganzen Tag über recht lästig gewesen war – nun fühlte sie sich enttäuscht.

Das Arbeitskabinett des Professors Kreuzer ließ sie alles andere vergessen. Das Erste, worauf ihr Blick fiel, war eine riesige Maske aus schwarzem Holz, die mit weißer und brauner Farbe bemalt war und ein Wesen darstellte, das sowohl Mensch als auch Raubtier war. Daneben hingen weitere Masken an den Wänden, einige mit menschlichen Haaren geschmückt, andere trugen spitze Raubtierzähne, alle aber starrten mit leeren, toten Augen auf die eintretenden Besucher.

»Nicht erschrecken, junge Mamsell«, sagte eine helle Stimme, die einem Knaben zu gehören schien.

Jetzt erst entdeckte sie den Besitzer dieser monströsen Sammlung. Professor Kreuzer hatte sich zur Begrüßung seiner Gäste aus dem Sessel erhoben und schien die Wirkung seines ungewöhnlichen Wandschmucks zu genießen, denn er betrachtete Elise mit vergnügtem Schmunzeln. Er war klein von Wuchs, aber dickbäuchig, sein Schädel war bis auf einen dünnen weißen Haarkranz kahl, dafür trug er ein beachtliches Doppelkinn zur Schau. Eine Brille mit runden Gläsern ließ seine wasserblauen Augen sehr groß erscheinen.

»Willkommen, Mamsell Rosen und auch du, lieber Hans Christian. Setzt euch nieder, Alice wird uns gleich ihren berühmten Hibiskustee servieren.«

»Vielen Dank«, stammelte Elise, noch ganz unter dem Eindruck der ungewöhnlichen Gegenstände, die sich im Raum befanden. Wie es schien, hatte Hans Christian ihren Besuch ankündigen lassen, denn woher sonst sollte der Professor ihren Namen kennen?

»Sie staunen über meine Sammlung, Mamsell?«, sagte Kreuzer erheitert. »Nun, ich erforsche die Herkunft des Menschen und habe daher eine Sammlung ethnologischer Raritäten angelegt, vor allem jedoch eine Sammlung von menschlichen Schädeln aus der gesamten bekannten Welt zusammengetragen.«

Sie folgte seinem Blick und entdeckte ein hohes Regal, in dessen Fächern zahllose Totenschädel aufgereiht waren. Große und kleine, weiße, gelbliche und braune Schädel lagen einträchtig nebeneinander. Einigen fehlten die Zähne, andere waren mit Linien und Mustern bedeckt, einer wies ein großes Loch an der Stirn auf. Auf jeden Schädel war ein kleines, weißes Schild mit einer Beschriftung geklebt.

»Und diese Knochen geben Aufschluss über die Herkunft der Menschheit?«, fragte sie.

»Gewiss«, bestätigte er mit seiner seltsam hellen Stimme. »Ich habe in jahrelanger Forschung den Beweis erbracht, dass die vier Kategorien, in die man die Menschen einteilen kann, alle den gleichen Ursprung haben. Ob kaukasisch, afrikanisch, asiatisch oder amerikanisch – keine dieser Menschenkategorien hat sich getrennt von den anderen entwickelt, sondern sie sind alle aus einer einzigen Stammrasse hervorgegangen …«

Elise nickte und täuschte Interesse vor. Gleichzeitig fragte sie sich, wem solche Forschungen wohl nützlich waren. Sagte nicht schon die Bibel, dass alle Menschen von Adam und Eva abstammten?

»Sie müssen wissen, dass es Theorien gibt, die besagen, dass die Kategorie der Afrikaner den übrigen Kategorien grundsätzlich unterlegen und daher zur Sklaverei bestimmt sei«, erklärte Hans Christian.

»So ist es!«, rief der wohlbeleibte Professor zornig aus. »Meine Schädelmessungen haben jedoch ergeben, dass alle Kategorien intellektuell gleichwertig sind. Auch die Amerikaner habe ich untersucht, sehen Sie die kleine Mumie aus Mexiko?«

Voller Grausen blickte Elise auf einen Gegenstand in einer Ecke, den sie für einen großen, seltsam geformten Tonkrug gehalten hatte. Eine Mumie – davon hatte sie schon gehört. Ein einbalsamierter Toter, der Jahrhunderte überdauern konnte, ohne zu verwesen. Dieser Verstorbene saß in hockender Stellung und war in rötlich braune Tücher oder Ähnliches gewickelt. Der Schädel fehlte – vermutlich stand er irgendwo zwischen den anderen im Regal.

Die Bedienstete erschien mit einem Tablett, auf dem eine mächtige grün geblümte Teekanne stand, dazu Tassen, Löffelchen und eine Schale mit Zucker. Der Tee roch nicht unangenehm, schmeckte aber sehr säuerlich.

»Leider war es mir selbst nicht möglich, diese fernen Länder zu bereisen«, fuhr der Professor fort, während er Zucker in seinen Tee rührte. »Wie es manchmal so ist, im Leben: Es kam immer etwas dazwischen. Das Studium. Die Promotion. Die Anstellung. Eine Ehe. Drei Kinder … Aber zum Glück habe ich einige schöne Stücke auf Auktionen erwerben können, andere erhielt ich von guten Freunden und Kollegen zum Geschenk …«

Während er weitersprach, überflog Elise voller Neugier die übrigen Regale, in denen zwischen den Büchern allerlei Gegenstände lagen. Schnitzereien und Knochen, federgeschmückte Amulette, kleine Statuen aus Stein oder Holz, Tonpfeifen, sogar eine ausgestopfte grüne Echse, die mit gelben Glasaugen ins Leere starrte. Sie stellte fest, dass Hans Christian ihrem Blick folgte, ihr zulächelte und sich über ihr Erstaunen freute. Nun – tatsächlich hatte sie so etwas noch nie in ihrem Leben gesehen. Wie gruselig! Ein Treffen lebloser Schädel von allen Enden der Welt. Ob es diesen Menschen recht gewesen wäre, dass man ihre Schädel nach ihrem Tod in einem Regal aufreihen, anstarren, betasten und vermessen würde? Nun, es war anzunehmen, dass nur die wenigsten vor ihrem Ableben danach gefragt worden waren.

Der Professor war aufgestanden, um einige seiner aussagestärksten Exemplare aus dem Regalfach zu nehmen, ihre besondere Bedeutung zu erklären und sie anschließend wieder zurück an ihren Platz zu legen. Danach goss er etwas Tee in eines der kleinen Tonfigürchen, und als er hineinblies, hörte man ein Vöglein zwitschern. Schließlich ergriff er zwei Stäbe, an denen seltsame Haarbüschel und bunte Schnüre befestigt waren, und begann mit ihnen auf höchst seltsame Art herumzufuchteln, während er sich dazu im Kreis bewegte.

»So etwa sieht es aus, wenn ein afrikanischer Zauberer einen Beschwörungstanz vollführt«, erläuterte er. »Ich hätte dazu eigentlich diese Maske anlegen müssen, aber ich wollte der Dame den Anblick lieber ersparen …«

»Es war auch so sehr eindrucksvoll«, sagte Elise, die diese Vorführung mehr als skurril empfand und sich inzwischen fragte, ob in Professor Kreuzers eigenem Schädel nicht etwas durcheinandergeraten war.

Hans Christian erklärte nun, wieder aufbrechen zu wollen, da er die kostbare Zeit seines Gastgebers nicht länger in Anspruch nehmen dürfe.

»Es war mir ein Vergnügen, junger Freund«, versicherte Kreuzer mit wohlwollendem Lächeln. »Vor allem, da Sie heute in solch bezaubernder Begleitung zu mir kamen. Ich hoffe, wir sehen uns gelegentlich wieder, Mamsell Rosen.«

»Ich werde mich nur wenige Tage in Göttingen aufhalten«, meinte Elise vorsichtig.

»Wenig ist besser als nichts!«, rief er heiter und beeilte sich, seine Gäste zur Tür zu begleiten.

Beinahe wären sie über Fidibus gestolpert, der sich im Flur vor die Tür gelegt hatte, um auf seine Herrin zu warten. Er stand schwanzwedelnd auf, als er Elise sah, und machte einen satten und zufriedenen Eindruck.

»Das ist doch der Hund vom Julius Krähfuß«, bemerkte Professor Kreuzer. »Braver Bursche. Anständiger Charakter. Gut erzogen.«

»Ja, er ist ein netter Hund …«, meinte Elise.

»Doch nicht der Hund! Ich sprach von dem Studenten Julius Krähfuß.«

Sie beeilte sich, den Umhang umzulegen und zur Haustür zu gelangen, denn sie hatte bemerkt, dass Fidibus im Flur ein Andenken hinterlassen hatte. An der hölzernen Weinkiste, die dort neben einigen Körben in einer Ecke stand, waren deutliche Spuren von Hundepipi zu sehen.

»Ich hoffe, Sie haben sich nicht allzu sehr erschreckt«, sagte Hans Christian, als sie wieder in der Kutsche saßen. »Professor Kreuzer ist ein Unikum, aber zugleich ein ernst zu nehmender Wissenschaftler.«

»Oh, es war ein Erlebnis, das ich nicht so rasch vergessen werde«, meinte sie heiter.

»Nun werden Sie eine ganz andere Art der wissenschaftlichen Arbeit kennenlernen. Die Sternwarte, deren Direktor mein Doktorvater Professor Gauss ist.«

Als die Kutsche beim Geismar-Tor den Wall überquert hatte, endeten die Häuserreihen, Wiesen und Felder breiteten sich aus, und Elise erkannte im diesigen Licht ein helles Bauwerk. Die Sternwarte bestand aus drei Gebäudeflügeln, in deren Mitte sich ein runder Turm mit einer Kuppel befand.

»Dort hat Professor Gauss seine Wohnung«, erklärte Hans Christian und wies auf einen der Seitenflügel. »Außerdem Hofrat Harding, der Observator und Gehilfe des Professors. Wenn Sie erlauben, so will ich sehen, ob wir Zugang zum Inneren erhalten.«

Er rief dem Kutscher zu, vor der Mauer anzuhalten, die das Gebäude an der Frontseite umgab, und stieg aus.

»Sehen Sie es, Mamsell Rosen«, fragte er und deutete in die Höhe. »Das ist der Draht, der sich von hier aus zur Johanniskirche und über den Marktplatz bis zum physikalischen Kabinett des Dr. Weber im Papendiek spannt.«

Tatsächlich erkannte man einen dünnen Faden über ihren Köpfen, der an der Kuppel der Sternwarte fixiert war und wohl in Richtung Stadt ging. Das trübe Regenwetter sorgte allerdings dafür, dass die Schnur sehr bald den Blicken entschwand.

»Das Vorbild für Ihr Experiment in Frankfurt?«, fragte Elise.

»Richtig erkannt, Mamsell!«, lachte er und lief davon.

Elise streichelte Fidibus' breiten Kopf und dachte mit Bedauern an Grete. Wie schade, dass sie nicht die Rollen tauschen konnten! Grete hätte sicher große Freude an der Besichtigung der Sternwarte gehabt, während Elise lieber selbst nach dem Manuskript ihres Vaters gesucht hätte. Kurz darauf kehrte Hans Christian freudestrahlend zurück und meldete, dass Professor Gauss zwar nicht abkömmlich sei, aber der Observator sich die Zeit nehmen wolle, der Besucherin die Sternwarte zu erklären.

Fidibus folgte ihr, während sie an Hans Christians Seite durch die Pforte und die Stufen hinauf zur getäfelten Eingangstür des Gebäudes ging. Dort erwartete sie ein grauhaariges Männlein, das den Oberkörper weit nach vorn neigte und die rechte Hand auf den Rücken hielt. Vermutlich plagte ihn ein böses Rückenleiden.

»Willkommen, gnädige Frau ... Treten Sie ein, treten Sie ein ...«

Er musste den Kopf hochrecken, um sie anzusehen, doch trotz seiner seltsamen Körperhaltung ging er ihnen mit erstaunlicher Beweglichkeit voraus. Den Hund schien er nicht zu bemerken. Man gelangte in eine Eingangshalle, die mit zwei Säulen geschmückt war, und von dort aus führte sie der eifrige Observator in verschiedene Räume und erklärte die Messinstrumente und sonstigen Gegenstände, inklusive einer astronomischen Pendeluhr, eines Geschenks des Herzogs von Sussex. Elise bemühte sich nach Kräften, den umständlichen, mit wissenschaftlichen Ausdrücken gespickten Erklärungen zu folgen, und glaubte schließlich begriffen zu haben, dass die Erde von einem magnetischen Feld umgeben sei, dessen genaue Ausmaße hier erforscht und bestimmt wurden. Zu diesem Zweck dienten verschiedene Messgeräte, wie das Hilfsmagnetometer an der Wand, in dem ein fünfundzwanzig Pfund schwerer Magnetstab aufgehängt war, der die Veränderung der magnetischen Intensität des Erdfeldes anzeigen sollte.

»Es sind winzige Bewegungen, dem Auge kaum sichtbar«, erklärte Harding. »Und leider werden sie oft gestört, weil das Instrument auf eiserne Gegenstände in seiner Nähe reagiert. Deshalb wurde das magnetische Observatorium, das sich auf der linken Seite der Sternwarte befindet, in einem vollkommen eisenfreien Gebäude errichtet …«

Elise hatte eigentlich gehofft, durch eines der Teleskope in den Himmel schauen zu dürfen, doch man erklärte ihr, dass bei dieser dichten Wolkenbildung nicht viel zu erkennen sei. Nach dem Rundgang bedankten sie sich bei dem Hofrat, warfen noch einen kurzen Blick auf das neu erbaute eisenfreie Observatorium – das Elise wenig spektakulär vorkam, denn es war ein kleines Häuschen mit hübschen Fensterläden und einer einfachen Eingangstür. Da es immer noch regnete, beeilten sie sich, wieder in die Kutsche zu steigen, wobei Fidibus wieder als Erster seinen Platz einnahm.

Während sie zurück zur Stadt fuhren, sprach Hans Christian mit großer Begeisterung von dem Phänomen des Magnetismus, einem neuen Bereich der Physik, der in der Zukunft große Erkenntnisse erbringen würde und momentan noch in den Kinderschuhen stecke. Er erklärte wortreich, was ein Magnet sei und dass er zwei Pole habe, zwischen denen sich ein Magnetfeld aufbaue, das man durch Eisenspäne sichtbar machen könne.

»Auch unsere Erde ist ein solcher Magnet mit Süd- und Nordpol. Daher besitzt sie ein Magnetfeld …«

Elise hörte schweigend zu und stellte nicht zum ersten Mal fest, dass Hans Christian sich für den Magnetismus in gleicher

Weise begeisterte wie für die Literatur, die Kunst, die Musik oder was auch immer. Er war einfach ein Mensch, der rasch entflammt war und diese Flamme in schön gesetzter Rede weitergeben konnte. Ab und zu wischte sie mit dem behandschuhten Finger ein Guckloch in die beschlagene Glasscheibe des Kutschenfensterchens, doch außer Hauseingängen, geschlossenen Ladentüren und dem aufspritzenden Wasser der Pfützen war von Göttingen nicht allzu viel zu sehen.

»… deshalb ist es möglich, mithilfe eines Stabmagneten und einer Kupferspule galvanischen Strom zu erzeugen und ihn entlang eines Drahtes über große Entfernungen hinweg zu einem ebensolchen Stabmagneten zu leiten, der den empfangenen Stromstoß in Bewegung umsetzt. Dieser Draht besteht aus Kupfer und Silber, er wird durch einen Bindfaden stabilisiert … Ich hoffe, ich langweile Sie nicht, Mamsell Rosen. Der Gegenstand reißt mich fort …«

»Oh, es ist überaus interessant. War Ihr Experiment in Frankfurt eigentlich erfolgreich? Gab es eine Bewegung am anderen Ende der Schnur?«

Die Frage dämpfte die Flamme seiner Begeisterung, er senkte den Kopf und blickte sie von unten herauf an wie ein ertappter Schüler.

»Nun – es gab tatsächlich eine Bewegung. Doch, doch, sie war deutlich zu bemerken. Wobei wir allerdings nicht sicher waren, ob es der galvanische Strom oder vielleicht eine Erschütterung natürlicher Art war …«

Elise verbiss sich das Lachen, weil er ihr ein wenig leidtat. Das so aufwendig aufgebaute Experiment hatte also kein wirkliches Ergebnis erbracht. Da war es kein Wunder, dass er mit der Examensarbeit nur mühsam vorankam.

»Immerhin haben Sie es versucht«, meinte sie begütigend. »Und schließlich lernt man ja auch aus Misserfolgen, oder?«

»Ich danke Ihnen für diese Worte!«, rief er erfreut. »In der

Tat ist es ein Prinzip wissenschaftlicher Forschung, dass Fehlschläge und Misserfolge oft zu wichtigen Erkenntnissen führen.«

Richtig, dachte sie. Zum Beispiel die Erkenntnis: *Unrecht Gut gedeihet nicht.*

Die Kutsche rumpelte über das Straßenpflaster und bog um mehrere Ecken. Inzwischen war es im Inneren stickig, das feuchte Hundefell sandte unangenehme Gerüche aus, dazu hechelte Fidibus in einem fort, vermutlich fehlte auch ihm die frische Luft. Als der Kutscher schließlich vor dem Haus von Professor Thiedemann die Pferde zügelte, stieg Hans Christian eilig aus und streckte Elise die Hand entgegen. Trotz des knurrenden Hundes ergriff sie seine Hand, spürte den festen Druck seiner Finger, während sie ausstieg, und da er sie nicht sogleich wieder loslassen mochte, blieben sie einen Moment lang dicht voreinander auf dem Bürgersteig stehen. Zu ihrer Verwirrung sah Elise seine dunklen Augen voller Zärtlichkeit auf sich gerichtet. Eine unausgesprochene Bitte lag darin, als gäbe es etwas, was er nicht zu sagen wagte, was ihn jedoch ganz und gar erfüllte. Einen Moment stand sie verunsichert, überlegte, ob sie eine vorsichtige Frage riskieren sollte, da drängte sich Fidibus mit einem herzhaften Sprung aus der Kutsche, und sie musste hastig zur Seite ausweichen, um nicht umgerissen zu werden.

»Ihr Leibwächter ist aufmerksam«, sagte Hans Christian grimmig und wandte sich dem Kutscher zu, um ihn zu bezahlen.

Im Haus des Professors roch es nach gekochtem Kohl und gebratenen Würsten, was darauf hindeutete, dass das Mittagessen in Kürze aufgetragen würde. Trude stand bereit, um ihnen die feuchten Mäntel abzunehmen, und Fidibus verschwand mit ihr in der Küche. Nachdem er tagelang um seinen verlorenen Herrn getrauert und nichts gefressen hatte, schien sein Appetit nun unersättlich.

Elise war es recht, sie stieg hastig die Nebentreppe hinauf, um zu erfahren, ob Gretes Suche erfolgreich gewesen war. Falls das Mädchen das Manuskript gefunden hatte, mussten sie rasch handeln und Göttingen noch heute verlassen.

Grete saß in Elises Zimmer auf dem Sofa und blickte Elise mit aufgeregter Miene entgegen.

»Nun?«, fragte Elise mit Herzklopfen.

»Wenn man im Winter ein wollenes Tuch über das Haar legt und es dann wieder herunterzieht – was passiert da?«

»Was soll da passieren?«

»Die Haare kleben ganz sonderbar. Oder sie stellen sich auf und wollen sich nicht gut kämmen lassen.«

Ungeduldig setzte sich Elise auf den Stuhl, um die nassen Schuhe von den Füßen zu ziehen.

»Ist das alles, was du herausgefunden hast?«, fragte sie ärgerlich. »Ich dachte, du wolltest nach dem Manuskript suchen.«

»Der Professor hat es mir erklärt«, fuhr Grete unbeirrt fort. »Galvanische Energie. Das Gleiche, was zur Erde niederfährt, wenn irgendwo ein Blitz einschlägt.«

»Hier schlägt auch gleich der Blitz ein«, schimpfte Elise zornig und warf den nassen Schuh in eine Ecke des Zimmers. »Du hast dich mit Professor Thiedemann über Magnetismus unterhalten, anstatt den Auftrag zu erfüllen, den ich dir gegeben hatte!«

»O nein«, widersprach Grete eifrig. »Ich habe den Brief zur Post gebracht, und danach habe ich fleißig in den Zimmern dort oben gesucht, aber nichts entdecken können. Schließlich habe ich ein Weilchen mit Trude geschwatzt, und da mir noch etwas Zeit übrig blieb, habe ich mich erboten, dem Professor seinen Kaffee zu bringen. Nun – er hat in seinem Kabinett gesessen und über mein Haar gelacht, das ein wenig zu Berge stand. Und dann sprach er über die Erscheinung des Magnetismus …«

»Schon gut!«, knurrte Elise enttäuscht. »Es war klug von dir, in die Höhle des Löwen zu schauen. Wie es scheint, bleiben uns tatsächlich nur noch Kabinett und Bibliothek des Professors. Und der Dachboden. Vielleicht auch der Keller.«

»Ich glaube, es ist überflüssig, dort zu suchen«, meinte Grete. »Ich denke, dass das Manuskript Ihres Herrn Vaters nicht mehr hier im Haus liegt.«

»Und wieso glaubst du das?«

Gretes Gesicht hatte jetzt einen verschmitzten, beinahe triumphierenden Ausdruck. »Weil Trude mir erzählt hat, dass gleich nach Ostern eine Kiste aus dem Haus abgeholt und fortgebracht wurde.«

Elise sank der Mut und machte namenloser Enttäuschung Platz. Hans Christian hatte das Manuskript fortgeschafft, weil er schon ahnte, dass ihr Vater ihn verdächtigen würde. Natürlich! Er wusste ganz genau, warum sie gekommen waren. Vielleicht hatte er sogar bemerkt, dass sie heimlich nach dem Manuskript suchten, und amüsierte sich köstlich darüber. Oh, wie boshaft dieser Mensch doch war!

»Und wer hat die Kiste abgeholt? Hat Trude das auch erzählt?«

»Sie hat die ganze Zeit gesagt, sie dürfe eigentlich nicht darüber sprechen, weil der Professor es verboten hätte«, meinte Grete schmunzelnd. »Aber natürlich kam es schließlich doch heraus. Die Kiste ging an einen Professor Kreuzer, und der Aufschrift nach waren Weinflaschen darin. Aber in Wirklichkeit lag in dem Stroh, das man um die Flaschen bindet, ein Haufen beschriebener Papiere. Das hat Trude gesehen, weil sie dem Professor Bindfaden bringen musste, mit dem er die Papiere zusammengebunden hat.«

Also war Professor Thiedemann mit seinem Sohn im Bunde!

Jemand kratzte an der Tür, und Elise stand auf, um den Hund einzulassen. Fidibus roch nach Wurst und Kohlsuppe, er schwankte leicht, so voll war sein Bauch. Mit einem Plumps ließ er sich auf dem Bettvorleger nieder.

»Braver Junge, Fidibus«, murmelte Elise und streichelte seinen struppigen Rücken. »Du hast es gefunden. Und sogar markiert.«

Grete blinzelte sie verständnislos an.

»Die Weinkiste steht im Haus von Professor Kreuzer im Flur«, erklärte Elise. »Ich habe sie gesehen.«

Kapitel 11

Das gespräch während des Mittagessens bestätigte Elises Vermutung voll und ganz.

»Den alten Kreuzer habt ihr besucht?«, fragte Professor Thiedemann und blickte seinen Sohn ärgerlich an. »Ist dir nichts Besseres eingefallen, als der jungen Mamsell solch einen skurrilen Kerl vorzuführen, der sich mit Schädeln und Mumien umgibt?«

Hans Christian senkte betroffen den Blick und meinte, Mamsell Rosen habe den Besuch als sehr interessant und lehrreich empfunden.

»Das Gruseln kann man lernen in seinem Kabinett«, knurrte Professor Thiedemann. »Ich spreche nicht von seinen Schädelforschungen, das ist nun einmal seine Fachrichtung als Mediziner. Aber der ganze andere Hokuspokus, den er da zusammengetragen hat! Sein Kabinett gleicht einer Menagerie der Obskuritäten, die eines Wissenschaftlers nicht würdig ist.«

»Oh, ich fand es sehr aufregend. Wie viele Völker und Sitten doch auf der Erde zu finden sind«, bemerkte Elise. »Außerdem erschien mir Professor Kreuzer als ein sehr freundlicher, angenehmer Mensch.«

Hans Christians Vater steckte ein Stück Wurst in den Mund und kaute es bedächtig, bevor er antwortete.

»Hat er Ihnen den Hof gemacht?«, fragte er Elise spöttisch. »Sie müssen sich vor ihm in Acht nehmen, Mamsell. Er ist hinter jedem Weiberrock her.«

»Aber Vater!«, rief Hans Christian ärgerlich.

»Du weißt, dass ich recht habe!«

»Trotzdem war es unnötig, dies in Gegenwart von Mamsell Rosen zu erwähnen!«, regte sich Hans Christian auf.

»Als Freund ihres Vaters habe ich die Pflicht, sie vor solchen Subjekten zu warnen!«

»Mamsell Rosen war in meiner Begleitung und stand unter meinem Schutz, Vater. Deine Warnung ist also überflüssig.«

»Eine Warnung ist niemals überflüssig«, beharrte der Professor und sah seinen Sohn dabei scharf an. »Im Übrigen warte ich immer noch darauf, dass deine Examensarbeit endlich auf meinem Schreibtisch landet!«

Elise und Grete wechselten während dieses Streits bedeutungsvolle Blicke. Natürlich war der Professor ärgerlich, dass sein Sohn Elise ausgerechnet zu Professor Kreuzer geführt hatte. Der junge Thiedemann schien das Spiel mit seiner Besucherin ganz außerordentlich zu genießen und hatte sich einen Spaß daraus gemacht, sie genau dorthin zu führen, wo sie hätte fündig werden können. Nun, dachte Elise wütend. Die Sorge des Professors ist nur allzu berechtigt. Wir wissen inzwischen, wo sich das Manuskript befindet.

Doch schon beim Nachtisch, der heute aus Gebäck und eingemachten Früchten bestand, kamen ihr Zweifel. Zwar hatte eine Weinkiste bei Professor Kreuzer im Flur herumgestanden, doch war erstens keineswegs sicher, dass es die besagte Kiste war, von der Trude erzählt hatte. Und selbst wenn sie es sein sollte, war es möglich, dass sich das Manuskript längst nicht mehr darin befand. Professor Kreuzer konnte es herausgenommen und irgendwo in seinem Haus – schlimmstenfalls in seinem unheimlichen Kabinett – deponiert haben.

»Für den Nachmittag habe ich eine besondere Überraschung, Mamsell Rosen«, verkündete Hans Christian, der seinen Vater inzwischen mit einem Bericht über ihren Besuch in der Sternwarte versöhnt hatte.

»Da bin ich neugierig«, gab Elise zurück und mimte große

Freude. In Wirklichkeit hätte sie den Nachmittag gern mit Grete auf ihrem Zimmer verbracht, um die Lage in Ruhe zu überdenken und gemeinsam zu überlegen, was zu tun war.

»Es ist *jour fixe* bei Frau Gerichtsdirektorin Sanftleben«, erklärte er freudestrahlend. »Ich habe Sie und Ihre Begleiterin bereits angemeldet – Frau Sanftleben ist außerordentlich erfreut, dass Sie den Salon mit Ihrer Gegenwart bereichern werden.«

»Wie schön …«, sagte Elise, wobei es ihr dieses Mal wirklich schwerfiel, die Begeisterte zu spielen. »Es ist immer angenehm, eine nette Reisebekanntschaft zu vertiefen.«

»Ich kann Ihnen einen sehr anregenden Nachmittag versprechen, liebe Mamsell Rosen. Die musikalischen und literarischen Vorträge sind zwar von recht unterschiedlicher Qualität, aber Sie werden verschiedene hochinteressante Persönlichkeiten kennenlernen …«

Elise dankte ihm und bat, sich vorher zu einer kleinen Mittagsruhe zurückziehen zu dürfen.

»Ja, ruhen Sie sich gut aus, Mamsell«, meinte der Professor. »Sie werden gute Nerven brauchen, um den Nachmittag zu überleben.«

»Vater! Ich bitte dich!«

Während die beiden Frauen die Nebentreppe zu ihren Zimmern hinaufstiegen, jammerte Grete beständig, dass sie bei solch einem *Salon* ganz fehl am Platze sei und nicht wisse, wie sie sich dort benehmen solle.

»Du setzt dich neben mich und redest nur, wenn du gefragt wirst«, entschied Elise. »Auf jeden Fall ist es besser, als wenn du hier mit dem Professor über Magnetismus oder Himmelskugeln schwatzt und uns am Ende noch verrätst.«

Als Elise ihre Zimmertür öffnete, sprang Fidibus eilig von ihrem Bett herunter und kam ihr schwanzwedelnd entgegen.

»Hatte ich dir erlaubt, auf meinem Bett zu liegen?«, schimpfte Elise.

Fidibus blieb unbeeindruckt, ließ sich die Ohren kraulen und verschwand im Treppenhaus.

»Ein praktischer Hund«, fand Grete. »Er führt sich selbst spazieren.«

»Lass uns rasch überlegen, wie wir weiter vorgehen, Grete«, meinte Elise und ließ sich auf dem Sofa nieder.

»Die Sache ist komplizierter als gedacht«, stellte Grete fest, die während des Mittagessens offenbar den gleichen Gedankengängen gefolgt war wie Elise. »Im Grunde stehen wir wieder am Anfang. Wie wäre es, wenn Sie diesem Professor ein wenig um den Bart gingen, um herauszufinden, was er mit den Blättern getan hat?«

»Um den … Bart?«, fragte Elise entsetzt. »Ich hoffe nicht, dass du das meinst, woran ich jetzt denke!«

Grete zog eine schuldbewusste Miene, hinter der sich aber deutlich ein Schalk verbarg.

»Sagte der Professor nicht, dass dieser Kreuzer ein Verehrer der Damen sei?«

»Er sagte, dass er hinter jedem Weiberrock her sei!«

»Richtig, so hat er es ausgedrückt. Da wäre es für Sie doch ein Leichtes …«

»Nein!«

»Nein?«

»Auf keinen Fall. Allein bei dem Gedanken, diesen Menschen in meiner Nähe zu haben, wird mir schlecht. Es muss einen anderen Weg geben, Grete.«

»Nun«, meinte Grete und hob die Schultern. »Natürlich können wir auch an der Tür läuten, die Kiste ergreifen und sie einfach davontragen …«

»Ein großartiger Plan!«

»Besonders dann, wenn die Kiste leer ist«, kicherte Grete.

»Hast du keine bessere Idee?«, fragte Elise ärgerlich.

»Im Augenblick nicht«, gestand Grete. »Aber wenn ich heute

Nachmittag neben Ihnen im *Salon* sitze und den Mund halte, habe ich ja Zeit nachzudenken.«

Elise entschied, dass das Kleid, das Grete trug, ein wenig aufgehübscht werden musste. Sie nähte in aller Eile einen anderen Kragen daran und setzte eine Häkelspitze auf die Bündchen der Ärmel. Dann begann sie, Gretes Haar zu kämmen, zu flechten und gefällig aufzustecken, was nur leidlich gelang, denn viel war mit Gretes dünnem, flusigem Haar nicht anzufangen. Danach machte sie sich selbst zurecht, ordnete ihre Frisur, setzte eine zierliche Samtkappe auf und überredete Grete, einen ihrer Hüte zu tragen.

»Der ist zu fein für mich«, wehrte sich Grete.

»Der gehört zu dem Kleid, das ich dir geschenkt habe. Stell dich nicht so an, es sieht sehr hübsch aus.«

Man ging zu Fuß, da der Regen aufgehört hatte und es zum Haus des Gerichtsdirektors Sanftleben nicht allzu weit war. Hans Christian hatte sich mit einem großen Regenschirm bewaffnet, um die Damen trockenen Fußes nach Hause zu geleiten, falls das Wetter später wieder umschlagen sollte. Wobei der Ausdruck »trockenen Fußes« nicht recht passte – Elises einziges Paar Schuhe war noch vom Vormittag feucht, und der Gang durch die regenüberfluteten Straßen machte die Sache nicht besser.

Gerichtsdirektor Sanftleben hatte eine Wohnung im ersten Stock eines Hauses in der Weender Straße gemietet, eine ausgezeichnete Lage, wie Hans Christian versicherte, denn man könne von dort aus auf den großen Markt hinunterblicken. Er zeigte sich noch redseliger als gewöhnlich, während sie unterwegs waren, wiederholte sich mehrfach, lachte ohne Grund und zeigte alle Anzeichen von Nervosität.

Was hat er vor, überlegte sie. Will er eine Rede halten? Ein Lied singen? Hieß es nicht, dass jeder dort etwas vortragen könne, der sich dazu berufen fühle?

An der Wohnungstür wurden sie von Henriette Sanftleben

empfangen, die man in ein veilchenblaues Kleid gesteckt hatte, das vermutlich einst ihrer Mutter gehört hatte, denn es war vollkommen aus der Mode. Noch skurriler erschien Elise die Aufmachung der armen Luise, deren blassrosa Kleid ein ungebührlich weites Dekolleté hatte und mit Schleifen und Spitzen übersät war. Dazu hatte sie ihre Seitenlocken so steif gebrannt, dass man sie leicht als Korkenzieher hätte verwenden können. Die Schwestern begrüßten die neu angekommenen Gäste aufs Herzlichste – besonders Hans Christian – und führten sie in das Wohnzimmer, wo bereits andere Herrschaften um die Dame des Hauses versammelt waren. Frau Gerichtsdirektorin Sanftleben glänzte in gelb-grünem Streifenmuster, und ihre Ärmel trugen die scherzhafte Bezeichnung »Elefantenkeulen« mit Fug und Recht.

»Mein lieber Hans Christian – wie ich mich freue!«, rief die Gerichtsdirektorin aus. »Benehmen Sie sich ganz zwanglos, dort auf dem Sofa neben Luise ist noch ein Platz frei. Für die Damen habe ich hier die beiden Stühle reserviert …«

Da nun ein junger Mann im Überrock und schreiend bunter Weste am Klavier Platz genommen hatte und sogleich mit Vehemenz auf die Tasten eindrosch, war es der Gastgeberin nicht möglich, weitere Anweisungen zu geben. So ordnete Hans Christian die Dinge nach seinen eigenen Wünschen – er komplimentierte Grete auf das Sofa und nahm neben Elise auf einem der beiden Stühle Platz. Das Stirnrunzeln und die ärgerlichen Blicke der Gerichtsdirektorin ignorierte er.

»Ein Student der Philosophie«, flüsterte er Elise mit Blick aufs Klavier zu. »Er ist ein großer Verehrer des Komponisten Ludwig van Beethoven und spielt jedes Mal das gleiche Klavierstück vor.«

Man lauschte den Klängen, die mit feuriger Begeisterung vorgetragen wurden, aber nicht immer ganz rein erschienen, was den Pianisten jedoch wenig störte. Als er geendet hatte, applaudierte man mit Enthusiasmus, und der junge Mann stand vom Klavierschemel auf, um sich in alle Richtungen zu verbeugen. Die Dame des Hauses eilte auf ihn zu, sprach ihren überschwänglichen Dank aus, bat ihn jedoch nicht um eine Zugabe, was ihn ganz offensichtlich enttäuschte. Nun wurde Tee gebracht und in kleinen Tässchen serviert, auch ein wenig Gebäck reichte man herum, es war allerdings bis auf einige Krümel aufgegessen, als der Teller Elise erreichte. Sie hatte inzwischen Zeit gehabt, sich die Gäste genauer anzuschauen, und zu ihrem Schrecken auch Professor Kreuzer in einem der kleinen Sessel entdeckt. Natürlich hatte auch er sie längst wahrgenommen, und als der Tee gereicht wurde, erhob er sich ungeniert, um zu ihnen hinüberzugehen.

»Was für eine glänzende Idee, lieber junger Freund«, sagte er zu Hans Christian und richtete seine Brille, um Elise ausgiebig anzustarren. »Ich hoffe, Sie werden einen vergnüglichen Nachmittag haben, Mamsell Rosen.«

»Davon bin ich überzeugt«, gab sie höflich zurück und trank ein Schlückchen aus der Tasse. Der Tee war sehr dünn und schmeckte nach Pfefferminz.

»Ich habe bezüglich unserer Pläne noch einmal nachgedacht«, fuhr der Professor an Hans Christian gewandt fort. »Ich glaube, wir sollten meinen Aufsatz über den Schädel des englischen Fürsten doch vorziehen, da er aktuell in Fachkreisen höchste Aufmerksamkeit erregen wird. Der Gipsabdruck wurde mir vor einigen Wochen zugesandt, sodass ich Gelegenheit hatte, dieses hochinteressante Objekt zu vermessen und zu studieren …«

Hans Christian schien durch dieses Gespräch in Verlegenheit zu geraten, denn er unterbrach Kreuzer hastig und versuchte ihn von seinem Thema abzulenken. »Selbstverständlich, Herr Professor. Wir werden bei passender Gelegenheit darüber sprechen. Werden Sie uns heute wieder einen Auszug aus einer Ihrer Schriften vortragen?«

»Oh, ich hatte vor, mich dieses Mal im Hintergrund zu halten«, sagte Kreuzer und lächelte Elise vielsagend an. »Mein Vortrag zum Thema der im Moor gefundenen toten Körper letzte Woche schien die Damen doch allzu sehr erregt zu haben. Falls Sie jedoch Interesse hätten, liebe Mamsell Rosen – ich spreche morgen Abend zu diesem Thema in der Archäologischen Gesellschaft und könnte Ihnen eine Einladung …«

Er konnte nicht weitersprechen, da hinter ihm Frau Sanftleben in die Hände klatschte, um sich Gehör zu verschaffen.

»Meine lieben Freunde«, sagte sie und blickte in die Runde, bis ihr Blick an Hans Christian hängen blieb. »Ich habe die große Freude, einem eifrigen und treuen Besucher meines Salons das Wort zu erteilen: Bitte, lieber Hans Christian – wir sind sehr gespannt auf Ihre neuesten literarischen Werke und bitten Sie herzlich, uns daraus vorzutragen.«

Hans Christian dankte ihr und suchte mit ungeschickten Fingern die Blätter in seiner Jackentasche, wobei er Elise ein scheues Lächeln zuwarf.

»Ich wusste gar nicht, dass Sie auch als Literat tätig sind«, sagte sie.

»Nur zuweilen«, gab er verlegen zurück. »Die Muse Erato ist eine unbeständige Dame, die mich nur hin und wieder besucht.«

Erato?, überlegte Elise. Welche der neun Musen war das nur? Offenbar eine, die etwas mit Dichtkunst zu tun hatte …

»Er soll sich in die Mitte des Zimmers stellen, damit ich ihn hören kann!«, rief eine ältere Frau mit Schutenhut und falschen Löckchen.

»Verzeihung, Frau Steuereinnehmerin Kochendorf«, sagte Hans Christian, dem jetzt vor Aufregung der Schweiß ausbrach. »Wenn Sie erlauben – ich würde gern von meinem Platz aus lesen.«

»Dann soll er laut reden«, rief die Steuereinnehmerin. »Sonst verstehe ich wieder kein einziges Wort!«

Du liebe Güte, dachte Elise. Wie unangenehm diese Frau doch ist. Da kann einem die Lust auf einen schönen Text gleich zu Anfang vergehen. Fast tat ihr Hans Christian leid, der nun sein Papier umständlich entfaltete und sich anschickte zu beginnen.

»Hat er schon etwas gesagt?«, rief es aus dem Publikum.

»Pssst!«

»Ruhe!«

Hans Christian entschloss sich, vom Stuhl aufzustehen, wobei er Elise den Rücken zuwandte. Dann begann er mit leicht belegter Stimme zu rezitieren:

Süßer als ein Traumgebilde
Wandelt sie vor meinem Blick,
Lockt in himmlische Gefilde
Mich zu schönstem Liebesglück.

»Hört, hört!«, rief Professor Kreuzer aus, da der Vortragende eine kleine Pause machte.

»Silentium!«, mahnte die Gerichtsdirektorin, die ganz verzückt zugehört hatte. »Fahren Sie fort, lieber Freund. Es ist ganz wunderbar!«

Hans Christian verneigte sich kurz in ihre Richtung und las weiter.

Könnt' ich doch in Tat und Worten
Sagen, was mein Herz begehrt,
Doch des Paradieses Pforten
Hütet Cherubs scharfes Schwert.

Da habe ich schon bessere Gedichte gelesen, dachte Elise. Aber immerhin legt er sich mächtig ins Zeug. Ob dieser Vortrag wohl einen wahren Hintergrund hat? Hören wir, wie es weitergeht.

Falscher Ehrgeiz reißt mich Armen
Von der Liebsten grausam fort.
Ach, mich bindet ohn' Erbarmen
Unbedacht gegeb'nes Wort.

Man vernahm vom Sofa her einen tiefen Seufzer, neben dem Fortepiano wurde leise geflüstert. Frau Sanftleben warf einen zornigen Blick in die Richtung der Störenfriede. Elise stellte fest, dass das Papier in Hans Christians Hand zitterte. Ungeachtet dessen setzte er zum nächsten Vers an:

Schweigend muss ich nun ertragen,
Was mein armes Herz verzehrt.
Was ich fühle, ihr zu sagen
Hat das Schicksal mir verwehrt.

Da er nun das Papier zusammenfaltete und sich in die Runde der Zuhörer verbeugte, war anzunehmen, dass der lyrische Erguss sein Ende gefunden hatte. Frenetischer Applaus wurde dem Vortragenden zuteil, mehrere Damen gebrauchten ein Spitzentaschentuch und erklärten, tief gerührt zu sein, eine bat um eine Abschrift des Gedichts. Die Gerichtsdirektorin fiel Hans Christian um den Hals und presste ihn an ihre mütterliche Brust, wobei ihre mächtigen Ärmel seinen Oberkörper vollständig einhüllten.

»Mein lieber, junger Freund«, hörte Elise sie flüstern. »Welch eine Offenbarung aufrichtigster Gefühle in poetischer Form. Seien Sie getrost, mein Lieber, Sie werden Erhörung finden. Mein Kind ist in Tränen aufgelöst und ich nicht minder …«

War das etwa ein Antrag gewesen?, überlegte Elise verdutzt. Doch Hans Christians erschrockene Miene ließ sie daran zweifeln.

»Es ist reine Poesie, Frau Gerichtsdirektorin. Eine Erfindung, die mich in einer lauen Mondnacht überkam …«

»Oh, Sie müssen sich nicht rechtfertigen, lieber Freund. Ihre Lyrik spricht für sich …«

»Ich danke Ihnen von Herzen …«, murmelte er und entkam der Umschlingung, indem er sich rasch niedersetzte.

Eine neue Runde Tee wurde serviert, begleitet von dem restlichen Gebäck, das Henriette dieses Mal zuerst Hans Christian anbot, der es an Elise weiterreichte.

»Ich bin kein Dichter«, sagte er leise. »Aber es gibt Momente, da fließt die Seele über und die Worte strömen aus der Feder.«

»Oh, es war sehr … ergreifend«, meinte sie verlegen, denn er sah sie jetzt mit flehenden Augen an.

»Ich habe es für Sie geschrieben, Mamsell Rosen«, flüsterte er. »Ich konnte nicht anders. Ich hoffe, Sie werden mich nicht dafür verurteilen.«

Was war das nun wieder für ein Spiel? Machte er sich über sie lustig? Er bestahl ihren Vater, er belog sie, er amüsierte sich über ihre gescheiterten Versuche, das Gestohlene wiederzubeschaffen. Und nun machte er ihr gar lyrische Geständnisse? Ha – jetzt fiel es ihr wieder ein: Erato war die Muse der Liebesdichtung.

»Warum sollte ich das tun?«, antwortete sie mit falschem Lächeln. »Wenn es wahr ist, was Sie sagen, dann fühle ich mich außerordentlich geehrt, Herr Thiedemann.«

Er nahm ihre Antwort schweigend entgegen, und die Enttäuschung, die nun in seinen Zügen zu lesen war, war ganz sicher nicht gespielt. Was nicht verwunderlich war. Vermutlich hatte er geglaubt, sie würde nach diesem Erguss vor Rührung dahinschmelzen und ihm irgendwelche unbedachten Geständnisse machen. Aber da hatte er sich gründlich geirrt.

Der Nachmittag war noch nicht zu Ende. Als Nächstes kündigte die Dame des Hauses einen Klaviervortrag ihrer Tochter Luise an, die eine Sonate des Komponisten Wolfgang Amadé Mozart vortragen würde. Das Mädchen setzte sich gehorsam ans Klavier und spielte die Sonate in gemäßigtem Tempo, doch mit erstaunlicher Präzision. Freilich fehlte ihr das Feuer, das den jungen Pianisten in der bunten Weste so überaus beseelte, dafür stimmten bei Luise immerhin alle Töne. Auch sie wurde mit heftigem Applaus belohnt, doch die große Aufmerksamkeit schien ihr eher unangenehm zu sein, denn sie setzte sich rasch wieder auf ihrem Platz zurück. Zu ihrer größten Verblüffung beobachtete Elise, dass Grete leise mit Luise flüsterte. Wie es schien, verstanden sich die beiden, denn sie schwatzten so vertraut miteinander, als hätten sie schon den ganzen Nachmittag über Ansichten ausgetauscht.

Ich kann nur hoffen, dass Grete nebenbei ein wenig zum Nachdenken kommt, sagte sich Elise beklommen. Sie selbst war bisher keinen Moment lang in der Lage gewesen, irgendwelche Pläne zu machen. Doch dazu schien sich nun ausreichend Gelegenheit zu bieten, denn Frau Sanftleben kündigte den krönenden Abschluss der Veranstaltung an.

»Unser hochverehrter, lieber Freund Geheimrat Stromeyer wird uns heute den zweiten Akt seines Dramas ›Odysseus und Kalypso‹ vortragen. Ich bitte herzlich, den Vortrag, der mit dramatischem Aufwand gestaltet sein wird, nicht zu unterbrechen. Die Teetassen bitte auf das Tablett stellen, meine Damen, damit niemandem im Eifer des Zuhörens eine Tasse aus der Hand gleitet …«

Nach den Gesichtern der Zuhörer zu urteilen, würde dieser Vortrag wohl einige Zeit in Anspruch nehmen. Zwei Damen erhoben sich, um der Gastgeberin unter größtem Bedauern mitzuteilen, dass sie diese schöne Veranstaltung leider verlassen müssten, auch der junge Pianist mit der bunten Weste verabschiedete sich.

»Ich denke, wir schließen uns an«, sagte Hans Christian leise zu Elise. »Der erste Akt des Dramas hat über eine Stunde in Anspruch genommen, da wird der zweite nicht viel kürzer sein.«

Elise war nicht böse darüber, im Gegenteil, sie verspürte wenig Neugier auf dieses dramatische Werk, da der Geheimrat, der nun umständlich seine Blätter ordnete, nicht den Eindruck eines begabten Darstellers machte, sondern eher wie ein trockener Schulmeister aussah. Nur Grete schaute bekümmert drein, als Elise ihr zuwinkte, man würde nun aufbrechen, und auch Luise schien nicht erfreut, die Gesprächspartnerin zu verlieren.

Frau Gerichtsdirektorin Sanftleben ließ es sich nicht nehmen, die scheidenden Gäste zu verabschieden. Während sie Elise und Grete nur mit wenigen höflichen Worten bedachte, hielt sie Hans Christians Hand fest umklammert, als wollte sie ihm die Finger zerquetschen.

»Mein lieber Freund«, sagte sie bewegt. »Welche Verwirrungen auch immer den Wünschen Ihres Herzens entgegenstehen – ich weiß sicher, dass sich alles lösen wird.«

»Darauf hoffe auch ich«, gab er zurück, wobei er jedoch nicht die Gerichtsdirektorin, sondern Elise ansah.

Draußen sank bereits die Dämmerung auf Göttingen hernieder, die Straßenlaternen glommen auf, und da es nicht mehr regnete, waren etliche Leute zu einem Abendspaziergang unterwegs. Hans Christian presste den nutzlosen Regenschirm an die Brust und hüllte sich in Schweigen. Auch Elise fiel nicht viel ein, was sie hätte erzählen können. Nur Grete redete in einem fort, wie schön es in dem *Salon* gewesen sei, wie viel Neues sie doch erfahren habe und dass sie Elise sehr dankbar sei, sie mitgenommen zu haben.

Auch als man sich im Flur des Hauses in der Buchstraße trennte, blieb Hans Christian wortkarg, er nickte den beiden Frauen nur freundlich zu und erwähnte, dass man wohl in Kürze das Abendessen einnehmen werde. Damit stieg er in den ersten Stock hinauf, während Elise und Grete die Seitentreppe nahmen. Vor Elises Zimmer wartete Fidibus und kam ihr mit freudigem Bellen entgegengesprungen. Er sah aus, als sei er wieder vollkommen mit seinem Schicksal zufrieden, ging mit ihr ins Zimmer und ließ sich auf dem Bettvorleger nieder.

»Nun?«, fragte Elise ihre Begleiterin in heiterem Ton. »Hast du die Zeit genutzt, um einen guten Plan zu machen?«

»Nein«, gestand Grete. »Ich habe mich unterhalten. Mamsell Luise Sanftleben ist eine sehr gebildete Person. Wir haben über das Nähen und über den Magnetismus geredet.«

Elise erfuhr, dass die Schwestern Sanftleben einen älteren Bruder besaßen, der an der Göttinger Universität Physik studiert hatte und inzwischen Dozent in Marburg war.

»Sie hat mir erzählt, dass sie ihm geholfen hat, seine Doktorandenarbeit zu verfassen, und dass sie sogar den größeren Teil davon erdacht und geschrieben hat. Nun ist der Bruder Dozent geworden und hat Aussichten auf eine Professorenstelle, und sie kann nur hoffen, dass einer kommt, der sie heiraten will. Einen Beruf auszuüben, so wie Sie und ich es tun, ist in ihren Kreisen ganz und gar unmöglich.«

Elise kannte solche Geschichten, die meist für die unverheirateten Mädchen traurig ausgingen. Entweder blieben sie als einsame alte Jungfern zurück oder sie wurden im Haushalt eines der Geschwister als »Tante« mit durchgefüttert und mussten sich dort der Hausherrin in allem fügen.

»Aber ich glaube, dass auch Sie wenig Zeit zum Nachdenken hatten, Mamsell Rosen«, meinte Grete verschmitzt. »Solch ein schönes Gedicht hört man nicht alle Tage, habe ich recht?«

»Was soll daran schön sein?«, wehrte sich Elise. »Er hat es geschrieben, weil er sich über mich lustig machen wollte.«

»Das glaube ich nicht, Mamsell Rosen. Ich habe sein Gesicht beobachtet, als er die Worte vorgetragen hat, und ich bin sicher, dass es ihm sehr ernst war.«

Elise setzte ungeduldig die Samtkappe ab und zog die Schuhe von den Füßen, um wenigstens trockene Strümpfe anzuziehen, bevor man hinunter zum Abendessen ging.

»Er ist eben ein guter Schauspieler«, bemerkte sie.

»Warum sollte er nicht in Sie verliebt sein?«, fragte Grete. »Vielleicht tut es ihm ja leid, dass er das Manuskript geklaut hat?«

Elise schüttelte unwillig den Kopf. Ja, leider musste sie sich eingestehen, dass sie für seine Schmeicheleien anfällig war, und der schöne Gedanke, dass er sie wahrhaft liebte und den Diebstahl bereute, gefiel ihr sehr. Aber sie wusste recht gut, dass es nicht so war, denn hätte er die Wahrheit gesprochen, dann hätte er spätestens jetzt mit dem Manuskript ihres Vaters vor ihr stehen müssen, um es ihr zurückzugeben. So hätte ein Mann gehandelt, der echte, aufrichtige Liebe zu einer Frau empfand. Allein …

»Lass es gut sein, Grete«, seufzte sie. »Gehen wir hinunter. Nach dem Essen setzen wir uns zusammen und besprechen …«

In diesem Augenblick fuhr Fidibus wie von der Tarantel gestochen von seinem Bettvorleger hoch und sprang wütend bellend gegen die Tür. Die beiden Frauen sahen sich erstaunt an.

»Das wird Trude sein, die uns zum Essen holt«, meinte Grete.

»Fidibus, still!«, schimpfte Elise. »Danke, wir kommen, Trude!«

Da der Hund nicht aufhörte zu bellen, stand Elise auf, um nachzusehen, wer da geklopft hatte.

Draußen stand ein müder Wanderer in abgerissener Kleidung und verdreckten Schuhen, den Hut hielt er in der Hand, ein Bündel hing über seiner Schulter.

»Was ist denn das für ein Ungeheuer?«, fragte Moritz stirnrunzelnd. »Seit wann hast du einen Hund, Lieschen?«

Kapitel 12

Moritz erklärte, tags zuvor aufgebrochen zu sein, da sein Geld jedoch nicht für die Kutschfahrt bis Göttingen gereicht hatte, wär er von Witzenhausen bis Göttingen zu Fuß gelaufen.

»Kein Spaß bei diesem Regenwetter«, stöhnte er. »Ich bin nass bis auf die Haut. Unterwegs hat mich ein Bauer mitgenommen, aber der Schweinemist auf seinem Karren hat so gestunken, dass ich es nicht ausgehalten habe.«

Es blieb Elise nichts anderes übrig, als ihn in ihr Zimmer zu bitten, wo er sich der nassen Jacke und der schlammverschmierten Schuhe entledigte. Fidibus stand knurrend dabei und beobachtete misstrauisch jede seiner Bewegungen. Da seine neue Herrin ihm jedoch verboten hatte, den Eindringling zu beißen, fletschte er nur hie und da die Zähne, um deutlich zu machen, wer der Besitzer dieses Frauchens war.

»Was in aller Welt willst du hier, Moritz?«, fragte Elise ärgerlich.

»Ich muss schon sagen: ein netter Empfang«, beschwerte er sich und ließ sich auf den Stuhl fallen. »Ich laufe mir die Füße platt, lasse mich vom Regen durchweichen, sterbe beinahe den Hungertod – und das alles, weil ich mir Sorgen um dich mache, Lieschen! Du solltest stolz darauf sein, einen solch treuen Freund und Helfer wie mich zu haben.«

Von wegen Freund und Helfer. Die Eifersucht hatte ihn nach Göttingen getrieben. Der Gedanke, dass sich etwas zwischen ihr und dem hübschen Studenten anspinnen könnte, hatte ihm keine Ruhe gelassen.

»Hör auf, mich ›Lieschen‹ zu nennen!«, schimpfte sie. »Und dann möchte ich wissen, wie du dir die Sache gedacht hast. Du schneist hier ohne einen Albus in der Tasche herein – hast du geglaubt, ich könnte dir Quartier und Unterkunft bezahlen?«

»Wieso denn bezahlen? Man hat mir erzählt, du wärest zu Gast im Hause des Professor Thiedemann. Und da ich dein lieber Ziehbruder bin, gehört es sich, dass man auch mich einlädt und verköstigt.«

Unglaublich. Kam dahergelaufen wie ein Landstreicher und wollte sich hier im Haus festsetzen wie die Made im Speck. Allein das war schon peinlich genug. Schlimmer war noch, dass er von dem eigentlichen Zweck ihrer Reise keine Ahnung hatte und es besser auch nicht erfahren sollte.

»Woher weißt du überhaupt, dass ich hier im Haus von Professor Thiedemann wohne?«, forschte sie nach.

Er zuckte mit den Schultern und klaubte ein Klümpchen Pferdemist von seinem Hosensaum. »Ich hab halt gefragt. In Göttingen ist es nicht anders als bei uns in Kassel: Neuigkeiten sprechen sich herum.«

Auch das noch. Natürlich hatten die Göttinger längst bemerkt, dass der junge Thiedemann eine Putzmacherin aus Kassel durch die Stadt geführt hatte, und die überwiegend weiblichen Besucher des *Salons* würden sich inzwischen auch die Mäuler über sie zerreißen.

»Wenn du vielleicht etwas Trockenes zum Anziehen für mich besorgen könntest«, fragte Moritz unverdrossen. »Ich friere erbärmlich in diesem nassen Zeug.«

»Soll ich dir mein Nachthemd ausleihen?«, fragte sie wütend. »Vielleicht möchtest du auch meine Haube aufsetzen, wie damals, als die Polizei das Haus nach dir durchsucht hat?«

»Danke, nein«, gab er grinsend zurück. »Ein trockenes Hemd und eine Hose würden schon reichen.«

»Und wo sollte ich die wohl hernehmen?«

»Du könntest deinen Freund Hans Christian Thiedemann darum bitten«, meinte er. »Ich mag den Kerl zwar nicht leiden, aber in der Not wäre ich sogar bereit …«

»Schlag dir das aus dem Kopf, Moritz. Hast du keine Ersatzkleidung in deinem Bündel?«

»Schon«, gab er zu. »Ist aber alles nass geworden.«

Es half nichts, sie musste gute Miene zum bösen Spiel machen und ihn bei Professor Thiedemann als einen Verwandten einführen. Wegschicken konnte sie den armen Kerl auf keinen Fall, er sah tatsächlich recht erschöpft und verhungert aus, und zudem schlotterte er vor Kälte.

»Grete, geh bitte hinunter in die Küche und sag der Wirtschafterin, ein Verwandter von Mamsell Rosen sei soeben angekommen und benötige dringend trockene Kleidung, da er vom Regen überrascht wurde …«

Grete war über diesen Auftrag wenig froh. Seufzend stand sie auf und wollte zur Tür gehen, doch in diesem Moment begann Fidibus wieder aufgeregt zu bellen, und man vernahm Trudes Stimme.

»Das Abendessen ist serviert, Mamsell Rosen. Frau Knüll hat gesagt, Sie sollen sich beeilen, weil sie Erbsensuppe gekocht hat, die sonst kalt wird.«

»Still, Fidibus. Komm herein, Trude!«

Das Mädchen schlug die Hände vor Entsetzen zusammen, als sie den müden Wanderer Moritz zu sehen bekam.

»Ach du liebe Zeit!«, rief sie. »So ein hübscher junger Herr. Und in solch einem Zustand. Die Schuhe starren ja vor Dreck. Und erst die Beinkleider …«

Moritz spürte mit sicherem Instinkt, dass hier eine Gönnerin vor ihm stand, und so setzte er eine eindrucksvolle Leidensmiene auf.

»Der Überrock hat auch gelitten … Und dazu friere ich wie ein Schneider. Gewiss werde ich krank werden …«

Trude war sofort bereit, Hilfe zu leisten. Drüben im Zimmer seien Kleider im Schrank, die gehörten dem Studenten, der momentan die Ferien bei seinen Eltern verbrachte.

»Das ist ein freundlicher junger Mensch«, sagte sie und lächelte Moritz aufmunternd an. »Der wird nichts dagegen haben, Ihnen seine Sachen auszuleihen.«

»Ach, liebe Trude«, sagte Moritz mit Wärme. »Du bist meine Rettung in höchster Not. Ohne dich wäre ich elend erfroren und dazu an einem Fieber gestorben …«

»Da sei Gott vor! Kommen Sie mit mir, ich schließe Ihnen das Zimmer auf.«

Als die beiden gegangen waren, starrte Elise beklommen auf die Pfützen, die Moritz' Schuhe hinterlassen hatten. Grete kratzte sich den Kopf, weil die ungewohnte Frisur schrecklich ziepte.

»Was machen wir nun, Mamsell Rosen?«, wollte sie wissen. »Wir werden ihm früher oder später reinen Wein einschenken müssen.«

»Später«, meinte Elise. »So spät wie möglich. Am besten gar nicht.«

»Das wird sich nicht machen lassen.«

»Das fürchte ich auch.«

Moritz erschien bald darauf in einem flaschengrünen Überrock, geblümter Weste und hellgrauen Beinkleidern. An den Füßen trug er Reitstiefel – der Student hatte alle Schuhe mit nach Hause genommen und nur die Stiefel dagelassen.

»Verflucht eng, diese Lederröhren«, schimpfte er. »Und dazu mindestens einen Zoll zu kurz. Ich muss die Zehen einrollen.«

»Du schaust aus wie ein Modegeck«, knurrte Elise. »Ich hoffe, du kannst dich bei Tisch benehmen.«

»Du wirst staunen, Lieschen!«

Es war das peinlichste Abendessen, das sie je erlebt hatte. Nicht nur, dass Moritz sich großspurig als Besitzer einer großen Weinhandlung vorstellte und mit seiner illustren Kundschaft angab, er tat auch, als sei er mit der adeligen Familie von Haynau und Oberst von Schönhoff eng befreundet, und ließ durchblicken, dass er demnächst Hoflieferant des Kurprinzen sein würde.

»Wenn es um den Weinhandel geht, da macht mir keiner etwas vor«, prahlte er. »Nicht wahr, Lieschen?«

Sie platzte fast vor Ärger, aber da er ihr gegenübersaß, wagte sie nicht, ihm unter dem Tisch einen Fußtritt zu verpassen aus Angst, versehentlich den Professor oder Hans Christian zu erwischen.

»Meintest du etwa mich mit dieser Anrede?«, fragte sie spitz.

»Ich nenne sie immer noch ›Lieschen‹«, beeilte er sich den Anwesenden zu erklären. »Weil wir beide doch miteinander aufgewachsen sind und uns so gut verstehen …«

Professor Thiedemann hatte ihn eingeladen, während seines Besuchs eines der beiden leer stehenden Studentenzimmer zu bewohnen, was Moritz mit Dank angenommen hatte. Die amüsierten Blicke des Professors, der natürlich begriff, was für ein Vogel da an seinen Abendbrottisch geflattert war, ignorierte Moritz. Hans Christian schien zwischen Ärger und Heiterkeit über diesen Gast hin- und hergerissen, wobei der Ärger bald überhandnahm, denn Moritz ließ keine Gelegenheit aus, seine Besitzansprüche klarzustellen.

»So geht es in der Welt, lieber Herr Professor«, rief er und hob das Weinglas, um einen schlürfenden Schluck zu tun. »Aus einer Kinderfreundschaft wird eine junge Liebe, und so denke ich, dass sich das Atelier Rosen recht bald mit dem Weingeschäft Liebermann aufs Schönste verbinden wird …«

»Das glaube ich eher nicht«, unterbrach Elise, der jetzt der Kragen platzte. »Wein und seidene Hauben – das passt nicht zusammen.«

Die Deutlichkeit, mit der sie dies sagte, ließ Moritz für ein Weilchen verstummen. Hans Christian nahm die Gelegenheit wahr, dem lästigen Besucher auf den Zahn zu fühlen.

»Fordert die große Weinhandlung nicht Ihre ständige Anwesenheit in Kassel?«, wollte er wissen.

»Aber nein!«, rief Moritz aus und lachte. »Wenn ich auf Reisen bin, um neue Geschäftsverbindungen aufzutun und ausländische Weine zu verkosten, führen meine Angestellten den Laden. Zudem ist meine liebe Mutter mit im Geschäft und hat ein waches Auge auf die Lehrlinge.«

Elise wurde bald heiß und bald kalt, während sie seinen Schwindeleien zuhörte. Auch Grete wusste, dass fast alles gelogen war, aber sie schien die Sache eher lustig zu finden, denn Elise merkte, dass sie sich das Lachen verkneifen musste.

»Was für ein Glück, dass Sie die gleiche Statur wie Johann Rübsamen haben«, bemerkte Hans Christian lächelnd. »Sein Überrock steht Ihnen ausgezeichnet, und die Reitstiefel passen wie angegossen.«

Natürlich hatten sowohl der Professor als auch Hans Christian die Kleidung des Studenten wiedererkannt. Moritz machte sich nichts daraus, er schilderte ausgiebig die Unbilden des Reisens mit der Postkutsche und erfand einen Unfall, der ihn und andere Reisende gezwungen habe, eine Strecke des Weges zu Fuß zurückzulegen. Danach verbreitete er sich über die Vorzüge französischer Rotweine, die den spanischen weit überlegen seien, zählte verschiedene Sorten auf und erklärte, dass die Weine aus Griechenland nach einem bestimmten Harz schmeckten, mit dem man dort die Fässer behandele. Ob das stimmte, konnte Elise nicht nachprüfen – aber sie nahm an, dass er wenigstens auf diesem Gebiet ein wenig Sachkenntnis besaß. Trotzdem saß sie wie auf heißen Kohlen und lauerte auf den Moment, da sie um Erlaubnis bitten konnte, sich zurückziehen zu dürfen.

»Ich bin noch ganz erfüllt von den schönen Erlebnissen, die ich in Ihrer Begleitung genießen durfte«, sagte sie zu Hans Christian. »Ich werde meiner Mutter und allen meinen Bekannten in Kassel davon berichten.«

»Sie denken doch nicht daran, schon abzureisen?«, fragte er besorgt. »Ich wollte Sie morgen zu einem Spaziergang auf dem Wall und zur Reitbahn einladen. Es ist eine recht anregende Umgebung und zu Gesprächen gut geeignet.«

Er schien noch etwas hinzufügen zu wollen, sah aber dann aus dem Augenwinkel zu seinem Vater hinüber und schwieg. Wollte er ihr etwas mitteilen? Hatte Grete vielleicht doch recht mit ihrer Vermutung, dass der Diebstahl ihm leidtat?

»Die Reitbahn würde mich auch interessieren«, mischte sich Moritz ein. »Ich denke, wir könnten auch zu dritt schöne Gespräche führen.«

»Sehr gern. Vielleicht möchten Sie ja auch einen Ausritt wagen, Herr Liebermann?«, schlug Hans Christian vor. »In diesem Fall könnte ich Ihnen ein gutes Pferd vermitteln. Es gehört einem Bekannten und muss von Zeit zu Zeit bewegt werden …«

»Danke ergebenst. Ich bin zwar gern zu Pferde, doch ich bevorzuge, in Ihrer Nähe zu bleiben.«

»Ganz wie Sie wünschen!«

»Eine gute Nacht, die Herren!«, unterbrach Elise das sich anspinnende Rededuell.

»Schlafen Sie wohl, Mamsell Elise«, sagte Hans Christian mit großer Wärme zu ihr. »Wir sehen uns morgen.«

Während sie mit Grete und Moritz die Nebentreppe hinaufstieg, war Elise entschlossen, sich ihren Ziehbruder gründlich vorzuknöpfen. Auch jetzt konnte er sich nicht zurückhalten und ahmte Hans Christian mit verstellter Stimme nach:

»Schlafen Sie wohl, Mamsell Elise … Schlafen Sie wohl … wir sehen uns morgen … Was für ein schmieriger Schmeichler. Dem läuft das Öl ja zu den Ohren heraus …«

»Es reicht!«, fauchte Elise, als sie oben im Flur standen. »Komm herein, ich habe mit dir zu reden, Moritz!«

Er ahnte natürlich, was die Stunde geschlagen hatte, und machte eine kümmerliche Miene. »Nicht jetzt, Lieschen! Ich bin todmüde. Ich glaube sogar, dass ich Fieber habe …«

Doch Elise hielt ihm schweigend die Tür auf, sodass er keine Ausflüchte mehr wagte. »Na schön«, murmelte er. »Ich habe ein wenig übertrieben. Aber das habe ich nur getan, um dich und deine Mutter gut dastehen zu lassen …«

»Faustdicke Lügen hast du aufgetischt«, schimpfte sie. »Ich habe mich zu Tode geschämt. Und was meine Mutter betrifft …«

»Richtig, deine Mutter«, rief er dazwischen. »Sie hat mir ein Briefchen an dich mitgegeben, es muss in meiner Jacke stecken. Warte, ich hole es rasch herbei …«

Schon wollte er davoneilen, um in seinem Zimmer zu verschwinden und vermutlich nicht mehr aufzutauchen.

»Hiergeblieben! Ich bin noch nicht fertig.«

Gehorsam blieb er an der Tür stehen, drehte sich zu ihr um und tat einen tiefen Seufzer. »Jetzt mach doch nicht solch ein Theater, Lieschen«, sagte er und blickte sie bittend an. »Ich kann es nun einmal nicht ausstehen, wie dieser Kerl um dich herumscharwenzelt. Er hat dich ja förmlich mit den Augen verschlungen, der Lüstling. Und dieses perfide Lächeln, das er aufsetzt …«

»Du wirst uns morgen auf keinen Fall begleiten«, forderte sie energisch. »Ist das klar, Moritz Liebermann?«

Er schwieg und fuhr fort, sie flehentlich anzuschauen.

»Ansonsten werde ich dem Professor und Hans Christian eröffnen, wie es wirklich um dein Weingeschäft steht.«

Die Drohung machte ihm Angst, denn er wusste, dass Elise zornig genug war, sie in die Tat umzusetzen. Eilig versuchte er, sich herauszureden. »Was soll damit sein? Meine Weine sind die besten in ganz Kassel, und meine Kunden …«

»Der Laden ist immer noch geschlossen«, fiel sie ein. «Sonst wärst du nicht hier. Mich kannst du nicht für dumm verkaufen.«

Er fuchtelte mit den Händen in der Luft herum und erklärte umständlich, dass die Schließung nur vorübergehend sei und bald aufgehoben würde.

»Das habe ich nur der elenden Konkurrenz zu verdanken«, behauptete er. »Der Weinhändler Fehrenburg, der alte Geier, hat sich mit der Weinhandlung Ritter zusammengetan und mich bei der Polizei angeschwärzt, weil sie Angst haben, ich könnte ihnen die besten Kunden wegschnappen.«

In seiner Aufregung trat er auf den Bettvorleger, wo Fidibus lag und ihn schon eine Weile misstrauisch beäugt hatte. Jetzt ließ der wachsame Hund ein drohendes Knurren vernehmen, und Moritz sprang eilig zurück. Elise sah ihre Befürchtungen bestätigt. Wie es schien, war die Polizei nicht bereit, seine Panscherei als Lappalie abzutun.

»Ach, Moritz«, sagte sie bekümmert. »Ich hatte so sehr gehofft, du wärest endlich vernünftig geworden. Aber nein – du kannst die Schwindeleien und krummen Geschäfte nicht lassen.«

»Fällt dir nichts anderes ein, als ständig an mir herumzunörgeln?« beschwerte er sich. »Anstatt mir Vorhaltungen zu machen, solltest du mir lieber für meine treue Liebe dankbar sein.«

Elise holte tief Luft, um ihm eine passende Antwort zu geben, doch da mischte sich Grete, die die ganze Zeit über schweigend auf dem Sofa gesessen hatte, in das Gespräch ein.

»Es ist schon spät, Mamsell Rosen«, sagte sie. »Bringen wir es hinter uns, es hilft ja nichts.«

Ja, Grete hatte recht. Nur machte Moritz es ihr wirklich nicht leicht. Wie sollte man einem solchen Scharlatan Vertrauen schenken? Zumal in solch einer delikaten Angelegenheit.

»Was meint sie?«, fragte Moritz misstrauisch. »Was geht da vor? Du hast dich doch nicht etwa schon mit diesem Kerl verlobt?«

»Setz dich auf diesen Stuhl und hör mir zu«, befahl sie. »Aber vorher musst du mir versprechen, mit keiner Menschenseele über das zu reden, was ich dir jetzt erzähle.«

Moritz machte große Augen. Langsam ließ er sich nieder und sah Elise mit glasigem Blick an.

»Ich hab's geahnt«, murmelte er beklommen. »Die ganze Zeit über hatte ich's im Urin.«

»Erst das Versprechen!«

»Ja doch! Ich schweige wie ein Grab. Aber wenn er dir etwas angetan hat, Lieschen, dann hau ich ihm die Hucke voll.«

Elise warf Grete einen resignierten Blick zu, dann begann sie die Geschichte des gestohlenen Manuskripts so kurz und knapp wie möglich zu berichten. Moritz folgte ihrer Schilderung mit offenem Mund. War seine Miene zunächst verblüfft, so glätteten sich seine Züge bald zu großer Erleichterung, und schließlich glänzten seine Augen in heller, hämischer Freude.

»So ist das also!«, rief er triumphierend. »Das hab ich doch gleich gewusst. Ein Lump ist der Kerl. Ein abgefeimter Dieb und Betrüger. Was für ein Glück, dass ich beschlossen habe, nach Göttingen zu reisen, damit ich dir zur Seite stehen kann, Lieschen. Ohne mich wärst du ja vollkommen aufgeschmissen.«

»Erstens, schrei nicht so laut«, wies ihn Elise zurecht. »Zweitens kommen wir auch ohne dich sehr gut zurecht. Und drittens …«

»Das denkst du nur«, fiel er ihr ins Wort. »So, wie die Dinge liegen, ist die Wiederbeschaffung dieser Schreiberei keine Sache für ein Mädchen. Das ist eine Angelegenheit für einen Mann wie mich.«

Genau das hatte sie befürchtet. Natürlich brannte er jetzt darauf, den Helden und Retter zu spielen, vor allem, weil es gegen den verhassten Konkurrenten ging.

»Du hältst dich da raus«, sagte sie energisch. »Es reicht, wenn du in Kassel Ärger mit der Polizei hast …«

»Warum denn gleich die Polizei!«, meinte er mit abschätziger Handbewegung. »Die Sache muss gut vorbereitet und ausbaldowert sein, dann ist das Ganze ein Klacks. Tür auf, Kiste raus und ab damit …«

»Ich sagte gerade, dass wir nicht wissen, ob das Manuskript sich überhaupt noch in der Kiste befindet.«

Moritz warf sich in die Brust und bedachte Elise und Grete mit einem selbstbewussten Lächeln.

»Ich bin Weinhändler, meine Damen. Wenn ich eine Weinkiste anhebe, dann weiß ich, ob darin Wein oder etwas anderes ist. Das bringt mein Beruf so mit sich.«

Elise ging nicht auf seine großspurige Versicherung ein, sondern empfahl ihm, jetzt zu Bett zu gehen und alles Weitere ihr zu überlassen.

»Und kein Wort. Zu niemandem!«, schärfte sie ihm nochmals ein.

»Großes Ehrenwort, Lieschen!«

Zufrieden mit sich und der Welt wünschte er ihnen eine gute Nacht und verschwand in seinem Zimmer, wo er vermutlich über seinen Plan nachgrübeln würde.

Elise seufzte. »Da haben wir uns eine Laus in den Pelz gesetzt, Grete.«

»Kann sein, kann auch nicht sein«, meinte Grete. »Ich gehe jetzt schlafen. Gute Nacht, Mamsell Rosen. Süße Träume wünsche ich Ihnen.«

Sie konnte richtig ironisch sein, die kluge Grete. Ärgerlich begab sich Elise zu Bett, doch wie sie es schon erwartet hatte, gingen ihr tausend Gedanken durch den Kopf, die dort wie in einem Karussell herumwirbelten. War es eine gute Idee, das Manuskript heimlich zu stehlen? Was, wenn Hans Christian seine Tat wirklich bereute? Sollte sie nicht besser offen vor ihn treten und die gestohlenen Blätter zurückfordern? Dann würde er Gelegenheit haben, den Diebstahl einzugestehen und sie um

Verzeihung zu bitten. Würde sie ihm seine Tat vergeben, wenn er ihr das Manuskript zurückbrachte? Sie wusste es nicht. Ihr Vater zumindest würde ihm diesen hinterhältigen Diebstahl niemals verzeihen.

Aber was sollte sie tun, wenn Hans Christian den Diebstahl leugnete? Wenn er ihr zornige Vorwürfe machte und den unschuldig Verdächtigten spielte? Welchen Beweis hatte sie gegen ihn, wenn nicht das Manuskript in ihren Händen war? Ruhelos drehte sie sich im Bett von einer Seite zur anderen und beneidete Fidibus, der auf dem Bettvorleger ausgestreckt lag und selig vor sich hin schnarchte.

Am folgenden Morgen erwachte sie mit Kopfschmerzen und stand stöhnend auf, um einen Schluck Wasser zu trinken. Durch die Ritzen zwischen den Vorhängen drang trübes, milchiges Licht ins Zimmer: Die Stadt war im Nebel versunken, nur hie und da ragte die Spitze eines Kirchturms aus dem dichten weißlichen Dunst. In ihrem schmerzenden Kopf sah es nicht viel besser aus, sie fühlte sich müde und traurig und sie wünschte, niemals nach Göttingen gefahren zu sein.

Nach dem Frühstück, das ungewöhnlich harmonisch verlief, hob sich jedoch der milchige Vorhang, und man sah in einen blauen heiteren Himmel. Und mit der Sonne kehrte auch Elises Entschlossenheit zurück.

»Zur Reitbahn? Sehr gerne. Allerdings bin ich keine Reiterin.«

»Wir müssen nicht reiten, Mamsell Rosen«, meinte Hans Christian lächelnd. »Wir können auch nur zuschauen und ein wenig auf dem Wall spazieren gehen. Die Sonne ist herausgekommen – es verspricht, ein schöner Tag zu werden.«

Moritz zeigte ein vorbildliches Verhalten, er hatte seine lächerliche Angeberei eingestellt, höflich auf Fragen geantwortet und sich nur wenige, harmlose Bemerkungen erlaubt. Als Elise sich jedoch zu dem Ausflug fertig gemacht hatte und – begleitet von Fidibus – vor ihre Zimmertür trat, stand er im Flur, um auf sie zu warten.

»Sieh dich vor, Lieschen«, warnte er. »Der Kerl ist ein hinterhältiger Schuft und wird versuchen, dich einzuwickeln.«

»Sei unbesorgt«, gab sie zurück. »Ich kenne mich aus. Und was dich betrifft, Moritz: Unternimm auf keinen Fall etwas Unbesonnenes. Hast du mich verstanden?«

Er zog eine beleidigte Miene. »Ich habe vor, mir Göttingen anzuschauen. Hast du vielleicht etwas dagegen, Lieschen?«

»Überhaupt nicht. Außer, du konzentrierst dein Interesse auf das Wohnhaus von Professor Kreuzer.«

»Wo denkst du hin?«, meinte er und rollte mit den Augen. »Die Stadt ist weithin berühmt für ihre Universität, ich will mir die altehrwürdigen Gebäude anschauen und vielleicht in einem Gasthaus einen Wein trinken. Ach ja … könntest du mir vielleicht mit ein paar Albus aushelfen? Es macht keinen guten Eindruck, als Fremder gleich anschreiben zu lassen.«

»Meinetwegen. Aber nur ein Glas, nicht mehr.«

Sie kramte ihr Geldtäschchen heraus und gab ihm einen kleinen Betrag, den er kurz durchzählte und in der Jackentasche verschwinden ließ.

»Dann wünsche ich viel Vergnügen«, meinte er grinsend. »Sei standhaft, Lieschen, und zeig dem Burschen die Zähne.«

Kapitel 13

Hans christian erwartete sie vor dem Haus, wo er offensichtlich ruhelos auf und ab gegangen war. Als sie vor die Tür trat, eilte er auf sie zu und bot ihr seinen Arm, um sie durch die Gassen zu geleiten. Doch sie lehnte ab.

»Nehmen Sie es mir nicht übel«, entschuldigte sie sich. »Aber mit Rücksicht auf die Göttinger Damenwelt möchte ich besser nicht so vertraulich mit Ihnen durch die Stadt gehen.«

Er war enttäuscht, akzeptierte ihre Entscheidung jedoch und ging neben ihr her. Fidibus folgte ihnen eine Weile und bog dann in eine Gasse ab, wo er wohl etwas Wichtiges zu erledigen hatte, denn er zeigte sich nicht mehr.

»Ich fürchte, Sie haben gestern einen falschen Eindruck von mir bekommen«, meinte Hans Christian bekümmert. »Dieses Gedicht hatte ich in einer wilden Gefühlsaufwallung geschrieben; es öffentlich vorzutragen war eine Dummheit, für die ich mich jetzt sehr schäme.«

»Aber warum? Ich fand es sehr schön.«

»Tatsächlich?«, fragte er unsicher. »Oder sagen Sie das nur, um mich zu trösten?«

War das wirklich ein falsches Spiel? Sie blickte in sein blasses Gesicht, das von einer schlaflosen Nacht zeugte.

»Es ist ein recht gelungenes kleines Stück Poesie«, sagte sie vorsichtig. »Nur leider haben Sie damit wohl eine Wirkung erzielt, die Sie nicht bedacht hatten.«

Er nickte beklommen und zog ein Taschentuch, um sich die Stirn zu wischen. »Das haben Sie ganz richtig beobachtet, Mamsell Rosen«, gestand er. »Die Frau Gerichtsdirektorin ist eifrig bemüht, mir ihre ältere Tochter anzutragen. Glauben Sie bitte nicht, dass ich dem Mädchen falsche Hoffnungen erweckt hätte. Ich kenne Luise seit meiner Kindheit, sie ist ein kluges Mädchen und leidet unendlich unter dem taktlosen Verhalten ihrer Frau Mutter, die sie mit aller Gewalt unter die Haube bringen will.«

»Sie werden ihr also keinen Antrag machen?«

»Ganz sicher nicht. Wir passen nicht zueinander, und das weiß Luise selbst am allerbesten.«

Eine Weile gingen sie schweigend nebeneinander her. Elise stellte fest, dass er sie immer wieder von der Seite betrachtete; wenn sie ihn jedoch dabei ertappte, wandte er den Blick rasch ab. Das Gespräch schien ihm gefallen zu haben, denn sein Blick war nun hoffnungsfroh. Ach, er hatte etwas an sich, was sie ungemein zu ihm hinzog. Warum war gerade dieser liebenswerte junge Mann zugleich ein gemeiner Betrüger?

Gleich darauf schalt sie sich selbst eine Närrin, denn er zeigte ihr deutlich, dass er sie durchschaut hatte. Als sie an den imposanten Gebäuden der Universitätsbibliothek und des Concilienhauses vorbeigingen, lächelte er und machte sie auf eine Buchhandlung aufmerksam.

»Falls Ihnen noch einige Werke fehlen, die Sie im Auftrag Ihres Herrn Vater erwerben wollten – die Dieterich'sche Buchhandlung ist sehr zu empfehlen.«

Elise fiel erschrocken ein, dass sie unbedingt verschiedene Bücher einkaufen musste, um nicht unglaubwürdig zu erscheinen. War sein Lächeln nicht ironisch? Ach, er wusste recht gut, aus welchem Grund sie tatsächlich in Göttingen war, und machte sich nun über sie lustig.

»Vielen Dank – ich werde es gleich heute Nachmittag erledigen«, gab sie scheinbar heiter zurück und dankte ihm für die Empfehlung.

Sie wandten sich nun nach rechts und gingen am Leinefluss

entlang, der an beiden Ufern von Gärten gesäumt war. Es war ein hübscher Anblick, da in den Beeten schon die ersten Pflänzchen ihre Köpfe aus der Erde streckten; auch hatten sich Bäume und Buschwerk über Nacht in zartem Lindgrün belaubt, und in den Wiesen leuchteten gelbe und weiße Frühblüher. Frauen standen in den Gärten, um den Boden zu hacken und das Unkraut auszureißen, kleine Kinder spielten auf den Wiesen, ein älterer Mann war fleißig dabei, seiner Gartenlaube einen neuen Anstrich zu geben. Der Fluss Leine war hier noch schmal, eher ein breiter Bachlauf, der in frühlingshafter Eile dahinfloss. Ein Ruderboot, das man an einem Steg befestigt hatte, schaukelte unruhig auf den Wellen und schien Lust auf eine Fahrt zum Meer hinunter zu haben.

»Als Sie vorgestern in Göttingen ankamen«, ergriff Hans Christian wieder das Wort, »da schmeichelte ich mir, Sie seien auf meine Einladung hin nach Göttingen gereist, und ich gestehe, dass ich darüber unendlich glücklich war. Ich selbst hatte bereits darüber nachgedacht, unter einem Vorwand nach Kassel zu fahren, um Sie wiederzusehen, Mamsell Elise …«

Was hatte er vor? Sollte das ein Liebesgeständnis werden? Wenn er sie nur nicht so ernsthaft dabei angeschaut hätte, es klang ja fast so, als meinte er es ehrlich! Was war er nur für ein Mensch? Erst bestahl er den Vater, und dann machte er der Tochter zärtliche Geständnisse.

»Ich war gewiss nicht böse darüber, dass mein Vater mich nach Göttingen schickte«, sagte sie. »Sie müssen wissen, dass ich meinen Vater sehr liebe und verehre und wenn nötig bis ans Ende der Welt fahren würde, um ihm einen Gefallen zu tun.«

»Das ehrt Sie, Mamsell Rosen«, meinte er höflich und schwieg daraufhin.

So!, dachte sie zufrieden. Jetzt weiß er, dass er sich die Liebeserklärungen sparen kann, denn ich stehe fest auf der Seite meines Vaters, den er gemein betrogen hat.

Zwei Reiter kamen ihnen entgegen, der Kleidung nach Studenten. Sie grüßten Hans Christian, warfen ihm grobe Scherzworte zu und betrachteten Elise mit unverhohlener Neugier. Er grüßte freundlich zurück, ließ sich jedoch auf kein Gespräch mit ihnen ein.

»Adelige Herrschaften«, erklärte er. »Vor allem ihretwegen hat man mehrere Reithallen und eine Reitbahn in Göttingen errichten lassen. Sie müssen wissen, dass in Göttingen Prinzen und Angehörige englischer Adelshäuser studieren. Das bringt Geld in die Kassen der Universität, gefällt jedoch nicht allen, die hier ihr Studium absolvieren.«

»Nun – es entstehen auf diese Weise gewiss freundschaftliche Verbindungen«, meinte Elise. »Diese Studenten scheinen recht gut mit Ihnen bekannt zu sein.«

»Hie und da verschafft es auch Vorteile«, gab er schulterzuckend zu. »Dennoch haben die hochadeligen Herren Privilegien, von denen unsereiner nur träumen kann. Sie studieren auf ihre Weise, und nicht jeder unterzieht sich einem Examen.«

»Ach, so ist das …«

Er hob den Arm und zeigte zum Wall hin, der rings um die Stadt verlief und wie eine Allee mit Laubbäumen bepflanzt war. Auch hier waren schon die ersten Knospen aufgesprungen, und die Bäume standen wie mit zarten hellgrünen Schleiern umhüllt im Sonnenlicht.

»Sehen Sie dort die Mauer? Dahinter befindet sich die Reitbahn. Rechts von uns breitet sich der Botanische Garten aus, den wir gestern besuchten.«

Die Reitbahn erwies sich als ein rechteckiger, ummauerter Sandplatz, von dunklen Fichten umgeben und in der Mitte von einer Säule geschmückt. Stallungen für die Reitpferde und das Wohnhaus des Stallmeisters lagen dicht daneben, ein Schild bei der Tür zeigte die Preise für das Voltigieren und Reiten, was offensichtlich jedermann offenstand. Hans Christian führte sie hinter die hölzerne Balustrade, die den Reitplatz von den Zuschauern abtrennte, und erklärte ihr, dass die Pferde, die man hier mieten könne, allesamt ruhige und brave Tiere seien, sodass sie durchaus mit ihm gemeinsam einen Ausflug im Damensattel wagen könne. Tatsächlich war es nicht gerade aufregend, was man zu sehen bekam. Wie es schien, wurde Unterricht erteilt, mehrere junge und ältere Reitschüler ritten in der Runde, und in der Mitte stand ein Reitlehrer, der ihnen Anweisungen zurief und hie und da herbeisprang, um die Haltung des Reitschülers zu korrigieren.

»Das sind aber keine Studenten«, meinte Elise lächelnd.

»Nein. Während der Ferien ist es hier ruhiger, dann haben auch die Göttinger Bürger Gelegenheit, die Anlage zu nutzen«, erklärte Hans Christian. »Allerdings haben die meisten adeligen Herrschaften eigene Pferde, die während ihrer Abwesenheit von ihren Angestellten bewegt werden müssen. Da drüben der braune Wallach zum Beispiel, der gehört dem Earl of Sutherland …«

Er hielt inne, weil der Reiter, der soeben sein Pferd auf die Anlage lenkte, große Mühe hatte, das Tier zu bändigen. Der Wallach tat mehrere Sprünge und galoppierte davon, sodass einige der anderen Pferde ebenfalls unruhig wurden und ihre ungeübten Reiter in Schwierigkeiten brachten. Man hörte den Reitlehrer ärgerlich fluchen, er eilte herbei, um das ausgebrochene Tier am Halfter zu fassen, es gelang ihm jedoch nicht, denn der Wallach stieg in diesem Moment und warf seinen Reiter ab. Wild galoppierte das reiterlose Tier über den Platz, und nun hatten die Reitschüler große Mühe, sich auf ihren Pferden zu halten, denn einige der Rösser begannen ebenfalls zu galoppieren. Mehrere Helfer eilten herbei, auch Hans Christian sprang geschickt über die Balustrade und beteiligte sich an den Versuchen, die Pferde zu beruhigen und den Störenfried einzufangen. Der gestürzte Reiter geriet in große Not, er rappelte sich eilig vom Sandboden auf und humpelte auf die Seite, um nicht in dem aufgeregten Gedränge getreten und verletzt zu werden. Erschrocken verfolgte Elise das Geschehen hinter dem schützenden Zaun, und ihr Herz klopfte wild, als Hans Christian sich dem schnaubenden Tier furchtlos näherte, es schließlich am Halfter fasste und vom Platz führte. Wie mutig er war! Und wie ruhig und klug er den wilden Burschen zur Ruhe gebracht hatte! Warum stattete das Schicksal einen Betrüger mit solch prächtigen Talenten und guten Eigenschaften aus?

Doch als er zu ihr zurückkehrte und den Sand aus seiner Mütze klopfte, die er bei der wilden Jagd auf dem Platz verloren hatte, war sie schon wieder in der Lage, vernünftig zu denken. »War es dieses Pferd, das Sie meinem Ziehbruder Moritz vermitteln wollten?«, fragte sie ihn.

Hans Christian hatte wohl ein Lob erwartet; nun fühlte er sich ertappt, denn er senkte betroffen den Blick.

»Ihr Ziehbruder hätte den Wallach gewiss ohne Schwierigkeiten gemeistert«, behauptete er. »Sagte er nicht, er sei ein geübter Reiter?«

»Keineswegs. Er sagte nur, dass er gern zu Pferde sitze.«

»Das tut mir leid, da muss ich ihn falsch verstanden haben.«

Wie scheinheilig er doch tat. Vermutlich war ihm klar gewesen, dass der großspurige Angeber Moritz noch kein einziges Mal im Sattel gesessen hatte.

»Wie gut, dass er heute doch nicht mit uns gegangen ist«, sagte sie aufgebracht. »Dieses Missverständnis hätte dazu führen können, dass er sich den Hals gebrochen hätte.«

»Gewiss nicht«, wehrte er sich. »Das hätte ich zu verhindern gewusst. Das schwöre ich Ihnen. Ich hätte ihn gar nicht erst aufsteigen lassen, wenn ich bemerkt hätte, dass er ein ungeübter Reiter ist.«

»Sind Sie da so sicher?«, fragte sie schnippisch und wandte sich ärgerlich ab.

Sie ging ohne ihn davon; erst beim Haus des Stallmeisters holte er sie ein, und sie schritten eine Weile schweigend nebeneinanderher. Elise war immer noch zornig.

»Ihr Ziehbruder bedeutet Ihnen sehr viel, nicht wahr?«, fragte er schließlich mit leiser Stimme.

»Natürlich. Wir sind zusammen aufgewachsen, und ich habe ihn sehr gern. Auch wenn er ab und zu Unsinn verzapft, ist er doch ein lieber und treuer Gefährte.«

Er schien eine Weile über diese Antwort nachzudenken, aber zu keinem befriedigenden Ergebnis zu kommen.

»Wie mir schien, hegt er ernsthafte Absichten in Ihre Richtung. Es hörte sich nach Heirat an.«

Elise blieb stehen und stellte fest, dass er ehrlich besorgt dreinblickte. War es die Möglichkeit? Er war eifersüchtig und fürchtete, sie könnte Moritz Liebermanns Frau werden!

»In meinem Beruf ist es nicht klug, sich auf eine Ehe einzulassen«, sagte sie lächelnd. »Auch nicht mit einem Moritz Liebermann.«

»Sie würden also auf keinen Fall heiraten?«, erkundigte er sich. »Ist das Ihr fester Entschluss?«

Was für eine deutliche Frage. Und er stellte sie in harmlosem Ton, so wie man eine Bekannte fragt: *Essen Sie gern süße Mandeln?*

»Bisher habe ich nicht vor, mich zu verehelichen«, sagte sie mit heiterem Lächeln, auf seinen Tonfall eingehend. »Falls ich eines Tages anderen Sinnes werden sollte, dann kann dies nur aus echter, wahrer Liebe geschehen. Vor Gott Amor ist niemand von uns sicher, das ist auch Ihnen gewiss bekannt.«

»Ohne jeden Zweifel«, gab er leise zurück und starrte dabei düster vor sich hin.

Ohne es verabredet zu haben, stiegen sie gemeinsam auf den Wall und spazierten unter den frisch ergrünten Bäumen am Botanischen Garten vorbei, der sich zu beiden Seiten des Walls erstreckte. Immer noch hüllte sich Hans Christian in Schweigen, schien in die Betrachtung der Anlagen versunken, wo mehrere Gärtner die schweren Kübel mit exotischen Pflanzen aus dem Gewächshaus ins Freie trugen. Elise ging neben ihm her und wusste ebenfalls nicht viel zu sagen. Der Gedanke, sich ihm zu offenbaren, stieg wieder in ihrem Kopf auf. Wozu dieses lächerliche Versteckspiel, das zu immer neuen Missverständnissen und Irrtümern führte? Hatte sie sich nicht selbst in ein Netz von Lügen eingesponnen, aus dem es kaum noch ein Entkommen gab? Aber würde sie nicht alles verspielen, wenn sie nun ganz unerwartet mit der Wahrheit herausrückte?

Es gab nur wenige Spaziergänger, die den schönen Morgen nutzten, um ein wenig auf dem Wall herumzulaufen. Erst nach einer Weile kamen ihnen zwei Studenten entgegen, die Hans Christian schon aus der Ferne fröhlich zuwinkten und schließlich bei ihnen stehen blieben.

»Da ist ja Thiedemännchen. Na, auch unterwegs bei dem schönen Wetter?«, rief einer der beiden ihm zu.

»Wie ihr seht«, meinte Hans Christian, dem diese Begegnung nicht angenehm schien. Er wollte mit eiligen Schritten an ihnen vorübergehen, doch da platzte der andere, ein feister, kleiner Bursche mit schwarzem Lockenkopf, in voller Lautstärke los.

»Ich dachte, die arme Sau brütet Tag und Nacht über seiner Examensarbeit. Aber weit gefehlt. Stattdessen führt er sein Mädchen auf der Poussiermeile spazieren. Respekt, Bruder. Willst du uns die Mamsell nicht vorstellen?«

»Dazu fehlt mir die Zeit«, meinte Hans Christian ärgerlich. »Wir sehen uns später. Ade.«

Er nahm Elise beim Arm und zog sie mit sich fort, während die beiden Kommilitonen noch verblüfft und ärgerlich auf der Stelle verharrten.

»Lass ihn«, hörte Elise den einen abfällig sagen. »Dem ist der

Magnetismus in den Kopf geraten und hat dort die Eisenspäne durcheinandergewirbelt.«

»Oder das Stroh«, ließ sich der andere vernehmen.

Hans Christian schritt eilig voran; erst als sie außer Hörweite waren, verlangsamte er seine Schritte und ließ Elises Arm los.

»Es tut mir unendlich leid«, sagte er. »Es herrscht mitunter ein rauer Ton unter uns Studenten. Ich bitte Sie herzlich, es nicht persönlich zu nehmen.«

Elise musste sich zusammenreißen, um nicht laut zu lachen. »Wir befinden uns also auf der ... Wie sagte er doch? Poussiermeile?«, fragte sie mit gespielter Strenge. »Dort, wo Sie häufiger Ihre Mädchen ausführen? Oh, sagen Sie nichts – mir ist bekannt, dass das studentische Leben nicht im Kloster stattfindet.«

»Glauben Sie bitte nicht, dass ich zu der Sorte Studenten gehöre, die ein armes Mädchen verführen, um sie später sitzen zu lassen. Solche gibt es leider, aber es ist nicht die Regel.«

Elise dachte an das Accouchierhaus unten am Geismar-Tor, wo ledige Schwangere aufgenommen wurden, die ihre Kinder in einem Hörsaal unter den interessierten Augen der Medizinstudenten zur Welt bringen mussten.

»Warum sollte ich das glauben, Herr Thiedemann?«, meinte sie. »Ich bin keine wohlbehütete Bürgertochter, ich kenne die Welt. Mir ist bekannt, dass die Mehrzahl dieser Mädchen sich freiwillig mit einem Studenten einlässt und sich dem nächsten zuwendet, sobald der Vorgänger sein Examen absolviert hat. Eine Studentenliebe ist flüchtig, sie wird selten zu einer dauerhaften Ehe, so sagt die Erfahrung.«

Ihre Feststellung rief eine ganz unerwartete Wirkung hervor.

»Sie glauben also nicht, dass sich ein Student wie ich ernsthaft in ein Mädchen verlieben könnte?«, fragte er erregt. »Scheren Sie immer alle über einen Kamm, Mamsell Rosen? Oder hat Ihnen Ihr Beruf die Sicht verstellt, sodass Sie nicht mehr zwischen einem ehrlichen Menschen und einem liederlichen Studenten unterscheiden können?«

Er war stehen geblieben und hatte in aufgeregtem, vorwurfsvollem Ton gesprochen, sodass Elise nichts anderes übrig blieb, als ebenfalls stehen zu bleiben.

»Ich bin durchaus in der Lage, zwischen einem aufrichtigen Menschen und einem Lügner zu unterscheiden, Herr Thiedemann«, gab sie kühl zurück und blickte ihn herausfordernd an.

Er sagte nichts, aber sein starres Gesicht zeigte ihr, dass er sie verstanden hatte.

»Einem Lügner und Betrüger werde ich niemals mein Vertrauen schenken«, fuhr sie fort. »Selbst wenn ...«

Sie stockte, weil sie nicht wusste, ob sie ihm etwas offenbaren sollte, was sie eigentlich vor ihm geheim halten wollte.

»Selbst wenn?«, wiederholte er und trat dicht zu ihr heran.

Sein Atem ging rasch, und seine Lippen zitterten leicht. Sie schluckte und spürte, dass sie das Versteckspiel nicht länger aufrechterhalten konnte. Es war die Stunde der Wahrheit.

»Selbst wenn ich eine starke Sympathie für diesen Menschen empfinden würde.«

»Sympathie?«, fragte er und fuhr fort, sie anzusehen. »Nur Sympathie oder vielleicht mehr?«

»Vielleicht auch mehr.«

»Könnte es Liebe sein?«

Nun war es gleich, sie würde alles auf eine Karte setzen. Gewinn oder Verlust. Erfolg oder Schande.

»Wie könnte ich einen Betrüger lieben?«, rief sie. »Das wäre mehr als Dummheit, das wäre Irrsinn.«

Er biss sich auf die Lippen und wandte sich abrupt zur Seite. Sie konnte sehen, dass er heftig mit sich kämpfte, denn er ballte die Fäuste und starrte in heller Verzweiflung vor sich hin.

»Und wenn er den Betrug aufdeckte?«, fragte er schließlich,

sich ihr wieder zuwendend. »Wenn er seinen Fehler bereute und seine Schuld wiedergutmachte?«

Sprach er im Ernst? Meinte er es ehrlich oder war das ein neuer Trick?

»Warum sollte er das tun?«

»Weil er liebt«, sagte er leise.

Sie spürte, wie sie innerlich erzitterte. Da war sie, die Liebeserklärung, die sie ebenso sehr erhofft wie gefürchtet hatte. Die Liebeserklärung eines reuigen Betrügers. Die einmalige Chance, das Manuskript ihres Vaters zurückzuerlangen. Aber zu welchem Preis?

Er deutete ihr Schweigen richtig und fuhr aufgeregt fort.

»Weil er so ehrlich und tief liebt, dass er bereit ist, für diese Liebe durch jedes Feuer zu gehen und jegliche Opfer zu bringen, seien sie auch noch so schwer. Sagen Sie mir, ob Sie diesem Menschen verzeihen könnten, Mamsell Rosen. Ich bitte Sie. Ich gehe nicht von dieser Stelle, bis ich eine Antwort erhalten habe!«

Sollte sie es wagen? Würde er ihr das Manuskript tatsächlich freiwillig zurückgeben? Aus Liebe? Hatte sie gewonnen? Oder war es eine Finte und sie hatte mit diesem Geständnis alles verspielt?

»Ich denke, es wäre möglich«, flüsterte sie.

»Sie würden mir vergeben?«, beharrte er.

»Nicht vergessen, aber vergeben.«

Seine angespannten Gesichtszüge lösten sich, er trat auf sie zu, ergriff ihre Hand und küsste sie inbrünstig.

»Dann weiß ich, was ich zu tun habe, Mamsell Rosen!«, rief er. »Lassen Sie uns nun zurückgehen, damit ich alles in die Wege leiten kann.«

In seiner Begeisterung legte er einen Arm um sie und zog sie mit sich, löste sich dann aber rasch von ihr, da ihnen eine Familie mit Kindern und Hund entgegenkam, die mit Gerätschaften gerüstet unterwegs zu ihrem Garten waren.

Bis sie vor dem Haus seines Vaters standen, sprach er kein einziges Wort, doch als sie die Stufen hinaufgestiegen waren und im Flur standen, nahm er noch einmal ihre Hand und drückte sie fest.

»Noch heute Abend wird alles im Reinen sein, Mamsell Rosen. Sie haben mein festes Versprechen, ebenso wie ich auf das Ihre vertraue.«

Kapitel 14

Er lächelte ihr zu und stieg mit festen Schritten die Treppe hinauf, als ginge es in einen Kampf. Elise sah ihm nach, dann erst bemerkte sie Trude, die an der Tür zu den Wirtschaftsräumen stand und sie mit weit aufgerissenen Augen anstarrte.

»Wolltest du mir etwas sagen, Trude?«, fragte sie freundlich.

Das Mädchen gab sich einen Ruck.

»O ja, Mamsell Rosen. Frau Knüll hat das Mittagessen fertig, und oben liegt der junge Herr auf seinem Lager mit schrecklichen Rückenschmerzen.«

»Herr Liebermann?«, fragte sie erschrocken. »Was ist denn mit seinem Rücken passiert?«

Trude lächelte. Seltsamerweise schien das Missgeschick des Gastes sie glücklich zu machen. »Er hat ihn sich verrenkt, sagte er. Ich habe ihn mit Pferdebalsam eingerieben, da ist es gleich besser geworden. Erst hat er sich gesträubt, aber ich habe nicht nachgelassen, und nun liegt er und ruht sich aus.«

Da schau an, dachte Elise amüsiert. Sie hat tatsächlich ihr Herz für Moritz entdeckt und sich sogar als Krankenschwester betätigt.

»Das hast du gut gemacht, Trude. Schläft er jetzt oder kann ich nach ihm sehen?«

»Er hat mir aufgetragen, dass Sie sofort hinaufkommen sollen, sobald Sie von Ihrem Spaziergang mit dem gnädigen Herrn zurück sind, Mamsell Rosen.«

»Danke, Trude. Ich schaue nur rasch, wie es ihm geht, dann kommen wir zum Essen.«

Mit gemischten Gefühlen stieg sie die Nebentreppe hinauf. Würde Hans Christian ihr morgen früh tatsächlich das Manuskript ihres Vaters überreichen? Das wäre ein großartiger Erfolg ihrer Mission. Auf der anderen Seite rührte sich ihr Gewissen, denn sie würde ihm diesen hinterhältigen Diebstahl nicht vergeben können, wie sie behauptet hatte. Abwarten, sagte sie sich. Wer sagt, ob er überhaupt Wort hält?

Oben im Flur wartete Grete mit großer Ungeduld auf sie. »Endlich kommen Sie, Mamsell Elise«, flüsterte sie. »Rasch. Hier herein.«

Sie zog sie zu Moritz' Zimmertür und war so aufgeregt, dass es Elise angst und bange wurde. Was hatte er nun schon wieder angestellt, dieser Unglückswurm? Hatte er am Ende doch versucht, sich auf ein Pferd zu setzen, und sich bei einem Sturz am Rücken verletzt?

Doch als sie die Tür öffnete, saß Moritz vergnügt auf einem Stuhl und blickte ihr mit triumphierender Miene entgegen.

»Moritz! Was ist passiert? Was ist mit deinem Rücken?«

»Gar nichts«, sagte er und verzog schmerzvoll das Gesicht. »Brennt nur wie Feuer, das Zeug. Sie hat mich so energisch eingerieben, als wäre ich ein Ackergaul. Die Hosen musste ich herunterlassen …«

»Das interessiert mich nicht …«

»Braucht es auch nicht, Lieschen. Heb lieber einmal die Decke hoch und schaue unter diesen Tisch. Da wirst du Augen machen.«

Der Student Johann Rübsamen hatte sein Zimmer hübsch mit Bildern, Kissen und sogar einem bunten Teppich ausgestattet. Über den kleinen Tisch vor dem Sofa war ein fein gewebtes Tuch aus dunkelrotem gemustertem Stoff gebreitet, das an den Rändern mit Fransen versehen war und bis zum Boden reichte. Misstrauisch hob Elise es an, wobei zwei braune Pfoten zum Vorschein kamen.

»Fidibus? Was ist los mit dir? Bist du vielleicht krank?«

»Du musst richtig hinschauen, Lieschen!«, forderte Moritz.

Da sah sie es. Der Hund war nicht allein unter dem Tisch, er bewachte dort eine Holzkiste. Dem Aufdruck nach befand sich Rotwein aus Frankreich darin …

»Es war einfacher, als ich dachte«, prahlte Moritz voller Stolz. »Ich bin probeweise ins Haus und wollte mich als Bote ausgeben, um die Sache auszubaldowern. Da kommt die Haushälterin auf mich zu, blinzelt mich mit halb blinden Augen an und meint: »›Da sind Sie ja. Die Kiste steht dort und das Geld für das Verschicken liegt dabei.‹ Na, und da habe ich die Münzen eingesteckt und mir das schwere Ding auf den Ast geladen. Aber wie es der Teufel will, habe ich mir dabei einen Hexenschuss eingehandelt.«

Das alles klang mehr als unglaubwürdig, schien jedoch die Wahrheit zu sein, denn Grete bestätigte alles mit aufgeregtem Nicken. Elise hob die Tischdecke noch weiter an und besah den Aufdruck der Kiste. Es war eindeutig derselbe, den sie gestern bei Professor Kreuzer gesehen hatte.

»Maison Jacques, le Fils. St. Denis. Der Herr Professor ist ein Kenner«, sagte Moritz. »Ist aber kein Wein drin. Das merkt man am Gewicht. Auch keine leeren Flaschen, die würde man klappern hören. Es raschelt, wenn man an der Kiste rüttelt. So, als lägen Papiere im Stroh.«

»Dann mach sie auf«, forderte Elise aufgeregt.

»Sie ist vernagelt. Ich brauche Werkzeug.«

»Unsinn«, mischte sich Grete ein. »Der Brieföffner dort auf dem Tisch tut es auch.«

»Das poplige Ding bricht ganz bestimmt ab, wenn ich es in die Ritze klemme …«

»Ein Stemmeisen wird kaum zu beschaffen sein«, meinte Grete skeptisch.

In diesem Moment klopfte es an der Tür; Elise ließ eilig die Tischdecke wieder fallen und erhob sich.

Vor der Tür stand Trude mit einem Tablett, auf dem zwei gefüllte Teller, ein Becher und ein Krug standen. Ein verlockender Duft von Räucherwürsten begleitete ihren Auftritt.

»So, lieber gnädiger Herr«, sagte sie fürsorglich. »Ich habe Ihnen das Essen gebracht, weil Sie doch schlecht die Treppen laufen können.«

Sie stellte ihre Last auf dem Tisch ab, schob alles liebevoll zurecht und knickste dann vor Moritz.

»Bitte schön, gnädiger Herr. Und die Mamsellen sollten jetzt bitte hinunterkommen. Frau Knüll hat Grünkohl mit Göttinger Würsten gekocht.«

»Geht nur«, meinte Moritz gönnerhaft. »Ich bin versorgt und komme gut zurecht. Ach, liebe Trude – könntest du mir vielleicht ein größeres Messer für die Würste bringen? Diese zarten silbernen Geräte rutschen mir immer aus den Fingern.«

»Aber gern, gnädiger Herr. Ich hole Ihnen eines aus der Küche.«

Trude eilte so schnell davon, dass ihre Holzschuhe auf der Treppe ein heftiges Dröhnen erzeugten. Grete und Elise folgten ihr in gemessenem Tempo und amüsierten sich über den schlauen Moritz, der sich auf diese Weise ein passendes Werkzeug beschaffte.

»Mitunter ist er doch zu gebrauchen«, fand Grete schmunzelnd.

»O ja, er hat seine guten Seiten …«

Elise wollte gerade die Zwischentür zum ersten Stock öffnen, wo sich das Speisezimmer befand, da kam ihnen die Wirtschafterin entgegengelaufen. Ihrem Gesichtsausdruck nach war etwas ganz Außerordentliches geschehen, das sie völlig aus der Fassung gebracht hatte.

»Verzeihung«, sagte sie. »Ich muss Sie bitten, wieder hinaufzugehen. Der Herr Professor hat mich angewiesen, Ihnen die Mahlzeit oben auf Ihren Zimmern zu servieren.«

Laute Stimmen drangen zu ihnen ins Treppenhaus, und die Wirtschafterin schlug ihnen hastig die Tür vor der Nase zu. Aber Elise hatte die zornige Stimme des Professors recht deutlich erkannt, und ihr wurde heiß vor Schreck. Wie es schien, hielt Hans Christian sein Wort, er war entschlossen, ihr das gestohlene Manuskript zurückzugeben. Aber vermutlich lag die Entscheidung nicht bei ihm allein, sein Vater war ebenfalls an der Sache beteiligt und offensichtlich nicht bereit, den Wunsch seines Sohnes zu erfüllen. Beide hatten keine Ahnung davon, dass dieser Streit ganz unnötig war, denn das Manuskript befand sich ja dank Moritz' überraschender Aktion bereits in ihren Händen.

Wie wunderbar, dachte sie beglückt. Er kämpft wirklich und wahrhaftig um mich und ist sogar bereit, gegen den eigenen Vater anzutreten. Doch gleich darauf erwachte wieder ihr Misstrauen. Kreuzer wollte das Manuskript auf die Post bringen lassen, um es irgendwohin zu schicken – falls Hans Christian davon wusste, konnte er leicht einen Streit mit dem Vater inszenieren, um sie zu beeindrucken. Das Manuskript würde trotz seines guten Willens leider nicht auffindbar sein. Man hätte es längst in Sicherheit gebracht. Konnte das seine Absicht gewesen sein? Oder dachte sie viel zu kompliziert, und die Lösung war ganz einfach?

»Was mag da nur los sein?«, fragte Grete leise, als sie wieder im Dachgeschoss anlangten.

»Ich erkläre es dir später«, meinte Elise verwirrt. »Wir müssen erst einmal warten, bis sie uns das Essen bringt. Danach können wir …«

In diesem Moment vernahmen sie lautes Knirschen, begleitet von kräftigen Schlägen, und stürzten beide zugleich in Moritz' Zimmer. Er kniete vor der Kiste, die er unter dem Tisch hervorgezogen hatte, und hatte den Deckel schon halb geöffnet.

»Hör auf, solchen Lärm zu machen«, wies ihn Elise atemlos an. »Gleich kommt die Wirtschafterin hinauf und bringt uns das Essen.«

»Wieso das denn?«, fragte er verständnislos.

»Schieb die Kiste unter den Tisch und warte, bis Frau Knüll wieder unten ist!«

»Ja doch …« stöhnte er und hielt sich den schmerzenden Rücken.

Das Mittagessen wurde von Trude serviert und kam kalt oben an. Auch Trude war ziemlich durcheinander, sie schien sogar den Tränen nahe und stellte die Teller so ungeschickt ab, dass eine der Würste über den Tisch rollte.

»Frau Knüll lässt Ihnen ausrichten, dass sie sich tausendmal entschuldigt … Ich weiß auch nicht, was da geschehen ist … Ich hab den gnädigen Herrn Professor noch niemals so erlebt … Er ist ganz außer sich … Und der junge Herr ist es auch … Mein Gott, mein Gott, wenn sie sich nur nicht auf ewig zerstreiten … Der arme junge Herr … Er ist immer so gütig und freundlich zu mir gewesen…«

Sie unterbrach sich und hielt erschrocken die Hand vor den Mund.

»Aber das sollte ich eigentlich gar nicht erzählen … Ich habe nichts gesagt, Mamsell … Verzeihung …«

Sie knickste und wollte in ihrer Verwirrung die Teller gleich wieder mitnehmen, blieb dann aber bei der Tür stehen, trug alles zurück, knickste noch einmal und lief davon.

»Die Sache spitzt sich zu«, bemerkte Grete. »Sie haben gewiss bemerkt, dass es der falsche Bote war, weil kurz darauf wohl der richtige bei Professor Kreuzer auftauchte. Jetzt müssen wir rasch handeln.«

Elise wusste zwar, dass der Streit andere Gründe hatte, aber Gretes Vermutung war ebenfalls nicht von der Hand zu weisen. Im Hause von Professor Kreuzer würde man den Diebstahl schnell bemerken. Sie ließen das Essen stehen und liefen hinüber zu Moritz. Der hatte sich inzwischen wieder an die Arbeit gemacht und hob soeben den hölzernen Deckel von der Kiste.

»Lass sehen«, sagte Elise und kniete sich neben ihn. »Grete, bleib an der Tür und pass auf, ob jemand kommt.«

Stroh kam zum Vorschein, dicht zusammengepresst und in Bündel gebunden.

»Damit werden die Weinflaschen verpackt«, erklärte Moritz, als er ihr enttäuschtes Gesicht sah. »Nichts Ungewöhnliches. Schauen wir, was darunter ist.«

Ein Brief lag zwischen den Strohbündeln. Hastig nahm Elise das Schreiben heraus und legte es zur Seite. Dann, endlich, kamen beschriebene Blätter zum Vorschein. Ein ganzer Stapel. Zeichnungen lagen dazwischen. Gepresste Pflanzen, schon ganz verdorrt und halb zerbröselt, auf Papier aufgeklebt und von kleiner, emsiger Handschrift eingerahmt.

»Was ist das?«, flüsterte Elise entsetzt.

»Das Manuskript deines Vaters«, behauptete Moritz. »Was sonst?«

Sie warf die letzten Strohbündel aus der Kiste und hob den Stapel Papier heraus, um ihn durchzublättern, aber wie sie bereits befürchtet hatte – es waren ausschließlich Zeichnungen und gepresste Pflanzen, die jemand mit großem Fleiß beschrieben und nummeriert hatte. Da fast alles in Latein war, verstand sie kein Wort, begriff jedoch, dass es sich um exotische Gewächse handelte, die ein Botaniker auf einer Expedition gesammelt hatte. Den Zeichnungen nach musste es Afrika oder vielleicht Amerika sein, denn man sah dunkelhäutige Eingeborene in Lendenschurzen, darunter auch Frauen, die ihre Brüste unbedeckt trugen.

»Der hat es ja ganz schön bunt getrieben, dein Herr Papa«, meinte Moritz, der die Zeichnungen voller Interesse betrachtete.

»Das ist nicht das Manuskript meines Vaters, Moritz«, sagte sie dumpf. »Wir haben uns geirrt. Wir müssen die Kiste zur Post bringen und absenden. Sonst machen wir uns des Diebstahls schuldig.«

»Was?«, stöhnte Moritz. »Ich schleppe das verdammte Ding durch die Stadt, hebe mir einen Ast dabei, mache mich zum Krüppel. Und dann ist es das falsche?«

»Das tut mir schrecklich leid, Moritz. Aber ich hatte dich gewarnt und dir verboten, etwas zu unternehmen.«

Er warf zornig ein Bündel Stroh zurück in die Kiste und verzog das Gesicht, weil die Bewegung seinem Rücken nicht gutgetan hatte.

»Wenn du glaubst, dass ich das schwere Teil zur Post trage, dann hast du dich geschnitten, Lieschen«, schimpfte er. »Ich bin Invalide und kann nicht einmal ein Fliegenbein anheben.«

Grete, die immer noch bei der Tür stand, tat einen tiefen, enttäuschten Seufzer.

»Es wäre ja auch zu einfach gewesen«, meinte sie bekümmert. »Packen wir alles zurück in die Kiste und versuchen wir, den Deckel wieder draufzubekommen.«

»Und dann?«, wollte Elise wissen.

»Dann tragen wir beide sie zur Post und schicken sie ab.«

»Das wird wohl das Beste sein«, meinte Elise. »Wohin soll sie überhaupt verschickt werden?«

»Steht obendrauf«, ließ sich Moritz mürrisch vernehmen. »Nach Marburg zu irgendeinem Professor …«

»Da ist doch auch ein Schreiben …«

Elise nahm den Brief, der zwischen den Strohbündeln gelegen hatte, und entzifferte mühsam einige Zeilen. Professor Kreuzer hatte eine Schrift, die den Eindruck erweckte, eine Krähe sei übers Papier gelaufen. Auf keinen Fall konnte er derjenige sein, der diese Pflanzen so sorgfältig beschriftet hatte.

Geschätzter Kollege,
mit gleicher Post erhalten Sie die versprochenen Herbarien aus dem südlichen Amerika, die mir ein alter Freund hinterließ und die ganz ungewöhnliche und einzigartige Pflanzen der dortigen Flora samt genauester Beschreibung enthalten. Leider ist der Zustand der Herbarien durch die lange Lagerung nicht mehr der beste, dennoch ist diese Sammlung ohne Zweifel die beiden Kinderschädel aus England wert, die Sie mir im Tausch gegen diese wertvollen Blätter übereigneten.
Ihr ergebener
Karl Friedrich Kreuzer, Hofrat
Professor der Medizin, ordentliches Mitglied der
Honorenfacultät zu Göttingen

»Es ist nicht anständig, fremde Post zu lesen«, bemerkte Moritz, da sie so lange in das Schreiben vertieft war.

»Es lohnt sich auch nicht«, seufzte Elise und legte den Brief in die Kiste zurück. »Wie peinlich mir dieser unsinnige Diebstahl ist! Schauen wir, dass wir das Zeug so schnell wie möglich wieder loswerden. Jetzt ist es günstig, da unten ein Streit im Gange ist und niemand auf uns achtet.«

»Was ist eigentlich los im Hause Thiedemann?«, wollte Moritz nun wissen, und auch Grete sah Elise fragend an.

»Wenn sich alles so entwickelt, wie ich es mir erhoffe«, verkündete Elise nicht ohne Befriedigung, »dann wird Hans Christian Thiedemann mir noch heute das Manuskript meines Vaters aushändigen und sich für den Diebstahl entschuldigen.«

»Das hat er dir versprochen?«, meinte Moritz ungläubig.

»Allerdings.«

Moritz war kein schneller Denker, doch die Eifersucht ließ ihn sofort eine Gefahr für seine Heiratspläne wittern.

»Und das glaubst du?«, rief er aufgebracht. »Das hat er doch bestimmt nur erzählt, um dich zu umgarnen. Hat er auch gesagt, dass du in sein Schlafzimmer kommen musst, um dir das Manuskript abzuholen?«

»Nein, hat er nicht«, erwiderte Elise ärgerlich. »Und jetzt halt endlich den Mund, Moritz, du hast uns schon genug Ärger eingebrockt. Schau lieber zu, dass du die Kiste wieder vernagelst, damit Grete und ich damit zur Post gehen können!«

Aber Moritz, der sonst stets bereit war, ihr hilfreich zur Seite zu stehen, war jetzt beleidigt.

»Bin ich dein Diener?«, schmollte er. »Nagel das Ding doch selber zu, wenn du es damit so eilig hast.«

Mit den Nägeln, die Moritz aus dem Holz gezogen hatte, war nicht viel anzufangen, denn sie waren allesamt schief und krumm. Sie würden die Kiste so wie sie war zur Poststation tragen müssen und dort jemanden bitten, sie zu vernageln.

»Besser, wir essen vorher etwas«, schlug Grete vor. »Mir hängt der Magen in den Kniekehlen, so kann ich keine Kiste tragen.«

»Meinetwegen …«

Elise verspürte vor Aufregung nicht den mindesten Appetit; schon der Gedanke an kalten Grünkohl und Räucherwurst hob ihr den Magen. Doch als sie in Elises Zimmer traten, wo Trude die Mahlzeiten abgestellt hatte, waren alle Teller leer.

»Der verflixte Hund«, stöhnte Grete. »Ich wunderte mich schon, wo er geblieben war. Da liegt der Dieb unter dem Tisch, den Bauch voller Göttinger Würste!«

Fidibus blickte seine Herrin prüfend an, und als er feststellte, dass sie ärgerlich auf ihn war, legte er den Kopf auf die Pfoten und trug eine zutiefst schuldbewusste Miene zur Schau.

»Es war unser Fehler«, meinte Elise. »Wir hätten ihn nicht mit den Würsten allein lassen dürfen. Gehen wir – es ist höchste Zeit.«

»Nicht jetzt«, meinte Grete. »Es ist ein Gewi…«

Ein lautes Donnergrollen übertönte ihre Worte, dann ein

Krachen, als sei direkt über dem Haus eine Kanone abgefeuert worden. Beide zogen ängstlich die Köpfe ein. Ein Gewitter. Ausgerechnet jetzt.

»Vielleicht schaffen wir es ja bis zur Poststation, bevor der Regen einsetzt«, meinte Elise beklommen.

»Aber wenn nicht, läuft Wasser in die Kiste, und alles darin wird durchweicht«, gab Grete zu bedenken.

Das Tageslicht hatte sich verdunkelt, schwer und unheilschwanger hingen die Wolken über der Stadt. Ein aufzuckender Blitz erhellte das Zimmer für Sekunden, Elise schrie erschrocken auf, weil Fidibus unter ihrem Rock Schutz suchte.

»Lass das, du dummer Hund!«

Der nächste Donner schien direkt über dem Dach zu explodieren, Fidibus drehte sich dreimal im Kreis und verschwand eilig unter dem Sofa. Ein Schlag erschütterte das Haus – jemand hatte unten eine Tür ins Schloss geworfen. Der Streit schien sich in den Flur verlagert zu haben, denn man hörte jedes Wort.

»Du Narr!«, brüllte die wutverzerrte Stimme des Professors. »Sie ist die Tochter ihres Vaters. Er hat die Weiber nach Lust und Laune verführt, und sein Töchterlein weiß jeden Mann um den Finger zu wickeln!«

Ein krachender Donnerschlag schien diese Worte zu bestätigen. Elise erstarrte vor Entsetzen. Was für eine Unverschämtheit! Noch vorgestern hatte er von den goldenen Zeiten erzählt, die er gemeinsam mit ihrem Vater in Berlin erlebt hatte. Und jetzt dies!

»Du hast kein Recht, sie zu beleidigen«, antwortete Hans Christian, so laut, dass es durch das ganze Haus schallte. »Ich bin nicht bereit, meinen Verlag auf einen Betrug zu gründen.«

Ein greller Blitz ließ am Fenster Häuser und Kirchtürme so deutlich erkennen, als seien sie in Stahl gestochen. Gleich darauf versank alles wieder in Finsternis. Elise schoss der unsinnige Gedanke durch den Kopf, was wohl mit dem Kupferdraht des

Herrn Gauss passierte, wenn der Blitz den Kirchturm traf, an dem er befestigt war.

»Wenn du diesen Wahnsinn begehst«, kreischte der Professor, »dann kannst du die Verlagsgründung vergessen!«

»Das wird sich zeigen, Vater!«

»Renn doch in dein Unglück, du liebestoller Idiot!«

Der nächste Donnerschlag schien das Gebälk des Daches über ihnen zu zertrümmern. Sie hielten sich die Ohren zu, und der Hund unter dem Sofa zitterte so heftig, dass das ganze Sofa bebte. Vorsichtig lauschten sie dann wieder, ob der Streit unten im Flur seinen Fortgang nahm, doch es war nichts mehr zu hören. Grete öffnete mutig das Dachfenster und lehnte sich hinaus, um hinunter auf die Straße zu sehen.

»Was für ein Gewimmel«, meldete sie. »Die Leute rennen alle vor dem Gewitter davon. Eine Frau hat ihren Korb mit Einkäufen verloren. Und drüben rollt ein Zylinderhut über die Straße …«

Elise schob sie zur Seite und schaute ebenfalls hinaus. Ein Blitz zeichnete eine grelle Zackenlinie in die schwarzen Wolken, gleich darauf folgte das Donnergrollen, als rumpele oben in den Wolken ein schwerer Wagen dahin.

»Da ist er!«, sagte Grete.

Sie zeigte mit dem Finger auf einen jungen Mann, der soeben dicht vor einer heranrollenden Equipage die Buchstraße überquerte. Er hob die Hand, um sich bei dem ärgerlichen Kutscher zu entschuldigen, und bog dann in die Weender Straße ab, wo er rasch ihren Blicken entschwand. Doch Elise hatte noch das helle Haar erkannt, das unter Hans Christians Mütze hervorquoll, und sie blickte ihm besorgt nach.

Was hatte er vor? Wohin eilte er bei diesem bedrohlichen Unwetter? Wie energisch hatte er sie gegen seinen Vater verteidigt! Und wie aufrichtig er seine Tat bereute und bereit war, sie wiedergutzumachen! Ach, er war mutig bereit, Opfer zu bringen, und setzte sogar die Verwirklichung seines großen Traums, die Gründung eines eigenen Verlags, aufs Spiel. Sein Vater jedoch, der Professor Thiedemann, der war ein ganz und gar widerlicher, verlogener Mensch. Hätte sie nur schon das Manuskript in ihren Händen, dann bliebe sie keine Sekunde länger in seinem Haus!

»Es regnet«, sagte Grete erleichtert. »Gottlob!«

Dicke Tropfen schlugen auf das Dach, sie zogen die Köpfe zurück und schlossen das Fenster. Der Regen entwickelte sich rasch zu einem wahren Wolkenbruch. Bald hatten sich die Fensterscheiben mit einem dichten Netz von Wasseradern bedeckt, und man konnte hören, wie das Regenwasser vom Dach herab auf das Straßenpflaster rauschte.

Jemand klopfte kurz an und öffnete die Tür. Moritz humpelte ins Zimmer, er ging leicht nach vorn gekrümmt und ächzte, als er sich auf dem Sofa niederließ.

»Ich dachte schon, die Welt geht unter«, sagte er. »Hör zu, Lieschen. Wie zu hören war, will dieser seltsame Vogel dir tatsächlich das Geschreibsel deines Vaters zurückgeben. Wenn das so ist, dann lassen wir die Kiste einfach unter dem Tisch stehen und machen uns mit dem Manuskript davon.«

»Das wäre nicht anständig«, meinte Elise. »Nein, wir warten den Regen ab und dann …«

Sie unterbrach sich, weil es an der Tür klopfte.

»Komm herein, Trude«, sagte Elise freundlich. »Es wurde alles bis auf den letzten Krümel aufgegessen.«

»Nur leider nicht von uns«, murmelte Grete verdrossen und warf einen Blick unter das Sofa, wo Fidibus immer noch wie ein zitterndes Häuflein Unglück kauerte.

»Verzeihung«, sagte Trude und lächelte in Moritz' Richtung. »Es sind Gäste angekommen, und der Herr Professor hat mich angewiesen, sie zu Mamsell Rosen hinaufzuführen.«

»Gäste?«, wunderte sich Elise.

»Zwei Herren aus Frankfurt …«

»Aus Frankfurt? O mein Gott!«, rief Elise aufgeregt aus. »Führ sie hinauf, Trude. Das werden mein Vater und Herr van Leuwen sein.«

Kapitel 15

Die ankommenden hatten sich nicht die Zeit genommen, die nassen Mäntel und Hüte abzulegen. Triefend erschienen sie im Flur, die Hüte in den Händen. Beide waren außer Atem, da sie die Treppen rasch und in großer Ungeduld hinaufgeeilt waren.

»Voilá!«, rief de LaTour erfreut, als er Elise erblickte. »Ich hoffe, wir kommen noch rechtzeitig, mein Kind.«

Er ging mit ausgebreiteten Armen auf sie zu, um sie an sich zu ziehen, doch unvermittelt schoss Fidibus mit wütendem Kläffen unter dem Sofa hervor, um seine Herrin zu beschützen.

»Kusch!«, befahl van Leuwen mit Donnerstimme und Fidibus setzte sich verblüfft auf sein Hinterteil.

»Seit wann hast du einen Hund?«, wollte de LaTour wissen.

»Er ist mir zugelaufen, Vater.«

»Das hässlichste Tier, das ich je gesehen habe«, knurrte er. »Lass dich umarmen, mein Mädchen. Ich bin auf der Stelle mit Christian Daniel gemeinsam aufgebrochen, als ich deinen Brief erhielt. Wie stehen die Aktien? Hast du den Voleur entlarvt? Mein Manuskript gefunden?«

Sie schmiegte sich an seinen regenfeuchten Mantel und war plötzlich unsagbar froh, all diesen schwierigen Dingen nicht mehr allein gegenüberstehen zu müssen.

»Ich werde es noch heute erhalten«, sagte sie. »Hans Christian hat sich besonnen und will es mir zurückgeben.«

»Er hat es also tatsächlich gestohlen!«, staunte Christian Daniel van Leuwen und strich eine nasse Strähne seines ergrauten Haars aus der Stirn. »Ich hätte darauf gewettet, dass er unschuldig ist.«

»Nun siehst du, dass ich recht hatte«, stellte Elises Vater befriedigt fest und schob seine Tochter ein wenig von sich, um sie prüfend anzuschauen. »Eine prächtige Tochter habe ich in die Welt gesetzt. Ein ganz wunderbares, kluges Mädchen. Sag mir, wie du das erreicht hast, Elise.«

»Das fragst du?«, meinte van Leuwen lachend. »So wie ich den jungen Mann in Erinnerung habe, war es deiner Tochter ein Leichtes, ihm den Kopf zu verdrehen. Habe ich recht, Mamsell Elise?«

Es war ihr nicht angenehm, so kühl und berechnend von ihm eingeschätzt zu werden, zumal sie van Leuwen sehr verehrte und ihm hoch anrechnete, dass er und seine Frau Annette ihrem Vater solch treue und freigebige Freunde waren. Doch bevor sie den Mund aufmachen konnte, um zu widersprechen, mischte sich schon Moritz ins Gespräch.

»Wer da wem den Kopf verdreht hat, ist noch nicht heraus, Herr van Leuwen. Dieser hübsche Student weiß meinem Lieschen fein zu schmeicheln, und wenn er ihr tatsächlich dieses Manuskript zurückgeben sollte, dann hat er ganz sicher seine geheimen Hintergedanken dabei.«

De LaTour blickte ihn stirnrunzelnd von oben herab an. »Herr Liebermann, wie ich annehme?«

»Zu Ihren Diensten, Herr de LaTour. Ich bin Elises Ziehbruder aus Kassel«, sagte Moritz.

Er verbeugte sich eilig, da er vor de LaTour großen Respekt hatte und einen guten Eindruck machen wollte.

»Man erzählte mir, Sie hätten in Frankfurt seinerzeit die Brötchen ausgetragen und auf diese Weise täglich mit meiner Tochter des messages secrets ausgetauscht.«

»Das … das ist richtig, Herr de LaTour«, stotterte Moritz

verlegen. »Ich habe auf sie aufgepasst und sie beschützt, weil sie doch ganz allein nach Frankfurt kam.«

»Sehr löblich, junger Mann«, äußerte de LaTour herablassend und wandte sich Elise zu.

»Du hast dich nicht etwa auf irgendwelche Versprechen eingelassen, die du bereuen könntest, Elise?«, fragte er besorgt.

»Wie meinst du das, Papa?«

»So wie ich es sagte, mein Kind«, gab er zurück und wechselte einen Blick mit van Leuwen, der sein Gelächter eingestellt hatte und jetzt ebenfalls eine ernste Miene machte.

»Dieser junge Mann ist ein Dieb und Betrüger«, fuhr er fort. »Selbst wenn du ihm aus taktischen Gründen Versprechungen gemacht hättest, gäbe es keinen Grund, sie einzuhalten. Einen Betrüger zu betrügen ist ein erlaubtes Spiel, eine kleine Korrektur des Schicksals, das sich so häufig blind und ungerecht erweist.«

»Mag sein, Papa«, antwortete Elise. »Aber ich pflege meine Versprechen zu halten.«

»Da haben wir's!«, rief Moritz zornig aus. »Er hat sie eingewickelt und festgenagelt. Genau wie ich es mir gedacht habe!«

De LaTour ignorierte Moritz' Geschrei, er fasste Elise bei den Schultern und sah sie mit eindringlichem Blick an.

»Was auch immer du ihm versprochen hast – als dein Vater habe ich ein Wörtchen mitzureden! Die Tugend meiner Tochter ist mir ...«

»Was glaubst du denn von mir?«, sagte sie empört. »Ich habe ihm nichts weiter versprochen, als dass ich ihm den Diebstahl verzeihen werde, wenn er das Manuskript zurückgibt. Nicht vergessen – aber verzeihen.«

Er hielt sie immer noch fest, ohne den Blick von ihr zu lösen. Seine Miene war um einiges besorgter geworden.

»Rien de plus?«, fragte er.

»Nichts weiter, Papa.«

»Dann ist die Sache ernster, als ich befürchtet hatte«, murmelte er. »Zum Glück bin ich noch rechtzeitig gekommen. Verlieren wir keine Zeit – die Angelegenheit muss auf der Stelle geregelt werden.«

Er schob sie von sich weg und warf van Leuwen einen auffordernden Blick zu, während er zur Tür ging.

»Warte doch, Papa! Hans Christian ist gar nicht im Haus, er ist unterwegs …«

»Umso besser!«, meinte er, ohne sich umzusehen. »Wir brauchen ihn nicht.«

O weh, dachte Elise unglücklich, während sie hinter ihm her die Treppe hinunterlief. Nun wird er alles durcheinanderbringen, und Hans Christian wird glauben, ich hätte ihn hintergangen. Warum habe ich nicht den Mund gehalten? Muss man seinem Vater immer die Wahrheit sagen? Er sagt mir schließlich auch nicht alles.

De LaTour schien sich im Hause seines Freundes Thiedemann bestens auszukennen, denn er öffnete die Tür zum ersten Stock und ging entschlossenen Schrittes zum Wohnkabinett.

»Jacob Friederich!«, rief er und klopfte an. »Du hast Besuch aus Frankfurt, alter Freund.«

»Scher dich zur Hölle, Charles François!«, war die zornige Antwort.

Auf dem Gesicht ihres Vaters breitete sich ein amüsiertes Lächeln aus.

»Nun – früher oder später werden wir uns dort ohnehin wiedertreffen, mein Lieber«, sagte er heiter. »Die Sache ist jedoch eilig, und ich hätte sie gern vorher geregelt. Alors, ouvre la porte!«

»Ich habe nichts mit dir zu schaffen«, schimpfte Professor Thiedemann.

»Aber ich mit dir!«

»Trude! Die Herrschaften wollen gehen! Bring sie zur Tür!«

Die arme Trude war auf den Lärm hin herbeigelaufen und stand ratlos an der Treppe, ohne recht zu wissen, wie sie diese Anweisung befolgen sollte. De LaTour nahm ihr die Entscheidung ab, indem er selbstherrlich die Tür öffnete und ins Kabinett eindrang. Van Leuwen und Elise folgten ihm, auch Moritz, der sich ihnen angeschlossen hatte, blieb nicht zurück, und ganz am Schluss schlüpfte Fidibus in den Raum.

Professor Thiedemann sprang wie ein aufgescheuchtes Tier hinter seinem Schreibtisch hervor und nahm neben dem großen Globus Aufstellung, das Gesicht wutverzerrt, die Fäuste geballt.

»Ich verwahre mich gegen diesen Überfall«, rief er. »Trude – geh zur Polizeistation und richte aus …«

»Dass sich Diebesgut im Hause des Professors Jacob Friederich Thiedemann befindet?«, fiel ihm de LaTour ins Wort und hob ironisch die Augenbrauen. »Nein, liebe Trude, damit würdest du deinem Herrn einen Bärendienst erweisen.«

»Ich weiß wirklich nicht, wovon du redest!«, sagte der Professor.

»Mach dich nicht lächerlich«, gab de LaTour zurück, während er sich suchend im Raum umschaute. »Dein Sohn hat die Tat eingestanden und seine Bereitschaft bekundet, das Manuskript zurückzugeben.«

»Mein Sohn ist ein verliebter Trottel«, krähte Thiedemann. »Er redet das Blaue vom Himmel herunter, um deine Tochter zu beeindrucken. Ich habe damit nichts zu schaffen!«

Jetzt konnte Elise sich nicht mehr zurückhalten. Dieser Mensch hatte sie und ihren Vater gemein beleidigt, und jetzt nannte er seinen eigenen Sohn einen Trottel!

»Sie haben kein Recht, so über Hans Christian zu sprechen«, rief sie empört. »Er besitzt im Gegensatz zu seinem Vater einen Rest von Anstand, da er seine Tat bereut.«

Man vernahm Trudes aufgeregte Stimme im Flur, jemand eilte die Treppe hinauf, gleich darauf wurde die Tür aufgerissen.

Hans Christian stand vor ihnen. Auch er war nass vom Regen, die Jacke an den Schultern durchweicht, aus dem Haar rannen ihm Tropfen übers Gesicht. Doch seine Augen leuchteten, denn er hatte Elises Worte gehört.

»Es ist wahr, Vater«, sagte er ruhig. »Ich habe vor, begangenes Unrecht wiedergutzumachen. Ich bitte dich herzlich, nicht länger zu leugnen und die Blätter herauszugeben.«

Professor Thiedemann starrte dem so unpassend aufgetauchten Sohn zornig ins Gesicht, dann hob er das Kinn, und seine Miene wurde eisig.

»Ich weiß nicht, welche Versprechungen du Mamsell Rosen gemacht hast, Hans Christian. Und ich weiß von keinem Manuskript.«

»Ich gab es dir zur Verwahrung, Vater!«, rief Hans Christian empört. »Das kannst du doch nicht vergessen haben! Die Blätter sollten die erste Veröffentlichung meines neuen Verlags werden.«

»Dann musst du danach suchen, denn ich habe keine Ahnung, was du meinst«, war die schnöde Antwort.

Hans Christian war stumm vor Verblüffung, er machte eine verzweifelte Geste und ließ dann hilflos die Arme sinken.

»Das kann nicht dein Ernst sein, Vater«, sagte er dumpf. »Ich habe mein Wort gegeben. Willst du, dass ich vor Mamsell Rosen als Lügner und Wortbrüchiger dastehe?«

Spöttisches Gelächter war die Antwort. Professor Thiedemann blickte de LaTour triumphierend an und kreuzte die Arme vor der Brust. Er hatte den Angriff erfolgreich abgewehrt.

»Herr Professor«, ergriff nun van Leuwen das Wort, um die verfahrene Angelegenheit auf einen besseren Weg zu bringen. »Nach den Schilderungen meines Freundes de LaTour halte ich Sie für einen gebildeten und vernünftigen Mann. Denken Sie bitte in Ruhe nach, ob Sie nicht vielleicht im Zorn einen Irrweg eingeschlagen haben.«

»Bemühen Sie sich nicht, mein Herr«, gab der Professor zurück. »Ich weiß ganz genau, was ich tue.«

»Dann bleibt uns nichts anderes übrig, als dein freundliches Angebot anzunehmen«, ließ sich de LaTour vernehmen. »Da sich mein Manuskript hier im Hause befinden muss, werden wir uns gründlich umsehen.«

Das hatte der Professor nicht erwartet. Seine Augen quollen hervor, er hob die Fäuste und schien zum Äußersten entschlossen, als de LaTour sich näherte, um seinen Schreibtisch zu durchsuchen.

»Wage es nicht, meine Papiere anzufassen«, kreischte er. »Weg von meinem Schreibtisch. Was er enthält, geht dich nichts an!«

»Gib den Weg frei, Jacob Friederich. Oder ich muss handgreiflich werden!«, rief de LaTour, der ebenfalls nicht bereit war zurückzuweichen.

»Vater!«, rief Elise erschrocken, als sie sah, dass sich die beiden schon dicht gegenüberstanden. »Beruhige dich um Gottes willen. Es ist deiner nicht würdig …«

Doch in diesem Moment hob der kleine Professor blitzschnell die Fäuste und stieß sie de LaTour in den Magen, sodass er fluchend zurücktaumelte und sich vor Schmerzen krümmte.

Hans Christian wollte herbeispringen, um den Vater von weiteren Tätlichkeiten abzuhalten, schneller jedoch war Moritz, der den Professor bereits beim Rockkragen gepackt hatte.

»Schluss jetzt, du alte Krähe«, rief er und schüttelte Thiedemann so heftig, dass die Nähte des Hausrocks platzten. »Her mit dem Geschreibsel, oder ich zeige dir, wie ein Kasselaner mit Diebsgesindel wie deinesgleichen fertig wird.«

»Bewahren Sie die Ruhe, meine Herrschaften«, bat van Leuwen verzweifelt.

Seine Mahnung verhallte ungehört, denn nun erhob sich ein wildes Getümmel im Kabinett. Elise stürzte sich auf Moritz und zerrte an seiner Jacke, um ihn daran zu hindern, den alten Herrn ernsthaft zu verletzen. Gleichzeitig versuchte auch Hans Christian die Streitenden zu trennen, und Fidibus, der um seine Herrin fürchtete, sprang Hans Christian wütend an und verbiss sich in dessen Jacke.

»Mörder!«, kreischte der Professor in höchster Not. »Diebe! Zu Hilfe! Polizei!«

»Festhalten, Liebermann«, ächzte de LaTour, der inzwischen wieder zu Atem gekommen war. »Dort herüber mit ihm. Ich fange mit dem Schreibtisch an.«

»Nimm doch Vernunft an, Charles!«, warnte van Leuwen, der den alten Spitznamen benutzte, und versuchte, ihn davon abzuhalten.

Wer weiß, wie die Sache ausgegangen wäre, hätte nicht Hans Christian in diesem Augenblick versucht, sich des Hundes zu entledigen, der an seinem Rock hing. Er vollführte eine rasche Drehung, wodurch Fidibus herumgeschleudert wurde, sein Opfer fahren ließ und seitlich gegen den großen Globus prallte. Die Halterung erzitterte, eine der hölzernen Stutzen brach entzwei, und die Sternenkugel rollte davon. Sie stieß gegen ein Bücherbord und zerfiel in eine südliche und eine nördliche Halbkugel, beide aus harter Pappe geformt und hohl. Der nördliche Himmel eierte noch ein Stückchen über den Teppich und kam schließlich auf einem der fantastischen Fabelwesen zur Ruhe. Sein südlicher Gegenpart jedoch blieb seitlich gekippt neben dem Bücherbord liegen, und aus seinem Inneren glitten etliche beschriebene Blätter in die Umgebung.

»Ha!«, rief de LaTour, der das Manuskript als Erster entdeckte. »Voilà! Du wolltest wohl ganz besonders schlau sein, wie? Aber dieser prächtige Hund hat dich entlarvt, Jacob Friederich!«

Der Professor sank in sich zusammen, und Moritz, der in seiner Aufregung seinen Rücken kurzzeitig vergessen hatte, lehnte sich stöhnend gegen die Wand.

Stille trat ein, von aufgeregtem Atmen und Keuchen unterbrochen. Professor Thiedemann war zu keinem Protest mehr fähig, de LaTour starrte angestrengt in die südliche Sternenhalbkugel, Fidibus drückte sich an Elises Rock. Angelockt durch den Lärm waren Grete und Trude an der Tür erschienen, die sprachlos auf das Durcheinander blickten, das sich ihnen bot. Hans Christian bewegte sich als Erster; er entnahm das Manuskript seinem Behältnis, ordnete die Blätter und überreichte sie Elise.

»Hiermit erfülle ich mein Versprechen, Mamsell Elise«, sagte er feierlich. »Wie Sie gesehen haben, waren einige Missverständnisse zu klären, doch ich bitte Sie inständig, auch meinem Vater zu verzeihen. Er tat es um meinetwillen.«

»Ich danke«, gab Elise zurück und nahm den Stapel Blätter aus seinen Händen. »Dass Sie so mutig für die Erfüllung meiner Bitte gekämpft haben, will ich Ihnen hoch anrechnen, lieber Herr Thiedemann.«

Er lächelte sie voller Zärtlichkeit an, und sie wandte sich rasch um, weil sie ihr Herz festhalten musste. Mit triumphierender Miene wandte sie sich zu ihrem Vater und reichte ihm die Blätter.

»Was soll ich damit?«, fragte de LaTour.

»Das ist … dein Manuskript«, stotterte sie verwirrt.

»Meine Lebenserinnerungen? Bist du blind, Elise?«

Jetzt erst besah sie die Blätter genauer. Die Schrift war klein und gleichmäßig, sie ähnelte der ihres Vaters. Doch schon die ersten Zeilen verrieten, dass nicht Charles François de LaTour der Verfasser war.

In diesen Blättern will ich getreulich berichten, was mir während meiner Reise in die unbekannte Welt des fernen Amerika widerfahren ist, in welche Orte ich gelangte, welche Fauna und Flora ich vorfand und wie die Sitten und Gebräuche der Eingeborenen sich dort gestalten …

»Das … das hat jemand geschrieben, der zu einer Reise nach Amerika aufbrach!«, stammelte sie hilflos. »Es ist … nicht das, wonach wir suchen.«

»Was ist das für ein Narrenspiel?«, fuhr ihr Vater Hans Christian wütend an. »Wo sind meine Lebenserinnerungen, die du mir hinterhältig aus meinem Pult gestohlen hast?«

Der junge Mann, der eben noch hoffnungsvoll vor ihm gestanden hatte, starrte ihn in unverhohlenem Entsetzen an.

»Ich verstehe nicht …«, stammelte er.

»Du verstehst mich nur zu gut«, sagte de LaTour aufgebracht. »Du hast das Manuskript heimlich entwendet, bevor wir nach Göttingen aufbrachen, und es die ganze Reise über in deinem Koffer aufbewahrt, während ich dich ahnungslos in Kassel herumführte und dir meine Tochter vorstellte!«

Hans Christian erbleichte. Sein Blick glitt zu Elise hinüber, die in diesem Moment begriff, dass er unschuldig war und alles nur auf einem furchtbaren Irrtum beruhte. Der Schrecken schnürte ihr die Kehle zu.

»Sie haben geglaubt, ich sei zu solch einem gemeinen Diebstahl fähig, Mamsell Rosen?«, fragte er und trat einen Schritt zurück. »Und darum sind Sie nach Göttingen gekommen?«

»Schon …«, stotterte sie verzweifelt. »Allerdings war ich zunächst im festen Glauben, der Verdacht meines Vaters sei falsch. Nur … waren die Umstände plötzlich so … verdächtig …«

»Ich verstehe …«, sagte er dumpf. »Nun, Mamsell Rosen – mit dem, was Sie hier suchen, kann ich Ihnen leider nicht dienen. Ich bedaure sehr. Leben Sie wohl.«

Damit drehte er sich um und ging zwischen Trude und Grete hindurch aus dem Kabinett, lief mit raschen Schritten die Treppe hinunter und schlug die Haustür hinter sich zu. Elise stand wie betäubt mit dem Stapel Papier in den Händen. Ein innerer Impuls sagte ihr, sie müsse ihn zurückhalten, eine Erklärung für all diese Verwirrungen finden. Aber es war zu spät.

»Das war schon wieder das falsche Manuskript?«, ächzte Moritz und hielt sich den schmerzenden Rücken. »Weißt du was, Lieschen? Jetzt bin ich's leid. Sucht euch euer Geschreibsel doch selber, ich habe die Nase gründlich voll davon.«

Er wandte sich zu Professor Thiedemann, der im zerrissenen Hausrock am Schreibtisch lehnte, das schüttere Haar zerzaust, mehrere Kratzer an der linken Wange.

»Nichts für ungut, Herr Professor. Es war … nicht persönlich gemeint. Ich empfehle mich.«

Damit humpelte er aus dem Kabinett und überließ es den anderen, das Chaos zu ordnen. Van Leuwen wollte einen ersten Versuch dazu unternehmen, doch Professor Thiedemann, der langsam wieder zu sich kam, unterbrach ihn rüde.

»Was steht ihr da herum?«, rief er zornig zur Tür hin, wo neben Trude und Grete nun auch die Haushälterin aufgetaucht war. »Verschwindet! Ihr habt hier nichts zu suchen.«

Erschrocken wichen die Frauen zurück und schlossen die Tür.

»Deine Lebenserinnerungen suchst du also«, sagte Thiedemann, an de LaTour gewandt. »Hans Christian hat mir von dieser Schrift berichtet. Nun – im Gegensatz zu meinem Sohn halte ich nichts davon, solche Texte der Veröffentlichung zu übergeben.«

Die höhnisch herablassende Art, in der er sprach, schien de LaTour mächtig zu ärgern.

»Vraiment?«, fragte er.

»Deine erotischen Histörchen sind wohl geeignet, einige Leser zu amüsieren«, behauptete Professor Thiedemann mit zynischem Lächeln. »Sie haben jedoch keinerlei wissenschaftlichen Wert und würden den Verlag in ein vollkommen falsches Licht setzen.«

Elise sah, wie ihrem Vater eine Zornesader an der Schläfe anschwoll, doch de LaTour war ein Meister der Selbstbeherrschung und dazu ein kühler Denker.

»Dommage«, meinte er. »Sehr schade. Ich hätte dir größeren Weitblick zugetraut, Jacob Friederich. Aber verlassen wir doch dieses Thema und wenden wir uns lieber diesen rätselhaften Blättern zu, die du glaubtest, im Inneren der Himmelskugel vor mir verbergen zu müssen. Was hat es damit auf sich, mein Freund?«

»Gar nichts«, behauptete Thiedemann. »Sie liegen dort seit gut zwanzig Jahren, ich hatte sie völlig vergessen.«

»Und doch hat dein Sohn sie meiner Tochter mit den Worten überreicht, er habe hiermit ein Versprechen erfüllt«, meinte de LaTour und nahm die Brille aus der Jackentasche, um sich das Geschriebene genauer anzusehen.

»Was weiß ich, was mein Sohn deiner Tochter versprochen hat!«, wehrte sich Thiedemann. »Er hat leider die unbedachte, heißblütige Art seiner Mutter geerbt und lässt sich rasch zu unsinnigen Handlungen hinreißen.«

De LaTour hatte Elise inzwischen das Manuskript aus den Händen genommen, legte den Stapel auf den Tisch und begann, darin zu blättern. Auch van Leuwen trat hinzu und beugte sich neugierig über die Papiere.

»Du solltest nicht allzu schlecht von deinem Sohn denken«, meinte de LaTour, während er eines der Blätter einer genaueren Prüfung unterzog. »Er scheint doch ein recht ehrenhafter Bursche zu sein, nicht wahr, Elise?«

Elise schwieg und blickte betroffen zu Boden.

»Es wäre für uns alle angenehmer, wenn du dich entschließen könntest, zurück nach Frankfurt zu fahren«, sagte Professor Thiedemann, der zunehmend nervöser wurde. »Dass dir deine Lebenserinnerungen abhandenkamen, tut mir leid, hier suchst du sie jedoch vergebens.«

Doch weder Elises Vater noch van Leuwen achteten auf ihn. Christian Daniel van Leuwen hatte eines der Blätter aus dem Stapel gezogen und reichte es nun seinem Freund.

»Da ist ein Name. Carl Ludwig von Radowitz. War das nicht

dieser junge Mann, mit dem du vor Jahren eine Reise nach Amerika unternehmen wolltest?«

De LaTour nahm das Blatt, überflog es mit raschem Blick und lächelte dem Freund anerkennend zu.

»Dachte ich es mir doch. Wie kamen diese Papiere in deine Hände, Jacob Friederich?«

Der Professor zischte etwas Unverständliches und zupfte an seinem Überrock, der unter Moritz' festem Griff gelitten hatte.

»Ich sagte ja – sie liegen hier seit zwanzig Jahren. Von Radowitz kehrte um das Jahr achtzehnhundertzehn krank und mittellos von seiner Reise zurück. Ich gab ihm Obdach, und meine Frau hat ihn gepflegt, bis er starb. Seitdem liegen seine Schriften hier.«

»Und da sie durchaus von wissenschaftlichem Interesse sind, gedachtest du, sie in dem neu zu gründenden Verlag als Erstveröffentlichung herauszubringen?«

»Keineswegs«, widersprach Thiedemann. »Es war Kreuzer, der das von mir forderte. Ich wehrte mich, solange es möglich war, aber da er über die Mittel verfügt, die zur Gründung eines Verlags nötig sind, gab ich mich schließlich geschlagen.«

»Obgleich du wusstest, dass ich damals die Reise bezahlte und von Radowitz mir alle Dokumente und Forschungsergebnisse a priori übereignet hat. Diese Blätter stehen von Rechts wegen mir zu. Wieso habe ich seinerzeit nichts von seiner Rückkehr und von seinem Tod erfahren?«

Professor Thiedemann fuhr ärgerlich mit den Händen in der Luft herum.

»Woher sollte ich wissen, wo du abgeblieben warst? Von Radowitz hat mir erzählt, dass ihr beiden von den heranrückenden napoleonischen Truppen erwischt wurdet, die im Oktober des Jahres 1806 die Preußen bei Jena niedergemacht haben. Er selbst konnte entkommen, aber dir haben sie die Uniform verpasst und du musstest mit gegen die Preußen ziehen.«

Die Geschichte schien der Wahrheit zu entsprechen, denn Elise sah, dass ihr Vater ärgerlich die Augen schmal kniff und van Leuwen heimlich schmunzelte. Es schien kein Ruhmesblatt in der Lebensgeschichte ihres Vaters gewesen zu sein.

»Des histoires«, knurrte er. »Spätestens bei meinem Besuch im Februar dieses Jahres hättest du mir davon erzählen können. Hat er etwa nur diese Schriften hinterlassen? Es müssten Zeichnungen und Herbarien vorhanden sein. Er war ein begeisterter Botaniker und verstand sich auf die Malerei.«

»Alles andere hat Kreuzer behalten«, murmelte Thiedemann, der nun erschöpft auf einen Sessel sank und sich den Kopf hielt. »Er sagte, es sei ohnehin wertlos, da die Herbarien in schlechtem Zustand sind. Er war ganz wild darauf, diesen Verlag zu befördern, um dort seine schwachsinnigen Artikel zu veröffentlichen.«

»Und du?«, wollte de LaTour wissen.

»Auch ich habe verschiedene Schriften verfasst, die es wert sind, der Öffentlichkeit übergeben zu werden«, gestand Thiedemann.

Wie eitel sie sind, die alten Herren, dachte Elise. Um ihre großartigen Werke publizieren zu können, sind sie bereit, zu schwindeln, zu betrügen und sich gegenseitig die Köpfe einzuschlagen. Nur der arme Kerl, der todkrank von seiner Reise zurückkam, musste sein Lebenswerk anderen überlassen.

Inzwischen hatte de LaTour nachgedacht und schien mit der Auflösung des Rätsels noch nicht zufrieden.

»Tatsächlich hättet ihr diese Schrift nicht ohne meine Erlaubnis veröffentlichen dürfen«, stellte er fest. »Aber allein dies erklärt nicht das Theater, das du hier aufgeführt hast, Jacob Friederich. Mich bedrängt ein Verdacht, der unseren gemeinsamen Freund Kreuzer betrifft. Er war schon damals ein seltsamer Vogel, der es mit der Ehrlichkeit nicht so genau nahm.«

Thiedemann schwieg, aber der Blick, den er mit de LaTour tauschte, bewies, dass die beiden sich verstanden hatten.

»Kreuzer wollte diese Blätter meines Freundes von Radewitz unter seinem Namen veröffentlichen, habe ich recht?«

Thiedemanns Schweigen war eine beredte Antwort.

»Und du hast dich einverstanden erklärt, Jacob Friederich!«, warf ihm de LaTour zornig vor. »Jetzt durchschaue ich euer Spiel. Aus Eitelkeit und Geltungsdrang wart ihr beide bereit, das Vermächtnis des toten Carl Ludwig von Radowitz an euch zu reißen, mich, den eigentlichen Besitzer dieser Schriften, zu umgehen und dem armen von Radowitz die öffentliche Anerkennung zu stehlen, die ihm postum zusteht. Schande über euch!«

Auch van Leuwen zeigte sich ehrlich empört und äußerte, es sei ein Wink des Schicksals gewesen, der sie nach Göttingen geführt habe, um diese Machenschaften aufzudecken.

»Was ich nicht verstehen kann, ist, dass auch Ihr Sohn diesen Kuhhandel mitgetragen hat«, rief er aufgebracht. »Ich habe ihn für einen ehrenwerten jungen Menschen gehalten.«

»Er wusste nichts davon, als er bei Ihnen in Frankfurt war«, gestand der Professor. »Erst nach seiner Rückkehr habe ich es ihm eröffnet und ihn davon überzeugt, dass nur Kreuzers finanzielle Unterstützung die Gründung des Verlags ermöglichen kann.«

Er hat das alles also gewusst, dachte Elise enttäuscht. Aber immerhin war er schließlich bereit, den Betrug zu verhindern. Um meinetwillen. Könnte ich ihm das vielleicht verzeihen? Schließlich hat er nicht das Manuskript meines Vaters gestohlen, sondern ihm nur die Rechte auf ein anderes Manuskript vorenthalten. Nun ja – auch das ist nicht anständig gewesen …

»Ich erlaube mir, diese Blätter an mich zu nehmen, um sie der Bibliothek meines Freundes Christian Daniel zu übereignen«, erklärte de LaTour kühn. »Das Andenken meines so unglücklich verstorbenen Freundes von Radowitz hat es verdient, bewahrt zu bleiben. Im Übrigen werde ich von Kreuzer die Herausgabe der restlichen Hinterlassenschaft fordern.«

»Tu, was du nicht lassen kannst«, gab der Professor dumpf zurück. »Pack alles ein und schau, dass du mir aus den Augen kommst. Je früher du Göttingen verlässt, desto besser.«

»In diesem Punkt bin ich ganz deiner Meinung«, versetzte de LaTour mit einer ironisch angedeuteten Verbeugung. »Lassen wir diesen trüben Ort hinter uns, mes amis.«

Er legte den Arm um Elise und verließ mit ihr das Kabinett. Van Leuwen folgte ihnen mit dem Manuskript, und auch der unvermeidliche Fidibus verspürte keine Lust, länger zu verweilen.

»Und falls du tatsächlich bei Kreuzer vorsprechen willst«, rief Thiedemann ihnen nach. »Bei dem wirst du auf Granit beißen. Lieber lässt er sich vierteilen, als nur ein einziges vertrocknetes Blättchen herzugeben.«

Kapitel 16

Den besuch bei Professor Kreuzer kannst du dir sparen, Vater«, sagte Elise, als sie vor dem Haus auf der Straße standen und de LaTour schon in Richtung Weender Straße gehen wollte. »Die Herbalien und Zeichnungen stehen oben in dem Studentenzimmer, das ich momentan bewohne.«

»Wie wäre das möglich?«, fragte er verblüfft.

»Ich erkläre es dir später. Jetzt wäre ich sehr froh, eine Postkutsche zu erwischen, die in Richtung Kassel geht. Ich möchte auf keinen Fall länger hierbleiben.«

Van Leuwen fand diesen Vorschlag sehr vernünftig und erbot sich, zur Poststation zu gehen, um sich nach dem Fahrplan der Kutschen zu erkundigen und – wenn möglich – fünf Plätze zu reservieren. De LaTour stieg indessen mit hinauf, um die Kiste in Augenschein zu nehmen, während die anderen ihre Sachen zusammenpackten. Sein Zorn war erheblich, als ihm der Brief des Professors Kreuzer in die Hände fiel.

»Er hat diese kostbaren Dokumente, für die mein armer Freund Carl Ludwig von Radowitz unnennbare Entbehrungen auf sich nahm, kaltblütig verschachert. Zwei Kinderschädel aus England! Incroyable! Man sollte Kreuzers eigenen Schädel im Kuriositätenkabinett ausstellen, weil er eine wissenschaftlich interessante Anomalie darstellt. Der Kopf eines perversen Idioten!«

Man ließ die schwere Holzkiste stehen und band Manuskript und alle zugehörigen Dokumente in eins von Elises Tüchern ein. Während sie noch damit beschäftigt waren, erschien ein

Botenjunge, den van Leuwen geschickt hatte. Abfahrt der Postkutsche nach Witzenhausen in einer Viertelstunde!

»Moritz! Wo bleibst du?«, rief Elise und klopfte an die Tür ihre Ziehbruders.

»Er nimmt tränenreichen Abschied«, meinte Grete augenzwinkernd. »Das Hausmädchen heult sich die Seele aus dem Leib, weil ›der junge Herr‹ schon wieder fortwill.«

»Toujours les femmes!«, knurrte de LaTour. »Wenn er mitfahren will, soll er sich schleunigst losreißen.«

Außer der unglücklichen Trude schien sich niemand im Hause Thiedemann für ihre eilige Abreise zu interessieren. Im Eilschritt liefen sie durch die Gassen an St. Jacobi vorbei zur Poststation, wo es van Leuwen gelungen war, eine Kutsche für sie zu reservieren.

»Für den Hund zahlen Sie aber extra!«, schimpfte der Kutscher.

»Was für ein Hund?«

»Na, der in der Kutsche.«

Fidibus hatte bereits auf einem der Sitze Platz genommen und wartete aufgeregt, dass auch seine Herrin einstieg.

»Der gehört uns nicht«, behauptete de LaTour. »Hinaus mit ihm!«

Elise stand vor einer schweren Entscheidung, doch der flehende Blick aus bernsteinfarbenen Augen war unwiderstehlich.

»Doch, er gehört mir, Papa. Ich nehme ihn mit nach Kassel.«

De LaTour sah van Leuwen fragend an, da er es war, der die Reise bezahlte. Daniel van Leuwen tat einen tiefen, unentschlossenen Atemzug und bemerkte, dass es bei der Zollstation vermutlich Ärger geben würde, da der Hund auf der Hinreise nicht in den Papieren erwähnt worden sei.

»Ich kann ihn nicht hierlassen«, bat Elise unglücklich. »Er hat schon einmal seinen Herrn verloren und ist darüber vor Kummer beinahe verhungert.«

»Na schön«, seufzte van Leuwen. »Aber nicht in der Kutsche. Er kann nebenherlaufen.«

Fidibus musste seinen Platz verlassen, was ihm wenig gefiel. Dann rannte er jedoch mit offensichtlichem Vergnügen mal hinter der Kutsche her, mal vorneweg. Ab und zu verweilte er an einem Stein, einem Baum oder in einem Dorf, das die Kutsche durchfuhr, immer jedoch vernahm man nach kurzer Zeit sein fröhliches Bellen, wenn er sie eingeholt hatte.

In der Kutsche war man eifrig im Gespräch. Elise berichtete über die Ereignisse, die sich in Göttingen abgespielt hatten, Moritz mischte sich ein, um seine Rolle gebührend herauszustreichen, und auch Grete, die das Gespräch meist schweigend verfolgte, ließ ab und zu eine Bemerkung hören. Sie bedauerte sehr, dass sich Professor Thiedemann als Betrüger herausgestellt hatte, und betonte, sie habe »sehr interessante Gespräche« mit ihm führen können. Worüber de LaTour und van Leuwen nur die Köpfe schütteln konnten. Trotz allem zeigten sich die beiden Herren beeindruckt von Elises Bericht, und vor allem ihr Vater sparte nicht mit Lob.

»Auch wenn die Sache sich anders entwickelt hat als gedacht, so muss ich doch gestehen, dass ihr mit Mut und Klugheit zu Werke gegangen seid«, fand er. »Mon respect, Herr Liebermann. Ohne Ihr entschlossenes Handeln wären diese unschätzbaren Papiere auf ewig für uns verloren.«

Moritz, der es nicht für nötig befunden hatte, die Kleidung des Studenten Rübsamen wieder abzulegen, verneigte sich im Sitzen und erklärte stolz, die Angelegenheit sei ein »Klacks« für ihn gewesen und nicht der Rede wert.

Darauf erzählten van Leuwen und de LaTour noch einmal in allen Einzelheiten, wie man bei de LaTours Rückkehr aus Göttingen das verschlossene Pult leer fand, das Schloss unbeschädigt, auch die Tür zur Bibliothek, die Fenster, die Terrasse ohne Spuren eines gewaltsamen Eindringens. Zumal die

Hunde jeden Einbrecher unweigerlich gemeldet und gestellt hätten.

»Es kann nur jemand gewesen sein, der sich bestens auskannte und der auch den Hunden nicht fremd war«, schloss van Leuwen den Bericht.

»Mysteriös«, murmelte Moritz. »Ein Gärtner? Ein Bote? Am Ende war es der Brötchenjunge.«

»Ausgeschlossen. Die Hunde lassen keinen Fremden ins Haus.«

»Es muss jemand gewesen sein, der genau wusste, was er sucht und wo er es suchen muss«, sagte Grete. »Wer wusste denn überhaupt davon, dass Sie Ihre Lebensgeschichte aufschrieben?«

De LaTour zuckte mit den Schultern.

»Nur die engsten Freunde«, meinte van Leuwen. »Aber ich bin sicher, dass keiner meiner Freunde zu solch einer Tat fähig wäre. Warum auch?«

»Das ist eine wichtige Frage«, meinte Grete und blinzelte de LaTour mit schlauem Blick an. »Wer hätte einen Grund, diese Blätter an sich zu bringen?«

»Mon Dieu!«, rief de LaTour aus. »Da gäbe es so manchen, der erfreut wäre, wenn gewisse Dinge, die ich in meinen Schriften der Nachwelt übergebe, unerwähnt blieben.«

»In der Tat«, bestätigte van Leuwen beklommen. »Wenn wir so fragen, dann stiege die Zahl der Verdächtigen ins Unendliche, und die Orte, an denen wir suchen müssten, verteilten sich über ganz Europa.«

»Lieber Himmel!«, stöhnte Moritz. »Das ist ja, als wäre ein Sack Flöhe geplatzt und man müsse das Viehzeug einzeln wieder einsammeln.«

»Ein sehr unpassender Vergleich!«, sagte de LaTour indigniert.

»O pardon, Herr de LaTour! Sprang mir so von der Zunge.«

Eine Weile schwieg man. Jeder grübelte für sich über den rätselhaften Diebstahl nach.

»Am Ende war er es doch«, meinte de LaTour schließlich düster. »Sie haben uns einen Köder in Gestalt dieser Schriften meines verstorbenen Freundes hingeworfen, und wir haben ihn bereitwillig geschluckt, während meine Lebenserinnerungen immer noch irgendwo im Haus versteckt liegen. Wahrscheinlich sogar in Thiedemanns Schreibtisch, den er so vehement vor uns verteidigt hat.«

»Das glaube ich nicht«, rief Elise aus. »Zumindest Hans Christian ist an dem Diebstahl unschuldig. Das sagt mir mein Gefühl.«

Der Blick, den ihr Vater ihr zuwarf, ließ sie verstummen.

»Lass dir sagen, ma petite, dass Gott Amor in solchen Dingen selten ein guter Ratgeber ist«, erklärte er.

»Du wirst es ja wissen, Papa!«, gab sie trotzig zurück.

Nun war die Stimmung endgültig verdorben, und man stellte die Gespräche ein. Moritz rutschte auf dem harten Sitz hin und her, da das Ruckeln und Schlingern der Kutsche seinem lädierten Rücken nicht förderlich war, van Leuwen zog ein Büchlein aus der Reisetasche und versuchte, im schwindenden Tageslicht ein wenig zu lesen. De LaTour saß mit gesenkten Lidern, schlief jedoch nicht, sondern schien in Gedanken versunken. Grete und Elise schauten aus den Kutschenfenstern, doch in der beginnenden Abenddämmerung war draußen außer grauen Äckern und Wiesen nicht viel zu sehen.

Nach einer Weile hielt die Kutsche an, und der Kutscher öffnete eine der beiden Türen.

»Wir sind kurz vor der Zollstation, die Herrschaften. Halten Sie Ihre Reisedokumente bereit und geben Sie ehrlich an, was zu verzollen ist. Ich habe keine Lust, wegen einer Göttinger Wurst die halbe Nacht am Schlagbaum zu verbringen!«

»Seien Sie ohne Sorge«, meinte van Leuwen freundlich. »Wir sind vorbereitet.«

Alle suchten die Reisepässe aus den Taschen, nur Moritz saß

unbeweglich auf seinem Platz und verfolgte das Tun der anderen mit beklommener Miene.

»Schauen die tatsächlich so genau hin?«, fragte er vorsichtig.

»Hast du etwa keinen Reisepass?«

Moritz kratzte sich im Genick und brummte, er hätte keine Zeit gehabt, sich dieses Geschreibsel ausstellen zu lassen.

»Kostet ja auch Geld, das Stück Papier …«

Jetzt war Elise klar, weshalb er einen großen Teil der Strecke zu Fuß zurückgelegt hatte. Er hatte die Zollstelle umgangen und war durch die Wälder gelaufen.

»Keinen Pass?«, sagte de LaTour. »Parbleu! Das wird uns aufhalten.«

»Dann gehe ich eben zu Fuß weiter.«

»Jetzt? In der Dunkelheit? Mit dem kranken Rücken?«, rief Elise aufgebracht. »Ach, Moritz! Hatte meine Mutter dir nicht Geld für die Reise gegeben? Was hast du denn damit gemacht?«

Er druckste herum, da nun aber schon die Laternen der Zollstation zu sehen waren, gestand er die Wahrheit. »Die Fahrt mit der Postkutsche habe ich davon bezahlt. Und essen musste ich auch unterwegs. Außerdem hatte ich noch ein paar dringende Schulden zu begleichen.«

»Aha!«

»Deine Mutter hat mich um die Mittagszeit überfallen, ich müsse sofort nach Göttingen reisen«, wehrte er sich. »Das Geld hat sie mir in einer Börse abgezählt vor die Nase gelegt und gesagt, die Postkutsche ginge in ein paar Minuten. Wie sollte ich mir da noch einen Pass ausstellen lassen? Aus lauter Gutmütigkeit habe ich getan, was sie von mir verlangte … Ach ja, einen Brief an dich hat sie mir gegeben, den wollte ich dir neulich schon aushändigen, aber du hast ihn ja nicht haben wollen …« Er knotete sein Bündel auf und wühlte das Schreiben zwischen Hemd und Socken hervor. »Beinahe hätte ich ihn wieder zurück nach Kassel getragen …«

Elise steckte das Schreiben ein, denn nun hielt die Kutsche vor dem Schlagbaum, und zwei Zöllner näherten sich mit müden Schritten.

»Grenzkontrolle, meine Herrschaften. Sie verlassen das Königreich Hannover und betreten kurhessischen Boden. Die Reisepässe … Führen Sie Lebensmittel, Wein, Schnaps, Tabak oder sonstige Waren mit sich, die den Zollgebühren unterliegen?«

Der Zöllner schien nicht zu größerem Aufwand geneigt, er hielt die Laterne hoch, um das Innere der Kutsche auszuleuchten, während sein Kollege die Reisedokumente einsammelte und einer Prüfung unterzog.

»Vier Pässe«, vermeldete er seinem Mitstreiter.

Der Zöllner reckte den Hals und zählte.

»Eins, zwei, drei, vier, fünf … Da fehlt ein Reisepass!«

De LaTour richtete sich auf seinem Sitz gerade und nahm den Zöllner scharf ins Visier.

»Was zählt er da?«, fuhr er ihn an. »Ist er betrunken? Hier sitzen vier Personen!«

Die Anrede war einschüchternd, hier redete ein adeliger Herr zu einem Angehörigen der niederen Stände. Der Zöllner wurde unsicher und begann, noch einmal zu zählen.

»Verzeihung, gnädiger Herr … ich sehe fünf Personen …«

»Fünf? Hat er keine Augen im Kopf? Eins, zwei, drei, vier!«

»Um Vergebung, gnädiger Herr. Ihr habt vergessen, euch selbst mitzuzählen …«

Er trat unruhig einen Schritt zurück und zuckte zusammen, weil hinter ihm ein drohendes Knurren zu vernehmen war.

»Was ist das für ein Hund?«, wollte sein Kollege wissen.

»Keine Ahnung«, versetzte van Leuwen. »Wir besitzen keinen Hund.«

Fidibus knurrte wieder, er wartete darauf, dass man ihm die Kutschentür öffnete, denn er war inzwischen müde geworden.

»Ist das vielleicht ein Wolf?«, mischte sich Grete in gespielt angstvollem Ton ein. »Gibt es Wölfe in den Wäldern?«

»Ein Wolf ist das nicht«, sagte der Zöllner mit leicht flatternder Stimme. »Zumindest schaut er eher aus wie ein Hund …«

»Vielleicht ein Werwolf?«, fragte Elise in leisem Ton.

Der Zöllner ließ die Laterne sinken, man konnte sehen, dass er blass geworden war. Außerdem wurde ruchbar, dass er tatsächlich mehrere Schnäpse zu sich genommen hatte.

»Ein … Werwolf?«, stammelte er furchtsam. »Gott behüte uns vor dem Bösen …«

»Was ist jetzt?«, fiel de LaTour ihm ärgerlich ins Wort. »Bekommen wir unsere Pässe zurück? Wir wollen noch heute Witzenhausen erreichen.«

»Nun mach schon«, sagte der Zöllner zu seinem Kollegen. »Das Vieh hat so seltsam leuchtende gelbe Augen. Das gefällt mir nicht.«

Schweigend nahm de LaTour die Papiere in Empfang und gab dem staunenden Kutscher das Zeichen weiterzufahren. Fidibus bellte zornig, weil man ihn nicht zu seiner Herrin in die Kutsche ließ, und rannte hinter ihnen her. Sein Ton entlarvte ihn als ganz gewöhnlichen Hund, doch da sie die Zollstelle nun in rascher Fahrt hinter sich ließen, kümmerte es niemanden mehr, dass er kein Werwolf war. Vor der nächsten Steigung überredete Elise ihren Vater, die Kutsche anhalten zu lassen, damit Fidibus hineinspringen konnte.

»Er riecht, als hätte er den Tag auf einem Misthaufen verbracht«, beschwerte sich de LaTour. »Ich wüsste gern, was deine Mutter zu diesem Reiseandenken sagen wird.«

»Das kannst du leicht erfahren, wenn du uns im Atelier besuchst«, versetzte Elise.

Daraufhin hüllte sich de LaTour in Schweigen, nur ab und zu schob er Fidibus' Schnauze von seinen Knien.

In Witzenhausen hatte das Gasthaus »Zur Post« kein Zimmer

mehr frei; sie mussten eine Weile im Ort umherirren, um eine Unterkunft für die Nacht zu finden, denn die Postkutsche nach Kassel ging erst am frühen Morgen ab. Schließlich kamen sie in einem abgelegenen Gasthof namens »Krone« unter und mieteten zwei Zimmer, eines für Grete und Elise, das andere für van Leuwen und de LaTour. Moritz bevorzugte einen warmen Platz auf der Ofenbank im Gastraum. Eine Mahlzeit wurde ihnen auf die Zimmer gebracht.

»Wenn der Hund ins Zimmer pinkelt, zahlen Sie extra.«

»Mein Hund ist gut erzogen!«, protestierte Elise.

»Das sagen sie alle.«

Das große Bett mit den schmutzigen Vorhängen machte keinen vertrauenerweckenden Eindruck, aber Elise und Grete waren so müde, dass sie sich dennoch dort niederließen. Während sie eine Portion Suppe mit einem Knust trockenem Brot verzehrten und dem bettelnden Fidibus ab und zu einen Bissen zuwarfen, schwatzten sie noch ein wenig miteinander.

»Ich denke, Ihre Mutter wird tatsächlich nicht erfreut über diesen Hund sein«, meinte Grete.

Elise wusste, dass Grete recht hatte. Charlotte mochte weder Katzen noch Hunde – sie war überhaupt keine Tierfreundin.

»Ich dachte, er könnte vielleicht die Maus in der Speisekammer erwischen«, sagte sie unsicher.

Grete verschluckte sich an der Suppe, weil sie lachen musste.

»Das könnte gehen!«, kicherte sie. »Sperren Sie den Hund über Nacht in die Speisekammer, dann haben Sie am Morgen einen satten Köter und eine hungrige Maus.«

Elise fand die Bemerkung nicht lustig. Wie sie ihre Mutter kannte, würde das morgige Wiedersehen wenig friedlich verlaufen. Da wollte sie wenigstens noch rasch das Schreiben lesen, bevor sie Charlotte unter die Augen trat.

»Warte, Grete. Lösch das Talglicht noch nicht aus.«

Der Brief ihrer Mutter war versiegelt, was Elise verwunderlich fand, da sie das Schreiben ja nicht mit der Post geschickt, sondern Moritz anvertraut hatte. Sollte er nichts von dem Inhalt wissen?

Meine liebe Tochter,
kurz nach deiner Abreise erreichte mich eine seltsame Nachricht, die mich in größte Unruhe versetzt hat. Ich erhielt ein niederträchtiges Schriftstück, das im höchsten Grade kompromittierend für mich ist und angeblich von deinem Vater verfasst wurde. Den Inhalt will ich dir ersparen, er entspricht nicht der Wahrheit, allerdings sind Details aufgelistet, die nur mir und deinem Vater bekannt sein können. In einem beiliegenden Schreiben verlangt dein Vater von mir eine Zahlung von fünfzig Reichstalern. Falls ich dazu nicht bereit sein sollte, droht er, die Zeilen drucken zu lassen und in Kassel in Umlauf zu bringen.
Bei allem, was ich deinem Vater vorwerfe – und das ist nicht wenig –, bin ich doch geneigt zu glauben, dass es sich bei diesem ominösen Schreiben um eine Fälschung handelt und er nicht der Verfasser ist. Da du mir erzähltest, die Lebenserinnerungen deines Vaters seien ihm abhandengekommen, bitte ich dich, deinen Vater über diese Vorgänge so schnell wie möglich in Kenntnis zu setzen. Dass eine Veröffentlichung dieser Lügen das Ende des Ateliers Rosen wäre, muss ich dir gegenüber wohl nicht erwähnen.
Deine dich liebende Mutter
Charlotte Rosen

Elise hatte kaum zu Ende gelesen, da fuhr sie auf, warf ein Tuch über das lange Nachtgewand und eilte aus dem Zimmer, um nebenan im Raum anzuklopfen.

»Papa, mach auf! Da ist ein Schreiben …«, flüsterte sie aufgeregt, um nicht noch weitere Gäste aufmerksam zu machen.

»Mon Dieu, mitten in der Nacht! Wir liegen schon zu Bett. Schieb es unter der Tür durch.«

Was stellten sich die alten Herren nur so an? Glaubte ihr Vater, sie hätte noch nie einen Mann im Nachtgewand gesehen? Ärgerlich steckte sie das Papier in den Schlitz zwischen Tür und Schwelle und vernahm gleich darauf ein Ächzen, das Knirschen eines maroden Bettgestells und schließlich das leise Geräusch bloßer Füße, die sich der Tür näherten.

»Du musst es sofort lesen!«

Ein langer französischer Fluch wurde hörbar. Der Stein wurde gegen den Feuerstahl geschlagen – sie hatten natürlich schon das Talglicht gelöscht und mussten es neu entzünden.

»Qu'est-ce qui se passe?«, fragte van Leuwen verschlafen.

»Une catastrophe!«

Die beiden sprachen leise auf Französisch miteinander, und Elise hielt ungeduldig das Ohr an die Tür. Leider verstand sie nur einen Teil der erregten Diskussion.

»C'est-ce que j'ai attendu tout le temps …«

»La police? Mais tu es fou! On va me couper la gorge …«

»Ca – dans tous les cas …«

»Grand merci, mon ami …«

Schließlich hielt sie es nicht mehr aus und klopfte erneut an. »Was tun wir jetzt, Papa? Es geht um das Atelier Rosen. Um meine Mutter!«

Einen kleinen Moment lang war es still. Dann vernahm sie die ruhige Stimme ihres Vaters. »Wir werden jetzt schlafen, Elise. Morgen sind wir in Kassel, dann gehen wir die Lösung dieses Problems an. Bis dahin zu niemandem ein Wort. Bonne nuit, ma fille.«

Nerven hat er ja, dachte Elise und begab sich fröstelnd in ihr Gastzimmer. Grete war längst eingeschlafen und schnarchte wie ein Holzfäller. Elise scheuchte den Hund aus dem Bett und legte sich neben sie. An Schlaf war natürlich nicht zu denken.

Kapitel 17

In aller Frühe traf man sich unten im Gastraum wieder. Bereits zu dieser Morgenstunde war alles voller Fuhrleute, die beim Morgenkaffee ihre Tabakspfeife schmauchten. Die wenigen Reisenden, die in diesem wenig komfortablen Gasthof übernachtet hatten, drängten sich an zwei Tischen zusammen und hatten es eilig, ihr Frühstück zu verzehren. Elise stellte fest, dass sowohl ihr Vater als auch van Leuwen ziemlich übernächtigt aussahen; auch sie selbst war todmüde, da sie kaum ein Auge zugetan hatte. Grete und Moritz, die noch nichts von der sich anbahnenden Katastrophe ahnten, sprachen eifrig Kaffee und Butterbrot zu, während Fidibus einen Rundgang durch Haus und Umgebung unternahm.

Es war unmöglich, an dem vollbesetzten Tisch zwischen den unbekannten Reisenden über die bedrohliche Entwicklung der Ereignisse zu sprechen, daher beschränkte man sich auf belanglose Bemerkungen und brach so schnell wie möglich zur Poststation auf.

Das Wetter passte zu ihrer desolaten Stimmung – es regnete, was nur vom Himmel herunterwollte. Eine Postkutsche, in der sie gemeinsam hätten reisen können, war nicht aufzutreiben, man musste sich auf zwei Kutschen verteilen, und der arme Fidibus durfte bei strömendem Regen neben der Postkutsche herrennen.

Ihm kam zugute, dass das Gefährt, in dem seine Herrin mit Moritz und Grete saß, zweimal im Schlamm stecken blieb, sodass er sich ein Weilchen ausruhen konnte, bis Kutscher und Insassen den Wagen in gemeinsamer Anstrengung aus dem Morast befreit hatten.

Nass und frierend erreichten sie die Stadt Kassel um die Mittagszeit. Hier war kein einziges Tröpfchen gefallen, Häuser und Gassen lagen in schönstem Sonnenschein, die Karlsaue hatte sich frühlingshaft begrünt, und auf dem Königsplatz herrschte buntes Treiben vor Läden und Geschäften.

Alles schaut so friedlich aus, dachte Elise beklommen, während sie Grete aus der Kutsche half. Und doch läuft irgendwo in dieser Stadt ein widerlicher Erpresser herum, der bereit ist, das Atelier Rosen zu vernichten. Was sollen wir nur tun?

Vor der Poststelle erwartete sie ein Botenjunge, der Elise eine Nachricht von ihrem Vater überreichte, dessen Kutsche offensichtlich früher und ohne lästige Unterbrechungen in Kassel angekommen war.

Wir sind im »König von Preußen« abgestiegen. Gegen zwei Uhr werden Christian Daniel und ich im Atelier Rosen vorsprechen. Bon courage! Dein Vater

»Jetzt wird es ernst, Lieschen«, meinte Moritz grinsend, wobei er auf Fidibus zeigte, der gerade das nasse Fell ausschüttelte.

Du ahnst nicht, wie ernst, dachte Elise, aber sie schwieg vorerst und machte sich gemeinsam mit ihren Begleitern auf den Weg in die Marktgasse. Wie erwartet, war die Weinhandlung Liebermann geschlossen, im Atelier Rosen schräg gegenüber stand jedoch Frau Finanzrätin Engelbrecht, um den neuen Frühjahrshut zu probieren, den sie sich hatte dekorieren lassen.

»Da seid ihr ja endlich!«, sagte Charlotte kurz angebunden, um sich gleich wieder ihrer Kundin zuzuwenden. Auch Babette und Therese, die die Heimkehrer gern mit einer Umarmung begrüßt hätten, hielten sich zurück. Keine privaten Allüren, solange Kundschaft im Laden war!

»Ach, die Reisegesellschaft aus Göttingen«, rief die Frau Finanzrätin und besah die nassen, verschmutzten Gewänder. »Nun, Mamsell Rosen? Hatten Sie einen angenehmen Aufenthalt? Man redet ja überall davon, dass der junge Herr Thiedemann, dem Sie so eifrig unser schönes Kassel zeigten, Sie nach Göttingen einlud, um Ihnen die Universität und das lockere Studentenleben nahezubringen …«

Elise wich dem vorwurfsvollen Blick ihrer Mutter aus. Natürlich waren die Kasseler Schwatzdrosseln eifrig bemüht gewesen, die Reise nach Göttingen durchzuhecheln.

»Danke der Nachfrage, Frau Finanzrätin«, gab Elise so würdevoll wie möglich zurück. »Göttingen ist eine sehr schöne Stadt, wenn auch nicht mit Kassel zu vergleichen. Wenn Sie erlauben, gehe ich gleich hinauf, um mich umzukleiden, wir kamen auf der Rückfahrt leider in den Regen …«

Sie nickte der Finanzrätin freundlich zu und begab sich mit Koffer und Reisetasche in die Küche, um von dort hinauf in ihr Zimmer zu steigen. Grete folgte ihr, danach Moritz, Fidibus machte das Schlusslicht. Die Küchentür klappte zu, die Großmutter öffnete freudig die Arme, um Elise an sich zu ziehen. Dann ertönte ein Aufschrei aus dem Atelier.

»Elise!«

»Jetzt hat sie es gemerkt«, flüsterte Grete.

»Ja, Mutter?«

»Was ist das für ein Tier?«

»Ein Hund, Mutter.«

»Was hat er hier zu suchen?«

Elise hätte Moritz ohrfeigen können, weil er sie so spöttisch angrinste.

»Ich habe ihn aus Göttingen mitgebracht, Mutter. Er wird von nun an das Atelier bewachen. Du weißt ja, dass oft Diebsgesindel und böswillige Leute in der Nacht unterwegs sind.«

Darauf erfolgte keine Antwort, man vernahm nur die Stimme

der Finanzdirektorin, die eine gelbe statt der roten Blüte auf ihrem Hut wünschte. Hatte Charlotte angesichts der Bedrohung durch einen Erpresser plötzlich das Gefühl, dass ein Wachhund nützlich sein könnte? Oder wartete sie nur, bis die Kundin den Laden verlassen hatte, um energisch zu fordern, das Tier aus dem Haus zu schaffen?

»Ach, Mädchen!«, sagte die Großmutter und holte die unterbrochene Umarmung nach. »Schön, dass du wieder bei uns bist. Und die Sache mit dem Hundevieh, die überlass nur mir.«

Fidibus hatte sofort begriffen, dass hier die Herrin der Küche und der leckeren Speisen vor ihm stand, er setzte sich manierlich hin und blickte die Großmutter erwartungsvoll an.

»Der schaut ja richtig ausgehungert aus, der arme Kerl. Und was er für schöne Augen hat …«

Die Großmutter war auf jeden Fall schon gewonnen; falls Charlotte den Hund tatsächlich weggeben wollte, würde sie auf doppelten Widerstand stoßen. Erleichtert eilte Elise die Treppe hinauf, zog die nassen Kleider aus, wusch sich sauber und kehrte frisch angekleidet und gekämmt zurück in die Küche. Dort war inzwischen der Tisch gedeckt, die Suppe stand bereit, dazu Fleisch, Gemüse und Kartoffeln. Moritz saß schon mit dem Löffel in der Hand da, neben ihm Therese, die einen gestrickten Rückenwärmer für ihren armen Liebling herbeigeschleppt hatte. Grete und Babette kamen soeben aus dem Atelier in die Küche, und schließlich stellte sich auch Charlotte ein.

»Wo ist der Hund?«, fragte sie Elise streng.

»Unter dem Tisch, Mutter.«

»Was denkst du dir dabei, dieses große Tier anzuschleppen? Wir haben genug Mäuler zu stopfen.«

»Reich mir deinen Teller, Charlotte«, unterbrach die Großmutter energisch. »Und mach nicht so ein Theater. Solange ich in der Küche stehe, wird niemand in diesem Haus hungern müssen.«

Charlotte schwieg; wie es schien, war sie nicht zu Streitereien aufgelegt. Was Elise gut verstehen konnte angesichts der Sorgen, die ihre Mutter quälten.

»Schön, dass wir wieder alle beisammen sind«, meinte Moritz fröhlich, während er eifrig Brotsuppe löffelte. »Das habe ich sehr vermisst in Göttingen.«

Alle stimmten ihm zu, sogar Charlotte nickte zufrieden. Elise saß wie auf glühenden Kohlen. Gleich nach dem Essen musste sie den anstehenden Besuch ankündigen. Wie Charlotte darauf reagieren würde, war unsicher, auf jeden Fall würde diese Nachricht sie in größte Aufregung versetzen.

Doch als Elise ihre Botschaft in harmlosem Ton ausrichtete, waren es eher die anderen, die in Unruhe gerieten. Welch rührendes Wiedersehen nach so vielen Jahren! Therese musste das Taschentuch gebrauchen, Babette lächelte spöttisch, wie es ihre Art war, und Moritz erklärte eifrig, dass er bei dem Herrn de LaTour einen »mächtigen Stein im Brett« habe. Nur Großmutter Anna blieb ernst und nickte Elise erleichtert zu. Also hatte die Mutter ihr das Erpresserschreiben gezeigt. Charlotte nahm die Nachricht schweigend hin, ihr Gesicht zeigte weder Schrecken noch Befriedigung, die widerstreitenden Empfindungen, die sie ganz sicher befallen hatten, behielt sie für sich.

Wie es das Unglück wollte, füllte sich das Atelier ausgerechnet gegen zwei Uhr mit mehreren Kundinnen, die sich Hauben und Spitzenhandschuhe ansehen wollten und miteinander ins Schwatzen kamen. Das Auftauchen zweier gut gekleideter älterer Herren erregte unter ihnen einiges Aufsehen; man betrachtete sie mit Neugier und warf einander bedeutsame Blicke zu.

»Bonjour Mesdames«, sagte de LaTour, indem er den Hut abnahm und eine leichte Verbeugung vollführte. »Es erfreut mein Herz, an diesem schönen Ort eine Ansammlung charmanter Damen vorzufinden.«

Die Wirkung war erstaunlich. Die Damen erröteten und

bedankten sich artig für das Kompliment, wobei jede von ihnen versuchte, sich der anderen gegenüber hervorzutun. Elise kannte die Wirkung, die ihr Vater immer noch auf das weibliche Geschlecht ausstrahlte, nur fürchtete sie, dass Charlotte dieses Talent des einstmaligen »Chevalier du Croix Blanc« wenig schätzen würde.

Moritz hatte in dieser schwierigen Situation einen seiner seltenen guten Einfälle. Er kam aus der Küche angelaufen, verneigte sich und begrüßte die beiden Besucher. »Wenn die Herren mir folgen wollen«, sagte er großspurig. »Bitte hier entlang. Oben können wir uns ungestört über unsere Geschäfte unterhalten.«

So waren die unweigerlich ausschwärmenden Tratschtanten vorerst auf eine falsche Spur gelockt. Elise und ihre Mutter bedienten die Kundinnen in aller Ruhe und warteten, bis alle das Atelier verlassen hatten, um dann gemeinsam die Treppe hinaufzusteigen. Oben kam ihnen Moritz mit zufriedenem Grinsen entgegen, vermutlich hatte er die Lage genutzt, um sich bei dem erhofften Schwiegervater in ein günstiges Licht zu setzen.

»Da will ich der rührenden Versöhnung nicht im Wege sein«, feixte er und lief an ihnen vorbei nach unten.

Vor der Tür zum »schönen Zimmer« fasste Elise rasch die Hand der Mutter und drückte sie fest. O weh – Charlottes Hand war eiskalt. Ach, es war schlimm, dass dieses erste Wiedersehen unter solch einem unglücklichen Stern stattfand. Charlotte entzog ihr die Hand hektisch und drückte die Türklinke herunter.

De LaTour hatte am Fenster gestanden und hinunter auf die Gasse geschaut, während van Leuwen auf einem der kleinen Sessel Platz genommen hatte, um etwas in seinem Büchlein zu notieren. Beim Eintreten der beiden Frauen sprang er auf, während sich de LaTour langsam und beinahe zögernd zu ihnen umdrehte.

»Verzeihen Sie dieses Eindringen, verehrte Frau Rosen«,

sagte van Leuwen mit einer höflichen Verbeugung. »Ich bin Christian Daniel van Leuwen aus Frankfurt und seit vielen Jahren mit Herrn de LaTour befreundet. Es ist gewiss nicht meine Art, mich unbekannterweise aufzudrängen, allein die Umstände …«

»Behalten Sie bitte Platz«, gab Charlotte ruhig zurück. »Wenn mich nicht alles täuscht, kennen wir uns, Herr van Leuwen. Es ist allerdings schon ein Weilchen her, dass wir einander hier in Kassel begegnet sind.«

Van Leuwen lächelte geschmeichelt. Natürlich – er war damals gemeinsam mit de LaTour am Hof des Königs Jérôme gewesen und hatte wohl auch die Putzmacherin Charlotte Rosen kennengelernt.

»Nun – die Jahre sind nicht spurlos an mir vorübergegangen«, meinte er. »Es schmeichelt mir, dass Sie mich nach so langer Zeit wiedererkennen.«

Charlotte nickte und richtete die Augen nun auf de LaTour, der immer noch beim Fenster verharrte und sie aufmerksam betrachtete. Einen kurzen Moment lang maßen sie einander mit den Blicken, dann war es de LaTour, der die Augen abwandte und zu Boden sah.

»Falls es dir schwerfällt, in dem weißhaarigen Greis, der vor dir steht, den einstigen Chevalier du Croix Blanc wiederzuerkennen …«, begann er und musste sich räuspern.

Doch Charlotte ließ ihm keine Zeit, den Satz zu beenden. »Lassen wir das und kommen wir zu den wichtigen Angelegenheiten«, sagte sie kühl und wies auf einen leeren Sessel. »Nimm Platz. Ich habe Elise zu diesem Gespräch mitgebracht, da ich vor meiner Tochter keine Geheimnisse habe und ihren Rat sehr schätze.«

Das war Elise neu. Bisher hatte die Mutter ihre Vergangenheit gern mit dem Mantel des Schweigens bedeckt, und dass sie auf den Rat ihrer Tochter hörte, war eine starke Übertreibung.

De LaTour näherte sich dem angebotenen Sessel und verzog keine Miene beim Niedersetzen, obgleich Elise wusste, dass ihn das Rheuma plagte. Alle Männer waren eitel, da machte ihr Vater keine Ausnahme.

»Aus ebendiesen Gründen begleitet mich mein Freund Daniel van Leuwen«, ergriff de LaTour das Wort, nachdem er sich zurechtgesetzt hatte. »Er ist in alles eingeweiht, und sein Rat ist mir wichtig.«

»Ausgezeichnet«, sagte Charlotte. »Dann möchte ich als Erstes erfahren, was es mit diesen ominösen Lebenserinnerungen auf sich hat.«

Sie hatte mit leiser Stimme gesprochen, aber es schwang ein drohender Unterton darin, und alle Blicke richteten sich auf de LaTour.

»Nun, ich habe in der Tat die Ereignisse meines bewegten Lebens in schriftlicher Form niedergelegt …«, begann er vorsichtig.

»In denen du auch mich erwähnst?«, fiel Charlotte ihm ins Wort.

»Allerdings. Ich widmete dir ein ganzes chapitre, da du in meinem Leben eine unvergessliche Rolle spieltest, meine Liebe. Es waren wundervolle Momente, die wir beide …«

»Lass das Geschwafel!«, rief Charlotte in aufschäumendem Zorn. »Wenn du die intimen Details, die mich zum Gespött der ganzen Stadt machen könnten, tatsächlich geschrieben hast, dann beweist du damit zum wiederholten Mal deinen boshaften, egoistischen und verachtungswürdigen Charakter. Oh, ich wünschte wirklich, ich hätte dich nie gesehen!«

»Mutter!«, fiel Elise ein. »Ich bitte dich. Wir sind nicht hier, um einander zu beschimpfen. Wir müssen eine Lösung finden, nur das ist jetzt wichtig.«

»Misch du dich da nicht ein, Elise!«

Wütend ging Charlotte zur Tür, um nachzusehen, ob etwa

heimliche Lauscher davorstanden. Man vernahm Schritte auf der Treppe, von wem sie stammten, war nicht auszumachen. Charlotte schloss die Tür wieder mit einem festen Ruck und wandte sich de LaTour zu.

»Trotz allem nehme ich nicht an, dass du der Absender dieser ungeheuerlichen Erpressung bist …«

»Ich danke dir für die gute Meinung«, erwiderte er sanftmütig. »Zur Erklärung darf ich anfügen, dass mir das Manuskript vor zwei Wochen auf unerklärliche Weise abhandenkam. Genauer gesagt: Jemand hat es gestohlen.«

»Das ist mir bekannt. Und wer war der Dieb?«

»Das wüssten auch wir gern, Frau Rosen«, sagte van Leuwen. »Wir sind verzweifelt bemüht, den Dieb ausfindig zu machen, und bedauern außerordentlich, dass Sie in diese schlimme Geschichte hineingezogen wurden.«

Charlotte hatte ihm kaum zugehört, da sie de LaTour immer noch mit zornigem Blick fixierte.

»Es ist also wahr. Du hast diese elende Schmiererei zu Papier gebracht. Es trieb mir die Schamröte in die Wangen, als ich diese Schilderungen las.«

Jetzt glaubte de LaTour trotz allem, sich verteidigen zu müssen, zumal seine Ehre als Schriftsteller verletzt war.

»Ich möchte doch betonen, dass ich dieses bedeutsame chapitre mit größtem Respekt und in literarisch anspruchsvoller Sprache niederschrieb. Die Bezeichnung ›Schmiererei‹ ist in meinen Augen sehr unpassend, liebe Charlotte.«

»Nenn es, wie du es willst«, rief sie aufgebracht. »Was ich zu lesen bekam, widerte mich an. Es fehlte nicht viel, und ich hätte dieses Machwerk in Fetzen gerissen und in den Ofen geworfen.«

»Ich habe großes Verständnis für Ihren Ärger, Frau Rosen«, versuchte van Leuwen die Wogen zu glätten. »Dennoch bitte ich Sie, bevor wir uns in einen vielleicht unnötigen Streit begeben, die Abschrift, die Sie erhielten, meinem Freund Charles François vorzulegen. Es wäre ja möglich, dass der Erpresser den Text frei erfunden hat.«

»Da hat er recht, Mutter«, meinte Elise, die den gleichen Gedanken gehabt hatte.

Es schien Charlotte nicht leichtzufallen, diesem Wunsch nachzukommen. Doch sie nahm eine Schublade des Schreibtisches heraus und stellte sie beiseite, um dann die zweite, geheime Schublade, die sich dahinter verbarg, an einer Schnur hervorzuziehen. Zwei beschriebene Blätter lagen darin, eines mit engen Zeilen in kleiner Schrift bedeckt, das andere enthielt nur wenige Sätze. Ersteres reichte sie de LaTour, während sie das zweite zurückbehielt.

Jetzt könnte Papa sich prächtig herausreden und erklären, dass er dieses und jenes niemals geschrieben hat, dachte Elise und wartete gespannt, was de LaTour zu dem Text äußern würde. Er hatte die Brille herausgenommen und erhob sich, um mit dem Blatt in der Hand zum Fenster zu treten, wo das Licht besser war. Schweigend warteten die anderen, bis er zu Ende gelesen hatte, die Brille abnahm und zu ihnen hinüberblickte.

»Ich stelle fest, dass derjenige, der diesen Text von meinem Manuskript abschrieb, sehr präzise vorging – er stimmt Wort für Wort mit dem Original überein.«

»Umso schlimmer!«, sagte Charlotte düster. »Doch ich habe nichts anderes erwartet.«

De LaTour kehrte zu seinem Sessel zurück und warf das Papier ärgerlich auf den Tisch.

»Das wäre nun also geklärt. Dieser widerliche Erpresser befindet sich tatsächlich im Besitz des Manuskripts«, fuhr van Leuwen in seinen Bemühungen fort, die Sache voranzubringen. »Wären Sie nun auch bereit, liebe Frau Rosen, mir das andere Schriftstück kurz zu überlassen, damit ich es lesen kann?«

»Wenn Sie es für nötig halten.«

Elise, die weder das eine noch das andere Schreiben gesehen hatte, stand auf, um van Leuwen über die Schulter zu sehen.

Werte Dame,
beiliegenden Text schrieb ich in zärtlicher Erinnerung an süße Stunden mit Ihnen, meine geliebte Charlotte, und Sie werden ohne Zweifel erkennen, dass alles bis aufs Kleinste der Wahrheit entspricht. Ich trage mich mit dem Gedanken, diese anmutigen Zeilen drucken zu lassen, um sie in Kassel in Umlauf zu bringen. Für eine Zahlung von 50 Reichstalern bin ich allerdings bereit, von diesem Vorhaben Abstand zu nehmen.
Ich erwarte Ihr Einverständnis in Gestalt einer Anzeige im »Boten aus Kassel«. Bewerben Sie Spitzenhandschuhe mit den Worten: »Die zierliche Hand der Dame«
Ich werde Sie daraufhin wissen lassen, wie weiter vorzugehen ist.
Charles François de LaTour

»Was für eine Frechheit!«, regte sich Elise auf. »Wie kam dieses Schreiben zu dir, Mutter? Hat es ein Bote abgegeben?«

»Es war bei den Briefen, die ich von der Poststelle abholte. Natürlich ohne Absender«, antwortete Charlotte. »Ich hätte es besser weggeworfen, aber leider hat die Neugier mich dazu verleitet, es zu öffnen.«

»Darf ich es einmal sehen?«, fragte de LaTour.

»Bitte!«

Van Leuwen reichte das Blatt an de LaTour weiter, der es kurz überflog und dann auf den Tisch warf.

»C'est perfide! Quel imposteur!«

»Was gedenken Sie zu unternehmen?«, richtete Charlotte das Wort an ihn.

Der runzelte die Stirn und blickte fragend zu seinem Freund van Leuwen hinüber.

»Ich frage mich, ob er tatsächlich bereit ist, seine Drohung wahr zu machen.«

»Das würde man erfahren, wenn man die Zahlung verweigerte«, meinte van Leuwen.

»Darauf kann ich es nicht ankommen lassen!«, rief Charlotte aufgebracht. »Wenn dieses widerliche Machwerk tatsächlich in Kassel veröffentlicht würde, müsste ich das Atelier schließen und die Stadt verlassen.«

»Dann bleibt nur die Alternative, das Geld zu bezahlen«, stellte de LaTour fest.

Charlottes Blicke durchbohrten ihn förmlich, was er dieses Mal ruhig ertrug. Es schien ihm aus irgendeinem Grund sogar zu gefallen, sie so zornig zu sehen.

»Dann solltest du deine Börse auftun, François«, forderte sie. »Denn ich habe das Geld nicht.«

»Ich habe es leider auch nicht, ma chère«, gab er zurück und lächelte Charlotte an.

Freute er sich, weil Charlotte ihn zum ersten Mal mit seinem Vornamen angeredet hatte? Oder lächelte er aus Verlegenheit, da er ihr seine völlige Mittellosigkeit offenbart hatte? Auf jeden Fall nahm Charlotte sein Lächeln denkbar schlecht auf, denn sie wurde nur noch zorniger.

»Dann lass dir etwas einfallen!«, forderte sie. »Und das möglichst bevor der Erpresser darangeht, mich und das Atelier Rosen zu vernichten.«

»Nichts anderes habe ich vor, Charlotte«, sagte er freundlich. »Da wir vermutlich beide der Ansicht sind, dass es besser ist, weder die Polizei noch die Behörden der Stadt mit der Angelegenheit zu betrauen …«

Charlotte sagte nichts, doch sowohl sie als auch Elise wussten, dass de LaTour recht hatte. Polizisten und Beamte in Kassel neigten nicht zur Verschwiegenheit – der Text würde heimlich von Hand zu Hand gehen, und schließlich wäre sein Inhalt auch ohne die Mitwirkung des Erpressers in ganz Kassel bekannt.

»… so sind wir genötigt, uns selbst zu helfen«, fuhr de LaTour fort. »Ich schlage daher vor, diese Anzeige aufzugeben und zu warten, was geschieht.«

»Was soll schon geschehen?«, fragte Charlotte schulterzuckend. »Wir werden einen Brief erhalten, in dem er uns mitteilt, wo und wie wir ihm die Summe zukommen lassen sollen.«

»Richtig«, sagte van Leuwen. »Und bei dieser Gelegenheit werden wir ihn uns schnappen.«

Charlotte stieß einen höhnischen Laut aus. »Eine großartige Idee!«, rief sie. »Aber wenn sie misslingt, wird er wütend sein und seine Drohung wahr machen. Und wer muss die Folgen tragen? Das bin doch wohl ich.«

»Meine liebe Charlotte«, sagte de LaTour in eindringlichem Ton. »Ich versichere dir, dass auch ich das allergrößte Interesse daran habe, dieses Manuskript wieder in meine Hände zu bekommen. Deshalb werde ich alles daransetzen, diesem Burschen das Handwerk zu legen.«

Doch seine wohlgemeinten Worte verfehlten ihre Wirkung.

»Ich verbiete dir, mich mit ›liebe Charlotte‹ anzureden«, wies sie ihn zornig zurecht. »Meine Existenz steht auf dem Spiel! Was hättest du hingegen zu verlieren?«

»Meine Ehre.«

»Deine Ehre?«, rief sie spöttisch. »Dass ich nicht lache!«

Elise sah, dass nun auch in de LaTours Zügen der Zorn aufflammte, und sie blickte Hilfe suchend zu van Leuwen hinüber. Die Geschichte war ganz und gar verfahren, gleich würden ihre Eltern sich endgültig zerstreiten.

»Verehrte Frau Rosen«, sagte van Leuwen mit sanfter Stimme. »Ich denke, wir sollten dieses Gespräch nun beenden. Ich bitte Sie ernsthaft, über unseren Vorschlag nachzudenken, da auch ich der Ansicht bin, dass er gelingen könnte. Die Entscheidung liegt selbstverständlich ganz bei Ihnen. Falls Sie uns etwas mitzuteilen haben, finden Sie uns im ›König von Preußen‹.

Der Abschied gestaltete sich auf beiden Seiten mit kühler Höflichkeit. Elise begleitete van Leuwen und ihren Vater zur Tür des Ateliers, man nickte einander zu, und die beiden Herren schlugen den Weg zum Königsplatz ein.

»Na, Lieschen?«, fragte Moritz neugierig, als sie danach wieder in die Küche trat. »Das hat ja ordentlich lange gedauert. Steht uns vielleicht gar eine Hochzeit ins Haus?«

»Wenn du eine Dumme gefunden hast, die dich nimmt – nur zu!«, gab sie ärgerlich zurück.

Kapitel 18

Den rest des nachmittags über stand Charlotte wie gewohnt im Atelier und bediente ihre Kundinnen, die heute besonders zahlreich erschienen. Sie ließen sich Hüte, Handschuhe und allerlei Tand zeigen, kauften jedoch nur wenig und zogen Charlotte und Elise stattdessen ins Gespräch. Wie zufällig ließen sie diese oder jene Bemerkung fallen, beobachteten die Reaktion und warfen sich wissende Blicke zu, sodass unschwer zu erraten war, warum sie gekommen waren. Der Besuch der beiden Herren im Atelier hatte sich in Windeseile herumgesprochen, und wie es schien, hatte eine der älteren Kundinnen sowohl de LaTour als auch van Leuwen wiedererkannt. Die Zeit, in der König Jérôme in Kassel Hof hielt, war über zwanzig Jahre her, aber längst nicht vergessen.

Beim Abendessen herrschte ungewohnte Stille am Küchentisch. Charlotte war mit ihren Nerven am Ende, Thereses neugierige Frage, was denn dort oben besprochen worden sei, brachte das Fass zum Überlaufen.

»Kümmere dich um deine eigenen Angelegenheiten, Therese!«

»Verzeihung, Frau Rosen …«, flüsterte Therese und zog eingeschüchtert die Schultern hoch.

Da Frau Rosen offensichtlich schlechter Laune war, wagte niemand, eines der abendlichen Spiele vorzuschlagen, und man begab sich früh zu Bett. Auch Elise ging hinauf und wartete, dass die Mutter sich schlafen legte, doch Charlotte blieb noch eine Weile bei der Großmutter in der Küche. Nur Fidibus kratzte beharrlich an Elises Zimmertür, sodass sie schließlich seufzend aufstand und ihn einließ.

»Hier auf dem Bettvorleger ist der Hundeplatz«, befahl sie ihm. »Und wehe, du versuchst, heute Nacht zu mir ins Bett zu steigen!«

Er schaute sie mit hingebungsvoll treuen Hundeaugen an und ließ sich auf dem angewiesenen Platz nieder. Aber da sie ihn inzwischen ganz gut kannte, wusste sie, dass er jede Gelegenheit wahrnehmen würde, sich ein bequemeres Lager zu verschaffen.

Als Charlotte endlich zu Bett gegangen war, eilte Elise über den Flur und klopfte an ihre Kammertür.

»Möchtest du lieber allein bleiben oder können wir reden, Mutter?«, fragte sie vorsichtig.

»Komm herein.«

Charlotte saß noch vollkommen angekleidet auf ihrem Bett; ihrer Miene nach zu urteilen, war sie inzwischen zu einem Entschluss gekommen.

»Hör zu, Elise: Morgen gehst du in den ›König von Preußen‹ und sagst deinem Vater, er soll mir das Geld geben, damit ich den Erpresser bezahlen kann.«

Ach herrje! Was hatte sie sich da nur ausgedacht.

»Aber Mutter! Er hat es nicht.«

»Dann soll er es sich beschaffen«, sagte Charlotte ungerührt. »Es ist seine Schuld, dass ich in dieser misslichen Lage bin, also muss er dafür aufkommen.«

»Aber er ist arm wie eine Kirchenmaus.«

»Sagtest du nicht, sein Freund van Leuwen sei wohlhabend? Nun – dann soll er seine Freundschaft beweisen und ihm die fünfzig Reichstaler leihen.«

»Du meinst schenken …«

»Wie auch immer«, sagte Charlotte hartnäckig. »Er soll mir das Geld geben, damit die Sache geregelt ist. Und danach will ich diesen Menschen niemals in meinem Leben wiedersehen.«

Wie zornig sie war! Elises heimliche Hoffnung, die Eltern könnten sich versöhnen, sank tief in den Abgrund. Diese unglückselige Geschichte hatte alles verdorben.

»Ich weiß nicht, ob das richtig ist, Mutter«, meinte sie. »Wenn du die Summe bezahlst, könnte es gut sein, dass der Erpresser neue Forderungen stellt.«

»Warum sollte er das tun, wenn er sein Geld bekommt?«

»Weil er dich in der Hand hat, solange er das Manuskript besitzt.«

Charlotte fuhr ärgerlich mit der Hand über die Bettdecke, als wollte sie Elises Bedenken fortwischen. »Das Geld zu bezahlen ist die einzig vernünftige Lösung, Elise. Und keine weiteren Aktionen – das verlange ich ausdrücklich! Auf keinen Fall lasse ich mich auf diese irrwitzige Idee ein, die dein Vater und sein Freund ausgebrütet haben. Sag den beiden auch, dass sie nicht mehr ins Atelier Rosen kommen sollen. Du hast ja gehört, wie meine Kundinnen schon jetzt vor Neugier platzen und ganz gewiss allerlei Gerüchte über mich ausstreuen.«

Es war nicht möglich, vernünftig mit ihr zu reden, deshalb erklärte Elise, sie wolle dem Vater morgen früh alles getreulich ausrichten, umarmte die Mutter zärtlich und wünschte ihr trotz allem eine gute Nacht.

Elise hatte geglaubt, vor lauter Sorgen keinen Schlaf zu finden, doch kaum hatte sie sich ins Bett gelegt, da glitt sie auch schon tief hinein in das Reich der Träume. Sie erwachte von einem Kratzen an der Tür, setzte sich im Bett auf und stellte fest, dass der Morgen dämmerte. Fidibus stand an der Tür und sah sie bittend an.

»Du musst wohl raus, wie?«, murmelte sie und stand auf, um Fidibus die Zimmertür zu öffnen. Unten in der Küche war die Großmutter tätig, die den Morgenkaffee kochte; sie würde den Hund in den Garten lassen. Gähnend trat sie ans Fenster, schob die Gardine ein wenig zur Seite und spähte auf die Gasse hinunter, wo schon die ersten Frauen und Dienstjungen mit ihren Wassergefäßen zum Brunnen unterwegs waren. Gerade wollte sie ein frisches Hemd aus dem Schrank nehmen, da fuhr sie zusammen. Aus der Küche ertönte ein schriller Schrei.

Erschrocken eilte sie aus dem Zimmer, stieß im Flur mit Charlotte zusammen, von oben kam Moritz barfuß im Nachtgewand angelaufen.

»Was ist jetzt schon wieder los?«

In der Küche stand die Großmutter fassungslos bei der offenen Speisekammertür. Aus dem Inneren des kleinen Raumes vernahm man zorniges Knurren und lautes Schnaufen.

»Da haben wir es«, rief Charlotte. »Anstatt uns vor Dieben zu schützen, macht er sich über unsere Vorräte her. Der Hund kommt sofort aus dem …«

»Er hat sie gefressen«, sagte die Großmutter. »Auf einen Sitz verschluckt. Mir ist ganz blümerant …«

»Die Speckseite etwa? Oder gar die Butter, die so teuer ist?«, wollte Charlotte wissen.

»Verflucht, die Räucherwurst!«, stöhnte Moritz.

»Raus da, Fidibus!«, kommandierte Elise und versuchte, den Hund am Schwanz aus der Speisekammer zu ziehen.

»Aber nein!«, rief Großmutter Anna und musste sich auf einen Stuhl setzen. »Die Maus hat er gefressen. Ich steh in der Speisekammer, um die Marmelade vom Regal zu nehmen, da schießt er wie ein Blitz an mir vorbei, sodass ich mich am Türrahmen festhalten muss. Ein Sprung, und er hatte sie.«

»Die Maus? Er hat die Maus gefressen?«, staunte Charlotte.

»Wie eklig«, meinte Moritz angewidert.

»Hoffentlich war sie gleich tot«, sagte Elise beklommen.

»Das weiß ich nicht«, erklärte die Großmutter. »Auf jeden Fall war sie weg.«

»Braver Köter!«, fand Moritz und begab sich in die Speisekammer, wo Fidibus immer noch knurrte und schnaufte. Der

Hund versuchte, die Schnauze unter eines der niedrigen Regalbretter zu schieben, kam jedoch nicht recht weiter, weil es zu dicht am Boden war. Als Moritz dazukam, begann er aufgeregt zu fiepen.

»Aha!«, rief Moritz, der auf dem Boden kniete. »Gib mal das Licht, Großmutter. Ich glaube, er hat das Loch gefunden, durch das die Maus hereingekommen ist.«

Das Talglicht, das Charlotte eilig entzündete, brachte es an den Tag: Eine Spalte im Mauerwerk hatte der Maus den Weg in die Speisekammer ermöglicht. Moritz begann, die schweren Steinguttöpfe mit allerlei Eingemachtem vom Regalbrett zu räumen, doch kaum hatte er das Brett hochgehoben, da steckte Fidibus schon seine aufgeregte Nase in den Mäuseeingang. Elise musste ihn energisch aus der Kammer zerren, damit Moritz das Loch zustopfen konnte.

»Nun ja«, meinte Charlotte. »Solange er sich nur an Mäusen vergreift, kann er meinetwegen bleiben. Kleiden wir uns jetzt an, damit wir die Kundschaft nicht im Nachtgewand empfangen müssen.«

Auch Babette, Therese und Grete waren inzwischen aus ihren Kammern gekommen, und während man Kaffee trank und dazu Brot mit Butter und Marmelade aß, wurde der morgendliche Vorfall eifrig besprochen. Fidibus erntete Lob, Grete kraulte ihm die Ohren, Therese erwähnte seine schönen Augen, und sogar Babette fand, dass Fidibus recht gut ins Atelier Rosen passte. Die Großmutter legte ihm den Knochen unter den Tisch, aus dem sie gestern die Suppe gekocht hatte, doch Fidibus verschmähte die Gabe und erbettelte sich lieber ein Stückchen Butterbrot bei seiner Herrin.

Nach dem Frühstück nahm Charlotte die Tochter beiseite und erinnerte sie an den Auftrag, den sie ihr gestern Abend gegeben hatte. »Sobald ich das Geld erhalten habe, kann er meinetwegen zurück nach Frankfurt reisen«, fügte sie hinzu.

Elise behielt ihre Gedanken für sich, setzte einen hübschen Hut auf und nahm ein Tuch um die Schultern, denn der Frühlingswind wehte recht kühl durch die Gassen.

»Und halte dich nicht lange auf – es gibt jede Menge Arbeit im Atelier!«

»Ja, Mutter.«

Nachdenklich ging Elise die Marktgasse entlang bis zur Martinskirche, drehte sich dann um, um sicher zu sein, dass die Mutter nicht etwa vor dem Atelier stand, um ihr nachzuschauen, und bog nach links in eine Seitengasse ab. Sie hatte der Mutter lieber nicht erklären wollen, dass de LaTour um diese Zeit noch zu Bett lag und frühestens gegen zehn Uhr sein Frühstück einnahm. Also hatte sie Zeit genug, zuvor einen kurzen Besuch bei Sybilla zu machen, die sie eine ganze Woche lang nicht gesehen hatte.

In der Carlstraße wurde sie von Baptiste mit großer Freude empfangen. »Gott grüße Sie, Mamsell Rosen«, sagte der alte Hausdiener. »Nur herein mit Ihnen. Meine junge Herrin hat soeben ihr Frühstück eingenommen, und ihr Ehemann ist bei ihr. Ich werden Sie sogleich anmelden.«

Er führte sie ins Speisezimmer, wo das Ehepaar noch zu Tisch saß und wohl über ernste Dinge gesprochen hatte, denn ihre Mienen waren besorgt, als Baptiste die Tür für den Gast öffnete.

»Elise!«, rief Sybilla aus und streckte der Freundin die Arme entgegen. »Du bist zurück aus dem schönen Göttingen. Sei herzlich willkommen in Kassel.«

Trotz der Schwangerschaft wirkte sie zerbrechlich, was an der Blässe ihrer Haut und an den Schatten lag, die ihre Augen umgaben. Als Elise die Freundin zärtlich umarmte, flüsterte Sybilla ihr zu: »Ich bin so froh, dass du wieder hier bist, Elise!«

O weh. Stand es mit der Gesundheit des Obersten, Sybillas Vater, nicht gut? Waren die beiden deshalb in großer Sorge?

Auch Johann Georg war über den Besuch erfreut. Der ernste Ausdruck verschwand aus seinem Gesicht, er stand auf, um seine Halbschwester Elise zu begrüßen, stellte ihr einen Stuhl zurecht und wies Baptiste an, in der Küche frischen Kaffee zu ordern.

»Nun erzähl einmal, wie es dir in Göttingen gefallen hat«, forderte er sie auf. »Hat dir der Student, den dein Vater mit nach Kassel brachte, die Universitätsstadt gezeigt? Leider hatten wir keine Gelegenheit, ihn kennenzulernen, aber wie man hört, scheint er ein ganz passabler Bursche zu sein.«

»Wer hat dir von ihm erzählt?«, fragte Elise mit gespieltem Gleichmut zurück.

Johann Georg lachte und berichtete, er sei mit Sybilla in der Appel'schen Buchhandlung gewesen; dort müsse der Student aus Göttingen begeisterte Reden geschwungen haben, denn Herr Appel sei sehr beeindruckt gewesen.

»Vor allem haben sie über Jacob Grimm gesprochen, der jetzt in Göttingen an der Universität lehrt. Der Bibliothekar Grimm war in früheren Zeiten, als er noch in Kassel lebte, ein guter Kunde bei Appel«, fügte Sybilla lächelnd hinzu.

»Du begleitest deine Frau also auf Spaziergängen?«, fragte Elise ihren Halbbruder. »Das ist schön von dir, Johann Georg.«

Er blitzte sie an, denn es gefiel ihm nicht, dass sie offensichtlich glaubte, er täte es nur deshalb, weil sie ihm ins Gewissen geredet hatte. »Da du deine Freundin so schmählich im Stich gelassen hast, Elise, blieb mir nichts anderes übrig«, scherzte er und strich Sybilla liebevoll über die Schulter.

»O ja, er hat schwer leiden müssen, Elise«, lachte Sybilla. »Ich habe alle Buchhandlungen in Kassel aufgesucht, und er hat geduldig gewartet, bis ich meine Einkäufe getätigt hatte.«

Johann Georg stimmte gutmütig in das Gelächter der beiden Frauen ein. Er war an Büchern wenig interessiert und überließ das Lesen gern seiner Frau. Er selbst ging ganz in seinem militärischen Dienst auf, strebte ehrgeizig den Rang des Rittmeisters an und pflegte nebenbei seine Jagdleidenschaft, die jetzt im Frühjahr allerdings ruhen musste.

»Ich habe im Übrigen gute Nachrichten für Moritz Liebermann«, wechselte Johann Georg das Thema.

»Gute Nachrichten? Lass hören.«

»Wir haben erreicht, dass er in der kommenden Woche seine Weinhandlung wieder öffnen darf«, berichtete Johann Georg. »Es fiel mir nicht gerade leicht, mich für ihn einzusetzen – aber was soll ich tun? Es ist die einzige Möglichkeit, wenigstens einen Teil des verliehenen Geldes zurückzubekommen. Richte ihm bitte aus, dass dies das einzige und letzte Mal gewesen ist, dass ich ihm zu Hilfe komme. Ein zweites Mal setze ich meinen guten Ruf nicht aufs Spiel.«

Er hatte sich ein wenig in Zorn geredet und hielt nun inne, sah mit schlechtem Gewissen auf Sybillas bekümmertes Gesicht und nahm ihre Hand. »Verzeih mir, Liebes. Ich weiß ja, dass dein gutes Herz dich zu diesem leichtsinnigen Schritt getrieben hat, und will es dir auch nicht vorwerfen. Dennoch werde ich alles daransetzen, den Verlust so klein wie möglich zu halten, das ist meine Pflicht als dein Ehemann.«

Damit erhob er sich und bat um Entschuldigung, da er sich nun verabschieden müsse. »Der Dienst ruft«, meinte er lächelnd. »Aber ich denke, dass ihr beiden auch ohne mich zurechtkommen werdet. Hab ich recht, Elise?«

»Das ist gut möglich«, gab sie schmunzelnd zurück.

Er küsste Sybilla zum Abschied, reichte Elise die Hand und empfahl sich.

Nun, da sie mit der Freundin allein war, fragte Elise mitfühlend, wie es ihr ginge, ob die Schwangerschaft weiterhin Beschwerden mache und ob ihr Vater bei Kräften sei.

»Es ist alles in bester Ordnung, Elise. Einzig du hast mir schrecklich gefehlt. Aber verzeih, ich bin egoistisch. Ich hoffe, du hattest eine gute Zeit in Göttingen.«

Erleichtert begann Elise nun mit ihrem Reisebericht. Sie schilderte die anstrengende Reise mit der Postkutsche auf heitere Weise, berichtete von den Sehenswürdigkeiten der Stadt Göttingen und von dem Draht, den Professor Gauss quer über die Stadt gespannt hatte, um damit Nachrichten zu übermitteln.

»Da hast du ja allerhand erlebt, meine Liebe«, staunte Sybilla. »Wie schade, dass ich nicht daran teilhaben konnte, ich wäre sehr gern mit dir nach Göttingen gefahren. So habe ich hier in Kassel gesessen und mir allerlei hübsche Dinge für uns beide ausgedacht. Weißt du, welche verrückte Idee mir nicht aus dem Kopf gehen will?«

»Eine Reise in das ferne Land der Pyramiden«, vermutete Elise lachend. »Oder vielleicht gar nach Amerika?«

»Nichts davon, liebe Freundin«, meinte Sybilla lächelnd. »Mir steht ein friedliches und beschauliches Bild vor Augen: In meiner Fantasie saßen wir beide auf einer Gartenbank unter der blühenden Rosenhecke, und um uns herum spielten unsere Kinder. Ach, es würde mir gut gefallen, wenn auch du heiraten und Mutterfreuden erleben könntest.«

Elise schüttelte den Kopf über solche Vorstellungen. Nach trautem Eheglück und Kindern stand ihr überhaupt nicht der Sinn.

»Für dieses schöne Bild gibt es leider wenig Hoffnung, Sybilla, denn ich werde niemals heiraten«, gab sie entschieden zurück und fügte begütigend hinzu: »Aber ich weiß schon jetzt, dass ich deine Kinder lieben werde, als seien es meine eigenen.«

Sybilla war nicht zufrieden mit dieser Antwort, doch sie schwieg vorerst. Sie nahm die Kaffeekanne, um Elises Tasse aufzufüllen, und schob ihr das Sahnekännchen und die Schale mit den Zuckerkringeln auffordernd zu.

»Hast du den blonden Studenten tatsächlich in Göttingen wiedergesehen?«, wollte sie mit einem Seitenblick wissen.

»Ja, das habe ich«, gab Elise zurück. »Aber falls du glaubst,

Hans Christian Thiedemann könnte mir als Ehemann taugen – da ist nicht viel zu holen.«

Noch während sie sprach, wurde Elise bewusst, dass gerade der abweisende Tonfall, den sie angeschlagen hatte, Sybilla bewies, dass etwas im Argen lag.

»Er gefällt dir aber, nicht wahr?«, forschte die Freundin denn auch sogleich.

Elise wollte nicht lügen. Im Grunde war sie froh, der Freundin ihr Herz öffnen zu können, denn Sybilla war der einzige Mensch auf der Welt, dem sie ihren Kummer eingestehen konnte. Wenn die Sache nur nicht so kompliziert gewesen wäre!

»Ja, Sybilla, er gefällt mir. Und ich weiß, dass auch ich ihm gefallen habe. Aber es ist aus und vorbei, er hat mich beschwindelt und ist außerdem noch zornig auf mich. Was sollte ich mit so einem Menschen anfangen?«

»Vielleicht musst du auf dein Herz hören?«, fragte Sybilla lächelnd. »Ein Streit muss nicht das Ende sein, wenn zwei Menschen einander mögen. Man sollte aufeinander zugehen und die Ursache erforschen. Vielleicht ist es nur ein Missverständnis, das ausgeräumt werden kann.«

»O nein, die Sache ist völlig klar, Sybilla, und ich sehe keine Möglichkeit, sie aus der Welt zu schaffen.«

Sybilla blickte Elise mitleidig an.

»Magst du mir diese Geschichte erzählen?«, fragte sie leise.

Elise zögerte, denn es würde nicht leicht sein, das eine zu berichten und das andere zu verschweigen. Dennoch nickte sie.

»Das will ich gern, Sybilla. Aber nicht heute, weil ich hinüber zum ›König von Preußen‹ muss. Mein Vater und Christian Daniel van Leuwen sind in Kassel.«

»Ach!«, sagte Sybilla erstaunt. »Dein Vater ist hier? Wie lange wird er in Kassel bleiben? Ich würde ihn und van Leuwen gern zu einem Besuch in unser Haus bitten.«

»Wie lange er bleiben wird, weiß ich nicht. Aber ich werde ihm deine Einladung gerne ausrichten.«

»Sehen wir uns bald, liebe Freundin?«, fragte Sybilla, da Elise nach einem Blick auf die Pendeluhr von ihrem Stuhl aufstand.

Elise überlegte kurz. »Wenn es dir recht ist, hole ich dich morgen Nachmittag zu einem Spaziergang ans Fuldaufer ab. Dann werde ich dir diese dumme und ärgerliche Geschichte erzählen.«

Sybilla stand nun ebenfalls auf, ein wenig mühsam wegen des ungewohnten Gewichts, aber doch sehr viel unbefangener als noch vor einer Woche. Die Schneiderin hatte die Taille ihres Kleides hochgenäht, sodass sie sich besser bewegen konnte und die Schwangerschaft kaum auffiel.

»Einverstanden«, sagte sie und umarmte Elise zum Abschied. »Lass uns morgen spazieren gehen und miteinander reden. Auch ich habe dir etwas zu berichten, das vor allem Johann Georg auf der Seele liegt und wozu ich gern deine Ansicht hören würde.«

War es das, worüber die beiden gesprochen hatten, als sie in den Raum trat? Was mochte Johann Georg wohl bedrücken? Hatte man ihm die anstehende Beförderung zum Rittmeister nicht gewährt? Das wäre allerdings schlimm, denn er hatte mit viel Ehrgeiz darauf hingearbeitet und sich mehrfach durch Mut und Umsicht in seiner Einheit ausgezeichnet.

Das Unglück gleicht einer schwarzen Krähe, die stets in Gesellschaft anderer Krähen kommt, dachte Elise, während sie über den Friedrichsplatz zur Königsstraße ging.

Im »König von Preußen« empfing sie der livrierte Diener dieses Mal mit einer tiefen Verbeugung und führte sie sogleich die Treppe hinauf zu dem Zimmer, das van Leuwen und ihr Vater gemietet hatten.

»Das Fürstenzimmer, gnädiges Fräulein«, sagte er. »Darf ich Sie bei Ihrem Herrn Vater anmelden?«

»Danke, nicht nötig, das erledige ich selbst.«

Der Raum war reich ausgestattet – nie zuvor hatte Elise ein solches Zimmer in einem Gasthaus gesehen. Die Wände mit farbigen Tapeten im Streifenmuster beklebt, an den Fenstern Vorhänge aus schwerem Brokat, Schränke und Schreibsekretär aus poliertem Nussbaumholz und eine Sitzgruppe, deren Polster mit Seidenstoff bezogen waren. Ein Bett war nicht zu sehen, dafür zwei Türen, die in Nebenräume führten.

Van Leuwen und ihr Vater hatten sich ein üppiges Frühstück bringen lassen, dessen Reste noch auf einem Servierwagen zu sehen waren. Als Elise eintrat, stand van Leuwen eilig auf, um sie zu begrüßen, während ihr Vater in seinem Sessel sitzen blieb.

»Pardon, ma petite. Verzeih deinem alten, gramgebeugten Vater, dass er seine rheumatischen Knochen schont«, sagte er ironisch. »Komm zu mir, mein Mädchen, damit ich dich umarmen kann.«

Tatsächlich sah er angegriffen aus; Elise machte sich Sorgen, dass diese scheußliche Geschichte ihn ernsthaft krank machen könnte. Plötzlich bereute sie es, in den vergangenen Jahren nicht zu einem Besuch nach Frankfurt gefahren zu sein. Wie lange würde sie ihren geliebten, so spät gefundenen Vater noch haben?

»Wir haben schon ungeduldig auf dich gewartet, Elise«, sagte er und wies mit der Hand auf den Sessel, der neben ihm stand. »Setz dich und berichte, wie deine Mutter unser Gespräch aufgenommen hat.«

»Sie hat dazu nicht viel gesagt, Vater. Dafür hat sie mir aufgetragen, dir etwas auszurichten.«

»Dann heraus damit«, meinte er mit einer Miene, die besagte, dass er sich auf keine gute Nachricht gefasst machte.

»Sie erwartet, dass du ihr das Geld gibst, um den Erpresser zu bezahlen. Außerdem verbietet sie dir jegliche Aktion, um den Erpresser zu überraschen.«

De LaTour und van Leuwen wechselten einen verständnisinnigen Blick.

»Das hatten wir schon vermutet«, meinte van Leuwen und seufzte. »Ich habe mit Ihrem Vater besprochen, dass ich ihm angesichts der schwierigen Lage das Geld geben werde. Annette, die unsere Finanzen verwaltet, wird dafür Verständnis haben.«

»Das ist sehr großmütig von Ihnen«, sagte Elise beeindruckt. »Ich fürchte nur, dass sich der Erpresser nicht zufriedengeben wird, wenn er feststellt, dass er so leicht zum Ziel gekommen ist.«

»Sehr richtig, meine kluge Tochter«, bemerkte de LaTour. »Deshalb werden wir diese Gelegenheit eben doch nutzen, um ihm auf die Spur zu kommen, was auch immer deine Mutter sagen mag. Ich erwarte natürlich, dass du uns über die Bedingungen der Geldübergabe informieren wirst.«

Sie hatten also ihren Plan immer noch im Sinn, auch gegen Charlottes ausdrücklichen Willen. Elise zögerte nicht, ihre Bedenken zu äußern.

»Aber wenn es misslingt und er seine Drohung wahr macht?«

»Es muss gelingen!«, sagte van Leuwen mit Entschiedenheit.

»Ich stehe Charlotte gegenüber für alles ein!«, fügte de LaTour hinzu.

»Wie willst du das machen, wenn er tatsächlich ein gedrucktes Blatt in Umlauf setzt?«, erkundigte sich Elise.

»Ich werde öffentlich versichern, dass der Inhalt frei erfunden ist«, gab er zurück.

Elise sah, dass auch er selbst kaum daran glaubte, damit einen Skandal verhindern zu können. Wenn der Text einmal unter den Leuten war, würde er seine Wirkung tun, ein Widerruf konnte daran nichts ändern.

»Im Übrigen haben wir beschlossen, noch heute die Stadt zu verlassen«, eröffnete ihr van Leuwen. »Es steht zu vermuten, dass sich der Erpresser hier in Kassel aufhält, da wird ihm unsere Ankunft gestern nicht entgangen sein und er wird Gefahr wittern.«

»Warum glaubt ihr, dass er hier in Kassel ist?«, wollte Elise wissen.

»Weil er eine Anzeige im ›Boten aus Kassel‹ als Zeichen des Einverständnisses gefordert hat.«

»Den könnte er sich auch schicken lassen …«

»Das wäre möglich«, meinte van Leuwen. »Dennoch sind wir der Meinung, dass es besser ist, sich aus Kassel zu entfernen und in einem Dorf in der Umgebung Quartier zu nehmen. Sobald wir dort angekommen sind, schicken wir einen Boten, damit wir die Verbindung aufrechterhalten können.«

Elise blieb nichts anderes übrig, als sich einverstanden zu erklären. Die Sache war gewagt und konnte leicht danebengehen. Und doch war es im Grunde die einzige Möglichkeit, wieder in den Besitz des Manuskripts zu gelangen und ihre Mutter vor weiteren erpresserischen Forderungen zu schützen.

Van Leuwen nahm einen Beutel aus seinem Koffer und überreichte ihn Elise. »Dies sind fünf doppelte Pistolen in Gold – zusammen fünfzig Reichstaler, die ich Ihnen zu treuen Händen übergebe, Mamsell Elise«, sagte er und öffnete die Schnur des Beutels, um ihr den Inhalt zu zeigen. »Überbringen Sie dieses Geld Ihrer Mutter, alles Weitere erfahren wir dann von Ihnen.«

Die goldenen Münzen glänzten verführerisch in dem samtbezogenen Inneren des Beutels. Für dieses Geld war ein Mensch also fähig, heimtückisch zu stehlen und ahnungslose Menschen zu erpressen!

»Die Welt ist schlecht«, bemerkte ihr Vater spöttisch. »Und das Gold hat sie noch nie besser gemacht.«

Kapitel 19

Vor dem »König von Preussen« hatte sich der livrierte Diener mit einem Besen bewaffnet, um den großen braunen Hund daran zu hindern, die Stufen hinauf ins Gasthaus zu laufen.

»Fidibus!«

»Ist das etwa Ihr Hund, Mamsell Rosen?«, fragte er irritiert und ließ den Besen sinken. Fidibus winselte begeistert, als er seine Herrin sah, und seine kurze, zottige Rute wedelte so heftig, dass man den Eindruck hatte, sie drehte sich im Kreis.

»Ja, das ist mein Hund. Danke, dass Sie auf ihn aufgepasst haben.«

»Zu Diensten, Mamsell Rosen. Es war mir ein Vergnügen …«

Er starrte ihr entgeistert nach, während sie sich so unbefangen wie möglich entfernte. Fidibus lief neben ihr her, schnüffelte hie und da an einem Baum oder einer Hausmauer und hob eifrig das Bein, um allen Kasseler Hunden klarzumachen, dass er diese Straßen fortan als sein Revier betrachtete. Es kam, wie es kommen musste. Auf dem Platz vor der Martinskirche stand ein uniformierter Polizist und hielt sie an.

»Sind Sie die Besitzerin dieses Hundes, Mamsell?«

»Er ist mir zugelaufen, Herr Wachtmeister«, versuchte sie sich herauszureden.

»Das Tier streunt schon eine Weile durch die Stadt«, ließ er sie in strengem Ton wissen. »Frau Baudirektor Ruhl hat sich beschwert; ihr Diener, der den Mops ausführte, wurde von einem fremden Hund angegriffen.«

»Das kann auf keinen Fall Fidibus gewesen sein«, sagte sie mit ehrlich überzeugtem Augenaufschlag. »Mein Hund greift niemals einen Menschen an.«

Der Polizist war empfänglich für ihren Charme, sein Ton wurde milder, er besah Fidibus, der sich brav neben seine Herrin auf das Pflaster gesetzt hatte, und meinte, dass dies ein stattlicher Bursche sei.

»Hunde sind in der Stadt an der Leine zu führen, Mamsell«, belehrte er sie. »Also leinen Sie ihn an, dann will ich es damit gut sein lassen.«

»Vielen Dank, Herr Wachtmeister.«

Würde er nun endlich seiner Wege gehen? Aber nein, er blieb stehen und wartete darauf, dass sie seine Anweisung befolgte. Leider trug Fidibus kein Halsband, und eine Hundeleine besaß sie auch nicht. Also band sie ihre seidene Schärpe ab, knotete das eine Ende um den Hals des verblüfften Fidibus und nahm das andere Ende in die Hand.

»Komm, Fidibus. Braver Hund. Komm schon … Jetzt mach nicht so ein Theater … Fidibus!«

Er war die Leine offensichtlich nicht gewohnt und wehrte sich bockig, auch nur einen einzigen Schritt zu tun. Natürlich blieben die Passanten amüsiert stehen, Kinder zeigten auf sie, zwei Handwerker, die mit Leiter und Eimer vorübergingen, wollten sich schieflachen über das Mädchen, das den widerstrebenden Hund an einer seidenen Schärpe hinter sich herzog. Fidibus fand den ungewohnten Stoff, der um seinen Hals gebunden war, sehr störend und versuchte, den Fremdkörper mit der Pfote abzustreifen.

»Das ist ein herrschaftlicher Köter, der hat ein seidenes Halsband«, rief ein Spaßvogel.

»Zieh nicht so fest, Mädchen. Sonst reißt er dich um!«, feixte ein anderer. Und eine Bürgerin blieb mit ihrem Mädchen stehen und meinte lachend: »Wer führt denn da wen am Gängelband?«

Es half nichts, wenn sie so weitermachte, würde sie zum Gespött der ganzen Stadt. Wütend ließ sie das Ende der Schärpe los und ging davon, worauf Fidibus ihr eilig folgte, den Stoff hinter sich herziehend. Als sie in der Marktgasse war, streifte sie ihm rasch das ungeliebte Band ab und musste feststellen, dass die schöne bestickte Seidenschärpe sehr unter ihrer Verwendung als Hundeleine gelitten hatte.

»Nichts als Ärger hat man mit dir!«, schimpfte sie. »Von nun an werden andere Seiten aufgezogen. Schluss mit dem Herumstromern, ich kaufe dir Halsband und Leine.«

Im Atelier erwartete die Mutter sie mit Ungeduld, und da ausgerechnet jetzt keine Kundin im Laden war, bekam Elise den Unmut der Mutter zu spüren.

»Wo bist du nur so lange gewesen? Und was hast du mit der schönen Schärpe angestellt? Ganz zerknittert und schmutzig! Hast du sie unter ein Fuhrwerk geworfen?«

Fidibus, der noch am Morgen von allen gelobt worden war, bekam jetzt zu hören, dass er im Atelier nichts zu suchen habe.

»Da kleben schon Hundehaare an den weißen Spitzenhauben«, schimpfte Charlotte. »Hinaus mit ihm.«

Fidibus hatte gar nicht die Absicht, sich im Atelier häuslich niederzulassen; er steuerte geradewegs die Küchentür an, wo die Großmutter den Speck für die Mittagssuppe anbriet.

»Nun sind wir auf den Hund gekommen, Frau Rosen«, ließ sich Therese spöttisch vernehmen. »Gewiss hat er auch Flöhe.«

»Dafür ist er ein guter Mäusefänger, und im Winter mag er unter dem Arbeitstisch liegen, um uns die Füße zu wärmen«, befand Grete, die Fidibus gern mochte.

»Wenn du kalte Füße hast, Grete, kannst du zum Brink laufen und Wasser holen, da wird dir warm werden«, versetzte Charlotte ungnädig.

Elise nahm das Tuch von den Schultern und setzte sich auf ihren Arbeitsplatz, um die Mutter nicht noch mehr aufzubringen. Bis die Großmutter zum Mittagessen rief, stichelte sie fleißig an einem Kragen, der mit dunklem Taft gefüttert werden musste. Ab und zu hob sie den Kopf, um aus dem Fenster zu sehen, und entdeckte zu ihrer Freude ihren Ziehbruder Moritz, der das Schaufenster seiner Weinhandlung neu bestückte. Also hatte man ihm bereits mitgeteilt, dass er sein Geschäft in der kommenden Woche wieder öffnen durfte. Er war so beschäftigt, dass er nicht einmal zum Mittagessen erschien, und das wollte viel heißen, da er ein allzeit hungriger Esser war.

So saßen die Frauen ohne Moritz in der Küche und löffelten die Specksuppe, während Fidibus geduldig unter dem Tisch darauf wartete, dass vielleicht ein Stückchen Speck für ihn abfallen würde. Die Stimmung war alles andere als fröhlich, denn Therese musste zwischen zwei Löffeln immer wieder das Taschentuch gebrauchen, um die Tränen abzuwischen.

»Hör endlich auf zu heulen, Therese«, sagte Babette nach einer Weile ärgerlich. »Es ist nicht deine Sache, er hat es sich selbst zuzuschreiben.«

»Es ist alles nur Gretes Schuld«, schluchzte Therese. »Mein Moritz war auf dem besten Weg, da musste sie ihm mit ihren dummen Rechnereien den Kopf verwirren.«

Grete, die diesen ungerechten Vorwurf nicht zum ersten Mal hörte, schüttelte nur schweigend den Kopf, aber Babette meinte zornig, dass ein Geschäftsmann, der den Wein teurer einkauft, als er ihn verkauft, seinen Laden besser gleich schließen solle.

»Von mir bekommt er jedenfalls keinen müden Pfennig, lass dir das gesagt sein, Therese«, fügte sie hinzu und kratzte mit dem Löffel den Teller sauber.

»Von mir auch nicht, Therese«, sagte Charlotte mit Entschiedenheit. »Selbst wenn ich es wollte – ich habe kein Geld übrig, um es zu verleihen.«

Elise begriff. Moritz brauchte Geld, um neue Waren einzukaufen, doch weil seine Weinhandlung wochenlang geschlossen gewesen war, hatte er nichts verdient, und das wenige, das ihm geblieben war, hatte er längst ausgegeben.

»Der spanische Wein, von dem er zwei Fässer gekauft hat, ist schlecht geworden«, jammerte Therese. »Betrogen haben sie meinen armen Jungen. Und den französischen Rotwein haben die Polizisten mitgenommen, weil sie prüfen wollten, ob er nicht auch gewässert sei …«

Babette brach in Gelächter aus; auch Grete fiel ein. »Das war gewiss harte Arbeit für die Herren Polizisten, sie werden nicht nachgelassen haben, bis sie das ganze Fass durchgeprüft hatten!«

»Lacht ihr nur!«, jammerte Therese. »Wer den Schaden hat, muss für den Spott nicht sorgen. Nun sitzt mein armer Junge auf dem Trockenen und kann den Kunden am Montag kaum etwas anbieten.«

»Sein Pech«, sagte Charlotte mitleidslos. »Ich bekomme von ihm noch das Geld für Kost und Logis vom vergangenen Monat!«

Daraufhin sagte Therese nichts mehr und versank in kummervollen Gedanken. Die kleinen Apfelküchlein, die die Großmutter zum Nachtisch gebacken hatte, rührte sie selbst nicht an, doch sie legte zwei auf ihren Teller, um sie für Moritz aufzuheben.

Nach dem Essen nahm Charlotte ihre Tochter beiseite und fragte leise, ob sie die Botschaft ausgerichtet und auch eine Antwort erhalten habe.

»Gehen wir hinauf in mein Zimmer, Mutter«, bat Elise.

»Ist es denn so umständlich zu berichten?«, meinte Charlotte ungeduldig. »Gleich kommt die Frau Hofrätin, um sich eine Nachthaube anmessen zu lassen.«

Oben in Elises Zimmer machte sie große Augen, als sie den Beutel mit dem Geld in den Händen hielt.

»Er hat es dir tatsächlich gegeben«, sagte sie erstaunt. »Ich hätte geschworen, dass er Ausflüchte suchen würde. Nun – immerhin. Das ist anständig von ihm.«

»Außerdem werden die beiden in Kürze abreisen.«

»Ausgezeichnet«, rief Charlotte. »Noch heute gehe ich in die Druckerei Hotop und gebe die Annonce auf, damit diese scheußliche Sache bald aus der Welt ist.«

Sie sah noch einmal bedauernd in den Beutel hinein und bemerkte: »Schade um das schöne Geld! Solche Goldmünzen sieht man nicht alle Tage, weil sie in den Beuteln der reichen Leute liegen. Hier im Atelier wird nur in Albus und Kreuzern gezahlt.«

Dann zog sie die Bänder zu und verbarg den Beutel im Geheimfach ihres Schreibtischs.

Mit gemischten Gefühlen ging Elise wieder an ihre Näharbeit. Es war nicht richtig, der Mutter die Absichten de LaTours und van Leuwens vorzuenthalten, aber hätte sie ihr diesen Plan eröffnet, dann hätte Charlotte nichts Eiligeres zu tun gehabt, als ihn zu verhindern.

Moritz tauchte erst gegen Abend wieder im Atelier auf und machte zu aller Erstaunen einen ausgesprochen zufriedenen Eindruck. Beim Abendessen verschlang er solche Mengen an Brot, Weißkäse und Räucherwurst, dass Charlotte die Stirn runzelte und Therese sich sorgte, er könne in der Nacht von Bauchgrimmen geplagt werden.

Später, als Elise vor dem Zubettgehen Fidibus noch rasch in den Garten ließ, gesellte sich Moritz zu ihr und meinte mit selbstgefälligem Grinsen: »Ein großartiger Mann, mein zukünftiger Schwiegervater. Stell dir vor, er hat mir aus der Patsche geholfen.«

»Von wem sprichst du«, wollte sie verblüfft wissen.

»Von dem Herrn de LaTour natürlich«, erklärte er herablassend. »Er hat gleich eingesehen, dass sein Geld bei mir gut angelegt ist …«

»Du bist in den ›König von Preußen‹ gegangen, um meinen Vater anzupumpen?«, rief sie entsetzt. »Wie kannst du es wagen, Moritz!«

»Schrei doch nicht so, Lieschen«, bat er sie erschrocken. »Muss ja nicht jeder in der Nachbarschaft mitbekommen. Klar habe ich ihn gefragt, schließlich habe ich ihm in Göttingen einen Gefallen erwiesen, und angesichts der künftigen verwandtschaftlichen Beziehungen …«

»Schlag dir das aus dem Kopf, Moritz!«

Er kümmerte sich nicht um den Einwand, sondern redete einfach weiter. »Angesichts unserer künftigen verwandtschaftlichen Beziehungen fand er es anständig, mir ein wenig unter die Arme zu greifen.«

Du lieber Himmel – wie peinlich! Ihr Ziehbruder hatte ihren Vater um Geld gebeten. Wer diese Summe bezahlt hatte, war klar. Auf jeden Fall war es nicht ihr Vater gewesen. In welche Lage hatte Moritz ihn gebracht!

»Er hat mir außerdem angekündigt, dass er bei einer gewissen Angelegenheit demnächst meine Hilfe in Anspruch nehmen will«, erzählte Moritz mit Stolz. »Möglicherweise will er mir ein Geschäft anbieten. Vielleicht soll ich ihm Wein nach Frankfurt liefern …«

Welche Angelegenheit das sein würde, konnte sich Elise denken. Ganz sicher hatte es mit dem anstehenden Plan zu tun.

»Er wird jemanden brauchen, der sein Gepäck zur Poststation trägt«, dämpfte Elise seine Erwartungen. »Ich hoffe, dein Rücken hat sich inzwischen erholt.«

»Denk, was du willst, Lieschen«, meinte er missmutig. »Und was meinen Rücken betrifft – dem geht's wieder ausgezeichnet.«

Fidibus bellte wütend und sprang an der Mauer hoch. Etwas

Dunkles huschte zwischen den Büschen davon – wahrscheinlich eine Katze. Elise musste dreimal rufen, bis der Hund endlich ins Haus kam.

Am folgenden Morgen begab sich Charlotte früh in die Stadt und kehrte mit einem Stapel Spitzenhandschuhe zurück, die sie bei verschiedenen Krämern eingekauft hatte.

»Ich habe im ›Boten aus Kassel‹ eine Werbeanzeige aufgegeben«, erklärte sie den erstaunten Näherinnen. »Lasst alle anderen Arbeiten liegen – an diese Handschuhe werden Zackenränder und Rüschen angehäkelt. Das feine Häkelgarn, weiß, rosé und lindgrün. Violett geht auch.«

»Lohnt sich das?«, wollte Grete wissen. »Was kosten denn die Handschuhe im Einkauf? Und das Häkelgarn? Dazu die Arbeitsstunden, in denen wir andere Aufträge …«

»Zerbrich dir nicht meinen Kopf, Grete«, wies Charlotte sie zurecht. »Tu einfach, was dir gesagt wird!«

Die Mutter dachte wirklich an alles. Natürlich würden die Kundinnen nach den Handschuhen fragen, wenn sie die Anzeige lasen, und in der Schachtel hatten gerade noch drei Paar Spitzenhandschuhe gelegen. Die Krämer liebten es nicht, wenn die Putzmacherinnen bei ihnen Waren einkauften, um sie in ihren Ateliers weiterzuverkaufen. Wenn man die Handschuhe aber bestickte und Rüschen daran häkelte, hatten sie keinen Grund, sich zu beschweren.

Natürlich war Charlotte insgeheim ärgerlich über diesen Handel, den sie normalerweise niemals getätigt hätte, denn die Arbeit lohnte sich tatsächlich nicht. Ausgerechnet jetzt musste Elise der Mutter gestehen, dass sie sich für den Nachmittag mit Sybilla zu einem Spaziergang verabredet hatte und bei dieser Gelegenheit auch ein Halsband und eine Leine für Fidibus erwerben wollte.

»Ein Halsband? Womöglich aus gutem Leder? Und dazu

noch eine Hundeleine? Kannst du nicht einfach eine Kordel nehmen?«

»Das würde vielleicht gehen«, meinte Elise. »Aber ein Halsband muss er auf jeden Fall tragen. Sonst bekommen wir Ärger mit der Polizei.«

»Nichts als Ausgaben!«, schimpfte die Mutter. »Wenn du schon den Nachmittag über spazieren gehst, anstatt Rüschen zu häkeln, dann schau wenigstens im ›König von Preußen‹ vorbei, ob die beiden auch wirklich abgereist sind.«

»Das will ich gerne tun, Mutter.«

Nach dem Mittagessen bat Elise die Großmutter, den Hund in der Küche zu behalten und auf keinen Fall in den Garten oder gar auf die Gasse zu lassen. Dann machte sie sich ausgehfertig, schickte noch einen bedenklichen Blick zum Himmel hinauf, der sich mit grauem Gewölk bezogen hatte, und lenkte ihre Schritte in Richtung Königsplatz.

»Herr de LaTour und Herr van Leuwen haben heute früh die Postkutsche nach Frankfurt genommen«, teilte man ihr im »König von Preußen« mit. Ihr Vater hatte ihr eine schriftliche Nachricht hinterlassen.

Ma chère fille,
wir sind ohne Abschied aufgebrochen und hoffen auf ein baldiges revoir. Grüße deine Mutter von mir, die in all den Jahren nichts von ihrer Anziehungskraft verloren hat und ihr reizendes Wesen gerade dann offenbart, wenn sie zornig ist.
Le Chevalier du Croix Blanc
Dein Vater

Welche Ironie! Elise entschied, diese Nachricht ihrer Mutter besser nicht zu lesen zu geben, da sie vermutlich einen Wutausbruch auslösen würde. Sie steckte das gefaltete Blatt in ihr Täschchen und machte sich auf den Weg in die Carlstraße.

Dort wurde sie von Sybillas Mutter mit großer Sorge empfangen, denn man fürchtete, es könne regnen, und das würde unweigerlich eine Erkältung nach sich ziehen, die für eine Schwangere sehr gefährlich sei. Elise redete mit Engelszungen, versprach, die Stadt nicht zu verlassen, damit man sich im Notfall in einem Hauseingang unterstellen könne, und dazu einen Regenschirm mitzunehmen. Schließlich genehmigte Henriette Elisabeth von Schönhoff seufzend einen Spaziergang von höchstens einer halben Stunde und verordnete Sybilla einen wärmenden Umhang, den sie normalerweise im Winter benutzte.

»Ein Wunder, dass sie uns nicht Baptiste mitgegeben hat«, meinte Sybilla lachend, als sie endlich am Arm der Freundin dahinschritt. »Lass uns durch das Auetor zur Karlsaue hinuntergehen; ich bin begierig, den Fluss zu sehen, das frische Laub an den Bäumen, die jungen Enten, die gewiss in der Aue geschlüpft sind. Weißt du, dass ich heimlich auf den Dachboden gestiegen bin, um aus dem Fenster zu schauen? Von dort aus kann man die Orangerie und den Park der Karlsaue sehen.«

»Wenn das deine Mutter wüsste«, meinte Elise heiter. »Sie wäre in Ohnmacht gefallen, die Treppe zum Dachboden ist ganz sicher schmal und steil.«

Die Karlsaue war eine Gartenanlage, die Landgraf Karl Anfang des 18. Jahrhunderts zwischen der Fulda und ihrem Nebenarm, der Kleinen Fulda, hatte anlegen lassen. Zu Füßen der Orangerie und verschiedener Nebengebäude breiteten sich die abgezirkelten Beete im Stil des vergangenen Jahrhunderts aus. Wer an ihnen vorüberging, gelangte in eine liebliche Landschaft, die mit Bäumen und Buschwerk bedeckt war und im Sommer zu schattigen Spaziergängen einlud.

Am Auetor blieb Sybilla stehen und legte lächelnd die Hand auf ihren Leib. »Wie lebhaft es sich bewegt«, sagte sie leise zu Elise. »Es ist ein wunderbares Gefühl, dieses kleine Wesen in sich heranwachsen zu spüren. Eines Tages wirst auch du das erfahren, Elise.«

Sie war von der Idee nicht abzubringen, die Freundin zu verheiraten, und schilderte ihr das Glück einer Ehefrau und Mutter in leuchtenden Farben. Elise hörte ein Weilchen zu, dann beschloss sie, die Freundin durch die heitere Geschichte von Fidibus und der seidenen »Leine« von dieser fixen Idee abzulenken.

»Ach herrje!«, rief Sybilla aus. »Die schöne Schärpe hast du ruiniert. Aber du brauchst weder Halsband noch Leine für deinen Hund zu kaufen. Mein Vater hielt früher Hunde, er besitzt noch eine ganze Sammlung von diesen Dingen, die er nun nicht mehr benötigt.«

Sie hatten gerade die Brücke über die kleine Fulda überquert und näherten sich dem lang gezogenen, hellen Gebäude der Orangerie, da fielen die ersten Regentropfen.

»Wie schade«, meinte Sybilla, während Elise den mitgeführten Regenschirm aufspannte. »Stellen wir uns am Eingangsportal unter, gewiss hört es gleich wieder auf.«

Sie eilten an den hohen, verglästen Fenstern der Orangerie vorüber und erreichten den runden Mittelbau, in dem sich das Eingangsportal befand. Es gelang ihnen gerade noch rechtzeitig, um vor dem kräftigen Platzregen, der sich nun über die Karlsaue ergoss, geschützt zu bleiben. Die Pforte war geschlossen, im Inneren des Gebäudes befanden sich lang gestreckte Säle, in denen die Orangenbäumchen überwinterten. Niemand war zu sehen, da Gärtner und Spaziergänger vor dem Regen geflüchtet waren; der Barockgarten lag verlassen, Bäume und Buschwerk in der Ferne verschwanden im Dunst. Elise hielt den Schirm seitlich, um Sybilla vor der Feuchtigkeit zu schützen, die der Wind zu ihnen hinübertrieb, und beide Frauen drängten sich eng aneinander.

»Nun hat die Mutter doch recht gehabt«, seufzte Sybilla. »Wie schade. Aber vielleicht ist das die rechte Stimmung, um deine traurige Geschichte zu hören. Erzähle mir, wie es kam, dass du nun mit Hans Christian Thiedemann ganz und gar zerstritten bist.«

Elise hatte beschlossen, den Diebstahl des Manuskripts in ihrer Erzählung zu erwähnen, auf keinen Fall aber von der Erpressung zu erzählen, die ihre Mutter betroffen hatte. Sybilla hörte aufmerksam zu, legte nur hin und wieder die Hand auf ihren Bauch, wenn sich das Kind bewegte, und wenn sie das tat, glitt ein zärtliches Lächeln über ihr Gesicht.

»Was für ein gemeiner Diebstahl«, sagte sie schließlich bekümmert. »Und welch unglückselige Verwicklung. Nein, Elise, ich bin nicht deiner Ansicht. Gewiss, er hat dir die Machenschaften seines Vaters vorenthalten, aber ein Dieb und Betrüger ist er deshalb nicht. Denk daran, dass er auch seinem Vater gegenüber verpflichtet war und außerdem das Gelingen seines hoffnungsvollen Plans, einen Verlag zu gründen, auf dem Spiel stand.«

»Das ist wohl richtig«, gab Elise zu. »Dennoch …«

»Nein«, unterbrach Sybilla eifrig. »Sein Handeln hat dir doch bewiesen, dass er Reue empfand und sogar bereit war, sich mit dem Vater um deinetwillen zu zerstreiten.«

»Mag sein«, meinte Elise. »Wie auch immer, jetzt ist er zornig auf mich, weil ich ihn für einen Dieb gehalten habe. Aber ein Schwindler ist auch kein Mann, der mir gefallen könnte.«

»Liebe heilt alle Wunden, Elise. Und glaube mir – einen Mann zu finden, der vollkommen ist, wäre ein sinnloses Unterfangen. Sind es nicht gerade die kleinen Fehler, die einen Menschen so anziehend und sympathisch machen?«

Elise dachte an ihren Halbbruder Johann Georg, dem Sybilla nicht wenige Fehler vergeben musste und der sich doch als liebender Ehemann entpuppt hatte. Sie schwieg und schaute nachdenklich in den Park hinein, über den der Frühlingsregen einen grauen Schleier warf.

»Vielleicht schreibst du ihm einige Zeilen, in denen du ihm deine Sicht der Dinge darstellst und ihm zugleich Gelegenheit zu einer Antwort gibst?«, schlug Sybilla vor.

Elise konnte nicht antworten, da ein Windstoß an dem Schirm riss und sie alle Hände voll zu tun hatte, damit sich das sperrige Teil nicht umstülpte.

»Nein, ich glaube nicht, dass ich das tun werde«, meinte sie dann. »Das würde ja den Eindruck erwecken, ich liefe ihm nach allem, was geschehen ist, auch noch hinterher.«

»Wie schade«, sagte die Freundin und lächelte traurig. »Wenn auch er so denkt, dann wäre es möglich, dass ihr beide an eurem Glück vorübergeht.«

»Es könnte sowieso nichts daraus werden, da ich nicht die Absicht habe zu heiraten«, fügte Elise hinzu. »Da schau – dort über den Bäumen ist schon ein Streifen blauer Himmel zu erkennen. Gleich ist der dumme Regen vorbei.«

Tatsächlich fielen die Tropfen schon weniger dicht, auch der Wind legte sich, nur vom Dach des Eingangs rann das Wasser kräftig herab, und sie mussten sich vorsehen, dass ihre Schuhe und Röcke nicht nass wurden.

»Nun lass mich auch mein Herz erleichtern«, sagte Sybilla. »Es ist leider eine sehr boshafte und gemeine Sache, die Johann Georg große Sorgen bereitet. Stell dir nur vor, Elise: Man hat ihm gedroht, seine uneheliche Herkunft öffentlich zu machen. Wenn dies tatsächlich geschehen würde, könnte das seine Beförderung zum Rittmeister verhindern.«

Elise glitt vor Entsetzen der Schirm aus den Händen. Das schwarze Monstrum flatterte die Stufen hinunter, wurde vom Wind ein Stück auf den Platz hinausgetragen und blieb dort umgekehrt liegen, den Stab mit dem geschnitzten Griff zum Himmel gerichtet.

»Wer hat Johann Georg gedroht? Etwa ein Erpresser?«, fragte sie voller Angst.

Sybilla nickte bekümmert. Es sei ein Schreiben bei ihnen eingetroffen, das mit sehr genauen Details aufwarte.

»Wir rätseln seitdem, wer diese Kenntnisse haben könnte«, fuhr sie fort. »Es muss jemand sein, der sowohl seine Mutter als auch seinen Ziehvater von Haynau sehr gut gekannt hat und dem auch sein leiblicher Vater kein Unbekannter war. Erschrick bitte nicht, liebe Freundin. Dieser perfide anonyme Brief war mit dem Namen deines Vaters unterschrieben …«

Elise starrte auf den verlorenen Schirm, den der Wind hin und her bewegte und dessen Inneres sich langsam mit Regenwasser füllte. Wieso hatten sie geglaubt, der Erpresser würde sich nur allein an Charlotte wenden? Er besaß ein Manuskript, das zahllose Menschen in Kassel in Schwierigkeiten bringen konnte.

»Ich habe Johann Georg den lächerlichen Verdacht ausgeredet, den er zu Anfang hegte«, sagte Sybilla. »Selbstverständlich ist Charles François de LaTour nicht der Schreiber dieses boshaften Briefes. Aber da du mir gerade erzähltest, dass man die Lebenserinnerungen deines Vaters gestohlen hat, kommt mir nun der Gedanke, dass dies möglicherweise etwas damit zu tun haben könnte …«

Kapitel 20

Elise hätte sich die Haare raufen können! Sie hatte Sybilla vorsichtshalber nicht erzählt, dass auch Charlotte Rosen erpresst wurde. Nachdem sie die Freundin nach Hause begleitet und die Vorhaltungen der besorgten Mutter mit zerknirschter Miene angehört hatte, machte sie sich auf den Heimweg. Während sie durch die Altstadt lief, überschlugen sich Ängste und Mutmaßungen in ihrem Kopf. Auch das Schreiben an Johann Georg hatte unter den Briefen gelegen, die Baptiste von der Poststation abgeholt hatte. Johann Georg hatte den Diener beauftragt, dort nachzufragen, wer diesen Brief abgegeben hatte, doch niemand auf der Poststation konnte darüber Auskunft geben. Nach einigem Zögern hatte Sybilla ihr auch die Summe genannt, die der Erpresser für sein Schweigen forderte. Es waren fünfhundert Reichstaler, zehnmal so viel, wie er von Charlotte haben wollte. Das bedeutet, dass er gut über die finanziellen Verhältnisse seiner Opfer Bescheid weiß, dachte Elise. Papa hat recht – er muss sich in Kassel aufhalten, vermutlich sogar schon längere Zeit.

Es war ein unheimlicher Gedanke, dass dieser Mensch hier in der Stadt umherging, ihr möglicherweise schon mehrfach auf der Straße begegnet war, vielleicht sogar am Sonntag mit ihnen in der Kirche saß oder ganz harmlos vor dem Schaufenster des Ateliers stand und sie ausspähte. Wen mochte er noch erpressen? Als Erstes fiel ihr Fräulein von Eschen ein, über die ihr Vater mit Sicherheit etliche Zeilen geschrieben hatte. Ob sie versuchen sollte, es herauszubringen? Ach, wenn ihr Vater doch noch in

Kassel wäre, damit sie ihm von dieser höchst bedenklichen Entwicklung erzählen könnte! Nun musste sie auf den Boten waren und dabei noch aufpassen, dass er die Nachricht nicht der Mutter, sondern ihr überbrachte.

Im Atelier wurde sie unfreundlich empfangen. Alle drei Näherinnen waren mit der feinen Häkelarbeit beschäftigt, die nicht immer zur Zufriedenheit der Chefin ausgefallen war. Vor allem Grete, die das Häkeln mit dünnem Garn nicht gewohnt war, handelte sich Charlottes Unmut ein.

»Das ist schief und krumm, so kann ich die Handschuhe nicht verkaufen. Zieh das wieder auf und beginn von vorne!«

In der Küche wartete weiterer Ärger auf Elise. Die Großmutter hatte Fidibus in den Garten gelassen, weil er so sehr an der Tür gekratzt hatte. Daraufhin war er über die Mauer gesprungen und eine ganze Weile verschwunden gewesen, um irgendwann mit einer Räucherwurst im Maul zurückzukehren.

»Die hat er gewiss irgendwo gestohlen«, jammerte Großmutter Anna. »In Teufels Küche bringt er uns, dieser Streuner!«

Fidibus war sich keiner Schuld bewusst. Er begrüßte Elise schwanzwedelnd, und als sie sich niederbeugte, um ihm ins Gewissen zu reden, blickte er sie treuherzig mit seinen bernsteinfarbenen Augen an. Er roch tatsächlich intensiv nach Räucherwurst.

Bis zum Abend waren Häkeln und Warten angesagt. Es hatte wieder angefangen zu regnen, die Marktgasse war leer, nur der Lumpensammler zog seinen Karren gleichmütig vorüber, und manchmal lief eine Dienstmagd mit einem Auftrag ihrer Herrschaft durch die Gasse, das Schultertuch über den Kopf gelegt, die Röcke gerafft. Kundinnen ließen sich bei diesem Wetter im Atelier nicht blicken. Gegen Abend erschien eine dunkel gekleidete Gestalt unter einem aufgespannten Regenschirm, blieb an der Tür des Ateliers stehen und klopfte an. Charlottes

Blick wurde starr, doch der Besucher erwies sich als der Hausdiener Baptiste, den Oberst von Schönhoff geschickt hatte, um ein Halsband samt Hundeleine abzugeben. Dazu einen Topf mit Honig als Geschenk für Frau Rosen und ein neu erschienenes Büchlein für Elise, das Sybilla erst kürzlich erworben hatte: ein Gedichtzyklus von einem gewissen Adalbert von Chamisso, *Frauenliebe und -leben*.

Weitere Botschaften erreichten das Atelier an diesem Tag nicht. Nach dem Abendessen forderte Therese, dass heute unbedingt ein Spiel gespielt werden müsse, weil ihre Finger vom vielen Häkeln mit dem feinen Garn ganz krumm seien. Also kramte Elise das Gänsespiel aus der Schublade, an dem sich heute auch Moritz beteiligte. Er war guter Dinge, denn er würde morgen sein Geschäft wieder öffnen, dazu hatte er Flugblätter drucken lassen und zwei Knaben angeheuert, die sie in der Stadt verteilen sollten.

»Morgen wird die Kundschaft mir den Laden stürmen«, prophezeite er zuversichtlich. »Hoffentlich reicht der Wein, den ich im Weinlager Fehrenburg eingekauft habe.«

Dass er an diesem Abend gleich zweimal seine Gans als Sieger ins Ziel brachte, nahm er als gutes Omen, bald darauf verabschiedete er sich, weil er früh auf den Beinen sein wollte. Auch Charlotte zog sich zurück, und Elise nahm die Gelegenheit wahr, noch einige Worte mit der Mutter allein zu wechseln.

»Wann wird der ›Bote aus Kassel‹ erscheinen, Mutter?«

»In den nächsten Tagen, sagte man mir. Halsabschneider sind sie, diese Zeitungsmacher. Fünf Albus musste ich für die Annonce bezahlen. Dazu die Ausgaben für die Handschuhe, die nur wenig Geld bringen werden. Ich bin froh, wenn diese leidige Angelegenheit endlich geregelt ist.«

»Ja, Mutter«, stimmte Elise zu, obgleich sie fürchtete, dass Charlotte sich falsche Hoffnungen machte. »Ich denke, ich werde dieser Tage einmal bei Fräulein von Eschen vorsprechen«, fuhr sie fort. »Sie hat schon eine Weile nichts bestellt, vielleicht benötigt sie ja ein Paar Handschuhe?«

Charlotte war damit einverstanden, allerdings empfahl es sich, dieser Kundin schwarze Handschuhe ohne Rüschen anzubieten, am Handgelenk nur mit einem schmalen Zackenrand umhäkelt.

»Ich freue mich, dass du wieder etwas mehr Eifer für unser Handwerk an den Tag legst, Elise«, fügte sie hinzu. »In letzter Zeit ließ dein Einsatz sehr zu wünschen übrig.«

»Ich mache alles wieder gut, Mutter! Schlaf wohl und träume süß.«

Sie umarmten einander, und Elise war schon an der Tür, als Charlotte sie zurückrief.

»Weißt du, Mädchen, was mir die ganze Zeit durch den Kopf geht?«, fragte sie leise. »Ich frage mich immer wieder, warum hat dieser widerliche Kerl seinen Erpresserbrief mit dem Namen deines Vaters unterschrieben?«

Auch Elise hatte schon darüber nachgedacht. Der Erpresser hätte genauso gut »ein Unbekannter« oder etwas Ähnliches schreiben können. Er hätte die Unterschrift auch weglassen können. Aber er hatte den Namen Charles François de LaTour unter den Brief gesetzt.

»Vielleicht kennt er meinen Vater?«, überlegte Elise. »Möglicherweise sind sie sich damals begegnet, als Papa am Hof des König Jérôme verkehrte? Könnte es sein, dass er sich Feinde gemacht hat?«

Charlotte lachte auf. »Das hat er ganz sicher. Ein Mann wie er, der den Frauen zu gefallen weiß, bringt so manchen Konkurrenten oder Ehemann gegen sich auf. Und wenn ich mich nicht irre, war er auch an gewissen Hofintrigen beteiligt, von denen es damals jede Menge gab. Das allerdings weiß ich nur vom Hörensagen, denn mit dem lasterhaften Hof des Franzosenkönigs hatte ich nichts zu schaffen.«

Das war immerhin ein guter Hinweis. Sie musste es ihrem Vater schreiben, nur er und van Leuwen konnten wissen, welche Personen in Kassel dafür infrage kamen.

»Nun«, meinte Charlotte und rückte ihr Kopfkissen zurecht. »Wer auch immer es ist – es geht mich nichts an, und ich will es auch nicht wissen. Geh jetzt zu Bett, mein Mädchen. Und schlaf wohl.«

Elise ließ Fidibus in ihr Zimmer ein, der sich brav auf dem Bettvorleger niederließ und sie aufmerksam beobachtete, während sie am Schreibtisch saß, um eine Nachricht an ihren Vater zu verfassen. Wenn nur endlich der Bote eintraf, damit sie ihm den Brief mitgeben konnte!

Der folgende Morgen begrüßte sie mit einem klaren blauen Himmel, an dem nur ein paar Schleierwölkchen wie zarte Seidentücher vorüberzogen. Moritz nahm sich kaum Zeit für das Frühstück und lief gleich hinüber, um sein Geschäft zu öffnen, während Elise sich zu den Näherinnen setzte, um schwarze Spitzenhandschuhe mit hübschen Zackenrändern zu verzieren.

»Seit Wochen hat keine Kundin mehr nach Handschuhen gefragt«, nörgelte Babette, die das Häkeln satthatte und gern wieder eine Haube genäht hätte. »Wenn wir nur nicht auf dem Spitzenkram sitzen bleiben!«

Grete mühte sich indessen, Therese eine Methode beizubringen, wie man das komplizierte Muster schneller und einfacher häkeln konnte. Aber Therese begriff es nicht und schimpfte Grete, sie sei nur zu faul, um auf anständige, althergebrachte Weise einen Saum zu häkeln. Charlotte hingegen lachte und nannte Grete anerkennend ein »Schlitzohr«.

Gegen zehn Uhr packte Elise verschiedene Waren in eine Hutschachtel und machte sich ausgehbereit, um Fräulein von Eschen zu besuchen. Fidibus beschnüffelte aufgeregt das neue Halsband, das vermutlich noch nach einem Vorgänger roch, ließ es sich aber bereitwillig umlegen und ging sogar recht anständig an der Leine neben seiner Herrin her.

»Willst du den Hund mit zur Kundschaft nehmen?«, rief ihr Moritz zu, der vor seinem Laden stand und in die Sonne blinzelte. »Da wirst du wenig Begeisterung wecken.«

Elise machte sich nichts daraus und ging mit Hund und Hutschachtel vorüber. Bisher war der große Andrang in »Liebermanns Weingeschäft« wohl ausgeblieben, sonst hätte Moritz nicht die Zeit gefunden, vor seinem Laden zu stehen und die Leute in der Gasse zu betrachten.

Bis auf einige kurze Aufenthalte an Bäumen und Straßenecken kam sie mit ihrem Beschützer gut voran, nur wenn andere Hunde auftauchten, wurde Fidibus unleidlich, stellte die Rückenhaare auf und knurrte drohend. Vor dem Haus des Fräuleins von Eschen band sie ihn am Türpfosten fest und befahl ihm zu warten.

»Ach, Sie sind das, Mamsell Rosen!«, sagte das Hausmädchen stirnrunzelnd, die Augen auf den großen Hund gerichtet. »Hatte meine Herrin Sie bestellt?«

»Das nicht«, erwiderte Elise fröhlich. »Aber da ich gerade in der Gegend zu tun habe, wollte ich bei Fräulein von Eschen vorsprechen und fragen, ob sie etwas benötigt.«

»Sie ist gerade aus der Kirche gekommen. Ich werde nachfragen ...«

Sie war unter der Woche zur Messe gegangen? Soweit Elise bekannt war, tat sie das normalerweise nicht. Hatte sie etwas zu beichten gehabt? Oder suchte sie Beistand und Hilfe im Glauben? Das könnte darauf hindeuten, dass sie in einer schwierigen Lage war.

»Sie sollen warten«, vermeldete das Mädchen und ließ sie in ein Zimmer ein, das für Besucher bestimmt war. »Das gnädige Fräulein will sich erst umkleiden.«

Elise war nicht böse darüber. Es war angenehmer, hier zu sitzen und sich seinen Gedanken hinzugeben, als die lästigen und unnötigen Häkelarbeiten im Atelier auszuführen. Nur Fidibus, der draußen vor der Tür ungeduldig bellte, bereitete ihr Sorgen. Zum Glück wurde sie schon nach kurzer Zeit zu der Hausherrin vorgelassen, die sie wie üblich ganz in Schwarz gekleidet in ihrem Salon empfing.

»Seit wann besitzen Sie einen Hund?«, fragte Fräulein von Eschen streng, ohne sie zuvor zu begrüßen.

Falls die Dame von Sorgen gequält wurde, so ließ sie sich nichts davon anmerken. Sie saß wie üblich in ihrem Sessel, stützte die Füße auf einen niedrigen Schemel und blickte Elise gerade ins Gesicht.

»Einen schönen guten Morgen wünsche ich, Fräulein von Eschen. Ja, tatsächlich habe ich mir einen Hund angeschafft. Es gehen in Kassel hin und wieder seltsame Dinge vor, da fühle ich mich mit diesem großen Beschützer sicherer.«

Fräulein von Eschen verzog das Gesicht zu einem abfälligen Lächeln. »Was für seltsame Dinge meinen Sie, Mamsell Rosen? Hat man Sie etwa mitten in Kassel überfallen und beraubt?«

»Zum Glück nicht«, gab Elise zurück. »Aber Überfälle, Drohungen oder gar Erpressungen sollen in letzter Zeit vorgekommen sein. Die Welt ist schlecht, gnädiges Fräulein. Man muss immer auf der Hut sein.«

»Wer ein reines Gewissen hat, braucht nichts zu fürchten«, behauptete Fräulein von Eschen. »Nun ja – lassen wir das! Zeigen Sie mir, was Sie anzubieten haben, wenn Sie schon einmal hier sind.«

Elise öffnete die Hutschachtel und breitete den Inhalt auf dem Sofa aus. Handschuhe, Spitzenkragen, bestickte Seidenschärpen, kleine Arrangements aus Bändern, Federn und künstlichen Blüten, die man ins Haar stecken konnte. Geldbeutel, kleine Döschen, die mit bunten Perlen beklebt waren, und allerlei anderen Tand. Fräulein von Eschen nahm diesen oder jenen

Gegenstand in die Hand, drehte und wendete ihn, um ihn dann wieder beiseitezulegen.

»Nein«, meinte sie schließlich. »Es ist nichts dabei, das mir gefällt.«

»Auch die Handschuhe nicht? Wir haben sie ganz neu hereingenommen.«

Abschätzig besah sich das Fräulein die angehäkelten Spitzenränder und schüttelte den Kopf.

»Lächerlich übertrieben. Spitzen und Rüschen sind etwas für eitle Bürgerfrauen, die sich und ihre heiratswütigen Töchter auf groteske Weise herausputzen. Außerdem habe ich Kisten voller schwarzer Handschuhe in meinen Schränken.«

Heute ist sie besonders bissig, fand Elise. Ganz sicher ist etwas geschehen, das ihr auf die Stimmung geschlagen ist. Während sie noch überlegte, wie sie weiter vorgehen sollte, kam ihr Fräulein von Eschen unabsichtlich zu Hilfe.

»Man sagte mir, dass Ihr Vater sich neulich wieder in Kassel aufhielt«, bemerkte sie spitz. »Wie üblich hielt er es nicht für nötig, mir einen Besuch zu machen. Falls Sie ihm schreiben sollten, wäre es freundlich, mein Erstaunen darüber zu erwähnen.«

»Oh«, rief Elise rasch. »Das ist wirklich sehr nachlässig von ihm. Allerdings hielt er sich nur ganz kurz in Kassel auf, er reiste schon gestern zurück nach Frankfurt. Sie müssen wissen, Fräulein von Eschen, dass es mit seiner Gesundheit nicht zum Besten steht.«

Ihr Gegenüber schien davon wenig beeindruckt und zog nur die Augenbrauen in die Höhe.

»Er hat ein gottloses Leben geführt – das rächt sich im Alter«, bemerkte sie mitleidslos. »Aber wie es scheint, hindert ihn seine schwache Gesundheit nicht daran, sich auf Reisen zu begeben.«

Elise legte ihre Waren sorgfältig wieder in die Hutschachtel zurück und wünschte Fräulein von Eschen insgeheim alles erdenklich Schlechte, weil sie so boshaft über ihren Vater redete.

»Er reist nicht aus freien Stücken, Fräulein von Eschen«, erklärte sie. »Er ist ganz und gar verzweifelt, weil man ihm ein Manuskript gestohlen hat, und versucht alles Mögliche, um es wiederzuerlangen.«

Jetzt horchte die andere auf, reckte den Hals, und ihre Lippen spannten sich.

»Gestohlen? Ein Manuskript?«, entfuhr es ihr.

»Seine Lebenserinnerungen, an denen er jahrelang gearbeitet hat, wurden aus seinem Schreibpult entwendet. Es ist ein furchtbarer Verlust für ihn.«

Elise hatte die Hutschachtel zugeklappt und wickelte ein Band darum, damit sie sich nicht unterwegs öffnete. Fräulein von Eschen schien über das Gehörte nachzudenken, denn sie blickte angestrengt auf ihre Füße, die in seidenen Hauspantoffeln steckten.

»Du meine Güte«, sagte sie nach einer Weile und zuckte mit den Schultern. »Er wird es verlegt haben, so etwas tun alte Leute hin und wieder. Wer sollte wohl ein Manuskript stehlen?«

»Das haben wir uns auch gefragt, Fräulein von Eschen. Wen könnten diese längst vergangenen Geschehnisse, die er so genau aufgeschrieben hat, wohl interessieren? Höchstens jemanden, der böse Absichten damit verfolgt.«

»Lächerlich!«, sagte Fräulein von Eschen mit einer Bewegung, als müsse sie etwas von sich abschütteln. »Sie lesen zu viele Räuberpistolen, meine Liebe.«

Ungeduldig bedeutete sie mit der Hand, dass sie dieses Thema nicht weiterverfolgen wollte.

»Richten Sie Ihrer Frau Mutter aus, dass ich ihr drei Hüte bringen lasse, die für das Frühjahr neu zu dekorieren sind. In der üblichen Weise: bescheiden, aber nicht langweilig, dezent, geschmackvoll und ohne modischen Firlefanz. Sie weiß Bescheid.«

»Sehr gern, Fräulein von Eschen«, sagte Elise enttäuscht. »Wann darf ich die Hüte abholen?«

»Mein Mädchen wird sie ins Atelier bringen. Sie dürfen jetzt gehen, Mamsell Rosen. Falls ich Sie in Zukunft benötige, lasse ich es Sie wissen.«

»Ganz herzlichen Dank, Fräulein von Eschen. Ich wünsche Ihnen einen angenehmen Tag.«

Was für ein grandioser Rauswurf. War sie wirklich nur ärgerlich, weil de LaTour sie auch dieses Mal nicht mit einem Besuch beehrt hatte? Oder steckte etwas anderes dahinter?

Fidibus hatte inzwischen seine Zähne an der Hundeleine erprobt, da sie jedoch aus hartem Leder geflochten war, hatte ihm das nicht zu der erhofften Freiheit verholfen. Elise hielt ihm die angenagte Stelle vorwurfsvoll vor die Nase, doch obgleich er die Ohren anlegte und schuldbewusst dreinschaute, war sie nicht überzeugt, dass er sich ihre Strafpredigt zu Herzen nahm.

So manch erstaunter und belustigter Blick folgte ihr, während sie mit Hund und Hutschachtel über den Friedrichsplatz in Richtung Marktgasse ging. Vor Moritz' Weinhandlung hatten sich mehrere Kinder versammelt, die wohl gerade aus der Schule gekommen waren, und sie hörte schon von Weitem die zornige Stimme ihres Ziehbruders.

»Macht euch davon, oder ich komme mit dem Besen!«

Gelächter folgte auf diese Drohung.

»Wir wollten nur fragen, ob es hier getauften Wein gibt!«, rief ein kleiner, zerlumpter Bursche.

»Gleich setzt es was!«

»Ich hätte gern einen Krug Brunnenwein«, rief ein Mädel laut und versteckte sich vorsichtshalber hinter einem kräftigen Buben.

Jetzt erschien Moritz mit zornrotem Gesicht, den Besen vor sich herschwingend, und fuhr damit zwischen die Kinder. Johlend und kreischend liefen sie auseinander; einige der älteren Buben blieben in sicherer Entfernung stehen und brüllten laut: »Bei Liebermann gibt's Gänsewein, da gießt er Fuldawasser rein …«

Erst als Elise sich mit dem wütend bellenden Fidibus näherte, bekamen es die Plagegeister mit der Angst zu tun, und sie verschwanden eilig in Hauseingängen und Nebengassen.

»Na, Lieschen«, redete Moritz sie mürrisch an. »Wie ging es? Hast du viele Hauben und Handschuhe verkauft?«

»Keine einzige«, gestand sie. »Und wie läuft's bei dir?«

Er winkte ab und schaute ärgerlich in die Gasse hinein, wo inzwischen der Scherenschleifer mit seinem Wagen Aufstellung genommen hatte.

»Mäßig«, sagte er düster. »Muss sich wohl erst herumsprechen, dass der Laden wieder geöffnet ist.«

»Ja, das braucht seine Zeit«, meinte Elise verhalten.

Sie wollte ihm nicht schon jetzt allen Mut rauben. Aber es war zu vermuten, dass nach diesem Skandal vorerst keiner seiner ehemaligen Stammkunden bei ihm einkaufen würde. Es würde eine ganze Weile dauern, bis Gras über die Angelegenheit gewachsen war.

»Komm mal kurz in den Laden, Lieschen«, forderte er sie auf. »Ich hab da etwas für dich. Aber binde den Hund draußen an, der hat in meinem Geschäft nichts zu suchen.«

In »Liebermann's Weingeschäft« war es eng und düster; säuerlicher Weingeruch stieg Elise in die Nase, dazu der Gestank des billigen Talglichts, das auf dem Ladentisch brannte. Mehrere Fässer standen aufgereiht an der Wand, in einem hölzernen Regal lagen verstaubte Flaschen, in einem anderen standen Gefäße aus grauem Steingut, die Schnäpse und Branntwein enthielten. Moritz griff in ein Fach unter dem selbst gezimmerten Ladentisch und reichte Elise ein Schreiben. Von ihrem Vater! Wie schlau von ihm, die Nachricht zu Moritz zu schicken, damit sie Charlotte nicht in die Hände fiel.

De LaTour hatte auch einen kurzen Brief an Moritz geschrieben, in dem er ihn bat, seine Post an Elise weiterzureichen.

»Außerdem soll ich mich bereithalten, weil er mich demnächst benötigen wird«, erklärte Moritz stolz. »Es scheint eine wichtige Sache zu sein, denn er rückt noch nicht so recht damit heraus.«

»Da darf man gespannt sein«, sagte Elise mit schlechtem Gewissen, da sie ahnte, bei welcher Gelegenheit Moritz ihrem Vater Hilfe leisten sollte. »Auf jeden Fall danke ich dir, Moritz. Und halt die Ohren steif!«

»Mach ich, Lieschen. Die sind so steif, dass ich damit Fliegen erschlagen könnte.«

Im Atelier angekommen gab Elise den Hund in der Küche ab und nahm die Gelegenheit wahr, rasch hinauf in ihr Zimmer zu laufen, um den Brief ihres Vaters ungestört zu lesen.

Meine liebe Tochter,
wir haben uns im Gasthaus »Zur Post« in einem Ort namens Niederzwehren einquartiert und wohnen hier einigermaßen commode, soweit dies in einem Dorfgasthof möglich ist. Inzwischen wird Charlotte die Anzeige aufgegeben haben. Sobald die Zeitung erschienen ist, wird sich der Spitzbube bei ihr melden und seine Bedingungen diktieren. Es ist möglich, dass deine Mutter dich nicht ins Vertrauen zieht, dann musst du herausfinden, wie und wo sie das Geld überbringen soll. Ich vertraue ganz auf deine Klugheit, ma fille. Sobald du es weißt, schicke mir Moritz mit der Nachricht.
Da das Dorf Niederzwehren außer Schafen, Kühen und Hühnern nicht allzu viel Abwechslung bietet, wäre es mir angenehm, wenn du deinem Ziehbruder das eine oder andere lesenswerte Büchlein mitgeben würdest, wenn möglich die hervorragenden Verse des François Villon, die ich über alles schätze.
In Ungeduld und froher Erwartung
Dein Vater
Charles François de La Tour

Ansprüche stellte er auch noch! Sie würde Sybilla fragen müssen, ob sich die Verse des François Villon in ihrer Bibliothek befanden und ob sie sie ausleihen dürfe.

Zwei Tage später gab es in der Marktgasse einen ungewohnten Kundenandrang, der vom frühen Morgen bis zum späten Nachmittag nicht nachließ. Zu Moritz' Leidwesen war jedoch nicht die »Weinhandlung Liebermann« das Ziel dieses Ansturms, sondern das Atelier Rosen. Der »Bote aus Kassel« war erschienen, und zu Charlottes größter Überraschung fanden die Spitzenhandschuhe, die so schön mit den Worten »Die zierliche Hand der Dame« beworben worden waren, reißenden Absatz. Man lobte die zarten, frühlingshaften Farben der angehäkelten Rüschen, zwei Kundinnen bestellten sogar passende Hauben dazu, Frau Hofrätin von Ochs kaufte gleich drei Paar, um sie ihren Freundinnen zum Geschenk zu machen, und die Finanzrätin Engelbrecht erwarb ein Paar in Schwarz für den Kirchgang. Am Abend war nur noch ein einziges Paar übrig geblieben, dafür hatten sie fünf Bestellungen für weiße und cremefarbene Handschuhe mit fliederfarbenen und lindgrünen Rüschen aufgenommen, außerdem gab es etliche Nachfragen nach Spitzenbeuteln in ähnlicher Aufmachung, und Frau Baurätin Günste benötigte für ihre Tochter eine Nachthaube mit gehäkelten Spitzenvolants in Himmelblau.

»Sie ist guter Hoffnung, Frau Rosen«, flüsterte sie Charlotte zu. »Und ihr Ehemann wünscht sich einen Sohn. Da ist Himmelblau für eine Nachthaube vielleicht hilfreich, nicht wahr?«

Am Abend zählte Charlotte die Einnahmen und beriet sich mit Grete, um auszurechnen, welchen Preis sie von nun an für Handschuhe mit Rüschen fordern sollten, damit der Verkauf auch genügend einbrachte. Charlotte war zwar selbst eine gute Rechnerin, aber Grete hatte bewiesen, dass sie nicht nur umsichtig war und alle Kosten exakt mit einbezog, sondern auch sehr viel rascher und zuverlässiger mit den Zahlen umging.

Charlotte musste zugeben, dass das Lehrmädchen ihr inzwischen eine große Hilfe war.

»Diese fünf Albus waren gut angelegt«, verkündete sie beim Abendbrot. »Ich denke, wir werden in Zukunft häufiger solche Anzeigen aufgeben. Reklame ist doch eine nützliche Einrichtung.«

Elise war erschöpft von dem aufgeregten Hin und Her im Atelier, sie ließ Fidibus noch rasch in den Garten und ging dann zu Bett.

Morgen muss ich Sybilla aufsuchen und nach den Versen von diesem Franzosen fragen, dachte sie. Was sage ich ihr nur über das Buch von Chamisso, das sie mir geschenkt hat? Leider hat mir seine Dichtung überhaupt nicht gefallen.

Er, der Herrlichste von allen …

Wie seltsam, dachte sie. Gerade noch erklärte mir Sybilla, dass ein vollkommener Mann nirgendwo auf der Welt zu finden ist, und riet mir, mich im Verzeihen und Vergeben zu üben. Und dann schickt sie mir dieses Büchlein, in dem der Ehemann als das herrlichste Wesen auf Erden dargestellt wird. Will sie mir damit vielleicht sagen, dass Liebe alle unsere Unzulänglichkeiten zu heilen weiß? Vielen Dank – da verlasse ich mich lieber auf meinen klaren Verstand.

Dennoch konnte dieser Entschluss nicht verhindern, dass sie nun plötzlich an Hans Christian denken musste. Was er jetzt wohl tut, fragte sie sich. Nun ja – er würde an seiner Examensschrift arbeiten, was sonst? Und falls er tatsächlich zwischendurch einen Gedanken an sie verschwenden würde, dann höchstens, um wegen eines angeblich grundlosen Verdachts zornig auf sie zu sein.

An dieser Stelle nahm sie der Schlaf in seine Arme und hinderte sie daran, weitere Mutmaßungen anzustellen. Als Fidibus unvermittelt mit wütendem Gebell am Fenster hochsprang, brauchte sie eine kurze Weile, um wieder zu sich zu finden.

»Willst du mir die Gardine zerreißen?«, schimpfte sie und stieg aus dem Bett, um den Hund vom Fenster wegzutreiben.

Fidibus bellte zornig weiter, sodass sie schließlich die Gardine zur Seite schob, um nachzusehen, ob unten auf der Gasse etwas geschehen war. Doch alles, was sie im schwachen Schein der Reverbere erkennen konnte, war eine Frau mit einem Eimer in der Hand, die hinüber zum Brink in der Wildemannsgasse unterwegs war.

Die muss das Wasser aber sehr dringend benötigen, dass sie mitten in der Nacht zum Brunnen läuft, dachte sie und wollte sich wieder zu Bett legen. Dann blickte sie in die bernsteinfarbigen Augen des Hundes, und ein Gedanke durchfuhr sie. Hastig zog sie die Hausschuhe an, entzündete eine Laterne und lief die Treppe hinunter ins Atelier.

Auf der Eingangsschwelle lag ein zusammengefaltetes Blatt Papier, das jemand unter der Tür hindurchgeschoben hatte.

Werte Dame,
am Sonntag zur Kirchzeit wird unter der Fuldabrücke auf der Altstadtseite ein Handwagen mit Reisig stehen. Legen Sie den Beutel unter das Reisig und entfernen Sie sich.
Es dankt im Voraus
Charles François de La Tour

Kapitel 21

Das spiel war eröffnet. Nun konnte sie nur noch hoffen, dass es nach ihren Wünschen verlief und nicht etwa in einer Katastrophe endete.

Als sie wieder hinauf in ihr Zimmer gehen wollte, stand Charlotte oben im Flur mit einem Nachtlicht in der Hand. Natürlich hatte Fidibus auch sie aus dem Schlaf geweckt.

»Was ist los?«, fragte sie.

»Jemand hat etwas unter der Tür durchgeschoben, Mutter.«

Charlotte eilte hinunter und überflog das Blatt beim Schein der Lampe, nickte dann der Tochter zu und steckte die Nachricht des Erpressers in den langen Ärmel ihres Nachtgewandes.

»Es ist gut, Elise«, sagte sie leise. »Geh jetzt schlafen und kümmere dich nicht weiter darum. Ich werde alles Notwendige erledigen.«

»Gute Nacht, Mutter.«

Ein Rat, der leider ins Leere ging. Elise lag mit offenen Augen im Bett und grübelte verzweifelt vor sich hin. Am hellen Tag sollte es geschehen. Unter der Fuldabrücke, die von der Altstadt hinüber zur Unterneustadt führte. Während der Woche war dort lebhafter Betrieb, Fuhrleute hielten am Ufer, Kähne legten an und luden verschiedene Waren aus, Händler und Kaufleute waren unterwegs, auch spielten Kinder auf dem Uferweg. Am Sonntag zur Kirchzeit allerdings war es dort wie ausgestorben. Nur wenige Kasselaner blieben dem Gottesdienst fern, man nahm das Gotteswort *Am siebten Tage sollst du ruhen* sehr ernst, es wurde kein Handel getrieben und keine Waren angeliefert. So weit – so gut. Aber wo wollte man sich dort verstecken? Die wenigen Bäume boten kaum Sichtschutz, man konnte höchstens hoffen, dass jemand ein Boot unter der Brücke festgemacht hatte, um sich darin zu verbergen. Wenn man allerdings einen Spitzbuben fangen wollte, war ein Boot als Versteck sehr ungeeignet, denn bis man aus dem schwankenden Kahn herausgeklettert war, war der Bursche längst über alle Berge. Vielleicht in einem der vielen Lagerschuppen? Aber die gehörten verschiedenen Händlern und Geschäftsleuten und waren verschlossen, um die dort gelagerten Waren vor Dieben zu schützen. Da Elise keine gute Lösung einfiel, beschloss sie, die Angelegenheit ihrem Vater zu überlassen, schließlich war es seine Idee gewesen, den Erpresser bei der Übergabe des Geldes zu überraschen. Stattdessen fiel ihr nun wieder die seltsame Frau ein, die sie vom Fenster aus gesehen hatte. Wer lief denn bei dunkler Nacht mit einem Eimer zu Brink, um Wasser zu holen? Kein normaler Mensch tat das, man holte das Wasser am Abend oder am frühen Morgen, aber doch nicht bei Dunkelheit! Daher war es sehr wahrscheinlich, dass diese Frau den Zettel unter der Tür des Ateliers durchgeschoben hatte. Es musste ihr Mühe gemacht haben, denn der Schlitz zwischen Tür und Schwelle war sehr schmal. Deshalb hatte Fidibus so wütend gebellt – er hatte gemerkt, dass sich unten jemand an der Tür zu schaffen machte.

Eine Frau? Konnte es sein, dass eine Frau diese Erpressungen inszenierte? Unmöglich war das nicht – ihr Vater hatte seinerzeit so manche junge Frau unglücklich gemacht; ihre Mutter war eine davon, aber ganz sicher nicht die Einzige. Und doch … Es konnte auch sein, dass der Erpresser eine Dienstmagd oder eine Arbeiterin beauftragt hatte, die Nachricht heimlich unter der Tür vom Atelier Rosen durchzuschieben.

Fragen, Rätsel, Vermutungen – aber vielleicht würde sich am Sonntag ja alles lösen und der Spuk wäre vorbei. Morgen war Donnerstag, sie hatten genügend Zeit, um sich vorzubereiten. Todmüde drehte sie sich im Bett auf die Seite und fiel in einen unruhigen Schlummer, der nur bis zum Morgengrauen währte. Dann trieb es sie aus dem Bett an den Schreibtisch, und sie verfasste eilig eine Nachricht an ihren Vater, die Moritz noch heute überbringen musste.

Beim Frühstück waren die Näherinnen guter Dinge, sie freuten sich über den gestrigen Andrang im Atelier und machten ihre Scherze über die Kundinnen, wie sie es gern taten.

»Die Hofrätin kann noch so viele Rüschen an den Handschuhen tragen – ihre Finger sehen trotzdem aus wie frische Brühwürste«, lästerte die unermüdliche Babette.

»Habt ihr je davon gehört, dass eine hellblaue Nachthaube einer Schwangeren zu einem Knaben verhilft?«, wunderte sich Therese.

»Aber gewiss doch. Genauso, wie sie ein Mädchen bekommt, wenn sie eine rosafarbene Haube aufsetzt«, lachte die Großmutter.

»Und was bekommt sie, wenn sie eine violette Haube trägt?«, wollte Grete spitzfindig wissen.

»Zwillinge natürlich«, rief Babette. »Ein Mädchen und einen Knaben. Das weißt doch jeder, Grete.«

»Daraus wäre vielleicht ein gutes Geschäft zu machen, Frau Rosen«, meinte Grete kichernd zu Charlotte.

Charlotte war ebenso wie Elise am heutigen Morgen recht still; beide hatten in der Nacht kaum Schlaf gefunden und hofften, der Morgenkaffee würde die Müdigkeit vertreiben. Was leider nicht der Fall war: Im Gegenteil, je öfter die Großmutter ihre Tassen füllte, desto schläfriger wurden sie. Auch Moritz neigte heute nicht zur Geschwätzigkeit, er hockte trübsinnig vor seiner Kaffeetasse und kaute Butterbrot mit Pflaumenmus.

»Ach, ich habe mein Umhängetuch oben im Zimmer vergessen«, sagte Elise, kurz bevor man das Atelier öffnete. Dabei warf sie Moritz einen auffordernden Blick zu.

»Und ich meinen Ladenschlüssel«, sagte er grinsend, denn er hatte sie verstanden.

»Wo habt ihr nur eure Gedanken?«, meinte Charlotte kopfschüttelnd und ging hinüber, um das Atelier aufzuschließen und die Fensterläden zurückzuklappen.

Oben in ihrem Zimmer zog Elise den Brief an ihren Vater unter ihrem Kopfkissen hervor.

»Du musst noch heute nach Niederzwehren laufen und diesen Brief in das Gasthaus ›Zur Post‹ bringen, Moritz. Mein Vater erwartet dich dort.«

Moritz klapperte verblüfft mit den Augendeckeln. »Der ist gar nicht nach Frankfurt gereist, sondern steckt in Niederzwehren? Wieso das denn, Lieschen?«

»Das wird er dir erklären, wenn du dort bist.«

Moritz gab sich damit nicht zufrieden, ärgerlich musterte er seine Ziehschwester, die offensichtlich mehr wusste, als sie ihm verraten wollte. »Da ist doch was im Busch!«, nörgelte er. »Und das hat ganz sicher mit den geklauten Papieren zu tun. Wieso sagt mir keiner was davon? Das ist nicht anständig, wo ich deinen Vater in Göttingen so grandios rausgehauen habe. Ganz zu schweigen von der Kiste, die ich …«

»Tu einfach, was ich dir sage«, unterbrach sie ihn ungeduldig. »Mein Vater hält große Stücke auf dich, und darum wirst du in seinen Plänen eine wichtige Rolle übernehmen. Mehr weiß ich nicht, alles andere wird er dir erklären.«

Das hörte sich in Moritz' Ohren schon besser an. Es schmeichelte ihm ungeheuer, dass de LaTour auf ihn baute.

»Ich kann allerdings erst am späten Nachmittag losgehen, wenn ich den Laden geschlossen habe«, erklärte er. »Bis Niederzwehren läuft man beinahe eine Stunde, da kann es schon dämmrig sein, wenn ich ankomme. Aber mein zukünftiger Schwiegervater wird sicher ein gutes Abendessen und ein Nachtlager für mich bereithalten.«

Er würde also erst morgen in aller Frühe zurück sein. Gut – dann war Freitag und immer noch genügend Zeit. Sie gab ihm den Brief, den sie nicht versiegelt hatte, und natürlich schaute er hinein.

»Was soll das sein? Unter der Fuldabrücke? Was für Geld?«, wollte er wissen.

»Das wirst du von ihm erfahren. Steck das Blatt weg und zeig es niemandem.«

»Scheint ja eine geheime Staatsangelegenheit zu sein«, murmelte er. »Keine Sorge, Lieschen. Ist bei mir sicher aufgehoben.«

Mit zufriedener Miene ging er hinunter, während Elise noch rasch ein seidenes Tuch aus der Kommodenschublade nahm und es sich umlegte. So weit war also alles geregelt, nun musste sie nur noch das dumme Buch besorgen, um es Moritz für den Vater mitzugeben. Nun – so hatte sie einen Grund, Sybilla aufzusuchen, was ihr stets eine Freude war.

Bis zum Mittag arbeitete sie fleißig im Atelier, schnitt die bestellten Hauben zu und gab sie Babette, die sie zusammennähte. Einige Kundinnen fragten nach Spitzenhandschuhen und wurden auf die kommende Woche vertröstet, insgesamt blieb es jedoch eher ruhig im Atelier. Beim Mittagessen machte sie der Mutter den Vorschlag, auf dem Königsplatz verschiedene Krämer aufzusuchen, um neue Handschuhe, Bänder und feines Häkelgarn einzukaufen. Charlotte war einverstanden. Sie hatte eigentlich vorgehabt, diese Einkäufe selbst zu tätigen, war jedoch heute zu müde dazu und überließ es gern der Tochter. Elise bekam aufgetragen, nur die beste Qualität einzukaufen und hart um einen günstigen Preis zu feilschen.

»Das versteht sich, Mutter«, meinte sie fröhlich. »Auf dem Rückweg werde ich rasch bei Sybilla von Schönhoff vorbeischauen und fragen, ob sie und ihre Mutter ebenfalls Handschuhe benötigen.«

Charlotte seufzte leise und verdrehte die Augen zur Zimmerdecke. Natürlich kannte sie ihre Tochter, die stets einen Vorwand erfand, um die geliebte Freundin aufsuchen zu können. Nicht dass diese kostbare Verbindung ihrer Tochter zu dem adeligen Fräulein sie störte – ganz im Gegenteil. Nur verbrachte Elise viel zu viel Zeit im Haus derer von Schönhoff, anstatt im Atelier die Kundschaft zu bedienen.

»Meinetwegen. Aber halte dich nicht zu lange dort auf, Elise!«

»Ja, Mutter.«

Mit dem abgezählten Betrag in der Börse und einem Korb ausgestattet zog Elise los, den unvermeidlichen Fidibus an der Leine führend. Sie winkte Moritz, der gedankenschwer vor seinem Weingeschäft stand, aufmunternd zu und richtete ihre Schritte zur Martinskirche, um von dort aus nach links zum Königsplatz abzubiegen. Doch schon kurz hinter dem Kirchplatz blieb sie vor dem kleinen Schaufenster der Putzmacherin Katharina Blumenfeld stehen, denn sie hatte dort ein Paar Spitzenhandschuhe mit angehäkelten Rüschen erspäht. Die Ausführung war nicht so gelungen, wie es die Näherinnen im Atelier Rosen zustande gebracht hatten – aber schlecht gearbeitet waren die Rüschen nicht. Wie ärgerlich – die Konkurrenz schlief nicht, sie hatte ihre Idee gestohlen und wollte bei dem Geschäft mitverdienen. Daran war leider nichts zu ändern – sie konnten es der Katharina Blumenfeld nicht verbieten.

Auch der Einkauf in den Krämerläden gestaltete sich schwieriger als gedacht. Man hatte die Anzeige gelesen, dazu hatten einige Kundinnen des Atelier Rosen die neuen Handschuhe herumgezeigt – es blieb eben keine Neuigkeit in Kassel lange verborgen. Daraufhin hatten die Krämer die Preise für ihre Handschuhe heraufgesetzt, und so hartnäckig Elise auch verhandelte – sie musste mehr bezahlen als erhofft. So reichte ihr Geld kaum für zehn Paar Spitzenhandschuhe, denn Garn und Bänder gab es ja auch nicht umsonst.

Der einzige Lichtblick war Fidibus, der inzwischen anständig an der Leine ging und nur ein einziges Mal über die Stränge schlug, weil ein frecher Dackel ihn anblaffte und er dem Winzling deutlich machen musste, wer hier das Sagen hatte. Vor den Geschäften ließ er sich bereitwillig anbinden und kaute weder an der Leine noch bellte er vorübergehende Menschen oder Hunde an.

»Langsam wird aus dir ein ganz brauchbarer Köter«, lobte sie ihn, während sie über den Friedrichsplatz zur Carlstraße hinübergingen.

»Meine junge Herrin hat sich zu einem Mittagsschläfchen zurückgezogen«, empfing sie der alte Baptiste. »Aber sie würde es mir nie verzeihen, wenn ich sie nicht wecken würde, um Ihren Besuch anzukündigen.«

Er nahm Fidibus mit sich, um ihn in den kleinen Garten zu lassen, der hinter dem Haus angelegt war. Neben einer gemauerten Terrasse gab es dort auch eine Laube, die von einem Rosenstrauch überwachsen war. Vermutlich hatte Sybilla an diese Laube gedacht, als sie von ihrem hübschen Traumbild erzählte.

Als sie hinter Baptiste die Treppe hinaufstieg, tat sich im oberen Flur eine Tür auf, und Johann Georg erschien.

»Elise!«, rief er überrascht. »Ich dachte doch, deine Stimme gehört zu haben. Sei herzlich willkommen. Sybilla schläft ein wenig – aber ich würde sehr gern ein kurzes Gespräch mit dir führen.«

Er wies Baptiste an, seine Frau noch nicht zu wecken, und geleitete Elise in das Kabinett, das ihr seit Jahren wohlbekannt war, da sie hier dem einstigen Fräulein Sybilla von Schönhoff zum ersten Mal begegnet war. Johann Georg bat sie, in dem Sessel Platz zu nehmen, den Sybilla gern benutzte, er selbst setzte sich ihr gegenüber.

»Es geht um jene unangenehme Geschichte, von der dir Sybilla so freimütig berichtet hat«, begann er. »Ich gebe zu, dass ich nicht erfreut war, als sie mir gestand, dir davon erzählt zu haben.«

»Warum? Wir sind doch enge Verwandte und sollten keine Geheimnisse voreinander haben, findest du nicht?«

Er lächelte. Es hatte sogar Zeiten gegeben, da er andere als nur verwandtschaftliche Gefühle für sie gehegt hatte, was sich zum Glück gewandelt hatte. Inzwischen verkehrten sie wie Bruder und Schwester miteinander.

»Ich wollte so wenig wie möglich Aufhebens von der Sache machen«, gestand er. »Außer Sybilla und dir weiß niemand davon.«

»Ich verstehe …«

»Die Sache ist sehr ernst, Elise. Wenn meine uneheliche Herkunft bekannt wird, ist es um die Ernennung zum Rittmeister geschehen. Ganz zu schweigen von der Peinlichkeit meinen Schwiegereltern gegenüber; auch Sybilla und unsere Kinder würden darunter leiden.«

»Du wirst die geforderte Summe also bezahlen?«

Er schnaubte, und in seinem Gesicht zeichnete sich hilfloser Zorn ab.

»Was bleibt mir anderes übrig? Es steht für mich zu viel auf dem Spiel, Elise.«

Sie fragte gar nicht erst, ob er daran gedacht hatte, die Erpressung der Polizei zu melden. Auch er wusste, dass von dort wenig Diskretion zu erwarten war.

»Und was wirst du tun, wenn weitere Forderungen eintreffen?«, wollte sie wissen.

Er nickte düster. Auch daran hatte er gedacht.

»Er hat mich in der Hand, Elise«, gestand er. »Aber ich bin nicht bereit, mir sein Schweigen ein Leben lang zu erkaufen. Ich habe mir vorgenommen, nur ein einziges Mal auf die Forderung einzugehen. Falls er sie wiederholt, werde ich Maßnahmen ergreifen.«

»Und wie könnten solche Maßnahmen aussehen?«

Er lehnte sich zurück, seine Finger bewegten sich unruhig auf der geschnitzten Armlehne.

»Es gibt verschiedene Möglichkeiten, sich eines Erpressers zu entledigen«, sagte er leise. »Ich könnte einen Spion beauftragen, der ihn aufspüren soll. Man könnte ihn auch erwischen, wenn er sich das Geld abholt. Das letzte Mittel wäre, dass ich mit meiner Familie Kassel verlassen müsste, um dieser Bedrohung zu entkommen.«

Elise erschrak. Wie schrecklich wäre es, diese beiden geliebten Menschen, Sybilla und Johann Georg, zu verlieren. Nein, so weit durfte es nicht kommen.

»Hör zu, Johann Georg«, sagte sie leise. »Was ich Sybilla bisher verschwieg, ist, dass auch meine Mutter von diesem Menschen erpresst wird.«

Er machte große Augen, während sie weitersprach. Als sie ihm unter dem Siegel strengster Verschwiegenheit von dem Plan ihres Vaters erzählte, leuchteten seine Augen kampflustig auf.

»Wie gut, dass du Sybilla nichts davon erzählt hast, Elise. In ihrem Zustand würde es sie nur aufregen. Ich bin sehr angetan von dem Plan deines Vaters …«

»… der auch dein Vater ist …«

Sie hatte sich diese Bemerkung nicht verkneifen können und erntete einen erbosten Seitenblick.

»… deines Vaters«, wiederholte er hartnäckig. »Und ich stehe bei der Ausführung mit Freuden zur Verfügung.«

Sie war nicht sicher, ob dies ein glückliches Angebot war. Zumal es ihr bisher schleierhaft war, wo und wie man an der Fuldabrücke einem Erpresser auflauern konnte. Doch Johann Georgs nun folgender Vorschlag erschien ihr nicht übel.

»Sybillas Vater besitzt ein Haus am Fuldaufer, das ganz in der Nähe der Brücke steht. Es ist an einen Geschäftsmann vermietet, der dort seine Waren lagert, aber ich könnte mir einen

Schlüssel besorgen. Von dort aus ist es nicht schwer, das Fuldaufer und auch den Fluss zu beobachten. Wenn das Geld unter der Brücke deponiert werden soll, ist es wahrscheinlich, dass er ein Boot benutzen wird, um sich die Beute zu holen.«

»Da hast du recht«, meinte Elise anerkennend. »Moritz geht heute noch nach Niederzwehren, um meinem Vater eine Botschaft zu überbringen, ich werde deinen Vorschlag dem Schreiben hinzufügen.«

»Ausgezeichnet! Dann sind wir uns einig, und ich freue mich, bei dieser Unternehmung mitzuwirken«, sagte er und zögerte, da er offensichtlich noch etwas dazu erklären wollte.

»Ich bin bereit, mich den Wünschen deines Vaters in dieser Angelegenheit zu fügen, da er die Sache geplant hat und sie leitet. Ein Bekenntnis oder gar eine Annäherung zu ihm bedeutet das aber in keinem Fall. Ich sage das nur, damit wir uns recht verstehen, Elise.«

Wie albern sich Männer doch benehmen konnten! Elise verzichtete für dieses Mal auf eine entsprechende Bemerkung und versprach, alles Nötige zu tun.

»Wenn du Sybilla noch ein wenig Gesellschaft leisten willst«, sagte er in freundlichem Tonfall, »wird sie sich darüber sehr freuen. Im Vertrauen gesagt: Die übertriebene Besorgnis, mit der ihre Mutter sie ständig belastet, tut ihr gar nicht gut.«

»Ich werde sie schon aufheitern!«

Sybilla empfing Elise im Salon, wo sie in eine Decke gewickelt auf dem Sofa saß. Auf dem Tisch stand eine große Tasse heiße Schokolade, dazu eine Schale mit süßem Gebäck und getrockneten Früchten. Frau von Schönhoff, die bei der Tochter gesessen hatte, begrüßte Elise freundlich und erklärte dann, sich um ihren Ehemann kümmern zu müssen, der leider zu Bett lag, da ihn wieder einmal starke Rückenschmerzen plagten.

»Er ist solch ein ungeduldiger Mensch«, seufzte sie. »Das lange Siechtum, das ihn befallen hat, kann er nur schwer ertragen. Aber wir hoffen, dass die warme Jahreszeit seine Leiden erträglicher machen wird.«

Elises Vorschlag, den Oberst durch einen kurzen Besuch aufzuheitern, wies sie ab.

»Er ist eitel wie alle Männer, meine Liebe«, sagte sie lächelnd. »Dass eine junge, hübsche Frau ihn in diesem Zustand sieht, ist ihm unangenehm. Aber wenn es ihm besser geht, wird er sich über Ihren Besuch gewiss freuen.«

Kaum dass die Mutter den Raum verlassen hatte, warf Sybilla die Decke von den Schultern und schob Elise die Tasse mit der heißen Schokolade zu.

»Magst du davon trinken?«, fragte sie leise. »Meine Mutter mästet mich geradezu mit all diesen Dingen. Sie ist der Ansicht, dass ich nun für zwei essen muss, und lässt ständig alles Mögliche aus der Küche herbeitragen.«

Elise war gern bereit, der Freundin zu Hilfe zu kommen, denn heiße Schokolade gab es im Atelier höchstens zu den Feiertagen.

»Ich verstehe dich nicht«, lachte sie und nippte genüsslich an dem süßen Getränk. »Es schmeckt himmlisch.«

»Trink es nur aus«, meinte Sybilla verschmitzt. »Aber wisch dir hinterher den Schokoladenschnurrbart von der Lippe. Er steht dir zwar gut, könnte meine Mutter aber auf falsche Gedanken bringen.«

Es war angenehm, hier bei der Freundin in diesem hübschen Salon zu sitzen, Schokolade zu trinken und die Ängste und Sorgen für eine Weile zu vergessen. Die frohe Erwartung der werdenden Mutter schien den Raum zu erfüllen, leise tickte die Kaminuhr und zählte die Stunden und Tage, bis das freudige Ereignis eintreten würde. Ein wenig beneidete Elise die Freundin nun doch um diese Geborgenheit, die liebevolle Fürsorge und die schöne Hoffnung, die sie ganz und gar erfüllte.

»Ich weiß recht gut, was du zu den Gedichten Chamissos

sagen wirst«, meinte Sybilla lächelnd. »Gestehe: Sie haben dir nicht gefallen.«

Elise gab es unumwunden zu. »Sie erschienen mir doch stark übertrieben, Sybilla. … *darfst mich nied're Magd nicht kennen, hoher Stern der Herrlichkeit* … Ich bitte dich, das kann doch kein Rezept für eine gute Ehe sein.«

Sybilla lachte ausgiebig und behauptete dann, dies sei tatsächlich ein wenig stark. »Es ist eine Idealvorstellung, der eine junge, verliebte Frau in ihrer ersten Glückseligkeit anhängt, Elise. Wenn du ganz und gar in der Liebe zu einem Menschen aufgehst …«

»Mir scheint eher, es ist eine Idealvorstellung, die Herrn Adalbert von Chamisso im Kopf herumspukt«, entgegnete Elise. »Ob er je eine Frau finden wird, die ihn als *hohen Stern der Herrlichkeit* betrachtet, glaube ich kaum. Aber meinetwegen, du hast recht. Es ist hübsch gedichtet, zum Teil auch sehr anrührend und schwungvoll geschrieben. Wenn sich jedoch eine junge Frau Liebe, Ehe und Mutterschaft in dieser Weise ausmalt, wird sie später wohl recht enttäuscht sein.«

»Aber ist der glückhafte Rausch einer hingebungsvollen Liebe nicht unendlich wertvoll, Elise? Wie spärlich sind diese Momente in unserem Leben gesät, warum sollten wir uns aus lauter Klugheit darum bringen?«

»Ist eine schöne Illusion wirklich Glück, Sybilla?«

Die Freundin lächelte und stellte die Gegenfrage: »Ist das, was wir Glück nennen, nicht stets eine schöne Illusion?«

Sie kamen zu keinem Ergebnis, denn keine von ihnen konnte diese Frage beantworten. Stattdessen trug Elise der Freundin jetzt die Bitte vor, einen Gedichtband des französischen Autors François Villon ausleihen zu dürfen.

Sybilla runzelte die Stirn und wollte wissen, wie Elise gerade auf diesen Autor gekommen sei.

»Mein Vater hat ihn mir empfohlen. Er schätzt ihn sehr.«

»Nun ja«, meinte die Freundin gedehnt. »Ich besitze ein Bändchen mit diesen Gedichten. Sie sind allerdings in Französisch verfasst und nicht einfach zu lesen. Du wirst ein Wörterbuch benötigen, und selbst dort wirst du etliche Ausdrücke, die er benutzt, nicht finden können.«

»Ich möchte es dennoch versuchen, Sybilla. Schon um meinem Vater zu gefallen«, schwindelte Elise ohne schlechtes Gewissen.

»Ich leihe es dir gern«, sagte Sybilla, wobei deutlich zu hören war, dass sie es nur aus Gefälligkeit, aber nicht aus Überzeugung tat. »Allerdings möchte ich dich warnen. Dieser Autor muss ein recht lasterhaftes Leben geführt haben, er hatte Umgang mit Dieben, Trinkern und schlechten Frauenpersonen. Entsprechend sind auch seine Gedichte. Sie entbehren nicht einer gewissen literarischen Qualität, aber sie sind dennoch für junge Frauen nicht empfehlenswert.«

Sie stand auf, um das Büchlein zu holen, und Elise nutzte die Zeit, um die Tasse gänzlich zu leeren und eine der getrockneten Feigen zu probieren, die man inzwischen auch in Kassel kaufen konnte. Sie schmeckte überraschend süß und weckte die Sehnsucht nach fernen Ländern, in denen die Sonne solch paradiesische Früchte wachsen ließ.

Der Gedichtband war sehr schmal – viel schien Monsieur Villon nicht geschrieben zu haben. Dennoch hatte Sybillas Warnung sie neugierig gemacht; schließlich weckten ja gerade die verbotenen Früchte besondere Begehrlichkeit. Was wohl Schlimmes in diesen Gedichten stand? Nun, falls es darin um die Liebe gehen sollte, klangen sie ganz sicher anders als die Verse von Chamisso.

»Du willst schon gehen?«, fragte Sybilla enttäuscht, als Elise nun aufstand und ihr Kleid zurechtzupfte.

»Du weißt ja – meine Mutter wartet«, gab Elise seufzend zurück.

»Das ist schade, aber ich verstehe es gut«, meinte Sybilla lächelnd. »Hast du eigentlich Post aus Göttingen bekommen?«

»Aus Göttingen? Wer sollte mir von dort Post schicken?«

»Vielleicht ein gewisser Hans Christian Thiedemann?«, fragte Sybilla schmunzelnd zurück. »Weißt du, Elise, ich glaube fest daran, dass er dir schreiben wird.«

»Den Glauben will ich dir nicht nehmen«, meinte Elise ablehnend. »Ich selbst erwarte nichts, Sybilla. Und damit geht es mir sehr gut.«

»Das freut mich für dich, liebste Freundin«, sagte Sybilla und umarmte Elise. »Ich wünsche mir so sehr, dich glücklich zu sehen.«

Während der Umarmung spürte Elise für einen Moment, wie sich im Bauch der Freundin etwas bewegte, und sie war zugleich erschrocken und entzückt über dieses lebendige kleine Wesen, das so kräftig um sich trat.

In Moritz' Weingeschäft hatten sich tatsächlich zwei Kunden eingefunden, die jedoch vorerst nichts kauften, sondern den Wein probieren wollten. Elise bat Moritz um ein Blatt Papier und schrieb die ergänzende Nachricht, legte sie in das Büchlein und trug Moritz auf, alles ihrem Vater zu bringen.

»Trinken Sie einen Becher mit uns, Mamsellchen!«, rief einer der beiden Männer ihr zu, als sie hinausgehen wollte. »Heute kostet's nichts!«

Es waren zwei Musiker des kurfürstlichen Orchesters, die als rechte Trunkenbolde bekannt waren. Der Sprecher musste gleich darauf schweigen, weil er von einem Schluckauf geplagt wurde.

Kapitel 22

Moritz schlich früh am folgenden Morgen barfuß die Treppe hinauf, doch sosehr er sich bemühte, kein Geräusch zu machen – Fidibus hatte ihn natürlich bemerkt und bellte. Elise beruhigte eilig ihren Bewacher und hoffte, dass die Mutter glaubte, der Hund hätte irgendetwas auf der Gasse gehört und deshalb angeschlagen. Beim Frühstück wurde diese Hoffnung zunichte, denn Charlotte blickte den übernächtigt dreinschauenden Moritz scharf an.

»Seit wann verbringst du die Nächte außer Haus?«, wollte sie wissen.

Auch Therese war Moritz' nächtliche Abwesenheit nicht entgangen, sie tat einen schweren Seufzer und blickte mit sorgenvollen Augen auf ihren Sohn.

»Sei um Gottes willen auf der Hut, Moritz«, mahnte sie ihn. »Solch leichtfertige Frauenzimmer haben schon manchen anständigen Burschen ins Unglück gebracht.«

Moritz spielte seine Rolle ausgezeichnet. Er senkte nur den Kopf und meinte: »Sei unbesorgt, Mutter. Ich bin erwachsen und kann selbst auf mich aufpassen.«

Weiter wurde zu diesem Vorfall nichts gesagt, und der Tag nahm seinen üblichen Verlauf. Elise platzte beinahe vor Neugier, was in Niederzwehren besprochen worden war, doch vorläufig bot sich keine Gelegenheit, mit Moritz allein zu sprechen. So häkelte sie eifrig Rüschen und Spitzenvolants und schaute immer wieder durchs Fenster zu Moritz' Weinhandlung hinüber, wo sich heute früh nur einige eifrige Trinker blicken ließen, die das Angebot, den neuen Wein zu verkosten, gern wahrnahmen, jedoch keine einzige Flasche kauften. Dafür fanden sich im Atelier umso mehr kauffreudige Damen ein, die nach Handschuhen, Beuteln und Hauben fragten, sich allerlei Waren zeigen ließen und das schöne Frühlingswetter priesen, das heute mit klarem Himmel und einer warmen Maisonne aufwartete. Frau Baurätin Günste nahm die Gelegenheit wahr, Charlotte darüber in Kenntnis zu setzen, dass ebensolche Spitzenhandschuhe bei Katharina Blumenfeld um einiges billiger angeboten würden.

»Qualität hat nun einmal ihren Preis«, gab Charlotte freundlich zurück. »Wir verwenden nur bestes Garn und aufwendige Häkelmuster für die Rüschen. Wenn ich die Handschuhe preiswerter abgebe, zahle ich drauf, liebe Frau Baurätin.«

Nach dem Mittagessen bat Elise Moritz, ihr ein wenig im Garten zur Hand zu gehen, wo die Büsche zu beschneiden waren und sich die ersten Unkräuter auf den Beeten breitmachten.

»Nun?«, fragte sie ihn leise, während er sich mit der Gartenschere über den Holunder hermachte. »Hat mein Vater dir eine Nachricht für mich mitgegeben?«

»Für dich? Nein«, war die kurze Antwort.

Sie war enttäuscht und forschte weiter.

»Und was habt ihr verabredet?«

Moritz machte eine wichtige Miene und warf ihr die abgeschnittenen Zweige zu, die sie bündelte, um sie trocknen zu lassen und als Anfeuerholz zu verwenden.

»Staatsgeheimnis, Lieschen«, sagte er.

»Was heißt hier ›Staatsgeheimnis‹?«, schimpfte sie zornig. »Ich will wissen, wie ihr die Sache anfangen wollt. Schließlich geht es um meine Mutter!«

»Das ist uns durchaus bewusst«, sagte er. »Dein Vater und ich haben alles genau bedacht, ihr könnt euch auf uns verlassen.«

Am liebsten hätte sie ihn beim Hemd gepackt und kräftig geschüttelt.

»Du sagst mir jetzt auf der Stelle, was ihr miteinander besprochen habt!«, zischte sie ihn an.

»Tut mir leid, Lieschen«, sagte er und trat ein paar Schritte zurück, um den beschnittenen Busch prüfend zu mustern. »Das ist nun einmal Männersache, damit hast du nichts zu schaffen.«

Wäre jetzt nicht die Großmutter mit einer Gartenhacke erschienen, um den Schnittlauch und das Suppengrün von Unkraut zu befreien – sie hätte ihrem Ziehbruder eine Maulschelle verpasst wie in alten Zeiten, als sie beide noch Kinder gewesen waren. So blitzte sie ihn nur wütend an und murmelte: »Das werden wir noch sehen, du eingebildeter Strohkopf!«

Es war rein zum Verrücktwerden, man wollte sie tatsächlich aus allem heraushalten! Moritz schwieg beharrlich, ihre Neugier und Ungeduld schienen ihm sogar Spaß zu machen, sodass sie es schließlich verärgert aufgab, weitere Fragen zu stellen. Aber auch Johann Georg war nicht zu sprechen. Als sie in der Carlstraße zu einem Besuch bei Sybilla erschien, begrüßte er sie freundlich und erklärte, eilig zum Dienst zu müssen. Dabei war sie sicher, dass Moritz am frühen Morgen bei ihm gewesen war, um eine Nachricht ihres Vaters zu überbringen. Männersache, pah! Wer hatte das Ganze denn ins Rollen gebracht? Hätte sie ihrem Vater nicht den Brief gezeigt, in dem ihr Charlotte von der Erpressung schrieb – er wäre ahnungslos mit van Leuwen zurück nach Frankfurt gereist.

So brach der Sonntagmorgen an, ohne dass sie wusste, wie die schlauen Herren sich des Erpressers bemächtigen wollten. Das Wetter kam ihnen zumindest nicht zu Hilfe, denn es versprach wieder ein prächtiger Frühlingstag zu werden. Der Fluss und seine Ufer würden in hellem Sonnenlicht liegen – keine einfache Sache, sich dort zu verstecken.

Charlotte hatte den Beutel mit dem Geld schon am Abend zuvor aus dem Geheimfach des Schreibtischs genommen. Beim Frühstück erklärte sie, vor dem Kirchgang noch rasch eine Kundin aufsuchen zu müssen, um die bestellten Handschuhe abzuliefern, die die Dame zur Kirche anziehen wollte. Die Näherinnen blickten zwar erstaunt, da sie von diesem Handel nichts wussten, doch keine hielt es für nötig nachzufragen. So machte sich Charlotte eine halbe Stunde vor Beginn des Gottesdienstes auf den Weg und erschien später pünktlich in der Kirche, wo Elise den Platz neben sich für die Mutter freigehalten hatte.

»Wo nur Moritz wieder steckt?«, flüsterte Charlotte, während sie einigen Bekannten zunickte, die sich auf den Kirchenbänken nach ihnen umwandten.

»Läuft auf Freiersfüßen durch die Stadt«, bemerkte Babette. »Wenn er sich nur nicht die Zehen dabei bricht.«

Therese sagte nichts, doch ihr schmales Gesicht zog sich noch ein wenig mehr in die Länge. Dann setzte die Orgel mit dem Vorspiel ein, und Babette musste schweigen.

Selten war Elise während des sonntäglichen Gottesdienstes so unruhig gewesen wie heute. Während sie mit der Gemeinde den schönen Choral »Befiehl du deine Wege« sang, sah sie im Geiste den Handkarren unter der Fuldabrücke, in dem der Beutel mit dem Geld unter dem Reisig versteckt war. Jetzt, da der Gottesdienst begonnen hatte, würden die Männer in ihren Verstecken mit höchster Spannung auf Fluss und Fuldaufer starren. Jede Bewegung würde ihre Aufmerksamkeit erregen, die schnatternden Enten am Ufer, ein vorüberziehendes Boot auf dem Fluss, ein Windhauch, der die Zweige bewegte.

»Liebe Gemeindemitglieder«, begann der Pfarrer die Sonntagspredigt, »die Ihr euch am heutigen Sonntag hier in der Kirche versammelt habt, um Gott dem Allmächtigen …«

Wieso musste sie hier in der Kirche sitzen, während unten am Flussufer aufregende Dinge geschahen? War der Erpresser inzwischen unter der Brücke aufgetaucht? Oder ließ er sich Zeit? Saß er vielleicht gar hier mit ihnen in der Kirche, um erst nach Ende des Gottesdienstes ganz harmlos hinunter zur

Fuldabrücke zu schlendern und den Beutel aus dem Reisig zu klauben? Was würden die mutigen Herren wohl tun, wenn sich schließlich eine Frau zeigte, die den Handkarren scheinbar unbefangen hinter sich her zog? Dieselbe, die in der Nacht mit einem Wassereimer durch die Marktgasse gelaufen war?

Der Pfarrer nahm wie üblich den vorgeschriebenen Bibeltext zum Anlass, um auf sein Lieblingsthema überzugehen: der Teufel, der wie ein brüllender Löwe auf Erden umherging, um die Menschen zu sündhaftem Tun zu verleiten und der leider auch in Kassel so manchen Christenmenschen von seinem Weg abbrachte. Jetzt würde er gleich über die Heuchler, die Hochmütigen und die Wucherer herfallen, um danach zu den Trinkern und Kartenspielern zu kommen. Ein Seitenblick bewies Elise, dass auch ihre Mutter heute nicht bei der Sache war. Charlotte blickte keineswegs aufmerksam zur Kanzel hinüber, sondern schaute mit düsterer Miene zu den bunten Kirchenfenstern, in denen die Morgensonne spielte. Vermutlich stellte sie sich gerade vor, wie der Erpresser das schöne Geld aus dem Reisig hervorzog, um es unter seiner Jacke verschwinden zu lassen.

Wollte die Predigt denn gar kein Ende nehmen? Zum Glück war der Pfarrer bereits bei der Gnade Gottes angelangt, die allein den armen Sünder am Jüngsten Tag vor den Schrecken der ewigen Verdammnis bewahren konnte. Gewöhnlich kam er jetzt zum Schluss, dann folgten nur noch die Fürbitten und schließlich das Vaterunser. Ach herrje – vorher wurden noch alle Strophen des Chorals »Ein feste Burg ist unser Gott« gesungen. Eigentlich mochte Elise dieses Lied gern, und sie sang es immer kräftig mit, aber heute war sie so nervös, dass ihre Stimme ganz zittrig klang.

War es jetzt geschehen? Hatten sie ihn gefasst? Sicher war es zu einem Handgemenge gekommen. Was, wenn er eine Waffe bei sich hatte? Um Johann Georg, der kampferfahren war, machte sie sich weniger Sorgen, auch Moritz wusste sich zu wehren. Aber ihr Vater, der nicht mehr der Jüngste war, konnte von dem Erpresser verletzt oder gar in die Fulda gestoßen werden.

Das Orgelnachspiel rauschte auf, die ersten Gottesdienstbesucher erhoben sich von ihren Plätzen, um gemächlich zum Ausgang zu gehen. Man sprach leise miteinander, tauschte Bemerkungen über die Predigt, das schöne Wetter und die heute anstehende Eröffnung der Wasserspiele auf Wilhelmshöhe aus. Auch Elise erhob sich langsam, spürte, wie ihre Knie zitterten, und folgte der Mutter, die den Mittelgang der Kirche betrat und sich im Strom der Menschen zur Pforte begab. Noch war es nicht möglich, eilig nach Hause zu laufen; das hätten die vielen Bekannten, die man begrüßen musste, sehr übel genommen. Man musste hie und da stehen bleiben, belanglose Worte wechseln und einander einen frohen Sonntag wünschen. Schließlich waren die meisten ihrer Bekannten Kundinnen des Ateliers, da durfte man keine verärgern, sonst kaufte sie am Ende bei der Konkurrenz ein.

Als Charlotte mit ihren Frauen schließlich wieder in der Marktgasse anlangte, stellte man fest, dass Moritz immer noch fehlte. In der Küche sprang ihnen nur Fidibus entgegen, den die Großmutter dort eingesperrt hatte, die Schlafkammer war leer, und auch drüben in seinem Laden war Moritz nicht zu finden.

»Und das am heiligen Sonntagmorgen«, seufzte Therese. »Das muss ein ganz und gar unchristliches Weibsstück sein, das meinem armen Jungen den Kopf verdreht hat.«

»Wenn er nur nicht wieder unter die Schmuggler geraten ist«, meinte Babette mitleidslos. »Dann kannst du ihn noch heute im Gefängnis besuchen.«

»Schweig, Babette!«, rief Therese erbost. »Hat der Pfarrer nicht gerade von der üblen Nachrede gepredigt, welche eine schlimme Sünde ist?«

»Wer weiß«, bemerkte Grete und blickte zu Elise hinüber. »Vielleicht steckt auch etwas anderes dahinter.«

Hatte die schlaue Grete etwa gemerkt, dass etwas Ungewöhnliches im Gange war? Elise machte auf alle Fälle ein unschuldiges Gesicht und meinte: »Bei Moritz muss man eben auf allerlei gefasst sein.«

Was würden sie tun, wenn sie den Erpresser erwischt hatten? Ihn zur Polizei schleppen? Nein, das wohl nicht. Vermutlich würde ihr Vater ihn zwingen, das gestohlene Manuskript herauszugeben. Aber was, wenn er sich weigerte?

Inzwischen hatte die Großmutter das Herdfeuer wieder entfacht, um das Mittagessen zu kochen, das sie stets schon am Samstagabend vorbereitete, damit sie am Sonntag mit zur Kirche gehen konnte. Es gab aufgewärmte Suppe, danach Kartoffeln mit Specksoße und zum Nachtisch Apfelringe, die man im Vorjahr getrocknet hatte. Als beinahe alle Apfelringe aufgegessen waren, fuhr Fidibus plötzlich mit lautem Gebell unter dem Tisch hervor. Er hatte Moritz gehört, der über den Garten zur Küchentür gekommen war.

»Wer zu spät kommt, der hat das Nachsehen«, meinte Babette und wies auf die leeren Schüsseln.

Moritz grinste dümmlich und setzte sich dennoch an den Tisch, da er wusste, dass die Großmutter ihn nicht hungern lassen würde.

»Mein armer Junge«, sagte Therese und strich ihm über die stoppelige Wange. »Ganz übernächtigt und erschöpft schaust du aus.«

»Ach, lass doch, Mutter.«

Moritz wich der streichelnden Hand aus und machte sich hungrig über die Suppe her, die die Großmutter ihm vorsetzte. Zu Elise schaute er kein einziges Mal hinüber, obgleich sie ihn mit neugierigen Blicken beinahe verschlang. Nichts an seiner Miene verriet, ob der Anschlag gut oder schlecht ausgegangen war, er löffelte nur eifrig die Suppe und verleibte sich anschließend die restlichen Apfelringe ein.

»Ich habe mir überlegt, dass wir heute Nachmittag alle zusammen im Park Wilhelmshöhe die Eröffnung der Wasserspiele anschauen könnten«, verkündete Charlottegut gelaunt.

»Sollen wir zu Fuß dorthin laufen?«, erkundigte sich Babette. »Da werde ich wohl daheimbleiben, und auch Grete wird der lange Weg zu anstrengend sein.«

»Aber nein. Wir werden eine Kutsche mieten.«

»Da müssen wir uns beeilen«, meinte Therese. »Ich fürchte, halb Kassel wird heute dorthin unterwegs sein.«

Da auch Moritz dabei sein wollte, blieb Elise nichts anderes übrig, als sich dem Ausflug ebenfalls anzuschließen. Wich er ihr aus? Sie hatten die Eröffnung der Wasserspiele, die jährlich im Mai stattfand, schon mehrfach miterlebt, es wäre kaum aufgefallen, wenn sie beide unter einem Vorwand im Atelier geblieben wären. So wurde Moritz ausgeschickt, einen Wagen zu mieten, während sich die Frauen in aller Eile für den Ausflug zurechtmachten. Die Fahrt war natürlich eine gute Gelegenheit, die neuen Frühjahrshüte vorzuführen, denn unter den Schaulustigen würden etliche Kundinnen des Ateliers sein.

Auf dem Königsplatz herrschte ein ungeheures Gedränge von Wagen und Kutschen, die die festlich gekleideten Bürgerfamilien nach Wilhelmshöhe hinauffuhren. Es waren sogar Bauern aus der Umgebung mit Pferd und Wagen gekommen, um ein Zubrot zu verdienen, doch man fuhr nicht gern mit ihnen, denn man saß recht unbequem auf den Bauernkarren und beschmutzte sich die Kleidung. Moritz hatte eine Mietkutsche ergattert, die recht annehmbar ausschaute und – wie der Kutscher versicherte – auch sieben Personen aufnehmen konnte. Dafür verlangte er einen gesalzenen Preis, von dem er nicht abging, obgleich Charlotte ins Feld führte, dass sie ihn ja auch für die Rückfahrt mietete und er deshalb etwas nachlassen sollte.

»Der Weg ist derselbe, und meine Pferde fressen deshalb nicht weniger«, sagte er gleichmütig und hielt hartnäckig die Hand auf.

Man bestieg die Kutsche dennoch mit viel Gelächter, denn es war für sieben Personen recht eng darin, sodass Babette gleich die Parole ausgab: »Die Dicken zu dritt auf eine Bank, die Dünnen zu viert gegenüber!«

So saßen dann Babette, die Großmutter und Grete auf der einen Seite, während sich Elise, Charlotte, Moritz und die dünne Therese die gegenüberliegende Bank teilten. Grete war zwar keineswegs dick, aber wegen ihrer schiefen Hüfte hatte Charlotte ihr den bequemeren Platz zugewiesen. Fidibus, der sich an ihre Fersen geheftet hatte, durfte sich zwischen ihren Füßen niederlassen, und das sogar ohne Aufpreis. Der Kutscher knallte angeberisch mit der Peitsche und mühte sich, das Gefährt zwischen den umherlaufenden Fußgängern und allerlei anderen Kutschen in Richtung Wilhelmshöher Tor zu lenken.

Unter anderen Umständen hätte Elise diese Fahrt genossen. Die Sonne ließ die frisch ergrünten Wälder und Wiesen leuchten, neben den vielen Wagen zogen bunt gekleidete Fußgänger gen Wilhelmshöhe, junge Burschen hatten grünes Laub an die Hüte gesteckt, Arbeiterinnen und Dienstmägde gingen festlich gekleidet und gaben auf die Scherze der Burschen deftige Antwort.

»Was für ein Gewimmel«, sagte Grete. »Und wie fröhlich sie alle sind.«

»Ja«, meinte Babette. »Die tun, als gäbe es da oben etwas umsonst.«

»Das gibt es in der Tat«, behauptete Charlotte. »Ein schönes Erlebnis, das uns durch den Alltag tragen wird. Das wird unser Geschenk sein.«

Die Kutsche kam nicht eben rasch voran, da der Weg von Wagen und Fußgängern verstopft war. Man hörte den Kutscher fluchen und Verwünschungen brüllen, hin und wieder jedoch lenkte er das Gefährt eilig auf die Seite, wenn der Wagen eines Hofbeamten oder einer adeligen Dame an ihnen vorbeifahren wollte. Währenddessen erklärte Charlotte der aufmerksam lauschenden Grete, dass die Wasserspiele auf Wilhelmshöhe weithin berühmt seien und viele Besucher in die Residenzstadt zögen.

»Es ist ein Wunderwerk, Grete, das nicht seinesgleichen hat«, sagte sie stolz. »Dort oben auf dem Berg, wo man schon aus weiter Ferne die Statue des Herkules auf seinem Tempel stehend sehen kann, wird das Wasser in einem Becken gesammelt. Wenn sie die Sperre lösen, stürzen die Fluten über eine breite steinerne Treppe hinab und fließen weiter über mannigfaltige Hindernisse, die ganz natürlich wirken, obwohl sie doch von Menschen erbaut wurden.«

»Und wo fließt das Wasser hin?«, wollte Grete wissen.

»In den großen Teich hinter dem Landgrafenschloss«, erklärte die Großmutter. »Dort speist es eine Fontäne, die einen schillernden Wasserstrahl bis hinauf in den Himmel spritzt. Bei Sonne mischt sich stets ein bunter Regenbogen in die Gischt – du wirst sehen, es ist wunderschön.«

Der Wagen hielt unweit des Grafenschlosses an, und nun mussten Grete und Babette doch ein gutes Stück mit den anderen zu Fuß zurücklegen, was durchaus beschwerlich war, denn der Pfad führte bergauf.

»Und wo ist nun das Wasser?«, wollte Grete wissen, die trotz ihrer schiefen Hüfte munter voranschritt und Babette bald überholt hatte.

»Das kommt erst«, erklärte Elise. »Wenn wir zur rechten Zeit bei dem großen Aquädukt sind, dann sehen wir, wie die Flut über den Stein schießt und von dort in die Tiefe stürzt.«

Man stieg langsam über bewaldete Pfade bergauf, vorbei an steinernen Becken, Kaskaden und Felsbrocken, die alle noch darauf warteten, von den sprudelnden Wassern überflutet zu werden. Elise hielt sich an Moritz' Seite, doch es war unmöglich, ihm eine Frage zu stellen, da überall Spaziergänger und Neugierige unterwegs waren und auch Charlotte sie hätte hören können. Dennoch kam sie langsam zu der beklemmenden Überzeugung, dass der Plan ihres Vaters nicht aufgegangen war.

»Da!«, rief Charlotte und zeigte auf ein Bauwerk, das wie eine hohe Brücke mit steinernen Bögen über ihnen thronte. »Das ist das Aquädukt. Von dort aus …«

Sie hielt inne, denn in diesem Moment schrien die hier wartenden Besucher auf, einige klatschten sogar in die Hände vor Begeisterung. Über den glatten Stein schoss eine glitzernde Wasserzunge und senkte sich dann als weißlich schäumende Flut den Fels hinunter. Unten traf der Wasserfall in ein Becken, um von dort aus sprudelnd und wirbelnd weiter talwärts zu strömen.

»Wie wunderschön!«, rief Grete. »Lasst uns noch weiter hinaufsteigen und sehen, wie sich das Wasser seinen Weg bahnt.«

»Aber nicht bis hinauf zum Herkules«, stöhnte Babette. »Höchstens noch zur Teufelsbrücke.«

»Was ist los mit dir, Babette?«, sagte die Großmutter. »Soll ich alte Frau dir zeigen, wie man einen Berg hinaufsteigt?«

»Ich komm ja schon … Musste nur einen Moment verschnaufen.«

Jetzt hielt es Elise nicht mehr aus. Sie packte Moritz, der schon voranstürmen wollte, beim Jackenzipfel und hielt ihn eisern daran fest.

»Wir kommen gleich nach, Mutter«, rief sie Charlotte zu. »Wir schauen noch ein wenig den Wasserfall an und holen euch dann ein.«

»Dann bleibt nicht zu lange dort unten«, rief Grete zurück. »Wir schleichen nicht wie die Schnecken.«

Elise zog Moritz ein Stück vom Weg fort zwischen die

Bäume, dort ließ sie seinen Jackenzipfel fahren und stemmte die Arme in die Seiten.

»Erzähle!«

Er verzog das Gesicht und stieß missmutig die Luft aus.

»Na schön. Du erfährst es früher oder später ja doch.«

Nun war es klar – die Sache war schiefgegangen.

»Also, das war so«, begann er und scharrte mit dem Fuß. »Wir trafen uns in aller Frühe, als es noch dunkel war, unten am Fluss. Dort haben wir mit einer Laterne nach dem Reisigkarren geschaut, und weil der Karren recht groß war, kam dein Vater auf die glorreiche Idee, dass ich hineinsteigen sollte, um mich unter dem Reisig zu verstecken. Das habe ich auch getan, aber es war nicht gerade angenehm, weil zwischen dem Reisig allerlei Getier herumlief …«

»Komm zur Sache!«

»Tu ich ja«, knurrte er und kratzte sich am Rücken. »Die anderen drei haben sich dann in dem Haus versteckt, das den Schönhoffs gehört. Der Herr von Schönhoff hatte einen Schlüssel …«

»Weiß ich. Was geschah weiter?«

»Na, was schon? Wir haben gewartet. Die verdammten Flöhe haben mich fürchterlich gestochen, ganz abgesehen von den Spinnen …«

»Dann hat meine Mutter den Beutel versteckt, oder?«

»Ja. Sie hat ihn so tief unter das Reisig gewühlt, dass ich schon Angst hätte, sie würde mich entdecken. Aber sie hatte es viel zu eilig und rannte gleich davon. Dann lag ich still, wagte nicht einmal, mich zu kratzen …«

Er machte eine Pause und kickte einen kleinen Stein über das Moos.

»Weiter! Soll ich dir die Würmer einzeln aus der Nase ziehen?«

»Es passierte nichts. Stundenlang. Ich lag zusammengekrümmt unter dem verdammten Reisig und wartete eine Ewigkeit. Holt der den Beutel am Ende erst am Abend, dachte ich. Oder morgen früh? Soll ich hier vielleicht verschimmeln? Und dann, als ich schon kurz davor war, aus dem Karren zu steigen, da höre ich, wie einer herbeikommt. Ganz kalt ist mir geworden vor Aufregung. Dann merke ich, wie es sich über mir im Reisig bewegt, und ich denke, jetzt holt er den Beutel. Wie ein Springteufel fahre ich hoch, greife mir den Kerl beim Schlafittchen und halte ihn fest. Der hat gezappelt und komische Schreie ausgestoßen, hat sich gewunden und gedreht …«

»Na also«, sagte Elise erleichtert. »Ihr habt ihn also doch erwischt. Und? Wer ist es? Kennen wir ihn vielleicht sogar?«

»Klar kennen wir ihn«, sagte Moritz mit grämlicher Miene. »Wie ich dann genau hinschaue, stelle ich fest, dass es der alte Kasimir ist, den ich beinahe erwürgt hatte.«

»Der … alte Kasimir?«, stammelte sie verblüfft. »Der immer auf dem Markt sitzt und Holzfiguren verkauft?«

»Genau der«, seufzte Moritz.

»Das kann auf keinen Fall der Erpresser sein, Moritz. Ich verstehe: Der Spitzbube hat den Alten ausgeschickt, um den Beutel zu holen.«

Moritz nickte grimmig.

»Das haben wir dann auch gemerkt. Die anderen kamen herbeigelaufen und haben ziemlich dumm aus der Wäsche geschaut. Dein Vater hat aus dem Alten herausbringen wollen, wer ihn beauftragt hat, aber das klappte natürlich nicht.«

Der alte Kasimir war stumm seit seiner Geburt. Er konnte nur seltsame Laute lallen und sich mit Zeichen verständlich machen. Wobei auch sein Verstand nicht allzu weit reichte.

»Dein Vater hat dann von ihm gefordert, dorthin zu gehen, wo er den Auftrag erhalten hat. Da hat er uns über die Brücke in die Unterneustadt geführt und ist im Findelhaus verschwunden. Weil er da nämlich seine Unterkunft hat. Und weg war er.«

Großartig. Die schlauen Herren hatten sich erst von dem Erpresser und dann von dem alten Kasimir an der Nase herumführen lassen.

»Und der Beutel mit den fünfzig Reichstalern?«, wollte sie wissen. »Wo ist der geblieben?«

»Den hat der Alte nicht erwischt. Dein Vater hat ihn wieder eingesteckt.«

Der Erpresser hatte sein Geld also nicht erhalten. Was würde er nun tun? Den Text über ihre Mutter drucken lassen und in der Stadt in Umlauf bringen? Um auch anderen Opfern klarzumachen, dass er nicht mit sich scherzen ließ? Wenn das geschah, war das Atelier Rosen am Ende.

»Wir müssen es meiner Mutter sagen, Moritz«, meinte sie beklommen. »Was auch immer jetzt geschieht, es darf sie nicht vollkommen unvorbereitet treffen.«

»Dein Vater hat gesagt, wir sollen nichts unternehmen«, gab er zu bedenken.

»Der hat gut reden«, sagte sie ärgerlich. »Jetzt ist genau das geschehen, was meine Mutter vorausgesehen hat. Und nicht er, sondern sie hat den Schaden. Und mit ihr wir alle.«

»Gehen wir«, meinte er beklommen. »Sie werden sich wundern, wo wir bleiben.«

Charlotte und ihre Frauen waren schon auf dem Rückweg, als sie auf sie trafen, und sie bekamen zu hören, dass sie nun das Schönste verpasst hätten. Grete war von der Teufelsbrücke, die über das brodelnde Wasser führte, ganz und gar hingerissen, und Charlotte meinte fröhlich, dies sei ein schöner und lehrreicher Ausflug für sie alle gewesen. Auch Fidibus war auf seine Kosten gekommen, er hatte eine braune schlanke Hündin erspäht und sich an ihre Fersen geheftet. Was die beiden im Wald miteinander getrieben hatten, wusste man nicht, es war nur zu vermuten, dass in einigen Wochen wohl etwas Lebendiges dabei herauskommen würde.

»Fehlt noch, dass wir Alimente für sechs braune Welpen zahlen müssen«, meinte Charlotte vorwurfsvoll zu Elise, als sie alle miteinander wieder in der Kutsche saßen.

Elise schwieg bedrückt. Fidibus' Missetaten waren momentan ihre geringste Sorge. Sie hatte sich vorgenommen, am Abend zur Mutter in die Schlafkammer zu gehen und ihr die schlimme Wahrheit zu gestehen. Doch der Abend zog sich in die Länge. Charlotte, die Großmutter und die Näherinnen waren nach dem schönen Ausflug in bester Laune, es wurde viel geschwatzt und gelacht, auch das beliebte Gänsespiel musste herhalten. Moritz, der Feigling, stieg bald in seine Kammer hinauf, weil er angeblich müde war, und so saß Elise unglücklich und verzweifelt bei den anderen und fühlte sich wie eine gemeine Verräterin, da sie all diese Fröhlichkeit in wenigen Stunden zerreißen musste.

Der Türmer auf der Martinskirche hatte schon die elfte Stunde geblasen, und Therese räumte soeben das Gänsespiel wieder in die Schublade, da sprang Fidibus knurrend unter dem Tisch hervor und schlug an. Man musste zuerst den Hund beruhigen, dann war zu hören, dass jemand an die Tür des Ateliers klopfte. Zu dieser nächtlichen Stunde war das mehr als ungewöhnlich.

»Ich gehe!«, sagte Charlotte und hielt Elise zurück, die schon hinüberlaufen wollte. »Und halt den Hund fest.«

Mutig schloss Charlotte Rosen die Tür ihres Ateliers auf, während die anderen bei der Küchentür standen und sie angstvoll beobachteten.

Draußen stand ein unbekannter Mann, der Kleidung nach ein Bauer. Sein Gesicht war nicht zu erkennen, da er die Kappe tief in die Stirn gezogen hatte.

»Verzeihen Sie die späte Störung, Madame«, sagte er. »Ein verirrter Wanderer bittet um Asyl.«

Kapitel 23

Charlotte stiess einen leisen Schrei aus und warf die Tür wieder zu.

»Ein Gespenst!«, hauchte sie und musste sich gegen die Wand lehnen. »Ein nächtlicher Spuk.«

Elise lief hastig herbei und riss die Tür wieder auf.

»Willst du, dass der Nachtwächter ihn sieht?«, flüsterte sie ihrer Mutter zu. »Der ist schon hinter dem Marstall und wird gleich um die Ecke biegen.«

Charlotte stand bleich und verstört, den Rücken gegen die Wand gepresst, doch sie hinderte Elise nicht daran, de LaTour ins Atelier einzulassen.

»Ich bin nicht aus Mutwillen bei finsterer Nacht in diesem Aufzug unterwegs, Charlotte«, erklärte er in sanftem Ton. »Es sind leider Umstände eingetreten, die meine Anwesenheit notwendig machen.«

Charlottes Atem ging so rasch, dass Elise beinahe fürchtete, sie könne gleich in Ohnmacht fallen.

»Du verlässt sofort mein Haus«, zischte Charlotte. »Ich habe nichts mit dir zu schaffen.«

De LaTour nahm die Kappe ab, darunter hatte er sein weißes Haar zusammengebunden, um es zu verbergen.

»Ich bin untröstlich, dich auf diese Weise belästigen zu müssen, ma chère Charlotte«, sagte er. »Aber ich bitte dich inständig, mich anzuhören.«

Charlotte hatte sich inzwischen gefasst, sie straffte den Rücken und ihre Augen funkelten vor Zorn.

»Du schleichst dich mitten in der Nacht wie ein Landstreicher in mein Haus«, fauchte sie. »Behalte deine Geschichten für dich, ich will sie nicht hören!«

»Bitte, Mutter«, flehte Elise. »Es ist wichtig.«

»Misch du dich nicht ein, Elise!«

Jetzt trat die Großmutter herbei und fasste Charlotte beim Arm.

»Seid endlich still«, flüsterte sie. »Sollen die Nachbarn uns hören? Hinüber in die Küche mit euch.«

Und mit zornigem Blick auf den verkleideten de LaTour fügte sie hinzu: »Du auch, wenn du schon mal da bist!«

In der Küche warteten die Näherinnen, die wegen des nächtlichen Besuchs ganz und gar verstört waren.

»Setz dich«, befahl Großmutter Anna und wies de LaTour einen Stuhl zu. »Die anderen ebenfalls.«

Es war, als sei die Zeit um ein Vierteljahrhundert zurückgesprungen. Anna Rosen regierte das Haus, und alle fügten sich ihrem Willen, so wie früher. Auch Charlotte setzte sich auf ihren Platz, doch sie tat es wie eine Schlafwandlerin, die nicht recht in der Wirklichkeit zu Hause war. De LaTour ließ sich mit der Miene eines Mannes nieder, der eine schwere Bürde auf seinen Schultern trug. Bekümmert blickte er zu Elise hinüber, dann fragte er: »Kann ich in dieser Runde offen sprechen?«

»Ja, Papa«, sagte Elise. »Alle, die hier im Tisch sitzen, sind von der Sache betroffen und sollten klaren Wein eingeschenkt bekommen.«

»Bon. Dann werde ich nun also mein Geständnis ablegen«, begann er leise und hob den Blick zu Charlotte, die ihm in steifer Haltung gegenübersaß und ihn mit weiten Augen anstarrte.

Es wurde ein langer, ausführlicher Bericht, den alle, auch Charlotte, schweigend und in wachsendem Entsetzen anhörten. Elise musste zugeben, dass ihr Vater mutig und aufrichtig alle Einzelheiten schilderte, sich selbst dabei nicht schonte, aber doch sehr geschickt und mit großer Beredsamkeit seine Handlungen zu erklären wusste. Als er zu Ende gekommen war, blieb es eine Weile still in der Küche. Man vernahm von der Martinskirche die Posaune des Türmers, der die zwölfte Stunde ankündigte.

»Ich fasse es nicht«, ließ sich schließlich Charlotte vernehmen. »Gegen meinen erklärten Willen hast du diesen stümperhaften Plan ausgeführt, der, wie ich es ahnte, fehlgeschlagen ist. Und was gedenkst du nun zu tun?«

»Ich bin entschlossen, an deiner Seite zu bleiben, um dich vor den Folgen dieses unglückseligen Fehlers meinerseits zu beschützen.«

Charlotte brach in ein hysterisches Gelächter aus. »Du willst mich beschützen? Jedes Mal wenn du in mein Leben trittst, stürzt du mich ins Unglück. So war es damals, und so ist es heute wieder …«

»Ich bitte dich zu bedenken, dass ich dir damals zumindest eine wundervolle Tochter schenkte …«, wandte er vorsichtig ein.

Der Einwand verfehlte seine Wirkung, da Charlottes Zorn nun dem Siedepunkt entgegensteuerte.

»Das nimmst du als dein Verdienst in Anspruch?«, rief sie empört aus.

»Nun … Ich gebe zu, dass mein Anteil daran nicht übergroß, aber doch sehr entscheidend war …«

»Ich allein habe Elise großgezogen«, sagte Charlotte und schlug mit der Faust auf den Tisch. »Ich habe mich beschimpfen lassen, auf mich hat man mit Fingern gezeigt, weil ich ohne Ehemann schwanger wurde. Ich habe mit meiner Hände Arbeit mein Kind ernähren müssen, bin als Putzmacherin von Haus zu Haus gelaufen, bis ich schließlich mit viel Mühe und Schweiß dieses Atelier aufbauen konnte. Und jetzt, nach über zwanzig Jahren, kommst du daher, um mein Lebenswerk wieder zu zerstören. Uns alle ins Elend zu stürzen. Oh, ich wünschte wirklich, ich wäre dir niemals begegnet.«

De LaTour hatte den Ausbruch mit gesenktem Kopf angehört, ohne etwas zu erwidern. Die Näherinnen hockten wie versteinert auf ihren Stühlen, auch Elise wusste nicht, was sie tun sollte. Die Mutter hatte ja recht mit ihrem Zorn.

Nur die Großmutter wagte es, der Tochter ins Wort zu fallen. »Nun übertreibe nicht, Charlotte«, meinte sie gelassen. »Bist ja nicht ganz allein und verlassen gewesen, damals. Ich war ja auch noch da.«

»Dass auch du darunter leiden musstest, Mutter, macht seine Schuld nicht geringer«, beharrte Charlotte.

»Ich bitte euch«, ließ sich nun Elise vernehmen. »Lasst doch die alten Geschichten, die sind nicht mehr zu ändern. Überlegen wir lieber gemeinsam, was wir in dieser bösen Lage tun können.«

»Die Koffer können wir packen«, schimpfte Charlotte. »Alles, was uns noch bleibt, zusammensuchen und davonziehen, bevor man uns mit Schimpf und Schande aus der Stadt jagt.«

»Unsinn!«, sagte Großmutter Anna. »Schlimmstenfalls wird es einen Skandal geben, der wird dem Atelier sehr schaden, aber wir werden es durchstehen. Wäre schließlich nicht das erste Mal, dass wir ins Gerede kommen …«

»Zumal wir nicht allein sind«, fügte Elise hinzu. »Auch Johann Georg von Haynau ist betroffen und aller Vermutung nach noch weitere Personen in Kassel.«

Ihr Vater nickte ihr aufmunternd zu. Er schien der Ansicht zu sein, dass das Schwerste – sein Geständnis und Charlottes wütende Reaktion darauf – nun überstanden war. Man konnte nach vorn blicken.

»Eben aus diesem Grund habe ich mich inkognito nach Kassel begeben, chère Charlotte. Der Erpresser befindet sich sans doute in der Stadt, er kennt uns alle und schmiedet im Geheimen seine düsteren Pläne. Hier in deinem Atelier, wo so viel geredet und erzählt wird, habe ich die beste Möglichkeit, die Geschehnisse zu überwachen, ohne Verdacht zu erregen, und den Galgenvogel zu entlarven. Auch rechne ich dabei auf deine tätige Hilfe, ma chère Charlotte.«

»Ich?«, meinte sie abwehrend. »Was könnte ich dabei tun?«

»Du lebst in dieser Stadt und kennst zahlreiche Leute. Auch solche, die die Zeit des Königs Jérôme noch miterlebt haben. Ich vermute ernsthaft, dass der Erpresser in diesem Kreis zu suchen ist.«

Aber Charlotte war noch längst nicht bereit, auf die Wünsche des ungebetenen Eindringlings einzugehen.

»Soll ich vielleicht meine Kundinnen verdächtigen? Einige von ihnen könnten ja selbst Opfer dieser Erpressung geworden sein.«

»Das zum Beispiel wäre wichtig herauszufinden«, versetzte de LaTour. »Je mehr wir sind, desto leichter wird es sein, ihn zu finden. Irgendwann wird ihm ein Fehler unterlaufen, und dann haben wir ihn.«

»Bis dahin wird er namenloses Unglück anrichten!«, rief Charlotte aus. »Und ich bin die Erste, die es treffen wird. Wenn dir nichts Besseres einfällt, François, dann verzichte ich auf deine Unterstützung. Geh deiner Wege, bevor du noch mehr Unheil in mein Leben trägst!«

»Je t'en prie«, sagte er und breitete die Arme aus. »Ich kam hierher, um dir aus dieser schlimmen Lage zu helfen …«

»Dass ich nicht lache«, erwiderte sie höhnisch. »Du bist doch nur hier, weil du dein gottverdammtes Manuskript zurückhaben willst.«

»Das ist nur zum Teil richtig, Charlotte. Aber du musst zugeben, dass es für uns alle von großem Vorteil wäre, wenn sich meine Lebenserinnerungen wieder in meinem Besitz befänden.«

»Du Träumer!«, hielt sie ihm entgegen. »Selbst wenn du

deine lasterhaften Schmierereien zurückerhalten hättest, so wird das keinem der Opfer etwas nützen. Weil der Erpresser sich die entsprechenden Stellen ohne Zweifel abgeschrieben hat.«

»Eben darum ist es nötig, diesen Bastard auf die eine oder andere Weise unschädlich zu machen!«, beharrte de LaTour. »Und um dieses zu erreichen, erbitte ich deine Unterstützung.«

»Wir drehen uns im Kreis«, meinte die Großmutter. »Es ist spät geworden, lasst uns die Sache überschlafen und morgen weiter darüber beraten.«

»Du hast recht«, gab Charlotte zu und stand auf. »Geh jetzt, François, damit ich hinter dir die Tür abschließen kann. Und sieh dich vor, dass du nicht dem Nachtwächter in die Arme läufst.«

De LaTour leistete dieser Aufforderung nicht Folge, sondern blieb am Tisch sitzen. »Ich bat dich um Asyl, Charlotte«, sagte er.

Elises Mutter erstarrte. Entsetzt sah sie Elise an, dann wanderten ihre Augen zu der Großmutter. Die tat einen schweren Seufzer.

»Oben unter dem Giebel ist eine kleine Kammer«, meinte sie zu de LaTour. »Nicht gerade behaglich, man kann nur in der Mitte aufrecht stehen.«

»Ich bin unter diesen Umständen mit allem zufrieden.«

Inzwischen hatte Charlotte das Ansinnen de LaTours in seiner ganzen Tragweite begriffen und musste nach Luft schnappen.

»Du willst … Du willst ernsthaft hier in meinem Haus unterschlüpfen?«, stammelte sie. »Das kommt überhaupt nicht infrage! Ich verlange, dass du auf der Stelle …«

»Schluss jetzt!«, sagte die Großmutter ärgerlich. »Noch ist dies mein Haus. Willst du ihn zu dieser späten Stunde auf die Gasse hinausjagen? Er kann oben in der Dachkammer nächtigen – morgen sehen wir weiter. Gute Nacht allerseits!«

Zögernd erhoben sich die Näherinnen, nahmen ein Talglicht mit und stiegen die Treppe hinauf. Man hörte Babette zornig brummen: »Da hat der Chevalier du Croix Blanc ja einen schönen Kladderadatsch angerichtet!«

Therese schluchzte vor sich hin, weil ihr armer Junge ganz unschuldig in die Sache hineingezogen worden war. Von Grete war kein Wort zu hören.

»Komm mit, Vater«, sagte Elise. »Ich zeige dir die Dachkammer.«

»Nicht nötig, ma fille«, gab er zurück. »Es ist zwar beinahe ein Vierteljahrhundert her, aber ich habe das Haus noch gut im Gedächtnis.«

Charlotte hatte auf die energische Entscheidung ihrer Mutter nichts mehr eingewendet und das Tun der anderen schweigend verfolgt. Schließlich stieg sie als Letzte hinauf, doch bevor sie zu Bett ging, klopfte sie an Elises Zimmertür.

»Nimm das und trag es hinauf«, sagte sie und sah die Tochter dabei streng an. »Ich will nicht schuld daran sein, wenn er sich dort oben auf dem blanken Fußboden eine Erkältung holt.«

Sie warf ein altes Plumeau auf Elises Bett, dann schloss sie die Tür mit einer harten Bewegung. Elise, die dem Vater schon eine Decke und ein weiches Kissen gebracht hatte, saß verwundert in ihrem Bett. Sorgte sich Charlotte tatsächlich um de LaTours Gesundheit? Nach ihren zornigen Ausbrüchen hatte es vielmehr danach ausgesehen, als wünsche sie ihm alles denkbar Schlimme. Kopfschüttelnd nahm Elise das Plumeau, das steinalt und ziemlich schwer war, und trug es die schmale Stiege hinauf in die oberste Dachbodenkammer.

Der Mond schien durch eine offene Luke in den winzigen Raum hinein. Ihr Vater hatte sich auf den hölzernen Fußboden gesetzt, den Rücken mit dem Kissen ausgepolstert, die Decke um die Beine gewickelt.

»Ich bin es, Vater. Ich bringe dir ein Federbett.«

Er schien sehr froh darüber zu sein, denn es war kühl, und der harte Fußboden bekam seinen schmerzenden Knochen schlecht.

»Meine Mutter hat es mir aufgetragen«, erklärte sie, während sie das Plumeau auf dem Boden ausbreitete. »Sie will nicht die Schuld daran tragen, wenn du dich hier erkältest.«

Sie konnte im dämmrigen Licht sein Gesicht nicht genau erkennen, aber es sah aus, als lächle er.

»Quelle femme!«, meinte er und ließ sich auf dem weichen Polster nieder. »Wie schön und begehrenswert erscheint sie gerade dann, wenn sie zornig ist. Ich bedaure tatsächlich, all die Jahre nicht nach Kassel zurückgekehrt zu sein.«

Elise fand diese Überlegungen in der jetzigen Lage sehr unpassend, daher schwieg sie dazu und schüttelte die wollene Decke auf.

»Leider ist es nun zu spät«, fuhr er unbeirrt fort und rückte sich auf dem Lager zurecht. »Meine beste Zeit ist unwiederbringlich vorbei. Aber es rührt mich, dass sie den Greis, der so ungebeten in ihr Haus kam, mildtätig mit einem Federbett versorgt.«

Die Ironie war nicht zu überhören, denn er war trotz seines fortgeschrittenen Alters noch lange kein Greis.

»Wo ist Christian Daniel van Leuwen?«, schlug Elise ein anderes Thema an.

»Zurück nach Frankfurt. Einmal aus Gründen der ehelichen Pflichten, aber auch, um den Diebstahl zu untersuchen. Da wir zunächst den Falschen in Verdacht hatten, haben wir versäumt, die Sache genauer zu überprüfen. Möglicherweise führt diese Spur auf direktem Weg zu dem Gesuchten.«

Späte Einsicht, dachte Elise ärgerlich. Ob diese Spur jetzt noch verfolgt werden kann, ist fraglich.

»Hast du daran gedacht, dass auch Fräulein von Eschen erpresst werden könnte?«, wollte sie wissen.

»Bien sûr«, sagte er und gähnte. »Ich bat meinen Sohn Johann Georg darum, mit ihr ein intimes Gespräch zu diesem Thema zu führen. Ich selbst werde mich in Kassel so wenig wie möglich zeigen, da man mich auch in dieser Verkleidung leicht erkennen könnte.«

Elise versuchte sich vorzustellen, wie Vater und Sohn sich zueinander verhalten hatten. Johann Georg war nach wie vor zornig auf seinen leiblichen Vater und hätte sich unter normalen Umständen gewiss von de LaTour ferngehalten. Nun war er gezwungen, mit ihm zusammenzuarbeiten, aber ganz sicher war der Tonfall zwischen ihnen sehr steif und wenig herzlich gewesen.

»Ich hatte Fräulein von Eschen besucht und einige Andeutungen gemacht«, gestand sie. »Leider ging sie nicht darauf ein.«

»Möglich«, meinte er. »Aber wie ich die Dame zu kennen glaube, wird sie einem hübschen jungen Offizier gegenüber mitteilsamer sein.«

Da konnte er allerdings recht haben. Elise wünschte ihm eine gute Nacht und stieg auf leisen Sohlen hinunter in ihr Zimmer, wo Fidibus hastig aus ihrem Bett sprang.

»Wenn ich dich noch ein einziges Mal erwische …«, schimpfte sie den Hund. Sie vollendete den Satz jedoch nicht, sondern kroch unter die Bettdecke und schloss erschöpft die Augen.

Was für ein Unheil braut sich da über uns zusammen?, dachte sie noch verzweifelt, dann zog der Schlaf sie mit unwiderstehlicher Macht in seine Arme.

Beim Frühstück erfuhr auch Moritz von den überraschenden Ereignissen der vergangenen Nacht, die er allesamt verschlafen hatte.

»Hol mich doch dieser und jener«, sagte er verblüfft. »Da werde ich gleich hinaufgehen, um meinem zukünftigen Schwiegervater einen guten Morgen zu wünschen.«

»Das wirst du schön bleiben lassen«, befahl Charlotte in scharfem Ton. »Niemand von euch geht dort hinauf. Die Dachluke ist zwar schmal, aber die Nachbarn in den gegenüberliegenden Häusern haben scharfe Augen.«

»Das Frühstück werden wir ihm dennoch hinauftragen müssen«, gab die Großmutter zu bedenken. »Oder willst du ihn dort oben verhungern lassen?«

»Er wird den Gürtel enger schnallen müssen«, sagte Charlotte. »Wir sind kein Gasthaus. Meinetwegen soll ihm Elise in der Nacht eine Kleinigkeit hinaufbringen.«

»Ist recht, Mutter«, meinte Elise freundlich.

Es hatte wenig Sinn, gegen diese Entscheidung zu rebellieren, sie würde die Mutter nur zornig machen. Sie würde einfach in aller Stille tun, was sie für richtig hielt. Außerdem war jetzt am frühen Morgen mit ihrem Vater ohnehin nicht zu rechnen, da er gewöhnlich bis zehn Uhr schlief.

Nachdem Charlotte Moritz und ihren Näherinnen das Versprechen abgenommen hatte, über alle diese Vorgänge schärfstes Stillschweigen zu bewahren, nahm man die Arbeit im Atelier wie gewöhnlich auf. Der Tag war regnerisch und kühl, nur wenige Kundinnen zeigten sich, um ihre Hüte frühlingshaft dekorieren zu lassen, und auch die Begeisterung für Spitzenhandschuhe mit angehäkelten Rüschen hatte stark abgenommen.

»Umso besser«, meinte Charlotte. »Der Verkauf lohnt sowieso nicht mehr. Therese, bring einmal den Seidenstoff herbei. Elise wird euch zeigen, wie man daraus hübsche Rosen näht.«

»Rosen?«, wunderte sich Babette. »Aber wir haben einen ganzen Kasten voller Papierblumen und auch solche aus Stoff. Damit können wir gut zwanzig Frühjahrshüte …«

»Rosen in drei Farben, die man auf die Kleider aufnähen kann«, bestimmte Charlotte unbeirrt und legte die Seidenstoffe auf den Arbeitstisch. »Macht euch gleich an die Arbeit. Ich werde später im Stofflager am Königsplatz grüne Seide besorgen. Für die Blättchen.«

Elise ahnte, was die Mutter vorhatte. Vermutlich wollte sie eine neue Anzeige aufgeben, um dem Erpresser deutlich zu machen, dass sie nach wie vor bereit war, das Geld zu bezahlen. Hoffte sie damit, die kompromittierende Veröffentlichung, mit der er gedroht hatte, noch einmal abzuwenden?

Um die Mittagszeit hörte es endlich auf zu regnen, und die Sonne kam heraus. Gleißend spiegelten sich ihre Strahlen in den Pfützen des Straßenpflasters, und von den Dächern stieg die Feuchtigkeit als feiner Nebel in den Himmel hinauf. Kurz bevor man das Atelier zur Mittagspause schloss, erschien die Hofrätin von Ochs, gefolgt von ihrem Mädchen, das die schweren Einkaufskörbe tragen musste. Wie üblich war die gewichtige Dame außer Atem, und Elise beeilte sich, ihr einen Stuhl zurechtzustellen.

»Ach, der Frühling, der Frühling«, schnaufte die Hofrätin, während sie sich niederließ und dabei den Regenschirm als Stütze gebrauchte. »Er fährt uns allen in die Glieder, nicht wahr, liebe Frau Rosen. Wie es allerorten wächst und blüht in unserer Stadt, es ist eine Augenweide!«

»Wie recht Sie haben, liebe Frau Hofrätin«, stimmte ihr Charlotte bei. »Ich sagte gerade zu meiner Tochter, dass die aufblühende Natur eine Quelle der Inspiration ist. Unsere neuen Frühjahrshüte sind in diesem Jahr ganz der Natur nachempfunden. Blüten und Blättchen, zarte Zweige und Schleier wie feine Morgennebel …«

Die Hofrätin zerrte an der Schnur ihres spitzenbesetzten Beutels und entnahm ihm ein Taschentuch, mit dem sie die verschwitzte Stirn trocknete. Dabei fiel ein zusammengefaltetes Papier aus dem Beutel, das Elise eilig aufhob und der Dame reichte.

»Ach, wie ungeschickt ich doch bin«, seufzte die Hofrätin. »Dieses hübsche Traktat brachte mir heute früh eine liebe Freundin, Frau Gerichtsdirektorin von Hof, die es wiederum von Frau von Meisenburg erhielt. Ich bin unterwegs, um es der Frau Finanzrätin Engelbrecht zu bringen, aber ich habe natürlich nichts dagegen, wenn auch Sie, liebe Mamsell Rosen, einen Blick darauf werfen. Man weiß doch, wie sehr Sie die schöne Literatur lieben …«

Elise bedankte sich und entfaltete das Blatt voll böser Ahnung. Der Text darauf war gedruckt, doch sie erkannte auf den ersten Blick die Erzählweise ihres Vaters.

Die Residenzstadt Kassel, die wir im Mai des Jahres 1809 erreichten, zeigte sich uns in überbordender Frühlingspracht. Überall in den Gärten spross der Schnittlauch neben dem Suppengrün, der Sellerie grüßte die Radieschen. Auch hatte man feine Blumenrabatten auf den Plätzen angepflanzt, deren Farben mit den Kleidern der jungen Damen um die Wette leuchteten. Tatsächlich sah ich selten eine so liebliche Ansammlung zarter Knospen und schwellender Blüten, die zu schönsten Hoffnungen Anlass gaben. Dass ihr betörender Duft ein tödliches Gift enthielt, wurde mir leider erst später offenbar, doch davon will ich vorerst schweigen.

Vielmehr möchte ich von den erhabenen Bauten der Stadt Kassel berichten und die glänzende Hofhaltung des jungen Königs loben, den ich als einen gutherzigen, wenn auch ein wenig einfältigen jungen Mann die Ehre hatte kennenzulernen. Gleich bei unserer Ankunft erzählte mir der Gastwirt von einer pikanten Episode, die sich kurz zuvor im Landgrafenschloss zugetragen haben sollte. Bei einem überraschend ausgebrochenen Brand soll der junge König mit Mühe sein Leben gerettet haben, indem er völlig unbekleidet aus seinem Bett sprang und sich vor den Flammen in Sicherheit brachte. Ob er auf dem königlichen Lager allein oder in Gesellschaft einer Dame geschlafen hatte,

wurde mir nicht zugetragen, ebenso wenig die Tatsache, ob diese Dame bekleidet oder völlig bar jeden Stoffes hatte flüchten müssen. Das Landgrafenschloss ist, seitdem das Feuer darin wütete, in einem beklagenswerten Zustand, sodass der königliche Hof nun im Stadtpalais und auf Schloss Wilhelmshöhe residiert …
Charles François de LaTour, Autor

Als sie zu Ende gelesen hatte, atmete Elise unhörbar auf. Nichts über ihre Mutter. Es war der Anfang des Kapitels über seine Zeit in Kassel.

»Ist es nicht anrührend, wie er unser schönes Kassel beschreibt?«, schwärmte die Hofrätin. »Die Blumen und der Schnittlauch in den Gärten und die leuchtenden Farben der Kleider. Genauso erscheint unsere liebe Stadt auch heute noch, nicht wahr?«

Die Ironie und der Doppelsinn, die in diesen Zeilen steckten, waren der Dame völlig entgangen.

»Gewiss, Frau Hofrätin«, sagte Elise. »Was für ein hübsches Traktat. Woher hatte es Frau von Meisenburg?«

»Oh, sie ist Mitglied des Lesekreises, dort wird es wohl verteilt worden sein. Möchten Sie es auch lesen, liebe Frau Rosen?«

Charlotte hatte ihre Tochter mit sorgenvollen Augen beobachtet, während sie das Blatt las, nun nahm sie es entgegen, und ihre Hand zitterte leicht, als sie den Text überflog.

»Es wird ja erzählt, dass der Autor in höchsteigener Person vor wenigen Wochen in Kassel geweilt habe«, schwatzte die Hofrätin. »Er soll im ›König von Preußen‹ übernachtet haben, und ein adeliger Herr mit holländischem Namen hat ihn begleitet. Wie schade, dass man ihn nicht zu einer Dichterlesung gebeten hat!«

»Ja, das ist wirklich schade«, bemerkte Elise und hatte dabei Mühe, ihre Gesichtszüge zu beherrschen.

»Aber Frau Gerichtsdirektorin von Hof hat mir ganz im Vertrauen gesagt, man habe angekündigt, es würden weitere Schriften aus der Feder des Autors folgen.«

»Tatsächlich?«, fragte Charlotte mit vor Aufregung heiserer Stimme. »Und von wem kam diese Ankündigung?«

»Das kann ich Ihnen beim besten Willen nicht sagen, liebe Frau Rosen«, meinte die Hofrätin und streckte die Hand aus. »Wenn Sie so freundlich wären, mir das Blatt zurückzugeben … Herzlichen Dank. Was stellst du die Körbe ab, Dörte? Nimm sie gleich wieder auf, denn wir gehen jetzt. Meine liebe Frau Rosen, ich schaue in den nächsten Tagen wieder bei Ihnen herein wegen eines Hutes und ein paar Kleinigkeiten …«

Die Dame wuchtete sich vom Stuhl, zupfte den Umhang zurecht und begab sich zur Tür, die Elise eilfertig für sie öffnete. In der Gasse musste die Hofrätin zu ihrem Ärger den Schirm aufspannen, denn es hatte wieder angefangen zu regnen.

»Wir sind noch einmal davongekommen«, sagte Charlotte tonlos. »Noch heute gebe ich eine Anzeige auf. Sag deinem Vater, dass ich den Beutel mit dem Geld brauche. Und wenn er mir noch einmal mit einer seiner hirnlosen Unternehmungen dazwischenfährt, dann soll er mich kennenlernen.«

Kapitel 24

Nach dem Mittagessen trug Elise ihrem Vater eine Mahlzeit in die Dachkammer, dazu einen Krug Wasser. Sie fand de LaTour auf seinem Lager sitzend bei einem Glas Rotwein – Moritz hatte sich ebenso wenig wie sie um Charlottes Verbot gekümmert und dem heimlichen Gast eine Flasche seines besten Roten spendiert.

»Ah – Erbsensuppe mit Räucherwurst«, meinte ihr Vater erfreut, als sie den Teller auf einer Holzkiste neben seinem Lager abstellte. »Eine deftige, aber köstliche Speise. Grand merci, ma fille. Bis zu diesem Augenblick fürchtete ich schon, mich flüssig ernähren zu müssen.«

Die Flasche war zur Hälfte geleert, der Wein schien jedoch auf ihren Vater keinerlei berauschende Wirkung zu haben. Zumindest sah man es ihm nicht an.

»Ein Auszug aus meinem Manuskript«, meinte er stirnrunzelnd, als sie von den neuesten Ereignissen berichtete.

»Ja, ohne Zweifel. Aber es ist ganz unverfänglich, außer dem König Jérôme wird darin keine Person erwähnt.«

Er aß die Suppe mit großem Appetit und trank dazu Rotwein.

»Gedruckt, sagst du? Wie liest es sich?«, fragte er zwischen zwei Löffeln.

Hatte er keine anderen Sorgen?

»Es liest sich angenehm und flüssig. Mit Ironie und Erotik gewürzt.«

Die Antwort gefiel ihm außerordentlich. Schmunzelnd nahm

er einen Schluck Wein. Unfassbar. Was war er nur für ein eitler Pfau!

»Ist das alles, was dir dazu einfällt?«, fragte sie vorwurfsvoll.

»Keineswegs«, sagte er. »Es ist eine eindeutige Drohung. Der Tiger wetzt die Krallen. Wobei ich ihn lieber als räudigen Kater bezeichnen möchte. Aber auch diese Geschöpfe verfügen leider über fünf scharfe Dolche an jeder Vorderpfote.«

»Wenn du schon Vergleiche aus dem Tierreich machst, Papa, so scheint er mir eher ein schlauer Fuchs zu sein«, bemerkte Elise.

»Früher oder später wird ihm ein Fehler unterlaufen«, gab er gelassen zurück. »Stand auf dem Blatt, welche Druckerei es hergestellt hat?«

»Ich habe nichts dergleichen gesehen.«

»Das könnte man eventuell über die Damen des Lesezirkels erfahren. Ich gehe davon aus, dass deine Freundin Sybilla dort Mitglied ist. Du solltest sie aufsuchen, ma fille.«

Ach herrje! Natürlich würde dieses Traktat auch in Sybillas Hände gelangt sein, und sicher hatte es sie beunruhigt.

»Das werde ich gern tun«, versicherte sie. »Wenn möglich, noch heute Nachmittag.«

»Parfait«, meinte er zufrieden und reichte ihr den geleerten Teller. »Gibt es sonstige Neuigkeiten, die für unsere Sache von Wichtigkeit wären?«

»O ja. Meine Mutter bittet dich um den Beutel mit den fünfzig Reichstalern.«

Er schnaubte ärgerlich, griff dann aber zur Seite, wo seine Jacke lag, zog den Beutel heraus und reichte ihn Elise.

»Was hat sie vor? Will sie eine Anzeige aufgeben?«

»Ja. Zarte Seidenrosen für die Dame.«

Er fluchte leise auf Französisch.

»Leider kann ich sie nicht daran hindern. Er wird triumphieren, der räudige Bastard. Und wie ich Charlotte einschätze, wird sie sich dieses Mal über Zeit und Ort der Übergabe bedeckt halten.«

»Das ist so sicher wie das Amen in der Kirche, Papa.«

»Schade um das Geld«, knurrte er.

»Glaubst du wirklich, dass es diesem Menschen nur um das Geld geht?«, fragte sie vorsichtig.

»Es geht um mein Manuskript, Elise!«

Er trank das Glas aus, stellte es beiseite und lehnte sich auf dem Lager zurück. Aha, er beabsichtigte, ein Mittagsschläfchen zu halten.

»Schlaf gut, Papa«, sagte sie lächelnd und wollte mit dem geleerten Teller zur Kammertür gehen.

»Noch eines, ma fille«, sagte er. »Warne deine Großmutter, dass ich in absehbarer Zeit hinuntersteigen werde, um ein geheimes Örtchen aufzusuchen. Auch ich bin nur ein Mensch und habe menschliche Bedürfnisse.«

»Richte ich aus, Papa.«

Sie deponierte den Beutel wieder im Geheimfach des Schreibtisches, sprach ein paar Worte mit der Großmutter und begab sich dann mit harmloser Miene ins Atelier, wo mit Eifer zierliche Rosen aus bunter Seide genäht wurden. Auf ihre kurze Bemerkung »im Schreibtisch« nickte Charlotte kurz. Damit war das Thema abgehandelt.

Der Nachmittag war mit Arbeit ausgefüllt. Mehrere Kundinnen ließen sich die Hüte dekorieren, Elise erfand hübsche Arrangements aus Federn, Blüten, Spitzen und Bändern, man verkaufte mehrere Schärpen und drei Nachthauben, die nach der neuen Mode ganz und gar mit Rüschen benäht waren. Moritz erschien, erklärte, die Schuhe wechseln zu müssen, und stieg die Treppe hinauf. Unter der Jacke – das konnte Elise deutlich erkennen – hatte er eine Flasche Wein versteckt. Auch Charlotte hatte es bemerkt, sie warf Moritz einen zornigen Blick zu, als er mit harmloser Miene zurückkehrte.

»Leichtsinn und falsche Freunde haben schon manchen jungen Menschen unglücklich gemacht«, bemerkte sie.

Moritz nahm sich die Warnung wenig zu Herzen, doch kaum war er wieder in sein Geschäft hinübergegangen, da erhob sich Therese und erklärte, ihr sei kühl, sie müsse sich ein warmes Tuch aus ihrer Kammer holen.

»Dann sieh dich vor, dass du nicht versehentlich eine Treppe zu hoch hinaufsteigst!«, bemerkte Charlotte verärgert.

»Das kann unserer Therese kaum passieren«, sagte Babette. »Die wollte noch nie zu hoch hinaus.«

Die Arbeit häufte sich: die Bestellungen, die Hüte, zwei Kragen nach Wünschen der Kundinnen, und dazu mussten so viele Rosen wie möglich hergestellt werden. Elise fragte gar nicht erst, ob sie einen Besuch bei Sybilla machen dürfe. Sie würde es auf den Abend verschieben müssen. Derweil kehrte Therese mit rosigen Wangen und leuchtenden Augen zurück an ihren Platz und wirkte für eine Weile, als schwebe sie in anderen Sphären. Ein wärmendes Tuch hatte sie nicht mitgebracht.

»Was ist los mit dir?«, fragte Charlotte ärgerlich. »Hast du am Wein genippt?«

»Aber nein, Frau Rosen. Was denken Sie denn von mir?«, gab Therese mit ehrlicher Empörung zurück. »Es ist nur …«

»Der Frühling, wie?«, fiel ihr Babette ins Wort. »Den hat die Hofrätin hier eingeschleppt, seitdem tanzt er durch das Atelier.«

Elise dachte sich ihr Teil. Wenn die besorgte Therese hinauf zu ihrem Vater gestiegen war, um ihn zu bitten, ihrem heiß geliebten Sohn keine gefahrvollen Aufträge zu geben, dann hatte de LaTour ihre Ängste wirkungsvoll zu zerstreuen gewusst. Ein Lächeln und zwei Komplimente würden genügt haben.

Nachdem zwei anspruchsvolle Kundinnen zufriedengestellt worden waren, setzte Charlotte einen Hut auf, nahm den Umhang und erklärte, zum Tuchlager auf dem Königsplatz gehen zu wollen, um grünen Seidenstoff, Garn und bunte Perlen einzukaufen. Natürlich würde sie ihr Weg an der Appel'schen Buchhandlung vorbeiführen, um eine Anzeige aufzugeben. Das sagte sie zwar nicht, aber es war allen Beteiligten im Atelier klar. Grete schüttelte schweigend den Kopf, Babette stichelte verbissen an einer blauen Seidenrose, nur Therese war noch nicht ganz bei den Lebendigen, sie lächelte selig vor sich hin.

Da keine Kundin im Atelier war, nahm Elise die Gelegenheit wahr, ihrem Vater zwei ihrer Bücher hinaufzutragen, damit ihm nicht zu langweilig wurde. Sie fand ihn vor der Kiste kniend und damit beschäftigt, einen Brief zu schreiben.

»Die Kinder- und Hausmärchen der Brüder Grimm«, meinte er mit kurzem Seitenblick. »Ganz wunderbar. Und dazu der Lichtenstein von Hauff. Parfait, ma chérie. Ich habe mir erlaubt, dein Schreibzeug und einige Bögen Papier auszuleihen, da ich eine Nachricht nach Frankfurt verfassen möchte.«

Er war also hinunter in ihr Zimmer gegangen, um sich diese Dinge zu beschaffen. Gut, dass Charlotte nichts davon bemerkt hatte, das hätte ihr ganz sicher nicht gefallen.

»Lies!«, sagte er zwischen zwei Zeilen und wies auf ein Schreiben aus Frankfurt, das auf seinem Lager lag und an Moritz Liebermann adressiert, aber für de LaTour bestimmt war.

»Dein Ziehbruder hat es mir gebracht. Er behauptet, den Burschen zu kennen …«

Elise überflog das Schreiben in aller Eile, da sie fürchtete, unten im Laden könnte in der Zwischenzeit Kundschaft eintreffen. Christian Daniel van Leuwen berichtete zunächst von der Reise nach Frankfurt, dann schilderte er die Wiedersehensfreude seiner Annette, die sogleich mit allen möglichen Fragen über ihn hergefallen war.

… während wir miteinander sprachen, erinnerte mich meine liebe Annette daran, dass es tatsächlich einen kleinen Vorfall gegeben hatte, der unserer Aufmerksamkeit bisher entgangen

war. Nachdem du abgereist warst, um den jungen Thiedemann zurück nach Göttingen zu begleiten (wobei ihr euch einen kurzen Aufenthalt in Kassel erlaubtet), ließ ich im Park verschiedene Arbeiten durchführen, die für den anstehenden Frühling notwendig waren. Wie gewöhnlich erschienen die vier Gärtner, die ich regelmäßig zu solchen Arbeiten heranziehe und denen ich volles Vertrauen entgegenbringe. Am folgenden Tag wurde mir gemeldet, ein Handwerker stünde mit Pferd und Wagen vor dem Tor und bitte um die abgeschnittenen Zweige, die er als Anfeuerreisig gebrauchen wolle. Mir war es recht, das Zeug loszuwerden, also gab ich die Erlaubnis, die Zweige aufladen zu lassen. Ich war mit den Hunden beschäftigt und habe mich nicht weiter um den Menschen gekümmert. Da Annette nicht im Haus war und die Gärtner im hinteren Teil des Parks arbeiteten, muss er eine Weile allein in der Nähe des Hauses geblieben sein. Ich erinnere mich, dass er mir von Anfang an nicht gefiel, weil er ein schräges Maul hatte und ihm rechts das Ohrläppchen fehlte, so als hätte er einmal einen kräftigen Hieb abbekommen. Aber meine liebe Annette meinte, dass man einen Menschen nicht vorschnell nach seinem Äußeren beurteilen dürfe …

Nun, es wäre ihm mit einiger Gewandtheit möglich gewesen, durch eines der offen stehenden Fenster in die Bibliothek einzudringen und das Pult mit einem Haken zu öffnen, wie es die Spitzbuben können. In diesem Fall muss er allerdings sehr genau gewusst haben, was er sich beschaffen wollte und wo es zu suchen war …

Na also. Warum hatten sie nicht vorher nachgedacht, anstatt übereilt und kopflos einen Unschuldigen zu verdächtigen?

»Und Moritz hat behauptet, den angeblichen Handwerker zu kennen?«, erkundigte sie sich.

»So sagte er«, meinte de LaTour und setzte schwungvoll seine

Unterschrift unter den Brief. »Er will mit aller Vorsicht Erkundigungen einziehen.«

Natürlich war Moritz eifrig bemüht, sich bei de LaTour beliebt zu machen. Es blieb nur zu hoffen, dass er mit Bedacht handelte und nicht etwa ausplauderte, wer sich in der oberen Dachkammer des Ateliers Rosen versteckt hielt.

»Was treibt meine charmante Charlotte?«, erkundigte sich ihr Vater.

»Ich vermute, sie gibt die Anzeige auf.«

»Warst du bei deiner Freundin Sybilla?«

»Dazu komme ich erst heute Abend. Es ist viel zu tun im Atelier, ich muss gleich wieder hinunter.«

»Attends! Nimm diesen Brief mit, versiegele ihn und gib ihn Moritz, er soll ihn zur Post bringen.«

»Ja, Vater …«

Im unteren Flur traf sie auf die Großmutter, die einen Teller mit einem Butterbrot und mehreren Wurstscheiben trug und von Fidibus begleitet wurde.

»Ich dachte, dein Vater würde vielleicht hungrig sein. Weißt du, ob er warme Milch mit ein wenig Honig mag?«

»Ich habe keine Ahnung, Großmutter. Frag ihn lieber selbst!«, gab Elise zurück und lief hinunter ins Atelier.

Es war fast zum Lachen. Er hatte dort oben sein Hauptquartier eingerichtet, ließ sich verköstigen, schickte sie und Moritz mit allerlei Aufträgen durch die Gegend und hatte es ganz nebenbei geschafft, Therese und auch die Großmutter für sich zu gewinnen. Wenn das so weiterging, tanzten bald alle hier im Haus nach seiner Pfeife. Alle, außer Charlotte.

Diese kehrte bald mit zufriedener Miene von ihrem Einkauf zurück, legte die erworbenen Waren an ihren Platz und lobte die Arbeit ihrer Näherinnen, die bereits ein Körbchen voller Seidenrosen hergestellt hatten.

Gegen Abend, als man das Atelier schloss und die Großmutter schon zum Essen rief, machte sich Elise fertig, um Sybilla aufzusuchen.

»Aber bleib nicht zu lange, damit du später nicht bei Dunkelheit durch die Stadt laufen musst«, warnte Charlotte.

»Ja, Mutter …«

Trotz des unangenehmen Nieselregens promenierten viele Kasselaner zum Feierabend auf dem Friedrichsplatz, man traf Bekannte, hielt ein Schwätzchen oder führte den Hund aus. In der katholischen Elisabethkirche war die Abendmesse zu Ende gegangen, und die Kirchenbesucher verließen das Gebäude, ohne sich lange auf dem Platz aufzuhalten. Seitdem der Kurprinz in Kassel regierte, war die Stimmung gegen die katholische Minderheit umgeschlagen, man machte ihnen Schwierigkeiten, wo es nur möglich war. Auch Fräulein von Eschen war unter den Kirchenbesuchern, sie ging an Elise vorüber und nickte ihr flüchtig zu.

Im Hause von Schönhoff kam ihr Johann Georg schon im Flur entgegen, um sie hastig zu begrüßen und sich anschließend mit ihr in den Salon zu begeben.

»Ich habe gehofft, dass du zu einem Besuch kommen würdest, Elise«, sagte er. »Wir sind hier ungestört, meine Schwiegereltern sind oben und Sybilla sitzt bei einem Buch in der Bibliothek.«

»Hattest du Gelegenheit, mit Fräulein von Eschen zu sprechen?«

Er hatte ihr am Morgen einen Besuch abgestattet, jedoch nicht allzu viel erreicht.

»Ich weiß nicht, was ich von ihr halten soll, Elise«, meinte er unzufrieden. »Natürlich war ich vorsichtig, ich sagte nur, dass ein Erpresser in Kassel sein Unwesen treibe, nannte jedoch keine Details. Sie meinte daraufhin nur, dass man einem Erpresser niemals nachgeben dürfe.«

»Weiter nichts?«

Er schüttelte den Kopf.

»Ich gebe zu, dass ich vielleicht mehr erreicht hätte, wenn ich offener gesprochen hätte – aber ich sage dir ehrlich: Ich traue dieser Frau nicht über den Weg. Gewiss, sie liebt Sybilla zärtlich und ist mit der Familie von Schönhoff seit Jahren befreundet. Dennoch hatte ich heute Morgen den Eindruck, dass sie mehr weiß, als sie mir sagen wollte.«

»Vielleicht wurde sie ebenfalls erpresst, hat die Summe bezahlt und hofft, die Angelegenheit sei damit erledigt«, überlegte Elise.

»Warum gibt sie mir dann den Rat, nicht auf die Erpressung einzugehen?«, entgegnete Johann Georg. »Nein, ich habe einen ganz anderen Verdacht. Wäre es nicht möglich, dass sie selbst die Erpresserin wäre?«

»Fräulein von Eschen? Das kann ich mir nicht vorstellen«, meinte Elise ablehnend.

»Sagtest du nicht, du hättest in jener Nacht eine Frau in der Marktgasse gesehen?«, beharrte er.

»Du glaubst doch nicht, dass Fräulein von Eschen als Dienstmagd verkleidet nächtens mit einem Wassereimer durch die Gasse läuft!«, lachte sie.

»Sie kann auch jemanden geschickt haben …«

Elise wollte dieser Vermutung nicht folgen.

»Warum sollte Fräulein von Eschen sich des Manuskripts meines Vaters bemächtigen und uns damit erpressen?«

»Aus Rache. Sagtest du nicht, dass sie früher einmal Interesse an deinem Vater hatte?«

»Wenn wir so anfangen, dann gibt es in Kassel sicher noch andere Damen, die einmal in unseren Vater verliebt waren«, seufzte sie. »Sag mir lieber, was du nun anfangen wirst.«

Er schnaubte ärgerlich und verzog das Gesicht.

»Ich habe mit Sybilla vereinbart, dass ich das geforderte Zeichen geben werde.«

Das Zeichen für seine Bereitschaft, auf die Erpressung einzugehen, war ein kurfürstlicher Wimpel, der am Fenster der Bibliothek befestigt werden sollte. In jedem Haus gab es solche Wimpel und Fahnen, weil man das Gebäude zu den Festtagen damit zu schmücken hatte. Ein kleiner Wimpel an einem ganz normalen Tag war zwar ungewöhnlich, würde jedoch keine weitere Aufmerksamkeit erregen.

»Das heißt, er geht durch die Carlstraße, um nach dem Wimpel zu schauen«, stellte Elise fest.

»Ohne Zweifel. Vermutlich ist er schon des Öfteren an unserem Haus vorübergegangen«, gab Johann Georg grimmig zurück. »Aber leider ist er nicht der Einzige, der dort vorüberspaziert.«

Der Spitzbube hatte also momentan mindestens zwei zahlungswillige Opfer gefunden. Was würde er sich dieses Mal ausdenken, um an das Geld zu kommen? Elise fürchtete, dass Johann Georg in diesem Punkt ebenso schweigsam bleiben würde wie Charlotte.

Nach dem Gespräch ging sie zu Sybilla hinauf, der Baptiste offenbar schon ihre Ankunft gemeldet hatte, denn es stand ein Tablett mit Tee für zwei Personen zwischen den Büchern auf dem Tisch.

»Nun?«, fragte Elise fröhlich, nachdem sie einander umarmt hatten. »Was treibt der zukünftige Stammhalter? Schlägt er Purzelbäume?«

Sybilla legte lächelnd die Hand auf ihren Leib.

»Ich fürchte, ja. Jeden Morgen gegen fünf Uhr weckt er mich auf, weil er sich von einer Seite auf die andere wendet und dabei mit den Füßen um sich tritt. Mein Vater rechnet auf einen wilden Knaben, der einmal ein guter Offizier werden soll.«

»Na, hoffentlich wird es kein wildes Mädchen«, scherzte Elise.

»Das fände ich eigentlich sehr hübsch«, meinte Sybilla nachdenklich. »Ich habe mir immer gewünscht, ich selbst könnte mutiger und entschlossener auftreten. Aber es ist mir nicht gegeben. Meine Tochter würde ich allerdings dazu ermuntern und sie dabei unterstützen, so gut ich kann.«

»Lass das nur nicht deine Mutter hören«, lachte Elise.

Sie setzte sich neben die Freundin, die sich heute nicht aus ihrem Sessel erhoben hatte und nun den Tee einschenkte.

»Hast du auch dieses Traktat erhalten, das mit dem Namen meines Vaters unterschrieben wurde?«, erkundigte sich Elise.

»O ja. Es liegt dort im Buch, ich benutze es als Lesezeichen. Der Text ist ja recht hintergründig geschrieben – stammt er tatsächlich aus dem Manuskript deines Vaters?«

Elise zog das zusammengefaltete Papier aus dem dicken Buch und besah es von allen Seiten. Nein, sie hatte sich nicht getäuscht: Nirgendwo war vermerkt, welche Druckerei es hergestellt hatte.

»Es ist der Anfang des Kapitels über Kassel«, erklärte sie. »Wer hat es dir gebracht?«

»Meine Mutter gab es mir heute früh. Sie erhielt es von Emilie von Rosenfeld, das ist die Dame, bei der sich der Lesekreis einmal im Monat trifft.«

»Und wie kam Frau von Rosenfeld an diese Blätter? Hat sie ihr jemand gebracht?«

Sybilla nahm einen Schluck Tee und setzte die zarte Porzellantasse vorsichtig auf dem Tisch ab.

»Sie hat erzählt, der Autor, Charles François de LaTour, habe sie ihr per Post aus Frankfurt zugeschickt. Er habe in einem beigefügten Schreiben angekündigt, weitere Abschnitte über seinen Aufenthalt in unserer schönen Stadt Kassel folgen zu lassen.«

»Und sie ist bereit, solche Traktate zu verbreiten?«, fragte Elise empört.

»Ich hoffe, es werden keine weiteren Schriften folgen«, meinte Sybilla. »Ich habe Johann Georg gebeten, nun endlich auf die Forderung einzugehen, damit wir wieder ruhig schlafen können.«

Elise nickte und meinte, damit habe sie wohl richtig gehandelt. Was hatte es für einen Sinn, Sybilla zu beunruhigen? Das würde niemandem helfen, aber ihr und dem Kind Schaden bringen. Tatsächlich schien Sybilla sich keine Sorgen über diese Angelegenheit zu machen. Sie erklärte, Elise könne dieses dumme Traktat gern mitnehmen, sie wolle es nicht hier im Hause behalten.

»Ich muss dir noch ein Geständnis machen, liebe Freundin«, meinte sie dann und füllte Elises Tasse nach.

»Ein Geständnis? Was hast du angestellt?«

Sybillas Lächeln war sowohl verlegen als auch verschmitzt.

»Ich fürchte, du wirst nun ärgerlich auf mich sein, Elise. Aber ich konnte einfach nicht anders handeln, weil ich doch sah, wie sehr dich die Angelegenheit quälte.«

Sie zog die Tischlade auf und entnahm ihr einen Brief. Elise las das Wort »Göttingen« auf dem Poststempel und verspürte einen heißen Schrecken. Sybilla hatte doch nicht etwa …

»Ich schrieb nur ein paar unverfängliche Worte«, versicherte Sybilla. »Aber wie du siehst, habe ich damit Türen eingerannt, die längst weit geöffnet waren.«

In dem zusammengefalteten Schreiben lag ein zweites, eng beschriebenes Blatt, das mit den Worten begann:

Hochverehrte Mamsell Rosen, wenn ich es heute wage, Ihnen meine Verzweiflung über unser unnötiges Zerwürfnis zu schildern, das nur ich allein verschuldet habe …

»Ich wünsche mir so sehr, dich glücklich zu sehen«, sagte Sybilla zärtlich und gab ihr beide Briefe in die Hand.

Kapitel 25

Zur grossen Zufriedenheit ihrer Mutter kehrte Elise dieses Mal lange vor Einbruch der Dunkelheit ins Atelier zurück. Die beiden Briefe hatte sie eingesteckt, ohne einen weiteren Blick darauf zu werfen; sie wollte sie später lesen, wenn sie allein und ungestört war. Nicht einmal Sybilla sollte die Verwirrung und Empörung sehen, die sie beim Lesen dieser Zeilen unweigerlich erfassen würden.

Was ist Sybilla da nur eingefallen, dachte sie, während sie mit den anderen in der Küche saß und das Gänsespiel mitspielte. Sie will mich mit aller Gewalt zu einer glücklichen Ehefrau und Mutter machen. Das ist rührend von ihr – aber doch auch ein wenig despotisch. Sagte ich ihr nicht immer wieder, dass ich niemals heiraten werde?

»Das ist nicht deine Gans, die du gerade setzt, sondern die von Therese«, platzte Babette ärgerlich in ihre Gedanken. »Mir scheint, du bist schon zur Hälfte im Traumland, Elise.«

»Oh, Entschuldigung …«

Charlotte blickte die Tochter aufmerksam an und meinte dann: »Es sind harte Zeiten, Mädchen. Geh hinauf und schlaf dich aus.«

»Ja, Mutter. Ich bin schrecklich müde …«

Sie sagte »Gute Nacht« in die Runde und stieg, von Fidibus gefolgt, die Treppe hinauf. Vor ihrer Zimmertür blieb sie stehen und hatte plötzlich Bedenken, in den Raum zu gehen, wo die beiden Briefe unter ihrem Kopfkissen auf sie warteten. Nein, sie würde zuerst noch rasch ihren Vater aufsuchen, um ihm die neuesten Nachrichten zu überbringen. Fidibus folgte ihr bereitwillig, der Weg in die Dachbodenkammer schien ihm nicht fremd zu sein.

Es war schon dunkel, und sie durfte kein Licht anzünden.

»Papa?«, flüsterte sie. »Schläfst du?«

»Es gibt zwei Fragen, die hirnloser nicht sein können«, knurrte er zur Antwort. »Die eine ist: Schläfst du?, und die andere: Lebst du noch? In meinem Fall muss ich die erste mit Nein beantworten. Die zweite kann ich glücklicherweise bejahen.«

Durch die Dachluke war der Sternenhimmel zu sehen. Als sich ihre Augen an die Dunkelheit gewöhnt hatten, nahm sie wahr, dass ihr Vater auf der Kiste saß, die er mit der wollenen Decke gepolstert hatte. Den Rücken gegen die Wand gelehnt, die Füße auf einen Stapel Bücher gestützt, machte er den Eindruck eines Menschen, der sich ausgesprochen unbehaglich fühlt. Natürlich – die enge Dachkammer war seinen schmerzenden Knochen alles andere als zuträglich. Schlimmer war noch, dass er kein Licht anzünden durfte und daher weder lesen noch schreiben konnte, was zu dieser späten Stunde seine normale Beschäftigung war.

»Soll ich dir noch ein Kissen bringen, Papa?«

»Non merci«, sagte er. »Ich bin mit Kissen, Decken und Plumeaus bestens versorgt. Deine Großmutter, die eine vernünftige Frau ist, brachte mir noch einige Dinge, die mein karges Dasein hier oben erleichtern. Erzähl mir lieber, was es Neues gibt.«

Sie berichtete von Johann Georgs Gespräch mit Fräulein von Eschen und von seinen Vermutungen, sie könne vielleicht sogar die Erpresserin sein. Ihr Vater hörte sich alles ruhig an.

»Da ist mein Sohn Johann Georg auf der falschen Fährte«, meinte er. »Bien sûr – ich würde Sophie Wilhelmine alles Mögliche zutrauen. Aber nicht solch eine irrwitzige Sache. Zumindest zu meiner Zeit neigte sie zu überlegtem Handeln, und ich gehe davon aus, dass sie es auch heute noch so hält. Es ist ärgerlich, dass ich sie nicht besucht habe. Ich hatte daran gedacht, aber es dann doch aus verschiedenen Gründen unterlassen.«

Elise konnte sich diese Gründe recht gut vorstellen. Vermutlich war er immer noch zornig auf die Dame, weil sie vor Jahren Intrigen am Königshof gesponnen hatte, die ihn genötigt hatten, Kassel auf dem schnellsten Weg zu verlassen. Was damals wirklich geschehen war, würde sie, Elise, wohl niemals genau erfahren, doch es konnte durchaus sein, dass auch Fräulein von Eschen ein Hühnchen mit ihrem Vater zu rupfen hatte.

Aber vielleicht hatte er sie auch deshalb nicht besucht, weil er Sorge hatte, es könnte Charlotte verärgern? Ein angenehmer Gedanke. Eigentlich hatte er bisher nur Gutes über Charlotte gesagt. Ganz im Gegenteil zu ihrer Mutter, die keine Gelegenheit ausließ, über de LaTour zu schimpfen.

»Per Post aus Frankfurt hätte ich dieser Frau von Rosenfeld die Blätter zugeschickt?«, ärgerte er sich. »Womöglich mit Christian Daniels Adresse als Absender. Quelle malice! Gib mir doch einmal dieses gedruckte Blatt. Wie ärgerlich, dass ich es bei dieser jämmerlichen Beleuchtung nicht lesen kann!«

»Nur noch ein paar Stunden, dann graut schon der Morgen«, tröstete sie ihn. »Ich werde jetzt schlafen gehen. Gute Nacht, Papa.«

Sie ging zu ihm, um ihn zu umarmen, was ihn offenbar sehr freute, denn er hielt sie fest an sich gedrückt. Fühlte er sich einsam? Er warf sogar Fidibus, den er sonst wenig beachtet hatte, ein Stückchen trockenes Brot zu, das der Hund trotz der Dunkelheit geschickt noch im Flug schnappte und zerbiss.

Nun also würde sie sich Hans Christians Briefen zuwenden. Mit klopfendem Herzen zog sie die beiden Schreiben unter ihrem Kopfkissen hervor und beschloss, zuerst das kürzere zu lesen, das an Sybilla gerichtet war.

Sehr verehrte, gnädige Frau,
mit Ihrem gütigen Schreiben haben Sie einen unglücklichen Menschen aus einer tiefen Depression befreit. Ich kann Ihnen gar nicht genug für Ihre freundlichen Worte danken, die solch schöne Hoffnungen in meinem traurigen Gemüt erweckten. Wenn es denn wahr sein sollte, dass Mamsell Elise noch an mich denkt und vielleicht sogar – welch wundervoller, kühner Gedanke – in der Lage wäre, mir zu vergeben: Ich wäre der glücklichste Mensch auf Erden.
Ihr großherziges Angebot, in dieser Sache den Postillon d'amour zu spielen, nehme ich mit Freuden an und lege diesem Schreiben einen Brief an Mamsell Rosen bei, in dem ich ihr meine ganze Seele öffne.
In tiefer Dankbarkeit
Hans Christian Thiedemann

Wie überschwänglich er doch schrieb! Elise musste lächeln, denn nun stieg sein Bild vor ihr empor, wie er mit blitzenden Augen und wehendem blonden Haar neben ihr herging, mit den Armen gestikulierend, ganz und gar für irgendeine Sache begeistert. Ein Träumer war er, ein Mann, der mit Neugier und vollem Herzen durch die Welt ging und hohe Ziele anstrebte. Wobei er beim Erreichen dieser Ziele vor kleinen Schwindeleien nicht zurückschreckte …

Zögernd nahm sie den anderen Brief zur Hand. Ja, sie musste zugeben, dass sie insgeheim gehofft hatte, er würde ihr schreiben. Natürlich hatte sie keineswegs die Absicht, eine engere Verbindung mit ihm einzugehen, wie Sybilla es wohl erhoffte. Aber er war doch ein liebenswürdiger junger Mann, und es wäre schade gewesen, wenn diese Freundschaft so abrupt geendet hätte. Nun, da sie seine Fehler kannte, war sie gewarnt und würde auf der Hut sein.

… das nur allein ich verschuldet habe, so ist dieser Schritt nur der gütigen Vermittlung Ihrer Freundin, Frau von Haynau, zu verdanken, die mich ermutigte, Ihnen mein Herz auszuschütten. Ich will ehrlich sein und weder den unglückseligen Umständen noch meinem Vater oder Professor Kreuzer die Schuld an meinem Versagen zuschieben – nur ich allein trage dafür die Verantwortung. Eines muss ich allerdings um der Wahrheit willen klarstellen: Die Absicht von Professor Kreuzer, das Manuskript unter seinem eigenen Namen erscheinen zu lassen, war mir gänzlich unbekannt, davon ahnte ich nichts. Nur, dass Ihr Herr Vater Rechte an diesen Papieren besaß und die Veröffentlichung möglicherweise nicht gestatten würde, war mir bekannt, und deshalb schwieg ich Ihnen gegenüber beharrlich.
Wie sehr bereue ich nun, den Absichten der beiden Herren nicht von vornherein mit Entschlossenheit entgegengetreten zu sein, um den Betrug an Ihrem Vater zu verhindern! Doch ich tat es nicht, hoffte egoistisch auf die Verwirklichung meines Traumes und gab mich dem falschen Glauben hin, ich könnte durch kluges Schweigen beides erreichen – einen Verlag zu gründen und zugleich Ihr Herz zu gewinnen. Dass nun beides fehlschlug, habe ich mir selbst zuzuschreiben, doch ich gestehe, dass der Verlag mir momentan ganz gleichgültig ist, der Verlust Ihrer Zuneigung mir jedoch als das größte Unglück erscheint, das mich in meinem Leben je betroffen hat.
Nun, da mich das Schreiben Ihrer hochgeschätzten Freundin aus meiner Niedergeschlagenheit emporriss, stehe ich als Bittsteller vor Ihnen, verehrte Mamsell Rosen. Wenn es in Ihrem Herzen noch einen kleinen Funken Freundschaft für mich gibt, so bitte ich Sie, Ihr Urteil über mich gütig zu überdenken. Ich bin ein unvollkommener Mensch, der oft übereilt handelt und Fehler begeht, doch bin ich in der Lage, meine Irrtümer einzusehen und sie tief und ernst zu bereuen, um später klüger zu handeln. Vor allem dann, wenn mein Herz mich leitet.

Falls ich auf Ihre Vergebung hoffen darf, erbitte ich ein Zeichen.
Ihr ergebener
Hans Christian Thiedemann

Sie ließ das Blatt sinken und musste sich ungewollt eingestehen, dass der Brief Eindruck auf sie gemacht hatte.

Es ist nicht richtig, dass er alle Schuld auf sich nimmt, dachte sie. Auch ich habe meinen Anteil daran, denn ich habe ihn zu Unrecht verdächtigt, ein gemeiner Dieb zu sein. Gewiss, er war nicht ehrlich zu mir, aber er ist ein gutgläubiger Mensch, und dass die Machenschaften des Professors Kreuzer ihm unbekannt waren, will ich ihm glauben. Vielleicht hat Sybilla ja recht – niemand ist vollkommen, ein Mann schon gar nicht. Und abgesehen von seinen kleinen Fehlern ist er doch ein liebenswerter Bursche, es würde mir schon gefallen, eine Freundschaft mit ihm zu pflegen.

Sie entschied, ihm gleich ein paar freundliche Zeilen zu schreiben, damit er sich nicht weiter grämte und auch sie ruhig schlafen konnte.

Wenn er aber auf die Idee kam, nach Kassel zu reisen? Das war ihm durchaus zuzutrauen, dem ungestümen jungen Studenten. Und in der jetzigen Situation durfte sie ihn auf gar keinen Fall dazu ermutigen. Gütiger Himmel! Ein übler Erpresser machte in Kassel die Runde, der jeden Augenblick höchst peinliche Dinge über ihre Mutter in die Öffentlichkeit geben konnte. Zudem hielt sich ihr Vater hier im Haus versteckt, was nicht bekannt werden sollte. Einen ungünstigeren Augenblick für ein Wiedersehen konnte man kaum finden.

Sie zog ein Blatt Papier aus der Schreibtischschublade, öffnete das Tintenfass und tauchte die Feder ein. Einen Moment überlegte sie, wie sie ihn am besten anreden sollte, dann schrieb sie entschlossen:

Verehrter Herr Thiedemann,
Ihr Schreiben, das mir meine Freundin Sybilla von Haynau heute übergab, hat mir die Augen geöffnet und falsche Vermutungen vom Tisch geweht. Ich gestehe gern, dass auch ich …

Sie hielt inne, weil Fidibus an der Tür kratzte. Die anderen waren inzwischen längst zu Bett gegangen, war jemand unten an der Tür des Ateliers? Vielleicht gar der Erpresser? Sie löschte hastig das Licht und schob die Gardine am Fenster beiseite. Die Marktgasse lag verlassen im diffusen Schein der Reverberen. Was nichts heißen wollte, denn die Straßenlaternen warfen nur einen schwachen Lichtkreis; wer sich dicht an den Häusern entlangbewegte, war kaum zu sehen.

Fidibus knurrte leise, zudem war jetzt von unten aufgeregtes Flüstern zu vernehmen. Elise beschloss nachzusehen, was sich dort tat. Doch kaum war sie in den Flur getreten, da bereute sie ihre Neugier, denn das geflüsterte Streitgespräch, das zu ihr hinaufdrang, hätte sie lieber gar nicht mitgehört.

»Bist du verrückt geworden, François? Was hast du im Garten zu suchen?«

»Pardon, ma chère, ich brauchte etwas Bewegung für meine morschen Knochen …«

»Und da läufst du in meinem Garten herum? Wo dich alle Nachbarn sehen können? Hast du den Verstand verloren?«

»Zu dieser nächtlichen Stunde liegen die Nachbarn in tiefem Schlaf, mon amour.«

»Lass diese französischen Kosenamen, ich falle auf deinen primitiven Charme nicht mehr herein!«

»Ich bitte dich, Charlotte. In meinem Alter ist man über solche Gedanken doch längst hinaus. Dafür stellen sich hie und da körperliche Unzulänglichkeiten ein, die recht schmerzhaft sein können …«

»Ich habe dich nicht gebeten, hier einzuziehen. Wenn es dir

dort oben zu unbequem ist, kannst du dir gern einen anderen Aufenthaltsort suchen!«

»Das ist leider momentan nicht möglich, gestrenge Charlotte. Doch ich verspreche dir, meinen Besuch nicht über Gebühr auszudehnen und dieses gastliche Haus le plus tôt possible zu verlassen.«

»Je früher, desto besser, François!«

»Ich danke dir für deine Geduld, Charlotte!«

Elise fasste Fidibus beim Halsband und zog sich hastig mit ihm in ihr Zimmer zurück, denn schon waren die Schritte ihres Vaters auf der Treppe zu hören. Ach herrje! Wie kam er denn auf die Idee, im Garten herumzuspazieren? Es gab ältere Leute unter den Nachbarn, die an Schlaflosigkeit litten, sie hätten ihn trotz der nächtlichen Dunkelheit bemerken können. Dann ginge bald das Gerücht durch Kassel, dass eine der Frauen im Atelier Rosen von einem Liebhaber besucht wurde.

Seufzend zündete sie das Talglicht wieder an und setzte sich an den Schreibtisch, um den Brief an Hans Christian zu beenden. Sie schloss mit den Worten:

… seien Sie also versichert, dass ich Ihnen die Sache nicht weiter nachtrage und einer brieflichen Verbindung nichts im Wege steht.
Mit den besten Grüßen
Elise Rosen

Sie würde dieses Schreiben direkt an ihn schicken und nicht über Sybilla. Einen Postillon d'amour benötigte sie wirklich nicht.

Die Nacht war wieder einmal zu kurz. Hätte Fidibus nicht energisch an der Tür gekratzt, weil er witterte, dass unten schon das Frühstück zubereitet wurde, sie hätte ganz sicher verschlafen.

So machte sie eilig Katzenwäsche, kleidete sich an und lief mit Fidibus hinunter, wo alle Frauen bereits um den Küchentisch saßen. Es fehlte nur Moritz, der wohl die Hoffnung auf frühe Kundschaft in seinem Weingeschäft aufgegeben hatte und sich einen ausgedehnten Morgenschlummer gönnte.

»Was war denn heute Nacht für Geflüster auf der Treppe?«, erkundigte sich Babette. »Gab es etwa nächtliche Besucher?«

»Nicht dass ich wüsste«, sagte Charlotte kurz angebunden.

»Na, Gott sei Dank«, meinte Babette unverdrossen. »Ich fürchtete schon, jemand sei in den Garten gestiegen, um Schnittlauch und Suppengrün zu stehlen.«

»Ein Dieb?«, sagte Therese erschrocken. »Was, wenn der Spitzbube ins Haus eingedrungen wäre, um uns alle zu ermorden?«

»Keine Sorge, Therese«, versetzte Babette. »Dein Anblick im Nachtgewand hätte genügt, um ihn in die Flucht zu schlagen.«

»Ein Fremder war es gewiss nicht«, meinte Grete. »Sonst hätte der Hund angeschlagen. Vielleicht ist unser Gast aus dem Dachgeschoss hinuntergestiegen, weil ihm etwas im Garten aufgefallen war?«

Wie immer hatte die schlaue Grete den Nagel auf den Kopf getroffen.

»Was auch immer es war – es hat euch nicht zu kümmern«, sagte Charlotte hastig. »Denkt lieber an die Arbeiten, die heute anstehen. Babette – du hast die Hauben zu nähen. Therese kümmert sich um die Rüschen, die die Finanzrätin an ihrer Haube wünscht, Elise dekoriert die bestellten Hüte, und Grete näht Seidenrosen. Und hört auf, diesen gierigen Hund unter dem Tisch zu füttern!«

»Mir war nur ein Krümel Brot heruntergefallen«, entschuldigte sich Grete.

»Wo ist eigentlich Moritz? Will er seinen Laden erst am Nachmittag öffnen?«, fuhr Charlotte stirnrunzelnd fort.

»Der ist vielleicht schon wieder in geheimer Mission unterwegs«, sagte Babette, die ihr Mundwerk nicht beherrschen konnte.

»Um Gottes willen!«, jammerte Therese. »Wo der gnädige Herr mir doch fest versprochen hat …«

Sie hielt inne, weil ein zorniger Blick von Charlotte ihr deutlich machte, dass sie sich nun verplaudert hatte.

»Ich denke, ich habe klar genug ausgedrückt, dass niemand von euch etwas oben in der Dachkammer zu suchen hat!«, sagte Charlotte streng. »Wer sich nicht daran hält, tut weder sich selbst noch dem Herrn dort oben einen Gefallen!«

Keine der Näherinnen gab eine Antwort, auch die Großmutter schwieg. Man trank den Morgenkaffee, aß das Butterbrot mit Zwetschgenmarmelade und machte Bemerkungen über das Wetter, das in letzter Zeit allzu windig gewesen sei und den Damen leider wenig Gelegenheit bot, die neuen Frühlingshüte aufzusetzen. Grete verstieg sich zu der Idee, ob man nicht auch Spitzenborten an weiße Sonnenschirme häkeln könne, und Therese fand, dass Seidenrosen eigentlich eher zu einem Ballkleid passten und daher erst im Herbst von der Kundschaft gewünscht würden.

»Gehen wir hinüber«, befahl Charlotte. »Es ist Zeit, das Atelier zu öffnen.«

In diesem Moment erschien Moritz in der Küche, setzte sich ohne Morgengruß an den Tisch und langte nach der Kaffeekanne. Therese schrie erschrocken auf, als sie ihn sah. Auch die anderen Frauen starrten ihn an.

»Was schaut ihr?«, knurrte Moritz und befühlte sein dunkelblau umrandetes Auge vorsichtig mit zwei Fingern. »Bin im Dunkeln gegen den Schrank gelaufen.«

»Gegen den Schrank?«, rief Therese ungläubig. »Geprügelt hast du dich, Moritz. Da, das linke Ohr hat geblutet. Und warum hältst du die Schulter schief? Du wirst dir doch nichts gebrochen haben, Junge? Zieh einmal das Hemd herunter …«

»Lass mich in Ruhe!«, brummte er und wehrte Thereses Versuche ab, seine Schulter zu untersuchen. »Das ist nur ein wenig gestaucht, ist morgen wieder gut.«

»Dass du auch nie vernünftig wirst, mein armer Junge«, seufzte Therese unglücklich. »Wer sich in Gefahr begibt, der kommt darin um, heißt es schon in der Bibel.«

»Das steht nicht in der Bibel, Mutter. Das ist nur so ein Sprichwort.«

»Steht es doch«, versetzte Therese. »Aber egal, wo es steht, es ist wahr.«

Schließlich ließ man ihn mit der Großmutter in der Küche allein, und Therese setzte sich sorgenschwer auf ihren Platz, um die Rüschen für die Haube der Finanzrätin herzustellen. Auch Elise machte sich ihre Gedanken um Moritz. Hatte er versucht, den angeblichen Handwerker ausfindig zu machen, der in Frankfurt die abgeschnittenen Zweige aufgeladen und bei dieser Gelegenheit möglicherweise das Manuskript ihres Vaters gestohlen hatte? Moritz hatte vor Jahren mit Schmugglern zu tun gehabt, was ihm schlecht bekommen war, denn die Schmugglerbande war aufgeflogen, und Moritz hatte Kassel in eiliger Flucht verlassen müssen. Hatte er heute Nacht vielleicht alte Bekannte aufgesucht und »dumme Fragen« gestellt, die ihm Prügel eingetragen hatten? Leider hatte sie einstweilen keine Möglichkeit, mit Moritz zu sprechen, denn er durchquerte bald darauf schweigend das Atelier, um sich in sein Weingeschäft zu begeben.

Nach dem Mittagessen stellte Charlotte wortlos eine Blechdose vor Elise auf den Tisch. Darin befand sich der Pferdebalsam, der für alle möglichen Gebrechen gut war, besonders aber bei wehen Knochen helfen sollte.

»Soll ich das Moritz hinüberbringen?«, fragte Elise.

»Der wurde bereits von der Großmutter versorgt.«

»Für wen ist es dann?«

»Mach damit, was du willst«, sagte Charlotte kurz angebunden und begab sich hinüber ins Atelier.

»Sie hat doch einen weichen Kern«, meinte die Großmutter lächelnd. »Warte, Mädchen, du kannst gleich die Mittagsmahlzeit für deinen Vater mitnehmen.«

Wenig später trug Elise ein Tablett voller dampfender Speisen, einer heilenden Medizin und einem Krug Bier die Treppen hinauf und fand, dass sich ihr Vater über mangelnde Fürsorge im Hause Rosen nicht beschweren konnte. Er saß auf seinem Lager, die Beine angezogen, und las in einem Buch. Seiner Miene nach war er trüber Stimmung, auch die freundlichen Gaben konnten ihn nur wenig aufheitern.

»Pferdebalsam?«, sagte er mit Abscheu und setzte die Lesebrille ab. »Ich kenne das Zeug. Christian Daniel schwört darauf und will es mir bei jeder Gelegenheit aufschwatzen. Hat die Großmutter es dir gegeben?«

»Nein. Meine Mutter.«

Er schwieg. Besah die Dose von allen Seiten, schüttelte den Kopf und stellte sie neben sich auf den Fußboden.

»Wo steckt dein Ziehbruder?«, fragte er missmutig. »Er wollte meine Post besorgen.«

Er wies auf ein Schreiben an Christian Daniel van Leuwen, das adressiert und versiegelt auf der Holzkiste lag. Als Elise ihm nun berichtete, dass Moritz des Nachts offensichtlich eine unangenehme Begegnung gehabt hatte, machte er ein bedenkliches Gesicht.

»Das könnte unter Umständen bedeuten, dass er auf der richtigen Spur war«, meinte er.

»Glaubst du, der Mann mit dem schiefen Maul und dem kaputten Ohrläppchen könnte der Erpresser sein?«

Er schüttelte den Kopf und legte ein zusammengefaltetes Blatt als Lesezeichen in das Buch, bevor er es zuklappte.

»Nein, Elise. Solche Gestalten sind im Allgemeinen nur

Handlanger. Kriminelle Elemente, die für Geld zu verschiedenen Diensten bereit sind. Der Erpresser gibt sich für so etwas nicht her. Er sitzt hier in Kassel und zieht seine Fäden.«

»Hast du einen bestimmten Verdacht?«, erkundigte sie sich.

»Nein. Nur ein paar Vermutungen«, meinte er. »Die ich allerdings vorerst für mich behalte, da ich mich irren kann.«

Damit wandte er sich der Mahlzeit zu, die aus Kartoffeln, Specksoße und Krautsalat bestand. Sie schien ihm hervorragend zu munden, denn er trug Elise auf, der Großmutter ein Lob für ihre Kochkünste zu überbringen.

»Und grüße ma chère Charlotte«, fügte er hinzu. »Sie war heute Nacht ein wenig ungehalten, doch scheint sie sich nun besonnen zu haben, da sie den rheumatischen Greis mit heilender Salbe versorgt.«

Sein Lächeln erschien Elise vieldeutig. Ironisch, aber auch verlegen und ein wenig traurig.

»Du solltest wirklich nicht im Garten umhergehen, Papa«, sagte Elise vorwurfsvoll. »Auch nicht bei Nacht. Wenn die Nachbarn dich sehen, gibt es Gerede.«

Er hörte auf zu lächeln, warf ihr einen unfreundlichen Blick zu und schob einen Löffel mit Krautsalat in den Mund. Während er kaute, betrachtete er sie nachdenklich, dann meinte er: »Ich werde es in Zukunft beherzigen. Im Übrigen war ich dort nicht allein.«

»Wie?«, flüsterte sie verblüfft. »Wer hat sich außer dir im Garten aufgehalten?«

»Ich habe keine Ahnung«, sagte er. »Wenn es nicht ein liebestoller Verehrer meiner Tochter war, der sich eilig zurückzog, als ich erschien, dann könnte es möglicherweise ein räudiger Kater gewesen sein.«

»Ich habe keine liebestollen Verehrer, Papa«, sagte sie ärgerlich. »Schon gar keine, die nachts durch unseren Garten schleichen. Du wirst eine Katze gehört haben.«

»C'est ça!«, gab er ernst zurück. »Sei bitte so freundlich, mein Kind, und schick mir Moritz hinauf.«

»Ich will sehen, was ich tun kann, Papa.«

Moritz war nach dem Mittagessen nicht wie üblich in sein Geschäft gegangen, sondern hinauf in seine Kammer gestiegen. Kein Wunder, vermutlich hatte er schlimme Kopfschmerzen, der arme Kerl.

»Moritz?«, flüsterte sie und klopfte sacht an seine Tür.

Sie vernahm ein leises Ächzen, dann knarrte seine Bettstatt, weil er sich wohl aufgesetzt hatte.

»Lieschen?«, flüsterte er zurück.

»Ja. Darf ich hineinkommen?«

»Meinetwegen. Dachte schon, es sei wieder meine Mutter mit kalten Kompressen und warmen Ratschlägen …«

»Du bist undankbar«, meinte sie vorwurfsvoll und trat in seine Kammer. »Therese liebt dich über alles und sorgt sich um dich.«

»Weiß ich«, knurrte er. »Wenn sie dabei bloß nicht so viel Staub aufwirbeln würde.«

Die Kammer war ausgefegt, seine Jacke hing am Haken, die Schuhe waren gereinigt und standen vor seinem Bett. Auf einem Schemel neben seinem Lager befand sich eine Schüssel mit kaltem Wasser, worin ein Taschentuch schwamm: die kalte Kompresse gegen die Kopfschmerzen. Moritz saß auf dem Bett und machte einen angeschlagenen Eindruck.

»Ach herrje«, sagte Elise mitleidig. »Ein ausgewachsenes Veilchen. Zeig mal her … ganz zugeschwollen, das Auge. Und was ist mit der Schulter? Kannst du sie bewegen?«

Elises zarten Händen überließ sich der Verwundete gern. Sie durfte seine Stirn befühlen und auch die Schulter untersuchen, die zwar beweglich, aber dunkelblau und dick geschwollen war.

»Tut ordentlich weh, wie?«

»Wenn du so sanft darüberstreichst, wird's gleich besser«, behauptete er mit schwachem Grinsen. »Kannst noch ein Weilchen sitzen bleiben und mich streicheln, Lieschen.«

»Das könnte dir so passen«, wehrte sie sich lachend. »Erzähl mir lieber, wie das passiert ist.«

»Da gibt's nicht viel zu erzählen. War halt einer, der mir schon lange quergekommen ist. Da gab ein Wort das andere, und dann hat es Schläge gehagelt. Hab ihm auch eine ordentliche Tracht verpasst.«

»Komm schon, Moritz«, beharrte sie. »Du hast nach dem Kerl mit dem schiefen Maul geforscht, gib es zu.«

Er druckste herum, aber weil er wusste, dass sie nicht nachlassen würde, rückte er schließlich mit der Wahrheit heraus.

»Ja, ich bin in die Kaschemme am Fluss, um einen alten Kumpel zu treffen, der da immer beim Bier sitzt. Den hab ich ganz unauffällig nach dem Josef gefragt. So nennt sich der Kerl nämlich. Aber mein Kumpel hat behauptet, den Josef schon lange nicht mehr gesehen zu haben. Das war alles.«

»Das war alles? Und wie bist du zu dem Veilchen gekommen?«

»Das war auf dem Rückweg. Unten am Fluss. Da standen auf einmal drei Kerle wie aus dem Boden gewachsen vor mir. Drei gegen einen – eine bodenlose Schweinerei.«

»Hast du sie erkannt?«

»Nein«, sagte er. »War ja dunkel, und ich hatte gleich als Erstes eine Faust im Gesicht. Beinahe hätten sie mich noch in den Fluss geworfen, aber da hat der Nachtwächter auf dem Marktplatz sein Lied gegrölt, und sie sind auf und davon.«

Das hörte sich nicht gut an, fand Elise. Hatte sein Kumpel die drei Kerle geschickt, um ihn von weiteren Nachforschungen abzuhalten?

»Leg dich wieder hin«, riet sie ihm und fischte das Taschentuch aus dem Wasser, um es auszuwringen und ihm auf die Stirn zu legen. »Mein Vater will, dass du für ihn zur Post gehst, aber das werde ich heute besser selbst besorgen.«

»Nett von dir, Lieschen«, seufzte er und ließ sich zurück in die Kissen fallen. »Etwas mehr nach links bitte die Kompresse. So ist es angenehm. Bringst du mir später ein Gläschen Wein mit Wasser gemischt und ein Butterbrot?«

Na, großartig, dachte Elise, während sie die Treppe hinunter in die Küche lief. Zwei Männer im Haus, die beide verarztet, gefüttert und bedient werden müssen. Wenn das ein Vorgeschmack auf die Freuden des Ehelebens sein soll – ich kann darauf verzichten.

KAPITEL 26

ZWEI TAGE LANG blieb es ruhig im Atelier Rosen. Die Frauen gingen ihrer Arbeit nach, Moritz kam wieder auf die Beine, und der heimliche Gast in der Dachkammer verhielt sich so rücksichtsvoll und unauffällig, wie es ihm möglich war. Am dritten Tag, einem Mittwoch, brachte Moritz um die Mittagszeit ein Exemplar des frisch erschienenen »Boten aus Kassel« in die Küche.

Alle griffen gespannt nach der Zeitung, auch die Großmutter, die gerade die Suppe austeilte, wollte sie erhaschen, aber Charlotte war schneller.

»Gib her!«, sagte sie und schlug das Blatt hastig auf, um die wenigen Seiten zu überfliegen. Einen Moment lang las sie mit gerunzelter Stirn, dann legte sie die Zeitung zusammengefaltet neben ihren Teller.

»Es ist gut«, sagte sie zufrieden. »Lassen wir uns nicht bei der Mahlzeit stören.«

Die Anzeige war also erschienen. Dann würden wohl bald Kundinnen im Laden auftauchen, die nach den Seidenrosen fragten. Und irgendwann würde sich der Erpresser mit seinen Bedingungen bei ihnen melden. Er hatte gute Karten – ihr Vater würde keinen zweiten Versuch riskieren, ihn bei der Geldübergabe zu erwischen.

Nach dem Essen nahm Elise die Zeitung an sich, um sie zu ihrem Vater hinaufzutragen. Charlotte bemerkte es zwar, doch sie hinderte die Tochter nicht daran, stattdessen gab sie ihr eine Warnung mit auf den Weg.

»Keine heimlichen Pläne! Sag ihm, ich setze ihn sonst unbarmherzig vor die Tür.«

»Ich werde es ihm sagen, Mutter.«

Auf dem Weg hinauf in die Dachkammer holte Moritz sie ein und flüsterte ihr zu: »Da haben wir noch einmal Glück gehabt. Sie hat nur ihre Annonce gelesen und die Zeitung dann weggelegt.«

»Wieso?«

»Schau mal rein. Steht noch mehr drin.«

Sie zog sich mit der Zeitung in ihr Zimmer zurück und überflog die Artikel. Der Kurprinz hatte einen Beamten zum Kontrolleur über eine Fabrik ernannt. Ein Hofrat war in den wohlverdienten Ruhestand versetzt worden. Das Gerücht, in Kassel ginge die Cholera um, sei frei erfunden und entbehre jeglicher Grundlage …

Aha – da war Charlottes Anzeige zwischen allerlei langweiligem Zeug über eine Rede des Kurprinzen zum Jahrestag seiner Regentschaft.

Das Atelier Rosen in der Marktgasse erlaubt sich,
den hochgeschätzten Kundinnen zu empfehlen:

Feine Seidenrosen für die Dame

Eine große Auswahl in verschiedenen Farben
Zum Aufnähen auf Hüte, Hauben und Kleider

Die Anzeige sprang recht gut ins Auge, der Erpresser konnte sie auf keinen Fall übersehen. Elise las weiter und stutzte.

Ein Paar schwarzer Handschuhe aus feinem Leder verloren.
Dem ehrlichen Finder wird eine Belohnung bezahlt.
Abzugeben bei: von Eschen, Frankfurter Straße 29

Wie merkwürdig. Hatte Fräulein von Eschen nicht gesagt, sie besitze ganze Kästen voller schwarzer Handschuhe? Wieso waren diese ihr so wichtig, dass sie deshalb eine Anzeige aufgab? Oder verfolgte sie mit diesem Inserat eine ganz andere Absicht? Wurde sie ebenfalls erpresst und gab dem Erpresser damit ein Zeichen?

Hatte Moritz diese Anzeige gemeint? Aber warum sollte Charlotte sich darüber aufregen? Nein, es musste noch etwas anderes in der Zeitung stehen, das ihre Mutter besser nicht lesen sollte. Elise drehte das Blatt auf die andere Seite, und dort entdeckte sie die Notiz auf den ersten Blick.

> Dem Frankfurter Bürger Charles François de La-Tour ist zu Ohren gekommen, dass ein gewissenloser Betrüger sich seines Namens bedient, um Schriften in Kassel zu verbreiten, die angeblich aus seiner Feder stammen. Herr de LaTour versichert, nicht der Autor dieser Traktate zu sein, und behält sich rechtliche Schritte gegen den Betrüger vor.

O weh, das würde Charlotte ganz sicher nicht gefallen. Nun würde der Erpresser wütend werden und seinen Ärger an seinen Opfern auslassen. Dabei wollte ihre Mutter nichts anderes, als die Bedingung zu erfüllen und das Geld zu bezahlen, um ihre Ruhe vor ihm zu haben.

Seufzend faltete sie die Zeitung zusammen und trug sie hinauf zu ihrem Vater.

»Ah bon!«, sagte er erfreut. »Es ist erschienen. Lass mich sehen, ob sie es anständig gedruckt haben.«

Sie wartete, bis er in Ruhe gelesen und die Zeitung durchgeblättert hatte. Natürlich fiel auch ihm die Anzeige des Fräuleins von Eschen auf; sie sah, wie er die Stirn in Falten legte und die Brille zurechtrückte.

»Parbleu«, murmelte er. »Also doch. Pauvrette …«

»Bist du mit deinem Text zufrieden?«, fragte Elise schließlich.

»Durchaus«, gab er zurück und sah sie über den Rand der Brille hinweg forschend an, denn er hatte den spöttischen Tonfall durchaus wahrgenommen.

»Dir ist klar, dass meine Mutter dadurch in Schwierigkeiten kommen kann?«, sagte sie vorwurfsvoll.

»Das glaube ich nicht. Er wird seine Drohung überdenken müssen, denn ich habe ihn unglaubwürdig gemacht.«

»Du hast ihn herausgefordert, Papa. Gib es zu. Diese Zeitungsnotiz ist so etwas wie eine Kriegserklärung.«

»Sehr richtig erkannt, mein Kind«, gab er zu.

»Und er wird darauf in irgendeiner Weise reagieren.«

»Das hoffe ich sehr!«

»Und du glaubst, meine Mutter bliebe unbehelligt?«, meinte sie ärgerlich. »Der Zeitungstext hat doch die Leute erst recht neugierig gemacht. Ganz gleich, ob glaubwürdig oder unglaubwürdig – falls er etwas über meine Mutter veröffentlicht, werden sie es sich gegenseitig aus den Händen reißen, und man wird darüber in ganz Kassel reden.«

»Ich glaube nicht, dass er ein weiteres Traktat in Umlauf setzen wird«, meinte er gelassen. »Zumindest nicht über den Lesekreis, die werden sich nun hüten, ihn noch einmal zu veröffentlichen. Er wird sich etwas anderes ausdenken. Und da er aufgebracht ist, wird er sich früher oder später eine Blöße geben. Wir brauchen nur etwas Geduld.«

»Du pokerst mit hohem Einsatz, Papa«, meinte sie unzufrieden. »Aber die Zeche wirst nicht du, sondern meine Mutter bezahlen.«

Er lehnte sich zurück und kreuzte die Arme im Nacken. »Bist du dir da so sicher, Elise?«, fragte er leise und zog die Augenbrauen in die Höhe.

»Was sonst?«, versetzte sie und begab sich hinunter ins Atelier.

Dort waren inzwischen mehrere Kundinnen erschienen, die sich die annoncierten Seidenrosen zeigen ließen.

»Sehr hübsch. Aber doch für den Alltag zu aufwendig«, fand Frau Baurätin Günste und reichte eine roséfarbene Rose an die Hofrätin von Ochs weiter.

»Wirklich bezaubernd«, fand die Hofrätin und drehte die Rose in den Fingern. »Für eine Haube leider zu groß. Sie passt eher an ein Ballkleid, nicht wahr?«

»Wir haben sie in verschiedenen Größen vorrätig«, erklärte Charlotte. »Die kleinen eignen sich durchaus für eine Haube. Zwischen den Rüschen werden ein paar kleine Röschen ganz bezaubernd aussehen.«

»Kosten die kleinen weniger als die großen?«, erkundigte sich die Obergerichtsdirektorin Wiederhold.

»Der Preis ist der gleiche«, sagte Charlotte liebeswürdig. »Die kleinen Röschen nähen sich sogar schwieriger, man braucht feine Fingerchen dazu.«

»So so …«, äußerte die Obergerichtsdirektorin und legte die kleine Rosen wieder in den Kasten zurück.

Babette hatte recht gehabt – die Seidenrosen schienen kein Verkaufserfolg zu werden, möglicherweise würden sie bis zum Herbst darauf sitzen bleiben. Die Kundinnen hatten jedoch noch nicht die Absicht, den Laden zu verlassen, man ließ sich dies und jenes zeigen, probierte Schärpen und Spitzenkragen, und bald wurde klar, was die Damen in Wahrheit hierher getrieben hatte.

»Haben Sie es auch gelesen, liebe Hofrätin?«, sagte die Baurätin Günste, während sie sich von Elise mehrere gehäkelte Spitzenkragen vorlegen ließ.

»Ja, meine Liebe«, gab die Hofrätin von Ochs zurück. »Gleich beim Frühstück brachte das Mädchen die Zeitung. Sie müssen wissen, dass wir den ›Boten aus Kassel‹ abonniert haben.

Du liebe Güte, mir blieb beinahe das Frühstücksei im Halse stecken. Ich sprang auf, ließ alles stehen und liegen, um die Zeitung gleich an meine liebe Freundin Frau von Rosenfeld weiterzureichen …«

»Ach Gott!«, seufzte die Obergerichtsdirektorin Wiederhold. »Die arme Frau von Rosenfeld, die doch so eifrig unseren Lesekreis in Gang hält. Was hat sie dazu gesagt?«

Charlotte sah von der einen zur anderen und wunderte sich. Elise hielt die Luft an. Gleich würden die Damen zur Sache kommen, dann merkte die Mutter, dass sie heute in der Zeitung etwas übersehen hatte.

»Sie hatte es schon gelesen und war am Boden zerstört«, berichtete die Hofrätin, während sie die bestickten Geldbeutel in Unordnung brachte. »Sie hat gesagt, sie schäme sich in Grund und Boden, einem solchen Betrüger aufgesessen zu sein, und bat mich, das Traktat, das ich von ihr erhielt, sofort zu verbrennen. Was ich ihr selbstverständlich zu tun versprach.«

»Und?«, erkundigte sich die Baurätin Günste. »Haben Sie es verbrannt?«

»Ich hätte es wohl getan, wenn ich es noch besäße. Aber ich habe es der Finanzrätin Engelbert gegeben, die es an die Gerichtsdirektorin von Hof weiterreichen wollte.«

Frau Baurätin Günste zuckte die Schultern und meinte, dass sich Frau von Rosenfeld nicht so aufregen müsse.

»Wer der wahre Betrüger ist, das wird sich wohl noch erst herausstellen!«, behauptete sie. »Wer sagt uns, dass der Verfasser dieser Notiz nicht der eigentliche Schwindler ist und jenes Traktat tatsächlich von dem Herrn de LaTour aus Frankfurt stammt?«

»Mein Gott, Frau Baurätin!«, entsetzte sich die Hofrätin. »Wie spitzfindig Sie doch sind. So etwas wäre mir gar nicht in den Sinn gekommen. Nun weiß ich gar nicht mehr, was ich von der Sache halten soll.«

Elise sah, dass die Mutter inzwischen begriffen hatte, dass es um den Text ging, den der Erpresser in Umlauf gesetzt hatte. Ganz schien sie noch nicht dahintergekommen zu sein, was es damit auf sich hatte, doch sie warf Elise einen misstrauischen Blick zu, den diese mit einem harmlosen Lächeln beantwortete.

»Ich fand dieses Traktat des Herrn de LaTour eigentlich sehr hübsch«, äußerte die Obergerichtsdirektorin Wiederhold. »Es war interessant zu lesen, dass unser Kassel auch in früheren Zeiten den Besucher mit schönen Bauten und Anlagen zu beeindrucken wusste.«

Die Hofrätin von Ochs nickte beifällig. »Wirklich, es war unterhaltsam«, bestätigte sie. »Besonders die Geschichte von dem jungen König Jérôme, der ganz ohne Kleider aus dem Bett sprang …«

»Aber die boshafte Spitze in Richtung der Kasselaner Damenwelt war unnötig«, widersprach die Baurätin Günste. »Das hat einigen meiner Freundinnen ganz und gar nicht gefallen.«

»Die Damenwelt?«, wunderte sich die Hofrätin. »Er schrieb doch über die Blumen und Blüten in den Anlagen.«

»Oberflächlich gelesen schon, liebe Frau Hofrätin. Aber wer zwischen den Zeilen zu lesen vermag, der fand dort recht unziemliche und sogar unzüchtige Bemerkungen.«

»Ach, wirklich?«, meinte die Hofrätin aufgeregt. »Dann muss ich es noch einmal in Ruhe lesen. Unzüchtig sagten Sie? Das ist allerdings empörend. Die Frau Gerichtsdirektorin gab das Traktat ihren unmündigen Töchtern zu lesen.«

»So wird die Jugend verdorben«, seufzte Frau Obergerichtsdirektorin Wiederhold. »Gut, dass Sie uns die Augen geöffnet haben, liebe Frau Baurätin. Ich werde mir das Blatt gleich heraussuchen, wenn ich zu Hause bin. Zwischen den Zeilen sei der Text unzüchtig, sagten Sie? Wie hinterhältig dieser Herr de LaTour doch ist.«

»Aber er hat es ja gar nicht geschrieben«, versetzte die Hofrätin. »Es war ein anderer Herr gleichen Namens.«

»Nein, es war ein Betrüger, der sich seines Namens bedient haben soll«, sagte die Baurätin Günste. »Wobei auch das nicht sicher ist.«

»Ja, wer *hat* es denn nun geschrieben?«, fragte die Obergerichtsdirektorin irritiert.

»Das ist die große Frage«, meinte die Baurätin Günste mit überlegener Miene.

»Also, ich verstehe jetzt gar nichts mehr, liebe Baurätin«, rief die Hofrätin von Ochs ärgerlich. »Lassen Sie mich um Gottes willen mit dieser Angelegenheit in Ruhe.«

Sie warf den bestickten Geldbeutel, den sie zwischen ihren Fingern gedreht und gewendet hatte, zurück auf den Ladentisch und erhob sich schnaufend vom Stuhl.

»Ich habe mich schon viel zu lange hier aufgehalten«, behauptete sie. »Frau von Meisenburg erwartet mich zum Tee. Gehaben Sie sich wohl, liebe Frau Rosen. Meine Empfehlung an den Herrn Gemahl, Frau Obergerichtsdirektorin. Grüßen Sie Ihre liebe Mutter herzlichst von mir, Frau Baurätin.«

Auch die beiden anderen Damen empfahlen sich, ohne etwas gekauft zu haben. Kaum hatten sie das Atelier verlassen, fragte Charlotte nach der Zeitung.

»Sie ist oben …«, sagte Elise zögernd. »Wenn du willst, hole ich sie dir, Mutter.«

Charlotte verschwand in der Küche, ohne eine Antwort zu geben. Man hörte die Stimme der Großmutter, die ungehalten fragte: »Was ist denn nun schon wieder los?«

Eine Tür wurde ins Schloss geworfen, jemand stieg mit raschen Schritten die Treppen hinauf.

»Oha«, sagte Babette leise. »Jetzt schlägt in der Dachkammer der Blitz ein.«

»Sie wird den Herrn de LaTour doch nicht etwa hinauswerfen?«, überlegte Therese entsetzt. »So einen vornehmen Herrn. Das kann sie doch nicht tun.«

»Dumm wäre das nicht«, murmelte Grete und blickte Elise dabei an.

»Warum glaubst du das?«, wunderte sich Elise.

»Ich mach mir so meine Gedanken.«

»Die behalte ruhig für dich, Grete«, schimpfte Therese. »Ich meinerseits halte es für eine Ehre, dass der Herr de LaTour, der aus einer alten französischen Adelsfamilie stammt, hier bei uns im Hause weilt.«

Jetzt war nichts mehr zu hören. Charlotte musste oben in der Dachkammer angekommen sein. Was tat sie dort? Immerhin war es heller Tag, sie durfte weder schreien noch toben noch mit Gegenständen werfen. Dennoch hatte Elise ein mulmiges Gefühl, und sie war sehr froh, als Charlottes Schritte wenige Minuten später wieder zu vernehmen waren.

»Allmächtiger«, hörte man die Großmutter in der Küche stöhnen. »Das hat doch nicht etwa François …«

»Wer denn sonst?«, fauchte Charlotte.

Gleich darauf trat sie mit starrer Miene ins Atelier, schloss die Küchentür hinter sich mit einem festen Ruck und sah sich missbilligend um.

»Was schaut ihr wie die Ölgötzen?«, fuhr sie die Frauen an. »Habt ihr nichts zu arbeiten?«

Hastig begannen sie alle wieder zu häkeln und zu nähen. Als gleich darauf zwei Kundinnen in den Laden traten, um ihre Hüte zu probierten, zeigte sich Charlotte freundlich und zu Scherzen aufgelegt, wie sie es immer war, wenn sie Kundschaft bediente.

Kaum war das Atelier geschlossen, eilte Elise besorgt hinauf zu ihrem Vater. Zu ihrer Beruhigung saß er gelassen auf seinem Lager, den »Lichtenstein« auf den Knien, und schien ganz in der Lektüre versunken. Neben ihm lag Fidibus, der sich hier oben neuerdings recht wohlzufühlen schien.

»Was hat sie gesagt?«, wollte Elise wissen.

Er nahm umständlich die Brille von der Nase und klaubte ein Brotkügelchen aus der Hosentasche, um es dem Hund zuzuwerfen.

»Rien du tout. Sie fegte herein, riss mir die Zeitung aus den Händen, und fort war sie.«

»Kein Wort?«

»Nur ein vernichtender Blick. Wäre ich weniger hartgesotten, hätte sie mich damit töten können.«

»Ich kann sie verstehen.«

»Ich auch, Elise«, meinte er und sah auf das Buch hinunter. »Leider musste es sein.«

»Unten im Atelier haben die Damen schon darüber geschwatzt.«

»Umso besser«, freute er sich. »Gibt es sonst etwas Neues?«

»Nein«, sagte sie unfreundlich. »Es könnte aber sein, dass die Großmutter dir heute kein Abendessen bringt.«

Er seufzte theatralisch und blickte sie bittend an.

»Dann bin ich in dieser Hinsicht ganz und gar auf dich angewiesen, ma fille. Du wirst deinen greisen Vater doch nicht hungern lassen.«

»So hungrig kannst du nicht sein, wenn du das Brot an Fidibus verfütterst. Wieso liegt er hier oben bei dir?«

»Warum nicht? Er wärmt mir die rheumatischen Glieder.«

Also hatte der Streit zwischen den Eltern einen neuen Höhepunkt erreicht. Deprimiert ging sie hinunter, um in der Küche mit den anderen zu Abend zu essen. Die Stimmung war bedrückt, nicht einmal die Großmutter fand ein freundliches Wort, Charlotte schwieg vor sich hin, und die Näherinnen tauschten flüsternd Bemerkungen aus. Auch Moritz war nicht gesprächig, er machte sich hungrig über das Essen her und erklärte, anschließend gleich hinaufgehen zu wollen. Charlotte zeigte ebenfalls wenig Lust, den Abend mit den anderen bei Halma und Gänsespiel zu verbringen.

»Bleibt ruhig sitzen«, sagte sie zu den Näherinnen. »Ich brauche heute meinen Schlaf.«

Sie stand auf und ging zur Treppe, dort drehte sie sich um.

»Elise?«

»Ja, Mutter …«

»Komm doch mit mir hinauf, ich wollte dir etwas zeigen.«

Von mitleidigen Blicken begleitet erhob sich Elise, um der Mutter hinauf in ihre Kammer zu folgen. Dort ergoss sich das erwartete Donnerwetter über ihr Haupt.

»Hast du davon gewusst?«

»Nein, Mutter. Ich war vollkommen überrascht.«

Charlotte lief aufgeregt in der Kammer hin und her und fuchtelte mit den Händen in der Luft herum.

»Er hat mir hoch und heilig versprochen, nichts zu unternehmen. Keine geheimen Pläne. Keine Attacken. Und was tut er? Er schreibt diese Notiz und lässt sie in die Zeitung setzen.«

»Er hat es gewiss gut gemeint, Mutter«, versuchte Elise sie zu beschwichtigen. »Falls der Erpresser tatsächlich noch etwas veröffentlicht, so wird niemand ihm glauben …«

»Lass mich lachen!«, rief Charlotte wütend. »Du hast doch gehört, wie sie sich schon jetzt die Mäuler zerreißen. Der König, der nackt aus dem Bett springt. Das ist etwas Pikantes, das gefällt der Frau Hofrätin. Wer es geschrieben hat und ob er glaubwürdig ist, das interessiert diese scheinheiligen Weiber überhaupt nicht …«

Was hatte de LaTour wohl über seine Begegnung mit ihrer Mutter in seinen Lebenserinnerungen geschrieben? Elise hatte es nicht gelesen, und eigentlich wollte sie es auch nicht wissen.

»Er hat gesagt, dass du dir keine Sorgen zu machen brauchst, Mutter.«

Charlotte ließ die Arme sinken und setzte sich erschöpft auf ihr Bett.

»Keine Sorgen?«, sagte sie dumpf. »Wie kann er nur so einfältig sein? Ich bin ganz sicher, dass schon bald etwas Schlimmes geschehen wird.«

»Du siehst zu schwarz, Mutter«, widersprach Elise ohne rechte Überzeugung, denn auch sie wurde von düsteren Befürchtungen geplagt.

»Du wirst noch an meine Worte denken, Elise.«

In der Nacht schlief sie schlecht, Albträume plagten sie, aus denen sie mehrfach das Bellen des Hundes herausriss. Auch Fidibus schien keine Ruhe zu finden, immer wieder sprang er zum Fenster, knurrte wütend und schien nicht übel Lust zu haben, auf die Gasse hinunterzuspringen. Doch wenn Elise zwischen den Vorhängen hindurch nach unten lugte, lag die Marktgasse still und verlassen im Schein der Straßenlaterne.

Schon am folgenden Morgen bewahrheiteten sich Charlottes Ahnungen. Sie hatten gerade Frau von Meisenburg einen neu dekorierten Frühjahrshut verkauft, und Therese verpackte das gute Stück in eine runde Hutschachtel, da hielt ein Reiter vor dem Atelier und stieg vom Pferd.

»Das ist ja der Leutnant von Haynau«, sagte Babette verwundert.

Johann Georg rief einen der Gassenjungen herbei, um sein Pferd zu halten, dann riss er die Tür des Ateliers auf und trat ein. Er war sehr bleich und schien ungewöhnlich aufgeregt, nahm sich jedoch zusammen, als er Frau von Meisenburg erblickte, und grüßte sie mit der gebotenen Höflichkeit.

»Verzeihen Sie die Störung, meine Damen«, sagte er und sah Elise mit flackerndem Blick an. »Ich habe etwas mit Mamsell Rosen zu bereden.«

Elise nickte stumm und ging mit ihm hinauf in ihr Zimmer. Die Knie zitterten ihr vor Aufregung – was war geschehen? Fühlte sich Sybilla nicht wohl? Drohte am Ende eine Fehlgeburt?

»Er hat alles ruiniert«, zischte Johann Georg, während er die Tür hinter ihnen schloss. »Meine Familie. Meine Karriere. Mein ganzes Leben!«

»Von wem sprichst du?«

Sein Atem ging rasch und stoßweise, er starrte Elise in wilder Verzweiflung an.

»Von wem? Von deinem Vater spreche ich. Von seinen gottverdammten Lebenserinnerungen, die er besser verbrannt hätte, als sie sich stehlen zu lassen.«

Er sank auf einen Stuhl und bedeckte das Gesicht mit den Händen.

»Was ist geschehen?«, fragte sie voll böser Ahnungen.

»Meine Beförderung zum Rittmeister ist dahin«, sagte er dumpf. »Man hat mich übergangen. Heute zur Feierstunde des Garde du Corps wurden andere mit Ehren überhäuft und zu höheren Rängen ernannt – mich ließ man kalt an der Seite stehen. Und weißt du auch, warum?«

Er hob den Kopf und blickte sie an. Heller Zorn glomm in seinen Augen.

»Ich habe keine Ahnung …«, stammelte sie.

»Nach der Feierstunde rief mich Oberst von Müldner zu sich und eröffnete mir, dass ein Schreiben an den Kurprinzen eingetroffen sei, in dem ich als unehelicher Spross eines französischen Weltreisenden und Abenteurers bezeichnet würde. Bis diese Sache geklärt sei, könne meine Beförderung nicht befürwortet werden.«

Nun musste auch Elise sich setzen. Da war sie, die Rache des Erpressers. Er hatte rasch und ruchlos auf den Affront geantwortet. Ein Schreiben an den Kurprinzen!

»Und war das Schreiben etwa mit dem Namen unseres Vaters signiert?«

»Natürlich!«, sagte er verbittert und rang die Hände. »Ich begreife es nicht. Ich hatte meine Bereitschaft signalisiert, das Geld zu bezahlen. Aber er ging nicht darauf ein, sondern machte seine Drohung wahr. Hat er den Wimpel am Fenster nicht gesehen? Oder war er zornig, weil ich mir damit zu lange Zeit ließ?«

Elise schwieg. Vermutlich hatte auch Johann Georg noch nicht die Notiz im »Boten von Kassel« gelesen, sonst hätte ihn das Verhalten des zornigen Erpressers nicht gewundert. Nun – Sybilla und ihre Eltern würden es ihm bald mitteilen, auch sie hatten den »Boten aus Kassel« abonniert. Dann würde sein Zorn auf de LaTour sich verdoppeln.

Sie ging zu ihm und legte die Arme um ihn.

»Es wird sich klären«, sagte sie sanft. »Ernst Theodor von Haynau hat dich an Sohnes statt angenommen und erzogen. Solche Dinge kommen häufig vor, warum sollte man dir einen Strick daraus drehen?«

Doch er schüttelte den Kopf und schob sie von sich. »Verstehst du denn nicht?«, rief er aufgeregt. »Es geht um die Ehre meiner Mutter, die sich von de LaTour verführen ließ. Es geht darum, dass Ernst Theodor von Haynau sich die Vaterschaft erkauft hat und im Kirchenbuch wissentlich eine falsche Vaterschaft eingetragen wurde. Solche Dinge kommen vor, das ist wahr. Aber wenn sie an die Öffentlichkeit gezerrt werden, haben sie schlimme Folgen. Ich darf gar nicht daran denken, was geschieht, wenn man in Wetzlar davon erfährt.«

Elise erschrak aufs Neue. Natürlich würde der Kurprinz in Wetzlar bei Karl Theodor von Haynau Erkundigungen einziehen. Johann Georgs Ziehvater hatte das Geheimnis stets sorgfältig gehütet – was würde geschehen, wenn er dem Kurprinzen nun Rede und Antwort stehen musste?

»Willst du hinauf zu ihm?«, fragte sie beklommen.

Er verstand die Frage richtig. Oben in der Dachkammer saß der Mann, der seiner Ansicht nach an seinem Unglück die Schuld trug.

»O nein!«, gab er zur Antwort und erhob sich. »Ich will mit

diesem Menschen nichts zu tun haben. Richte ihm aus, dass ich ihn zutiefst hasse. Gott der Herr wird dafür sorgen, dass das Unheil, das er angerichtet hat, auf ihn selbst zurückschlägt.«

Damit verließ er sie. Gleich darauf vernahm sie die Hufschläge seines Pferdes unten in der Gasse.

Kapitel 27

So ist er nun einmal, dachte Elise bekümmert, während sie wieder hinunter ins Atelier ging. Rasch und aufbrausend. Noch vor einigen Tagen war er Feuer und Flamme für das Vorhaben unseres Vaters, den Erpresser zu überraschen, und bot seine Hilfe an. Nun, da der Erpresser zugeschlagen und ihn schwer getroffen hat, richtete er seinen Hass auf de LaTour. Es ist ungerecht, aber wie soll man mit einem Verzweifelten debattieren? Nun wird er seinen Kummer der armen Sybilla anvertrauen, und sie wird sich darüber schrecklich aufregen.

Im Atelier waren Kundinnen, daher war es nicht möglich, Charlotte von den neuesten Entwicklungen zu berichten. Beim Mittagessen in der Küche vermieden es die Näherinnen, nach dem Grund für den überraschenden Besuch des Herrn von Haynau zu fragen. Man plauderte über die Kundschaft, Therese freute sich, dass ganze drei Seidenrosen verkauft worden waren, und Babette machte sich über die Frau Schreinermeisterin lustig, die glaubte, niemand bemerke, dass die schön geringelten Locken, die unter ihrer Haube hervorsahen, falsch waren. Nur Moritz bemerkte kurz, er habe den Herrn von Haynau zu Pferd vor dem Atelier gesehen, doch niemand ging darauf ein.

»Es macht sich«, schwatzte er fröhlich weiter. »Heute Vormittag hatte ich vier gute Kunden, keine Säufer und Tagediebe, wie sie zu Anfang gekommen sind. Der Herr Döring war da, der immer für das Theater dichtet. Der Flickschuster Kelch mit dem Bäckergesellen Hans Koppen, die waren schon zum zweiten Mal bei mir. Dazu der alte Juschow vom Orchester, der hat diesmal sogar eine Flasche Rotwein gekauft.«

Sofort stimmte Therese mit ein und lobte ausgiebig den Fleiß und die Ausdauer ihres Sohnes, sodass Charlottes und Elises Schweigen nicht weiter auffiel.

Nach dem Essen lief er eilig hinüber in seinen Laden in der Hoffnung auf weitere Kundschaft. Charlotte schickte die Näherinnen ins Atelier an die Arbeit, sodass sie mit Elise und der Großmutter allein in der Küche zurückblieb.

»Ich hatte es geahnt«, stöhnte sie, nachdem Elise ihr von dem Gespräch mit Johann Georg berichtet hatte. »Nun wird der Erpresser seinen Pfeil auf mich richten. Wenn er meine Kundinnen mit anonymen Briefen traktiert, die kompromittierende Dinge über mich enthalten, ist es aus mit dem Atelier.«

Auch die Großmutter war ernsthaft besorgt, doch sie riet ihnen, die Zuversicht zu bewahren. »Er hat nun seinen Zorn an dem armen Johann Georg von Haynau ausgelassen. Das ist boshaft und widerlich, ich habe tiefstes Mitgefühl mit ihm und seiner Familie. Aber vielleicht gibt sich dieses Scheusal damit zufrieden und lässt andere Opfer ungeschoren.«

»Das ist unsere einzige Hoffnung«, sagte Charlotte. »Und sie ist nicht sehr groß, denn er hat uns alle in seiner Hand.«

»Verhalten wir uns ruhig«, riet die Großmutter. »Wer weiß? Vielleicht verläuft die Sache ja im Sande.«

»Dein Wort in Gottes Ohr«, meinte Charlotte, die wenig davon überzeugt war.

»Weiß es dein Vater schon?«, wollte die Großmutter von Elise wissen.

»Ich wollte gleich hinauf, um es ihm mitzuteilen.«

»Nein!«, rief Charlotte aufgeregt. »Sag es ihm auf keinen Fall. Sonst denkt er sich eine neue Herausforderung aus, und wir alle müssen dafür bezahlen. Oh, ich wünschte wirklich, er und sein fatales Manuskript wären beim Teufel!«

Elise unternahm keinen Versuch, ihren Vater zu verteidigen. Gewiss, er hatte den Erpresser provoziert, und das war dabei herausgekommen. Aber deshalb konnte man schließlich nicht ihm allein die Schuld an allem anlasten. Was sollte er denn tun? Die Hände in den Schoß legen und zusehen, wie ein Verbrecher in seinem Namen Erpressungen und Verleumdungen verbreitete?

»Wenn die Sache jetzt schon bis zum Kurprinzen gelangt ist, wird sich möglicherweise bald die Polizei einmischen«, meinte die Großmutter. »Vielleicht wäre das nicht einmal das Schlechteste.«

Die Äußerung trug nicht dazu bei, Charlottes Ängste zu zerstreuen. Im Gegenteil, falls es der Polizei gelingen sollte, den Erpresser zu fassen, dann würden sie auch das Manuskript finden. Und sie würden es ohne Zweifel gründlich lesen. Auch der Kurprinz würde es zu sehen bekommen. Und wer diese verhängnisvolle Schrift außerdem noch vor die Nase bekam, war überhaupt nicht abzusehen.

»Gehen wir an die Arbeit«, bestimmte Charlotte und erhob sich. »Etwas anderes bleibt uns nicht zu tun. Auch wenn das Schicksal des Ateliers am seidenen Faden hängt.«

Elise fügte sich vorerst, obgleich sie der Ansicht war, dass man ihrem Vater die schlimme Nachricht nicht verschweigen durfte. Eine Weile arbeitete sie fleißig an dem Frühlingshut für die Frau Schreinermeisterin, nähte Bänder und Papierblumen auf und schmuggelte auch eine seidene Rose dazwischen, dann erschien Frau Baudirektorin Ruhl, um Charlotte wegen einer passenden Schärpe für die anstehende Kindstaufe ihrer Schwägerin zurate zu ziehen, und Elise nahm die Gelegenheit wahr, von ihrem Platz aufzustehen und rasch durch die Küche hinauf zu ihrem Vater zu laufen.

Er saß dieses Mal nicht auf seinem Lager, sondern war auf dem Dachboden umhergelaufen, und als sie eintrat, ließ er sich erschöpft auf der Kiste nieder. Das Mittagessen, das die Großmutter ihm trotz allem hinaufgetragen hatte, stand auf dem Boden, daneben lag Fidibus und leckte sich noch das Maul.

»Hattest du keinen Appetit?«

»Ich war zerstreut«, sagte er entschuldigend. »Was bringst du für Neuigkeiten?«

»Nichts Gutes.«

Er blickte düster auf den Hund, der erwartungsvoll zu ihm aufschaute.

»Ich hörte einen Reiter«, sagte er. »War es Johann Georg?«

»Ja. Man hat dem Kurprinzen einen Brief mit deiner Unterschrift geschickt.«

De LaTour stieß einen Fluch aus. »Es ist aus mit seiner Beförderung, wie? Mon Dieu! Das habe ich nicht gewollt.«

Zum ersten Mal sah sie ihren Vater verzweifelt. Er schüttelte den Kopf, fuhr sich mit beiden Händen durch das Haar und ließ sie dann hilflos in den Schoß sinken.

»Lass mich allein, Elise«, bat er. »Ich muss nachdenken.«

Jetzt ist alles aus, dachte Elise unglücklich, während sie die Treppe wieder hinunterlief, um sich mit möglichst unbefangener Miene wieder an ihren Arbeitsplatz zu setzen. Wenn er schon nicht mehr weiterweiß – wer soll da noch helfen?

Im ersten Stock kam ihr Grete entgegen, die wohl aus irgendeinem Grund hinauf in ihre Kammer gehen wollte. Als sie Elise sah, legte sie den Finger auf die Lippen.

»Ich möchte gern ein Wort mit Ihnen reden, Mamsell Rosen«, flüsterte sie.

»Jetzt? Das geht nicht. Meine Mutter wird uns im Atelier vermissen.«

»Ihre Frau Mutter ist noch mit der Baudirektorin Ruhl zugange«, beruhigte Grete sie. »Wir haben ein paar Minuten Zeit.«

»Dann komm in mein Zimmer.«

Grete trat andächtig in das schön eingerichtete Zimmer, das Elise seit einigen Jahren bewohnte. Die ungewohnte Umgebung schien sie einzuschüchtern, denn ihre anfängliche Entschlusskraft war verschwunden, sie wirkte unsicher.

»Ich mache mir so meine Gedanken um diese Sache«, begann sie umständlich.

»Da sind wir schon unser zwei«, meinte Elise spöttisch.

Grete schien von der Bemerkung noch mehr eingeschüchtert, sie schaute zu Boden und schwieg.

»Entschuldige, Grete«, ergriff Elise wieder das Wort. »Ich bin mit meinen Nerven am Ende. Sag bitte, was du mir mitteilen wolltest.«

Grete blinzelte sie aus hellen, klugen Augen an.

»Ich habe die Zeitung in der Küche gefunden und gelesen«, gestand sie. »Was der junge Herr von Haynau hier wollte, weiß ich nicht, aber ich denke mir, es ist etwas Schlimmes geschehen, und das muss mit dem Erpresser zusammenhängen. Habe ich recht?«

»Ja. Man hat einen Brief an den Kurprinzen geschrieben, der seine Beförderung verhindert.«

Grete nickte, sie hatte richtig vermutet. »Eines scheint mir sicher«, fuhr sie fort. »Es geht dem Erpresser nicht um das Geld. Er hat etwas anderes im Sinn.«

»Das habe ich auch schon vermutet. Wie es scheint, will er Angst und Schrecken verbreiten und seine Macht ausspielen«, meinte Elise.

»Nein«, widersprach Grete. »Ich glaube, dass es ihm allein um Ihren Herrn Vater geht.«

»Um meinen Vater?«

Grete kniff die Augen schmal zusammen, während sie weitersprach. Es schien ihr nicht leichtzufallen, diese Gedanken zu äußern.

»Ja, um Ihren Herrn Vater. Haben Sie nicht bemerkt, dass alles, was der Erpresser tut, darauf abzielt, Herrn de LaTour in Misskredit zu bringen? Er schreibt erpresserische Briefe in seinem Namen – warum? Um ihn zu nutzloser Gegenwehr zu ermutigen. Und jedes Mal, wenn Ihr Herr Vater etwas gegen ihn unternimmt, schlägt er umso heftiger zurück.«

»Ich weiß nicht recht …« meinte Elise zögerlich. »Gewiss, es sieht im Moment so aus, aber …«

»Haben Sie schon einmal gesehen, wie eine Katze mit einer Maus spielt?«, unterbrach Grete. »Es ist ein grausames Spiel, denn jeder verzweifelte Versuch des Mäusleins, sein Leben zu retten, bereitet der Katze großes Vergnügen. Und wie solch ein Spiel endet, wissen wir alle.«

»Was meinst du damit?«

»Ich glaube, Mamsell Elise, dass dieser Mensch einen abgrundtiefen Hass auf Ihren Herrn Vater in sich trägt. Und ich denke, dass er weiß, wo sich Ihr Herr Vater aufhält.«

Daran hatte Elise auch schon gedacht. War dieses Versteck im Dachgeschoss des Ateliers Rosen wirklich so perfekt?

»Das wollen wir nicht hoffen, Grete.«

»Nein, hoffen wollen wir das nicht, Mamsell Elise. Trotzdem ist es gut, dass wir den Hund haben.«

Elise schwieg. Ihr fiel ein, dass Fidibus in letzter Zeit häufig irgendwelche Katzen im Garten verbellt hatte. Waren das wirklich nur Katzen gewesen? Und warum lockte Papa den Hund in letzter Zeit so oft hinauf in seine Dachkammer? Glaubte er, einen Bewacher nötig zu haben?

»Und was können wir in dieser Lage tun?«, wollte sie wissen. »Hast du dir darüber auch deine Gedanken gemacht?«

»Es gibt nur eine Rettung«, sagte Grete in ruhigem Ton. »Wir müssen ihn finden.«

Elise ließ ein ersticktes Lachen hören.

»Nichts anderes haben wir vor, Grete. Aber das ist nicht so einfach. Bisher hat er keinen Fehler gemacht.«

»Das wird er auch nicht tun, dazu ist er zu schlau. Wenn Ihr Herr Vater allein gegen ihn steht, wird er nichts ausrichten.

Man kann den Burschen nur packen, wenn man gemeinsam handelt.«

»Das wird aber nicht möglich sein«, seufzte Elise. »Meine Mutter, Johann Georg und Papa – Sie sind heillos miteinander zerstritten. Auch Fräulein von Eschen wird uns keine Hilfe sein, obgleich zu vermuten ist, dass er sie ebenfalls erpresst.«

»Das eben ist seine schärfste Waffe, Mamsell Rosen.«

Wie recht Grete hatte: Der Streit in ihrer Familie kam dem Erpresser bei seinen boshaften Unternehmungen hervorragend zupass. Oben grübelte ihr Vater einsam über seine nächste Unternehmung nach und wollte sich nicht in die Karten sehen lassen. Würden sie sich alle zusammensetzen und gemeinsam gegen den Gauner vorgehen, hätten sie weit bessere Chancen.

»Ich danke dir, Grete«, sagte sie. »Du hast klug überlegt und ich glaube, dass du recht hast.«

Grete freute sich sehr über dieses Lob und murmelte verlegen: »Nichts für ungut, Mamsell Rosen. Das musste einfach heraus. Und jetzt gehen Sie am besten als Erste hinunter, ich komme nach.«

Diese kluge Taktik verfehlte leider ihre Wirkung. Sowohl Elise als auch die später im Atelier erscheinende Grete wurde von Charlotte unfreundlich empfangen.

»Wo treibt ihr beiden euch herum? Sollen wir die Arbeit ganz allein erledigen? Frau von Meisenburg war hier, um einen Hut ändern zu lassen, und hat nach dir gefragt, Elise.«

»Es tut mir leid, Mutter.«

Natürlich glaubte Charlotte, sie sei die ganze Zeit über bei ihrem Vater gewesen, was sie besonders gegen ihre Tochter aufbrachte. Grete kam gelinder davon, sie erklärte, sie habe Bauchschmerzen, und durfte sich in der Küche eine Tasse heißen Kamillentee abholen.

»Wenn es gar zu schlimm wird, Grete«, meinte Charlotte

mitleidig, »dann legst du dich halt in deine Kammer mit einer Wärmflasche auf dem Bauch. Dann wird es besser.«

»Vielen Dank, Frau Rosen. Es lässt schon nach …«

Elise ging nicht aus dem Kopf, was Grete zu ihr gesagt hatte. Es musste ihr irgendwie gelingen, ihre Eltern wenigstens so weit zu versöhnen, dass sie vernünftig miteinander sprachen und gemeinsam Überlegungen anstellten. Aber das würde nicht einfach sein. Ihr Vater war vermutlich dazu bereit – aber Charlotte ganz und gar nicht. Sie würde nach dem Abendessen mit ihr sprechen und alles daransetzen, sie zu überzeugen. Vielleicht konnte sie Charlotte an die Bergpredigt erinnern, wo es um das Gebot der christlichen Nächstenliebe ging? Ihre Mutter war fromm, ging jeden Sonntag zur Kirche, sie konnte sich solchen Argumenten kaum verschließen. Dass der Vater sie damals verlassen hatte und später nicht zurückgekehrt war, musste sie ihm doch irgendwann vergeben können!

Ungeduldig wartete sie darauf, dass es endlich Abend wurde und man das Atelier schloss. Aber nein, jetzt erschien noch einmal die Schreinermeisterin, um an den erworbenen Handschuhen herumzumäkeln, da ein Faden gerissen war. Auch Frau von Meisenburg ließ sich wieder blicken, um den neuen Hut zu probieren und mit Mamsell Rosen einige Änderungen zu besprechen. Und schließlich musste Elise für Frau Gerichtsdirektorin von Hof alle Pillendöschen auf dem Ladentisch ausbreiten, damit sich die Dame eins davon aussuchen konnte.

Was tue ich hier?, dachte sie. Unser aller Schicksal hängt an einem dünnen Faden – und ich stehe hinter dem Ladentisch und verkaufe bestickte Pillendöschen.

Sie atmete auf, als Charlotte endlich Therese auftrug, die Läden zuzuklappen, und anschließend die Tür des Ateliers verschloss. Moritz, der sein Weingeschäft schon früher zugemacht hatte, war hinauf in seine Kammer gelaufen, um seine Tageseinnahmen dort zu deponieren, da er jedoch unter seiner Jacke eine

Flasche Rotwein versteckte, war allen klar, dass er auch in der Dachkammer vorsprechen würde. Beim Abendessen saß er ungewöhnlich still und grüblerisch auf seinem Platz, gab auf Thereses Fragen, wie es denn heute im Weingeschäft gegangen sei, nur kurze Antworten und schaute immer wieder zu Elise hin. Nach dem Essen ging er mit Fidibus in den Garten, worüber die Großmutter sehr erleichtert war, denn man konnte den Hund nicht allein hinausschicken, weil er in den Beeten nach Mäusen buddelte. Während Therese schon das Gänsespiel aus der Schublade nahm und mit Grete stritt, die lieber eine Partie Mühle gespielt hätte, ging Elise mit unschuldiger Miene in den Garten, weil sie angeblich noch ein wenig frische Luft schöpfen wollte.

Fidibus hatte heute kein Interesse an den schön angelegten Kräuterbeeten der Großmutter, er war im hinteren Teil des Gartens bei der Mauer und schnupperte zwischen den Johannisbeerbüschen herum. Moritz war ihm gefolgt, er sah dem Hund aufmerksam bei seinem Tun zu.

»Was treibt ihr da?«, fragte Elise. »Die Johannisbeeren sind noch nicht reif.«

»Ich wollte dir etwas erzählen«, erwiderte Moritz leise. »Ich habe zwar versprochen, den Mund zu halten, aber je länger ich darüber nachdenke, desto mehr finde ich, dass du es wissen solltest.«

Schon wieder eine schlechte Nachricht? Sie war für heute reichlich damit bedient.

»Hat es mit meinem Vater zu tun? Du warst doch vorhin oben bei ihm.«

»Ja«, sagte er und tat einen Seufzer. »Er war heute ganz komisch. Er wollte wissen, was mit der alten Mühle beim Wesertor ist. Ob da noch ein Müller drin wohnt oder ob sie leer steht.«

»Hat er auch gesagt, warum er das wissen will?«

»Nein.«

Moritz schwieg bedrückt und schaute zu, wie Fidibus im

Unkraut herumschnüffelte und dann das Bein gegen die Mauer hob. Elise wusste nicht, was sie von Moritz' Neugkeit halten sollte. Glaubte ihr Vater, dass sich dort der Erpresser aufhielt? In einer verfallenen Mühle, die schon seit Jahren stillstand?

»Da sind übrigens Fußspuren zwischen den Büschen«, bemerkte Moritz. »Wahrscheinlich sind die Nachbarskinder wieder mal über die Mauer gestiegen, um nach unseren Johannisbeeren zu schauen.«

»Fußspuren? Wo?«, wollte Elise wissen.

»Na, da. Aber ich bin darauf herumgelaufen, man sieht nicht mehr viel.«

»Trampeltier«, schimpfte sie. »Hat mein Vater sonst etwas gesagt?«

»Nicht viel. Aber ich glaube, ich weiß, was er vorhat. Weil er nämlich schon seinen Kram zusammengepackt hat, denke ich mir, er will das Quartier wechseln.«

Elise erstarrte vor Schreck. Ihr Vater wollte die Dachkammer verlassen und sich in einer verfallenen Mühle am Wesertor verstecken? In einer einsamen Gegend, wo niemand ihm helfen konnte, falls man ihm etwas antun wollte?

»Das müssen wir auf jeden Fall verhindern, Moritz«, flüsterte sie aufgeregt. »Glaubst du, er will noch heute Nacht auf und davon?«

»Kann schon sein«, meinte Moritz. »Du solltest hinaufgehen und es ihm ausreden.«

»Danke, dass du es mir gesagt hast, Moritz!«

»Keine Ursache. Ich mache mir schließlich Sorgen um meinen zukünftigen Schwiegervater.«

Elise ließ ihn stehen und eilte zurück ins Haus, wo die Großmutter mit den Näherinnen in der Küche beim Gänsespiel saß.

»Charlotte ist schon zu Bett gegangen«, meldete die Großmutter. »Wo ist Fidibus? Dass er mir ja nicht den frisch gesäten Dill zerwühlt.«

»Moritz ist bei ihm, Großmutter«, sagte Elise hastig. »Ich gehe auch früh schlafen. Gute Nacht, alle zusammen.«

»Und schau, dass der Hund nicht wieder die halbe Nacht lang bellt«, rief Therese ihr nach. »Man kann ja kaum ein Auge zutun.«

Elise gab keine Antwort, sondern stieg die Treppe hinauf. Wie soll ich ihn zurückhalten?, dachte sie unglücklich. Er will das Haus verlassen, weil er fürchtet, uns alle durch seine Anwesenheit in Gefahr zu bringen. Wenn ich Grete glauben will, dann hat diese Sorge durchaus ihre Berechtigung. Aber sich in einer einsamen Mühle mutterseelenallein zu verstecken – das ist Irrsinn.

Sie blieb vor ihrer Zimmertür stehen und überlegte, was sie ihm sagen würde. Allein kannst du es nicht schaffen, Papa, würde sie argumentieren. Es geht nur, wenn wir uns alle zusammentun …

Kurz entschlossen klopfte sie an die Kammertür ihrer Mutter.

»Ich muss mit dir sprechen …«

»Und ich mit dir, Elise«, war die Antwort. »Komm herein.«

Die Mutter saß angezogen auf dem Bett und blickte ihr mit einer Miene entgegen, die deutlich machte, dass sie einen festen Entschluss gefasst hatte.

»Ich hab noch einmal über alles nachgedacht, Elise«, sagte sie. »Solange dein Vater sich hier in Kassel aufhält, werden wir keine Ruhe finden. Ich verlange, dass er morgen früh nach Frankfurt zurückreist. Richte ihm das aus.«

Elise war zu überrascht, um gleich zu antworten. Charlotte deutete ihr Zögern als Widerstand und wurde ungeduldig.

»Wenn du es nicht tust, gehe ich selbst hinauf, um es ihm zu sagen.«

»Es ist unnötig, Mutter. Er will unser Haus ohnehin noch heute Nacht verlassen.«

Jetzt war es an Charlotte, verblüfft zu sein. »Bist du sicher?

Nun, umso besser. Meinetwegen kann er bis zum frühen Morgen bleiben und die erste Postkutsche nehmen.«

»Er wird nicht nach Frankfurt reisen, Mutter«, sagte Elise und blickte Charlotte flehend an. »Er will sich in der alten Mühle am Wesertor verstecken.«

Charlotte starrte sie ungläubig an. »In der alten Mühle? In der gottverlassenen Ecke hinter der Unterneustadt? Ist er denn ganz und gar verrückt geworden?«

»Er scheint fest dazu entschlossen«, seufzte Elise. »Bitte, Mutter – geh hinauf und bitte ihn hierzubleiben.«

»Warum sollte ich das tun?«, rief Charlotte. »Ich bin ja froh, wenn er verschwindet!«

»Wenn du vor dem Erpresser sicher sein willst, dann musst du mit meinem Vater gemeinsam überlegen, wer dahinterstecken könnte«, versuchte Elise zu erklären. »Ruhe haben wir erst, wenn der Täter gefasst und unschädlich gemacht wurde.«

Charlotte hob die Hände vors Gesicht und schüttelte den Kopf.

»Was redest du da für einen Unsinn, Elise. Ich habe keine Ahnung, wer dahinterstecken könnte, und will auch nicht darüber nachdenken. Wichtig ist mir nur, dass dein Vater endlich dieses Haus verlässt.«

»Ist es dir denn ganz und gar gleichgültig, dass er sich in eine solche Gefahr begibt?«

»Bin ich für ihn verantwortlich?«, widersprach sie stur. »Dein Vater ist ein erwachsener Mann, er muss selbst wissen, was er tut.«

»Kannst du denn niemals vergeben, Mutter? Sagt nicht unser Herr Jesus Christus, dass man demjenigen, der dir auf die rechte Wange schlägt, auch die linke hinhalten soll?«

»Das soll er wagen«, rief ihre Mutter zornig. »Wenn dein Vater auch nur die Hand heben würde, dann hätte er die meinige schon im Gesicht!«

»So habe ich das nicht gemeint, Mutter. Es geht um Vergebung und um …«

»Du musst mir keine Predigt halten, Elise«, unterbrach die Mutter sie ärgerlich. »Ich sehe schon, dass du meine Botschaft nicht ausrichten willst – also werde ich es selbst in die Hand nehmen.«

Nun war es passiert. Sie würde hinaufgehen und einen neuen Streit entfachen. Und dann würde ihr Vater erst recht seinen irrsinnigen Plan wahrmachen.

»Bitte, Mutter«, flehte sie. »Denk daran – nur wenn wir einig sind, könnten wir etwas ausrichten …«

Die Kammertür klappte zu, Charlotte stieg die Treppe zur Dachkammer hinauf.

»Und komm ja nicht auf die Idee, uns zu belauschen!«, rief sie der Tochter zu, die ihr in den Flur gefolgt war. »Das ist eine Sache zwischen mir und deinem Vater!«

Gehorsam blieb Elise im Flur stehen, rang die Hände und sandte ein Stoßgebet zum Himmel, dass nicht das Schreckliche eintreten möge, das sie befürchtete. Ach, die Mutter war doch sonst eine so vernünftige Person – aber in allem was den einstigen Chevalier du Croix Blanc betraf, machte der lang gehegte Zorn sie blind.

Nein, sie würde nicht oben an der Tür lauschen, das hätte die Mutter bald herausgefunden. Aber wenn sie die Ohren spitzte, konnte sie auch hier im Flur des ersten Stocks etwas hören. Hatte die Mutter oben an die Tür der Dachkammer geklopft? Es war schwer zu unterscheiden, weil gerade jetzt aus der Küche aufgeregtes Stimmengewirr zu ihr heraufdrang; vermutlich hatte Moritz wieder einmal versucht, beim Gänsespiel zu mogeln. Jetzt hörte sie die Stimme ihrer Mutter. Was sie sagte, konnte sie nicht verstehen, doch es klang kühl und fordernd. Ihr Vater war sicher überrascht von Charlottes plötzlichem Erscheinen, seine Antwort war nicht zu vernehmen.

Elise trat ein wenig näher zur Treppe und hielt die Hand an die Ohrmuschel. Die Mutter redete immer noch. Es klang aufgeregt und vorwurfsvoll. Jetzt konnte sie auch de LaTour hören, er sprach ruhig und ganz ohne den gewohnten ironischen Tonfall. Worauf Charlottes Antwort leiser, aber nicht weniger abweisend ausfiel.

Ich kann nichts tun, dachte Elise unglücklich. Sie müssen es unter sich ausmachen.

Beklommen stand sie da und lauschte. Rede und Gegenrede flogen hin und her, mal schien die Mutter sanfter, dann brauste sie wieder auf. De LaTour sprach wenig, schien eher Fragen zu stellen als zu argumentieren, manchmal war seine Stimme so leise, dass sie sie kaum wahrnahm.

Wie lange ging das so? Sie wusste es nicht. Schließlich vernahm sie das Knarren der Dachkammertür, und sie verschwand eilig in ihrem Zimmer, damit die Mutter sie nicht im Flur antraf. Charlotte stieg die Treppe mit festem Schritt hinunter und ging in ihre Schlafkammer.

Wollte sie ihr gar nicht mitteilen, wie das Gespräch ausgegangen war? Elise wartete mit klopfendem Herzen, doch die Mutter schien ihr Bett zum Schlafengehen vorzubereiten, sie hörte, wie sie die Kissen aufschüttelte. Kurz entschlossen ging sie hinüber und klopfte an.

»Was ist denn noch?«, fragte die Mutter ungeduldig und rückte ihr Kopfkissen zurecht.

»Was hat er gesagt?«

Charlotte schlug die Bettdecke zurück und setzte sich, um die Schuhe auszuziehen.

»Er war recht vernünftig«, sagte sie mürrisch. »Ein paar Tage wird er wohl noch dort oben bleiben müssen, dann will er nach Frankfurt abreisen.«

»Er wird nicht in die alte Mühle umziehen?«, erkundigte sich Elise besorgt.

»Das habe ich ihm ausgeredet. Schließlich ist er nicht mehr der Jüngste, die Feuchtigkeit und Kälte in dem alten Gemäuer würden ihm übel bekommen.«

Der grimmige Ausdruck im Gesicht ihrer Mutter hinderte Elise daran, ihr dankbar um den Hals zu fallen. Aber sie war unendlich erleichtert, dass dieses Gespräch wohl nicht im Streit geendet war. Zur Sicherheit wartete sie, bis alle zu Bett gegangen waren, um einen Faden quer über die Treppe zur Küche zu spannen, an dessen Ende sie ein Glöckchen hängte. Falls ihr Vater das Haus heute Nacht heimlich verlassen wollte, würde sie es hören.

Kapitel 28

Kein Hundegebell störte sie in der Nacht, dennoch schlief sie unruhig, wachte immer wieder auf und glaubte, das Glöckchen gehört zu haben. Mehrfach stand sie hastig aus dem Bett auf, zündete die Lampe an und ging auf den Flur hinaus, nur um festzustellen, dass sie sich getäuscht hatte. Erst gegen Morgen fiel sie in einen festen Schlaf, aus dem sie erst die unwillige Stimme der Großmutter weckte.

»Was ist denn das für ein Affenkram? Habe mich zu Tode erschrocken!«

Ach herrje! Die Großmutter, die stets als Erste aufstand, war in den Faden mit dem Glöckchen gelaufen. Im Nachthemd lief Elise auf den Flur, um die Sache mit dem Faden zu erklären, doch die Großmutter war längst unten in der Küche und schürte das Herdfeuer. Elise fand das Glöckchen in einer Flurecke, wickelte den Faden auf und ging dann barfuß hinauf zur Dachkammer. Als sie versuchte, die Tür so leise wie möglich zu öffnen, um hineinzusehen, verursachte sie ein lautes Gepolter. Ihr Vater hatte die Kiste mit allerlei Dachbodengerümpel vor die Tür gestellt. Er war also noch da. Und er war auf der Hut.

»Ich bin es nur«, sagte sie in gedämpftem Ton. »Schlaf ruhig weiter, Papa.«

»Quel bon conseil«, knurrte er spöttisch. »Merci bien, ma fille.«

Erleichtert lief sie in ihr Zimmer, um sich anzukleiden. Die Dinge entwickelten sich gar nicht so übel, Charlotte schien sich beruhigt zu haben; nun galt es, auch Johann Georg davon zu überzeugen, dass man zusammenhalten musste, anstatt zu streiten. Da würde sie am besten mit Sybilla sprechen, die den größten Einfluss auf Johann Georg hatte. Allerdings würde sie ihr dann die Anwesenheit ihres Vaters in Kassel enthüllen müssen, was Johann Georg bisher vor seiner Frau geheim gehalten hatte, um sie nicht aufzuregen.

Ob man auch Sybillas Eltern in die Front gegen den Erpresser würde einbinden können, musste sie zuerst mit Sybilla bereden. Es wäre sicher hilfreich, da sie die Franzosenzeit in Kassel erlebt hatten und vielleicht einen guten Hinweis geben konnten.

Voller Pläne erschien sie in der Küche zum Frühstück, wo die Großmutter gerade Moritz beschimpfte, er habe ihr eine Falle gestellt, um sie zu erschrecken.

»Einen Faden mit einem Glöckchen daran. Wirst du denn nie gescheit, du Kindskopf? Ich bin vor Schrecken beinahe die Treppe hinabgestürzt.«

»Ich war das, Großmutter«, gestand Elise. »Ich ... ich wollte nicht, dass Fidibus in der Nacht im Haus umherläuft und bellt.«

Sie spürte den vorwurfsvollen Blick ihrer Mutter, alle anderen schauten verwundert.

Moritz fing an zu lachen. »Wie in alten Zeiten, als wir beide noch miteinander Streiche ausheckten«, freute er sich. »Na? Wer von uns beiden ist nun der Kindskopf? Ich bin es nicht.«

»Das wusste ich gleich«, ließ sich Therese erleichtert hören. »Mein Moritz ist ein Geschäftsmann, der seinen Laden ganz vorbild...«

Sie unterbrach sich erschrocken, weil Fidibus mit wütendem Gebell unter dem Tisch hervorstürzte und sich dabei in Babettes weitem Rock verfing. Babette kreischte auf und musste sich am Tisch festhalten, um nicht vom Stuhl gerissen zu werden. Ein Becher mit Kaffee ging zu Bruch, die Kanne konnte Moritz geistesgegenwärtig retten.

»Dieser Hund ist noch mein Tod!«, schimpfte Babette.

»Was hat er denn schon wieder?«, regte sich Therese auf.

»Ich glaube, es ist jemand an der Tür des Ateliers«, vermutete Grete.

»Am Sonntag?«, wunderte sich die Großmutter. »Das wird dann wohl keine Kundschaft sein.«

»Ich gehe!«, sagte Charlotte energisch zu Elise, die schon aufgestanden war, um ins Atelier zu laufen. »Halt den Hund fest.«

Alle standen an der Küchentür und sahen zu, wie Charlotte das Atelier aufschloss und dann den hölzernen Laden entriegelte, der die Tür schützte. Draußen stand ein Bote, in dem Elise sogleich den Diener des »Königs von Preußen« erkannte. Er schien verängstigt wegen des Hundes und streckte ihnen mit leicht bebender Hand eine Karte entgegen.

»Um Vergebung die sonntägliche Störung ... Ein Billett für Mamsell Rosen.«

»Vielen Dank!«

Charlotte ging zur Ladenkasse, um ihm ein kleines Trinkgeld zu geben, doch als sie sich umwandte, war er schon davongelaufen.

Schulterzuckend legte sie die Münzen zurück und reichte Elise die Karte. Dort war in kleiner, ordentlicher Schrift eine kurze Nachricht zu lesen.

Sehr geehrte Mamsell Rosen,
auf der Durchreise nach Frankfurt, wo ich Ihren verehrten Herrn Vater wegen meiner Examensarbeit noch einmal aufsuchen möchte, habe ich in Kassel Station gemacht. Wenn es erlaubt ist, möchte ich Ihnen heute Vormittag nach dem Gottesdienst meine Aufwartung machen.
Mit den besten Grüßen empfiehlt sich
Hans Christian Thiedemann

Sie starrte ungläubig auf die Zeilen. Das war doch nicht möglich! Hatte sie ihm nicht deutlich geschrieben, man solle in brieflichem Kontakt verbleiben? Musste nicht jeder wohlerzogene Mensch daraus schließen, dass sie auf eine persönliche Begegnung momentan keinen Wert legte? War er so schwer von Begriff oder hatte er es einfach überlesen? Ach du liebe Güte, sie freute sich ja, ihn wiederzusehen. Aber doch nicht ausgerechnet jetzt!

»Wer schickt dir denn am Sonntagmorgen solch ein Billettchen?«, wollte Moritz gleich eifersüchtig wissen. »Doch nicht etwa dieser eingebildete Laffe aus Göttingen, der dir erst den Hof gemacht hat und dann wegen einer Nichtigkeit eingeschnappt war?«

Elise räusperte sich. Es half nichts – sie würden ihn empfangen müssen.

»Hans Christian Thiedemann ist auf der Durchreise in Kassel abgestiegen und möchte uns nach dem Gottesdienst besuchen«, verkündete sie.

Charlotte runzelte die Stirn. »Dieser blonde junge Mann aus Göttingen, der mit deinem Vater unterwegs war? Will er ihn etwa aufsuchen?«

»Aber nein«, sagte Elise rasch. »Er hat keine Ahnung, dass mein Vater sich hier aufhält. Und er sollte es auch nicht erfahren.«

»Nun ja – eigentlich war er ja ein recht wohlerzogener junger Mensch«, meinte Charlotte. »Wir könnten mit ihm über den Jahrmarkt auf dem Königsplatz gehen. Meinetwegen kann er später bei uns Kaffee trinken. Damit ist es aber dann genug.«

Richtig – heute war der erste der vier Sonntage im Jahr, an denen in Kassel Handel getrieben werden durfte, und natürlich strömten auch Schausteller und Gaukler herbei, um das Ihre zu dem frühlingshaften Fest beizutragen. »Kasseler Freyheit« hieß dieses sonntägliche Handelsprivileg, das Landgraf Heinrich der Eiserne der Stadt im 14. Jahrhundert gewährt hatte.

Bevor sie alle gemeinsam zur Kirche gingen, nahm Elise Fidibus beim Halsband und führte ihn hinauf in die Dachkammer. Ihr Vater würde eine gute Weile allein im Haus sein, da war es besser, wenn der Hund bei ihm lag. Fidibus hatte nichts dagegen, denn oben erwartete ihn immer eine leckere Zwischenmahlzeit.

De LaTour hatte die Barrikaden hinter seiner Tür inzwischen entfernt, er benutzte die Kiste wieder als Hocker und nahm das Frühstück zu sich, das die Großmutter ihm hinaufgetragen hatte. Er sah blass und müde aus, fand Elise. Kein Wunder – seit Tagen saß er hier in dieser engen Kammer wie in einem Gefängnis.

»Dimanche«, sagte er mürrisch. »Der Tag, an dem der fromme Christ zur Kirche geht, um sich seine Sünden vorhalten zu lassen. Was noch niemanden daran gehindert hat, am Lundi weiter zu sündigen.«

Auf die Nachricht, dass Hans Christian Thiedemann in Kassel sei, reagierte er mit einem ironischen Grinsen.

»Ja, die Kräfte des Magnetismus«, meinte er und blinzelte sie an. »Es muss ein starker Magnet sein, der den jungen Mann hierher gezogen hat. Lass ihn nur morgen weiter nach Frankfurt reisen, mein Freund Christian Daniel wird meine Abwesenheit schon zu erklären wissen. Außerdem kann er ihm ebenso gut wie ich bei seiner Sache helfen.«

Fidibus schnappte die Brotkügelchen, die er ihm zuwarf, und machte es sich danach neben de LaTour auf dem Lager bequem. Elise war zufrieden, der Hund war ein guter Schutz.

»Wenn es sich ergibt, Elise«, sagte de LaTour, als sie sich zum Gehen wandte. »Richte meinem Sohn Johann Georg aus, dass es mir sehr leidtut. Wenn er es wünscht, werde ich mich persönlich an den Kurprinzen wenden, um das Schreiben zu dementieren.«

»Du würdest die Vaterschaft abstreiten?«

»Wenn nötig – ja.«

»Aber … das ist nicht die Wahrheit, Vater.«

Er blickte sie mit einer Miene an, die besagte, dass sie noch nicht viel über den Lauf dieser Welt wusste.

»Was ist Wahrheit?«, fragte er und wiegte den Kopf. »Auch der römische Präfekt Pontius Pilatus stellte sich einst diese Frage und kam zu keinem Ergebnis. Nun geh brav zur Kirche, mein Kind. Und pass gut auf, was der Pfarrer sagt, es ist manchmal recht nützlich.«

Puh – heute war seine Ironie ganz besonders beißend. Elise machte sich für die Kirche fertig und lief hinunter ins Atelier, wo Mutter, Großmutter und die Näherinnen bereits auf sie warteten.

Die fahrenden Händler und Schausteller hatten sich schon am frühen Morgen zwischen den Ständen der Kasseler Geschäftsleute eingerichtet, auf dem Königsplatz bis hinunter zur Martinskirche standen ihre Buden und Zelte. Moritz hatte einen Weinstand aufgestellt, von dem er sich gute Geschäfte erhoffte. Vorerst herrschte jedoch noch sonntägliche Ruhe, der Markt würde erst nach dem Ende des Gottesdienstes eröffnet werden.

Wie angekündigt war Hans Christian Thiedemann zum Gottesdienst in der Martinskirche zugegen; er hatte auf einer der hinteren Bänke Platz genommen, um keinem Kasseler Kirchenbesucher den angestammten Sitz streitig zu machen. Als die Frauen vom Atelier Rosen an ihm vorübergingen, grüßte er sie lächelnd mit höflichem Senken des Kopfes. In seinem Blick erkannte Elise sowohl Wiedersehensfreude als auch eine gewisse Besorgnis. Sieh da – es war ihm wohl bewusst, dass er einen Schritt weiter ging, als sie ihm gestattet hatte.

»Habt ihr gesehen, wie er unsere Elise angestrahlt hat?«, wisperte Babette, während sie in ihrer Kirchenbank Platz nahmen.

»Er hat sie ja förmlich mit den Augen verschlungen«, flüsterte Therese missgünstig zurück.

»Still!«, zischte Charlotte ärgerlich. »Wir sind nicht allein hier.«

Sie nickte der Frau Schreinermeisterin zu, die sich nach ihnen umdrehte, und wünschte ihr liebenswürdig einen »angenehmen Sonntag«.

Moritz setzte sich mit düsterer Miene neben Elise und meinte leise zu ihr: »Führ ihn doch nachher zu meinem Weinstand, Lieschen. Ich werde ihm ein gutes Weinchen zu kosten geben.«

»Mit Galle versetzt, wie?«, wisperte sie zurück. »Ich werde mich fein hüten.«

»Kluges Mädchen!«, knurrte er.

Dann setzte das Orgelvorspiel ein, erfüllte die Kirche mit weihevoller Sonntagsstimmung, und alle boshaften Flüstereien mussten verstummen. Entgegen der ironischen Empfehlung ihres Vaters irrten Elises Gedanken immer wieder von der langen Predigt des Pfarrers ab und beschäftigten sich mit anderen Dingen. Was tat der Erpresser jetzt? Saß er wirklich fromm und bieder hier mit ihnen in der Kirche? Oder trieb er sich mit dunklen Plänen in der Stadt herum? Am Ende gar in der Marktgasse? Hin und wieder spürte sie auch die Blicke des jungen Thiedemann in ihrem Rücken, und sie überlegte, was sie mit ihm anfangen würde. Nein, sie würde ihm keine Vorhaltungen machen, sie kannte doch seine überschwängliche Art, und im Grunde war sie nicht böse, ihn wiederzusehen. Nach der Kirche würde sie ihn sich schnappen und mit ihm über den Markt gehen, sich gemeinsam mit ihm die Stände und Vorstellungen der Schausteller ansehen, da hatten sie Zeit, miteinander zu plaudern. Den Abend sollte er allerdings allein im Gasthof verbringen. Sie würde ihm deutlich machen, dass sie beschäftigt waren, und morgen früh konnte er seine Reise nach Frankfurt fortsetzen. Später würde sie ihm einen freundlichen Brief schreiben und sich für die mangelnde Aufmerksamkeit entschuldigen. Immerhin – was konnte er erwarten, wenn er so unverhofft hereinschneite?

Ihre Berechnung schien aufzugehen. Wie üblich stand man nach Ende des Gottesdienstes noch eine Weile in der Kirche, um Freunde und Bekannte zu begrüßen, doch zerteilte sich die Menge der Kirchenbesucher heute rascher als gewöhnlich, da draußen schon einige der fahrenden Musikanten ihre Instrumente erklingen ließen und das schöne Maiwetter ein festliches Frühjahrsvergnügen auf dem Jahrmarkt versprach. Hans Christian Thiedemann hatte am Ausgang der Kirche auf sie gewartet und begrüßte die Damen vom Atelier Rosen mit großer Höflichkeit, wobei er sich gleichzeitig für seine überraschende Ankunft entschuldigte und sie mit der Notwendigkeit erklärte, vor Abgabe seiner Examensarbeit einige Details des Experiments in Frankfurt klären zu müssen.

»So habe ich die Gelegenheit ergriffen, noch einmal diese schöne Stadt zu besuchen und Ihnen, verehrte Frau Rosen, meine Aufwartung zu machen …«

Charlotte war nicht weniger höflich. Sie antwortete, dass sie sich von seinem Besuch sehr geehrt fühle, und lud den jungen Herrn gegen vier Uhr zum Kaffee ins Atelier ein. Während man solche förmlichen Sätze austauschte, wanderten seine Blicke immer wieder zu Elise.

»Ich denke noch oft an die schöne und lehrreiche Stadtführung zurück, die Sie mir vor etlichen Wochen angedeihen ließen«, wandte er sich schließlich ein wenig schüchtern an sie.

»Das freut mich«, gab sie zurück. »Auch ich erinnere mich nicht ungern an die Tage in Göttingen, die leider mit einem Missklang endeten.«

»Das bedaure ich unendlich, Mamsell Rosen«, sagte er bekümmert. »Ich hoffte sehr, Sie könnten mir vergeben, was ich Ihnen im Aufruhr meiner Gefühle vorwarf.«

Ach, er war wirklich rührend. Ein Schwindler zwar, aber er

hatte Charme. Unvollkommen, aber liebenswert. Jetzt freute sie sich wirklich, ihn wiederzusehen.

»Ich habe Ihnen nichts zu vergeben, Herr Thiedemann«, sagte sie in herzlichem Ton. »Lassen wir die Sache beiseite und erfreuen wir uns an diesem Frühlingsfest. Ich hoffe auf Ihre Begleitung.«

»Daran soll es nicht fehlen«, rief er erleichtert. »Verfügen Sie über mich. Ich bin zu allen Schandtaten bereit.«

Man ging mit allen gemeinsam eine Runde um die Martinskirche, besah die ausgestellten Waren und blieb eine Weile bei einem bunt gekleideten Schausteller stehen, der mit sechs Bällen gleichzeitig jonglierte und dabei einen Becher mit Wein auf der Nase balancierte.

»Ein Jammer um den Wein, wenn er ihm gleich über das Gesicht läuft«, meinte Moritz, der sich dicht bei Elise hielt.

»Wer weiß, ob es überhaupt Wein ist«, bemerkte Therese.

»Wie geschickt er das mit den Bällen macht«, staunte Grete. »Man könnte es im Atelier einmal mit der Häkelwolle probieren.«

»Untersteh dich!«, warnte Charlotte lachend.

Auf dem Königsplatz zerstreute sich die Gruppe. Die Großmutter ging zurück zum Atelier, um das Mittagessen vorzubereiten, Moritz eilte zu seinem Weinstand, wobei ihn Therese begleitete, die beim Verkauf helfen sollte. Auch Charlotte ging eigene Wege; sie interessierte sich für die fremden Krämerwaren und wollte Bänder, Stickgarn oder Spitzen für das Atelier zu einem günstigen Preis einkaufen. Grete, die wohl gesehen hatte, dass Elise gern ein wenig allein mit dem Göttinger Studenten bleiben wollte, schloss sich Charlotte an. So befand sich Elise bald ganz allein an der Seite ihres Begleiters, und während sie bei diesem oder jenem Schausteller verharrten, um sich die Vorstellung anzusehen, plauderten sie ungezwungen miteinander.

»Sie glauben gar nicht, wie froh ich bin, diese lästige Examensarbeit nun endlich abschließen zu können«, sagte er. »Nur noch ein paar Tage, dann habe ich diese Last von den Schultern und kann mich den Dingen zuwenden, an denen mein Herz wirklich hängt.«

»Ihrem Verlag?«, erkundigte sie sich.

»Leider nicht. Diesen Traum werde ich mir vorläufig nicht erfüllen können. Professor Kreuzer ist nicht mehr bereit, Geld in dieses Projekt zu stecken. Er ist mit meinem Vater heillos zerstritten.«

»Das ist kein großer Verlust«, meinte sie. »Ich denke, wenn Sie nur fest an diesen Traum glauben, wird sich bald eine neue Möglichkeit auftun.«

Sie schauten einem Akrobaten zu, der über ein mannshoch zwischen zwei Pflöcken gespanntes Seil balancierte und dabei eine Stange benutzte, die an beiden Enden verdickt war. Er ging bis zur Mitte des Seils, schwang die Stange dort auf gefährlich anmutende Weise hin und her, wiegte den Körper geschickt zu den Bewegungen und ging wieder zurück. Dort verbeugte er sich, und die Umstehenden applaudierten. Ein Knabe mit einem Hut in der Hand lief umher und sammelte Münzen ein.

»Sie ahnen nicht, wie wertvoll mir diese Ermutigung aus Ihrem Mund ist, Mamsell Rosen«, sagte Hans Christian. »Ich habe den Verlag tatsächlich noch fest im Auge, und auch mein Vater, mit dem ich nun wieder versöhnt bin, hofft, dass dieses Vorhaben eines baldigen Tages verwirklicht werden kann. Seitdem er im Ruhestand ist, hat er verschiedene Schriften verfasst, die er gern der Öffentlichkeit übergeben würde. Leider fand sich bisher jedoch kein Verlag, der bereit war, diese Aufsätze zu drucken.«

Vermutlich steht nichts wirklich Neues darin, dachte Elise missgünstig. Warum soll man den alten Käse veröffentlichen, der schon längst bekannt ist?

»Mein Vater lässt Sie übrigens sehr herzlich grüßen«, fuhr

Hans Christian zu ihrer Überraschung fort. »Er ist inzwischen zu der Ansicht gekommen, dass Professor Kreuzer ein schlechter Berater war, und bittet Sie, die kleinen Unannehmlichkeiten in unserem Haus zu entschuldigen.«

Elise musste diese rasche Kehrtwendung erst einmal verdauen. »Kleine Unannehmlichkeiten« nannte Professor Thiedemann den gemeinen Betrug an ihrem Vater und an dem verstorbenen von Radowitz. Nun – der alte Herr schien eigene Verfehlungen gern zu verharmlosen und zu vergessen.

»In diesem Zusammenhang trug er mir auf, Sie um einen Gefallen zu bitten, Mamsell Rosen«, fuhr Hans Christian nach einigem Zögern fort. »Ich möchte jedoch betonen, dass ich hier nur die Bitte meines Vaters weitergebe, selbst jedoch ein solches Ansinnen niemals an Sie zu stellen gewagt hätte …«

Aha, der alte Fuchs ließ ihr zuerst Honig um den Mund schmieren, und dann rückte er ganz unbefangen mit seinen Wünschen heraus. Wollte er vielleicht gar das Manuskript ihres Vaters? Da würde er Pech haben.

»Sprechen Sie freiheraus, Herr Thiedemann. Ich höre zu.«

»Es geht um Ihre Begleiterin, Mamsell Grete. Mein Vater würde sie gern in seinem Haus anstellen. Verstehen Sie, er benötigt jemanden, der ihm aufmerksam und verständig zuhört, vor allem dann, wenn er einen Aufsatz zu schreiben plant und seine Gedanken ordnen muss. Bisher habe immer ich diese Aufgabe erfüllen müssen, nun aber werde ich das väterliche Haus bald verlassen, und er sucht einen Ersatz. Unter uns gesagt: Er hat an Ihrer Begleiterin einen Narren gefressen, weil sie ihm so bereitwillig zuhörte und solch kluge Fragen zu stellen wusste …«

Ach herrje! Er wollte Grete nach Göttingen holen, was für eine Idee! Elise hätte beinahe gelacht, dann aber kam ihr der Gedanke, dass diese Position für die kluge Grete eine wundervolle, einmalige Möglichkeit war, ihren Wissensdurst zu befriedigen, und vielleicht auch, ihre Fähigkeiten unter Beweis zu stellen.

Auf der anderen Seite wollte sie Grete nur ungern hergeben. Auch die Mutter und Babette wären tief enttäuscht, wenn das geschickte Mädchen tatsächlich nach Göttingen reisen würde.

»Dazu kann ich nicht viel sagen«, meinte sie schließlich gedehnt. »Ich werde Grete von diesem Angebot wissen lassen – entscheiden muss sie selbst.«

»Das versteht sich«, beeilte er sich zu versichern. »Ich bin nur froh, mit dieser Botschaft meines Vaters nicht Ihren Zorn erregt zu haben, Mamsell Rosen. Das hätte mich sehr bekümmert.«

»Ich bin nicht empfindlich«, behauptete sie kühl.

Sie gingen an zwei Ständen vorbei, wo gebackene Pasteten und frische Kartoffelküchlein angeboten wurden, doch die Schlange der Wartenden war zu lang, als dass sie Lust gehabt hätten, sich dort einzureihen.

Hans Christian begann nun, das Manuskript ihres Vaters zu preisen, und fragte, ob es inzwischen wiederaufgetaucht sei.

»Leider nicht.«

»Welch ein Verlust! Ich las in Frankfurt einige Seiten und war tief bewegt von dem Schicksal seiner Eltern, die in Paris während der Schreckensherrschaft der Jakobiner ins Gefängnis gezerrt und schließlich auf die Guillotine geführt wurden. Bei meinem Besuch in Kassel hat mir Herr Appel in der Buchhandlung freundlicherweise einige Werke empfohlen, um meine Kenntnisse der Geschichte Frankreichs zu verbessern …«

Elise blieb stehen, weil ihr plötzlich ein Gedanke kam.

»Sie haben in der Appel'schen Buchhandlung von dem Manuskript meines Vaters gesprochen?«

Er stutzte, weil sie diese Frage in aufgeregtem Ton stellte.

»Gewiss. Ich war noch ganz davon erfüllt und dachte daran, einige Werke anzuschaffen, um die Zeitumstände damals in Frankreich auch aus der Schilderung anderer Autoren …«

»Waren Sie allein mit Herrn Appel in der Buchhandlung, als Sie darüber redeten?«, wollte Elise wissen.

Er krauste die Stirn und meinte schließlich, dass mehrere andere Kunden im Laden gewesen seien, die sich für das Gespräch nicht weiter interessiert hätten, da sie mit den ausgestellten Büchern beschäftigt gewesen seien.

»Können Sie sie beschreiben?«

Er zuckte bekümmert die Schultern. Es seien einige Herren gewesen, einer etwas jünger, die anderen schon recht betagt.

»Ich habe doch hoffentlich keinen Fehler begangen, indem ich das Manuskript erwähnte?«, erkundigte er sich besorgt.

»Nein, nein«, sagte sie rasch. »Gehen wir dort hinüber? Da werden Moritaten erzählt, das ist immer lustig.«

Sie stellten sich zwischen die vielen Zuhörer, die sich vor dem Moritatenerzähler versammelt hatten, um sich an den gruseligen Geschichten zu ergötzen. Der stimmgewaltige Erzähler im zerschlissenen Frack und mit ausgebeulten karierten Hosen machte seine Sache recht eindrucksvoll. Mit einem Stab wies er während seines Vortrags auf eine gedruckte Bilderwand, auf der das blutige Geschehen in allen Einzelheiten anschaulich dargestellt war. Während Hans Christian den grausigen Schilderungen stirnrunzelnd folgte, war Elise mit ihren Gedanken woanders.

War das des Rätsels Lösung? Hans Christian Thiedemann hatte in der Appel'schen Buchhandlung von den Lebenserinnerungen ihres Vaters erzählt – war der Erpresser dort auf dieses Manuskript aufmerksam geworden, von dessen Existenz in Kassel kaum jemand Kenntnis haben konnte? Dann musste er sich in der Buchhandlung aufgehalten haben, während Hans Christian davon sprach. War es also einer der Kunden gewesen? Ach nein – so einfach war die Sache wohl nicht. Herr Appel war geschwätzig, er konnte auch später noch allen möglichen Leuten davon erzählt haben.

»Wie scheußlich«, vernahm sie Hans Christians Stimme neben sich. »Möchten Sie noch eine weitere Geschichte anhören?«

Die Moritat war beendet, der Erzähler hatte sich ausgiebig

verbeugt, nun begab er sich zu einem Tisch, wo man verschiedene Blätter erwerben konnte, auf denen die Zeichnungen zu den Geschichten abgedruckt waren. Der Andrang der Käufer war nicht eben groß, sodass der Tisch mit den verschiedenen Papierstapeln gut zu sehen war. Er hatte auf jeden Stapel einen Stein gelegt, damit die Blätter nicht etwa vom Wind davongetragen wurden.

»Ich glaube, wir gehen lieber weiter«, sagte Elise zu Hans Christian. »Vor der Poststelle steht immer das Zelt der Wahrsagerin …«

In diesem Augenblick erblickte sie den taubstummen Kasimir, der sich in gebückter Haltung dem Tisch des Moritatenerzählers näherte und ihm seltsame Zeichen machte. Der Schausteller nickte, und der Taubstumme zog einen Stapel Blätter unter seiner Jacke hervor, die er neben die anderen auf dem Tisch postierte.

Der Taubstumme, den der Erpresser schon einmal für seine Zwecke eingesetzt hatte!

Elise schob sich hastig zwischen den kauflustigen Marktbesuchern hindurch und nahm eines der Blätter. Sie brauchte nur die erste Zeile zu lesen, um zu wissen, was sie vor sich hatte.

Mein Aufenthalt in Kassel wurde gekrönt durch eine zarte Leidenschaft zu einer bezaubernden Putzmacherin …

Ohne Zögern packte sie den ganzen Stapel und riss ihn an sich.

»Holla, Mamsell!«, rief der Schausteller. »Nicht so hastig. Ein Blatt kostet drei Kreuzer …«

Mehr hörte sie nicht, denn sie eilte davon, ihre Beute fest an sich gepresst. Hinter ihr erhob sich jetzt Stimmengewirr, Gelächter, empörte Rufe.

»Haltet die Diebin!«

»Da läuft sie!«

»Packt sie! Sie hat mich bestohlen! Polizei!«

Sie hastete durch die Menge, stieß mit einer beleibten Marktbesucherin zusammen, riss einen Tisch um, auf dem buntes Kinderspielzeug ausgestellt war, und hatte nur den einen Gedanken: Nur fort damit! In den Ofen! In den Fluss! Zerreißen und vernichten, dass diese Schande meiner Mutter erspart bleibt.

Am Druselplatz gelang es ihr, in einem der schmalen Durchgänge zwischen den Häusern zu verschwinden. Dort stand sie atemlos und lauschte. Immer noch waren empörte und belustigte Rufe zu vernehmen, dazwischen mischte sich zu ihrem Entsetzen Hans Christians Stimme.

»Was wollt ihr von ihr? Sie ist keine Diebin! Lasst sie in Ruhe!«

O Gott! Er schien sie gegen die aufgebrachten Leute zu verteidigen. Eine Gestalt erschien zwischen den Häusern und wollte ihr nacheilen, sie lief hastig weiter, kletterte über eine Gartenmauer und erreichte einen schmalen Durchgang, über den sie in die Nähe der Marktgasse gelangte. Angstvoll sah sie sich um – war das ein Mensch, der sich hinter ihr bewegte, oder nur ein Wäschestück, das auf einer Leine flatterte? Im Schatten der hohen Hauswände war es schlecht zu erkennen, aber wenn es ein Mensch war, dann hatte er Mühe, auf dem holprigen Pflaster voranzukommen. Was für ein Glück, dass ihr Ziehbruder Moritz sie beizeiten in das komplizierte Gewirr der Schleichwege zwischen den Altstadthäusern eingeweiht hatte. Noch einmal zwischen zwei Gebäuden hindurch, dann über einen Zaun geklettert und ein paar Schritte nach links. Hier war der Garten des Ateliers, sie musste nur über die Mauer steigen, wie es die Nachbarskinder manchmal taten, wenn die Kirschen reif waren.

Völlig erschöpft warf sie den Papierstapel, der ihr beim Klettern hinderlich war, über die Mauer und stieg hinterher. Wie einfach es die Männer doch bei solchen Eskapaden mit den langen Hosen hatten. Ein Rock war mehr als lästig beim Klettern.

Unsanft landete sie in den Johannisbeerbüschen und vernahm gleich die ärgerliche Stimme der Großmutter. »Elise? Ja bist du denn noch gescheit? Ruinierst mir die Johannisbeeren. Was ist das für ein Papierkram, der da durch den Garten flattert?«

»Einsammeln und in den Ofen stecken«, keuchte Elise, die ihren Rock aus dem zerknickten Gebüsch befreien musste. »Schnell, Großmutter. Hilf mir!«

»Herr du meine Güte!«

Zu zweit klaubten sie die verstreuten Blätter zusammen, und Elise ruhte nicht eher, bis alle im Feuer des Küchenherds zu Asche verbrannt waren.

»Schön geschrieben war es schon«, meinte die Großmutter, die die Brille herausgeholt hatte, um eines der Blätter vor seiner Vernichtung durchzulesen. Da Elise sie daraufhin vorwurfsvoll ansah, fügte sie hinzu: »Aber nichts für ein junges Ding wie dich!«

Kapitel 29

Unvermittelt tauchte Fidibus in der Küche auf, begrüßte Elise und die Großmutter schwanzwedelnd und kratzte an der Tür zum Garten.

»Ach, der arme Kerl!«, meinte Elise. »Der sitzt gewiss schon den ganzen Vormittag über in der Dachkammer, da muss er dringend mal das Bein heben.«

»Lass ihn ruhig in den Garten«, seufzte die Großmutter. »Jetzt sind meine Beete sowieso ruiniert.«

Kaum war Fidibus aus der Küchentür, da erblickten die beiden Frauen eine Gestalt im Treppenhaus. Elise schrie erschrocken auf, die Großmutter schlug die Hand vor den Mund.

»Papa! Du sollst doch oben in der Dachkammer bleiben! Wenn dich jemand sieht!«

Er blieb auf der untersten Stufe stehen und reckte sich.

»Wer soll mich denn hier sehen?«

Grundsätzlich hatte er recht. Es hätte jemand dicht vor dem Küchenfenster stehen müssen, um in den Treppenaufgang hineinschauen zu können. Trotzdem war Elise nicht wohl bei der Sache.

»Wenn die Mutter mit den Näherinnen zurückkommt, musst du aber rasch wieder hinaufgehen«, bat sie ihn.

Er überging die Bemerkung, setzte sich auf die Treppenstufe und streckte ächzend die Beine aus.

»Ich sah euch im Garten, verschiedene Papiere auflesen«, sagte er und hob fragend die Augenbrauen. »War es das, was ich vermute?«

Er hatte sie also beobachtet. Durch die Luke in der Dachkammer war das nicht möglich, da konnte er höchstens ein Stück der Marktgasse sehen, und auch nur dann, wenn er sich auf die Kiste stellte.

»Du hast in den Garten geschaut?«, fragte Elise beklommen.

»En effet. Es gibt im oberen Flur ein kleines Fenster, das glücklicherweise schlecht geputzt ist …«

»Glauben Sie, ich hätte bei all meiner Arbeit auch noch Zeit, täglich das Flurfenster zu putzen?«, rief die Großmutter ärgerlich, die sich bei ihrer Hausfrauenehre gepackt sah.

»Ich sagte ja, dass ich über den trüben Zustand der Fensterscheibe sehr glücklich bin, liebe Frau Rosen«, erwiderte de LaTour mit charmantem Lächeln. »Natürlich war ich trotzdem sehr vorsichtig, doch war es möglich, einen großen Teil des Gartens und auch die Nachbargärten zu überblicken. Woher hattest du die Blätter, Elise?«

Sie berichtet von dem Taubstummen, der einen Stapel Flugblätter auf den Verkaufstisch des Moritatenerzählers legte.

»Du hast sie einfach genommen und bist damit weggelaufen? Bravo! Fille du diable! Also ist nichts davon verkauft worden?«

»Nein.«

Er schmunzelte vor sich hin. »Dann ist ihm diese Aktion misslungen. Sind alle Blätter vernichtet oder habt ihr ein Beweisstück zurückbehalten?«

»Sie sind alle in den Küchenherd gewandert, Papa.«

»Dommage!«, seufzte er ironisch. »Ich hätte den Text gern auf seine Richtigkeit hin überprüft. Immerhin ist es ein sehr gelungenes Kapitel meines Werks, auf das ich nicht ohne Grund stolz bin. Hast du es gelesen, Elise?«

»Nur den ersten Satz. Und mehr wollte ich auch nicht wissen«, gab sie mit Entschiedenheit zurück.

»Ich habe es gelesen«, meldete sich die Großmutter.

»Und? Wie ist Ihr Urteil?«, wollte er wissen.

Die Großmutter räusperte sich und warf einen vorsichtigen Seitenblick in Elises Richtung.

»Nun – es war schön formuliert. Und sehr … deutlich.«

De LaTour lächelte nicht ohne Stolz.

»Eine Zeit übergroßer Verliebtheit, liebe Frau Rosen. Ich habe hier in Ihrem Hause Stunden höchster Glückseligkeit verlebt.«

»Schön für dich«, gab die Großmutter unfreundlich zurück. »Wir durften die Scherben deiner Glückseligkeit auflesen, nachdem sich der charmante Chevalier in Luft aufgelöst hatte.«

Er schwieg und sah an ihr vorbei. Das Lächeln stand immer noch in seinem Gesicht, wie es schien, hing er vergangenen Zeiten nach. Elise wandte sich entschlossen zur Küchentür und öffnete sie einen Spaltbreit.

»Fidibus!«

Keine Reaktion. Wo trieb er sich denn herum? Grub er etwa wieder im Gemüsebeet nach Mäusen? Sie schob die Tür weiter auf, stellte sicher, dass man ihren Vater von den Nachbarhäusern aus nicht sehen konnte, und trat in den Garten hinaus. Der Hund war verschwunden. Sie suchte zwischen den Büschen, am Kellereingang, an der Mauer: nichts. Hatte er eine läufige Hündin gewittert und war auf und davon? Wie ärgerlich! Sie hatte geglaubt, er hätte solche Ausflüge inzwischen aufgegeben.

Geräusche waren zu vernehmen – die Frauen kehrten vom Markt zurück. Sobald im Atelier die Tür aufgeschlossen wurde, trat de LaTour eilig den Rückzug in seine Dachkammer an. Charlotte war heiter gestimmt, sie hatte einen guten Vorrat an hübschen Borten, Spitzen und Sammetbändern zu einem günstigen Preis eingekauft, dazu auch zarten Tüll, buntes Seidengarn und eine Rolle biegsamen Kupferdraht. Grete erhielt die Aufgabe, all diese Kostbarkeiten noch vor dem Mittagessen ordentlich in die Kästen einzusortieren. Babette stöhnte, sie spüre ihre

Füße nicht mehr und die Sonne habe so heiß gebrannt, dass sie davon Kopfschmerzen hätte. Therese erklärte, nur rasch etwas essen zu wollen, um gleich wieder auf den Markt zu laufen, weil sie ihrem Moritz das Mittagessen bringen wollte.

»Lauf dir nur die Füße ab für deinen Taugenichts«, lästerte Babette. »Der lässt die Marktbesucher seinen Wein verkosten, bis sie alle betrunken sind. Aber verkauft hat er bisher kaum etwas.«

»Mein Moritz weiß schon, was er tut«, behauptete Therese. »Sogar der Herr Hofrat Harnier und seine Gattin haben seinen Wein verkostet. Und die Frau Majorin von Schlemmer hat ihn sehr gelobt.«

Von einem Aufruhr und Diebstahl auf dem Markt berichteten sie nicht – also hatte die Sache viel weniger Wirbel veranstaltet, als Elise befürchtet hatte. Das Mittagessen verlief unter fröhlichen Marktberichten. Babette hätte beinahe eine emaillierte Brosche erworben, es aus Geiz dann aber doch nicht getan. Grete hatte dem Zauberer zugesehen und grübelte darüber nach, wie er wohl ein Hühnerei vor den Augen der Zuschauer verschwinden lassen konnte, um es dann aus dem Ohr des Herrn Polizeidirektors wieder hervorzuziehen. Schließlich wollte Charlotte wissen, ob auch Herrn Thiedemann der Markt gefallen habe.

»Ich denke schon«, sagte Elise kurz angebunden.

Sie hatte beschlossen, den Frauen nicht gleich die gute Stimmung zu verderben und mit der Neuigkeit erst nach dem Essen herauszurücken. Doch Charlotte, die ihre Tochter gut kannte, merkte an der kargen Antwort, dass etwas nicht stimmte.

»Habt ihr euch etwa gestritten?«, wollte sie stirnrunzelnd wissen.

»Aber nein.«

»Ich wunderte mich ja gleich, dass Mamsell Rosen schon vor uns zu Hause war«, meinte Therese, die schon mit einem gefüllten Teller für Moritz bei der Tür stand. »Sie werden den jungen Herrn doch nicht beleidigt haben?«

»Gewiss nicht …«

Elise wartete, bis Therese mit ihrem Teller davon war, da sie fürchtete, sie könnte die aufregende Neuigkeit brühwarm ihrem Moritz mitten auf dem Markt erzählen. Dann begann sie ihren Bericht.

»Um Gottes willen«, stöhnte Charlotte, nachdem sie geendet hatte. »Hast du auch alle Blätter mitgenommen? Wenn auch nur eines in falsche Hände geraten ist …«

»Kein einziges, Mutter.«

»Und wenn er noch einen weiteren Stapel hat drucken lassen?«

»Das glaube ich kaum. Es waren sehr viele, bestimmt fünfzig Stück. Mehr braucht es nicht, um ganz Kassel zu versorgen.«

»Das ist allerdings wahr«, seufzte Charlotte. »Allein die Hofrätin von Ochs hätte die halbe Stadt davon in Kenntnis gesetzt. Oh, ich ahnte schon so etwas, denn er hat auf meine Anzeige hin nichts von sich hören lassen. Wie perfide das ist! Wie gemein! Hätte ich diesen Kerl vor mir, ich würde ihm mit Wonne die Augen auskratzen!«

»Er ist ganz sicher auf dem Markt gewesen und hat alles mitangesehen«, vermutete Grete. »Nun wird er doppelt wütend sein und sich etwas Neues ausdenken.«

Es wurde still am Tisch. Was würde der nächste Coup dieses Irrsinnigen sein? Ein weiterer Auszug aus dem Manuskript, den er auf neue Art unter die Leute brachte?

»Hast du Herrn Thiedemann etwa gesagt, aus welchem Grund du diese Blätter an dich nehmen musstest?«, fiel Charlotte jetzt ein.

»Nein, Mutter«, erwiderte Elise mit schlechtem Gewissen. »Dazu war keine Zeit. Aber ich habe gehört, wie er die Leute davon abhielt, mich zu verfolgen.«

»Und was ist dann geschehen?«

»Das weiß ich nicht. Ich bin in das Ählchen in der Druselgasse gelaufen und habe ihn nicht mehr gesehen.«

»Er muss ja einen seltsamen Eindruck bekommen haben«, bemerkte Babette. »Gewiss denkt er, er habe es mit einer notorischen Diebin zu tun.«

»Das ist allerdings recht unangenehm«, meinte Charlotte. »Er wollte heute Nachmittag zum Kaffee zu uns kommen. Da werden wir ihm die Sache erklären müssen.«

»Wenn er überhaupt kommt«, bemerkte die Großmutter bedenklich. »Und wenn nicht statt seiner die Polizei hier erscheint. Schließlich hat Elise in aller Öffentlichkeit einen Diebstahl begangen.«

Elise fiel beinahe der Becher aus der Hand. Du lieber Himmel – die Großmutter hatte recht! Natürlich hatten viele Marktbesucher sie gesehen, als sie die Papiere an sich raffte, und gewiss hatte man sie erkannt. Es war geradezu ein Wunder, dass die Polizisten noch nicht im Atelier aufgetaucht waren.

»Wenn das geschieht, nehme ich keine Rücksichten mehr«, rief Charlotte, die völlig außer sich war. »Bevor man mein Kind als Diebin anklagt, erzähle ich alles der Polizei.«

»Nur die Ruhe«, sagte Grete. »Wer sollte Mamsell Elise anklagen? Der Taubstumme? Sicher nicht. Der Moritatenerzähler? Der wird sich fein hüten, weil er ganz sicher nur seine eigenen, aber keine fremden Schriften auf dem Markt verkaufen darf. Und wo kein Kläger ist, da ist auch kein Polizist.«

Gretes Worte beruhigten die Frauen etwas. Charlotte erklärte, Grete sei ein schlaues Mädchen, und Babette fügte stolz hinzu, dass sich alle hier von ihrer klugen Nichte ein Scheibchen abschneiden könnten. Nur die Großmutter schwieg sorgenvoll, und auch Elise sprach kein Wort.

Niemand hatte heute Lust, ein erholsames Sonntagmittagsschläfchen zu halten. Man beschäftigte sich, Elise half der Großmutter beim Abwaschen, Charlotte trug die Ausgaben in ihr Büchlein ein, die Näherinnen begaben sich ins Atelier, klappten die Fensterläden zurück und nahmen sich eine Arbeit vor. Als es in der Küche nichts mehr zu tun gab, ging Elise noch einmal in den Garten, um nach Fidibus zu sehen. Doch er war immer noch nicht zurückgekehrt.

»So geht das nicht weiter mit diesem Hund«, schimpfte Charlotte. »Die Hündin vom Goldschmied Weigel nebenan ist heiß. Wenn Fidibus sie überkommt, wird mir die Goldschmiedin am Ende noch Geld abverlangen.«

»Dann haben Sie Anspruch auf einen Welpen, Frau Rosen«, sagte Babette, die ihre boshaften Sprüche auch jetzt nicht lassen mochte. »So werden aus einem Hund bald zwei. Aus zwei werden vier. Aus vier werden …«

»Wenn er immer nur eine Hündin deckt, die einmal im Jahr Junge wirft, sind es in zehn Jahren fünfhundertzwölf Hunde. Wenn er allerdings mehrere Hündinnen deckt, verkürzt sich diese Zeit, dann könnten es schon in drei Jahren über tausend Hunde sein …«, rechnete Grete. »Wenn nur die Hälfte dieser Nachkommen ebenfalls jeweils sechs Welpen wirft, sind wir schon bei mehreren Millionen …«

»Verschone mich damit«, schimpfte Charlotte. »Mir ist schon dieser eine Hund zu viel.«

Elise schwieg dazu, doch sie begann, sich um ihren Fidibus Sorgen zu machen. Wenn er doch nur bald zurückkäme! Vor allem in der Nacht würde sie sein beruhigendes Schnarchen auf ihrem Bettvorleger vermissen.

In der Marktgasse war wenig von sonntäglicher Ruhe zu spüren. Ehepaare und Familien kehrten vom Markt zurück, andere begaben sich dorthin, man winkte einander zu, wohlhabende Bürger hatten ihren Kindern Spielsachen und Süßigkeiten gekauft, andere Kinder, die nichts erhalten hatten, schauten neidisch auf ihre glücklichen Altersgenossen. Hie und da sah man auch Uniformierte der Bürgerwehr, die mit wichtiger Miene patrouillierten und für Ordnung auf dem Markt sorgten. Einmal gingen zwei Polizisten am Atelier vorbei, blieben stehen und schauten in die Fenster hinein.

»So fleißig am Sonntag?«, fragte einer grinsend. »Wollen die Damen nicht das Frühjahrsfest besuchen?«

»Danke der Nachfrage«, sagte Charlotte mit gut gespielter Unbefangenheit. »Bei uns heißt es: erst die Arbeit, dann das Vergnügen.«

Die Frauen hielten die Luft an und erwarteten jeden Augenblick, dass nach Elise Rosen gefragt würde, da sie des Diebstahls beschuldigt worden sei. Doch die Polizisten lachten nur fröhlich und setzten ihren Weg fort. Elise fiel ein Wackerstein von der Seele. Grete hatte wohl recht gehabt – die Polizei ließ sie ungeschoren.

»Na also«, sagte die Großmutter erleichtert. »Dann will ich mal rasch ein paar Küchlein backen und Kaffee kochen. Um vier Uhr erwarten wir einen Gast.«

Hoffentlich, dachte Elise. Am Ende ist er im Gefängnis, weil er sich für mich auf dem Markt eingesetzt hat? Armer Kerl. Das hat er wirklich nicht verdient.

»Was wirst du ihm erzählen?«, wollte nun Charlotte von ihr wissen.

»Ganz einfach: Ich werde sagen, ich hätte geglaubt, das Manuskript meines Vaters läge dort auf dem Tisch.«

»Ganz falsch ist das ja nicht«, fand Charlotte. »Und wenn er es sehen will?«

»Dann erkläre ich ihm, ich hätte bald bemerkt, dass es ein Irrtum war, und die Blätter fortgeworfen.«

»Wenn er dir das glaubt«, meinte Grete, »dann ist er entweder strohdumm oder heiß verliebt.«

»Was auf das Gleiche hinausläuft«, stellte die unermüdliche Babette fest.

Bald drang Kaffeeduft aus der Küche und mischte sich mit dem Geruch frisch gebackener Butterkringel. Elise trug das gute Geschirr hinauf, um im schönen Zimmer den Tisch zu decken. Als sie damit fertig war, schob sie die Gardine beiseite, um hinunter in die Gasse zu schauen. Immer noch war viel Volk dort unterwegs, doch Hans Christian Thiedemann war nirgendwo zu entdecken.

Als vier Schläge von der Martinskirche herüberklangen, erschien er immer noch nicht. Auch eine halbe Stunde später blieb er aus. Gegen fünf Uhr am Nachmittag kehrten die letzten Familien vom Markt zurück, denn die Verkäufer packten nun ihre Waren ein und auch die Schausteller und Gaukler beendeten ihre Vorstellungen. Den Ausklang des Markts feierte man in den Schenken und Gasthöfen, wo es bis spät in die Nacht hinein fröhlich zugehen würde.

»Wenn er jetzt nicht kommt, trinken wir unseren Kaffee allein«, meinte die Großmutter, der es um die Zuckerkringel leid war, die schon ein wenig trocken wurden.

Doch in diesem Augenblick klopfte es an die Tür des Ateliers und Elise beeilte sich zu öffnen. Hans Christian Thiedemann hatte den Hut abgenommen und hielt ihn so, dass sie sein Gesicht nicht sehen konnte.

»Ich bitte, die Verspätung zu entschuldigen«, sagte er. »Es sind Umstände eingetreten, die ich nicht voraussehen konnte. Wenn Sie erlauben, so werde ich es Ihnen erklären …«

»Bitte, kommen Sie doch herein«, sagte Elise erleichtert. »Geben Sie mir Ihren Hut, damit ich ihn aufhängen kann.«

Sie wollte ihm den Hut aus den Händen nehmen, doch er hielt ihn energisch fest.

»Bitte erschrecken Sie nicht, Mamsell Rosen«, sagte er leise. »Ich habe lange gezögert, mich Ihnen in diesem Zustand zu zeigen, doch schließlich trieb mich die Freundschaft hierher …«

Jetzt endlich senkte er den Zylinder, und Elise schrie erschrocken auf. Sein linkes Auge war angeschwollen und dunkel umrandet, auch die Wange hatte etwas abbekommen und im oberen Bereich eine bläuliche Färbung angenommen.

»Um Gottes willen«, rief Charlotte, die auf Elises Schrei hin herbeigelaufen war. »Das sieht ja schlimm aus! Haben Sie es mit einem feuchten Tuch gekühlt?«

»Im Gasthof habe ich das Handtuch dazu benutzt … Es hat jedoch wenig geholfen. Bitte, regen Sie sich nicht auf, gnädige Frau. Mir ist recht wohl.«

»Kommen Sie hinauf«, sagte Elise und nahm seine Hand. »Trinken Sie einen Kaffee und erzählen Sie, was geschehen ist.«

Er ließ sich willig von ihr die Stiege hinaufführen, wo sie ihm den besten Platz am Kaffeetisch anwies und sich neben ihn setzte. Auch Charlotte, Babette und Grete ließen sich nieder, die Großmutter folgte mit der Kaffeekanne.

»Um es gleich vorweg zu sagen«, begann Elise, die immer noch seine Hand hielt. »Es ist ohne Zweifel meine Schuld, dass Sie in diesem Zustand sind.«

»Aber nein!«, rief er aus und hielt sich gleich darauf schmerzerfüllt die Schläfe. »Oder vielleicht … in gewisser Weise … Ich will es Ihnen jedoch nicht vorwerfen, Mamsell Rosen. Was auch immer Sie dazu getrieben haben mag, mit diesen Papieren fortzulaufen – ich bin sicher, dass Sie gute Gründe dafür hatten.«

»Die hatte sie allerdings!«, sagte Charlotte vernehmlich.

»Darf man sie erfahren?«, erkundigte er sich.

Elise sah die Blicke der Frauen auf sich gerichtet, und plötzlich fand sie es schändlich, ihn anzulügen. Immerhin hatte er sie mutig verteidigt und dafür harte Schläge einstecken müssen.

»Ich werde Ihnen alles erklären«, versicherte sie ihm. »Aber bitte erzählen Sie zuerst, was geschehen ist. Ich hörte, noch während ich davonlief, dass Sie mich verteidigten.«

Er lächelte erfreut, was mit der geschwollenen Wange seltsam aussah.

»Das habe ich allerdings getan, Mamsell Rosen. Ich versuchte, mehrere Leute davon abzuhalten, Sie zu verfolgen. Leider wurden zwei dieser aufgeregten Kerle sogleich handgreiflich, und ich hatte einen schweren Stand, da man mich von beiden Seiten angriff. Nun, ich bin nicht ganz ungeübt im Fechten und Reiten, auch habe ich einige Faustkämpfe mit gutem Erfolg bestanden. Die beiden jungen Burschen blieben mit etlichen Blessuren am Boden, während ich selbst nur einen unglücklichen Schlag auf das Auge erhielt …«

»Sie haben sich meinetwegen prügeln müssen!«, seufzte Elise. »O mein Gott, das werde ich mir nie verzeihen.«

»Oh, der kleine Schlagabtausch war nicht der Rede wert«, prahlte er. »Unangenehm war nur, dass zwei Polizisten sich einmischten und ich auf der Wache umständliche Erklärungen abgeben musste, bis man mich schließlich gehen ließ. Aber auch das ist nun überstanden. Umso neugieriger bin ich zu erfahren, warum Sie diese Blätter so hastig an sich rissen.«

»Ich muss ein wenig ausholen …«, begann Elise vorsichtig

Es klopfte an der Tür.

»Kommt herein«, rief Charlotte, da sie vermutete, Moritz und Therese seien vom Markt zurückgekehrt. Doch stattdessen vernahm man eine männliche Stimme, die alle Anwesenden in gelindes Erschrecken versetzte.

»Wäre es nicht Zeit, die Vorhänge zu schließen?«

Alle erstarrten, Hans Christian sah Elise verwirrt an, Charlotte fielen beinahe die Augen aus dem Kopf. De LaTour war aus der Dachkammer hinuntergestiegen und schien die Absicht zu haben, an dieser Versammlung teilzunehmen. Einzig Elise war froh, ihn zu sehen, denn sie hoffte inständig, dass in Hans Christians Gegenwart kein Streit zwischen den Eltern aufflammen würde. Vielleicht war es sogar ein erster Schritt zur Zusammenarbeit gegen den gemeinsamen Feind?

»Du hast recht, Papa«, sagte sie. »Grete, zünde die beiden

Lichter an, ich ziehe die Vorhänge vor. Die Nachbarn müssen uns nicht beim Kaffeetrinken zuschauen.«

De LaTour wartete vor der Tür, bis diese Vorkehrungen getroffen waren, dann trat er ein. Schweigen empfing ihn. Hans Christian Thiedemann war stumm vor Überraschung, Charlotte war ärgerlich, Babette und Grete schauten betroffen, nur Elise lächelte ihn froh an.

»Herr de LaTour!«, rief Hans Christian Thiedemann verblüfft.

»Silence!«, warnte Elises Vater und legte den Finger über die Lippen.

»Fast hätte ich Sie in diesen Kleidern nicht erkannt«, fuhr Hans Christian in gedämpftem Tonfall fort. »Sie sind hier in Kassel? Inkognito?«

De LaTour setzte sich zu ihnen an den Tisch und musterte das lädierte Auge des jungen Mannes.

»Das sieht böse aus«, meinte er bedenklich. »Wären Sie in Göttingen geblieben, anstatt auf den Pfaden der Liebe nach Kassel zu wandeln, hätten Sie sich das wohl erspart. Aber lassen wir die Scherze. Da Sie zum ahnungslosen Opfer dieser unliebsamen Geschichte wurden, fühle ich mich verpflichtet, eine Erklärung abzugeben. Folgendes ist geschehen …«

Hans Christian hörte atemlos zu und blickte immer wieder Elise an, die ihm kopfnickend bestätigte, dass alles sich genauso verhielt, wie ihr Vater es schilderte.

»Wir haben es mit einem ruchlosen Menschen zu tun, der nur eines im Sinn hat«, beendete de LaTour seine Erklärungen. »Er will mich herausfordern und mir allen erdenklichen Schaden zufügen. Wobei er keine Rücksicht auf jene Menschen nimmt, die ich liebe und die mir teuer sind.«

Elise begriff, dass Grete sich in einem Punkt getäuscht hatte. Ihr Vater war sich über die Absicht des Erpressers durchaus im Klaren.

»Das ist ja entsetzlich!«, murmelte Hans Christian Thiedemann. »Hätte ich das geahnt. Nun begreife ich Ihre mutige Tat, Mamsell Elise …«

De LaTour ließ seiner Tochter keine Zeit zu einer Antwort.

»Da Sie nun über diese gefährlichen Machenschaften im Bilde sind, junger Mann, rate ich Ihnen dringend, diese Stadt mit der nächsten Postkutsche zu verlassen. Begeben Sie sich nach Frankfurt, wo mein Freund van Leuwen …«

»Aber nie im Leben!«, rief Hans Christian Thiedemann aufgeregt. »Ich werde nicht feige davonlaufen und Sie in dieser verzweifelten Lage allein lassen. Ich werde bleiben und alles tun, was in meinen Kräften steht, um Ihnen zu helfen und den Verbrecher zu entlarven.«

Elise war überwältigt! Mit diesem mutigen Angebot hatte er ihr Herz im Sturm erobert. Was zählte noch die kleine Schwindelei? Er wollte ihnen beistehen in der Not. Sie hatten einen Freund und Mitkämpfer gegen den Erpresser gewonnen.

De LaTour lächelte zufrieden, vermutlich hatte er nichts anderes erwartet.

»Das ist edelmütig von Ihnen, mon ami«, meinte er. »Ich akzeptiere Ihre Entscheidung mit freudigem Respekt. Im Gegenzug bin ich gern bereit, mir Ihre Examensschrift anzuschauen, um – wenn nötig – einige Bemerkungen dazu einzuflechten.«

»Das wäre außerordentlich hilfreich und würde mir den Weg nach Frankfurt ersparen«, meinte Hans Christian und verbeugte sich im Sitzen.

»On verra …«, gab de LaTour heiter zurück.

Er blickte in die Runde der aufmerksamen Zuhörerinnen, stützte die Arme auf den Tisch und wandte sich an Charlotte.

»Ich sehe, dass du besorgt bist, ma chère Charlotte«, sagte er sanft. »Dazu hast du auch leider allen Grund. Darum bitte ich dich, jetzt und hier eine Entscheidung zu fällen. Ich bin bereit, dieses Haus auf der Stelle verlassen, um euch außer Gefahr zu wissen. Falls du aber wünschen solltest, dass ich bleibe, um gemeinsam mit mir gegen unseren Feind vorzugehen, würde ich dir zu deinem Mut und deiner Entschlossenheit gratulieren. Dass dieser verzweifelte Kampf von einem Sieg gekrönt sein wird, kann ich dir nicht garantieren, aber angesichts der Bosheit und Gefährlichkeit unseres Gegners ist diese Schlacht es wert, geschlagen zu werden.«

Charlotte sah ihn mit schmalen Augen an und stellte die Kaffeetasse auf die Untertasse zurück.

»Du warst schon immer ein großer Schwätzer, François«, sagte sie unfreundlich. »Die Sache ist klar und bedarf keiner erhabenen Worte: Wir müssen zusammenarbeiten. Das ist unsere einzige Chance.«

Kapitel 30

Endlich, dachte Elise. Die Mutter hat sich besonnen, sie hat den alten Zorn beiseitegelegt. Wie schwer ihr das gefallen war, konnte sich Elise vorstellen. Auch jetzt war sie de LaTour gegenüber keineswegs freundlich oder entgegenkommend und gönnte ihm kein einziges Lächeln. Während er nun ein Blatt herauszog, um eine Reihe von Namen vorzulesen, blickte sie ihn streng an, und ihre Antworten waren kurz gefasst.

»Von Hammerstein? Der war General unter dem Franzosenkönig. Ist nicht mehr in Kassel.«

»Von Canstein?«

»Verstorben. Zwei Söhne sind in Russland gefallen.«

»Jeannette de Morio?«

»De Morio war der Oberstallmeister, soweit ich mich erinnere. Der ist anno dreizehn mit König Jérôme geflohen.«

»Auch seine Frau?«

»Die ist hiergeblieben und hat wieder geheiratet. Jeannette Wiederhold, die Ehefrau des Obergerichtsdirektors. Kundin bei mir.«

De LaTour lächelte sie an.

»Dein Gedächtnis ist formidable, meine Liebe. Der Graf von Wellingerode?«

»Der war Oberhofmarschall auf dem Schloss. Auch ein Franzose. Er hatte eine schöne Frau, die sich gern in der Stadt mit der Königin zeigte. Die sind alle beide mit Jérôme auf und davon, als er Kassel verlassen musste.«

»Oberbaurat Günste? Mit Tochter und Gemahlin?«

»Der ist noch hier. Seine Frau ist Kundin bei mir. Die zweite Frau – die erste ist schon vor Jahren gestorben.«

»Sophie Wilhelmine von Eschen?«

Bei diesem Namen kam Charlottes Geduld an ihre Grenzen.

»Über diese Dame weißt du in jedem Fall mehr als ich«, sagte sie mit mühsam unterdrücktem Zorn.

»Das ist lange her, Charlotte. Wie lebt sie jetzt? Ich hörte, sie sei sehr fromm geworden. Und außerdem deine Kundin.«

Charlotte atmete tief, um den aufkommenden Ärger zu dämpfen.

»Katholisch. Schwierige Kundin. Hochnäsig. Mit von Schönhoffs befreundet. Reicht das für deine Zwecke?«

»Voll und ganz«, sagte de LaTour. »Ich danke für deine Mitwirkung. Es bleiben also Oberbaurat Günste und die Obergerichtsdirektorin Jeannette Wiederhold, die ich jedoch beide erst in zweiter Linie verdächtigen würde. Dazu Fräulein von Eschen. Außerdem einige unwichtigere Personen, denen ich am Hofe flüchtig begegnete ...«

»Deine Mätressen?«, bemerkte Charlotte spitz. »Darüber kann ich dir leider keine Auskunft geben. Aber vielleicht schaust du im Kirchenbuch nach, welche Kinder neun Monate, nachdem du Kassel verlassen hast, getauft wurden.«

»Je t'en prie, ma chère«, gab de LaTour betreten zurück. »Was soll unser junger Freund von mir denken?«

»Ich dachte, du hättest ihm bereits Einblick in deine berühmt-berüchtigten Lebenserinnerungen gegeben.«

Hans Christian Thiedemann hatte mit wachsendem Unbehagen zugehört. es war ihm sichtlich peinlich, solche Interna über Elises Eltern zu erfahren.

»Ich las nur den Anfang, Frau Rosen«, beeilte sich Thiedemann zu erklären. »Die Zeit der großen Revolution in Frankreich und die grausige Herrschaft der Jakobiner haben mich außerordentlich gefesselt ...«

»Vielleicht sollten wir nun in unseren Überlegungen weitermachen, wie der Erpresser zur Strecke gebracht werden kann«, schlug Grete schüchtern vor.

»Danke, junge Frau«, sagte de LaTour mit anerkennendem Nicken. »Ein sehr guter Vorschlag.«

Grete wurde rot vor Stolz. Der Herr de LaTour hatte sich bei ihr bedankt! Ermutigt fuhr sie fort.

»Mir scheint es vor allem wichtig, mit Fräulein von Eschen zu sprechen. Sie gab diese seltsame Anzeige auf, sodass es möglich ist, dass auch sie erpresst wurde. Es könnte allerdings auch eine Finte sein, um den Verdacht von sich abzulenken.«

An Grete war ein scharfsinniger Polizist verloren gegangen.

De LaTour nickte ihr anerkennend zu – auch er hatte die Anzeige gelesen und sich seine Gedanken gemacht.

»Die Dame ist nicht ganz einfach zu durchschauen«, meinte er mit vorsichtigem Blick zu Charlotte. »Ich hatte es bei meinem offiziellen Besuch in Kassel aus gewissen Gründen vermieden, ihr meine Aufwartung zu machen …«

»Richtig«, fiel Elise ein. »Sie war darüber ziemlich ungehalten.«

»Tatsächlich?«, sagte de LaTour lächelnd.

Als er Charlottes durchdringenden Blick spürte, hörte er auf zu lächeln und sah zerstreut auf den Teller mit den übrig gebliebenen Zuckerkringeln. Elise begriff langsam, dass ihre Mutter auf Fräulein von Eschen eifersüchtig war. Natürlich – sie waren damals Rivalinnen gewesen, aber de LaTour hatte sich für Charlotte entschieden. Eigentlich war es Fräulein von Eschen, die Grund zur Eifersucht hatte. Ach, es war nicht schön, über diese Dinge nachdenken zu müssen. Warum hatte sie nicht ganz normale Eltern, die verheiratet waren und friedlich miteinander lebten, wie es bei anderen Familien üblich war?

»Ich habe mich entschlossen, den Stier bei den Hörnern zu packen und Sophie Wilhelmine von Eschen einen Brief zu schreiben, in dem ich sie um ihren Beistand bitte«, sagte ihr Vater. »Wir werden sehen, was geschieht.«

»Du willst ihr verraten, dass du dich in Kassel aufhältst?«, fragte Charlotte stirnrunzelnd. »Und wenn sie die Erpresserin ist?«

»Meine Liebe, wer auch immer unser Feind ist – er weiß es ohnehin.«

Betretenes Schweigen folgte auf diese Bemerkung. Die Großmutter stand auf und erklärte, nach Fidibus sehen zu wollen.

»Was ist mit dem Hund?«, fragte de LaTour. »Mich wunderte schon, dass er nicht hier ist.«

»Er ist einer läufigen Hündin hinterher«, sagte Charlotte. »Er wird längst unten im Garten vor der Tür sitzen.«

»Was hältst du davon, Papa«, fragte Elise, »wenn ich morgen Vormittag bei Sybilla vorspreche und Johann Georg bitte, sich unserem Kreis anzuschließen?«

»Bonne idée, Elise«, gab er erfreut zurück. »Ich werde dir einen Brief an ihn mitgeben, den ich heute früh verfasst habe.«

Man vernahm unten im Atelier Gepolter, dann die ärgerliche Stimme der Großmutter.

»Könnt ihr nicht aufpassen, ihr beiden? Wie schaut ihr überhaupt aus? Habt wohl zu tief ins Glas geschaut, wie?«

»Es ist doch nur einmal … einmal … im Jahr Frühjahrs… Frühjahrsmarkt«, rief Therese, von leichtem Schluckauf unterbrochen.

»Obacht, Mutter«, sagte Moritz. »Halte dich am Geländer fest, damit du nicht fällst.«

»Warum sollte ich fallen, Moritz. Ich schwebe … schwebe die Treppe hinauf … hinauf …«

Ach herrje! Die beiden waren nach Marktschluss noch in einer Schenke gewesen, und Therese hatte ein oder zwei Gläser zu viel getrunken.

Charlotte stand empört auf, um ihrer Näherin ins Gewissen zu reden; auch Babette und Grete schüttelten die Köpfe. De LaTour tat einen resignierten Seufzer und wandte sich an Hans Christian Thiedemann.

»Bevor wir diese Versammlung schließen, möchte ich eine dringende Bitte an Sie richten, junger Freund«, sagte er in gedämpftem Ton. »Passen Sie ein wenig auf meine Tochter auf. Nach dem, was sie heute angestellt hat, könnte es sein, dass sich der Zorn unseres Gegners auf sie richtet.«

Hans Christian nickte eifrig. »Auch ich habe daran gedacht, Herr de LaTour. Rechnen Sie auf mich, ich werde nicht von Mamsell Elises Seite weichen und sie notfalls unter Einsatz meines Lebens beschützen.«

Elise hatte diese leise Unterhaltung gehört und fand die Sorge ihres Vaters eigentlich unbegründet. Aber sie widersprach nicht, es gefiel ihr, Hans Christian Thiedemann für die nächste Zeit in ihrer Nähe zu wissen.

Auf der Treppe war es inzwischen lebhaft geworden. Charlotte beschimpfte Moritz, er habe seine Mutter in eine Kneipe verschleppt und zum Alkohol verführt, worauf Moritz, der ebenfalls nicht nüchtern war, zurückgab, das sei eine Familienangelegenheit und gehe sie nichts an. Therese mischte sich nun ein und erklärte, ihr sei plötzlich furchtbar schlecht, Moritz solle ihr vorsichtshalber einen Eimer bringen.

»So musste es kommen«, meinte Babette und lief die Treppe hinauf, um Therese beizustehen.

»Was für ein unruhiges Haus«, seufzte de LaTour. »Wie sehr sehne ich mich in die stille Bibliothek meines Freundes Christian Daniel in Frankfurt zurück. Ich nehme an, mon jeun ami, Sie möchten sich nun verabschieden, um zurück zum Gasthof zu gehen. Meine Tochter wird Sie zur Tür begleiten.«

Man wartete einige Minuten, bis sich der Aufruhr auf der Treppe gelegt hatte, dann begab sich Elises Vater zurück in seine

Dachkammer, und Elise ging mit Hans Christian Thiedemann hinunter ins Atelier.

»Es ist ein Verhängnis, liebe Mamsell Rosen«, sagte er, als sie ihm den Hut reichte und die Tür des Ateliers für ihn aufschloss. »Jedes Mal, wenn ich versuche, Ihnen näherzukommen, geschieht ein Unheil.«

»Darüber habe ich auch schon nachgedacht«, meinte sie lächelnd. »Aber vielleicht wird unsere Freundschaft deshalb nur umso stärker sein, da sie solch widrige Umstände zu überwinden hat.«

Er wagte es, ihre Hand zu nehmen und sie an seine Lippen zu ziehen. Es war kein flüchtiger, angedeuteter Handkuss, wie er sonst üblich war – sie spürte die Berührung seiner warmen Lippen sehr viel länger, als es die Schicklichkeit gestattete. Ein leises Prickeln lief ihr dabei den Rücken hinab.

»Es ist spät geworden«, bemerkte sie leise. »Ich hoffe, Ihre Verletzungen werden morgen weniger schmerzhaft sein.«

»Seien Sie unbesorgt, Mamsell.«

»Dann wünsche ich eine gute Nacht!«

»Schlafen auch Sie wohl, Mamsell Rosen!«

Er setzte den Hut auf, verneigte sich und ging hinaus auf die Gasse, wo schon die Straßenlaternen brannten. Nach ein paar Schritten wandte er sich um, sah sie noch am Eingang stehen und winkte ihr.

»Auf morgen früh!«, rief er ihr fröhlich zu.

Dann lief er mit großen Schritten davon.

»Ich verstehe das nicht«, sagte die Großmutter hinter ihr in der Küche. »Der Hund ist doch noch nie über Nacht weggeblieben.«

Elise ging mit widerstreitenden Gefühlen zu Bett. War sie etwa im Begriff, sich in diesen charmanten Schwindler zu verlieben? Das wäre in ihrer jetzigen Lage nicht nur unvorsichtig, sondern auch ausgesprochen unpassend.

Sie seufzte und drehte sich im Bett auf die andere Seite. Fidibus, ihr treuer Wächter, lag heute Nacht nicht auf dem Bettvorleger. Sie machte sich Sorgen um den Hund, der sich so eng an sie angeschlossen hatte und ihr inzwischen ein lieber Begleiter geworden war. Ob er am Ende unter ein Fuhrwerk geraten war? Oder im Fluss ertrunken? Vielleicht hatte ihn ja auch jemand gestohlen oder verschleppt? Sie nahm sich vor, morgen die Nachbarn zu fragen, ob sie Fidibus gesehen hatten.

Am Morgen zog sie sich eilig an und lief hinunter in die Küche, um nachzusehen, ob der Hund vielleicht draußen vor der Küchentür wartete. Doch die Großmutter, die schon das Herdfeuer schürte, meinte nur traurig: »Er ist nicht da. Hab die Goldschmiedin und die Schneiderin gefragt – niemand hat ihn gesehen.«

Auch Charlotte, die kurz darauf in die Küche kam, war bedrückt. Nun gab sie zu, dass auch sie den Hund vermisste. Grete und Babette waren der gleichen Meinung.

»Hab die Nacht kaum ein Auge zugetan«, sagte Babette. »Das Hundegebell hat mir gefehlt.«

»Er war ein guter Schutz für uns alle«, äußerte Grete bedenklich. »Es ist doch seltsam, dass er so plötzlich verschwunden ist.«

Moritz tauchte erst auf, als die Großmutter ihnen schon die Tassen füllte und die aufgebackenen Brotscheiben dufteten. Kurz nach ihm erschien Therese, die sich mit grünlichem Gesicht und umflortem Blick an den Tisch setzte.

»Du liebe Güte!«, sagte Charlotte und musterte sie mit kritischen Augen. »So zeigst du dich auf keinen Fall der Kundschaft. Geh gleich wieder hinauf in deine Kammer und komm erst herunter, wenn du präsentabel bist.«

»Aber nein, es geht mir gut«, versicherte Therese mit schwacher Stimme.

»Hast du nicht gehört, was Frau Rosen gesagt hat?«, fuhr

Babette sie an. »Du schaust aus wie das Leiden Christi! Ganz schlecht kann einem werden, wenn man dich ansieht!«

Daraufhin erhob sich Therese und stieg langsam wieder die Treppe hinauf. Inzwischen nahm sich Babette Moritz vor, der nun doch recht schuldbewusst auf seinem Platz hockte und meinte, er habe nicht gewusst, dass seine Mutter den Wein nicht vertrug.

»Papperlapapp! Du hättest auf sie aufpassen müssen. Ein guter Sohn hätte das getan.«

Er schwieg zerknirscht und widmete sich seinem Frühstück.

»Außerdem hast du gestern eine Menge verpasst«, meinte Elise.

»Wieso?«

Er machte große Augen, als sie von ihrem raschen Zugreifen und der anschließenden Schlägerei auf dem Markt erzählte. Da hatte dieser Schnösel aus Göttingen doch tatsächlich sein Lieschen verteidigt. Das ärgerte Moritz gewaltig.

»Dass da geprügelt wurde, habe ich auch mitbekommen«, sagte er. »Es hieß, die Polizisten hätten drei Kerle abgeführt. Einer soll der Josef gewesen sein. Aber das habe ich nur reden gehört, sicher kann ich es nicht sagen.«

»Der Kerl mit dem schiefen Maul, der in Frankfurt möglicherweise das Manuskript meines Vaters gestohlen hat? Sagtest du nicht, der sei verschwunden?«

Moritz zuckte die Schultern, er mochte offensichtlich nicht gern an seine misslungenen Nachforschungen zurückdenken.

»Auf jeden Fall hast du großes Glück gehabt, Lieschen. Mach so was ja nie wieder!«

Bevor er hinüber in seinen Laden ging, schaute er in der Dachkammer vorbei und kehrte mit zwei Briefen zurück, die de LaTour ihm anvertraut hatte. Einen davon gab er Elise – er war an Johann Georg von Haynau gerichtet. Den anderen steckte er ein, um ihn auftragsgemäß dem Fräulein von Eschen zu überbringen.

»Schauen wir mal, ob es die Füchsin aus ihrem Bau lockt«, meinte er grinsend und machte sich davon.

Mit dem neunten Glockenschlag erschien Hans Christian Thiedemann im Atelier, eine lederne Mappe mit seiner Examensarbeit unter dem Arm. Die kalten Umschläge, die er in der Nacht aufgelegt hatte, zeigten ihre Wirkung – die Schwellung des Auges war zurückgegangen, auch seine Wange hatte eine hellere Färbung angenommen. Da zwei Kundinnen im Atelier waren, grüßte er die Frauen kurz und höflich, um gleich hinüber in die Küche zu gehen, wo die Großmutter ihn mit einem Frühstück versorgte.

»War das nicht der junge Student, dem Mamsell Elise vor Wochen die Stadt gezeigt hat?«, erkundigte sich die Baurätin Günste, die wegen eines Blumenhuts gekommen war, der frisch dekoriert werden musste.

»Ganz richtig«, versetzte Charlotte. »Es ist der Halbbruder einer meiner Nichten zweiten Grades. Er kam, um meiner Mutter einen Besuch abzustatten.«

»Ein Verwandter … so so«, ließ sich die Schreinermeisterin vernehmen. »Deshalb kennt er sich in Ihrem Haus so gut aus.«

»Was halten Sie von diesen hübschen Seidenrosen, Frau Baurätin?«, lenkte Elise ab. »Sie sind momentan sehr in Mode und passen vorzüglich zu den weißen Margeriten …«

Nun würde es wieder Gerede geben. Wenn erst die Hofrätin von Ochs davon erfuhr, konnte man sicher sein, dass sie im Atelier unter irgendeinem Vorwand auftauchte, um den jungen Herrn aus Göttingen in Augenschein zu nehmen. Anschließend würde sie in ihrer Bekanntschaft verbreiten, dass Mamsell Rosen einen Verehrer habe, der im Hause ein und aus ging, wann immer es ihm gefiel. Es war schon sehr lästig, ständig von so vielen neugierigen Augen beobachtet zu werden.

Ein wenig später machte Elise sich fertig, um den versprochenen Besuch bei Sybilla zu absolvieren und ihrem Halbbruder Johann Georg den Brief ihres Vaters zu überreichen. Sie hoffte sehr, dass Sybilla inzwischen beruhigend auf ihren Ehemann eingewirkt hatte und der Brief ein Übriges tun würde, sodass Johann Georg zur Versöhnung bereit war.

Hans Christian ließ sich nicht davon abhalten, sie auf diesem Gang zu begleiten.

»Ich habe diese Aufgabe übernommen und bin entschlossen, sie so gut ich kann zu erfüllen, Mamsell Elise«, sagte er, den Hut schon in der Hand. »Wohin Sie auch gehen – ich folge Ihnen wie ein Schatten, um Sie zu beschützen.«

Elise war überzeugt, dass sie am helllichten Tag in Kassels Straßen keinerlei Schutz benötigte, doch sie widersprach ihm nicht, sondern nahm das Angebot an. Sollten die Leute doch reden, wenn sie sonst nichts zu tun hatten! Seite an Seite gingen sie durch die Marktgasse zum Marställer Platz hinunter, am Landgrafenschloss vorbei bis zum Friedrichsplatz. Da es nach Regen aussah, trug Hans Christian einen großen Regenschirm, den er tatsächlich aufspannen musste, als sie den Platz überquerten. Um sie besser beschirmen zu können, bot er Elise seinen Arm, und sie hakte sich bei ihm ein.

»Was für ein scheußliches Wetter«, seufzte sie. »Dabei war es gestern noch so angenehm.«

»Mir gefällt dieser Frühlingsregen«, meinte er lächelnd. »Gibt er mir doch die Möglichkeit, Sie dicht bei mir zu haben. Ich wünschte, es würde immer nur regnen, liebe Elise.«

»Oh, das würde mir nicht gefallen!«, lachte sie. »Es ruiniert die hübschen Blumenhüte, die wir im Atelier herstellen.«

»Umso besser, wenn sie ruiniert werden«, meinte er unverdrossen. »Dann müssen sich die Damen neue Hüte machen lassen.«

In der Carlstraße mussten sie einer Equipage ausweichen und

sich dicht an eine Hauswand drängen. Hans Christian hielt den Schirm vor sie beide, um sie vor dem aufspritzenden Regenwasser zu schützen.

»Was für ein scheußliches Wetter«, sagte sie.

»In der Tat, Mamsell Rosen«, gab er zurück und hob den Schirm wieder an, um einem älteren Herrn den Weg freizugeben. Elise erkannte ihn – er war ein Musiker vom kurfürstlichen Orchester, ein eifriger Kunde in Moritz' Weinladen, der sich vor allem dann einfand, wenn man dort den Wein umsonst verkosten durfte.

Vor dem Haus der Familie von Schönhoff angekommen, zog Hans Christian die Türglocke.

»Mamsell Rosen – seien Sie herzlich willkommen«, sagte der Hausdiener Baptiste. »Und Herr Thiedemann aus Göttingen? Das freut uns außerordentlich. Geben Sie bitte Ihren Schirm. Ich melde Sie sogleich bei meiner jungen Herrin an.«

Sybilla saß auf dem Sofa im Salon, ein wollenes Umhängetuch um die Schultern gelegt, und wie üblich hatte sie in einem Buch gelesen. Sie erschien Elise erschöpft und sorgenvoll, doch ihre Miene hellte sich auf, als sie die Gäste begrüßte.

»Meine liebe Elise! Und Herr Thiedemann aus Göttingen. Wie freue ich mich, dass Sie den Weg in unser schönes Kassel gefunden haben. Nehmen Sie doch Platz.«

Sybilla war hocherfreut, dass ihre Vermittlung so gut gelungen war. Sie lächelte Elise aufmunternd zu und beschäftigte sich ausgiebig mit Hans Christian Thiedemann, redete mit ihm über dies und das, befragte ihn nach seiner beruflichen Zukunft und schien sehr erfreut, dass auch er der schönen Literatur zugetan war.

»Einen Verlag wollten Sie ins Leben rufen? Nun – das ist ein Plan ganz nach meinem Herzen, Herr Thiedemann.«

Elise ließ sie gewähren, amüsierte sich über Sybillas Eifer und dachte sich ihr Teil. Wie es schien, prüfte Sybilla den jungen

Mann auf Herz und Nieren, ob er zum Ehemann für ihre liebste Freundin passte. Erst nach einer Weile, als Sybilla mit dem Ergebnis ihrer Prüfung zufrieden war, erkundigte sich Elise, ob Johann Georg im Hause sei.

»Leider nicht«, gab Sybilla zur Antwort. »Er musste Urlaub nehmen, da sein Vater ihn nach Wetzlar bestellte. Seine Mutter ist leider erkrankt, was uns beiden große Sorge bereitet.«

»Das tut mir sehr leid«, sagte Elise betroffen. »Ich fürchte, es hängt mit dem Schreiben an den Kurprinzen zusammen, habe ich recht?«

»Ja«, gab Sybilla bekümmert zu. »Der Kurprinz hat Johann Georgs Eltern aufgefordert, sich zu dem Verdacht zu äußern. Es war zwar eine diskrete Nachfrage, die mit keinerlei Vorwürfen oder Drohungen verbunden war – aber wie es scheint, hat es sich seine Mutter sehr zu Herzen genommen.«

»Dann bitte ich dich, ihm diesen Brief zu geben, wenn er zurückkommt«, sagte Elise und zog das Schreiben ihres Vaters heraus. »Und grüß ihn herzlich von mir.«

Johann Georg würde also vorerst nicht zur Verfügung stehen, das war schade. Und dazu war es möglich, dass sein Groll auf de LaTour sich noch vergrößerte, da nun seine Mutter erkrankt war. Ohne Zweifel fürchtete sie die öffentliche Schande, die eine Enthüllung von Johann Georgs Herkunft über sie bringen würde.

Sybilla bedauerte es sehr, als sie trotz des heftigen Regens bald aufbrachen, um zum Atelier zurückzukehren.

»Sie sind uns jederzeit herzlich willkommen, lieber Herr Thiedemann«, sagte sie beim Abschied. »Wie lange gedenken Sie, in Kassel zu bleiben?«

Er sah Elise mit einem fragenden Blick an.

»Solange Mamsell Rosen meiner bedarf, gnädige Frau.«

Als sie nebeneinander unter dem Regenschirm über den Friedrichsplatz gingen, erschütterte ein heftiges Donnergrollen die Stadt, und über dem Fluss zuckten Blitze am regenschwarzen Himmel. Sie beeilten sich, durch die schmalen Gassen der Altstadt zum Atelier Rosen zu gelangen, ohne ihre Schuhe vollkommen zu durchweichen. Die Rinne in der Mitte war inzwischen übergelaufen, und das schmutzige Wasser breitete sich fast bis zu den Hauseingängen aus.

»Endlich seid ihr zurück«, sagte ihre Mutter. »Fräulein von Eschen hat ihr Mädchen geschickt, Elise. Du sollst am Nachmittag zu ihr kommen, sie benötigt schwarze Handschuhe.«

Kapitel 31

Hans Christian Thiedemann stieg sogleich in die Dachkammer hinauf, um de LaTour anzukündigen, dass Fräulein von Eschen prompt auf das Schreiben reagiert und Elise zu sich bestellt hatte. Als er zurückkehrte, hatte die Großmutter ihm einen Schemel an den Küchentisch gerückt, damit er gemeinsam mit ihnen zu Mittag essen konnte.

»Sie sind ohne Zweifel gewohnt, Ihre Mahlzeiten in einem schön eingerichteten Speisezimmer einzunehmen und von Porzellantellern mit feinem Silberbesteck zu essen«, sagte sie zu ihm, als er mit bedenklicher Miene in der Küche erschien. »Wir haben leider nur Tongeschirr, und es passt nicht alles zusammen …«

»Um Himmels willen, gnädige Frau«, rief er. »Ich weiß es sehr zu schätzen, dass Sie mich in Ihren Familienkreis aufnehmen, und freue mich sehr, mit Ihnen hier in der Küche essen zu dürfen.«

»Dann ist es ja gut«, meinte Großmutter Anna. »Sie machten eben gerade ein Gesicht, als sei Ihnen der Weizen verhagelt.«

Er ließ sich auf dem Schemel nieder, den die Großmutter zwischen Grete und Charlotte postiert hatte.

»Es liegt an meiner Examensarbeit«, gestand er betreten. »Zu meiner allergrößten Bestürzung hat Herr de LaTour sehr viel daran auszusetzen.«

»Darauf dürfen Sie nicht allzu viel geben«, fand Elise. »Papa ist ein kritischer Mensch, der überall ein Haar in der Suppe findet. Seine eigenen Werke natürlich ausgenommen.«

»Es bekümmert mich dennoch, da ich bisher glaubte, eine exzellente Arbeit geschrieben zu haben«, gab er düster zur Antwort.

Moritz, der am anderen Ende des Tisches saß, schien sich wenig über den Familienzuwachs beim Mittagsmahl zu freuen. Mürrisch rührte er in seiner Suppe und meinte boshaft: »Ich dachte immer, so ein Studiosus schreibt seine Arbeiten ganz allein. Aber man lernt halt immer dazu im Leben …«

Niemand reagierte auf seine Bemerkung, stattdessen hörten alle Therese zu, die sich ausgeschlafen hatte und so weit wiederhergestellt war, dass sie ein paar Löffel Suppe zu sich nehmen konnte. Sie war ausgesprochen redselig, schwatzte von dem schönen Markt, von den vielen Fremden, die aus aller Herren Länder gekommen seien, und dass ihr Moritz ein gutes Geschäft gemacht hatte.

»Alle seine treuen Kunden waren da und haben seinen Wein verkostet. Der Herr Döring, der immer die schönen Theaterstücke schreibt, und der Herr Baumann, der die Sologeige im Orchester spielt, und auch der Oboist Herr …«

»Du brauchst keine Brotkügelchen unter den Tisch zu werfen, Therese«, unterbrach Babette sie. »Unser Fidibus ist nicht da, er ist seit gestern verschwunden.«

»Ach«, meinte Therese betroffen und schaute unter den Tisch, wo tatsächlich kein hungriger Hund auf milde Gaben wartete. »Dann habe ich mich gestern wohl doch nicht getäuscht.«

»Wieso?«, fragte Elise aufgeregt. »Hast du Fidibus etwa gesehen?«

»Nun ja«, sagte Therese zögernd. »Am späten Nachmittag, als die Schausteller zusammenpackten, da zerrte einer von ihnen einen Hund an einem Strick hinter sich her. Ich glaube, es war der Moritatenerzähler. Du musst es doch auch gesehen haben, Moritz! Ich sagte noch: Der schaut ja aus wie unser Fidibus.«

Moritz zuckte die Schultern, er konnte sich an nichts erinnern.

»Das kommt nur daher, weil du mir niemals zuhörst, Junge«, tadelte ihn seine Mutter. »Ich kann reden und reden …«

Elise wechselte einen bekümmerten Blick mit Charlotte. Wenn es stimmte, was Therese da beobachtet hatte, dann würden sie den armen Fidibus so bald nicht wiedersehen.

Nach dem Mittagessen stieg Elise hinauf in die Dachkammer, um sich noch einmal mit ihrem Vater über den anstehenden Besuch zu besprechen.

»Dass sie so schnell ist, scheint mir ein gutes Zeichen zu sein«, meinte er und legte die Feder beiseite. Neben ihm lagen die Seiten der Examensarbeit, er war beschäftigt, sich Notizen über unklare und schlechte Ausdrucksweise zu machen.

»Soll ich Fräulein von Eschen auf dein Schreiben ansprechen?«, wollte Elise wissen.

»Das wäre nicht klug«, sagte er und blinzelte sie nachdenklich an. »Es würde mich wundern, wenn sie offen zu dir wäre. Aber merke dir gut, was sie sagt, und überbringe mir jedes Wort.«

»Ich will es versuchen. Wünsch mir Glück, Papa!«

»Das Glück gehört dem Tüchtigen, ma fille!«

Auf dem Treppenflur wartete Hans Christian Thiedemann auf sie, der als ihr Beschützer entschlossen war, sie zu begleiten. Dieses Mal gefiel es ihr überhaupt nicht – diesen schwierigen Gang hätte sie lieber allein unternommen.

»Ich muss darauf bestehen«, sagte er eigensinnig. »Es ist immerhin möglich, dass diese Frau die Erpresserin ist. Ich würde mir nie verzeihen, Sie einer solchen Gefahr ausgesetzt zu haben, Mamsell Elise.«

»Was sollte sie mir in diesem Fall wohl tun?«, widersprach Elise ärgerlich. »Mich als Geisel nehmen? Unsinn! Falls sie tatsächlich dahinterstecken sollte, wird sie mich auf eine falsche Fährte locken wollen.«

»Dennoch werden Sie meinen Schutz auf dem Weg dorthin benötigen, Mamsell Rosen. Ihr Vater trug mir auf, Sie nicht aus den Augen zu lassen!«

Was für ein getreuer Paladin! Es war unmöglich, ihn abzuschütteln, sodass sie sich schließlich widerwillig fügte.

»Dann warten Sie aber vor dem Haus – ich muss auf jeden Fall allein mit ihr sprechen. Es ist schon seltsam genug, dass sich eine Putzmacherin beim Besuch ihrer Kundin von einem Herrn begleiten lässt.«

»Wie auch immer – ich bin erst zufrieden, wenn ich Sie heil und sicher zurück ins Atelier gebracht habe!«, versetzte er.

Der Regen hatte aufgehört, doch der Himmel war bedeckt. Nur zögernd stellten die Ladenbesitzer Tische vor ihren Geschäften auf, um ihre Waren zu präsentieren, und in der Gosse brodelte und rauschte das Regenwasser auf seinem Weg hinunter zur Fulda.

Hans Christian hatte sich erboten, den Koffer zu tragen, in dem sie eine Kollektion dunkler Handschuhe mitführte, doch Elise hatte abgelehnt. Der Weg war der gleiche wie der, den sie am Morgen gegangen waren, denn Fräulein von Eschen wohnte nicht weit vom Haus der Familie von Schönhoff entfernt, doch nun war Elise schweigsam, und auch Hans Christian Thiedemann sprach nur hie und da ein Wort. Er hatte sich schließlich einverstanden erklärt zurückzubleiben, sobald das Haus des Fräuleins von Eschen in Sichtweite kam, doch er erklärte energisch, dass er nicht länger als eine halbe Stunde warten würde.

»Danach werde ich mir unter einem Vorwand Zugang zu diesem Haus verschaffen, das schwöre ich Ihnen.«

»Tun Sie, was Sie nicht lassen können!«

Während sie an der Türglocke zog, ertappte sie sich bei dem Gedanken, dass es doch einfacher gewesen wäre, sich von ihrem lieben Fidibus beschützen zu lassen.

»Meine Herrin hat Besuch vom Geistlichen, Sie sollen nebenan warten«, sagte das Hausmädchen und führte sie in das Besucherzimmer.

Auch das noch. Wollte Fräulein von Eschen die Beichte ablegen? Nun – dann würde die Wartezeit wohl recht ausgedehnt sein. Nervös saß Elise auf dem unbequemen Besucherstuhl, besah die gerahmten Stiche an den Wänden und sorgte sich, dass Hans Christian seine Absicht wahr machen und unpassenderweise hier auftauchen könnte.

Endlich vernahm sie die Abschiedsworte des Geistlichen und seine Schritte die Treppe hinunter, wo das Mädchen ihm die Haustür öffnete. Gleich darauf bat man sie, in den Salon einzutreten.

Fräulein von Eschen zeigte mit keiner Miene, ob de LaTours Schreiben eine Wirkung hinterlassen hatte. Sie blickte Elise gleichmütig an und zeigte mit dem Finger auf das Sofa.

»Ist der Koffer sauber? Dann legen Sie ihn dort ab, damit ich mir die Ware ansehen kann.«

»Gern, Fräulein von Eschen. Wir haben zum Glück einige neue Modelle in Schwarz hereinbekommen. Diese Spitzen sind besonders für den Sommer oder für einen Theaterbesuch geeignet …«

Fräulein von Eschen hatte sich erhoben und stand nun über den Koffer gebeugt, nahm einige Paare heraus und probierte sie an. Sie hatte kleine, zarte Finger, an denen die schwarzen Spitzenhandschuhe sehr hübsch aussahen. Elise sah ihr eine Weile zu; da die Dame jedoch beharrlich schwieg, wurde sie ungeduldig. Wollte das Fräulein tatsächlich nichts weiter, als ein Paar Handschuhe kaufen?

»Ich sah Ihre Anzeige im ›Boten aus Kassel‹«, sagte Elise schließlich in harmlosem Ton. »War sie erfolgreich? Haben Sie Ihre Handschuhe zurückbekommen?«

»Wenn es so wäre, bräuchte ich keine neuen Handschuhe!«, war die knappe, wenig freundliche Antwort.

Elise biss sich auf die Zunge. Warum hatte sie nicht getan, was ihr Vater ihr geraten hatte? Schweigen und zuhören. Nur leider war von der Dame kein Wort zu vernehmen, stumm probierte sie eine Reihe von Handschuhen, warf sie zurück in den Koffer und wählte ein anderes Paar, das sie ebenso wenig zufriedenstellte.

»Nein«, sagte sie schließlich. »Es ist nichts dabei, was mir gefällt. Nehmen Sie das wieder mit.«

»Das tut mir sehr leid«, meinte Elise enttäuscht. »Ich hatte gehofft, die seidenen Handschuhe würden Ihnen gefallen.«

»Brauche ich nicht«, gab die Dame kurz angebunden zurück und trat zum Fenster. »Was für ein scheußliches Wetter. Ich hoffe sehr, dass das Konzert heute Abend auf dem Friedrichsplatz nicht abgesagt wird.«

Richtig, heute Abend sollte anlässlich des Hochzeitstages des Kurprinzen und seiner Gemahlin eine Abendmusik vor dem roten Palais stattfinden. Man würde eine Auswahl aus den Werken verschiedener Komponisten zu Gehör bringen, vor allem Mozart und Beethoven, den der Kurprinz besonders liebte.

»Das wäre sehr schade«, stimmte Elise bei.

»In der Tat«, sagte Fräulein von Eschen und wandte sich zu ihr um. »Das Orchester des Kasseler Theaters ist mit ganz außerordentlichen Musikern besetzt. Es lohnt in jedem Fall, sich dieses Konzert anzuhören.«

»Da bin ich ganz Ihrer Ansicht«, sagte Elise, während sie den Koffer verschloss. »Ich hatte mir vorgenommen, mit meiner Frau Mutter dorthin zu gehen.«

»Ein guter Vorsatz. Grüßen Sie Ihre Frau Mutter von mir.«

»Herzlichen Dank, Fräulein von Eschen. Es tut mir sehr leid, dass die Handschuhe nicht Ihren Wünschen entsprachen …«

Doch die Dame hatte schon wieder in ihrem Lieblingssessel Platz genommen und beachtete Elise nicht weiter. Das bedeutete, dass Elise zu gehen hatte.

Was für ein seltsames Gespräch. Keine Handschuhe. Ein Konzert, das man sich nicht entgehen lassen sollte. Kein Wort von dem Brief, den ihr Vater an die Dame geschickt hatte.

Unten im Hausflur stand Hans Christian, der dem Mädchen gerade seine Visitenkarte überreichte.

»Einen Augenblick, mein Herr«, sagte das Mädchen und knickste. »Ich frage Fräulein von Eschen, ob sie Sie empfangen möchte …«

»Warten Sie«, rief er hastig, als er Elise die Stiege herabkommen sah. »Es hat sich erledigt. Geben Sie mir die Karte wieder.«

Sie ließen das arme Mädchen in größter Verwunderung zurück, und Elise machte auf dem Rückweg ihre Scherze über sein merkwürdiges Verhalten.

»Ich habe mir allergrößte Sorgen gemacht«, meinte er bekümmert. »Und Sie lachen mich aus. Das ist nicht schön von Ihnen, Mamsell Elise.«

»Ich bin gewohnt, auf mich selbst aufzupassen, Herr Thiedemann.«

Er schwieg betroffen, und sie fand es nicht nötig, weitere Erklärungen hinzuzufügen. Es war ja rührend, dass er sich um sie sorgte, aber einen Polizisten, der jeden ihrer Schritte bewachte, brauchte sie nicht. Als sie den Friedrichsplatz überquerten, sah sie, dass vor dem roten Palais ein hölzernes Podest aufgebaut wurde – das ließ darauf schließen, dass das Konzert heute Abend trotz des schlechten Wetters nicht abgesagt wurde. Wenn man Glück hatte, konnte die Aufführung sogar im Trockenen stattfinden, denn die Regenwolken hatten sich verzogen.

Vor dem Atelier angekommen verbeugte sich Hans Christian höflich und erklärte, ihr nicht länger zur Last fallen zu wollen. »Ich werde zurück zum Gasthof gehen und dort das Abendessen einnehmen. Wenn es erlaubt ist, würde ich Ihrem Herrn Vater gern am Abend meine Aufwartung machen, um zu erfahren, ob dieser Besuch bei Fräulein von Eschen erfolgreich gewesen ist.«

Oha – jetzt war er beleidigt. Da war sie wohl etwas zu schroff gewesen.

»Sie fallen uns nicht zur Last, Herr Thiedemann«, erklärte sie. »Ich bitte Sie herzlich, hierzubleiben und mit uns gemeinsam zu essen.«

Er war unschlüssig, doch ein Augenaufschlag genügte, um ihn wieder milder zu stimmen. Gemeinsam traten sie ein, liefen der Hofrätin von Ochs, die den neuen Hut probierte, geradewegs in die Arme, und Hans Christian war genötigt, sich vorzustellen und einige Worte mit der Dame zu wechseln.

»Aus Göttingen? Ach ja, ich hörte schon, dass Frau Rosen dort Verwandtschaft hat. Meine Mutter selig hatte ja auch eine Cousine dritten Grades, deren Patentante mit einem Göttinger Professor verheiratet war. Oder war er aus Marburg? Auf jeden Fall war er Professor für Philosophie und Sternenkunde. Werden Sie sich länger in unserer schönen Stadt aufhalten, Herr Thiedemann?«

»Einige Tage …«

»Da sollten Sie das Konzert auf dem Friedrichsplatz heute Abend nicht versäumen. Es findet zu Ehren des Kurprinzenpaares statt, das heute den fünften Hochzeitstag begeht. Leider ist die Kurprinzessin ja eine Mésalliance, unsere liebe Kurfürstin ist recht unglücklich darüber …«

Elise nutzte die Gelegenheit, um rasch hinauf zu ihrem Vater zu laufen und ihm das Ergebnis ihres Besuchs zu überbringen.

»Ganz außerordentliche Musiker, sagte sie?«, meinte er und zog die Augenbrauen in die Höhe. »Nun, das könnte ein Hinweis sein. Un musicien! Warum nicht? Ich werde mir dieses Konzert zu Gemüte führen.«

»Du willst hingehen?«, rief sie erschrocken. »Aber das ist gefährlich! Es könnte auch eine Falle sein.«

»Mein liebes Kind«, meinte er lächelnd. »Ich bin in meinem

langen Leben schon in so manche Falle getappt und habe mich immer auf die eine oder andere Weise herausgezogen. Außerdem wird es dunkel sein, und ich gehe davon aus, dass mich in dieser Kleidung niemand erkennen wird.«

»Niemand außer dem Erpresser!«

Er machte eine wegwerfende Handbewegung und sah auf seine Taschenuhr. Es war noch Zeit, die Musik sollte erst beginnen, wenn es dunkel war, da man Fackeln und Lichter anzünden wollte.

»Falls du und Charlotte ebenfalls dem Ereignis beiwohnen wollt, wäre es gut, wenn Herr Thiedemann euch begleitet«, sagte er.

»Das wird er ohnehin tun«, meinte Elise verdrossen. »Er folgt mir auf Schritt und Tritt und bewacht mich wie ein Soldat.«

»Dazu hat er auch allen Grund, Elise«, gab er zurück. »Du hast möglicherweise nicht bemerkt, dass dir gestern jemand gefolgt ist, als du mit den Papieren vom Markt zurückkamst.«

Sie erschrak. Sie hatte zwar einen Schatten hinter sich gesehen, doch nicht ernsthaft damit gerechnet, dass es ein Verfolger sein könnte.

»Woher willst du das wissen, Papa?«

»Ich stand oben am Flurfenster, comme tu sais. Ein Mensch im dunklen Mantel mit einer Kappe, wie sie die Arbeiter tragen, folgte dir bis zur Mauer, und dort blieb er zurück – vermutlich, weil er die Stimme deiner Großmutter vernahm.«

Elise wurde noch im Nachhinein schwindelig. Nun begriff sie auch, weshalb Hans Christian sie so hartnäckig begleitete – ihr Vater musste es ihm erzählt haben.

»Das hättest du mir gleich sagen sollen, Papa!«, meinte sie vorwurfsvoll.

»Pardon. Aber ich wollte weder dich noch deine Mutter allzu sehr beunruhigen.«

De LaTour nahm sich wieder seine Notizen vor, die inzwischen schon mehrere Blätter füllten. Hans Christian würde über diese zahlreichen Korrekturen nicht erfreut sein.

Nach dem Abendessen machte man sich bereit, die Nachtmusik zu Ehren des Kurprinzenpaares anzuhören. Moritz hatte von Charlotte den Auftrag erhalten, sich stets in der Nähe des verkleideten de LaTour aufzuhalten, um ihm notfalls beizustehen, falls jemand ihn angreifen sollte. Das gefiel ihm gar nicht.

»Wieso kümmert sich der Herr Studiosus nicht um ihn?«, wollte er wissen. »Ich habe vor, Lieschen zu begleiten.«

»Mamsell Elise zu beschützen ist meine Aufgabe«, erklärte Hans Christian.

»Tatsächlich? Und wer bestimmt das?«, fragte Moritz eifersüchtig.

»Herr de LaTour gab mir diese Anweisung.«

»Mein Schwiegervater? Nun ja – er weiß wohl, was er tut«, meinte Moritz hochnäsig.

Hans Christian machte ein betroffenes Gesicht.

»Ihr Schwiegervater? Wie darf ich das verstehen?«

»Wussten Sie nicht, dass ich mit Lieschen – ich wollte sagen mit Mamsell Rosen – fest verlobt bin?«

»Nein … davon ahnte ich nichts …«, meinte Hans Christian Thiedemann betreten.

»Dann wissen Sie es jetzt!«, trumpfte Moritz auf.

Die Großmutter erklärte, lieber in der warmen Küche bleiben zu wollen, und auch Grete mochte trotz Babettes Drängen nicht mit auf den Friedrichsplatz gehen. Elise hatte ihr gegenüber ein schlechtes Gewissen, denn sie hatte die Botschaft des Professor Thiedemann noch nicht ausgerichtet. Nun – sie hatten einstweilen Wichtigeres zu tun, die Sache lief Grete ja nicht davon. So gingen die vier Frauen in Begleitung von Hans Christian Thiedemann durch die Gassen der Altstadt, die von den Reverberen mehr schlecht als recht beleuchtet wurden. De LaTour wollte später allein aufbrechen, Moritz sollte ihm in einigem Abstand folgen. So war der Plan, den er verkündet hatte.

Die beiden Näherinnen schwatzten ahnungslos daher, sie genossen diesen abendlichen Ausflug, der ein besonderes Erlebnis versprach, denn solch eine schöne Musik hörte man gewöhnlich nur im Theater, wo ein Sitzplatz schrecklich teuer war. Besonders Therese war völlig aus dem Häuschen, als Hans Christian alle seine Begleiterinnen galant über die Trittsteine geleitete, um die Gosse in der Straßenmitte zu überqueren.

»Danke vielmals, Herr von Thiedemann ... Sie wissen, was feine Lebensart ist ... Ergebensten Dank ...«

»Komm zu dir, Therese«, murmelte Babette. »Noch bist du keine Großfürstin.«

Von allen Seiten strömten die Kasseler Bürger herbei, um dem Kurprinzenpaar die Ehre zu geben. Viele hatte Fackeln angezündet, andere trugen Laternen, um sich in den schmalen Gassen besser zurechtzufinden. Man begrüßte einander, tauschte heitere Wünsche oder Scherze aus, fragte nach der kranken Großmutter oder erkundigte sich nach den Kindern. Hie und da zeigte sich auch ein Bürger in Uniform, ein Angehöriger der Bürgerwehr, die in der Stadt für Ordnung sorgte und damit bewies, dass man nicht nur auf den Kurprinzen und seine Soldaten angewiesen war.

Bei diesem Auflauf an Nachbarn und Bekannten scheint mir die Sache wirklich nicht gefährlich, dachte Elise.

Auf dem Friedrichsplatz war ein Regiment des Garde du Corps angetreten, überall leuchteten Fackeln und Laternen, auch hingen von den Gebäuden Fahnen in den Landesfarben mit dem kurfürstlichen Wappen. Das Podest der Musiker hatte man mit gelbem Stoff verkleidet, damit die groben Hölzer nicht zu sehen waren, und ringsum an den Rand hatte man Blumenkästen aufgestellt, die von kleinen Lichtern recht malerisch beleuchtet wurden. Mehrere Stuhlreihen waren von einem Baldachin überspannt, das waren die Plätze für den Bürgermeister Schomburg und die Honoratioren der Stadt nebst ihren Gattinnen und Familienangehörigen. Die übrigen Zuhörer – und das waren die meisten – mussten dem Ereignis stehend und ohne Regenschutz beiwohnen.

»Was für ein hübscher Anblick«, meinte Hans Christian zu Charlotte. »Die Kasselaner scheinen ihren Kurprinzen sehr zu verehren.«

»Es liegt wohl eher daran, dass man sich sein Wohlwollen erkaufen möchte«, gab Charlotte zurück. »Der Kurprinz hält nicht viel von Bürgerstolz und einer Ständevertretung – am liebsten würde er wieder absolut regieren, wie es seine Vorväter in vergangenen Jahrhunderten taten.«

Elise blickte sich verstohlen um, ob sie vielleicht ihren Vater irgendwo zwischen den Zuschauern erblickte, doch die Menschen standen so dicht, dass sie nur die nächsten Umstehenden erkennen konnte. Hier auf dem Platz war er sicher nicht in Gefahr, nur später, wenn die Menschen nach dem Konzert auseinandergingen und er durch die Gassen der Altstadt zurück zum Atelier lief, konnte es gut sein, dass ihm jemand auflauerte. Sie hatte Angst um ihn. Der geheimnisvolle Verfolger, der ihr gestern nachgeschlichen war, konnte auch ihrem Vater gefährlich werden.

Jetzt betrat der Dirigent, der bekannte Louis Spohr, das Podest, wo die Musiker bereits ihre Plätze eingenommen hatten. Er hob den Taktstock und gab den Trompeten das Zeichen, das Konzert anzukündigen. Auf das deutlich hörbare Signal hin hörten die Menschen auf zu schwatzen, und man blickte hinauf zu den beleuchteten Fenstern des roten Palais, wo das Kurprinzenpaar der Abendmusik zuhörte.

Ein Satz aus dem Flötenkonzert von Mozart machte den Anfang, danach folgte ein Stück, das Herr Spohr komponiert hatte, schließlich der erste Satz aus der berühmten *Eroica* von Ludwig van Beethoven. Elise bedauerte sehr, zu weit entfernt zu stehen, um die Musiker genauer beobachten zu können. Sie kannte die meisten ohnehin, da sie im Winter häufig von ihrer Freundin Sybilla in die Loge der Familie von Schönhoff zum Theaterbesuch eingeladen war, was sie stets sehr genossen hatte. Heute jedoch war sie viel zu unruhig, um sich an der schönen Musik zu erfreuen. Auch Charlotte blickte sich immer wieder nervös um, nur Hans Christian folgte der Darbietung mit großer Begeisterung, was ihn jedoch nicht daran hinderte, die ihm anvertrauten Damen stets im Auge zu behalten.

Irgendwo auf diesem Platz war auch der Erpresser zugegen – war es jener Mensch im dunklen Mantel mit einer Arbeiterkappe auf dem Kopf? Oder benutzte er eine andere Verkleidung? Lief er wie ein ganz normaler Kasseler Bürger herum? Oder befand er sich unter den Musikern? Je länger Elise darüber nachdachte, desto irrsinniger erschien ihr die Annahme, Fräulein von Eschens zufällige Erwähnung dieses Konzerts könnte ein Hinweis auf den Erpresser sein. Viel wahrscheinlicher war, dass sie eine falsche Fährte gelegt hatte oder – was ihr durchaus zuzutrauen war – dass sie de LaTour eine Falle gestellt hatte.

Nach Beendigung der Abendmusik trat der Kurprinz im Festtagsgewand auf den Balkon des Palais, um sich bei seinen geliebten Landeskindern im Namen seiner Gemahlin für diese schöne Aufmerksamkeit zu bedanken. Danach erhob sich Bürgermeister Schomburg von seinem Sitz, um eine Rede zu halten, in der er dem Kurprinzenpaar zum Hochzeitstag Glück und Segen wünschte, die Anhänglichkeit der Kasselaner an ihren großmütigen Kurprinzen betonte und auch die Bürgerwehr und die Ständevertretung erwähnte. Danach setzte wieder Musik ein, man spielte wiederum eine Komposition des Dirigenten Louis Spohr, und in der Königsstraße formierte sich ein Fackelzug, der am roten Palais vorbeimarschieren würde, um die

Equipage des Kurprinzenpaares bis zum Wilhelmshöher Tor zu geleiten. Doch nun erklärte Therese, sie sei vollkommen durchgefroren, und Babette beschwerte sich über ihre kalten Füße, sodass man die Musik des Herrn Spohr nicht mehr zu Ende anhörte, sondern sich zur Marktgasse aufmachte.

Zu Elises und Charlottes allergrößter Erleichterung berichtete die Großmutter, dass Herr de Latour schon oben in seiner Dachkammer sei. Auch Moritz kehrte gleich darauf ins Atelier zurück.

»So was mache ich nie wieder«, schimpfte er. »Hat sich an den Leuten vorbeigeschoben wie ein Aal, weg war er, und ich konnte ihn suchen. Ganz vorn hat er gestanden, da wo die einfachen Leute gar nicht sein dürfen. Weiß der Teufel, wie er das geschafft hat – mich haben die verdammten Angeber von der Bürgerwehr gleich wieder nach hinten geschickt …«

»Die Hauptsache ist, dass er unbeschadet wieder hier ist!«, meinte Charlotte erleichtert. »Dieser Konzertbesuch scheint mir recht überflüssig gewesen zu sein.«

»Ich glaube, du hast recht, Mutter«, bestätigte Elise.

Oben in der Dachkammer saß de Latour im Dunkeln, da er ja wegen der Nachbarn kein Licht anzünden durfte. Als Elise leise an die Tür klopfte, hörte sie ein unfreundliches Knurren statt einer Antwort.

»Schon wieder zurück? Ich hoffe, ihr habt das große Musikereignis genossen. Mon Dieu – was versteht Sophie Wilhelmine unter ausgezeichneten Musikern? Die Flöte zu Beginn war eine einzige Katastrophe. Selten habe ich Mozarts wundervolles Flötenkonzert in D-Dur in solch jämmerlicher Ausführung gehört.«

Du liebe Güte, wie anspruchsvoll er war! Vermutlich war er einfach nur verärgert, weil der Abend keine neuen Erkenntnisse gebracht hatte.

»Ganz so schlimm fand ich es nicht, Papa«, widersprach sie.

»Es war aber auch nicht der Herr Juschow, der gespielt hat, sondern ein anderer.«

»Juschow? Wer ist das? Der Flötist?«

Sie trat in die Kammer und blieb bei der Tür stehen. Jetzt, da sich ihre Augen an die Dunkelheit gewöhnt hatten, konnte sie erkennen, dass er mit hochgezogenen Knien auf seinem Lager saß.

»Ja. Er ist oft drüben bei Moritz, weil er den Rotwein liebt. Am Ende hat er gestern auf dem Markt zu tief ins Glas geschaut, sodass er heute nicht die Flöte spielen konnte …«

De LaTour blickte sie jetzt aufmerksam an. »Bei Moritz im Weingeschäft? Wie schaut er aus? Ein junger Kerl?«

»Aber nein, er ist schon etwas älter. Hat graue Schläfen. Ich glaube, er kommt aus Polen oder Russland. Er ist tatsächlich ein sehr guter Musiker, es ist schade, dass er heute nicht dabei war.«

»Juschow? Seltsamer Name. Klingt tatsächlich Russisch. Kennst du seinen Vornamen?«

»Ja. Er heißt Andreas.«

»Andreas …«, wiederholte er nachdenklich. »Andreas Juschow. Andre Juschow. Andr….«

Er stockte, dann vernahm sie mehrere französische Sätze, die er so rasch vor sich hinmurmelte, dass sie nur wenige Worte verstand.

»Nous le tenons!«, sagte er zu ihr. »Geh jetzt schlafen, Elise. Und schick mir Moritz hinauf. Ist Herr Thiedemann noch hier? Den brauche ich ebenfalls. Morgen räuchern wir das Nest aus.«

Kapitel 32

Also doch! Elise konnte es kaum fassen. Der Flötist Juschow, einer von Moritz' treuesten Stammkunden, der sich nach der Schließung des Weingeschäfts prompt wieder eingestellt hatte. Der sollte der Erpresser sein? Kaum zu glauben. Ein freundlicher kleiner Mensch, der immer ein wenig schüchtern und linkisch daherkam und mit dem Theaterdichter Döring befreundet war. Man sagte auch, dass er ein begabter Komponist sei, doch seine Stücke wurden niemals aufgeführt. Vermutlich deshalb, weil der berühmte Theaterdirigent Louis Spohr lieber seine eigenen Werke zu Gehör brachte.

Der sollte ihr gestern in den schmalen Gassen der Altstadt gefolgt sein? Nun – vor Herrn Juschow fürchtete sie sich nicht, der konnte keiner Fliege etwas zuleide tun.

Moritz und Hans Christian kehrten mit leuchtenden Augen, aber verschlossenen Mienen und versiegelten Lippen aus der Dachkammer zurück. Danach verabschiedete sich Hans Christian Thiedemann, und Elise geleitete ihn zur Tür.

»Ich muss mich bei Ihnen entschuldigen«, sagte sie beim Abschied. »Mein Vater hat mir erst jetzt von dem Verfolger erzählt, den er gestern im Garten gesehen hat.«

Er lächelte erleichtert und gab zu, über ihre Zurückweisung betroffen gewesen zu sein.

»Ich bin mir bewusst, dass ich anmaßend und aufdringlich gewirkt haben muss«, meinte er. »Aber ich war sehr erschrocken über das, was Ihr Vater mir eröffnete, und sorgte mich um Ihr Leben, Mamsell Elise.«

»Nun – ich denke, dieser Mann ist nicht allzu gefährlich!«, lachte sie.

»Ich wäre da nicht so sicher«, meinte er mit bedenklicher Miene. »Es gibt Menschen, die haben zwei Gesichter.«

Vielleicht hatte er ja recht. Vorsicht war immer gut.

»Wenn alles sich so verhält, wie mein Vater glaubt, dann wären wir morgen aller Sorgen ledig«, sagte sie.

»Das wäre zu hoffen ...«

»Da wünsche ich Ihnen eine gute Nacht. Geben Sie acht, dass Sie auf dem Weg zum Königsplatz keinem Flöte spielenden Rattenfänger in die Hände fallen.«

Er lachte über ihren Scherz. Anstatt sich auf den Weg zum Gasthof zu machen, blieb er jedoch bei ihr an der Tür stehen.

»Wenn es erlaubt ist, Mamsell Elise – ich möchte Sie etwas fragen«; sagte er leise.

»Bitte fragen Sie ...«

»Es war vielleicht ein Missverständnis«, begann er zögernd. »Ich glaube jedoch, Herrn Liebermann dahin gehend verstanden zu haben, dass Sie seine Verlobte seien.«

Moritz, dieser eifersüchtige Bursche! Was hatte er da wieder in die Welt gesetzt?

»Das entspricht seinen Wünschen und nicht der Wahrheit«, sagte sie. »Tatsächlich bin ich weder verlobt noch versprochen noch verheiratet. Das bringt mein Beruf nun einmal mit sich.«

Er blickte sie eindringlich an, dann lächelte er wie befreit und setzte seinen Hut auf.

»Ich danke Ihnen für die freimütige Auskunft, Mamsell Elise. Schlafen Sie wohl – morgen könnte ein großer Tag werden. Gute Nacht!«

Er verschmolz mit der Dunkelheit, und erst am Ende der Marktgasse, wo eine Reverbere stand, konnte sie seine Gestalt für einen kleinen Augenblick im Lichtschein vorüberschreiten sehen.

Dafür entdeckte sie nun zu ihrem Ärger am Fenster des gegenüberliegenden Hauses die Krämerin Weiß in ihrer Nachthaube, und auch der Apotheker Wild von der Sonnenapotheke hatte den Vorhang beiseitegeschoben, um aus dem Fenster hinunter in die Gasse zu sehen.

Zum Kuckuck! Schliefen die Nachbarn denn nie?

Doch auch sie hatte heute Mühe einzuschlummern. Zu groß war die Aufregung, dass der Erpresser nun hoffentlich gefunden war und man ihn unschädlich machen konnte. Wie es schien, hatte ihr Vater den Namen, der verändert worden war, wiedererkannt. Nicht Andreas Juschow, sondern Andrjuschow. Sie grübelte, wo sie auf diesen Namen gestoßen war. Natürlich! Er wurde in den Lebenserinnerungen ihres Vaters erwähnt. War das nicht der Russe gewesen, der van Leuwen und ihren Vater in Paris mit seiner Anhänglichkeit belästigt hatte? Sie hatte noch darüber gelächelt, weil sich dieser Musiker ganz offensichtlich nicht für Frauen interessierte, sondern dem eigenen Geschlecht zugeneigt war. Der sollte der Erpresser sein? Hoffentlich hatte sich Papa da nicht getäuscht. Unruhig drehte sie sich im Bett von einer Seite auf die andere, hörte den Türmer auf der Martinskirche die zwölfte Stunde blasen, dann die erste Stunde des neuen Tages. Wenn sie doch endlich einschlafen könnte! Gegen sechs Uhr würde die Großmutter unten in der Küche schon wieder das Herdfeuer in Gang setzen, und dann hieß es: Heraus aus den Federn!

Gerade hatte sie die richtige Position auf ihrem Lager gefunden und der Schlaf schien sich endlich über sie zu senken – da fuhr sie zu Tode erschrocken im Bett hoch.

Ein lang gezogenes Heulen war zu hören. Es klang, als sei unten im Garten ein böser Geist gefangen und bitte verzweifelt um seine Befreiung.

Nebenan in der Kammer der Großmutter rumpelte es, sie suchte nach ihren Schuhen. Auch die Mutter war aus dem Bett, man hörte ihre Kammertür schlagen und die Treppenstufen knarren.

»Herr du meine Güte!«, rief Großmutter Anna. »Warum will denn dieses elende Licht nicht brennen? Elise!«

Auch Elise kämpfte mit Zunderschwamm und Feuerstahl, und als die Lampe endlich angezündet war, eilte sie gemeinsam mit der Großmutter hinunter in die Küche. Dort hockte Charlotte im Nachtgewand am Boden und hatte die Arme um etwas Braunes, Felliges geschlungen.

»Ganz nass ist er. Und sicher halb verhungert«, sagte Charlotte. »Ach, der treue Bursche, was mag er durchgemacht haben.«

Fidibus war wieder da! Er ließ sich willig von Charlotte liebkosen, lief dann aber gleich zu Elise, um sie zu begrüßen und seine feuchte Schnauze an ihrem Nachthemd zu reiben. Charlotte kam mit einem Lumpen, um ihm das nasse Fell zu trocknen. Die Großmutter hatte schon die Speisekammer geöffnet und die Speckseite herausgenommen, dazu einen Rest Suppe und ein Stück Räucherwurst. Ein fürstliches Hundemahl, das Fidibus auf der Stelle in seinen hungrigen Magen beförderte. Nun füllte sich die Küche mit weiteren neugierigen Gästen. Moritz war heruntergestiegen, und auch die Näherinnen wagten sich nachtgewandet in die Küche. Alle umringten den Heimkehrer, streichelten ihn, lobten seine Treue und schimpften auf den diebischen Schausteller, der fremde Hunde einfing und mit sich fortschleppte.

»Da hängt noch der Strick an seinem Halsband«, bemerkte Moritz. »Er hat ihn durchgekaut. Braver Hund!«

Satt und zufrieden folgte Fidibus schließlich seiner Herrin in ihr Schlafzimmer, rülpste vernehmlich und ließ sich auf dem Bettvorleger nieder. Im Haus kehrte wieder Ruhe ein, die Lichter wurden gelöscht, man bemühte sich, vor dem Morgen noch einige wenige Stunden Schlaf zu finden. Auch Elise schlummerte nun rasch ein, beruhigt von den regelmäßigen Atemzügen des Hundes neben ihrem Bett.

Doch die Nacht war noch nicht zu Ende. Wie lange Elise geschlafen hatte, wusste sie nicht, doch plötzlich riss sie das wütende Bellen ihres Hundes aus dem Schlummer. Fidibus war völlig außer Rand und Band, knurrte bedrohlich, als wollte er jemanden zerfleischen, und sprang gegen die Tür. Elise war so erschrocken, dass sie reglos in ihrem Bett saß und nur das eine begriff: Da wollte jemand ins Haus eindringen.

Ihre Zimmertür wurde geöffnet, und der Hund stürzte davon.

»Moritz!«, vernahm sie die Stimme ihres Vaters. »Herunter mit dir! Die Frauen bleiben, wo sie sind!«

Gepolter im Flur und auf der Treppe. Moritz' unwillige Stimme: »Kommt man denn heute überhaupt nicht mehr zum Schlafen?«

Die Frauen bleiben, wo sie sind? Da hatte ihr Vater Pech – hier im Haus ließ sich keine der Frauen etwas von ihm befehlen. Schon gar nicht Charlotte, die bereits im Flur war. Auch nicht die Großmutter, die ihr auf dem Fuß folgte. Und ebenso wenig Elise.

Unten in der Küche war es dunkel, nur im Herd glomm noch etwas Glut und warf einen rötlichen Schein in den Rauchfang. Ihr Vater hatte die Tür zum Garten geöffnet, man vernahm das wütende Bellen des Hundes, dem andere Hunde in der Altstadt aufgeregt antworteten.

Dann erklang ein ärgerlicher Ruf aus männlicher Kehle: »Dreckiges Mistvieh!«

»Da sind Leute in unserem Garten«, flüsterte Charlotte entsetzt.

Ringsum in den angrenzenden Häusern wurden jetzt Lampen angezündet, man sah schattenhafte Gestalten, die zur Gartenmauer eilten, und ein jämmerliches Jaulen bewies, dass Fidibus versucht hatte, einen der Eindringlinge anzugreifen, und sich einen Fußtritt oder Schlimmeres eingehandelt hatte.

»Fidibus!«, rief Elise erschrocken und wollte, so wie sie war, in den Garten laufen, um ihren Hund zu beschützen. Doch ein harter Griff am Arm hielt sie davon ab.

»Tu es folle?«, fuhr ihr Vater sie an.

»Aber mein Hund …«

De LaTour zerrte sie von der Küchentür weg und ging selbst hinaus in den Garten. Gleich darauf vernahm man einen Pistolenschuss. Die Großmutter sank auf die Ofenbank. Moritz ging hinter einem Stuhl in Deckung. Charlotte entzündete mit zitternder Hand ein Licht an der Ofenglut, während Elise in den Garten hinauseilte.

»Sie sind davon«, sagte de LaTour, der in den Rauch des abgegebenen Pistolenschusses eingehüllt war. »Geh hinein, Mädchen. Wo steckt Moritz?«

Fidibus bellte immer noch zornig und sprang zwischen den Johannisbeerbüschen an der Mauer hoch. Ringsum in den Fenstern der angrenzenden Häuser flammten Lichter auf.

»Zu Hilfe!«, rief eine Nachbarin. »Man schießt. Die Franzosen sind zurück. Wo ist die Bürgergarde?«

»Hier!«, rief der Goldschmied. »Wer hat geschossen? Wo ist mein Säbel? Meine Hosen!«

»Einbrecher!«, kreischte die Goldschmiedin. »Über die Mauer sind sie. Zwei sind es gewesen.«

»Nein, drei!«, rief die Krämerin, die ebenfalls am Fenster hing. »Ich habe alles genau gesehen. Es waren fünf oder sechs. Einen Hund hatten sie dabei. Es gab einen Schusswechsel, es hat geblitzt und gekracht!«

De LaTour zog Elise energisch zurück in die Küche und schloss die Küchentür.

»Was für eine eifrige Nachbarschaft«, meinte er amüsiert. »Wenn der Hahn tot ist, sind sie alle munter.«

»Du hast eine Pistole?«, fragte Charlotte entsetzt.

»Bien sûr, ma colombe. Glaubst du, ich laufe unbewaffnet in der Nacht durch Kassels dunkle Gassen?«

»Du hättest jemanden töten können!«, regte sich Charlotte auf.

»Leider habe ich sie verfehlt, mon amour. Es gab Zeiten, da traf ich das Auge einer Fliege auf hundert Schritt Entfernung.«

»Du hättest eine Nachbarin am Fenster treffen können!«, sagte die Großmutter vorwurfsvoll.

»Du hättest Fidibus versehentlich erschießen können«, rief Elise aufgeregt.

»Parbleu!«, knurrte de LaTour verärgert. »Wenn es den Damen nicht gefällt, dass ich eine Pistole einsetze, um sie zu beschützen, dann werfe ich mich das nächste Mal mit einem Knüppel bewaffnet dem Feind entgegen!«

Drüben im Atelier wurde heftig gegen den Türladen gebollert.

»Frau Putzmacherin!«, rief es von draußen. »Sind Sie wohlauf? Man wollte in Ihr Haus eindringen.«

Die Nachbarn, die bei der Bürgergarde aktiv waren, hatten ihre Uniformen übergezogen, die Säbel ergriffen und standen bereit, um für Ordnung zu sorgen. Fidibus hatte aufgeregt im Garten herumgeschnüffelt, jetzt rannte er ins Haus, um die neuen Eindringlinge anzubellen. De LaTour zog sich ins Treppenhaus zurück, auch die Näherinnen flüchteten schamhaft in ihre Kammern, da sie im Nachtgewand waren. Elise griff Fidibus am Halsband und zerrte ihn in die Küche, während Charlotte durch das Atelier lief, sich rasch ein Tuch umwarf und dann den Männern von der Bürgergarde die Tür öffnete.

»Gottlob, dass Sie kommen, Herr Wild«, sagte sie. »Wir sind in tausend Ängsten. Es waren Leute im Garten …«

Der Apotheker Wild wurde von dem Goldschmied Weigel und dem Schneider Holzapfel begleitet. Alle drei trugen Uniformjacken und hatten den Säbel umgehängt, in den Händen hielten sie Laternen. Hinter ihnen tauchten jetzt weitere Bewohner der Marktgasse auf, die der Lärm geweckt hatte und die wissen wollten, was geschehen war.

»Wenn Sie gestatten, Frau Rosen ... Wir schauen nach dem Rechten, um sicherzugehen, dass die Burschen fort sind.«

»Das wäre mir eine große Erleichterung, Herr Wild!«

»Bitte halten Sie den Hund fest ...«

Charlotte ließ die drei Männer von der Bürgerwehr ein, dann beeilte sie sich, die Tür zu verschließen, um die neugierigen Zuschauer draußen zu halten. Die Bürgerwehr schritt durch das Atelier in die Küche, wo die Herren Elise und die Großmutter begrüßten, dann bewegten sie sich eilig an dem wütenden Fidibus vorbei in den Garten hinaus. Dort wurde ihr Tun von ihren an den Fenstern stehenden Ehefrauen kommentiert.

»Da doch nicht ... Weiter nach links ... Ja, bist du denn noch gescheit? Da, hinter dem Komposthaufen ...«

Elise hatte genug zu tun, um den Hund zu beruhigen, die Großmutter jedoch stand mit Charlotte am Küchenfenster, um die Untersuchung des Gartens zu beobachten. Inzwischen hob sich die Dunkelheit schon ein wenig, man sah zerknickte Büsche und zertretene Beete, der Goldschmied war auf die Mauer gestiegen, um in den eigenen Garten hineinzuleuchten, der Apotheker stocherte im Komposthaufen herum, der Schneider Holzapfel hob mit der Spitze seines Säbels ein kleines Gefäß auf, ähnlich einer blechernen Gießkanne, das zwischen den Johannisbeerbüschen gelegen hatte.

»Das ist eine Kanne mit Lampenöl«, rief er. »Es waren Brandstifter am Werk!«

»Der Himmel sei uns gnädig!«, rief die Goldschmiedin aus dem Fenster und legte die Hand auf die Brust, weil ihr vor Entsetzen ganz schwach wurde.

Auch den Frauen in der Atelierküche fuhr der Schreck in

die Glieder. Die Eindringlinge hatten Feuer legen wollen! War das die Antwort auf den Raub der Flugblätter gestern auf dem Markt? Wenn ja, dann konnte auf keinen Fall der arme Herr Juschow der Täter sein, denn es waren mehrere, recht gewandte Burschen gewesen.

Nachdem sie alle Beete gründlich niedergetrampelt, den Komposthaufen zerwühlt und die Johannisbeerbüsche geknickt hatten, kehrten die Männer der Bürgerwehr mit bedenklichen Gesichtern zurück in die Küche. Schneidermeister Holzapfel hielt das gefundene Corpus Delicti in den Händen und stellte es auf dem Küchentisch ab. Tatsächlich war es eine blecherne Kanne, wie sie die Laternenanzünder benutzten, um Öl in die Reverberen einzufüllen.

»Das ist eine Sache, die der Polizei gemeldet werden muss«, sagte der Goldschmied. »Sonst kommen wir alle in Teufels Küche, Frau Rosen. Ein Feuer greift in der Altstadt in Windeseile auf das ganze Viertel über.«

»Gleich morgen früh gehe ich zur Wache, Herr Weigel!«, versprach Charlotte. »Ich bin nur froh, dass die Kerle jetzt erst einmal fort sind und hoffentlich so schnell nicht wiederkommen. Haben Sie herzlichen Dank.«

»Nichts zu danken, Frau Rosen«, sagte der Goldschmied und zog die Uniformjacke straff. »Das ist unsere Pflicht als Bürger der Stadt Kassel. Dann wünsche ich eine gute Nacht. Es ist zwar schon früher Morgen, doch eine kleine Stunde Schlaf können wir uns noch gönnen.«

»Das Gleiche wünsche ich Ihnen«, sagte Charlotte und raffte das Tuch enger um das Nachthemd, weil der Schneidermeister sie mit langen Blicken bedachte. »Um Vergebung für die verlorene Nachtruhe.«

Draußen auf der Gasse wurden die Männer von den umstehenden Nachbarn mit tausend Fragen überfallen, doch da sie sich wortkarg zeigten, gingen die Leute bald auseinander.

De LaTour war inzwischen wieder im Treppenhaus aufgetaucht und verharrte dort, da man ihn in der Küche durch die Fenster hätte sehen können. Die Inspektion der Bürgerwehr hatte ihm wenig gefallen, jetzt ließ er den Blick stirnrunzelnd an Charlotte niedergleiten und meinte: »Besitzt du keinen Morgenrock?«

»Bitte was?«

»Es gefällt mir nicht, dass du im Nachtgewand vor diesen Männern herumläufst.«

Charlotte holte tief Luft und stemmte die Hände in die Hüften, sodass das Tuch von ihren Schultern glitt.

»Seit nunmehr vierundzwanzig Jahren habe ich mir von keinem Mann etwas vorschreiben lassen«, antwortete sie empört. »Und so soll es bleiben, François!«

Er wandte sich schweigend ab und rief nach Moritz, der oben in seiner Kammer verschwunden war. Als er keine Antwort erhielt, fluchte er auf Französisch und stieg die Treppe hinauf.

»Ankleiden!«, hörte man ihn befehlen. »Laufen Sie zum ›König von Preußen‹, ich brauche den jungen Thiedemann. Halt – vorher sagen Sie mir, wo der Flötist Juschow wohnt …«

Moritz antwortete einige unverständliche Worte, die wenig nach Begeisterung klangen, doch wie es schien, war er bereit, den Auftrag auszuführen.

»Das ist eine Nacht«, stöhnte er, als er angekleidet unten in der Küche stand und den Kaffee schlürfte, den die Großmutter in aller Eile aufgebrüht hatte. »Wo der Juschow wohnt? Weiß ich nur ungefähr. Irgendwo im Packhof, denke ich. Der hat es nicht weit von meinem Weingeschäft bis nach Hause, war ja auch gut so, weil er schon oft ein paar Gläschen zu viel verkostet hat …«

Die Packhofgasse war ganz in der Nähe. Wenn der Flötist Juschow tatsächlich der Erpresser war, dann hatte er es leicht gehabt, das Atelier Rosen zu beobachten. Er brauchte nur um drei Ecken zu laufen und in Moritz' Weingeschäft am Fenster zu stehen. Trotzdem konnte sich Elise nicht vorstellen, dass dieser freundliche Mensch solch düstere Anschläge geplant und ausgeführt haben sollte.

»Woher weißt du so genau, dass er es ist?«, wollte sie von ihrem Vater wissen.

Doch der war schon wieder oben in der Dachkammer, wo er seine Pistole nachlud.

»Ich lege allen Damen dieses Hauses nahe, das Atelier nicht zu verlassen«, sagte er über die Schulter hinweg zu ihr, während er Pulver in den Pistolenlauf stopfte. »Drei erwachsene Männer sollten genügen, diesen Imposteur zu stellen. Er weiß nicht, dass er verraten wurde – also wird die Sache einfach und leicht vonstattengehen.«

Elise war nicht überzeugt. Ihr Vater war schon einmal sicher gewesen, einen großartigen Plan zu haben – doch der Erpresser war schlauer gewesen.

»Und wenn er dich in eine Falle lockt? Wer sagt dir, dass Fräulein von Eschen dir helfen wollte mit ihrem Hinweis auf die Musiker des Theaterorchesters? Vielleicht ist sie ja mit ihm im Bunde?«

»Tant pis!«, war seine kurze Antwort.

War das Mut, Entschlossenheit oder Altersstarrsinn? Sicher war nur, dass er sich unter keinen Umständen von seinem Vorhaben abhalten lassen würde. Doch auch sie konnte hartnäckig sein. Sie war entschlossen, den drei mutigen Kämpfern in einigem Abstand zu folgen, um im Notfall Hilfe herbeiholen zu können.

Moritz war schneller zurück als erwartet, da Hans Christian Thiedemann schon fertig angekleidet im Gastraum gesessen hatte.

»Ich ahnte, dass es früh losgehen würde«, sagte er aufgeregt. »Tatsächlich habe ich mich schon in der Nacht bereitgehalten.«

De LaTour nickte zufrieden. »Wir werden nach seiner Wohnung fragen müssen«, sagte er. »Einen Brötchenjungen vielleicht, die sind um diese Zeit schon unterwegs.«

»In dieser Gegend bestellt niemand Brötchen«, gab Moritz zurück. »Aber ich kenne mich dort aus – wir finden ihn.«

Die Packhofgasse war keine gute Gegend, die Strafanstalt war um die Ecke, und auch die Judengasse war nicht weit.

Man vergewisserte sich, dass die Nachbarn in der Marktgasse nach den aufregenden Ereignissen in ihre Betten zurückgekehrt waren, dann begab sich Moritz als Erster aus dem Atelier, Hans Christian und de LaTour folgten ihm in einigem Abstand. Die Reverberen waren längst ausgebrannt. Fahles Morgenlicht fiel auf das Straßenpflaster, die schmalen, verwinkelten Häuser ragten dunkel empor, unter ihren vorspringenden Dächern und in den Eingängen lauerte noch die nächtliche Schwärze. Elise wartete, bis Charlotte zur Großmutter in die Küche gegangen war, wo Fidibus nun völlig erschöpft unter dem Tisch schlief. Dann warf sie rasch einen Umhang um und verließ das Atelier.

Sie werden durch die Fischgasse gehen, dachte sie. Wenn ich die Franziskusgasse nehme und die Judenbrunnengasse entlanglaufe, treffe ich auf sie. Der Weg durch die engen Gassen war zwar unheimlich, aber sie war hier aufgewachsen und hatte schon als kleines Mädchen die Altstadt gemeinsam mit ihrem Ziehbruder durchstreift. Arbeiterinnen der Thorbecker Tabaksfabrik wohnten hier, viele waren auch bei der Arnold'schen Tapetenfabrik angestellt. Es gab aber auch solche, die keine Arbeit hatten und dunkle Geschäfte betrieben.

Sie hatte richtig vermutet. An der Ecke zur Fischgasse erblickte sie Moritz, der die Gasse entlangging, am Brunnen einen Moment stehen blieb, damit seine beiden Mitstreiter ihn nicht aus den Augen verloren, und dann rechter Hand in die Packhofgasse abbog. Sie wartete, bis nun auch de LaTour und Hans

Christian auftauchten, und ließ sie vorüberlaufen, um ihnen dann unauffällig zu folgen. Die Packhofgasse war nicht lang, nur wenige, schmale Häuser begrenzten sie auf beiden Seiten. Dennoch würde es nicht einfach sein, die Wohnung des Flötisten zu finden, denn in den engen Stockwerken gab es viele Mieter, deren Namen nirgendwo angeschrieben standen.

Vorsichtig näherte sie sich den drei Männern, die sich inzwischen vereint hatten und unschlüssig zu sein schienen, wie sie vorgehen sollten. Da hob plötzlich de LaTour den Arm und deutete zum Dach eines der Gebäude hinauf. Dort gab es mehrere kleine Schornsteine, aus denen der Ofenrauch der Wohnungen entwich. In dieser Jahreszeit heizte jedoch kaum jemand den Ofen, und für den Küchenherd war es noch zu früh. Dennoch drangen aus einem der Schornsteine dichte dunkle Rauchschwaden in den fahlgrauen Morgenhimmel.

Wieso war der Rauch ein Hinweis auf die Wohnung des Flötisten? Elise konnte sich nicht erklären, was ihren Vater so sicher machte, das Haus gefunden zu haben, doch die drei Männer verschafften sich nun Zugang zum Tor und verschwanden in dem Gebäude. Elise lief an den Häusern entlang und blieb kurz vor dem Tor stehen.

»Wohnt hier der Juschow?«, hörte sie Moritz fragen.

»Was wollt ihr von dem in aller Frühe?«, krächzte die Stimme einer alten Frau.

»Wir sind Freunde und wollen ihn besuchen.«

»Der ist krank. Braucht keinen Besuch.«

»Ich bin Arzt«, sagte de LaTour. »Ist es oben die Dachwohnung?«

»Ja, ganz oben. Passen Sie auf, dass Sie sich nichts holen, der hat Fieber.«

»Herzlichen Dank für die Auskunft, gute Frau!«

Sie stiegen die Treppe hinauf, und Elise zögerte nicht, ebenfalls in das Eingangstor zu treten. Unten war eine Wohnungstür geöffnet, davor stand eine gebückte Person mit dunkler Haube, die ein wollenes Tuch um die Schultern gehängt hatte. Sie trug eine Öllampe in der Hand, die ganz fürchterlich dampfte. Überhaupt roch es im Haus faulig nach feuchtem Holz, nach alter Kohlsuppe und nach Abort.

»Was willst du denn hier?«, fuhr die Frau sie an. »Du bist doch die Putzmacherin aus der Marktgasse, wie?«

»Zu Diensten«, sagte Elise freundlich und lief an ihr vorbei die enge, ausgetretene Treppe hinauf.

Sie musste sich beeilen, denn von oben waren kräftige Schläge gegen eine hölzerne Tür zu vernehmen. Wie es schien, verschaffte sich ihr Vater gewaltsam Eintritt zur Wohnung des Flötisten.

»Mach die Tür auf, Dimitrij!«, hörte sie ihren Vater rufen. »Das Spiel ist aus!«

Dimitrij? Hieß der Flötist nicht Andreas mit Vornamen?

Sie hastete nach oben, tastete sich durch schmale Zwischenflure zur nächsten Treppe, jagte sich an dem alten Geländer einen Splitter in die Hand und erreichte atemlos das Dachgeschoss. Ein lautes Krachen verkündete, dass man inzwischen die Tür eingedrückt hatte.

»Verdammt, meine Schulter«, hörte sie Moritz jammern.

Ein schwacher rötlich flackernder Schein drang aus dem offenen Türeingang, in das Innere konnte sie nicht hineinsehen, da de LaTour und seine beiden Begleiter davorstanden. Aber sehr wahrscheinlich wurde hier ein Ofen befeuert, denn es drang Rauch in den Flur.

»Schieß ruhig«, sagte eine leise Stimme. »Ich habe sowieso nicht mehr lange zu leben. Schieß! Eine Kugel ins Herz wäre mir sehr willkommen.«

Aber de LaTour schoss nicht. Stattdessen hörte sie ihn in hellem Entsetzen rufen: »Mein Manuskript! Diable! Du boshafter Dämon …«

»Es ist alles verbrannt, alter Freund. Dieses ist die letzte Seite …«

Ihr Vater war auf der richtigen Spur gewesen! O Gott – wie schrecklich für ihn! Das Manuskript war für immer verloren.

Plötzlich entstand eine wilde Bewegung an der offenen Tür. Sie sah Hans Christian in den Raum hineinspringen, zugleich brüllte Moritz: »Aufpassen! Er hat eine Pistole!«

De LaTour duckte sich für einen Moment, dann stürzte auch er in das Zimmer hinein, wo ein Handgemenge entstanden war. Moritz hielt sich vorsichtig zurück und blieb im Schutz des Türrahmens stehen.

Elise eilte an ihm vorbei und starrte hilflos auf die drei Männer, die in einer Ecke des Raums miteinander rangen. Auf dem Boden lag eine Pistole, die nicht ihrem Vater gehörte, und sie hob sie eilig auf.

Der Kampf war rasch entschieden. Hans Christian hatte den Flötisten zu Boden geworfen, er kniete auf seiner Brust und presste die ausgebreiteten Arme des Mannes an den hölzernen Fußboden. Ihr Vater war zu dem kleinen eisernen Ofen gelaufen, dessen Türchen offen stand. Immer noch loderten darin die Flammen, die nun auch die letzten Manuskriptblätter verzehrten.

»Zu Asche«, sagte de LaTour tonlos und gab der Ofentür einen Fußtritt, dass sie zuklappte. Dann drehte er sich zu dem am Boden liegenden Mann um.

»Dimitrij Andrjuschow«, sagte er düster. »Warum? Was habe ich dir getan?«

Kapitel 33

Der Mann am Boden hatte die Augen geschlossen, sein Gesicht war aschfahl, es schien, als sei nach dieser Kraftanstrengung alles Leben aus ihm gewichen. Auf de LaTours Frage gab er keine Antwort.

»Ich glaube, er ist bewusstlos«, sagte Hans Christian.

»Vorsichtig«, meinte de LaTour. »Das kann eine Finte sein.«

Elise betrachtete das bleiche Gesicht des Mannes, seine eingefallenen Wangen, das zerzauste dunkle Haar, in das sich graue Fäden mischten.

»Er hat einen Verband um das Bein gebunden«, sagte sie. »Ich glaube, er ist wirklich krank.«

Jetzt erst nahm de LaTour ihre Anwesenheit wahr und blickte sie ärgerlich an.

»Was tust du hier?«, fuhr er sie an. »Sagte ich nicht, du solltest im Atelier bleiben?«

»Ich nahm mir die Freiheit, mich deinem Wunsch zu widersetzen, Papa«, gab sie ruhig zurück.

»Das war unverantwortlich, Mamsell Elise«, ließ sich Hans Christian vernehmen. »Er hatte eine geladene Pistole bereitgelegt. Ich konnte sie ihm gerade noch aus der Hand reißen, bevor ein Unglück geschah.«

Inzwischen war auch Moritz näher gekommen und besah sich den am Boden liegenden Flötisten.

»Der ist ja völlig fertig«, meinte er sachverständig. »Ich denke mal, er hätte das Ding sowieso nicht abgefeuert, weil er zu schwach dazu war.«

»Legt ihn hinüber auf das Bett«, schlug Elise vor.

De Latour nickte Einverständnis. Also ergriffen Hans Christian und Moritz den reglosen Körper, und Elise zog eilig die Vorhänge der Bettstatt beiseite, damit man ihn hineinlegen konnte. Der Flötist zeigte keinerlei Reaktion, öffnete auch nicht die Augen, doch seine Brust hob und senkte sich in raschem Tempo. Elise sah eine Karaffe auf dem Waschtisch, fand einen Becher und goss etwas Wasser hinein.

»Geben Sie ihm das«, sagte sie zu Hans Christian.

Er blickte fragend zu de LaTour hinüber; der zuckte die Schultern, worauf Hans Christian sich entschloss, Elises Bitte zu erfüllen. Der Flötist trank jedoch keinen Tropfen, seine Lippen blieben fest aufeinandergepresst.

»Er hat Fieber«, meinte Hans Christian. »Glüht wie ein Ofen.«

»Was hat er da am Bein?«, wollte Moritz wissen. »Eine Wunde?«

De LaTour schnaubte zornig; sein Mitleid mit dem Zerstörer seines Manuskripts war gering. »Was wird er da schon haben? Der Hund wird ihn gebissen haben, als er ihn anlockte und einfing. War es so, Dimitrij?«

Der Angesprochene schwieg, doch sein linkes Augenlid zitterte leicht. Er war bei Bewusstsein und hatte die Frage verstanden.

»War es so?«, wiederholte de LaTour zornig und setzte sich auf den Bettrand. »Du bist meiner Tochter gefolgt, als sie deine widerlichen Flugblätter vom Tisch des Moritatenerzählers nahm und damit davonrannte. Hinter der Gartenmauer bist du zurückgeblieben, weil du die Stimme ihrer Großmutter gehört hast und nicht entdeckt werden wolltest. Aber kurz darauf, als sie den Hund in den Garten ließen, hast du das Tier über die Mauer gelockt und mitgenommen. Und dabei hat dich Fidibus ins Bein gebissen. War es so? Anschließend hast du unseren braven Fidibus zu dem Moritatensänger gebracht, damit er ihn fortschafft. Damit wolltest du uns den Wächter nehmen, der deine üble Absicht durchkreuzt hätte. Tu nicht, als würdest du mich nicht hören!«

Der Angesprochene öffnete die Augen nur einen schmalen Schlitz breit. Er hatte blaue Augen, die seltsam hell zu seinem dunklen Haar wirkten. Er musste sich einige Tage lang nicht rasiert haben, denn auf seinen Wangen wuchsen graue Bartstoppeln.

»Ich habe deine Lebenserinnerungen gelesen, Charles François«, sagte er mit kaum hörbarer Stimme.

Er musste husten, was ihm offensichtlich starke Schmerzen bereitete.

»Wie kamst du zu meinem Manuskript?«, fragte de LaTour mit harter Stimme.

Der Kranke streckte den Arm aus und bat Moritz: »Gib mir etwas zu trinken, Liebermann. Dort drüben im Schrank.«

Moritz wandte sich um und öffnete den schweren, alten Schrank, der voller Notenblätter war. In einem Fach fanden sich drei Flaschen Rotwein nebst einem fein gearbeiteten gläsernen Pokal.

»Gute Sorte«, meinte Moritz anerkennend. »Alle aus meinem Geschäft.«

Er fand einen Flaschenöffner und zog den Korken geschickt heraus, dann goss er etwas Wein in den Pokal.

»In vino veritas«, sagte de LaTour grimmig und reichte dem Kranken den Wein.

Der Flötist, der sich Andreas Juschow genannt hatte, der aber mit richtigem Namen Dimitrij Andrjuschow hieß, stützte sich mühsam auf, nahm das Glas und trank den Wein in einem Zug aus. Danach fiel er zurück in die Kissen, und der Pokal entglitt seiner Hand, rollte vom Bett auf den Boden, wo er zerschellte.

»Ihr beide hattet es damals sehr eilig, mich loszuwerden«, sagte er und blickte de LaTour dabei mit flackernden Augen an. »Du und dein Freund Christian Daniel van Leuwen habt Kassel ganz überraschend verlassen, ohne mir etwas davon zu sagen.«

»Dazu blieb uns keine Zeit«, entgegnete de LaTour ärgerlich. »Die Geheimpolizei des Königs fackelte nicht lange – in dieser Lage war jeder sich selbst der Nächste.«

»Ich habe dich wohl gesehen, Charles François«, sagte Andrjuschow. »Ihr beide seid in jener Nacht an mir vorübergeritten zum Wesertor hinaus. Ich habe gerufen, aber ihr habt mich nicht gehört, weder du noch Christian Daniel.«

De LaTour schien noch immer nicht geneigt, dieser Erzählung Glauben zu schenken.

»Das ist doch eine Erfindung«, schimpfte er. »Warum hast du dir kein Pferd besorgt, wie wir es taten? Wolltest du etwa zu Fuß davonlaufen? Da hattest du allerdings wenig Chancen, den Häschern zu entkommen.«

Andrjuschow schloss für einen Moment die Augen, ein Fieberschauer überkam ihn, Elise konnte sehen, wie sein Körper von einem krampfhaften Zittern geschüttelt wurde. Der Hundebiss musste sich entzündet haben.

»Er braucht einen Arzt, Papa!«, sagte sie. »Eine Wunde, in die der Brand eingetreten ist, kann ein schlimmes Ende nehmen.«

De LaTour sah ein, dass sie recht hatte. Er warf Moritz einen auffordernden Blick zu, und der erhob sich seufzend von dem Stuhl, auf dem er sich rittlings niedergelassen hatte.

»Immer ich«, knurrte er. »Und gerade jetzt, wo es spannend wird. Aber gut, was tut man nicht alles für den Schwiegerpapa.«

Er schob die Tür auf, die aus dem Schloss gerissen worden war und schräg in den Angeln hing, schlüpfte durch die Lücke hindurch und begab sich ins Treppenhaus.

»Was steht ihr und glotzt?«, hörte man ihn rufen. »Herr Juschow hat Besuch – geht's euch etwas an?«

Man vernahm Fußgetrappel und Geflüster auf der Treppe, Wohnungstüren wurden geschlossen. Aha, die Anwohner hatten den Lärm gehört, und einige von ihnen hatten sich vorsichtig ins Treppenhaus gewagt, um nachzuschauen, was geschehen war. Auf Moritz' unfreundliche Anrede hin schienen sie sich zurückgezogen zu haben – vermutlich gab es in diesem Haus öfter handgreifliche Auseinandersetzungen, und man hatte eingesehen, dass es besser war, sich herauszuhalten.

»Weiter im Text«, knurrte de LaTour. »Du standest angeblich am Wesertor und riefst nach uns. Ich frage mich, wie du uns in stockdunkler Nacht überhaupt erkennen konntest.«

»Ich habe dich an deiner Stimme erkannt«, flüsterte Andrjuschow und blinzelte de LaTour an. »Du sagtest zu van Leuwen: ›Nur bis zur alten Mühle‹.«

»Das soll ich gesagt haben? Kann mich nicht erinnern«, meinte de LaTour. »Es stimmt allerdings. Wir sind dort bis zum Morgengrauen geblieben und dann weitergeritten. Und du willst meine Stimme erkannt haben?«

»Ich höre sie unter Tausenden heraus, Charles François. Ich habe euch nur deinetwegen nach Kassel begleitet.«

»Die Liebenswürdigkeiten kannst du dir sparen …«

»Ich wollte, dass du es weißt«, entgegnete der Kranke erschöpft. Er schwieg eine Weile, sein Kopf fiel zur Seite, die Haut seiner Wangen war wie Pergament.

»Weiter!«, forderte de LaTour und rüttelte ihn am Arm. »Schlaf nicht ein, Dimitrij!«

»Am Kasseler Hof habt ihr beide euch in verschiedene Liebesaffären und Intrigen verwickelt«, flüsterte Andrjuschow. »Ich war euch nur hinderlich, das war mir wohl bewusst.«

»Wenn ich mich recht entsinne, hattest auch du deine Geschichten, Dimitrij. Erzähle mir nicht, du wärest ein Waisenknabe gewesen – auch du hast es munter getrieben.«

Der Kranke wurde von einem neuen Fieberschauer ergriffen

und konnte eine Weile nicht aufhören zu zittern. Man hörte, wie seine Zähne aufeinanderschlugen.

»Das … geschah nur … aus … Verzweiflung …«, stammelte er. »Die Versuchung am Hof … war groß. Es gab viele … die mir verlockende Angebote … machten. So wurde ich … schwach.«

»In der Tat«, stellte de LaTour befriedigt fest. »Und was hattest du mit der Giftaffäre zu tun? Warst du es etwa, der dem Kammerherrn des Königs vergifteten Wein zu trinken gab?«

Richtig. Die Giftaffäre. Damals hatte ein Unbekannter auf einem der vielen Maskenbälle versucht, den jungen König Jérôme mit einem Glas vergiftetem Rotwein zu töten. Der König hatte jedoch das Kostüm mit einem seinem Kammerherrn getauscht, sodass der Falsche sterben musste. Der Mordanschlag zog zahlreiche Untersuchungen und Bestrafungen nach sich – dies war der Grund für de LaTours und van Leuwens hastige Flucht aus Kassel gewesen.

»Ich?«, wisperte Andrjuschow und lachte heiser. »Ich hatte nichts damit zu tun. Ebenso wenig wie alle anderen. Dieser angebliche Giftanschlag war doch nichts als ein unglücklicher Zufall. Der Kammerherr war schon länger krank gewesen, er hatte ein schwaches Herz, das wusste jeder. Dass es dann so schnell mit ihm zu Ende ging, lag gewiss nicht an dem Rotwein, sondern an dem Streit, den er mit einem Konkurrenten auf dem Ball gehabt hatte. Aber das wollte niemand wahrhaben. Wenn das Wort ›Gift‹ einmal gefallen ist, werden die großen Herren hysterisch und lassen Köpfe rollen …«

Er musste eine Pause machen, da das lange Sprechen ihn erschöpfte. De LaTour wartete einen Moment, dann wurde er ungeduldig.

»Lass mich raten, Andrjuschow: Sie haben dich erwischt und festgesetzt. War es so?«

Der Angesprochene nickte. Seine Zunge war schwer, man musste genau hinhören, um ihn zu verstehen. Elise fragte sich, wo Moritz blieb. Unten in der Gasse erwachte inzwischen das Leben, Frauen und Kinder liefen mit ihren Krügen zum Brunnen, mehrere Arbeiterinnen gingen mit schweren Schritten zum Kölnischen Tor, wo die Fabriken lagen.

»So war es«, flüsterte Andrjuschow. »Sie haben mich noch in der Nacht mit anderen Unglücklichen im Gefängnis eingekerkert. Mich mit peinlichen Verhören gequält. Was ich über den Verbleib meiner Freunde wisse, wollten sie herausbekommen. Aber ich habe geschwiegen. Habe die Zähne zusammengebissen und euch nicht verraten. Danach lag ich wochenlang in einem dreckigen Loch bei fauligem Wasser und schimmeligem Brot zusammen mit anderen Gefangenen. Weil ich dich geschützt und nicht geplaudert habe, Charles François. Nur deinetwegen litt ich diese Höllenqualen.«

»Ich bin tief gerührt«, sagte de LaTour mit deutlich hörbarer Ironie.

Da Andrjuschow nicht antwortete, lastete eine Weile Schweigen im Raum. De LaTour starrte auf den Kranken und schien dessen Berichte immer noch nicht recht glauben zu können.

»Als sie dich aus dem Gefängnis entließen, bist du hier in Kassel geblieben und hast schließlich eine gute Anstellung im Theaterorchester bekommen«, vermutete er. »Nun – so hattest du dein Auskommen und hast als Musiker Anerkennung erlangt. Worüber beschwerst du dich?«

»Anerkennung?«, rief Andrjuschow mit merkwürdig krächzender Stimme. »Ein braver Flötenspieler war ich – nichts weiter. Meine wahre Bestimmung als Komponist wurde verachtet und erstickt. Schau in diesen Schrank – das alles habe ich komponiert. Opern. Sinfonien. Madrigale. Lieder … nichts davon ist je aufgeführt worden. Jahrelang habe ich gehofft und gebettelt – aber nein. Andere wurden bevorzugt, mir erteilte man Absage um Absage. Mir fehlt das Talent, mich hervorzutun. Die Fähigkeit, sich bei den Vorgesetzten beliebt zu machen, mit den großen Herren auf Du und Du zu stehen. So wie dir es gegeben war, Charles François …«

»Bedauerlich«, äußerte de LaTour in kühlem Ton. »Und dafür wolltest du dich an mir rächen, indem du meine Lebenserinnerungen stahlst?«

»Ich wollte wissen, was du darin über mich geschrieben hast. Als ich in der Appel'schen Buchhandlung zufällig deinen Namen hörte, war es mir, als bohrte man mir einen glühenden Pfeil durch die Brust. Jahrelang hatte ich geglaubt, dich niemals in diesem Leben wieder zu treffen. Und dann dein Name. Ich stand wie betäubt …«

»In der Appel'schen Buchhandlung …«

De LaTour wandte den Blick zu Hans Christian, der bleich wie ein Laken geworden war.

»O Gott!«, flüsterte er entsetzt. »Ich war es. Ich gebe zu, ich habe dort voller Begeisterung von Ihren Lebenserinnerungen erzählt. Ich sagte, es sei ein solch großartiges Zeitdokument, das auch eine wichtige Periode der Kasseler Stadtgeschichte umfasse …«

»Formidable!«, knurrte ihn de LaTour an. »Ihre Geschwätzigkeit hat mich um die Arbeit von Jahren gebracht. Merci beaucoup, Monsieur Thiedemann!«

»Sie sehen mich am Boden zerstört, Monsier de LaTour …«

Seine Verzweiflung ließ de LaTour kalt, er wandte sich wieder Andrjuschow zu. Der Kranke hatte die Augen weit geöffnet und starrte zur Zimmerdecke hinauf, die vom Ofenrauch geschwärzt war.

»Wie hast du dir mein Werk beschafft? Du bist doch nicht selbst nach Frankfurt gefahren?«

»Ich habe jemanden dafür bezahlt.«

»Ich verstehe«, sagte de LaTour ironisch. »War es teuer?«

»Sehr. Es hat einen großen Teil meiner Ersparnisse verschlungen. Aber der Mann hat gute Arbeit geleistet.«

»Auch heute Nacht? Wolltest du deine Rache mit einem Mordanschlag vollenden, der die halbe Altstadt in Flammen gesetzt hätte?«

Andrjuschow schwieg. Er fuhr fort, ins Leere zu starren, und seine Züge nahmen einen Ausdruck an, der Elise erschreckte. Da war sie, seine zweite Natur, die er bisher so gut verborgen hatte. Tödlicher Hass drückte sich in diesem verzerrten Gesicht aus.

»Ich las eine ganze Nacht durch«, flüsterte er. »Alles, was du über mich geschrieben hast, habe ich immer wieder gelesen. Deine Verachtung. Deine verfluchte, beißende, tödliche Ironie. Wie du dich über mich lustig gemacht hast. Der kleine Andrjuschow, der den Knaben nachsteigt. Der aufdringliche Dimitrij, der auf jeden Dahergelaufenen eine seiner albernen Serenaden schreibt. Der lästige Geselle, den man so schnell wie möglich loswerden muss …«

Er krümmte sich unter einem Hustenanfall zusammen und warf sich auf die Seite.

De LaTour starrte auf den Kranken, und zum ersten Mal war in seinem Blick etwas wie Schuldbewusstsein zu erkennen. Was ihm vorgeworfen worden war, schien der Wahrheit zu entsprechen.

»Ich gebe zu, meine Darstellung war überspitzt«, sagte er zögernd. »Es ist eine Frage des Stils … ich bin ein Satiriker, ich liebe es, die Dinge in einem gewissen Licht erscheinen zu lassen …«

Er schwieg und blickte unsicher zu Elise hin, die ihn vorwurfsvoll ansah. Hans Christian, der noch nichts von dem Brandanschlag gewusst hatte, starrte voller Entsetzen und Abscheu auf den Mann, der zusammengekrümmt auf dem Lager lag und von Krämpfen geschüttelt wurde.

»In welcher Gefahr Sie gewesen sind!«, sagte er zu Elise. »Und ich saß währenddessen sicher geborgen im Gasthof und ahnte von nichts!«

»Du wolltest mich vernichten, Dimitrij«, stieß de LaTour hervor. »Und mit mir eine Reihe unschuldiger Menschen. Was bist du für ein Teufel!«

»Nur auf dich hatte ich es abgesehen«, stieß Andrjuschow hervor. »Ich wusste, dass du hier in Kassel bist. Glaubtest du, dich dort oben in der Dachkammer vor mir verstecken zu können? Ich habe dich sogar am Fenster gesehen, als du in den Garten hinuntergespäht hast. Sag mir, wer mich verraten hat. War es der Taubstumme? Hat er dich zu mir geführt? Ich hatte ihn gut bezahlt, aber er forderte immer mehr …«

»Sophie Wilhelmine von Eschen war es«, sagte de LaTour. »Woher wusste sie, dass du der Erpresser bist? War sie mit dir im Bunde?«

Andrjuschow wand sich unter einem neuen Krampfanfall, sein Atem ging hastig und pfeifend.

»Fräulein von Eschen«, flüsterte er und lachte. »Warum habe ich die vergessen? Sie kannte mich. Über all die Jahre hin hat sie gewusst, wer der Flötist war, der sich Andreas Juschow nannte. Sie ist eine kluge Person und hat es erraten …«

Er krümmte sich zusammen und erbebte unter einem heftigen Fieberschauer, der ihn minutenlang nicht mehr freigab.

»Verdammt, warum hast du diese Wunde nicht behandeln lassen, Dimitrij?«, fragte de LaTour. »Ein Hundebiss ist nicht harmlos, er kann zu einer Blutvergiftung führen.«

Der Kranke reagierte nicht, er schien ihn nicht einmal gehört zu haben. Seine Augen waren jetzt weit geöffnet, das Gesicht aschfahl, der Blick glasig. Elise lief verzweifelt zum Fenster, um nach Moritz Ausschau zu halten.

Es war inzwischen hell geworden, auf der Gasse war Betrieb. Kinder plärrten, eine Frau keifte, eine andere antwortete. Dann, endlich, vernahm man das Rasseln einer Kutsche, die vor dem Haus anhielt. Zwei Männer stiegen aus, der eine war Moritz, der andere ein weißhaariger älterer Mann. Der Arzt.

»Sie kommen.«

»Gott sei Dank«, seufzte Hans Christian.

De LaTour sagte nichts. Er blickte auf den Kranken, wollte noch etwas bemerken, unterließ es jedoch. Stattdessen erhob er sich, um den Platz für den Arzt frei zu machen.

»Ich musste hinüber in die Unterneustadt laufen«, entschuldigte sich Moritz, der als Erster ins Zimmer trat. »Docteur Prignot war nicht sogleich abkömmlich …«

Der Docteur warf nun einen kurzen Blick auf den Kranken, dann stellte er seine lederne Tasche ab und begab sich ohne Eile zu dem Bett.

»Ein Hundebiss?«, sagte er zu Moritz. »Und was ist das?«

Er kniete sich auf den Boden und besah die Splitter des Pokals, die dort lagen.

»Rotwein?«, fragte er und blickte Moritz an.

»In der Tat. Aus meinem eigenen Weingeschäft in der Marktgasse …«

Der Arzt hob eine der größeren Scherben auf, in der noch etwas von der roten Flüssigkeit zurückgeblieben war, und roch daran.

»Sie glauben doch nicht etwa, dass mein Wein ihm geschadet hätte?«, regte sich Moritz auf. »Das ist eine ausgezeichnete Sorte, Beaujolais. Aus Frankreich importiert. Davon bekommt man nicht einmal Kopfschmerzen …«

»Nur, wenn man ihn nicht mit Arsenik versetzt«, sagte der Arzt und legte die Scherbe vorsichtig auf den Boden.

»Mit … mit Arsenik?«, stammelte Moritz. »Mein Wein enthält kein Arsenik, Monsieur le Docteur. Dafür stehe ich gerade mit meinem guten Ruf! Ich habe die Flasche selbst geöffnet …«

»Dann war das Gift vielleicht im Pokal?«, überlegte der Arzt. »Ein weißes Pulver, Herr Liebermann! Wenige Gramm genügen, um einen Menschen zu töten.«

»Weißes Pulver?«, murmelte Moritz. »Ich habe nichts gesehen. Nun ja – war ein wenig staubig, das alte Ding. Ich hatte schon überlegt, kurz hineinzublasen … Arsenik, sagen Sie … Du lieber Himmel …«

»Er hat einen Hundebiss am Bein abbekommen, der sich entzündet hat, Monsieur de Docteur«, sagte de LaTour ärgerlich. »Wenn Sie die Güte hätten, sich die Wunde anzusehen, bevor Sie über einen Giftmord nachdenken!«

Der Arzt blickte ihn unfreundlich an, begann dann aber, den Verband, der aus einem Handtuch bestand, abzulösen. Ein fauliger Geruch verbreitete sich im Zimmer; man sah, wo die Zähne des Hundes in die Wade eingedrungen waren, die offenen Wunden waren mit Eiter bedeckt, in der Umgebung der Wunden war die Haut hellrot verfärbt. Moritz wandte sich rasch ab, griff hastig nach der Weinflasche und nahm einen guten Schluck.

»Warum haben Sie das nicht gleich gesagt?«, schimpfte der Arzt, der dem Kranken den Puls fühlte und dessen Stirn betastete. »Er muss ins Landeskrankenhaus. Nehmen Sie das Bettlaken an allen vier Ecken – wir tragen ihn hinunter.«

Er gab Elise seinen Koffer, den er nicht einmal geöffnet hatte, dann wollte er von de LaTour wissen, wer die Kosten übernehmen würde.

»Wer schon? Der Kranke natürlich.«

Der Arzt blickte ihn lächelnd an.

»Wir werden tun, was möglich ist, Monsieur. Dennoch liegt das Gelingen unserer Kunst in Gottes Hand.«

»Ich komme für alles auf«, sagte Hans Christian Thiedemann, den das schlechte Gewissen unsäglich plagte.

»Dann notieren Sie Namen und Adresse auf dieses Blatt, junger Herr.«

»Selbstverständlich!«

Zufrieden wandte sich der Arzt dem Bett zu, wo Moritz und Hans Christian bereits jeweils einen Zipfel des Lakens ergriffen hatten.

»Zugleich!«, kommandierte er. »Gehen Sie voraus, Mamsell, und schauen Sie, dass uns kein neugieriger Gaffer im Weg steht.«

So verließ der Musiker Dimitrij Andrjuschow den Ort, an dem er über zwanzig Jahre gelebt und gelitten hatte, wo er seine Träume ausgeträumt und seine Rache vollzogen hatte, um niemals dorthin zurückzukehren.

Kapitel 34

Nein, er tut mir nicht leid«, sagte Charlotte beim Mittagessen. »Nach allem, was er uns angetan hat, ist das Gottes gerechte Strafe.«

Man saß eng beieinander in der kleinen Küche, da außer Hans Christian Thiedemann auch Elises Vater am Tisch Platz genommen hatte. Erst jetzt, in der Mittagspause, war es möglich, von den aufregenden und berührenden Vorgängen in der Wohnung des Flötisten zu berichten, denn den Vormittag über hatten sich Kunden und Nachbarn im Atelier die Klinke in die Hand gegeben. Natürlich hatte sich die Nachricht, dass in der Marktgasse ein Brandanschlag verübt worden war, bereits in der gesamten Altstadt verbreitet.

»Wie auch immer – uns ist eine große Last von der Seele genommen«, sagte die Großmutter. »Diese beständige Angst, was als Nächstes passieren wird – es war ja kaum noch zu ertragen.«

Alle waren dieser Ansicht. Nach dieser Schreckensnacht fühlte man sich wie befreit. Moritz bekam zu hören, dass er den Erpresser die ganze Zeit vor der Nase gehabt hatte, ohne auch nur den geringsten Verdacht zu schöpfen.

»Warum sollte ich ihn verdächtigen? Er war ein guter Kunde, kam täglich und verkostete meinen Wein. Kaufte bei mir ein und war immer freundlich …«

»Und Ihnen fiel nicht auf, dass er ständig aus dem Fenster hinüber zum Atelier gestarrt hat?«, wollte Grete wissen.

Moritz zuckte mit den Schultern. »Da schauen viele hinüber. Schon wegen Lieschen …«

Worauf de LaTour einen vorwurfsvollen Blick zu Charlotte richtete und erklärte, ein Putzmacheratelier sei kein Ort für ein junges Mädchen.

»Das musst du ja am besten wissen!«, gab sie bissig zurück.

Die Großmutter beeilte sich, den aufkommenden Streit zu verhindern, indem sie ein anderes Thema auf den Tisch brachte.

»Ich hoffe sehr, dass du das viele Papierzeug mit nach Frankfurt nehmen wirst, Charles François«, sagte sie. »Hier ist wirklich kein Platz dafür.«

»Die Notenblätter? Meinetwegen könnte ihr sie alle verbrennen!«, antwortete er verärgert.

Während de LaTour den Arzt und den Kranken in das Landeskrankenhaus zu Kassel an der Leipziger Straße begleitet hatte, war Elise mit Hans Christian und Moritz gemeinsam zurück in die Wohnung gelaufen. Sie kamen keinen Moment zu früh, denn schon hatten durch die offen stehende Wohnungstür etliche Nachbarn Eingang in die Räume gefunden, und man war eifrig dabei, die Besitztümer des Flötisten zu durchsuchen. Als sie die Wohnung betraten, flüchteten die Plünderer hastig die Stiegen hinab, nicht ohne sich zuvor die Taschen mit allerlei Dingen gefüllt zu haben, die in den Schubladen gelegen hatten. Moritz machte sich sogleich daran, die beschädigte Tür wieder einzuhängen, was jedoch nur halbwegs gelang. Verschließen ließ sie sich ohnehin nicht mehr, denn auch das Schloss war kaputt.

»Sie werden wiederkommen«, sagte Elise. »Schauen wir die Papiere durch, ob er nicht am Ende Abschriften des Manuskripts angefertigt hat.«

Sie durchsuchten die gesamte Wohnung, die aus zwei kleinen Räumen und einer Abstellkammer bestand, doch es fanden sich außer den Notenblättern keine weiteren Schriften. Er musste auch seine Abschriften verbrannt haben.

»Retten wir wenigstens seine Kompositionen, bevor sie als Anzünder ihr Ende finden«, meinte Hans Christian schließlich.

So beluden sie sich mit dicken Stapeln von Notenblättern und ließen die Instrumente, die Kleider, das schöne Porzellangeschirr und viele andere Dinge zurück. Nur die Pistole steckte sich Moritz in den Gürtel, da er der Ansicht war, eine solche Waffe müsse an einem sicheren Ort aufbewahrt werden.

»Schade um den schönen Rotwein«, meinte er mit Blick auf die beiden Flaschen im Schrank. »Aber verkauft ist verkauft.«

Sie zogen verwunderte und neugierige Blicke auf sich, als sie mit ihrer Last durch die Gassen gingen; vor allem im Atelier Rosen, wo sich allerlei Leute versammelt hatten, erregten sie großes Aufsehen. Charlotte wusste sich nicht anders zu helfen, als ihren Kunden zu erklären, dass ihr Verwandter, der Student aus Göttingen, dabei sei, eine wichtige Arbeit zu schreiben, und dazu etliche Schriften in der Kurfürstlichen Bibliothek ausgeliehen habe. Was ihr natürlich niemand glaubte.

»Im ersten Augenblick fürchtete ich allen Ernstes, es könne dein fatales Manuskript sein, das ihr wiedergefunden hättet«, ließ sich Charlotte am Mittagstisch vernehmen. »Das gehörte allerdings ins Feuer, wo es ja zum Glück auch gelandet ist.«

De LaTour senkte den Blick. An seinem schmalen verkniffenen Mund konnte man erkennen, wie sehr ihn Charlottes Worte getroffen hatten. Er tat Elise ein wenig leid, dennoch musste sie ihrer Mutter letztlich recht geben.

»Nach allem, was es angerichtet hat«, meinte sie, »scheint es mir tatsächlich besser, dass es verbrannt ist. Sei mir nicht böse, Papa, aber wer solche Dinge schreibt, muss sich nicht wundern, dass sich Menschen davon verletzt und getroffen fühlen.«

»Verzeihen Sie mir, Mamsell Elise«, mischte sich Hans Christian ein. »Ich bin anderer Ansicht. Der Stil und die Eloquenz, die aus diesen Seiten sprachen, haben mich tief beeindruckt. Zudem befanden sich darin Szenen, die sich an Königs- und

Fürstenhöfen abgespielt haben und die ein aufschlussreiches Licht auf das Leben der Zeit und die politischen Entscheidungen der Mächtigen warfen. Insofern kann man den Verlust dieses großen Werkes gar nicht genug bedauern.«

»Nun ja«, gab Elise zu. »Das mag schon sein, aber dennoch hätte man etliche Passagen aus Rücksicht auf lebende Personen und ihre Nachkommen streichen müssen, um dieses Werk eines Tages veröffentlichen zu können.«

De LaTour hob den Kopf und warf ein, dass sein Manuskript keinesfalls zur Veröffentlichung bestimmt gewesen sei, deshalb habe er sich auch energisch geweigert, es Herrn Thiedemann für seinen Verlag zu geben.

»Warum hast du es dann überhaupt geschrieben?«, wollte Charlotte wissen. »Wer schreibt denn etwas, was niemand lesen soll?«

»Ich schrieb es für mich selbst«, gestand de LaTour. »Einigen wenigen Menschen, die mir nahestanden und Interesse zeigten, gab ich Einblick in dieses Werk. Aber die breite Öffentlichkeit hätte es ja ohnehin nicht verstanden.«

»Das würde ich nicht behaupten«, warf die Großmutter ein. »Was ich in jenem Flugblatt las, das Elise so glücklich auf dem Markt gestohlen hat, das war sehr deutlich ausgedrückt und hätte so mancher Leserin die Schamröte ins Gesicht getrieben!«

Charlottes Miene wurde starr, die Näherinnen schauten betreten zu Boden, nur auf Gretes Gesicht zeigte sich verhaltene Heiterkeit.

»Die Erinnerung zeigt sich zuweilen tückisch und lückenhaft«, gab de LaTour nach kurzem Schweigen zu. »Es gibt Phasen im Leben, die rauschen vorüber, ohne dass sie tiefere Spuren in unserem Gemüt hinterlassen. Und dann wieder kommt es vor, dass nur wenige Stunden sich wie mit der Stahlfeder gestochen in unsere Seelen einbrennen. So ging es mir mit der kurzen Zeit, die uns beiden vergönnt war, Charlotte. Willst du es mir wirklich so sehr verübeln, dass ich deiner in Liebe gedachte?«

Er blickte sie lächelnd an, und Charlotte, die sich sonst so gut im Griff hatte, errötete zart.

»Denken magst du, was du willst, Charles François«, sagte sie streng. »Aber aufschreiben tut man so etwas nicht.«

»Aber liebe, verehrte Frau Rosen«, ließ sich de LaTours eifriger Verteidiger Hans Christian vernehmen. »Die schönsten Werke unserer Literatur sind der Liebe und auch der Leidenschaft entsprungen.«

»Darum sind solche Bücher ja auch für junge Mädchen verderblich«, fuhr Charlotte unbeirrt fort. »Nichts als Unsittlichkeit und romantischer Schwulst. Das Leben schreibt andere Noten!«

»Richtig – die Noten«, lenkte Elise rasch ab, da sie bemerkte, dass sich die Eltern in diesem Punkt niemals einigen würden. »Ich werde ein paar dieser Blätter meiner Freundin Sybilla zeigen. Sie spielt Klavier und kennt sich mit der Musik aus. Vielleicht sind diese Kompositionen es ja wirklich wert, aufgeführt zu werden?«

»Nach meiner Erinnerung – kaum«, meinte de LaTour. »Dimitrij komponierte pausenlos, zu jeder Gelegenheit, und alles klang in meinen Ohren gleich.«

»Vielleicht ist er ja später künstlerisch gereift?«, überlegte Hans Christian.

Elises Vater machte eine abwehrende Handbewegung. »Warum macht ihr euch Gedanken um seine Kompositionen? Die sind nicht unsere Sache, sondern seine. Schließlich ist er noch nicht tot. Auch wenn es – zugegebenermaßen – nicht gut um ihn steht.«

Alle verstummten. Was würde geschehen, wenn Dimitrij Andrjuschow geheilt aus der Klinik zurückkehrte? Würde er weiterhin versuchen, sie zu terrorisieren?

»Dann sollten wir vielleicht der Polizei mitteilen, wer hinter dem Brandanschlag steht?«, meinte die Großmutter.

Aber de LaTour war anderer Ansicht.

»Wir können nur einen Verdacht äußern«, sagte er bedenklich. »Und wenn wir das tun, werden sie nach dem Grund fragen, und es werden alte Geschichten aufgewühlt, über die man besser schweigt.«

»Wenn er tatsächlich mit dem Leben davonkommt, ist er vielleicht geläutert«, meinte Therese hoffnungsvoll.

»Es geschehen mehr Dinge im Himmel und auf Erden, als unsere Schulweisheit sich träumen lässt«, zitierte de LaTour mit boshaftem Spott. »Meiner Ansicht nach gehört dieser Mensch in ein Irrenhaus.«

»Da magst du recht haben«, sagte Charlotte. »Ich für meinen Teil wäre sehr froh, ihn hinter sicheren Mauern zu wissen.«

Sie tunkte ein Stück Brot in die Suppe und steckte es unter den Tisch, wo es sogleich geschnappt und genüsslich verzehrt wurde.

»Unser Fidibus hat ihn zur Strecke gebracht«, meinte Moritz stolz. »Er hat sich gegen seinen Entführer gewehrt und ihn gebissen. Es war eine hervorragende Idee von mir, den Hund mit nach Kassel zu nehmen.«

»Das war *meine* Idee!«, stellte Elise richtig.

»Unsere«, gab Moritz zu und steckte Fidibus ebenfalls einen guten Bissen zu.

»Jetzt ist aber Schluss«, schimpfte die Großmutter. »Ich hab die gute Fleischsuppe nicht für den Hund gekocht!«

Der Nachmittag brachte neue Unruhe über das Atelier Rosen. Zwei Polizisten erschienen, um die Umstände des Brandanschlags zu klären, über den Goldschmied Weigel sie in Kenntnis gesetzt hatte. Unbefangen marschierten sie an der Hofrätin von Ochs und der Obergerichtsdirektorin Wiederhold vorbei, die ihre neu dekorierten Hüte probierten, und natürlich fanden sich nun wieder etliche Nachbarn vor dem Atelier ein, um die neuesten Neuigkeiten zu erfahren. Der Garten wurde inspiziert und die Fußspuren auf den Beeten eingehend in Augenschein genommen. Fidibus, der keine Polizisten leiden konnte, musste in Elises Zimmer eingesperrt werden.

»Das scheint ja eine ganze Horde gewesen zu sein«, vermutete der eifrige Wachtmeister mit Blick auf die zertretenen Kräuterbeete.

»Wahrscheinlich irgendein Lumpenpack, das es auf Ihre Vorräte abgesehen hatte, Frau Putzmacherin.«

Auch die Ölkanne wurde von allen Seiten betrachtet und ihr Inhalt durch Ausgießen festgestellt.

»Lampenöl. Nicht die beste Sorte. Stammt es aus Ihrem Besitz?«

Die Großmutter erklärte, nur teures Öl zu kaufen, schon weil man im Atelier Kundschaft empfange und keine schlechten Gerüche brauchen könne.

»Und wo hat es gebrannt?«, wollte man wissen.

»Sie kamen zum Glück nicht dazu, Feuer zu legen«, erklärte Charlotte. »Unser Hund hat sie verjagt.«

Der Wachtmeister notierte ihre Aussage sorgfältig in ein Büchlein, nickte seinem Begleiter zu und bemerkte, da es gar nicht gebrannt habe, könne es auch kein Brandanschlag gewesen sein.

»Vielleicht hat ja ein Nachbarskind diese Ölkanne in Ihren Garten geworfen«, vermutete er. »Gestohlen wurde auch nichts? Nein? Nun ja, Frau Putzmacherin, wegen solch einer Lappalie sollte man nicht gleich die Pferde scheu machen …«

»Alle Nachbarn haben die Kerle gesehen, die in den Garten eingedrungen sind!«

»Bei stockfinsterer Nacht? Wie konnten sie da jemanden sehen?«

»Der Morgen graute – man konnte zumindest die Gestalten erkennen.«

Der Polizist machte einen energischen Strich unter seine Notizen und steckte das Büchlein in seine Uniformjacke. »Vermutlich waren es ein paar späte Zecher, die sich in den Gassen verirrt haben und versehentlich in Ihren Garten gelangt sind. Hüten Sie sich in Zukunft, Gerüchte über einen angeblichen Brandanschlag zu verbreiten, Frau Putzmacherin! Das schürt Unruhe unter der Bürgerschaft.«

Elise fürchtete schon, dass ihre Mutter nun zornig werden könnte, doch Charlotte hatte keine Lust, sich mit den Polizisten anzulegen. Sie bedankte sich nur kühl und höflich für ihre Bemühungen.

»Wir tun nur unsere Pflicht, Frau Rosen!«

Draußen vor dem Atelier verkündeten die beiden anschließend den aufgeregten Nachbarn, dass es keinen Brandanschlag gegeben habe.

»Auseinander! Jeder gehe seinem Tagwerk nach!«

»Das ist doch unglaublich«, beschwerte sich die Hofrätin von Ochs, die die Neuigkeit bereits bei ihren Freundinnen verbreitet hatte. »Hätte man oben in Wilhelmshöhe vor dem Schloss eine Ölkanne gefunden, dann wäre schon die halbe Stadt verhaftet. Gilt die Bürgerschaft denn gar nichts mehr?«

»Sie haben ganz recht, Frau Hofrätin«, meinte die Obergerichtsdirektorin. »Für unsereinen interessieren sich die Herren erst, wenn schon das Haus in Flammen steht!«

»Ruhe ist die erste Bürgerpflicht, heißt es doch!«, seufzte die Hofrätin und rückte ihren Hut zurecht. »Ich denke, die fliederfarbene Seidenrose ist übertrieben, Mamsell Rosen. Sollten wir besser ein wenig Tüll nehmen?«

Trotz der vielen Leute, die sich an diesem Tag im Atelier eingefunden hatten, war nur wenig verkauft worden, was natürlich daran lag, dass die meisten nur aus Neugier gekommen waren. Besser ging es Moritz drüben in seinem Weingeschäft, wo am Nachmittag viel Betrieb war und etliche Kunden mit Weinflaschen unter dem Arm den Laden verließen. Elise freute sich darüber – Moritz hatte sein Geschäft den Vormittag über schließen müssen, jetzt machte er wenigstens etwas Umsatz.

Elises Vater hatte inzwischen die Kleider gewechselt. Er trug wieder schmale Beinkleider und einen eleganten Gehrock, von der Verkleidung als Landstreicher hatte er sich verabschiedet. Zu Charlottes Ärger verlangte er nun, Grete solle hinaufkommen, er habe etwas mit ihr zu bereden.

»Jetzt in der Arbeitszeit? Ich brauche meine Näherin selbst!«

»Nur ein Viertelstündchen, ma chère Charlotte …«

Aus dem Viertelstündchen wurde eine ganze Stunde, und schließlich schickte Charlotte Elise hinauf, um nachzusehen, was da oben denn so Wichtiges besprochen würde. Elise fand ihren Vater nicht etwa in der Dachkammer – er hatte sich in ihrem Zimmer eingenistet. Dort saß er am Schreibtisch, wo er verschiedene beschriebene Blätter ausgebreitet hatte. Hinter ihm stand Hans Christian, der ihm mit beklommener Miene über die Schulter sah, und auf einem der hübschen französischen Sessel hatte Grete Platz genommen.

»Grete, die Mutter wartet auf dich«, sagte Elise vorwurfsvoll.

»Sogleich, sogleich … Sehen Sie, Herr de LaTour: Dort ist noch ein Rechenfehler.«

»Parbleu!«, sagte de LaTour. »Charlotte hat nicht gelogen. Du rechnest schneller als eine Pascal'sche Rechenmaschine.«

»Was geht hier eigentlich vor?«, erkundigte sich Elise erstaunt.

Hans Christian tat einen Seufzer. »Ich fürchte, Mamsell Elise«, sagte er bekümmert, »ich werde meine Arbeit noch einmal korrigieren müssen. Ihr Herr Vater bemängelt meine Ausdrucksweise, und Mamsell Grete hat mich auf zwei kleine Rechenfehler hingewiesen, die das Ergebnis des Versuchs zwar nicht beeinträchtigen, aber meinem Doktorvater ganz sicher aufgefallen wären.«

Elise lächelte ihm aufmunternd zu.

»Mit zwei so eifrigen Helfern wird es schon gelingen!«

»Schwerlich«, seufzte er. »Ich muss die Arbeit spätestens übermorgen einreichen, das ist kaum noch zu bewerkstelligen.«

»Unsinn«, warf de LaTour ein. »Diese Nacht wird dir genügen. Du wirst morgen nach Göttingen reisen und tags drauf pünktlich abgeben.«

»Wenn Sie meinen, Herr de LaTour …«, murmelte Hans Christian, der wenig Lust auf eine lange Nacht am Schreibtisch zu haben schien. »Ich bin Ihnen unendlich dankbar für die Mühe, die Sie sich mit dieser Durchsicht gemacht haben.«

»Immerhin verdanke ich dir mein Leben, junger Freund. Er hätte mich kaltblütig erschossen, wenn du ihm nicht die Pistole aus der Hand geschlagen hättest!«

»Das ist allerdings wahr«, sagte Hans Christian erleichtert und straffte sich.

Elise überließ die drei ihrer Beschäftigung und erklärte ihrer Mutter, dass Grete bei der Durchsicht der Examensarbeit als schnelle Rechnerin hinzugezogen wurde.

»Sehr klug von ihm, meinen Rat diesbezüglich anzunehmen!«, meinte Charlotte zufrieden. »Ich gehe gleich einmal hinauf, da ich mit deinem Vater etwas zu bereden habe.«

Wollte sie etwa wieder einen Streit beginnen? Noch gab es etliche Meinungsverschiedenheiten zwischen den beiden, doch ein offener Zwist war seit einer Weile nicht mehr ausgebrochen. Ach, wenn sie sich doch endlich miteinander vertragen würden! Voller Zweifel setzte sie sich wieder an ihre Arbeit, dekorierte den Hut der Hofrätin mit weißem Tüll und fliederfarbenen Blüten und freute sich, als Grete nach einer Weile mit hochzufriedener Miene wieder hinunterkam, um weiter an einem Handschuh zu häkeln. Zumindest die Angelegenheit Examensarbeit schien einen guten Ausgang genommen zu haben. Jetzt erinnerte sie sich wieder an das Angebot, das Hans Christian ihr übermittelt hatte, und sie beschloss, dass sie es Grete nicht vorenthalten durfte.

»Ich habe übrigens eine Botschaft an dich auszurichten, Grete«, sagte sie. »Sie kommt von Professor Thiedemann aus Göttingen und wurde mir von seinem Sohn Hans Christian überbracht.«

»Von dem Professor? An mich? Du liebe Güte!«, sagte Grete betreten.

Auch Therese und Babette machten große Augen.

»Was hast du angestellt, Grete?«, fragte Babette besorgt. »Hast du dich am Ende schlecht benommen und es gibt Klagen?«

»Aber nein!«, meinte Elise. »Ganz im Gegenteil. Herr Professor Thiedemann möchte dich als Hausmädchen einstellen. Eigentlich aber sucht er eine kluge und interessierte Zuhörerin für seine langen Vorträge.«

Grete geriet darüber ganz aus der Fassung. Sie musste die Näharbeit niederlegen und wischte sich mit der Hand über die Stirn, als könne sie das Gehörte gar nicht recht einordnen.

»Das hat er wirklich ausrichten lassen, Mamsell Elise? Das ist doch recht seltsam, nicht wahr? Gewiss, ich habe mit ihm einmal ein schönes Gespräch geführt, das kann ich noch heute nicht vergessen, weil es um solch ungewöhnliche und spannende Dinge ging …«

»Wer weiß, was dieser Mensch mit dir vorhat?«, gab Babette zu bedenken, der dieses ungewöhnliche Angebot ganz und gar nicht gefiel. »Am Ende gar etwas Unsittliches. Da wäre er der Erste nicht. Nein, Gretchen. Bleibe im Lande und nähre dich redlich.«

Therese hingegen fand, dass Grete sich solch eine Chance nicht entgehen lassen durfte. »Bei einem Professor in Göttingen! Das ist eine Anstellung, die einer wie dir nicht alle Tage geboten wird, Grete. Da heißt es zugreifen, bevor dir jemand diesen Posten vor der Nase wegschnappt!«

Natürlich war Therese immer noch darauf aus, die kluge Grete aus dem Atelier zu schaffen, da sie fürchtete, eines Tages ihren Platz an sie zu verlieren. Elise gab ihre Ansicht nicht kund. Es hätte ihr unendlich leidgetan, Grete zu verlieren, aber dieses Angebot war für das Mädchen eine seltene Möglichkeit, sich das Wissen zu erwerben, nach dem sie so sehr dürstete.

»Überleg es dir gründlich, Grete. Wenn du dich entschieden hast, schicken wir einen Brief an den Professor.«

Gleich darauf vernahm man Charlottes Stimme auf der Treppe. »Ich denke, du solltest dir ein Zimmer im ›König von Preußen‹ mieten, François.«

Ach herrje! Sie warf ihn hinaus!

»Genau das habe ich mir auch überlegt, meine Liebe«, gab de LaTour zurück. »Ich packe nur eben einige Dinge zusammen, dann werde ich gemeinsam mit unserem jungen Freund den Gasthof am Königsplatz aufsuchen.«

»Ausgezeichnet!«, sagte Charlotte. »Du weißt ja, wie schnell eine Putzmacherin ins Gerede kommt.«

Damit kehrte sie ins Atelier zurück und kraulte Fidibus, der ihr entgegenlief, unter dem Kinn.

»Für deinen guten Ruf ist mir nichts zu teuer, mon amour!«, rief Elises Vater von oben.

Hatte der Vater den letzten Satz spöttisch gemeint oder war es ihm ernst damit? Auch die Näherinnen schienen die Lage nicht recht einschätzen zu können, denn sie tauschten unsichere Blicke miteinander.

»Wie schade«, meinte Therese leise zu Grete. »Es war doch sehr schön, einen so wohlgeborenen Gast im Haus zu wissen. Gewiss, man sah ihn kaum, aber man wusste, dass er da war.«

»Im ›König von Preußen‹ hat er es gewiss bequemer als oben in unserer kleinen Dachkammer«, fand Grete.

»Und er kann ruhiger schlafen, weil ihn kein Schnarchen stört«, fügte Babette hinzu.

»Schnarchen?«, fragte Therese. »Mein Moritz schnarcht nicht, Babette!«

»Aber du, Therese«, gab Babette zurück. »Du schnarchst jede Nacht wie ein Brummeisen. Ist kaum zum Aushalten …«

»Ich? Das ist doch gelogen, Babette!«

»Seit über zwanzig Jahren wohne ich in der Kammer neben dir«, versetzte Babette. »Ich kann ein Lied davon singen.«

Nun erschien Hans Christian Thiedemann im Atelier, um sich von Charlotte mit Dank für die Gastfreundschaft zu verabschieden. Er begab sich auch in die Küche zur Großmutter und sagte schließlich den Näherinnen freundliche Worte. Danach bat er Elise, ihn aus dem Atelier zu geleiten, da er draußen auf der Gasse auf de LaTour warten wollte.

»Ihr Herr Vater war so frei, mir einiges an Schreibpapier aus Ihrem Besitz mitzugeben, Mamsell Elise«, erklärte er, als sie bei der Tür standen. »Ich werde es Ihnen selbstverständlich ersetzen. Aber die Zeit ist knapp, denn ich muss die Examensarbeit noch heute Nacht ins Reine schreiben.«

»Zu diesem wichtigen Zweck überlasse ich Ihnen das Papier gern«, meinte sie lächelnd. »Dann haben Sie also eine lange, arbeitsreiche Nacht vor sich. Ich wünsche gutes Gelingen.«

Er dankte ihr, sah dabei jedoch wenig glücklich aus. »Ich habe mich damit einer lästigen Pflicht entledigt, die mein Vater mir auferlegte. Wenn ich diese Sache zu einem guten Ende gebracht habe, werde ich mich endlich den Dingen zuwenden können, die mir wirklich wichtig sind.«

»Ihrem Verlag?«

»Das auch«, versicherte er eifrig. »Aber vor allem will ich mich um eine Anstellung im königlich-hannoverschen Staatsdienst bemühen. Ich bin entschlossen, mich endlich auf eigene Füße zu stellen.«

»Das scheint mir ein recht vernünftiger Vorsatz zu sein«, meinte sie. »Aber Sie sollten über dem Staatsdienst auf keinen Fall die Gründung des Verlags vergessen.«

Auf der Marktgasse machte der Laternenanzünder seine Runde, um die Reverberen mit neuem Öl zu versorgen und die Flamme zu entzünden. Nur wenige Leute waren noch unterwegs, in den Fenstern sah man sanfte Lichter, eine besorgte Mutter rief nach ihrem Sohn, der sich mit den anderen Kindern noch draußen herumtrieb. Hans Christian trat ein wenig näher zu Elise und nahm ihre Hand.

»Das werde ich unter keinen Umständen vergessen, Mamsell Elise«, sagte er und zog ihre Hand an die Lippen. »Aber vorerst halte ich es für wichtig, ein Einkommen zu haben, um nicht ganz und gar von meinem Vater abhängig zu bleiben.«

Sie spürte seine Lippen auf ihrer Hand, und ein angenehmer Schauer durchfuhr sie. Ja, er gefiel ihr. Und erstaunlicherweise klangen seine Pläne jetzt nicht mehr diffus und verträumt, sondern recht realistisch.

Er wartete, bis der Laternenanzünder mit seiner Arbeit fertig war, dann neigte er sich ihr zu. »Zwar bin ich bisher noch nicht in der Lage, eine Familie zu ernähren«, flüsterte er. »Doch ich hoffe, es bald zu sein. Wären Sie bereit, mir Ihre Freundschaft bis dahin zu bewahren, Mamsell Rosen?«

Ach herrje! Was hatte er sich da zurechtgelegt? Sie wollte doch nicht die Ehefrau eines Staatsbeamten werden, noch dazu aus dem Hannoverschen! Auf der anderen Seite wäre es schade, ihm gleich eine Absage zu erteilen.

»Meine Freundschaft werde ich Ihnen ganz sicher bewahren, lieber Herr Thiedemann. Ganz gleich, ob Sie Staatsbeamter, Verleger oder Soldat werden sollten.«

Er fasste die Antwort auf seine Weise auf und holte zu überschwänglicher Dankesbezeugung aus, doch de LaTour, der sich eben der Tür näherte, unterbrach seine Rede. »Wie ich sehe, nutzt du meine Abwesenheit, um meiner Tochter den Kopf zu verdrehen, mon ami. Ich meine, du hättest in dieser Nacht Wichtigeres zu tun, als dich in Liebeshändel zu stürzen!«

Hans Christian ließ sich jedoch nicht beeindrucken, er trat de LaTour gegenüber und erklärte hoch erhobenen Hauptes: »Verzeihung, Monsieur de LaTour – es geht hier nicht um eine Liebelei, wie Sie vielleicht vermuten. Meine Absichten sind lauter und ehrlich.«

»Gehen wir«, gab de LaTour kühl zurück. »Es kann sein, dass im ›König von Preußen‹ Freunde auf mich warten.«

Damit setzte er den Hut auf und schritt davon.

Kapitel 35

An diesem Abend begaben sich alle Bewohner des Ateliers Rosen früh zu Bett. Die gestörte Ruhe der vergangenen Nacht machte sich bemerkbar, schon am Nachmittag hatten sie alle Mühe gehabt, die Kundschaft zu bedienen, ohne sich beständig vor Müdigkeit die Augen zu reiben.

»Schlaft wohl, meine Lieben«, sagte Charlotte. »So Gott will, werden von nun an wieder normale Zeiten einkehren.«

»Ihr Wort in Gottes Ohr«, bemerkte Babette. »Aber solange der Erpresser noch am Leben ist, glaube ich nicht an ruhige Tage.«

»Gute Nacht!«

Elise war noch zu erfüllt von dem Geschehen vor der Tür des Ateliers, als dass sie gleich hätte einschlafen können. Immer noch sah sie Hans Christians glückliches Gesicht vor sich und dachte darüber nach, dass er ganz offensichtlich ernste Heiratspläne mit sich herumtrug. Ach, das würde sie ihm ausreden müssen, sie taugte nicht zur braven Ehefrau eines Staatsbeamten. Auf der anderen Seite täte es ihr leid, ihn niemals wiederzusehen. Doch wie sollte sie es anstellen, sich seine Freundschaft zu erhalten, wenn sie ihm einen Korb gab?

Ach, das wird sich alles finden, dachte sie schließlich. Wer weiß, ob er überhaupt eine Anstellung erhält? Damit drehte sie sich auf die Seite, lauschte auf Fidibus' regelmäßige Atemzüge und schlief endlich ein.

Am Morgen gleich nach dem Frühstück, das in altgewohnter Runde eingenommen wurde, nahm Elise Fidibus an die Leine und machte sich bereit, ihre Freundin Sybilla aufzusuchen. Das Wetter zeigte sich von seiner besten Seite, die Maisonne lag mit mildem Leuchten auf den Dächern, zeichnete Lichtflecken auf das Pflaster der Marktgasse, und überall in der Nachbarschaft wurden die Fenster geöffnet, um die frühlingshafte Wärme in die Zimmer einzulassen. Zwei bunte Katzen in einem Hauseingang putzten in aller Ruhe ihre Bärte, als Elise mit dem Hund vorüberging, doch Fidibus zeigte wenig Neigung, sich mit ihnen zu beschäftigen. Den Dackel des Krämers Hartwig allerdings, der nicht aufhören wollte, ihn anzukläffen, wies er mit einem raschen Sprung zur Ordnung.

»Hör auf damit«, schimpfte Elise nur halb im Ernst. »Beinahe hättest du mich umgerissen!«

In bester Laune gingen sie über den Friedrichsplatz, wo bereits etliche Bürgerinnen die neuen Frühlingshüte trugen und Fidibus das Bein gegen einen der vor dem Museum Fridericianum aufgestellten Pflanzenkübel hob. In einer Tasche trug Elise einige der Kompositionen des Flötisten, die sie ihrer Freundin zur Beurteilung vorlegen wollte, vor allem aber wollte sie ihr die frohe Nachricht verkünden, dass der Urheber all dieser Bosheiten nun endlich offenbar geworden war und dass von ihm nichts mehr zu befürchten stand.

Als sie die Türglocke des Hauses in der Carlstraße zog, erschien der alte Baptiste in ganz ungewöhnlicher Aufregung an der Tür, die Wangen gerötet, das sonst so sorgfältig gekämmte Haar hing ihm in Strähnen um die Ohren.

»Ach, Sie sind es, Mamsell Elise«, sagte er enttäuscht. »Um Vergebung. Wir erwarten Herrn von Haynau. Wir haben einen Eilboten nach Wetzlar geschickt …«

»Was ist denn geschehen, um Himmels willen?«

Der alte Hausdiener fuhr sich mit der Hand über die Stirn,

dabei stellte er fest, dass sich sein Haar in schlimmem Zustand befand, und er strich es verlegen glatt.

»Die gnädige Frau kam heute Nacht nieder …«, sagte er. »Treten Sie ein, Mamsell Rosen. Sie schläft jetzt. Die Hebamme ist noch bei ihr. Wir waren alle in größter Sorge, weil das Kind eigentlich erst in vier Wochen auf die Welt kommen sollte …«

Er nahm die Hundeleine und brachte Fidibus in die Küche, wo der Vierbeiner freudig in Empfang genommen wurde. Dann geleitete der alte Hausdiener Elise die Treppe hinauf und schaute in den Salon, wo sich jedoch niemand aufhielt.

»Die Herrschaften sind oben … Ich werde fragen, ob man Sie empfangen kann …«

Mit gemischten Gefühlen blieb Elise im Flur zurück. Sybilla hatte ihr Kind geboren. Vier Wochen zu früh – war es überhaupt lebensfähig? Ein Junge oder ein Mädchen? Und vor allem: Wie stand es um ihre Freundin? Sie schlief, hatte es geheißen. War das ein gutes oder ein schlechtes Zeichen?

»Wenn Sie mir bitte folgen wollen, Mamsell Rosen«, unterbrach Baptiste ihre sorgenvollen Überlegungen. »Frau von Schönhoff erwartet Sie oben im Damensalon.«

Dies war ein kleiner Raum neben dem Ankleidezimmer, in dem sich Sybillas Mutter häufig aufhielt, wenn sie häusliche Angelegenheiten mit den Angestellten regelte. Dieses Mal befand sich auch der Oberst im Raum, er ruhte in einem Sessel, eine warme Decke über den Knien, den Rücken von einem Federkissen gestützt.

»Da ist sie ja!«, rief er, als Elise eintrat. »Die erste und zweifellos hübscheste Gratulantin! Heute Nacht hat meine Tochter uns den ersehnten Enkel geboren. Was sagen Sie nun, Mamsell Rosen? Geben Sie's zu – Sie haben mir insgeheim eine Enkelin gewünscht!«

Elise musste lachen – so krank er war, heute schien er glücklich und schon saß ihm wieder der Schalk im Nacken.

»Ich habe Ihnen und Ihrer Gattin immer nur das Beste gewünscht, Oberst von Schönhoff«, meinte sie diplomatisch. »Allerdings war ich der Ansicht, dass eine Tochter kein Unglück sein könnte.«

»Alles zu seiner Zeit«, versetzte Frau von Schönhoff, die noch im Morgenkleid war und recht blass und übernächtigt erschien. »Wir danken Gott für einen gesunden Knaben – auch wenn er noch klein und schwach ist, so wird er doch bald heranwachsen.«

»Und wie geht es Sybilla?«, wollte Elise wissen. »Darf ich zu ihr?«

»Sie ist gerade eingeschlafen«, meinte Frau von Schönhoff zögernd und klingelte Baptiste herbei.

»Ist die Hebamme noch da?«, fragte sie.

Der alte Diener verneigte sich und meldete: »Sie ist soeben gegangen, gnädige Frau. In der Küche haben sich zwei Frauen eingefunden – sie kamen auf Ihre Nachfrage nach einer Amme.«

»Sehr gut, Baptiste. Hilf bitte dem Oberst zurück in seine Räume, dann führst du die beiden Frauen – eine nach der anderen – zu mir herauf.«

»Warum darf ich mir die Ammen nicht anschauen?«, scherzte der Oberst, der nun mühevoll vom Sessel aufstand und den Stock in Empfang nahm, den Baptiste ihm reichte. »Schließlich ist es mir wichtig, dass mein Enkel gut ernährt wird, und ich könnte ein kompetentes Urteil darüber abgeben, ob diese Frauen die dazu nötigen Voraussetzungen mitbringen …«

Frau von Schönhoff, die die Reden ihres Ehemannes gewohnt war, begab sich, ohne weiter auf ihn zu achten, in den Flur und öffnete Sybillas Schlafzimmertür sachte einen Spaltbreit.

»Sybilla? Deine Freundin ist hier …«

»Elise?«, hörte man eine schwache Stimme. »Sie soll bitte hereinkommen.«

Der Raum war erfüllt von dem Duft eines Veilchenparfüms, mit dem man andere Gerüche hatte überdecken wollen. Ein Dienstmädchen schob sich an Elise vorbei, um einen Krug mit frischem Brunnenwasser zu bringen und die volle Waschschüssel hinauszutragen. Sybilla erschien sehr schmächtig in dem großen Bett, dessen roséfarbene Vorhänge an drei Seiten zugezogen waren.

»Was sagst du nun?«, fragte sie und lächelte Elise glücklich an. »Ein Knabe! Genau wie wir es alle gehofft hatten.«

Neben dem Bett hatte man eine hölzerne Wiege aufgestellt, die vermutlich ein alter Familienbesitz war, da sie mit schönen, altmodischen Schnitzereien geschmückt war. Elise warf nur einen kurzen Blick auf das winzige Wesen, das darin lag, das Köpfchen mit dunklem Flaum bedeckt, die kleinen Händchen zu Fäusten geballt. Ein Knabe also.

Sybillas Gesicht war nicht blass wie gewöhnlich, sondern rosig; nur die breiten Schatten um ihre Augen kündeten von den Anstrengungen der nächtlichen Geburt. Elise setzte sich an den Bettrand und beugte sich zu ihr hinunter, um sie auf die Wange zu küssen.

»Meinen herzlichen Glückwunsch, liebste Sybilla. Ich bin so froh, dass du es geschafft hast. Wie geht es dir? Bist du sehr erschöpft?«

»Ein wenig«, gestand Sybilla. »Es kam so überraschend, dass ich gar keine Zeit hatte, mich aufzuregen. Denk dir nur – ich hatte wie gewöhnlich einen Brief an Johann Georg nach Wetzlar geschrieben und war dann zu Bett gegangen. Meine Mutter brachte mir noch den ekligen Becher Milch mit Honig, den sie mir jeden Abend kredenzt, und ich trank ihn ihr zu Gefallen aus. Dann schlief ich ein ...«

Gegen Morgen war sie von starken Leibschmerzen geweckt worden und hatte nach dem Mädchen geklingelt.

»Was dann geschah, kann ich kaum schildern, liebste Elise.

Eine gewaltige Kraft presste meinen Körper zusammen, nichts konnte sie aufhalten, ich dachte nur: Lass es über dich ergehen, es muss so sein, die Natur ist weise und wird alles gut ausgehen lassen. Und so ist es auch geschehen.«

Die Geburt hatte nur eine halbe Stunde gedauert; als die eilig alarmierte Hebamme eintraf, war das Kind schon auf der Welt, und die Hebamme kümmerte sich um das, was anschließend getan werden musste. Sie hatte Sybilla erklärt, dass sie Glück gehabt hatte, weil das Kind so früh kam und nicht allzu groß sei.

»Hätte ich es voll ausgetragen, wäre die Geburt schwieriger gewesen«, sagte Sybilla und blickte zärtlich zu der Wiege hinüber.

»Er wird Bernhard Ernst heißen«, verkündete sie. »Nach seinen beiden Großvätern. Das haben Johann Georg und ich bereits vor Monaten miteinander abgesprochen. Ach, wie ungeduldig ich ihn erwarte! Wir haben einen Eilboten nach Wetzlar geschickt; wenn er noch heute dort ankommt, könnte Johann Georg schon morgen bei mir sein.«

»Die Nachricht wird gewiss auch bei seinen Eltern große Freude auslosen«, vermutete Elise. »Das wird zur Genesung seiner Mutter beitragen.«

»Vor allem wird sie durch das Antwortschreiben des Kurprinzen von den Sorgen erlöst sein«, meinte Sybilla. »Gestern teilte man meinem Vater mit, dass die Sache nicht weiterverfolgt wird und keinen Einfluss auf die militärische Karriere Johann Georgs haben soll.«

»Gott sei Dank!«, entfuhr es Elise. »Dann lass dir berichten, was inzwischen geschehen ist …«

Sie hielt ihren Bericht kurz, da sie merkte, dass Sybilla nun doch erschöpft und schläfrig wirkte, ließ alle aufregenden und beunruhigenden Details beiseite und erklärte nur, dass der Erpresser keinen Schaden mehr anrichten würde. Von den Notenblättern, die sie mitgebracht hatte, sagte sie nichts – Sybilla hatte momentan ganz sicher keine Muße, sich mit den Kompositionen des unglücklichen Flötisten zu beschäftigen.

»Dann haben sich nun alle Sorgen in nichts aufgelöst«, sagte Sybilla lächelnd. »Ich habe so innig darum gebetet, und Gott hat mich erhört. Magst du die Wiege ein wenig näher zu meinem Bett rücken, Elise? Ich möchte meinen kleinen Engel sehen, wie er dort liegt und schläft. Wie mühsam es doch ist, auf die Welt zu gelangen! Er hat arg darum kämpfen müssen, und nun ruht er sich aus …«

Elise tat ihr den Gefallen, und sie schauten beide eine Weile auf das Kind, das ruhig atmete und die Augen geschlossen hatte. Nur ab und zu zuckten seine Wangen, die Augen öffneten sich zu einem schmalen Schlitz, und der kleine Mund verzog sich. Doch er schrie nicht, sondern schlief ruhig weiter.

Bernhard Ernst, dachte Elise. Armer Kleiner, der solch einen Namen tragen muss. Sie wollte Sybilla noch rasch von Hans Christians Abreise erzählen, doch die Freundin war eingeschlummert, und so stand Elise leise auf und verließ das Zimmer. Im Flur begegnete ihr Frau von Schönhoff, gefolgt von einer jungen Frau, offensichtlich eine Bauerntochter, die sich als Amme beworben hatte. Sie knickste vor Elise, die sie wohl für ein Mitglied der Familie hielt, dann begaben sich die beiden Frauen in Sybillas Schlafzimmer. Vermutlich sollte sich die Amme von nun an um das Kind kümmern und es stillen.

Wie traurig das ist, dachte Elise. Sie hat gewiss ein eigenes Kind, das sie zu Hause der Familie überlässt, um in der Stadt für Geld einen fremden Säugling zu versorgen. Aber in adeligen Kreisen und auch im Bürgertum war es nun einmal üblich, dass die Mutter nicht selbst stillte, sondern eine Amme dafür eingestellt wurde. Weil das Stillen angeblich schlecht für die Figur sein sollte und ein Ehemann eine stillende Mutter nicht verführerisch fand. Nur Arbeiterfrauen und Bäuerinnen stillten ihre Kinder selbst.

Im Atelier standen drei Kundinnen, die sich Handschuhe und Spitzenkragen zeigen ließen. Außerdem war das Mädchen der Hofrätin erschienen, die den Auftrag hatte, den neu dekorierten Hut ihrer Herrin abzuholen. Elise kam gerade im rechten Moment, um der Mutter zur Hand zu gehen, es wurden drei Paar Handschuhe und ein Kragen verkauft, dazu ein bestickter Geldbeutel und eine Pillendose. Erst als die Kundinnen sich ausgeschwatzt und mit ihrem Einkauf das Atelier verlassen hatten, konnte Elise die große Neuigkeit verkünden.

»Ein Sohn?«, meinte Charlotte und zuckte mit den Schultern. »Nun – dann hat sie ja ihre Pflicht getan, und Johann Georg wird zufrieden mit ihr sein.«

»Zumal die Sache mit dem Brief an den Kurprinzen vom Tisch ist«, ergänzte Elise.

»Ausgezeichnet. Wir haben übrigens Besuch – dein Vater und das Ehepaar van Leuwen sind oben in deinem Zimmer. Geh meinetwegen zu ihnen hinauf – es ist sowieso gleich Mittag, da wird wohl keine Kundschaft mehr kommen. Du lieber Gott – diese Frau ist eine Megäre, sie hat den armen Christian Daniel van Leuwen vollständig unter dem Pantoffel.«

Annette van Leuwen hatte sich also nicht abhalten lassen, ihren Ehemann nach Kassel zu begleiten. Schon auf der Treppe war ihre Stimme zu vernehmen, sie schien sehr angeregt über irgendetwas zu berichten.

Die drei Besucher hatten im schönen Zimmer auf den französischen Stühlen Platz genommen, und van Leuwen erhob sich höflich, um Elise zu begrüßen, während ihr Vater ihr nur freundlich zuwinkte, aber wie üblich sitzen blieb. Annette van Leuwen sprang auf und umarmte Elise herzlich, schalt sie, so lange nicht nach Frankfurt gekommen zu sein, und lachte über Elises Entschuldigung, sie sei der Mutter im Atelier leider unentbehrlich.

»Aber liebe Elise«, rief Annette van Leuwen aus. »Eine kleine

Reise, um liebe Menschen zu besuchen, die dir wohlgesinnt sind und Sehnsucht nach dir haben – das muss deine Mutter schon gestatten. Ach, welch schlimme Dinge sind doch inzwischen in Kassel geschehen. Weißt du es schon? Der Flötist ist heute Nacht im Krankenhaus verstorben. Er soll Gift genommen haben. Ich will ja nicht schlecht über einen Toten reden, aber ich muss doch sagen, dass ich ehrlich erleichtert darüber bin …«

Dimitrij Andrjuschow hatte wohl doch für den Fall vorgesorgt, dass er entdeckt wurde, und sich Arsenik besorgt. Doch hätte er die fortgeschrittene Entzündung vermutlich ohnehin nicht überlebt. Elise verspürte trotz allem Mitleid mit dem unglücklichen Menschen, der so elend und unter Schmerzen hatte sterben müssen.

»Nun …«, ließ sich auch van Leuwen vernehmen. »Es ist dennoch eine recht traurige Angelegenheit – was war nur in ihn gefahren? Und warum kam er auf die Idee, den Hund zu entführen?«

Er streichelte Fidibus, der Elise gefolgt war, die Gäste kurz beschnuppert hatte und sich dann neben van Leuwens Stuhl ausgestreckt hatte. Offenbar war er bereit, die Besucher als Familienmitglieder zu akzeptieren, was sicher auch daran lag, dass van Leuwen eine ruhige Art hatte, mit Hunden umzugehen.

»Warum?«, meinte de LaTour und schüttelte den Kopf über die Frage. »Weil er schon in diesem Augenblick den nächtlichen Überfall auf das Haus plante und der Hund dabei im Weg war. Parbleu! Es gibt keinen Grund, Mitleid mit diesem Menschen zu haben – er wollte mich vernichten, und wer dabei mit über den Jordan gehen würde, das war ihm gleich.«

Van Leuwen gab dies zu und erklärte, er bedaure sehr, nicht früher nach Kassel gereist zu sein, um de LaTour und dessen Anverwandten beizustehen. Vor allem der Verlust der Lebenserinnerungen seines Freundes ginge ihm zu Herzen, da er deren Entstehung über Jahre hinweg mitverfolgt habe.

»Wäre ich rechtzeitig hier gewesen, hätten wir dieses Unglück vielleicht verhindern können«, überlegte er beklommen.

»Ich bin schuld«, gestand Annette van Leuwen freimütig. »Ich wollte Christian Daniel nicht allein fortlassen, und er wehrte sich energisch gegen meine Begleitung. Aber schließlich konnten wir uns doch einigen.«

Elise verbiss sich ein Schmunzeln. Natürlich hatte Christian Daniel van Leuwen seine Eheliebste, die so neugierig auf seine Vergangenheit war, nur sehr ungern mit nach Kassel genommen. Van Leuwen und Charles François de LaTour teilten eine Reihe aufregender Abenteuer miteinander, über die sie der jungen Ehefrau van Leuwens gegenüber sorgfältiges Stillschweigen bewahrten. Dass Annette niemals heimlich in de LaTours Lebenserinnerungen gelesen hatte, war Elise immer noch ein Rätsel. Vermutlich war ihre Neugier eher ein Spiel, mit dem sie ihren Mann gern herausforderte, um ihn in Bedrängnis zu sehen.

»Unser liebe Annette hat heute Morgen einen Besuch absolviert«, sagte de LaTour denn auch mit verhaltener Heiterkeit, während sein Freund van Leuwen düster die Augenbrauen senkte.

»Richtig – wie gut, dass du mich daran erinnerst, Charles François«, rief sie aus und blickte ihren Ehemann triumphierend an. »Ich machte Fräulein von Eschen meine Aufwartung und brachte ihr ein Blumengebinde. Ich bin der Ansicht, dass sie es verdient hat.«

Ach herrje, dachte Elise. Annette van Leuwen und Fräulein von Eschen, die sind doch wie Feuer und Wasser. Das wird ein kurzer Besuch gewesen sein.

»Eine sehr sympathische Person«, sagte Annette van Leuwen zu Elises Überraschung. »Wir haben uns ausgezeichnet miteinander unterhalten und ausgedehnt über allerlei Erinnerungen geplaudert. Sie lässt übrigens alle Anwesenden und auch Frau Rosen herzlich grüßen.«

Elise bedankte sich und überlegte, welche Erinnerungen da wohl zur Sprache gekommen sein mochten. Auch van Leuwen schien dieser Gedanke zu plagen, nur de LaTour blickte mit gelassener Heiterkeit vor sich hin. Er kannte Sophie Wilhelmine von Eschen am besten – sie würde vermutlich nichts ausgeplaudert haben, was man besser dem Vergessen überließ.

»Nun, da alles sich so glücklich gewendet hat«, fuhr Annette fröhlich fort, »dachte ich den angebrochenen Tag zu einem Ausflug nach Wilhelmshöhe zu nutzen. Es wäre uns sehr angenehm, wenn du uns begleiten würdest, liebe Elise.«

»Das würde ich sehr gern«, meinte Elise zurückhaltend. »Aber ich fürchte, meine Mutter braucht meine Unterstützung im Atelier.«

Annette van Leuwen tat einen tiefen Seufzer und wechselte einen vorwurfsvollen Blick mit de LaTour. Sie hatte Elise ins Herz geschlossen und damals gehofft, sie würde bei ihnen in Frankfurt bleiben, doch daraus war nichts geworden. Nun war sie der Ansicht, dass Charles François seine Tochter energischer an sich binden sollte, denn Elise schien ihr zu Höherem berufen als zu der Profession einer Putzmacherin.

»Wie jammerschade«, seufzte sie. »Da auch der junge Thiedemann uns mit der ersten Postkutsche verlassen hat, werden wir diesen Ausflug wohl nur zu dritt bestreiten.«

Hans Christian war schon abgereist! War er im Atelier gewesen, um Abschied zu nehmen, und hatte sie nicht angetroffen, weil sie zu Sybilla unterwegs gewesen war? Ach, wie schade! Sie hätte ihn so gern noch einmal gesehen, um ihm zu sagen, dass er ihrem Vater sein mürrisches Verhalten nicht verübeln dürfe.

»Dann sollten wir Elise zuvor noch von unserem Vorhaben

berichten, das auch Herrn Thiedemann betrifft«, meinte van Leuwen und blickte Elise schmunzelnd an. »Er selbst weiß noch nichts davon, weil er heute beim Frühstück derart schläfrig war, dass man kaum ein vernünftiges Wort mit ihm reden konnte.«

»Betrifft es etwa – sein Vorhaben, einen Verlag zu gründen?«, fragte Elise aufgeregt.

»So ist es, meine Liebe«, rief Annette van Leuwen aus. »Christian Daniel und ich hatten in den vergangenen Tagen reichlich Zeit, uns mit den Schriften des Herrn von Radowitz zu befassen, und wir sind beide zu der Ansicht gekommen, dass man diese wichtigen Aufzeichnungen nicht dem Vergessen anheimgeben darf.«

Elise erfuhr, dass die gepressten Pflanzen und ihre Beschreibung zwar in denkbar schlechtem Zustand seien, man aber zuversichtlich sei, die verblasste Schrift entziffern und neu schreiben zu können.

»Die Reisebeschreibungen, die ebenfalls beiliegen, sind gut erhalten und voller interessanter Details über Land und Leute, Flora und Fauna«, erklärte Christian Daniel. »Dazu hat er verschiedene Erlebnisse auf sehr plastische Weise geschildert, sodass ich glaube, auch ein breites Publikum wird Freude an der Lektüre haben.«

Das Ehepaar hatte sich entschlossen, gemeinsam mit Hans Christian Thiedemann eine Verlagsgründung ins Auge zu fassen, um das Werk des vergessenen Weltreisenden Carl Ludwig von Radowitz zu publizieren.

»Unter seinem eigenen Namen, versteht sich«, fügte Annette hinzu. »Unglaublich, dieser Professor Kreuzer! Ein gebildeter Mensch, der eigene Verdienste besitzt, und will sich dennoch mit fremden Federn schmücken! Ich würde ihn gern einmal aufsuchen, um ihm dazu meine Meinung zu sagen!«

»Wir sollten diesen Menschen nicht weiter behelligen, ma chère Annette«, ließ sich de LaTour vernehmen. »Schätzen wir uns glücklich, dass es gelang, seinen Plan zu durchkreuzen und diese Schriften meines Freundes zu retten.«

»Nun – vielleicht hast du recht, Charles«, meinte Annette und lächelte boshaft. »Er wird sich ohnehin fürchterlich ärgern, wenn er unsere Publikation in einem der Göttinger Buchläden erblickt.«

Elise war begeistert. Vor allem freute sie sich, dass Hans Christian nun doch seinen großen Traum wahr machen konnte. Wie glücklich würde er sein, wenn er davon erfuhr! Vielleicht war es dann sogar möglich, dass er seinen Lebensunterhalt mit dem Verlag verdiente, und er brauchte nicht in den ungeliebten Staatsdienst zu treten. Einen Verlag konnte er schließlich auch in Kassel gründen. Wenn erst die Eisenbahnstrecken von Thüringen über Kassel nach Westphalen und hinunter bis Frankfurt gebaut waren, für die man eine Aktiengesellschaft gründen wollte – dann war Kassel doch der beste Platz für solch ein Unternehmen.

Die Gäste brachen nun zu der Fahrt nach Wilhelmshöhe auf, und Elise fand sich in der Küche ein, wo man die Mittagsmahlzeit bereits beendet hatte. Aber natürlich hatte die Großmutter einen Teller mit Kartoffeln und Dickmilch für sie beiseitegestellt. Charlotte war sehr zufrieden, dass die Tochter den Nachmittag über im Atelier bleiben und nicht etwa hinauf nach Wilhelmshöhe fahren wollte.

»Es ist kein guter Einfluss, den diese Leute auf dich ausüben«, meinte sie stirnrunzelnd. »Vor allem diese Frau, die sich hier in meinem Haus aufspielt, als sei sie die Hausherrin.«

»Sie meint es nicht so, Mutter«, versuchte Elise zu beschwichtigen. »Es ist nun einmal ihre Art.«

Wenigstens hatte sie nicht explizit auf de LaTour geschimpft, sondern ihren Unmut auf Annette van Leuwen gerichtet. Das ließ hoffen, dass Charlotte die feindselige Haltung gegenüber dem ehemaligen »Chevalier du Croix Blanc« aufgegeben hatte.

Elises frohe Stimmung verbreitete sich auf der Stelle im Atelier. Sie überredete die Obergerichtsdirektorin Wiederhold ohne Schwierigkeiten zu drei bunten Seidenrosen, verkaufte der Schreinermeisterin einen mit Glasperlen bestickten Geldbeutel und schickte Frau von Meisenburg hinüber in Moritz' Weingeschäft, wo sie einen ausgezeichneten Burgunder erwerben konnte. Auch das Auftauchen zweier Herren vom Theaterorchester im Atelier Rosen brachte sie nicht aus der Fassung.

»Gestatten: Kauzenberg mein Name«, sagte der ältere von beiden, ein hochgewachsener Mensch mit Bauchansatz, der den Kontrabass spielte. »Wir haben soeben vom Ableben unseres geschätzten Kollegen, Herrn Andreas Juschow, erfahren. Wir bedauern seinen Tod außerordentlich, er war ein großartiger Flötist und wird dem Orchester fehlen. Zudem ist er ein stets hilfsbereiter und freundlicher Kollege gewesen, was unsere Trauer über diesen unerwarteten Todesfall noch vermehrt.«

»Das tut mir leid«, meinte Charlotte zurückhaltend. »Allerdings weiß ich nicht, was ich für die Herren tun kann.«

Nun meldete sich der jüngere Musiker zu Wort, es war derselbe, der bei dem nächtlichen Konzert zu Ehren des Kurprinzenpaares die Flöte gespielt hatte. Seine Trauer um den Verlust des Kollegen war nicht ganz so ausgeprägt, da er selbst nun in die Position des ersten Flötisten aufgerückt war.

»Herr Juschow hat – wie man uns berichtete – ein Testament bei sich geführt, in dem er seinen gesamten Besitz dem Theaterorchester vermachte. Wir kommen soeben aus seiner Wohnung …«

»Der arme Mensch besaß kaum mehr als Tisch und Bett«, unterbrach der Cellist entsetzt. »Nicht einmal Wäsche und Kleidung waren vorhanden, und das Bett hatte weder Matratze noch Kissen.«

Die vorwurfsvollen Blicke der Musiker ließen Charlotte kalt.

Elise war klar, wo diese Besitztümer geblieben waren, doch sie schwieg.

»Die Nachbarn haben uns berichtet, dass der geschätzte Verstorbene verschiedene Kompositionen hinterlassen hat, die Mamsell Elise Rosen gemeinsam mit Herrn Moritz Liebermann und einem weiteren, unbekannten Herrn aus der Wohnung getragen hätten.«

Aha, sie hatten sie natürlich erkannt und geplaudert.

»Das ist richtig, Herr Kauzenberg. Wir waren bei dem Kranken zu Besuch, und da uns sein Zustand gefährlich erschien, haben wir einen Arzt alarmiert, der Herrn Andr… ich wollte sagen, Herrn Juschow ins Krankenhaus an der Leipziger Straße bringen ließ.«

»Und die Noten?«

»Oh, die sind hier«, sagte Charlotte erfreut. »Sie können gern alles mitnehmen.«

Die beiden Musiker schienen erleichtert, dass man ihnen die Blätter so leicht und ohne Schwierigkeiten herausgeben wollte.

»Herr Spohr hat angekündigt, ein Gedächtniskonzert für Herrn Juschow mit dessen Kompositionen aufführen zu wollen«, erklärte der Cellist. »Ich denke, diese posthume Wertschätzung hat unser lieber Andreas verdient.«

»Ohne Zweifel«, meinte Charlotte trocken. »Die Blätter sind oben, meine Tochter wird sie hinaufführen.«

So fanden die Werke des Flötisten denn endlich den Weg in die Öffentlichkeit, wenn auch nur in einem Gedächtniskonzert, das Herr Spohr vermutlich mit eigenen Kompositionen ergänzen würde.

»Gut, dass das Zeug aus dem Haus ist«, sagte Charlotte befriedigt, als die beiden Musiker schwer bepackt damit davonzogen. »Alles, was mit diesem Kerl zu tun hatte, ist mir zuwider.«

Gleich darauf begrüßte sie die Hofrätin von Ochs mit zuvorkommendem Lächeln und lobte deren neuen Frühjahrshut, der ihr angeblich besonders gut zu Gesicht stand.

»Der hübsche Student aus Göttingen ist ja nun heute in aller Frühe abgereist«, meinte die Hofrätin in harmlosem Ton. »Da gehen die entliehenen Schriften wohl zurück zur Bibliothek, nicht wahr, Mamsell Rosen?«

»Ganz recht, Frau Hofrätin. Haben Sie schon unsere neuen Nachthauben gesehen? Mit Spitzenrüschen und bunten Seidenrosen besetzt. Die zarten Farben geben dem Gesicht einen lieblichen Ausdruck ...«

Woher wusste diese Frau schon wieder, dass Hans Christian die erste Postkutsche nach Göttingen genommen hatte? Egal – sie wusste es, man konnte in dieser Stadt nichts geheim halten.

Am Abend, als das Atelier geschlossen war und man in der Küche beim Abendbrot zusammensaß, erklärte Therese, dass sie doch neugierig auf die Musik des bösen Flötisten sei und das Konzert vielleicht besuchen würde.

»Und wenn er besser als Mozart und Beethoven zusammen komponiert hat – ich will nichts von ihm hören«, versetzte Moritz.

»Er hatte eben zwei Seelen in seiner Brust«, meinte Therese und seufzte. »Ein Engel und ein Teufel wohnten dort dicht beieinander.«

»Ein Feuerteufel wohnte dort«, meinte Grete. »Der hätte beinahe einen Tanz durch das Atelier vollführt.«

»Von diesem Menschen wird ab heute nicht mehr gesprochen«, rief Charlotte und schlug mit der Faust auf den Tisch. »Und wer zu diesem dubiosen Konzert geht, der braucht sich hier im Atelier nicht mehr blicken zu lassen!«

Fidibus fuhr bellend unter dem Tisch hervor, da Charlottes Zornesausbruch ihn erschreckt hatte. Da er sich jedoch nicht beruhigen wollte, kam Elise schließlich auf die Idee, dass jemand an die Tür des Ateliers geklopft haben könnte.

Draußen stand ihr Vater mit einem Blumengebinde und einem Paket, das in feinstes Seidenpapier eingewickelt und mit einer Schleife geschmückt war.

»Es ist nicht mein Geburtstag, Papa«, sagte sie lächelnd.

»Das weiß ich, mein Kind. Diese Geschenke sind auch nicht für dich bestimmt. Ich komme, um Adieu zu sagen, wir werden morgen zurück nach Frankfurt reisen. Es war doch ein recht schönes, wenn auch turbulentes Wiedersehen, und ich möchte, dass deine Mutter mich nicht in allzu schlechter Erinnerung behält.«

Oha, dachte Elise mit Blick auf die Geschenke. Hoffentlich geht das gut, denn Mama ist unbestechlich.

Charlotte zeigte sich von dem abendlichen Besuch nicht überrascht. Hatte sie ihn vielleicht sogar erwartet? Sie ging vor ihm her die Treppe hinauf, und beide verschwanden in Elises Zimmer.

Elise blieb mit den anderen in der Küche. Therese hatte das Mühlespiel und das Gänsespiel auf den Tisch gestellt, doch niemand achtete darauf.

»Sie wird ihm das Gesicht zerkratzen«, flüsterte Therese. »Das hat sie einmal gesagt, und sie ist imstande, es auch zu tun.«

»Er weiß sich zu wehren«, vermutete Moritz. »Schließlich kennt er sich mit den Frauen aus.«

»Frau Rosen ist von einer anderen Sorte«, meinte Babette. »An der verbrennt er sich die Finger.«

»Ach Gott – so ein feiner Herr«, seufzte Therese. »Es wäre schade um ihn.«

Der Besuch dauerte nicht allzu lange. Schon nach kurzer Zeit stiegen Charlotte und de LaTour die Treppe wieder hinunter, und Elises Vater umarmte seine Tochter zum Abschied.

»Ich erwarte dich in Frankfurt, ma petite«, sagte er lächelnd. »Deine Mutter hat zwar Bedenken, dir diese Reise zu gestatten, aber ich konnte sie zerstreuen. Nicht wahr, ma colombe?«

Charlottes Miene blieb unbeweglich, doch sie nickte. Vermutlich war ihr diese Erlaubnis nicht leichtgefallen.

»Nun verlasse ich diese gastliche Stätte mit dem schönen Gefühl, bei guten Freunden liebevoll aufgenommen und versorgt worden zu sein«, fuhr er fort und verbeugte sich in Charlottes Richtung. »Es war mir eine Ehre und ein großes Vergnügen, diesen Ort meiner Jugend wiederzusehen.«

Damit trat er auf die Gasse hinaus, setzte den Hut auf und ging, ohne sich umzuwenden, zum Gasthof auf dem Königsplatz.

»Er ist doch immer noch der alte Charmeur«, äußerte Charlotte ein wenig unsicher. »Aber nun ja – die Jahre haben ihn reifen lassen.«

»Gewiss«, meinte die Großmutter heiter. »Als stürmischer ›Chevalier du Croix Blanc‹ wird er wohl nicht mehr in deiner Kammer auftauchen.«

»Ich möchte davon nichts mehr hören!«, gab Charlotte zurück. »Spielen wir noch eine Runde miteinander, damit dieser Tag friedlich ausklingt.«

Elise hatte noch auf der Gasse gestanden und dem Vater nachgeschaut. Jetzt wollte sie die Tür schließen, doch Grete hielt sie zurück.

»Ich wollte Ihnen noch etwas sagen, Mamsell Elise«, meinte sie leise, während die anderen sich schon in die Küche begaben.

»Geht es um die Anstellung in Göttingen, Grete? Hast du dich entschieden?«

»Ja, das habe ich«, gab Grete mit Ernst zurück. »Ich werde sie ausschlagen. Einmal, weil mir der Charakter des Professors nicht gefällt, und dann auch ...« Sie lächelte Elise schüchtern an und zupfte an ihrem Kleid. »... dann auch, weil ich hier bei euch sehr zufrieden bin und nirgendwo anders sein mag«, gestand sie.

»Aber es ist eine ungewöhnliche, große Chance für dich«, wandte Elise halbherzig ein.

»Vielleicht«, meinte Grete. »Aber ich denke, dass ich hier im Atelier Rosen am rechten Ort bin.«

»Das bist du, liebe Grete!«, rief Elise beglückt und schloss sie in die Arme. »Und jetzt komm, sonst spielen sie noch ohne uns das Gänsespiel.«

»Das wäre so schlimm nicht, weil ich da immer verliere«, seufzte Grete.

Ein glamouröser Salon. Eine aufregende Zeit. Drei Menschen voller Hoffnung …

Julia Fischer
DER SALON
Wunder einer neuen Zeit
Roman

512 Seiten
ISBN 978-3-7857-2760-7

1956. Die junge Leni aus dem ländlichen Hebertshausen kann ihr Glück kaum fassen: Die Anstellung bei dem vornehmen Friseur Keller in München ist der erste Schritt zur Verwirklichung ihres großen Traums – ein eigener Salon in der Stadt. Unterdessen hadert ihr Bruder Hans mit seinem Medizinstudium. Seine Leidenschaft gilt der Jazzmusik und einer Frau, die für ihn unerreichbar ist. Denn die schöne Charlotte ist bereits verheiratet – mit einem Mann, den sie nicht liebt. Während sie alle darauf hoffen, ihr Glück zu finden, müssen sie Entscheidungen fällen, die ihr Leben für immer verändern werden …

Lübbe

Lesejury